花都文艺·花县花都茶香

广州市花都区文学艺术界联合会
广州市花都区作家协会　　编著
广州市花都区茶文化促进会

华南理工大学出版社
SOUTH CHINA UNIVERSITY OF TECHNOLOGY PRESS
·广州·

图书在版编目（CIP）数据

花都文艺. 花县花都茶香 / 广州市花都区文学艺术界联合会，广州市花都区作家协会，广州市花都区茶文化促进会编著. —广州：华南理工大学出版社，2023.8

ISBN 978 – 7 – 5623 – 7405 – 3

Ⅰ. ①花…　Ⅱ. ①广…　②广…　③广…　Ⅲ. ①中国文学–当代文学–作品综合集　Ⅳ. ①I217.2

中国国家版本馆 CIP 数据核字（2023）第 146876 号

花都文艺・花县花都茶香

Huadu Wenyi・Huaxian Huadu Chaxiang

广州市花都区文学艺术界联合会，广州市花都区作家协会，广州市花都区茶文化促进会　编著

出 版 人：柯　宁

出版发行：华南理工大学出版社

（广州五山华南理工大学17号楼，邮编510640）

http://hg.cb.scut.edu.cn　E-mail: scutc13@scut.edu.cn

营销部电话：020-87113487　87111048（传真）

策划编辑：罗月花

责任编辑：罗月花　陈哲菲

责任校对：詹伟文

插　　图：关振伦　叶青　黄柱　马莉

印 刷 者：广州市新怡印务股份有限公司

开　　本：889 mm × 1194 mm　1/16　**总印张：**29　**总字数：**698 千

版　　次：2023 年 8 月第 1 版　**印次：**2023 年 8 月第 1 次印刷

定　　价：180.00 元（共 3 卷）

CONTENTS

目录 >>>

第一章 DI YI ZHANG

众论：博大精深茶文化

茶的功用琐谈

◎马　莉

茶，是神奇的叶子。茶是清热解毒的药材，救过无数人的性命，它是药；茶也是人类曾经食用的神叶，解决过人的果腹问题，后又历经多年，成为一种传统而又时尚的饮料，千年不衰，历久弥新，既是坊间日常交往的热捧之物，又引来无数文人趋之若鹜，津津乐道。茶的功用不说则已，说来话长。

一

有关茶为药用的最早记载是《神农本草经》："神农尝百草，日遇七十二毒，得荼而解之。"其中的"荼"便是茶，茶解毒的传说，表明人类最早利用茶治病除毒。其后，茶的药用更得到了确认，人们通过大量的实践，对它的药用功能越来越了解。比如，知道茶叶直接放在嘴里咀嚼，满口生津，既可以让头脑保持清醒，又可以起到清热解毒之效。于是，茶叶还被广泛使用在药方中，成为生活中的必备良药。茶生长在山里，无法像一般的中草药能轻易采摘回来，所以茶一度很珍贵。直到三千多年前，在四川雅安的蒙顶山上，一位叫吴理真的道士成功将野生茶树品种移植改良，并试种成功，自此，茶成了一种农作物。

随着历史的不断发展，茶在人们生活中占有越来越重要的位置。西汉以后，关于茶药理作用的记述和记载较多，这说明茶的药用功能应用越来越广泛。

医圣李时珍根据前人的结论，在其《本草纲目》中对茶的功用重新做了概括。他认为："茶苦而寒，阴中之阴，沉也，降也，最能降火。火为百病，火降则上清矣。然火有五，火有虚实。若少壮胃健之人，心肺脾胃之火多盛，故与茶相宜。温饮则火因寒气而下降，热饮则茶借火气而升散，又兼解酒食之毒，使人神思爽，不昏不睡，此茶之功也。"在这段论述里，李时珍强调了茶是寒性的，降伏的是人体的实火。李时珍又说："若虚寒及血弱之人，饮之既久，则脾胃恶寒，元气暗损，土不制水，精血潜虚；成痰饮，成痞胀，成痿痹，成黄瘦，成呕逆，成洞泻，成腹痛，成疝瘕，种种内伤，此茶之害也。"为茶所害的受众，多是身体虚寒、气虚血弱之人。这说明茶作为药品，也是因人而异，不是所有人都适用茶这味药。

我国现存最早的医学药学专著，对茶的作用都有明确的记载，“茶味苦，饮之使人益思，少卧，轻身，明目”。东汉医学大师张仲景在其《伤寒杂病论》中说：“茶治便脓血。”同时代的神医华佗在《食论》中说：“苦茶久食，益意思。”梁朝名医陶弘景在《杂录》中也说：“苦茶轻身换骨。”

综合以上来看，这些古籍中整理出的茶的功用有解渴、化食、明目、止喘祛痰、消暑解毒、醒神益思等二十余种。唐朝医学家陈藏器盛赞茶的药用价值，“诸药为各病之药，茶为万病之药”。此言虽有神化茶的药用价值之嫌，但茶对人体的益处，也由此可见一斑。

唐显庆四年（659年），世界第一部药典性著作《新修本草》成书，对茶的功用有了进一步的认识，书中写到“茶叶甘苦，微寒无毒”，有“去痰热，消宿食，利小便”的作用，又有“下气消食，作饮加茱萸、葱、姜良”，这也是我国早期含茶药茶复方的记载，说明茶叶作为药用由来已久。

随着时间的变迁，科学的发展，人们对茶叶成分进行了一次次科学的检测和研究，发现茶叶中含500多种成分，其中具有药用价值的就有250多种。茶叶不仅具有提神清心、清热解暑化痰、去腻减肥、清心除烦、解毒醒酒、生津止渴、降火明目、止痢除湿等药用，还对现代疾病，如高脂血症、心脑血管病、癌症等疾病有一定的药理功效，现代科学大量研究也证实，茶叶含有与人体健康密切相关的生化成分，如茶多酚、茶皂苷、茶色素、茶多糖、茶皂素、生物碱、芳香物质、维生素、氨基酸、微量和矿物质等。其中药理作用最明显的成分有茶多酚、咖啡碱、茶多糖和氨基酸等。随着现代医学研究的发展，人们已将茶叶中所含的有效物质进行提取并加以利用，以造福人类。

由于茶叶适用治瘘疮、痰热、宿食、消渴、霍乱、烦闷、产后便秘、小便不通、大小便出血、伤暑、瘟疫、头痛等病症，亦能强腰补肾、聪耳明目，所以近年来饮用的人群日益增多，茶叶渐渐成为中国人的日常饮料，扮演着重要的防病治病的角色。

从古至今，茶疗一直伴随着茶的利用，成为中医的一个重要组成部分，茶是中华药学宝库中的一朵奇葩，它在促进人民健康的保健事业中起着积极的作用。随着茶学研究和医药学事业的发展，茶的保健功能日益受到人们的追捧。

二

“民以食为天”，说的是精神富足之前要填饱肚子。我们的祖先很早就发现茶的药效温和，能够和其他食物一起做成菜，每天吃都没有关系。

最初，先辈们是把新鲜的茶当作新鲜“蔬菜”或“食物”来嚼的，或是纯粹当作蔬菜，或是配以必要的作料一起食用，这是我们祖先利用茶叶最早、最原始的方式。这种应用从古文献中也可窥一二。《礼记·礼运》中记载“未有火化，食草木之实、鸟兽之肉，

饮其血，茹其毛。”人们采集各种植物作为食物，那么茶叶被当作野菜食用的可能性是很高的。茶叶最早应该是生食的，其后有了火和陶器，便开始与其他农作物一起进行煮食。

魏晋时期，张揖的《广雅》记载：“……荆巴间采茶作饼，叶老者，饼成，以米膏出之。欲煮茗饮，先炙其色赤，捣末置瓷器中，以汤浇覆之，用葱、姜、橘子芼之。”这就是说，当时的茶的食用方法，就是将茶鲜叶煮作羹（粥）饮，或再捣碎成茶末之后“置于瓷器中”烧水煎煮，加上葱、姜、橘皮等作料，调煮成“茶羹”，供人饮用。最初对于茶的功效的记载有《神农食经》：“茶茗久服，令人有力、悦志。”

食茶，最有代表性的是擂茶。擂茶又称“三生汤”。传说三国时，张飞曾带兵进攻武陵壶头山（今湖南省常德县境内），路过乌头村时，正值炎夏酷暑，军士个个精疲力竭；加之当时这一带正好瘟疫蔓延，使得数百将士病倒，竟连张飞本人也未能幸免。正在危难之际，村里一位老中医因有感于张飞部属的纪律严明，对百姓秋毫无犯。为此，他特按祖传除瘟秘方，亲研擂茶，分予将士。结果，茶到病除。为此，张飞感激不已，称老汉为“神医下凡”，说：“这是三生有幸！”从此以后，人们也就称擂茶为“三生汤”了。

制作擂茶时，一般先将新鲜茶叶、生姜、生米按各人口味，用一定比例倒入擂钵中，用山楂木制成木棒用力来回研捣，直至三种原料混合研成糊状时，再起钵入锅，加水煮沸，便成了擂茶。因为茶叶能提神祛邪，清火明目；生姜能理脾解表，去浊发汗；生米能健脾润肺，和胃止火。所以，擂茶有清热解毒，通经理肺的功效。

高寒多湿的山区人民将喝擂茶作为一种习俗世代相传，不过，由于每个人嗜好不同，有在擂茶中加入白糖或盐的，甚至还有加入花生米、芝麻、爆米花之类的，所以，呷茶入口，甜、苦、辣、涩、咸都有，可谓五味俱全。倘若一碗落肚，真能舒身提神，才算领略了擂茶“既是饮料能解渴，又是良药可治病”的道理。如今，随着人们生活水平的提高，擂茶的制作和选料更为讲究，在许多场合，喝擂茶还配上许多美味可口的小吃，既有“以茶代酒”之意，又有“以茶作点”之美，如此喝擂茶，既有乐趣在其间，又有防病健身、延年抗衰之效。

现在，我国云南少数民族尚保有食用茶叶的习俗，人们将茶叶和其他植物的叶子捣烂，加上米饭、肉末等，做成一道凉拌饭食。如客家人一直沿用的擂茶，基诺族的凉拌茶以及侗族的油茶等。这些“吃茶”习俗，追根溯源，都保持了上千年。

三

在近两千年的中华茶叶发展历史过程中，茶叶经历了不加工、粗加工、精加工及工业化大生产等几个不同的加工工艺历程。不同的工艺与不同时代不同的茶饮茶艺文化相结合，从而赋予茶本身以不同的附加值，它们与茶叶本身所固有的植物农业产品所具有的农业化指标一起相互作用，决定了不同历史时期各不相同的茶叶品质和有关上品茶的观念。

唐代饮茶之风大盛，茶的强身健体、延年益寿的作用得到广泛流传。唐代流行煎茶煮饮，即将茶叶炙烤、研碎后再煮，还要加盐或姜调味，这在陆羽的《茶经》中得到了充分的展现。宋朝时，人们将茶直接磨成细腻的粉末，放入碗中，注入热水后搅打，产生丰富的泡沫后，常有一起展示自己的泡茶技法，在茶中画出各种各样的图案与人们一起共赏，之后连汤带水一起饮用，被称为“点茶法”也称之为“茶百戏”，这与现代花式咖啡的奶泡十分相似。明朝以前，进贡的茶叶都制成龙团凤饼，由于制作过程太耗时耗力，服务对象只是皇亲显贵，产量自然极少。明太祖朱元璋从民间草民而登天子堂，他深知百姓疾苦，于是下令罢团茶兴散茶，精简环节，普惠民生。于是明代开始，将成品散茶放入茶盏或茶壶中直接用沸水冲泡的方式饮用，这就开始接近现代茶的泡发了。

明代“泡茶法”分为“上投法”“中投法”和“下投法”三种，其中应用最多的“下投法”，如鉴茶备具、茶铫烧水、投茶入瓯（壶或盏）、注水入瓯和奉茶品饮。这种瀹茶法不断发展成为盖碗泡法和玻璃杯泡法，一直沿用至今，并仍然成为当今主流的饮茶方式之一。

茶叶从原始的药用、食用功效，到唐宋的讲究之美，再到明朝的民间饮茶普及，茶叶发展历史的车轮滚滚向前，留下的很多痕迹到今天都依稀可见。

四

诗与远方，都是人们对美好生活的向往，是人们在现实中无处安放的梦想寄托。唐代中期之后，饮茶之风盛行，茶作为一种文艺现象开始逐渐出现在各类文学作品中。流传至今的众多古诗词，可屡见与茶相关的内容，它一方面承载着文人对雅致生活的爱好和情调，另一方面又是人们对各种美好的追求和寄托。比如宋苏轼的《次韵曹辅寄壑源试焙新芽》中写道：“仙山灵草湿行云，洗遍香肌粉未匀。明月来投玉川子，清风吹破武林春。要知冰雪心肠好，不是膏油首面新。戏作小诗君一笑，从来佳茗似佳人。”人人皆知苏轼是大文豪，大家从他的诗里可以看到他对茶的深爱，诗中最有名的“从来佳茗似佳人”，极具想象力和冲击力。即便是今天，人们还用这句诗将好茶比喻成纯美的女子。

茶，还可以作为朋友之间馈赠的礼品，成为友谊的纽带。每当新茶上市，总会有人将其寄给远方的朋友。诗人白居易、杨嗣复和刘禹锡的一些诗里，经常提到受赠别人新茶，他们赋诗表达谢意。由此看来，诗人们是非常重视以茶来促进友情，寄托情怀的。现如今，一杯茶，从日常止渴、交朋会友，到养生悟道，茶，积蓄了太多的内涵和意义，这要感谢古人给我们留下的好传统。

茶，作为社交的一种媒介，冲泡的技巧手艺，围坐的各方人物，交流的内容话题以及品茗的美好环境，是饮茶活动中形成的特有文化现象。那些由茶催生出来的情感和故事，往往代表着真诚、智慧、创意和活力。

茶，作为生活的一种方式，浸润着幽远醇厚的香气，蕴藏着岁月沉甸的能量，是一种在时光流逝中的静默和品味。人们往往通过茶，提升个人的质素和品位，修炼自己的内心，完成对生命的顿悟。

这，应该是大多数人所乐见，并且奢望的。

现代茶艺之美

◎钟俊伟

现代茶艺之美是之美的一门新兴学科，它对现代茶艺的美的原理、美的法则、形成和发展茶艺的美的特征、审美情趣和审美取向、审美经验和审美价值等等，进行探索和研究，是揭示茶艺美的本质的一门之美分支学科。对于学习茶艺的人士而言，学一点茶艺之美是大有裨益的。它不仅有利于提高对茶艺的审美能力、创新意识、审美经验、鉴别能力、之美素质，也有助于提升茶艺的之美思想，对增强美感，或之美理想而言，也是十分必要的。

简而言之，现代茶艺之美是研究饮茶的技艺（茶的艺术和茶的技术产品）的美。

一、现代茶艺之美的之美特征

现代茶艺之美具有显著的东方之美特征。那么，东方之美具有哪些特征呢？东方之美以审美意识的表现文化为主要研究对象，它表现为艺术和技术的欣赏、创造，是审美创造与审美欣赏的密切结合。东方之美，是艺术之美、技术之美，也是文物之美、民族文化之美。它把东方的审美意识、美感、审美观念看作美。中国人的审美型可以分为“错彩镂金”的美和“芙蓉出水”的美。这是中国之美史上的两种美感或美的理想，也是现代茶艺美的真实的写照。

现代茶艺之美具有显著的民族特征。是中华民族传统茶文化的传承和创新，是中国文化的一个重要组成部分。“茶艺”一词，虽是现代一新名词，但它是基于中国传统的饮茶艺术，蕴含博大精深的文化内涵，和中国儒、释、道文化的精髓一样，具有中国之美的民族特征。与日本的茶道、韩国的茶礼相比，无论在审美文化还是审美意识方面都有显著的区别。不同的国家、不同的民族，由于对审美价值的不同，审美感、审美观念的不同，形成各自不同的之美现象。因此，现代茶艺之美是中国之美的体现。

现代茶艺之美具有显著的时代特征。不同时代、不同地域形成的民族审美意识，审美文化为其连续体。以文物和艺术为依据，可与审美理论相印证。但随着时代的变化，审美意识和文化也会有所变化。就现代茶艺而言，虽与传统茶艺是同个连续体，是中国茶传统茶艺的传承。在饮茶的艺术和技术产品方面，在内容和形式上，还是有显著区别的。直言之，现代茶艺是在传统茶艺基础上的一种创新茶艺，是按照现代人的审美意识和文化表现出来的，是传统茶文化和茶艺的继承和发扬，有着鲜明的时代特征。

二、现代茶艺之美的之美范畴

现代茶艺之美主要审美范畴和之美范畴，从传统之美至近现代西方学思想中，可以概括为三个方面：

一是审美客体——客观的范畴。包括自然之美、生活之美、艺术之美和技术之美。现代茶艺之美中的自然之美，是指风景、山水等。茶树生长在高山云雾间，采茶女在茶林间采茶的情景，令人心旷神怡，为茶艺美增添了无限遐想；生活之美，指茶艺的审美功能，修身养性，陶冶情操和以茶会友，休闲娱乐，等等；艺术之美则是指茶的冲泡技艺，以及相关的茶的艺术，诸如，茶、具、水、景物，等等；技术之美是指物化的产品，茶的“色”“香”“味”“形”之美，等等。

二是审美主体——主观的范畴。主要表现于审美心理，包括审美经验、审美感、审美直觉、审美表象、审美知觉、审美情感、审美判断，等等。现代茶艺以人为本，故现代茶艺之美也是研究人的审美心理之美。

三是审美活动——主客统一的范畴。包括审美价值、艺术创造、艺术风格、艺术形象、艺术内容、艺术形式、艺术流派、美的设计，等等。审美活动是衡量审美效果的唯一标准。探讨现代茶艺之美的一般审美范畴——美和审美感，由于操作者，或演示者，或欣赏者的审美直觉和审美经验的不同，可采取三种不同的方法：从审美客体探讨美的本质，从审美主体探讨美的本质，从审美关系探讨美的范畴。

三、现代茶艺之美的之美特性

审美，作为一个之美范畴来使用，是近代之美的成果。现代茶艺之美的审美，具有群体性、功利性，同时也具有共通性和超功利性。群体性也因群体的层次不同而审美感情不同。审美意识的功利性，是指审美的实用性和功能性，审美对象或审美方法所发挥的效能。由于审美的多样性和多层性则具有多种的审美价值，因而具有审美的共通性。诸如商品能符合人们多样性和多层性的审美要求，就会为大众所好。茶艺也如此。审美的超功利性，表现为它自身具有的相对独立的形式意味，如山水诗和山水花鸟画等，在茶艺中也有一定的审美价值。实用美、功能美是审美功利意识的主要表现。

现代茶艺之美也可以概括成感性的艺术，直观之美；又有超感性艺术，超直观的意味。诸如，茶艺中的审美思想：“真、善、美”意境等。审美感、审美意识、审美观念、审美范畴、审美理想和审美理论，是审美意象与审美结构的整体，是审美文化和审美理论的结合体。因此，对现代茶艺之美的研究具有深层的意义，有利于促进现代茶艺的提高和发展。同时，基于具有中国特色的现代茶艺，富含民族文化底蕴，有鲜明的民族特性，在改革开放中又具开放性。中国文化与世界文化的交融，在广泛的中外文化交流中，民族审美意识必将走向世界意识。茶艺之美中的民族审美意识已与世界意识接轨，这是一个不争的事实。中国的文化和现代茶艺也越来越引起西方人士的关注。在中西方文化相互交流中，各种文化相互碰撞、兼并、互补，中国文化和现代茶艺显示出无穷的魅力。同时，也提升了中华民族的审美意识，进一步促进现代茶艺的繁荣和发展，并不断走向世界，将成为世界艺术之林中一块绚丽多彩的瑰宝。

四、现代茶艺之美的核心和灵魂

从20世纪50年代开始，之美已成为跨文化研究的一项模糊科学。自然科学、技术科学、生活科学、人体科学及文学艺术等，都把之美作为一个必不可少的科学分支。这种趋势说明之美的重要。现代茶艺之美也越来越引起人们的重视，也有不少文章见之于报端。但与茶相关的学术研究相比还远远不足，系统性研究则更少。

数十年来，本人在暇日之余，热衷于茶事，且对茶文化、茶艺研究也情有独钟。偶有所得，或有新意，撰文以示。有好事者和之，则自得其乐。在研究中发现：之美在生活中无处不有，在茶文化、茶艺中也处处闪耀着光芒。进而对茶文化、茶艺中的之美现象深入研究，倍觉重要，个中的种种问题则迎刃而解。在此不妨略举一二：

欣赏、创造，是之美的核心和灵魂。没有欣赏价值，也就失去之美的光环；没有创造就会失去美的魅力。现代茶艺兴于中国台湾，盛行于中国大陆，主要是它符合现代人的审美趣向，具有欣赏价值；同时也是对中国传统茶艺的传承和创新。这也是中国文化的一脉相承，对此迷惑不解者，即可释疑。又如，现代茶艺如何在今后繁荣和发展？我们只要在“欣赏”和“创造”上下功夫即可。只要不断提高茶艺的欣赏性和创造力，就能更好地适应审美多样性和多层性的需要，获取长足的发展，迎来新的美好前景。再如，对“茶艺”和“茶道”两种，国人看法各异。在之美中，“艺”与“道”均属之美基本范畴。道，原为中国古典哲学范畴，意指规律、原理、准则等；成为之美范畴时，意指美的规律、美的根源、美的本体、美的表现等。儒家学派强调“道”与“艺”的辩证关系，主张以“艺”观“道”。孔子把艺术创造与作为人的最高道德理想“道”联系在一起。同时，“道”在中国各个历史时期的内容也各不相同。由此可见，“艺”与“道”在现代茶艺之美的审美范畴中有其共通性，均可归入现代茶艺之美中加以研究。

五、现代茶艺之美的学术研究

之美与多种学科相连，通过跨文化研究，显现其共通性。诸如，之美文化学是之美与文化学的结合体，之美艺术学是之美与艺术学的结合体，之美社会学是之美与社会学的结合体，等等。现代茶艺之美与社会心理学、社会之美、艺术学、创造学、自然科学、哲学等也紧密相连，内容十分广泛，大有研究之必要。若在现代茶艺教学中增加“现代茶艺之美”内容，必将有利于提高“茶艺师”及茶艺教学的水准，促进现代茶艺的发展，现代茶艺之美中还有许多审美范畴，诸如，中国人美感的特殊形态，追求“艺境”“意境”和“境界”的审美心理，“天人合一”的审美哲学，以及不同国家、不同民族审美观的异同性、共通性，等等，因篇幅有限，在此就不一一赘述了。

水为茶之母，器为茶之父

◎潘春波

“水为茶之母，器为茶之父，茶里乾坤大，壶中日月长。”喝茶的人，都听过这样一句话。水和器，是冲泡、品饮和鉴赏一道茶的媒介和载体，颇多讲究，当然也有不少的学问在里面。

没有水的“培育”，没有器的“包容”，茶也无法从一片小小的叶子，成为人们爱不释手的健康饮品。一杯好茶的诞生，离不开水与器的“相爱”。不同品质的水，遇上不同材质的器，碰撞出浪漫的火花，造就了每一杯茶的独特，成全了每一口滋味的精妙。

一

中国古代文人们喜欢用水比喻纯洁高尚的品德，如：善、勇、正、优等，更崇尚水“天人合一”的自然智慧。如此品行之水，才能孕育出品质佳美之茶。

明代茶人张大复在他的著作《梅花草堂笔谈》中写道：“茶性必发于水，八分之茶，遇十分之水，茶亦十分矣；八分之水，试十分之茶，茶只八分耳。”水，是茶的命脉。明人钟惺《呼来泉》诗云：“水爱灵芽听所需，每随茶侯应传呼。从今不作官家物，台上犹能唤出无。”此诗题下注云：“在御茶园内，制茶最佳。每茶时，令众以金皱扬商，呼日‘茶发芽’，泉即至。一名‘通仙井’，”水爱灵劳，故呼之而出。难怪古代斗茶者，多因“一水胜”。这说明茶叶深藏的真香，需要靠好水激发出来，水的品质会严重影响茶本身的好坏。那么，该如何辨别出水的品质呢？

虽说很多水清得无肉眼可见的杂质和漂浮物，但仍会有许多有害物质溶于水中，难以清除。现在市面上的纯净水，基本可以达到清水的要求。

常流不断的水，能自动循环清洁，是对人体非常有益的天然水。

分量轻的水，可以理解为软水。软水沏茶，比自来水口感更佳，有泉水的感觉。

山泉水甘甜可口，古人亦将“雪水”“雨水”视为泡茶极佳的“天泉水”，能使茶的滋味更甜。“冽”的意思是冷寒，指水从岩层浸出，水温低，即用寒冷的雪水、冰水煮茶，其茶汤滋味极佳。

生活中，我们可以参考以上标准择水。纯净水能客观展现茶的品质；软水泡茶更为甘甜；若有幸喝到名山泉水，茶味最妙不可言。

二

器与水的相爱，才有茶的存在。茶具，是饮茶的必备之具，茶水因茶器而有了自身的器韵。水唤醒了茶的味道，器承载了茶的姿态。泡茶的器具从古至今都有许多讲究，器具选择对茶品质的影响，不仅在口感滋味方面，更在身心体验方面，是神奇的茶品，是万象凝聚的神韵集成之美。

古今茶书中关于水对茶的影响记述非常多，而关于器对茶的影响记述却少得可怜。这与中国历代饮茶方法的流变有很大关系，比如唐代流行煎茶，宋代流行点茶，明清流行泡茶，各个时期的茶器不尽相同。加之茶叶品类的大爆发，所以很难有一类茶器可以包打天下。

茶器从一开始诞生，就注定是为茶服务的。所以，判断茶器好坏的标准只有一个，那就是能不能彰显茶，不能彰显茶的茶器就不是好茶器，哪怕再漂亮、再名贵，充其量也只能算工艺品罢了。

那么，茶器是如何彰显茶的呢？这就要从人们对茶的要求来看了，茶器对茶的影响基本可以从色、香、味三点来概括，能彰显茶汤颜色、香气和滋味的茶器，就是适合这款茶的好茶器。比如，《茶经》中论述茶碗对茶汤颜色的彰显，就尤为推崇越窑。因为陆羽认为，越瓷的青色更易衬托出茶汤的绿色。而白色的邢瓷，黄色的寿州瓷以及褐色的洪州瓷都不宜彰显茶汤的颜色。

茶器除了影响茶汤的颜色以外，器型还会影响茶汤的香气，比如敛口且深的茶器比撇口且浅的茶器就更聚香，使茶汤的香气更加彰显，所以在茶艺中才会有闻香杯和品茗杯之分。

最后，就是茶器材质和器型对茶汤滋味的影响，就材质而言，比如用紫砂壶冲泡高发酵度茶，汤感及顺滑度要比其他茶器更胜一筹。

在用大唐煎茶定制茶碗品茶时，茶碗唇口与嘴唇的契合要刚刚好，可以说多一分太厚，少一分太薄，那种喝茶的感受，就像你遇到一张特别舒适的床，慵懒得不想离开。或许，只有当你体验过之后，才明白什么叫茶器的唇口感。

既然茶器能影响茶，那么茶自然也会影响茶器。这句话的意思是：茶器是为茶而生。所以精品茶器的诞生，首先要搞清楚这款茶器为哪类茶而作。因为现在的茶太多了，没有哪一款茶器可以彰显所有的茶。

可惜这一点很多制作茶器的工匠却并不在意。可以说，做不到这一点的所谓大师，也只能是工艺品大师，而不是茶器大师。因为真正的茶器大师，一定是因茶制器，为茶制器，就像陆羽一样，煎茶二十四器，就是为煎茶而生，所以才能“远远倾慕，好事者家藏一副”。

茶具是茶的物质载体与传播媒介，是中国茶文化的形象化、艺术化。茶之盛于茶器，而形成茶的一种器韵。器韵，是茶水的一种相对固定的韵律，属于形态之美范畴。最早的茶具同食具、酒具共用。而“茶具”一词最早在汉代已出现。据西汉辞赋家王褒《僮约》有“烹荼尽具，酺已盖藏”之说（“荼”指“茶”，“尽”作“净”解），这是我国最早提到“茶具”的一条史料。此时的茶文化依旧没有独具一格，更多的还是因它的药用价值而被使用，茶器也多与酒器食器一同公用。

陆羽的《茶经·四之器》中记载了唐代各种煎饮茶器，当时王公贵族主要用金银茶器，普通百姓则用陶瓷茶器，生活讲究的大户都备有全套的碾茶、泡茶、饮茶器具，可见唐代煎茶、饮茶之风极为盛行。宋朝相较于唐朝，茶器更为简洁，除“金银为上”外，陶瓷也有很大的发展。元代茶器未能有很好的发展，主要保留了宋代茶器的特色。但由于元代游牧民族的关系，茶器也朝着豪放、厚重方向发展。到了明代，景德镇的白瓷、青花瓷异军突起，开始在国内流行，甚至名扬海外。清代茶器主要以瓷器和紫砂为主，其中景德镇的瓷器、宜兴的紫砂最为出色。景德镇的彩瓷比明代有了更大的发展，同时创制了珐琅彩、粉彩等新品种。

目前市场上仍以“景瓷宜陶”最为流行，但茶器的种类和样式更为多样，质量更为上乘。

三

一般情况下，冲泡正山小种、金骏眉等高档红茶，会选用白瓷盖碗。一方面高档红茶汤色要求红艳，白色或者奶白色的瓷器能够真实地反映出红茶的汤色，便于茶客观赏；另一方面，使用盖碗冲泡可以发挥红茶固有的香气和滋味，无损于茶叶品质，对于品茗闻香都很方便。

对于条形红茶来说，紫砂壶冲泡是不错的选择，可使红茶滋味更加醇厚绵长；

对于乌龙茶来说，除了品茶汤，闻香、赏叶底也很重要，用盖碗冲泡特别方便茶客观察叶底和闻香。

用盖碗冲泡能凸显茶叶原本的滋味、香气，便于观察叶底，用紫砂壶来冲泡，能使茶汤醇厚，香气不散。对于老茶，一般建议选择壁厚扁圆的紫砂壶，以求最大限度地发挥其滋味。紫砂壶冲泡，宜专壶专用，不可一把壶冲泡几种茶，否则茶味不正。

工欲善其事，必先利其器。想泡壶好茶，必先选好器。茶人随心随茶搭配水、器，让这对好搭档各司其职，创造“大美和而不同”的茶文化魅力，才成就了一片小小茶叶的精彩故事。

入乡随俗“茶”做礼

◎李琨莹

广东人嗜茶，除城市外，农村的小镇乡村，都有茶楼，讲究一些的，称为酒楼。从城镇到农村，从机关到学校，每个单位、每户人家都备有一套茶具，无论男女老少都在饮茶品茶。社交茶俗、喜庆茶俗代代相传，已成风俗。

饮茶之风，还“刮”到了海外。有唐人街的地方，必有广东人开设的酒楼。茶香四溢，热气腾腾，粤菜点心，大讲家乡话，读中文报纸，有如置身桑梓，可解乡思。美国的纽约、旧金山、洛杉矶，英国的伦敦，加拿大的多伦多、温哥华，澳大利亚的悉尼、墨尔本……都有地方可供“叹茶”，连外国人也乐于此道，经常到唐人街去品茶，一享美食。茶的魅力竟如此之大，凝聚力竟如此之强，咖啡，可可，哪能代替！

一

迎宾送客以茶相待，以茶会友，是广东人世代相承的传统礼俗。“门前迎客，入门泡茶”，“未讲天下事，先喝一口茶”，是广东人社交茶俗的生动写照。家家户户都备有“烹茶四宝”（即电磁炉或“随手泡”、开水壶、紫砂壶或小盖碗、公道杯及小茶杯）和上好的茶叶，请客人喝茶是待客的最基本内容。只要你来作客，主人第一件事必定会拿出珍藏的上好茶，生起炉火，泡起茶来，在祥和的气氛中品饮一番。通过茶这个“媒介”，能够以茶联谊，沟通人们的思想，拉近彼此的感情，改善相互的关系。比如，调解人与人之间的纠纷，也往往是请人坐下来，喝喝茶。只要双方把茶杯一端，就表明双方愿意坐在一起“化干戈为玉帛”

正所谓：“茶杯一端，啥事好说。”

“客来敬茶”的习俗，已经成为广东人日常习惯。主人陪客饮茶，边饮边叙情谊，客人所饮茶汤只剩三分之一左右时，主人宜起身为客人茶杯里添水。饮茶时，主人有时亦可配上一些糖果点心，以助雅兴。

客来宾至，清茶一杯，可以表敬意、洗风尘、叙友情，以茶待客，成为日常生活礼仪，关于待客的细节，你留心了吗？假如客人主动介绍自己喜欢喝茶的习惯，就要按照客人的口味把茶冲好。端茶之法右手持杯，左手托杯底，双手奉出才为敬；持杯时不能抓杯口；不要边奉茶边说话。如房间里在开会或很安静，奉茶时不要出声，放下瓷杯子的同时要用小指垫在杯底以防瓷杯发出响声。添茶的时候要先给客人添茶，最后再给自己添茶。最后，要等客人走后才能收茶，把茶具清洗干净收好。

客来请茶，不得不说到叩手礼。叩手礼又叫叩茶礼、叩指礼，是茶客对主人表达感谢的一种礼仪。相传乾隆微服出巡时，在茶馆内喝茶，为属下倒茶，属下不便以宫廷礼仪相回，便灵机一动以叩指方式谢恩，自此叩指礼便在民间流传开来。

扣手礼便是将右手握拳，大拇指的指尖对食指的第二指节，伸直屈着的食指和中指，用食指和中指的第二节的面，轻轻点击你面前的茶桌的桌面，三下。这个动作从侧面看，食指和中指就好比跪着的人的双腿，立起来，用第二节指面点击，三下，有“三跪九叩”的意思。如今没有谁尊谁卑谁给谁下跪的意思，只是客人对主人表示谢意，所以动作也随意多了。

细论而言，茶间叩手礼又分为三种：第一种是晚辈向长辈叩指，即五指并拢成拳，拳心向下，五个手指同时敲击桌面，相当于五体投地跪拜礼。一般敲三下即可。第二种是平辈之间叩指，即食指中指并拢，敲击桌面，相当于双手抱拳作揖，敲三下表示尊重。第三种是长辈向晚辈叩指，即食指或中指敲击桌面，相当于点下头即可。如特欣赏晚辈，可敲三下。

二

值得一提的是，客家人还保留客家“擂茶”答礼。客家人常年居住在深山僻壤地带，客人较少，但每逢有客人到来，不管什么时候，也不管走进哪一家，主人都会立即取出“茶米”，泡一杯浓茶敬上。

客家人称茶叶为“茶米”，将茶与米等同看待，说明他们对茶的重视程度。客家人一则自己饮茶成癖，二则以茶待客成俗。来客进门先敬茶，品尝一番后才开始拉家常或谈正经事。客家人喜住土楼，群体观念极强，一家有事，邻里都会伸手帮忙。凡接受帮忙的，或被祝贺的，户主总要寻找一个适当的机会，邀请有关人员到家里来，请他们喝茶，并作为一种答礼。因此，形成了特有的客家答礼茶文化。

喜庆答礼则是通过客家特有的“擂茶”形式来表达。每逢来客，客家人必先泡一杯浓茶待客，这是敬客。答礼请茶则不是这样，有它特殊的习俗，是客家特有的答礼茶文化。需要答礼的项目很多，诸如婴儿满月、老人做寿、儿女上学、子女入仕、病人康复、一场虚惊、儿子结婚、女儿出嫁，等等，都要设茶答礼。

通常是以“擂茶”形式答礼，才算答厚礼。擂茶用茶叶、生姜、大米制成。制作很讲究，先将三种原料放在陶制的擂钵或青石打就的擂臼中，再用山楂木或油茶木制成的擂槌，反复捣磨成浆糊。再拌入韭菜、陈皮、番薯粉丝、粳米粉干和适量的盐，加水在大锅里煮成稀粥状。食用时，再撒上一些香料，诸如油炸花生米、炒大豆、炒芝麻等。

献茶时对长者须双手端茶，或将茶盘捧至客人面前，对平辈或者熟客，也须伸手示“请”，受茶者也须礼貌谦让，这是互敬、互爱、互相尊重的反映。斟茶也有讲究，“酒要满，茶要亏”，茶杯不能斟满，即使壶中尚有茶汤，或者沥去，或者在斟满后轻轻推动茶盘，溢去茶杯中部分茶汤，以免烫着客人的手。“酒满敬人，茶满欺人”，“斟茶八分满，茶满欺负人”，斟茶时若是茶杯斟得过满，是一种不恭不敬欺人的行为。

三

茶在婚俗中代表着“纯洁、坚定、多子多福”的祝愿。结婚时，新娘必须给长辈敬茶，而且茶礼仪式很有讲究。新娘敬茶，新娘也称新人，新人在倾倒茶水时，一定不能将茶水倒得太满，或者是将自己的手指浸入在茶水中，这些动作都是对长辈的不礼貌。敬茶的动作和顺序：新人在敬茶时，一定要为长辈双手呈上，切不可单手，单手对长辈有不敬之意。并且新人在给长辈敬茶时，一定要遵循辈分及年龄的先后次序。最先开始敬茶的一定是父母，等父母喝过茶以后，就以辈分及年龄的大小为次序敬茶即可。

敬茶时应注意整体仪态。新人在给长辈敬茶时，动作一定要优雅缓慢，切不可急急躁躁地造成无意间茶水打翻等问题。当长辈饮用完茶水时，也一定要双手接过茶杯，放置妥当再离开。敬茶的茶杯和茶配料也有讲究，茶杯要用古时的大碗茶茶具。

敬茶时还要配备有莲子以求吉利，有红枣以求鸿运当头，早生贵子，分量多少都可以，但要成双成对，茶香味一定要浓厚的，以表给长辈送上最真挚的感谢。

《红楼梦》中也有描述“你既吃了我们家的茶，怎么还不给我们家做媳妇呢？”可见，吃茶与婚姻相互联系。在古装剧中，我们也经常可以看到新婚夫妇给父母敬茶的场景。

古人结婚以茶为礼，与茶的特点紧密关联。古人认为“茶性最洁”，可以代表爱情的冰清玉洁；“茶不移本”，表示爱情的坚贞不移；“茶树多籽”象征子孙绵延。

现在，虽然婚礼中茶的仪式感已经不如以往，但在一些地区还保留着部分风俗习惯，而在一些中式主题婚礼上，敬茶依然是必不可少的环节。

茶与鸦片战争

◎马　莉

1840年，中英之间爆发了举世震惊的鸦片战争。鸦片战争的爆发，与其说是因为鸦片，其实真正根源是因为茶叶，这场战争应叫“中英茶叶战争”。这场战争不始于1840年，而始于1784年；不结束于1842年，而结束于1876年，前后延续了92年。1840年至1842年的“鸦片战争”，随着西方大规模殖民掠夺的历史，开辟出了一片享乐的盛景和一场惊心动魄的革命。

一

中国的茶叶很早就传到西方，1638年传到法国，1645年传到英国，1650年传到德国，并且很快风靡欧洲。当时荷兰人垄断了中国与欧洲的茶叶贸易，首都阿姆斯特丹成了欧洲茶叶供应中心，利润极高，经常在100%～125%之间。茶叶最后落地生根，身价百倍之地，是在英国。整个英国不论男女贵贱，都嗜茶如命，无茶不欢。

1784年，据英国首相庇特估计，有2/3的英国人，每年至少消费3磅茶叶。穷人也不例外，时人就观察到："进入穷人家你会发现：不分早晚，茶都是唯一的饮料，而且总是在晚餐时大量饮用。"因此，英国的茶价贵于欧洲其他国家。英国发动鸦片战争，追根溯源，是为了获得茶叶。

那时的茶叶是中国的"土特产"，别的地方不产，或者产了质量一般，量也不大，直到1860年中国茶叶仍占世界市场的90%。1716年，茶叶开始成为中英贸易中最重要的商品，最高峰时期，占进口货物总值的92%。

当时，英国进口茶叶由英国东印度公司垄断，其他国家的茶叶进来得征税，税率最高达到127.5%。如此高的税率及价格差异，导致欧洲各国纷纷把大批茶叶走私到英国。最高峰时期，英国人喝的茶，3/4都是走私货。英国政府屡禁不止，迫不得已，于1784年把税率调低，使走私茶叶无利可图，这才结束了被动局面。与此同时，为了争夺海上霸权，英国于1784年结束的第四次英荷战争里，彻底摧毁了荷兰在中国的贸易，并取而代之，成为中国与欧洲贸易的新的垄断者。英国随即展开获得茶叶的新步伐：扩大通商。

此时的英国已经完成工业革命，毛纺织品盛行世界，迫不及待想跟中国扩大通商。英国人通商，意在用毛纺织品换茶叶，但因为中国人习惯用土布，买毛纺织品者少，所以英国人还是不得不自掏银子买茶，这就造成了长期的贸易逆差。为了抹平贸易逆差，英国人接下来干的勾当，就是向中国卖鸦片。

二

1792年，英国政府遂精心策划了著名的马嘎尔尼使团访华，以庆贺乾隆皇帝寿辰为名，要求在中国增开通商口岸，降低关税，设常驻外交使节。但因为乾隆皇帝觉得他们态度不够恭敬，同时担心他们影响内部稳定，拒绝了他们。

茶叶是英国人日用之所需，国内茶叶供应不上，会引起社会恐慌的。更重要的是，茶叶贸易税收达300多万镑，为英国财政收入的1/10；鸦片贸易税收则达200多万镑，为英属印度殖民政府收入的1/10。

这样的财政收入，是道光帝说停就能停的吗？为此，英军动用了近两万人的部队（在当时这可谓是超级侵略军团），远渡重洋，发动了侵华战争。

英国，商贾之国也，算盘向来打得精，舍得动用那么多军队，当然是茶叶贸易的超级暴利与英国人的口腹之欲了。结局如英国人所愿，英军大败清军，彻底打开了中国通商的大门，茶叶从此滚滚而来。

自由通商实现了，茶叶更容易获得了，但英国人不满足，他们需要更多的茶叶，同时付更少的钱。当时每年需要输出1800万斤茶叶才能满足他们的需求，这笔货值占据中国出口总额的九成以上。就这样，经过92年的努力，在采取了通商、战争与自己生产三个步骤后，英国政府最终把茶叶这个稀缺物品变成自己的囊中之物。欲望满足后，英国人对华贸易的兴趣大减，其对华贸易大国的地位逐渐被美国与日本取代。清政府则一败再败，不但丢失了英国这个茶叶市场，最后连美国这个茶叶市场也被新兴的日本夺走。

这意味着中国从一个拥有茶叶的垄断资源国，最后变成一个“次品茶叶”的廉价供应国，在19世纪蓬勃发展的世界贸易体系中被彻底边缘化了，这就是彻头彻尾的“中国战败”！

用现代话讲，这场“茶叶战争”，实为英国这个19世纪的超级大国试图控制大宗稀缺商品而发动的长期经济战。因此说鸦片战争是由茶叶引起的也有一定的道理。

清香而又健康的茶叶换成了乌烟瘴气的鸦片，这种魔鬼一般的毒品伤害了许多中国人的健康，让他们染上了吸食鸦片的恶习无法自拔。在19世纪初期的30年时间里，鸦片的阴霾从沿海地区迅速扩展到了内地，中国的城镇、乡村，从士农工商到达官贵人，各阶层都有人被鸦片侵染。裴士锋的《天国之秋》中提到：太平天国这场动乱肇因于鸦片贸易；十年前鸦片战争，英国用战舰强行打开中国的市场，广州是历史上乃至当下的国际茶叶贸易中心。

三

花县梯面地处南海、番禺、从化、清远等县交错之间，崇山峻岭，林密谷深，绵亘数十里，地势险要，“十窝九岭都是茶”，茶是梯面山区的特产之一。而梯面当时的西坑、丹竹坝等地方出的毛叶茶、清桂大叶和广州青（紫心）小叶三大本土品种，远近闻名，广州府征一州十五县的茶，必定有花县产的茶，且茶品也不错。当时的茶淹没在一片绿的海洋中，茶树掩映，石径蜿蜒，人们山上采取鲜叶立马运到山下制茶，在利益的驱动下，商人和小贩们经年累月不辞辛苦将茶从崎岖的山路一趟趟背下，每趟都要大半天时间，汗流浃背，再从梯面赶车或推木式三轮车到集市或到广州十三行茶市聚集，来换取生活所需的物质。

清朝中朝，广州成为中国茶叶唯一出口口岸，也是著名的茶叶产地。全国各地的茶叶汇集至此，乌龙茶、绿茶、红茶等各类茶叶都出现在广州茶市上，越来越多的人交易茶叶，茶叶也成为人们的经济收入之一。

据记载，梯面茶其质之优，产量之大，远近闻名，销往国内外，尤以汶塘茶特优，在清末民初年间，相关茶楼就把它列为我国名茶之一。当时茶产量及收秤银计算，光是花城，每年销售茶叶约100吨，茶的收入占梯面经济总收入的50%。现在还能清楚地看出种过茶的痕迹，遍布在所有居民区周围的山头。

英国人巴夏礼是1856年的英国驻广州领事，当时他们找了3000名客家人，这些人自称“广州人渣”，而俚语中的“人渣”正是花都客家人。这些人为他运输茶叶、军需以及其他物资。可见当时花县梯面茶不但很有名气，还出口到了英国等国家。

综合以上文献可以推断，晚清时期茅輋、单竹坝、西坑等区域的茶叶远近闻名，是广州市茶区最大的茶产区之一。由于种植茶时间不详，只是从只言片语中推理出，鸦片战争是用战争强行打开中国的茶叶市场，以更方便地获取茶叶。

沏一壶清茗，百年烽火狼烟，融入茶香氤氲。听一段往事，千载得失是非，尽付今人一笑。细细想来，茶能起到这样大的作用，被提到国家、民族兴亡的高度，这是其他饮食文化所难以比拟的。

五花八门的婚嫁茶俗

◎王　东

自唐以后，我国逐渐形成了婚嫁茶俗。据史载，男女相见后若中意，则由双方媒人沟通情意，议定“茶礼”，报送女家。民间习惯将男方下聘叫作“下茶”，女方受聘则叫作“吃茶”。

以茶为媒，茶是中国人爱情与婚姻的信物。婚姻风俗，自古至今离不开茶。婚姻风俗对“茶”的认同，是茶文化长期积淀的产物，是一种民间婚姻风俗中的约定俗成。一般所说的“三茶六礼”，就是古代婚俗中的规范化茶礼，用于明媒正娶。所谓“三茶”，即以下聘茶与女子为“受茶”，以男女定亲之茶为“定茶”，以结婚同房之茶为“合茶”。

婚嫁风俗与茶礼结下的不解之缘，这是中国茶文化的一种独特现象，为婚俗礼仪之美提供了极其精彩的范例。茶礼是民族性的，婚俗茶礼，往往因民族的不同而有一定的差异性，几乎每一个民族都有自己的婚俗茶礼，诸如汉族的和合茶、畲族的吃蛋茶、回族的吃喜茶、德昂族的红白茶、傈僳族的红榭油茶等，反映出不同民族有所不同的风俗习气、价值观念和审美情趣。

一

征婚茶是独龙族所有的具有悠久历史的婚俗茶礼，至今仍然风行于独龙族居住的山寨。男女双方相爱，男方则告诉阿妈。阿妈先征得孩子舅舅同意后，则请媒人去女方家说媒。媒人带去的有茶叶、茶壶、茶碗和美丽的包袱。到女方家后，自己亲自提水、烧水、沏茶，向女方家父母和亲属献茶。若其父母与亲属将茶一饮而尽，婚事就算成功了；若无人喝茶，且茶凉了又换，换了又凉，媒人则次日再去；如此一而再，再而三，女方父母仍然不喝，则表示女方不同意这门亲事。若男方仍有诚意，也要待明年再来提亲。

闹茶是湖南一带至今仍流行的民间婚礼茶俗。新婚三日内，新郎新娘每天晚上都要在堂屋里向亲友们敬茶，以“甜蜜”之义，茶中须加红糖。敬茶过程中，客人出茶令、茶谜、茶歌、茶诗、茶联等，一一刁难新郎新娘。答不出就处罚，弄得大家哄堂大笑，气氛热烈欢快，乐而忘归。

女儿茶是云南新平彝族的婚俗茶礼。彝族女儿出生后，其父母在其房屋前后种植几株茶树，待女儿长大成人出嫁时，即以这几株茶树作为陪嫁礼物之一，再种植在女儿婆婆家的茶园里，作为男女双方家庭联姻和亲情的象征。

二

迎亲茶礼中，以畲族的“宝塔茶”仪式最为精彩。迎亲时男方特意挑选一名歌手和四名轿夫，抬着花轿去迎亲。女家鸣炮三响，然后方开门迎接。此时，女方嫂子用茶盘端着五碗“清明茶”出现在门口。这五碗茶叠成上中下三层：上下两层各一碗茶，中间一层三碗茶，呈一个宝塔形。阿嫂站在门口唱歌问话，迎亲歌手答歌后，必须用口咬住宝塔顶上的一只茶碗，同时用双手端着中层的三碗茶，分别送给四个轿夫，自己喝下底层的一碗茶。之后阿嫂放他们进屋。邻里乡亲在旁边围观助兴，迎亲喜庆气氛十分热烈吉祥。

与畲族这种近乎耍杂技式的迎亲茶礼不同，布依族的迎亲茶礼，则以“盐茶米豆”为媒介，寄托男女双方追求“荣华富贵，恩爱相亲”的美好意愿。按照布依族的婚姻茶俗：迎亲前，男方给女方送去若干钱物，让女方自己准备嫁妆。同时送去确定迎亲吉日的“期单”。女方接受这些钱物和“期单”时，以鸡、肉、酒等设宴款待男方送礼来的客人，称之为“吃鸡酒”。客人离开时，女方用红纸写上女方的生庚八字，回复男方的茶礼有一升米、一包盐、一两茶叶，称之为“盐茶米豆”，象征着“荣华富贵，恩爱相亲”。

古代婚俗中有所谓“行茶”者，指许婚后由男方下茶行聘，行茶礼品中必须有茶与盐，因茶产于山，盐出于海，依其谐音，即以“山茗海沙”之音比喻“山盟海誓”之意。所谓“下茶”，是指男方向女方行聘时，彩礼中必须有茶，因而得名。

三

在广东，至今还保留着“心抱茶”这种婚庆茶礼仪式。广东话的“心抱”是儿媳的意思，粤语旧歌谣中有一句“鸡公仔，尾弯弯，做人‘心抱’甚艰难。”歌中表达的意思：在旧时代里，妇女嫁入男家，成为他人的儿媳妇，要侍奉家公家婆，须时时仰人鼻息，日子过得不如意，非常艰难。当然这是旧社会“心抱”的写照，新社会男女平等了，“心抱”进家多数都当了主人。“心抱茶”又称“新媳妇茶”，是新儿媳到夫家为夫家亲人敬茶的礼仪。

新娘敬茶给男方家长，表示自己从此将成为新家的一分子了。这就是所谓的媳妇茶。千百年来的新嫁娘，以女儿的姿态，在公婆面前敬茶跪拜，愿一生孝顺二老。婆婆喝下媳妇茶，以母亲的微笑，取下腕上的玉镯赠给儿媳。传说每个得到镯子的女人，都会婚姻幸福、家庭美满。现在，则不一定赠送镯子了。

“心抱茶”的准备十分讲究。事先要预备一定分量的铁观音或普洱，记住不要用减肥茶，因为减肥就是减福。然后每杯茶放一对不去皮的莲子（寓意连生贵子）和一对红枣（寓意鸿运当头），成双成对。

红枣代表鸿运当头；要开枝散叶，早生贵子的话，千万不要把其中枣核挑去，因为核即种子，代表子孙。莲子不要切开，必须是完整的，因为切开两半就有分开的意思，这都是不吉利的；更不要把它褪皮（去衣），因为莲子褪皮（去衣）后是白色的，跟结婚（红事）刚好相对，因此用带皮的莲子冲茶是最好的。

“心抱茶”敬茶时有严格的规矩。新婚夫妇先跪下，男左女右。父亲坐新郎面前，母亲坐新娘面前，也就是男女互相面对着。新人敬茶要双手持杯，上半身成鞠躬状，双手向前将茶杯伸到父母胸前40公分的距离，以便父母身体不用动就可以双手接到茶杯。

新郎先敬茶，先父亲后母亲。然后新娘敬茶，同样先父亲后母亲。长辈喝过茶后，会给新人送上利是或金器首饰，作为对新人的祝贺和祝福。切记敬茶和收贺礼时也要用上双手。当父母喝茶后，新人双手接过茶杯，交给礼仪人员。这个时候父母往往会有回礼送给新人，新人应双手接过，表示感谢。给男方长辈敬茶时，一边敬茶的时候大妗姐还要一边喊：“饮杯心抱茶，富贵又荣华。”“舅舅饮完添福又添寿，舅母饮完多金笑开口。”诸如此类的好意头话。有些家庭会先敬茶给祖父母，才到父母，这个需要根据当地风俗和家里实际情况而定。

小小茶杯是茶席上的精灵

◎何燕灵

茶杯虽小，却是一席茶上的精灵，不可忽视的主角。茶杯的有序排列，最赋予茶席的韵律感，品茗时的美感与趣味。茶杯与茶汤的交融，肌肤与杯沿的轻抚，更让品茗人在把玩杯器之时，别有一番兴味。所以茶杯的选择，对茶席之美造成的影响不容忽视。

一

建筑大师汉宝德说："美，从茶杯开始。"这是富有哲理且实用的提醒。茶杯虽是寻常之物，却蕴含着器物的大美。"雨过天晴云破处""夺得千峰翠色来"，盏瓷釉色里涵盖的诗意美，这种亲近渗透，是"润物细无声"的滋养。小小茶杯中，热腾腾，一缕缕上升的，是一份浓郁的情愫。

看着茶杯，便想起一个儿时的故事。北方的天气干燥，每天睡眼蒙胧，看到母亲一双纤细的手，将茶叶放入大碗中，拎起一只小巧玲珑的暖瓶，微微侧身，便有同样热烈的水，缓缓地流入大碗中。母亲怕我烫着，便将泡好的茶水分到小茶杯中，递给我让我喝下，而我则感觉咽喉滋润，满口生津，那种感觉至今回味。

长大后，我离开了家乡，见到茶杯的款式，琳琅满目，不同的茶类，宜选择不同的茶杯。一茶一杯，虽有些矫情，却不无道理。例如：香气高扬的茶类，宜选高身筒的茶杯，杯底幽幽的花香、蜜香、花果香，令人回味再三，不忍释杯；厚滑甘醇的茶类，可选口浅而大的茶盏或缸杯，茶汤散热快，可开怀畅饮，又方便观赏汤色的层次之美。至于杯子体积的大小，见仁见智，但还是以适合单手摩挲、把玩为妙。若茶杯口径过大，则不容易持握，使用起来沉重笨拙。茶杯也不能太高，盏高则重心不稳，又遮蔽汤

色，雅趣顿失，不适于玩味。当然，茶杯也不能过小，容量太小则受汤不尽。如果盏小注汤过满，又容易烫手洒落，也不符合“谦受益”的饮茶哲理。

二

茶杯的釉色、釉水的配比、胎体的厚薄、烧结的温度、器型的高低、口沿的敞敛，实实在在地影响着一杯茶香气的聚散和茶汤的滋味。一个好的茶杯，执手在握，轻盈温润。杯口与唇齿相依，饮尽茶汤的一刻，犹爱人柔情似水的熨帖，顷刻便会生出“执子之手，与子偕老”的情愫和执着。

我欣赏明代甜白釉的花口杯，白如凝脂，素犹积雪。那滋润的白，不泛青，不煞白，一杯在手，釉白酥润，如盘玩和田白玉，温润以泽，细腻舒滑。甜白釉色的杯子，尤其适合茶的品饮与欣赏。茶汤的油亮绯红，衬托出茶杯的莹润素雅。端起茶汤，品杯与唇齿接触的瞬间，杯口的弧度、釉水的熨帖，让口唇有如沐春风的温柔。这种贴身的感觉，是母亲亲吻婴儿的脸颊才有的滋味和温度。待茶汤入口，茶汤已被软化得柔柔滑滑。空杯的留香萦绕，让人贪婪地持久不忍放下。

世间的精美物品，林林总总，目不暇接。而真正让人留恋、魂牵梦萦的，还是能触动内心、有感觉的东西。茶杯的美，主要体现在如玉的温润质感，自然雅光的色泽，流畅的线条，熨帖肌肤的杯沿，盈盈一握合手的杯形等方面，让人在品茶时的端起放下之间，有脂肤荑手的温柔体贴。只有懂茶爱茶的人，才会设计出让茶汤亲近人的器具，这或许就是艺人和匠人的区别。

啜茗厚甜香细细，无言谁会凭阑意？茶杯虽小，却是我们生活中最亲近的用器，可随心凝视，可寄情鉴赏，可鼻观口触，可摩挲把玩。我常劝茶友购买杯盏，不要只图价格的低廉，也要看自己的喜好和收入。

我曾经看中一个精美的羊角杯，大言不惭地说，我想买几个放在茶室，结果一问，一个杯子就是3800元，实力不允许的我，立马认怂，只好看着精美的杯子与我无缘错过。

当然一个好盏，数年后可能是不愿割舍的雅玩。对于普通家庭，几只精致耐看的茶杯，不会成为生活的负累，却可成为父母与子女认识与感受美的契机。一个家庭，或一个人，如果不曾把玩或亲历过精致的雅玩，便很难培养出自己的眼力与见地。

三

从人体工学尺寸审视，单手持杯的杯体直径，不宜超过65毫米；杯子的容量，控制在60毫升左右较为合理。对于容量在50毫升左右的茶杯，按照《茶经》的分茶规则，每杯茶汤的体积，不宜超过30毫升，如此的饮茶量，控制得恰恰好。满，不但招损，而且烫手。许次纾《茶疏》说，茶杯，“其在今日，纯白为佳，兼贵于小”“茶宜常饮，不宜多饮”。小杯饮茶，茶意独至，色香味具足即可，何必求浓贪多？色淡意转浓，味腴香且永。岁月无痕，风来满袖，能把淡茶品出味道，才是懂得生命的人。淡，是人生最深的滋味，淡茶温饮最养人。

我个人认为选一个好的茶杯，入口之物要健康无害，高温瓷是必选之项。为了准确表达茶汤的色泽，茶杯内壁应首选温润的白色为宜；杯形线条或柔美或刚劲，胎釉如玉，细媚滋润，有良好的观感；取拿方便，握感适手；杯口平整光滑，唇感舒适。若茶杯口沿过薄，容易烫嘴；口沿过厚，则不利于畅饮。茶杯的圈足，要大小适中，与杯体的高度要比例协调。若圈足过小，茶杯的稳定感较差，容易造成茶杯的倒伏、跌落。杯口的形状，决定着品茶人的饮茶姿势。杯口内敛，可能聚香较好，但需仰首才能一饮而尽。茶杯器壁的厚薄，可能会影响到茶汤的香气和韵味。若杯壁稍薄，非常适宜趁热喝的工夫茶。因薄的杯壁，在瞬间吸收茶汤的热量较少，在分茶后的一瞬间，使茶汤的温度降低较慢，保持着较高的汤温，这就是翁辉东关于若琛杯"盖不薄则不能起香，不洁则不能衬色"的解读。若杯壁稍厚，隔热效果较好，便于茶杯盈盈一握，更适于冬季饮茶，茶汤的保温效果较好。在同等时间内，壁厚的茶杯与壁薄的相比，茶汤冷却得要慢一些，杯底留香好且持久。茶杯质地要致密，吸水率为零，不能因质地疏松影响到茶的香气和滋味。

四

我们所见到的茶杯，底足大致分为圈足和卧足两种。杯底有圈足，抬起了杯子的高度，扩大了人的视野，显得凝重高挑，使得取拿便捷。清代梁同书《古窑器考》说："古人以足载器，器足多取沉重。"圈足对茶杯所起的作用，如同女士之于高跟鞋的关系。杯子的圈足，形式多样，最能集中反映器物携带的信息与密码。例如：从茶杯的圈足内侧是否呈现直角，大致能够判断一个茶杯，究竟是手工制作的，还是机器压制的。因为手工拉坯的茶杯，利坯时要挖圈足，挖足的刀子通常是直角的，所以，纯手工的茶杯，圈足内凹较深，多呈清晰的直角。而模具压制的茶杯，圈足内凹较浅，多呈45度角。当然，判断一个茶杯是否为纯手工制作，还需仔细考量杯子本身的平衡性，仔细查看口沿转折处的厚度，是否与杯壁一致。如果一只杯子圈足内陷较浅，且呈45度角的坡度，杯子口沿存在着较厚的承口泥，且杯子在手中把玩时的重心不够平衡，那么，基本可以判断这只茶杯不完全是手工制作的。

一分钱一分货，鉴别一只茶杯是否为手工制作，并非强调手工杯一定就好，主要是教会大家，多层面多维度地去鉴赏和了解茶杯，少花冤枉钱。对茶杯的选择，要因人而异，只要健康、实用且美，就是一只合格的茶杯。手工拉坯、利坯的茶杯，成本较高，胎体匀整轻薄，温润通透；器形线条柔软，轮廓优美；杯体轻盈，唇感舒适，更适于啜茗把玩。

繁忙工作后的闲暇时，我会沏上一小杯茶，注目那茶在杯中慢慢地升腾，作曲形的上升。然后打开书，任凭书的馨香伴着茶的幽香，一口气溢满我的整个身心。

不可不知的茶礼仪

◎谭汝恒

我国自古就被称为礼仪之邦，“以茶待客”历来是中国人日常社交与家庭生活中普遍的往来礼仪之一。掌握好茶礼仪和泡出一壶好茶，与家人、朋友、客人来分享，是表示对客人的尊敬，同时也能体现出自己的良好修养。

茶礼仪大致可分为泡茶礼仪、奉茶礼仪和品茶礼仪等，在日常生活中极为重要，特别在业务洽商、工作会晤等重大场合中，一杯好茶，可以沉淀浮躁的心，安顿好心情。

一

泡茶前的礼仪。泡茶前的礼仪主要是指泡茶前的准备工作，包括泡茶人的形象以及茶器的准备，一定要将双手清洗干净，不能让手沾有香皂味，更不可有其他异味。洗过手之后不要碰触其他物品，也不要摸脸，以免沾上化妆品的味道，影响茶的味道。另外，指甲不可过长，更不可涂抹指甲油，否则会给客人带来脏兮兮的感觉。除了双手，还要注意自己的头发、妆容和服饰。泡茶人如果是长头发，一定要将其盘起，切勿散落到面前，会给人以邋遢的感觉；如果是短头发，则一定要梳理干净，不能让其挡住视线。因为如果头发碰到了茶具或落到桌面上，会使客人觉得很不卫生。泡茶人的妆容也要讲究，一般来说，泡茶人尽量不上妆或上淡妆，切忌浓妆艳抹和使用香水影响整个茶室清幽雅致的环境。总体来说，泡茶人的着装应该以简约优雅为准则，与整个环境相称。除此之外，泡茶人的心境在整个泡茶前的礼仪中也占据着重要比重。用心是对泡茶人的内在要求，需要其做到神情、用心与技艺相统一，让客人能够感受到整个茶艺表演的清新自如、祥和温馨的气氛，这才是对泡茶人最大的要求，泡茶器具要干净，不可有茶垢，必须是干净透明的，也不可有杂质、指纹等异物粘在杯子表面。

泡茶中的基本礼仪主要包括站姿、坐姿、跪姿、行走和行礼等内容，这些都是泡茶人或泡茶者必须掌握的动作，也是茶艺中标准的礼仪之一。

站姿。站立的姿势算是茶艺中的基础。站姿的动作要求是：双脚并拢，身体挺直，双肩放松；头向上顶，下颌微收，双眼平视。女性右手在上，双手虎口交握，置于胸前；男性双脚微呈外八字分开，左手在上，双手虎口交握置于小腹部。

坐姿。坐姿是指屈腿端坐的姿态，在茶艺中代表一种静态之美。它的具体姿势为：泡茶人端坐椅子中央，双腿并拢；上身挺直，双肩放松；头正，下颌微敛，舌尖抵下颚；眼可平视或略垂视，面部表情自然；男性双手分开如肩宽，半握拳轻搭前方桌沿；女性右手在上，双手虎口交握，置放胸前或面前桌沿。另外，泡茶者身体要坐正，腰杆要挺直，以保持美丽、优雅的姿势。两臂与肩膀不要因为持壶、倒茶、冲水而不自觉地抬得太高，甚至身体都歪到一边。全身放松，调匀呼吸、集中思想。

跪姿。也就是日本茶道中的“正坐”。这个姿势为：放松双肩，挺直腰背，头端正，下颌略微收敛，舌尖抵上颚；两腿并拢，双膝跪在坐垫上，双脚的脚背相搭着地，臀部坐在双脚上；双手搭放于大腿上，女性右手在上，男性左手在上。

泡茶时的礼仪，包括取茶和装茶。取茶时常用的是茶荷和茶匙，用茶荷取茶叶，将茶荷伸进茶叶罐中，将茶叶拨进茶荷内，拿起茶匙，将茶荷中的茶叶分别拨进泡茶器具中，取茶的过程也就结束了。一般来说，要按照茶叶的品种和饮用人数决定投放量。茶叶不宜过多，也不宜太少。茶叶过多则茶味过浓；茶叶太少则冲出的茶没啥味道。假如客人主动介绍自己喜欢喝浓茶或淡茶，那就按照客人的口味把茶冲好。这个过程中切记，泡茶人或泡茶者一定不能为了图省事用手抓茶叶，这样会让手上的气味影响茶叶的品质，另外也使整个泡茶过程不雅观，失去了干净整洁的美感。

二

奉茶礼仪。主人将茶端到客人面前献给客人，以表示对其尊敬之意。端茶时要用双手呈给客人，一来表示对客人的诚意，二来表示对客人的尊敬。端茶时，双手也有讲究。首先，双手要保持平衡，一只手托住杯底，另一只手扶住茶杯1/2以下的部分或把手下部，切莫触碰到杯口。此时茶杯往往很烫，我们最好使用茶托，一来能保持茶杯的平稳，二来便于客人从泡茶者手中接过杯子。如果我们是给长辈倒茶，身体一定要略微前倾，这样表示对长者的尊敬。放茶有时我们需要直接将茶杯放在客人面前，这个时候需要注意的是，要用左手捧着茶盘底部，右手扶着茶盘边缘，接着再用右手将茶杯从客人右方奉上。

伸掌礼。伸掌礼是茶礼中用手的示意礼，多用于主人向客人敬奉各种物品时的礼节。伸掌礼的具体姿势为：四指并拢，虎口分开，手掌略向内凹，侧斜之掌伸于敬奉的物品旁，同时欠身点头并微笑。如果两人面对面，均伸右掌行礼对答；两人并坐时，右侧一方伸右掌行礼，左侧伸左掌行礼。客人来了，伸掌示意请客人坐下；倒好茶水，伸掌示意客人可以品茶；等客人喝完茶，准备离开了，伸掌示意客人可以慢慢离开。按照以上礼仪待客，一定会让客人感觉到我们的真诚与敬意，还可以增加彼此间的关系，起到良好沟通的作用。

三

品茶中的礼仪。品茶不仅仅是品尝茶汤的味道，一般包括审茶、观茶、品茶三道程序。品茶时包含多种礼仪，使用不同茶器时礼仪有所差别。

1. 使用玻璃杯品茶。用玻璃杯冲的多数是高级绿茶或花草茶，方法为用右手握住玻璃杯，左手托着杯底，分三次将茶水细细品啜。如果饮用的是花草茶，可以用小勺轻轻搅动茶水，直至其变色。品饮的时候，要把小勺取出，不要放在茶杯中，也不要边搅动边喝，这样会显得很没礼貌。

2. 使用盖碗杯品茶。拿盖的手用大拇指和中指持盖顶，接着将盖略微倾斜，用靠近自己这面的盖边沿轻刮茶水水面，其目的在于将碗中的茶叶拨到一边，以防喝到茶叶。接着，拿杯子的手慢慢抬起，如果茶水很烫，此时可以轻轻吹一吹，但切不可发出声音。女士则需要双手把盖碗连杯托端起，放在左手掌心。

3. 使用瓷杯品茶。无论自己喝茶还是与其他人一同饮茶，都需要注意男女握杯的差别：品茶时，如果是男士，拿着瓷杯的手要尽量收拢，这样才能表示大权在握；而女士可以把食指与小指弯曲呈兰花指状，左手指尖托住杯底，这样显得迷人而又优雅。总体说来，握杯的时候右手大拇指、中指握住杯两侧，无名指抵住杯底，食指及小指自然弯曲。

倒（分）茶的礼仪。茶叶冲泡好之后，需要泡茶人或泡茶者为宾客倒（分）茶。倒（分）茶的礼仪包括以下两个方面，既适用于客户来公司拜访，同样也适用于商务餐桌。

1. 倒（分）茶顺序。一般来说，如果客人不止一位，那么首先要从年长者或女士开始倒茶。如果对方有职称的差别，那么应该先给领导倒茶，接着再给年长者或女士倒茶。如果在场的几位宾客中，有一位是自己领导，那么应该以宾客优先，最后才给自己的领导倒茶。

2. 续茶顺序。要及时给客人续茶，不要等客人喝到杯子快见底了再添加，而要勤斟少加。续茶的顺序与上面相同。

叩手礼。亦称为叩指礼，是以手指轻轻叩击茶桌来行礼，且手指叩击桌面的次数与参与品茶者的情况直接相关。叩手礼是从古时的叩头礼演化而来的，古时的叩指礼是非常讲究的，必须屈腕握空拳，叩指关节。随着时间的推移，逐渐演化为将手弯曲，用几个指头轻叩桌面，以示谢忱。现在流行一种不成文的习俗，即长辈或上级为晚辈或下级斟茶时，下级和晚辈必须用双手指作跪拜状叩击桌面两三下；晚辈或下级为长辈或上级斟茶时，长辈和上级只需用单指叩击桌面两三下即可。有些地方也有着其他的礼仪，例如平辈之间互相敬茶或斟茶时，单指叩击桌面表示“谢谢你”；双指叩击桌面表示“我和我先生（太太）谢谢你”；三指叩击桌面表示“我们全家人感谢你”。这时我们就需要因各地习俗而定。

茶人·茶事·茶空间

◎许　愿

一

听人讲“十年修酒客，一世做茶人”，“茶人”两字，最早见于唐代诗人皮日休、陆龟蒙的《茶中杂咏》。爱茶之人，自称“茶人”。古时亦称“不夜侯”，意取茶饮之后消除睡意，自封“不夜侯”，以表茶之功绩。随着近年来茶的传播和茶文化的大力弘扬，茶人的概念在更新，茶人的内涵也在扩大。“茶人”这个词一出现，说明“茶”和“人”已经开始相融，茶人这个群体便有了全新的价值与定位。

中国喝茶的历史久远，集镇之茶肆，几张方桌几条长凳，乡野农夫三五成群围着桌子津津有味地交谈，如那川中自隋唐以来就存在的茶馆，一人一盖碗，大家磕着瓜籽，品尝着粗碗中的茶水，唾沫四溅地摆着“龙门阵”，又或者山野夷族，围着篝火，喝着大碗茶，载歌载舞。古人画作中，画中人泛舟于江湖之上，一舟、一僮、一壶、一扇、一炉，青烟袅袅煮泉弄茶茗香四溢，他们无疑当属真茶人范畴。

大家心目中的茶人，“有所寄、无所待、师古今、超自然”。同时也借茶来修人性和道艺，取得思想与现实的平衡，达到内心与自然的和谐。茶人不仅仅是爱喝茶，茶人应该喜欢泡茶，不断地通过各种方式去尝试不同的泡茶方法。仔细调整冲泡参数，都能从茶中得到滋养，那些怀着朴素和真诚，能在茶中找到乐趣，不以茶为工具谋名利，用平和而独立的心态去喝茶，去欣赏、品尝，我想皆可称之为当代的新茶人吧！

二

聊完茶人必然会说到茶事，茶事一词解释起来很简单，即日常中一切与茶有关的事情。专业茶人的茶事还包括种茶、采茶、制茶，古有日常“茶事七事”即：早晨的茶事、拂晓的茶事、正午的茶事、夜晚的茶事、饭后的茶事、专题茶事和临时茶事。再细分下去，又有惜别的茶事、赏雪的茶事、赏花的茶事、赏月的茶事，等等。其实茶事就是一次又一次与内心链接，怀着恭敬和感恩的心去生活中不断进行的修行演习。

爱茶之人的日常茶事，是清晨唤醒心神的第一泡温暖，是午后伴手的一杯耐人寻味的香茗，是工作间隙一剂放松的良药，也是独处时与她对话的亲密伙伴。在每一场茶事中，合适的空间，恰好的氛围，自在的心情，趁手的茶器和中意的茶品，每一个小细节共同构成的仪式感。在茶的温润间，将手边的每件事都做得妥妥帖帖，每泡茶都喝得尽情尽兴入神走心。我们优雅从容地投茶、注水、斟茶，整个动作流畅而自如，精简利落，一切尽在掌握中，人生也将多一份悠闲与笃定。

而赏花、赏雪、赏月的茶事，常常会演变为一场志趣相投的茶人的雅集。把茶问月，陈香扑鼻令人陶醉，好一个“桂华秋皎洁”。冬日煮茶围炉赏雪，操持茶事的过程中体会到的逸致闲情的心境。茶人们依偎着茶的香气，应着雪景，赏一片明净，雪景中的一杯热茶，便能使寒冬里的人们得以慰藉，大家在一杯热茶中宾主尽欢，所以茶事的最大功能，就是能够治愈我们内心的烦躁，开阔胸襟，使人达到清静和平的状态。每天的茶事就如一次次修行，一如一场美好的洗礼。善理茶事的人，内心会渐渐变得安定，慢慢改变自我放逐的悲观。

三

接下来浅析人生历练、之美修养、生活经验的集成载体——茶空间。今天，中国正在回归一种东方特有的智慧与闲适，茶人们追求天人合一田园牧歌式的“中国式雅致生活”。越来越多的人开始追求“慢下来”。而在现代城市浑浊空气的包围下，快节奏的工作和生活压力让人抓狂，人们希望也需要那个适合自己的活动、休闲、减压的茶空间，茶空间不用很大，但有格调的茶空间囊括了自然、人文、艺术、设计、生活发展起来的时空三观。

在茶空间中，装修风格多样，纯中、纯西、简中田原混搭，通过灯光明暗亮度强度的聚焦，四季不同色彩基调的搭配以及字画装饰中画龙点睛的格调烘托。大量“中国风”元素的应用，提升了茶空间的品位，装点了空间的效果。通过室内家具、陈设品的选择与设计，创造一种理想的室内气氛，使人赏心悦目怡情逸性。而且能让顾客欣赏古老文化遗产、品味历史悠久的中华韵味。开始了对中国茶文化的悟道与升华，从而形成了以茶礼、茶道、茶艺为特色的中国独有的文化符号。

一些文人雅客在茶空间利用“借景”，茶空间里的摆设，茶席的布置，茶器的鉴赏，它们的魅力延展于方寸之间的千般心思，万般创意。同时还将窗外的竹影引入室内，营造出“静窗闻细韵”的佳境，半透的竹帘，调节着茶室内的光线强弱，也营造出“草色入帘青”的幽深之感，茶席空间里节奏分明的层次感，更是衬托了插花、焚香等独有的禅味空灵。让空间内外相互辉映，相得益彰，浑然一体，成为空间装饰不可分割的整体，从而呈现出一种和谐宁静之美。

好的茶空间是自在生活状态下的诗意呈现。在这里茶人们能放下心中不必要的执念，链接到一种可以掌控自我、建立秩序、对抗外界压力的自信感。人在此静坐，在宁静自然的氛围里面，跟着茶香的指引，溯本求源。人们营造或选择一个心仪的茶空间，只为能在这里卸下疲乏、卸下面具，喝茶谈心煮茗论道，让身心自然融入轻松宁静的氛围。忙忙碌碌的滚滚红尘需要一处处返璞归真的茶空间，在袅袅茶香的不断升腾中，品味返璞归真的意境，在超然物外中找寻到真正的自我。装下世界的千姿百态的同时，也能放下心中不必要的执念。

第二章

DI ER ZHANG

钩沉：一度兴盛花都茶

十二月采茶又一年
——花县采茶歌漫谈

◎刘　浪

采茶歌，顾名思义，是茶农在茶叶采摘过程中衍生出来的传统民间文化形式。是我国传统茶文化的一个重要组成部分。它主要的来源是茶农结合当地方言、民谣和俚曲自行创作的民歌或山歌。山坡田垄之间，头顶蓝天白云，脚踏绿水青山，耳边山风习习，在天高气爽、鸟语花香的大自然怀抱中，茶农们一边辛勤劳作，一边放声歌唱，尽情表达他们劳动的欢乐、期望和情感。

一

花都产茶历史悠久，康熙二十六年（1687年）编撰的《花县志》便有“花县产茶”的记载。其后，直到民国时期和中华人民共和国成立后，花都的茶业都依然兴盛一时。其中梯面丹竹坝、李婆峒、曹洞等山地的陈茶，新华三华村的水仙茶，狮岭振兴村的白花茶，北兴的新田村、四联村的尖峰茶一度畅销。随着茶叶的大面积种植，采茶歌也相伴而生。

花都旧时的采茶歌大多是茶农有感而发，即兴而生，雅俗共赏，优美淳朴。从表达内容来说，有伴随生产的劳动歌，也有反映男女婚恋的爱情歌等。在演唱形式上，有独唱、对唱、齐唱，直至后来发展成为舞台表演的采茶舞、采茶戏等艺术形式。1987年前后，由花县民间文艺研究会搜集和编辑的《中国民间文学三套集成广东卷花县资料本》和2006年，由澳门出版社出版，陈棣生、林锡泰主编的《花都奇葩——民间文学作品集》，以及2007年，由中国文联出版社出版，萧卓光主编的《广州民间歌谣》都收录了不少花县采茶歌。

二

采茶歌产生伊始，便是歌咏采茶这一劳动过程，具体便是以茶山、茶园的茶叶种植、生长和采摘为主要表达内容，起到活跃田间气氛，为劳作鼓劲加油的作用。流传在北兴一带的采茶歌结合月份更替和季节变化，讲述茶农劳动的艰辛和对幸福生活的期盼。从歌词来看，虽大都讲究对仗和韵律，但内容通俗易懂，演唱的人文化程度不高，有的甚至还是文盲。比如一首流传甚广的《兄妹采茶》是这样写的——

正月采茶是新年，姐妹齐齐进茶园，租得茶园三五亩，阿哥写字妹交钱。

二月采茶茶出芽，姐妹齐齐去摘茶。阿哥摘多妹摘少，多多少少转回家。

三月采茶茶叶黄，田中归了使牛郎。使得牛来茶又老，摘得茶来秧又长。

四月采茶茶叶青，妹在房间织毛巾，头尾织出龙凤子，中间织出采茶人。

五月采茶戏龙舟，龙舟鼓响闹悠悠。园中有茶快快摘，摘完牵手看龙舟。

六月采茶绿浓浓，茶树头下透风凉。担高头来往下转，老茶摘过嫩茶香。

七月采茶秋风起，妹在房间绣罗衣。一日绣来三五丈，任哥裁剪做郎衣。

八月采茶阵阵凉，茶树开花满园香。左手摘来头上插，右手摘来送俾郎。

九月采茶系重阳，菊花蒸酒喷喷香。阿哥三杯妹两盏，三杯两盏过重阳。

十月采茶茶退冬，十担茶锣九担空，还有一担做乜用，俾过厓妹做人工。

十一月采茶又过冬，无糍无糕过乜冬。银髻首饰都当尽，火筒无节两头空。

十二月采茶又讲年，手揽茶箩去攞钱，阿哥攞多妹攞少，欢欢喜喜转过年。

这首采茶歌和全国各地流传的采茶歌大体相似，都是以月份起头，讲述茶农每个月不同的劳作和生活，但除了采茶之外，还加入了织绣、蒸酒等手工以及割禾、犁田和插秧等农事，还有过节、过年的感悟，可以说是以采茶为线，串联起来的生活日常。所以有人说，采茶歌既是劳动歌，也是生活歌。

通过民间口述历史，在花东还搜集到另一首采茶歌，由于歌名已无从查考，暂定名为《十二月采茶》——

正月采茶茶叶新，姐妹回家织手巾，两边织出茶花朵，中间织出采茶人。

二月采茶人仔真得意，手挽提篮挂树枝，男仔攀低女子摘，讲笑物唔知讲几时。

三月采茶雨水天，雨水淋漓阻住摘茶人，阿哥担伞厓快摘，茶叶黄完唔值钱。四月采茶甚奔波，着起蓑衣难揽箩。千人行过都听过，讲笑话唔知摘得十一二箩。

五月采茶遇着赛龙舟，龙舟鼓响镇住厓心忧。几时摘完满园叶，打发龙舟水面游。

六月采茶大暑天，边割禾来边犁田，犁耙完时又爱插，阿哥无闲过问那茶园。

七月采茶间插秧，手抓秧苗五六寸长，一寸在泥两寸在水，剩下三寸在面耍风凉。

八月采茶系中秋，有人快乐有人愁，人家劏鸡杀鸭来办酒，厓家无盐又无油。

九月采茶唱鹞歌，边放低鹞边斗歌。哥妹两人比高低，斗妹唔赢无得坐。

十月采茶孔明楼上借东风，借得东风真有用，孔明爱佢来火攻，烧得曹操满船红。

十一月采茶茶园空，无茶可采讲过冬，今年卖茶卖唔少，劏只鸡公乐融融。

十二月采茶又过年，生意人家讲赚钱，亞家人仔讲水面，厓耕园人女讲时年。

这首采茶歌与上一首内容上大同小异，但从形式上来看，结构稍为松散，没有拘泥于句式整齐、字数相等，只讲究整体韵律朗朗上口。由此可见，两首采茶歌是从同一个母本下来，经过时间的更迭，在传唱过程中有了新的加工和演绎。

此外，花县各地还有类似的采茶歌版本，但从歌词上看，又搞搞“新意思”，比如下面这首（节选）——

九月采茶是重阳，茶园内外好风凉，菊花美酒同妹饮，勿来搅乱我心肠。

十月采茶茶叶枯，妹妹问姐还要采茶唔？姐话家中有茶唔要采，妹话留番香茶送姐夫。

十一月采茶是立冬，十个茶园九个空，等待明年春二月，姐姐嫁后再开工。十二月采茶唔使望，家家户户谷满仓，腊肉蒸粽唔在话，香茶片片好收藏。**姐妹同心勤织绣，送俾大姐做嫁妆。**

这首采茶歌除了姐妹日常采茶表述外，增添了妹妹对姐姐美好婚姻的祝福，一方面很好地表达了姐妹情深，另一方面妹妹的少女情愫和微妙心理也由此略见一斑。

当然，还有嵌入大量民间耳熟能详的历史人物、历史故事以及拆字谜的采茶歌，这种采茶歌因用典较多，且有一定的文化含量，而颇具一番特色。比如这首同样不知歌名的采茶歌——

正月里采茶未有茶，茶园树上正开花，花嫩幼时唔舍摘呀，同群姐妹各回家。草字下头添个化，丁山配合樊梨花。

二月采茶茶正开，孟姜千里送郎来，喊得乌鸦来带信，哭破皇城地裂开。治字除抛三点水，山伯气死为英台。

三月采茶是清明，茶园树上挂银瓶，郎递花时妹递酒，二人递酒贺清明。日字企埋月字饼，三国军师是孔明。

四月采茶雨水深，雨水淋淋织手巾，两头织出茶花朵，中间织出采茶人。双木移埋同企凭，五凤齐飞在竹林。

五月采茶是龙舟，对对金龙出海游，才子佳人多快乐，金花迎上贺龙舟。禾字企埋火字拼，收禁罗成春过秋。

六月采茶满树香，茶园不脱采茶娘，一日摘茶三五两，细茶摘到转还乡。良字侧边女字旁，梁兄气死为英娘。

七月采茶是立秋，茶园里面好优悠，园内摘茶园外拣，细茶摘到转回头。巴字一边又玉衬，昭君出塞抱琵琶。

八月采茶是中秋，中秋月朗好水流，人人庆贺中秋月，齐齐恭贺月中秋。草字头下添个化，仁贵走路带住柳金花。

九月采茶是重阳，茶园里边好风凉，日日摘茶街上往，手揸茶叶几咁在行。三点侧边工字旁，玉莲舍命去投江。

十月采花是立冬，十个茶园九个空，待到明年二三月，茶园姑嫂又相逢。三点侧边添个共，白袍壮士射三洪。

十一月采茶茶老身，茶园甚少采茶人，园内采茶园外卖，粗茶卖给采茶人。分字下头贝字衬，石崇富贵范丹贫。

十二月采茶又一年，家家祭灶巨返天，郎递茶时妹递酒，二人递酒贺新年。人字侧边山字串，郑安骑鹤去升仙。

闰月采花又加添，三娘汲水在井边，咬脐打猎开弓箭，井边见母后团圆。金字侧边添个戋，八仙贺寿满地金钱。

三

采茶歌同所有山歌、民歌一样，还有一个共同主题就是歌唱爱情。李谷一、宋祖英、杨钰莹和雷佳等人都演唱过采茶情歌。花县的采茶歌也有相当一部分是反映青年男女相识、相思和相爱内容的情歌。这些歌曲有的风趣幽默，有的热情浪漫，有的含蓄隽永，都有着厚重的地方人文特色和浓郁的田野气息。比如梯面一带流传的《八月中秋看月华》的采茶歌写道——

八月中秋看月华，哥出月饼妹出茶，吃哥月饼甜到肚，饮妹细茶开心花。

廖廖几句，表现了彼此相爱的一对恋人于中秋之夜对空赏月，其乐融融的场景，画面感极强。还有一首稍长点的《八月十五进茶山》则讲述了中秋佳节之际，一对男女青年结伴进山采茶，一路之上，翻山过河，终于相互表白，并誓言不畏父母反对，坚定相爱一生的故事——

八月十五进茶山，手攀茶树曲弯弯，你做男人唔开口，女人开口几回难。

一朵红花在高山，水又深来路又弯，想变黄蜂飞过去，蜘蛛编网又来拦。

桃树开花红又红，阿哥摘花爱想通，摘花唔到黄蜂叮，红红肿肿如何行。

河边石古堆又堆，两情相好莫徘徊，交情交到九十九，行路唔得坐轿来。

高山岭顶好唱歌，阿妹脱衫来垫坐，细声问妹肯唔肯，微微笑笑肯够多。

生要连来死要连，不怕父母在跟前，十二张刀架在颈，血水淋身心也甜。

灯盏无油油瓶斟，莫再枉费个灯芯，薄煲煲茶肚内滚，开容笑面火烧心。

生要行来死要行，不怕爹来割脚踭，割了脚踭有脚趾，割了脚趾膝头行。

为了更明确表达采茶歌中的人物角色定位和唱词转换，大多数采茶情歌多以对唱形式表现。比如《两人拜过情意长》（节选）——

男：颈又渴来喉又涸，问下亚嫂有茶冇？我系有茶宾（给）叔叔，慢慢再来谢功劳。

女：亚叔饮茶请坐下，坐下自有好细茶，山泉水泡细茶饮，饮下喉咙香桂花。

又如《因为相思得到病》（节选）——

男：因为相思得到病，爹娘面前唔敢声。若系你哥大事到，搭信喊妹着麻衫。女：听知情哥得了病，手点灯笼半夜行。双手撩开红罗帐，就问情哥病重轻。

男：重不重来轻不轻，难为妹子有心行。床前有张矮凳仔，慢慢坐紧讲你听。日里作烧夜作渴，头痛口哑难开声。

女：自己有病自己治，你要喊来先生医，若是情哥无钱使，妹子出街当衫衣。

四

值得一提的是，采茶歌的传唱形成一定的曲调，就成为采茶调。比如，前文《兄妹采茶》中的这一段——

正月采茶是新年，姐妹齐齐进茶园，租得茶园三五亩，阿哥写字妹交钱。

但要说明的是，采茶调由茶而起，但歌唱的内容就不一定限于茶事或与茶事有关的范围了。比如这首《阿妹待我有情分》——

阿妹呀对我呀有呀情分咳哟，我爱你那个情妹妹啰，一片心啦！

哎哟哎哟哎子哟咳，哎哟哎哟哎子哟咳，我爱你那个情妹妹啰，一片心啦！

这首采茶调没有涉及一个“茶”字，唱词简单且重复，以一连串语气助词缀连起来。此曲用客家方言演唱，很好地表达了“情哥哥”的炽烈情感，犹如一篇乡土味道的爱情宣言。

采茶歌虽是一种民间文化表现形式，但往往是一个地方茶业发展的晴雨表。在很多地方，采茶歌甚至还演变成源于茶农真实劳动生活的采茶舞和采茶戏，从单一的歌唱变成了集说、唱、演等于一体的综合性舞台表现艺术。演员们身扎彩衣，腰系绣花围裙，手持茶篮，口唱茶歌，载歌载舞，很形象地描述了茶农上山坡、走小路、穿茶丛、采茶青和在归途中追扑蝴蝶以及青年男女追逐、嬉闹和深情对唱的一幕幕场景。

限于视野所及，暂没有掌握花县的采茶舞和采茶戏的一手资料。但20世纪60年代开始，至80年代末90年代初，花都华侨农场组织侨民子弟和知识青年多次排练过采茶舞，既用于单位联欢，也用于侨乡建设成绩展示。据华侨农场的老人们回忆，当时跳舞的姑娘们都是穿着深蓝色的粗布衣，左手提着茶篮，右手模拟采茶的动作，边唱边跳，脸上洋溢着幸福的喜悦，生动再现了茶园劳动的画面，将少女的美感与茶的风韵整合在一起，侨乡茶文化的魅力表现得淋漓尽致。一曲唱罢，常常赢得一阵又一阵的掌声。

清代“岭南三大家”之首的屈大均有“粤俗好歌”的说法。花县的采茶歌根植于王子山下的这片土地，是勤劳质朴的花县人民在本土茶业发展过程中创造美好生活的深情吟唱和真实记录，虽然昙花一现，但历经岁月更迭，依然余音袅袅，激励着人们在新时代的征程上，一路高歌猛进，留下无悔的奋斗足迹。

花都华侨农场茶业兴衰录

◎刘　浪

1955年3月，广东省花都华侨农场建立，属广东省侨务委员会和花县管辖。1959年，改名国营花县华侨农场。1984年，再易名为广东省花县华侨农场，属广东省华侨农场和花县管辖。1992年，属广东省华侨信托投资公司，党政管理归花都市。1993年，花县撤县设市，更名为花都华侨农场。1999年，经广东省人民政府批准，设立花侨镇，实行两块牌子一套班子。2005年，因花都区行政区划调整，将北兴镇、花侨镇（花都华侨农场）并入花

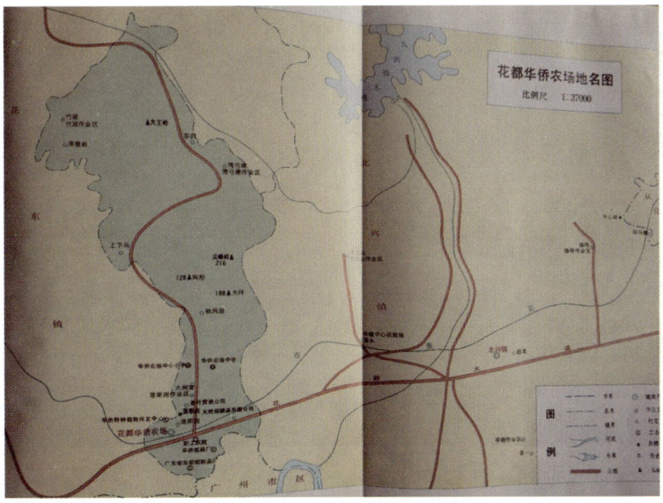

东镇，同时挂广东省花都华侨农场牌子。目前，辖区面积14.55平方公里，在册人口5200多人，其中归侨侨眷4800多人。

花都华侨农场居住生活着来自印度尼西亚、越南、马来西亚、泰国、日本、新加坡、柬埔寨、印度、老挝、新西兰、马达加斯加等国家的归侨侨眷和香港、澳门地区同胞，是广东省著名侨乡。由于华侨农场地势北部和西北部高，大部分为低丘陵和山地；南部低，为流溪河冲积平原。丘陵由沙砾岩和花岗岩构成，特别适合种植业发展。曾几何时，华侨农场除水稻、蔬菜、花生、水果、柑橙、荔枝、芒果等外，依山顺坡，种植有大片的茶园，是花都重要的茶叶生产基地，茶业一度兴盛，生产的茶叶驰名全省，远销海内外。

一

20世纪50年代初期，由于部分东南亚国家先后发生排华事件，为了安置被驱赶回国的归难侨，中国政府按照“按籍安置，主要面向农村，有技能的量才录用”和“有家归家、有亲投亲、面向农业、自力更生”的安置方针，在全国创办华侨农场。1955年3月1日，花都华侨农场应时而生。建场初期仅有三个作业区，人口584人，垦荒达5510亩。1960年，安置了1000多名印尼华侨。1979年，安置了2000多名越南难侨，成为广东省23个华侨农场之一。

为安置归难侨，28岁的蒋国泰来到花东，被任命为花都华侨农场第一任场长兼党委书记。此前，这里还是林场，荒山野岭，人迹罕至。职工也只有10人。随着分来的归侨越来越多，华侨农场渐渐有了数千职工，成为最早的“拓荒者”。

当时农场的管理实行男女分开，住在集体宿舍里面。即使是一家人，也要分散开来，不能住在一起。宿舍是泥砖砌成的，里面是一排排上下铺的“碌架床”，由于人很多，空间显得非常狭促。后来，由于接收的归难侨太多，宿舍住不下，就只能住进附近村子的祠堂里面。蒋国泰身为场长，也没有办公的地方，他住的那个小房间，搬进一张桌子，就是办公室了。

在网上搜索华侨农场的相关资料，2008年9月刊发的一篇题为《华侨农场筚路蓝缕拓山林》的文章提到了蒋国泰，已经80多岁的他回忆道：“当时，农场没有任何现代化的机械，成百上千的职工，用锄头铁锹开山辟路，开垦着农场这片广袤原野。大家实行军事化管理，集体劳动，集体吃饭。起床、开工、收工、吃饭和睡觉都是以敲钟为号。所谓的‘钟’，是我们捡回的一段废弃铁轨，撞钟的则是我们平常用的棍子。职工们吃、住在农场，每个月还能领到4元的工资。”

张德莲是1960年随父母从印尼回国来到华侨农场的。当时，她还只是一个十多岁的小女孩。中学毕业时，她便参加了农场建设。当年开山种茶的情景她依然历历在目：一个个密林丛生的小山头，大家硬是用斧头锄头开垦成了种茶基地；没有机械，他们就徒手搬小茶苗到山上栽种，再一桶一桶挑水浇灌。渐渐地，秋风田、湾弓塘一带，形成了一片绿意盎然的茶山，面积大约有几百公顷。当时每天要按时劳动，一般早上7时，就要起床去采茶，因为那时露水正浓，是采摘的最佳时间。虽然条件艰苦，但大家积极性都很高，午间休息的时候，大家会围在一起，听其中一位大声地读当天的报纸；有时也会唱起歌来，歌声久久回荡在绿色的原野上……

1956年，华侨农场引进了云南大叶茶和福建水仙茶等经济作物。年种茶450多亩。1962年，年种茶面积大大增加，农场茶叶总量113.3吨。

二

1970年，华侨农场成立了以钟任古夫妇负责的小型茶厂，茶厂坐落在吉迳村与保良村之间，流溪河西渠右侧的大树窝中。尽管如今茶厂背后的茶园消失了，但周围环境依然山清水秀，鸟语花香。可以想见，当年的茶厂职工是生活在幽静清新的绿色小世界中。

在钟任古夫妇的带领下，茶厂当年产出茶叶50多担，取得了较好的经济效益，进一步激发了职工的种茶热情。三年后，茶厂职工发展到10多人，产干茶200多担。

1996年12月出版的《花都市地名志》中记载，20世纪70年代以来，华侨农场的洛柴岗作业区、湾弓塘作业区、竹湖作业区、莘塘作业区都以种植茶叶和水稻为主。1974年，农场在莘塘作业区内的金沙岭，建立茶叶一队，称茶一；在洛柴岗作业区的大树窝建立茶叶二队，又名茶二；在湾弓塘作业区的糖寮庄开辟茶园，成立茶叶三队，简称茶三。

而山体由砂页岩构成，赤红壤质的尖峰岭、大王岭的山坡上都有云南大叶茶，秋风田、大坾等地都是花都茶叶的主要生产基地，其中尖峰牌红茶较为著名。

三

随着农场各管理区茶园的建立和壮大，茶青产量不断增加，钟任古的华侨茶厂规模也相应扩大，制茶工艺得到改善和提高，并从英德和杭州引进了机械设备。1980年，茶园有1358亩，干茶总产量44.85吨。比1970年增加了14.8倍。1982年，茶厂职工已经有20余人，茶叶产量增加到1740多担，比十年前增加了8倍。

红碎、红条、绿茶是茶厂的三大产品，其中红碎是拳头产品，从70年代后期起到80年代末，每年通过茶叶公司出口500多袋红条和绿茶，主要是内销。广东省花都华侨茶叶贸易公司于1980年创办，下辖茶厂一间，占地面积1.34万平方米，建筑面积0.6万平方米，职工83人。有茶叶烘干机，切茶机等设备，年产茶叶4万多公斤。

后来，华侨茶厂分为红茶厂和花茶厂，另外成立了一个保健食品厂。这三个厂同属茶叶公司统一领导，其中花茶厂主要是对外来料进行加工。为了创新自己的茶叶名牌，20世纪80年代初，华侨农场还专门从泰国和日本成功引进高糖动植物甜菊和被誉为“南方人参”的天然植物绞股蓝，研制出甜菊花茶和“宝山牌”南参茶，远销日本、东南亚、美国等地，形成了以华侨农场特有的红茶、绿茶、南参茶、甜菊茶为系列的绿色保健饮品。

1987年，华侨农场的茶被列入国家级星火计划项目，有茶园116亩，自动喷灌590亩。农场的经营方针从原先种植玫瑰花、香茅等经济作物，到以粮为纲，粮茶并举，再到实行“一茶两水”，即茶叶、水果和淡水养殖的方针，多种经营。当时精制的“中国红茶”香醇清爽，成为广州三大名茶之一，驰名全省，大量出口，为华侨农场的发展注入了新的活力。

为解决采茶劳动力不足的问题，1987年，广东省华侨农场管理局与湖南省茶叶研究所签订机械采茶技术服务协议，选定以花县华侨农场作为机械采茶试点，确定水仙、云大两个品种做实验。经过一年试点，机采每台工时为300到385公斤，是手采工时的25至33倍。根据当地劳动定额管理情况，一个劳动力管理3.5亩茶园（包采摘），平均亩产茶青500公斤，一个劳动力全年劳动生产率为1750公斤。茶青如由手采改为机采，一个劳动力可以管理20亩茶园，劳动生产率达到1万斤，劳动生产率提高5.7倍。

机采的引进和运用，总产值提高，而工人数量减少，使茶园的经济效益大大提高，当年采茶量增产21.2%。在此情况下，华侨农场创出茶叶销售奇迹，产品出口到十多个国家和地区。

1993年，花都华侨农场开发出大片的茶园，有茶园9600多亩，成为花都茶叶最重要的生产基地，制茶业兴旺发达。同时，由于20世纪90年代以来，花都华侨农场改变旧体制，开始推行承包制，大大调动了归侨职工的积极性。当时除了生产荔枝、龙眼、杨桃、芒果等亚热带水果以外，茶叶已经成为农场重要的经济作物，也是花都对外最负盛名的产品之一。

四

然而，随着改革开放的不断深入和社会市场经济的不断完善，华侨农场的改革和发展面临诸多困难和挑战，到了90年代后期，农场经济发展滞后，农村经过改革开放后经济飞速发展，而传统手工业因经济收入低，种茶面积逐步减少。

20世纪90年代初开始，华侨农场的茶叶价格偏低，种茶职工收入不能与经济发展同步，而且由于没能及时引进良种，加上种茶、采茶工艺停留在古老的状态中，严重影响了种茶职工的积极性。而茶厂因原料不足，产量出现大滑坡。90年代中期开始，原有传统红茶、绿茶已基本停产。而钟任古夫妇的茶厂虽说仍在原址生产，但只生产绞股蓝和甜菊花等保健茶，这已经脱离传统的制茶业，而是另外一种茶了。

2017年3月，花东镇向全社会有奖征集老照片，最终在入选的100张照片中选出10张“最具花东味道的老照片”。这其中，涉及茶叶的就有两张：一张是1963年花县华侨农场归侨青年表演采茶舞，另一张是1990年花县华侨农场一女员工在茶园采摘茶叶。

有图有真相，花都茶业的昔日辉煌就浓缩在这方寸之间。

历史终究不会遗忘。

花都茶业简史

◎刘武松

花都地处北回归线附近，北部多山，适合种茶。从最近梯面发现的古茶园来看，花都种茶的历史至少已有300多年，曾是广州著名的茶叶产地，《花县志》和《花都市志》等地方志均有记载。

一、茶叶生产发展历史

（一）清朝时期

吴觉农的《中国地方志》茶叶历史资料选辑中记载：康熙二十五年（1868年）药之属：茶、山茶、蜀茶，以单竹坝所产为最佳，与清远茶齐名，次则为三华店，为三华村所特产，邻乡不能培植，销流于顺德、大良等处，号曰陈茶。清末至民国初期，花县的茶叶等经济作物生产颇盛，市场贸易甚为活跃。

《梯面镇志》记载：茶，是梯面特产之一，梯面地区农民都有种茶和饮茶的习惯。据旧县志记载，清朝同治、光绪年间，花县城（花城）就有10多间茶庄，收购梯面茶叶供出口之用。由于买卖大宗，特设立一把公共茶秤，每交易白银一两，即扣除秤银三分。此公秤每年投标白银千元。据当时茶价，亩产量及收秤银计算，光是花城，每年销售茶叶约100吨，梯面就有茶园万多亩。现在还能清楚地看得出种过茶的痕迹，遍布在所有居民区周围的山头。梯面茶其质之优，产量之大，远近闻名，销往国内外。

（二）民国时期

清代至民国期间，花县都有茶叶出口。民国时期，花县县城有10余户茶商从福源水、丹竹坝、李婆峒、曹洞等地收购新鲜茶叶，加工后销往南方地区茶楼或东南亚国家，年产值约3万两银元。民间一直流传着“西坑烟、汶塘茶”，当时花县众多茶品中，汶塘村、尖峰两地出产的茶叶最为出众，不光汤色青黄、不挂杯、不沉淀，品味香甘而耐泡。

1936年，花县茶叶产量达到7.5吨。

（三）中华人民共和国成立后

中华人民共和国成立前，花县茶叶种植已不振。中华人民共和国成立后，由于要解决人民吃饭问题，全县主要以种植水稻为主，许多茶园被荒废。

1979年后，认真贯彻“以粮为纲，全面发展”方针，开始根据种植资源和生产条件，从发展商品经济和提高经济效益出发，不断调整种植业布局和结构。20世纪80年代初，制定农业综合区，划为4个农业区，其中东部丘陵为茶区。

1988年，全县茶园面积逐步达到1711亩，茶叶总产量达到116吨，年均亩产67.8公斤，收购7392公斤，价值51869元。1992年，919亩，总产量达到68吨。

1993年，茶叶种植面积减少到了857亩，总产量比去年有所减少，只有43吨。由于政策改变，工业发展代替了传统手工业的发展，职工陆续调走，茶园缺乏管理，场地荒芜。

二、主要茶区生产发展概况

（一）梯面茶产区

《梯面镇志》记载：茶，是梯面特产之一，梯面地区农民都有种茶和饮茶的习惯。梯面茶园最多时有一万多亩。梯面茶之所以能大量发展，据调查所知，原因有二：（1）利用山岭种茶不须占用宝贵的水稻种植面积。（2）经济价值高。一斤上等细茶可换30斤大米。一亩茶山可收上等细茶10斤以上，另有次一等的茶叶收入。从清朝道光年间至中华人民共和国成立时（1949年），百多年来群众乐于种茶，绝大多数农民既种茶又种稻。一般农户都种三五亩茶园，有不少农民专耕山种山茶，成为种茶专业户，少者种有三四十亩，多者六七十亩，请工人摘制。全区年产上等细茶50吨以上，茶的收入占整个梯面经济总收入50%。

梯面茶其质之优，产量之大，远近闻名，销往国内外。尤以汶塘茶为特优（汶塘位于梯面西部王子山脚），茶色乌黑，焗后茶色（水色）金黄，茶中没有沉淀或混浮于茶水中的物质，哪怕茶具盛茶许久，其底一样清晰可见，清香扑鼻，焗后数天，其色味不变，一两茶叶可焗水10多斤，入口爽滑，喝时顺喉，饮后甘凉止渴，是消暑解渴之佳品。

汶塘茶不单供消暑解渴之用，还能当药使用。如眼目红肿，用汶塘茶水与黄泥拌匀，澄清后洗之即愈。又如华侨出国备用汶塘茶，饮汶塘茶即能服当地水土，消除疾病。现在梯面居民往巴拿马，不少人带汶塘茶叶而去。久居海外的华侨，其后代亲友出国，亦不忘嘱其带汶塘茶叶。现在不少侨属、华侨寻踪觅迹，专程到汶塘购买茶叶。每斤售价四、五十元，依然抢着购买，他们价钱多少不计，志在必得。目前汶塘茶由于没有专人种植，只有过去留下来的旧茶头有少许生长，约年产数斤，供不应求，故出现华侨、侨属与当地个别农民预约，来年定购的现象。

汶塘茶在清末民初时期，相关茶楼就把它列为我国名茶之一，供茶客饮用。直至中华人民共和国成立初期，汶塘茶仍有大量出产。当地群众反映，汶塘地区被誉为“十窝九岭都是茶”，可见其茶园之多矣。其中品质较优的汶塘青茶，以其色泽鲜明、入口香纯著称。

（二）三华村茶叶产区

《广东新语》记载：清代中期史学家屈大均纂《广东新语》载：广州河南三十三村产茶，谓河南茶；花都产“陈茶”。《花县志》记载：烟、 茶多产于花山、梯面、新华三华等山地。花县种茶历史悠久。清代县内单竹坝、李婆峒、曹洞等山地及三华村多有种植茶树。三华水仙茶是民国时期花县名噪一时的物产，盛产于花都区新华村三华村、公益村一带。

民国初年，三华、公益的农户在村前村后种水仙茶。水仙茶原名“水神茶”，水仙茶色鲜、味香，入口爽滑，人们极其喜爱。当时的茶楼，多以水仙为上茶。村民家有喜事，主人常以水仙茶奉客。有的女儿出嫁，还要男方送一盒水仙茶作为高贵礼物。从前，横潭街设有茶行，每逢圩日，各地前来购水仙茶者络绎不绝。水仙茶树高大，最高者达四五米，枝繁叶茂，郁郁葱葱，种茶最多的数茶园村（现属新华街公益村），茶园村原名大坳村，因该村家家户户在村前田野和村后山坡种满茶树，大坳村渐渐被称为“茶园村”。

这种“水神茶”，种植茶树时只施土杂肥，不施粪尿。抗日战争时期，因敌机轰炸，许多茶园被毁，日军铁蹄所到之处，生灵涂炭，哀鸿遍野，为有史以来广东人民遭受的最严重的浩劫，人民生活苦不堪言，种茶更少。加之当时种茶、制茶技术差，茶叶销路渐不景气，茶农种茶已不足以养家。1949年后，水仙茶树日趋匿迹。至20世纪80年代初，随着经济的发展，只有一位老农的菜园里仅存两棵，濒临绝种，三华村、花山茶园早已荡然无存，在这片茶园耸立的只有高楼大厦。

（三）花侨农场茶叶产区

1955年，为安置印度尼西亚、马来西亚等东南亚国家难侨而设立国营花县华侨农场，难侨们利用荒山种茶树，翌年种茶450多亩，逐步成为茶叶生产加工基地，1962年该场茶叶产量113.3吨，其中以红茶最为著名。1974—1977年县内盛行种茶，1986年7月成立食品工业发展公司，其中茶列入国家级星火计划项目。1987年采用机械采茶，创出茶叶的销售奇迹，出口到13个国家和地区。

随着改革开放的不断深入和社会市场经济的不断完善，华侨农场的改革和发展面临诸多困难和挑战，到了20世纪90年代后期，农场经济发展滞后，农村经过改革开放后经济都飞速发展，而传统手工业，因经济收入较少，种茶面积逐步减少。除华侨农场外，现仅存花东镇河联、狮岭镇军田、赤坭镇缠岗3个农场有少许茶叶生产。

好山好水出好茶

◎毕婉青

初入梯面，放眼望去满眼翠绿，郁郁葱葱，养心养眼更养人。很多朋友会感叹，想不到广州还会有如此翠绿宁静的生态环境。这些年来，“翠绿”一直是梯面镇最清丽的一袭华衣。享有“广州北肺”之称的梯面已经成了广州名副其实的“世外桃源”。

一

《茶疏》里，明朝人许次纾说：“精茗蕴香，借水而发，无水不可论茶也。”宜茶之水，无外乎清、轻、活、甘、冽。梯面辖区森林覆盖率达98%以上，景色秀丽，山中多木多竹，泉水由山径中穿石溢出，依山势而下，流经低壑处，便汇成一个个小石潭，远看恰似一块块散落的翡翠。绝佳的自然环境加上丰富的水土涵养，让梯面形成了天然绿色的生态屏障，也孕育了富含钾、钙、钠、镁、偏硅酸等多种有益于人体健康的微量元素和矿物质元素的梯面山泉水。

很多人感慨进入梯面犹如进入一个翠绿的生态王国，置身林间，仿佛进入了一个巨大的天然氧吧，感受老木参天、流泉飞瀑、奇特峰石，听着松涛鸟语，沐浴着野林山风，生命的盎然活力也扑面而来，徜徉在这份独有的自然清新的灵气里，竹海、野花、森林、清泉、山雀与好山好水构成一条完整的原生态生物链。

二

2020年，红山村党支部书记吴展红偶然的一次入户调研，意外收获到一波与“茶”有关的重大惊喜。村民们透露：茅隺自然村的深山密林中发现有成片的茶树林……

随即，广东省茶叶收藏与鉴赏协会会长、省农科院原副院长陈栋，广东省农业科学茶叶研究所以及广东科贸职业学院的专家和技术团队先后赶赴现场，一番考察、研究、讨论和论证后得出结论：此片茶树树龄至少有300年。

后来，相关茶叶专家又经过数次现场考察，对分布在茅隺村六个山头的古茶树群落进行了实地考证，确认有百年以上毛叶茶、清桂大叶和广州青（紫心）小叶三大本土品种。

好山好水出好茶。翻开《茶经》，记载有："茶者，南方之嘉木也，一尺二尺，乃至数十尺。"梯面钟灵毓秀的山水地貌，得天独厚的气候自然环境，为孕育"好茶"埋下了伏笔……

纵观整个梯面，群山连绵起伏、层峦叠嶂、峡谷幽深、溪水淙淙，飞瀑流泉随处可见。山壑险峻、众泉汇流形成了花都区最大的天然瀑布群。梯面有好山好水，由此可见，水之品，往往源于滋养它的土地、岩石、山脉。寒冽之水，须从极净之地中寻来。在这样极佳的大美山水处，沉睡着一个上千亩的古茶园也就变得合情合理。

三

《花县志》和《梯面镇志》均有记载，茶是梯面的特产之一，当地农民自古以来就有种茶和饮茶的习惯。清朝同治、光绪年间，花县城（花城）就有10多间茶庄，收购梯面茶叶以供出口。南梯面人家，就常常听到客家人口中提及的"老茶婆"。

梯面客家人口中的"老茶婆"是指木质化程度很高，含有大量氨基酸，具有消除紧张、放松情绪作用的粗老的茶树叶子。"老茶婆"算是对茶树中老茶叶的尊称。梯面人家制作"老茶婆"并不复杂，将老茶树叶子采下来后稍作摊晾，再放到干净的大铁锅里，翻炒、焙干后收藏起来即可。

梯面客家人都知道，"老茶婆"大多粗枝大叶，由于粗老，很多人因此觉得其"端不上台面"，但这其貌不扬的外表却往往让很多人"走宝"。过去"老茶婆"多数都是贮藏在农家通风干燥的房梁上面，可以连续冲泡数十次，其茶香茶味依然存在，而且正宗"老茶婆"冲泡后可放置数日而不馊，茶味也不变，有治疗感冒、醒酒、暖胃、利消化等功效，对治疗痢疾往往有特效。"老茶婆"可泡可煮，比想象中容易"出味"，大火煮沸后改慢火后，便隐隐闻到茶香了，而且"老茶婆"很耐煮，作为口粮茶一点都不含糊。

梯面传统农家收藏"老茶婆"代代相传，讲究茶叶的陈化，放的时间越久味道越好，药用价值亦越高。老茶婆泡出的茶带有浓郁的果香味，味道甘甜，入口生津，回味持久。当地人家家备有"老茶婆"，越陈的"老茶婆"其果香味越浓，茶味越甘甜。放置六七年以上的茶味为佳。而承包过梯面茶厂的苏彩娇家里，就存有几十年的"老茶婆"，在年份的浸润下显得弥足珍贵。

"老茶婆"茶的汤色红中带褐色，隐约有一种特殊的茶香，很内蕴，茶味醇和而回甘。跟平时喝的茶不同，是另一种"茶味"。懂茶的专业人士说"老茶婆"里的茶多糖含量较高，入口生津，回味持久。细细品来跟清爽留香的绿茶，馥郁悠扬的乌龙茶，香气高扬的红茶，竟是别有洞天的一种新的感觉。炎炎夏日，炽热的太阳烤得大地像蒸锅时，客家人将煮好的"老茶婆"放入瓦壶、陶壶盛着放温凉了，到村头田间忙完之后，回来仰头一口喝干，顿觉全身舒泰清润，齿颊留香。喝上一碗"老茶婆"，那真是一种神清气爽的淋漓畅快。

梯面有经验的老茶人说制作"老茶婆"最好的采摘时节是霜降时节，此时的茶叶经过了一年中春、夏、秋三季的滋养，到了霜降时节早晚温差大，初生叶成长缓慢，老叶则茁壮成长，特别的肥厚。刚摘下的老叶子咬破咀嚼，纤维含量丰富，微苦中含有少量的挥发性油甜味。这让人禁不住从“老茶婆”想到那些饱经风霜的老人，他们脸上虽已布满皱纹，但容貌慈祥，精神矍铄，眼神清澈，充满了生命的光彩。

四

懂茶人都知道茶叶具有提神清心、清热解暑、消食化痰、去腻减肥、降火明目、止痢除湿等药理作用，还对很多现代疾病，如辐射、糖尿病、心脑血管等有一定的药理功效。清代中期史学家屈大均纂《广东新语》载，广州河南三十三村产茶，谓河南茶。花都产“陈茶”，印证了与“老茶婆”的关联所在。

据孙昭度、利璋撰《花县志》载：茶叶，多产于山间，而以丹竹坝（包含红山村茶区在内）所产为最佳，与清远齐名，次则为三华店，为三华村所产，邻乡不能培植，销流于顺德、大良等处，号曰“陈茶”……此时端上一杯汤色带红、透亮干净、甘甜润喉的“老茶婆”，闻着那陈气纯正的带着“药味儿”的香气，我们醉了，也爱了。

茶于沧海而言不过一粟，然百载之间，梯面茅辇茶“犹叹红尘自清浅，众里寻它隐世间”，在机缘巧合下再度出现在人们的眼帘。斑驳的老茶树承载住了时光的锤炼，相信也会重新赋予大山深处那片神奇的树叶以新的生命。从此，各路客人来到梯面，茅辇茶这百年流传的芬芳，不仅会成为人们日常生活中重要的饮品，也会给乡村振兴带来新的生机和亮点。

梯面茶已归来，远道而来的客人静坐于梯面，可独酌一盏光阴，煮茶静思，品那岁月悠长，但留此茶余香！

茅辇山茶满树红

◎黄　柱

——浅谈梯面茶与花都民间文化

从广州城区一路向北，约36公里外，便是素有广州“北大门”“后花园”之称的花都，到了花都继续北上，便是梯面镇。作为广州特色乡村旅游点、广东省旅游特色镇和国家级生态乡镇，梯面镇对很多人来说并不陌生，而产自该镇茅辇村的“老茶婆”却鲜为人知。

梯面种茶历史悠久，曾一度闻名于世。当我们试图从民间信仰、民俗文化的角度来理解梯面的茶文化时，发现梯面茶文化与瑶族民俗、盘古文化、宗教信仰之间，有着密不可分的联系。正是由于各种文化之间的相互碰撞，梯面的茶叶与茶文化才得以产生深远的影响，才更加值得挖掘与玩味。

一、李婆峒与盘古文化

重刻道光版本《广东通志》记载，广州当时盛产茶叶，比较著名的有广州南边的河南茶、东边的罗浮茶、西边的西樵山茶和北边的花县（花都旧称）陈茶、丹竹坝茶等，其中丹竹坝茶就在梯面镇内。《花县志》也有记载：花县种茶历史悠久。清代县内丹竹坝、李婆峒、曹洞等山地及三华村多有种植茶树。这里提到的“李婆峒”，就位于今日的梯面镇红山村。

关于李婆峒，还得从一个传说讲起。据说在明末清初，这一带有马、韩、黄、李等姓氏先民迁入。各姓氏先民在此开荒辟地，整治河流，发展生产，繁衍生息。随后，邓姓、罗姓、温姓、刘姓等相继从外地迁徙到此，逐渐形成一个多姓氏的山村。

村里有一妇人，人称李婆婆，她早年丧夫，膝下无儿无女。李婆婆慈眉善目，平易可亲，乐于助人。附近村庄的人有难事、烦心事，都会找她倾诉、解惑。久而久之，人们叫李婆婆居住的地方为“李婆峒”。各姓村民皆视李婆婆如本族亲人，在她百年之后，村民为了纪念她，便将其灵位安放在盘古庙，以示敬重。

故事中的“盘古庙”早已遭到焚毁，如今的“盘古王庙”，通常指的是位于狮岭镇振兴村盘古王山麓的盘古王庙。那么，梯面镇的“盘古庙”又是什么来头？相传，1400多年前，梯面镇就是“南海中盘古国”的发祥地，至今，红山村仍保留有另一块缺损的盘古王石碑。

盘古文化在花都区可谓历史久远，在清朝方志和清光绪十六年（1890年）重刊的《花县志》中描述了花都的盘古古迹。旧《花县志》记载，从中原迁徙而来的瑶族人，在梯面盘古峒建盘古庙，定农历十月十六日为“盘王节”，并于当日在庙前跳长鼓舞、唱《盘王歌》、放花炮、耍花棍，非常热闹。由于堆火焚香，香烟弥漫，加之山岚雾障，相互渗融，构成一幅烟霞辉映的奇景。所谓“盘古峒在县（指当时县衙花城）东北二十五里万山中，朝暮雨晴，烟霞锁护，太初景象仿佛犹存”，正是后来“花县八景”中的“盘古烟霞”。

明朝弘治年间（1488—1505年），由于受到镇压，聚居在梯面一带的许多瑶族同胞被杀害或被迫逃亡，盘古峒的盘古庙也遭焚毁。此后几经毁建，至清光绪二十四年（1898年），狮岭和花山一带的村民再次捐资，于盘古王山南面山麓开阔地带重建神坛。

二、梯面瑶族与茶产业

在梯面镇，瑶族人除了修建盘古王庙，还重新种起了茶树，让茶文化在梯面生根发芽。瑶族人家历来有种茶、制茶的习惯，茶文化早已深入瑶族人民的生活中。在瑶族的经书中就有关于茶的记载，“茶司不净娘酒净，一盏红茶礼义仙；三藏种茶好光分，周公置礼真千金”，可见，茶叶在瑶族人民的生活中，可以当作一种信物，用来献礼神仙。在瑶族《盘王歌》中，也有“十二月山茶满树红”的句子。《盘王歌》是祭祀盘王的主要唱本，生动地反映了瑶族人民把盘古王当作本民族的始祖来崇拜供奉的原始信仰，将山茶写入唱本中，足以体现茶文化在瑶族人民心中所占据的重要位置。

在瑶族人的世界里，茶不仅是一味良好的调味剂，且具有极高的药用价值。除了日常煮水饮用，瑶族人还拿瑶茶入药，认为茶有补肾降压、清热解毒、生津润肺、止咳利咽等功效。无独有偶，《梯面镇志》对梯面茶的功效也有记载：汶塘茶（汶塘位于梯面西部王子山脚）茶色乌黑……不单供消暑解渴之用，还能当药使用。如眼目红肿，用汶塘茶水与黄泥拌匀，澄清后洗之即愈。又如华侨出国备用汶塘茶，饮汶塘茶即能服当地水土，消除疾病。

当然，以茶疗疾，以茶入馔，都是古已有之。在古籍文献中就有“神农尝百草，日遇十二毒，得茶而解之”的说法。到了唐代，人们对茶的功效有了更为全面的认识，唐代诗人顾况在《茶赋》中写道：“滋饭蔬之精素，攻肉食之膻腻，发当暑之清吟，涤通宵之昏寐。”他认为茶可有助消化，可涤荡腥膻，可祛暑助思，可清心提神。茶有如此神效，或许正是瑶族人民在梯面种茶的原因。

《梯面镇志》记载，茶叶曾一度成为梯面的特产，直至1956年，成立高级合作社后，土地收归农业合作社集体所有，强调以粮为纲，成为单一经营，人力、物力、财力投入以种水稻为主。由于茶叶的收成季节与春耕相同，有限的劳力已无法很好地管理茶园，加之茶价过低，农民出售茶叶，每公斤收购为七八角钱，1公斤茶叶只折合大米2公斤左右，与过去相比，其价值只及十分之一，农民种茶，其经济效益得不偿失，终于弃种、弃管，茶园荒废、茶树死亡。作为梯面特产的茶叶，便随之消失在大众的视野中。

三、宗教信仰与梯面茶文化

所谓“茶禅一味”，茶与宗教文化有着密不可分的联系。我们不由得大胆猜想：茶产业与茶文化，能够在梯面生根发芽，并产生深远影响，或许跟梯面的宗教文化也有一定的关联。

正如茶文化在唐代的形成，就与禅教的兴起有着密切的关系，《封氏闻见记》记载：“开元中，泰山灵岩寺有降魔禅师，大兴禅教。学禅师务于不寐，又不夕食，皆许其饮茶人自怀挟，到处煮饮。从此转相仿效，遂成风俗。”因茶有提神益思、生津止渴的功能，故寺庙崇尚饮茶，在寺院周围植茶树，制定茶礼、设茶堂、选茶头，专呈茶事活动。

有资料显示，明代，佛教在梯面镇李婆峒较兴盛，其轮回报应等教理在民间深有影响。此外，在梯面的高百丈风景区有着“百丈禅寺”，其前身为仙家庙、观音庙。2016年，隆华寺向梯面镇人民政府及上级有关部门申请将高百丈风景区的仙家庙、观音庙登记为佛教临时活动点，这才更名为“百丈禅寺”。

关于仙家庙、观音庙的由来，有这么一段故事。相传于清顺治年间，当地暴发瘟疫，一时间无药可医，给当地百姓带来了极大的痛苦。观世音菩萨心生悲悯，化作一位老人指点乡民：取山中的泉水，饮之七日，瘟病即痊愈。疫情过后，乡民感念观世音菩萨慈悲，自发组织，筹资备料，出工出力在泉边修造一座观音殿，并在泉眼处修建观音井。自始，善男信女络绎不绝，香火缭燃不息。虽然只是传说，但也在一定程度上可以说明梯面当地百姓的民间信仰，可以看出梯面人民是如何通过建造庙堂来寄托对神明的崇敬、祈求平安，以及对美好愿望的追求。

从茶文化与宗教文化之间的关系来看，最初，茶为僧人提供不可替代的原料，而僧人和寺院则促进了茶叶生产的发展和制茶技术的进步。由此看来，关于梯面种茶的记载，最早可追溯到明代，而此时正是佛教在梯面兴盛时，这或许并非偶然。

花都茶叶简史

◎马　骁

——访区供销总社原副主任兼区花木茶业公司总经理黄国强

黄国强先生是花都区供销总社原副主任兼花都区花木茶业公司总经理，如今的两磨轩工作室负责人。某日，为了解花都区的茶业演变故事，笔者特地访问了他，在老先生的娓娓道来中，逐渐勾勒出了近几十年花都区茶业的发展脉络，也让我们看到在改革的大潮中，花都人如何顺应改革浪潮，将花都茶业发扬光大。

一

广东，自古以来便有着十分浓郁的产茶、饮茶、制茶、贩茶的文化和民俗。而广州市花都区，即原来的广东省花县，也在历史的不断演进中，与茶结下了不解之缘。花县种茶、制茶的渊源，早在明清年间便有所记载。花县茶，特别是梯面茶，不仅仅在当地十分盛行，甚至声名远扬，行销海外。据当时的县志记载，清朝同治、光绪年间，仅仅在花县城（花城）就有10多间茶庄，以收购当地茶叶供出口之用。当时茶庄收购数量大，为了计算方便，还特地创造了一种特殊的秤来计算金额。据当时茶价、亩产量及收秤银计算，光是花县，每年销售茶叶约100吨，梯面就有茶园上万亩。如此大的茶叶产量，可以一窥当年的茶市是何等的兴旺。直到现在，花都区梯面镇仍然存留着大片的古树茶田，茶树婆娑，茶田广阔，印证着当时花县种茶、制茶业规模的庞大。

据当时的记载，由于种茶用山地，并不占用种水稻的良田，而且收益相对于普通的庄稼要高上不少。不仅种植高品质的茶叶有不少收益，那些二等茶，也可以拿来换钱。也因为收益不菲，农户们都乐于种茶、制茶。对于种田的人家来说，他们既种茶、采茶、制茶，在日常生活中，也会喝茶、品茶，将茶作为珍贵之物馈赠他人。对于他们来说，茶不仅仅是一种经济作物，更是生活中不可或缺的存在，融入到了生活和传统之中。

然而，中华人民共和国成立之后，由于土地收归国有，生产合作社强调以粮为纲，生产力相对低下的年代，无法安排额外的劳动力来从事种茶行业。再加上茶的流通收购渠道完全萎缩，于是，种茶渐渐退出了当地农民的生活，曾经茂盛一时的古茶园，也渐渐地荒废了。

虽然不再有成规模的种茶产业，但是在花县人的骨子里，对于茶仍有着特别的爱好。据黄老先生说，20世纪70年代初期，当时他作为农资公司的职员，去到农户家中时，农户们还是会习惯将山茶、土茶拿出来招待客人，这也是当地人招待客人很好的礼仪了。当地还是有一些零散的茶农，自己在农忙之余，会种植一些茶树，主要用于自家喝，如果有多的，就会送给别人，或者拿到大集上去卖。对于那些不产茶的人家，能够获得一包茶来喝，对于他们而言，那种高兴等同于吃肉。这也可以看出，虽然不再从事产茶业，但仍有不少农民仍然会自行摘茶、制茶、喝茶，对于茶叶的爱好虽无法与旧日相比，但仍然深植于他们的骨髓之中，挥散不去。

二

中华人民共和国成立之后，茶叶作为一种生活物品，统归于供销社负责经营销售。黄老先生说，当时的供销社负责范围广泛，除了药品和百货（布匹、衣服）等，其他的日常生活所需都由供销社负责供应。小到各个村落，大到县城、城市，都有供销社的影子。供销社下辖不少于十个部门，从酱油，蜡烛，打火机、盐巴等百姓生活中必不可少的日用品，到种子、肥料、农药等农业必需品，再到针头线脑等零碎的小东西，都归供销社管。最为鼎盛的时候，花县供销社共有员工6000～7000人，下辖的分公司都有十几个。

当时的茶叶，是归供销社下辖的花木茶叶公司管。花木茶叶公司，顾名思义，既经营花木，又经营茶叶。当时的茶叶除了外地供应，本地茶主要是由华侨农场提供的。当时花县华侨农场是特地为安置归国华侨而建立，其生产的红茶，与英德红茶齐名，都是广东省内有名的品质优良的红茶。

1992年后，黄老先生任职花县供销总社副主任兼花都区花木茶业公司总经理。当地人对于茶叶越来越浓重的爱好，以及当时市面上尚未成立茶叶商店的空缺，让黄老先生有了一个想法——成立花县自己的茶叶商店。1993年之后，花县撤县建市，新成立的花都市归广州市代管。这一改变并没有打消黄老先生成立茶叶商店的念头，反而让他更加坚定了决心，并在一定意义上促进了茶叶商店的成立。1994年左右，经过多方的筹备，花都市第一家茶叶商店在福宁路正式成立，也标志着花都的茶业掀开了新的篇章。

作为花都本地第一家、当时也是唯一一家以茶叶经营为主的商店，茶叶商店自诞生开始，便受到了当地爱茶人和其他地方茶企的瞩目。从各种品阶的茶叶、到各式各样的茶壶、茶杯……当时的茶叶商店无所不包，琳琅满目的商品，深深吸引了花都市本地的爱茶人，也让其他地方的好茶人慕名前来，只希望能一睹茶叶商店的风采。黄老先生回忆说，茶叶商店成立之后，生意一直很好，也拉高了花木茶叶公司整体的营业额和利润。许多其他地方的私人老板，也通过茶叶公司联系到了供销社，进入花都茶市场开始生产经营活动。可以说，茶叶商店是以自身作为基点，撬开了整个花都市茶叶市场的大杠杆。

三

茶叶商店成立后，花都的茶叶市场逐渐成型。在市场经济的推动之下，改革浪潮席卷了整个花都市，也让茶叶市场有了翻天覆地的变化。

在市场大潮的推动之下，越来越浓重的饮茶氛围在整个城市凝聚，越来越多的茶业公司应声而起，在发展过程中，花都还形成了本土的茶叶批发市场，以批发、零售双管齐下的方式，孵育了一批本土茶企，让茶行业在花都如火如荼地发展起来。

然而，也正是在市场经济的推动下，曾经独占鳌头的茶叶市场逐渐不再吃香，渐渐地退出了人们的视线。千禧年后，茶叶商店由于经营不善，最终以关门告终。虽然茶叶商店关门了，茶行业的种子却早已在花都生根发芽，最终形成了如今花都本地繁茂兴盛、品类齐全、涉及广泛的茶行业。

如今的花都茶业，不仅仅局限于简单的批发、零售，也致力于立足本土，涉猎更多、更广泛的领域。对梯面古茶园的开发和与普定县茶产业的合作就是其中之一。2020年，时任红山村第一书记的吴展红在探访农户时发现了当地农户茶叶很特别，香味舒服，丝丝甘甜，也让她意识到这种茶的养生和开发价值。随后，在当地政府和农户的协作之下，梯面镇的原生态古茶园浮现在大众眼前。经专家鉴定，梯面现存的原生态古树园，是广州市唯一一个现存比较完整的古茶园。目前，在上级部门和镇党委政府的支持下，正计划依托本地盛产优质山茶的优势，大力打造以茅輋茶为品牌，全面推广梯面镇茶文化的开发，以茶文化与文旅相结合，促进乡村产业振兴。而广州市花都区与普定县联合开发的穿洞茶叶农业产业园区，充分发挥市场经济对于产业升级的引领作用，鼓励支持各类主体投资，吸引更多社会资源参与农业产业园区建设，推动园区茶叶产品进入粤港澳大湾区市场，引导广东优质企业到园区投资发展，不断探索绿色金融与乡村振兴相结合的模式，着力培育园区企业“造血”功能，推动农业产业园区现代化。

梯面古茶园的开发和与普定县茶产业的合作是如今花都茶产业发展的一个缩影，也标志着花都茶产业从简单的生产经营，到文化品牌发掘与多维度产业升级的转变。

如果说茶叶如舟，那么茶人便是泛舟江上的一个个渡者；如果说茶汤似水，那么茶人便是跃身水中的一条条游鱼；如果说茶香如烟，那么茶人便是穿行于烟云中的一枚枚青燕……千百年来，无数茶人在茶林中穿梭，用自己的一双手、一对眼采摘茶叶，用心制成一盏盏好茶，奉给真正爱茶、好茶之人。古往今来，岁月变迁，但茶人的传承却不变，仍用一份匠心、一份真情用心制茶，不负爱茶之人的期盼。

从古到今的花都茶叶，历经历史的变迁，如今迎来了崭新的篇章。我们也相信，在花都茶人的用心经营下，花都茶行业一定会发展得更好。

花都茶缘

◎马中华

1992年，我从华南农业大学茶学专业毕业，分配到广东省农垦商业总公司茶叶公司工作。1994年国有体制改革，下岗分流或者叫个人承包经营，自主经营，自负盈亏。由于自己刚刚毕业，学习农科，不善经营管理，再加上外地人在广州，无亲无靠。批发茶叶本大利小，同行竞争激烈，根本不是同行对手，很是艰难，无以为继。到1996年基本就经营不下去了，于是便考虑转型，开办茶庄，小本经营，维持生计。

1997年夏天，我便选择到花都新华镇站前路开办“陆羽茶庄”。之所以到花都开办茶行主要是因为我岳父是龙口南阳庄人，岳母是新华镇茶园路人，他们亲戚多，资源广，可能好卖茶。毕业以后，我也经常到花都走亲戚，对花都比较熟悉、亲近。

90年代初，花都有间华侨茶厂，生产红茶和绞股蓝茶，其中绞股蓝茶很出名，用嫩茎轻揉捻，烘焙而成，开水冲泡有清新参香，甜口略回甘，提神醒脑，很受欢迎。90年代后期就没见绞股蓝茶在市面流通了。可能是因为人工土地成本高，品牌也没有做响，导致产品没能大量走出花都，实在可惜。

1997年的花都还是几条街的规模，市容市貌正在快速发生变化。茶庄也就三四家，比较有规模的好像是花都供销社茶庄，本地人开的一间老字号茶庄，安溪人林总开了一间茶庄，他们具体名号都忘记了。

当时花都站前路人流量大，马路宽，车也好靠边。大大的“陆羽茶庄”招牌很是显眼。茶庄茶叶品类丰富，主打安溪铁观音、凤凰单丛、云南红茶和花茶等，价格亲民，亲朋好友很多，慕名交流学习茶知识的也很多，生意还算可以。

记得当时花都人都喜欢安溪乌龙茶，价格亲民的黄金桂最受欢迎，一般卖40元，好的卖80元，颗粒均匀，绿中带金黄，干香明显，茶味甘醇，花香扑鼻，久泡还有余香不绝于口。铁观音一般卖60元至180元不等，普通人喜欢100元左右的特级特观音，老板们喜欢180元1斤的马骝搣铁观音。马骝搣铁观音，除了颗粒饱满厚实，绿润起霜，香气浓郁持久，兰花香带蜜味，滋味鲜醇爽口，味中有香，香中有味外，最主要还是名字好听，有故事可讲。此茶据说是茶树长在崖上，人采不到叶子，非借助猴子方可采制。1998年凤凰单丛也好卖，80至180元1斤的黄枝香单丛最抢手，花香清高持久，滋味浓厚，回甘力强。当时花都高档酒楼也开设茶市，丽美酒店早茶最好，点心都是香港大厨制作而成，茶叶肯定是我们“陆羽茶庄”供应的。

1998—2000年的花都，社会经济发展迅速，外来人口大量增加，茶叶店铺也雨后春笋般地开张。茶叶品类更加丰富，茶叶档次持续走高，茶具销售也开始兴旺。2001年，我由于要到英德开办茶厂，没有时间和精力打理，便把店铺转让了。

在花都开办茶庄是我人生事业最低谷的时候，想想自己大学毕业，没有到机关单位工作，而自愿到了商业总公司茶叶公司，最后下岗失业，又创业开个茶店，心情是多么沮丧。好在父母和岳父母都来店轮流帮忙照看店铺，减轻了我好多负担，而给他们带来了好多辛劳，实在愧对他们的付出。花都的堂哥、堂姐和表哥、表姐也热心帮忙买茶消费，并积极推广。特别感恩舅舅、舅母对我的照顾，三姐和华哥对我的引领，宇哥和祥哥的关照。

在花都，还要感谢很多茶友，他们生活水平提高以后，到茶店学习品茶，购买茶叶，经常和我交流茶道，让我意识到推广茶文化的重要性，让我在茶的路上能够坚持下去。虽然很多茶友的名字记不起了，但是希望有一天，我们还能够相聚在花都梯面古茶园里品茶论道、畅谈美好。

百步梯古茶驿道散记

◎吴展虹

深山觅古茶，古道隐于山。在花都区梯面镇大山深处，隐藏着大片原生态古茶园。明清时期的茶农，从百步梯古驿道出发，排着长长的队伍，推着鸡公车运送茶叶到县城，响亮的客家山歌回荡在山间。茶农们千辛万苦把梯面茶叶运到花县，被10多间茶庄收购后供出口之用，远至欧洲。道路漫长、岁月悠久，梯面百步梯古驿道上演绎了多少茶故事，引来人们纷至遐想。

茶，是梯面特产之一。明清时期，梯面茶其质之优，产量之大，远近闻名，销往国内外。据旧县志记载，清朝同治、光绪年间，花县城就有10多间茶庄，收购梯面茶叶供出口之用。由于买卖大宗，特设立一把公共茶秤，每交易白银一两，即扣除秤银三分。此公共茶秤每年投标白银千元。据当时茶价、亩产量及收秤银计算，光是花城，每年销售茶叶约

100吨，梯面就有茶园万多亩。现在还能清楚地看得出种过茶的痕迹，遍布在所有居民区周围的山头。县城（花城）茶叶贸易曾盛极一时。古书记载，唐曹松移顾渚茶植其上，经世代杂交纯化后形成的广州本土小叶种群体——广州青心小叶、紫心小叶茶树，本土南岭大叶品种及岭南特有的珍稀品种毛叶茶，现仍广泛分布于梯面镇的古老茶区。

很多人知道花都区有一个梯面镇，却不知道它过去叫百步梯林场，因地处“百步梯”上面，故名为“梯面”。而隐蔽在乡间的古驿道百步梯，那光滑的表面、深入石板的车辙，暗示着几百年来南来北往的脚步，日渐模糊的碑刻，让人忍不住想象往昔茶农推着鸡公车运送茶叶到县城走过这唯一通道时熙攘热闹的景象。这是何等的壮观。

百步梯古道最早修筑于清代。清顺治四年（1647年），曾为南北咽喉要道。鸡公车走过的车辙印，更是见证了车来人往。从高空俯视，百步梯在山坡上呈“之”字形。宽阔的道路，缓和的坡道，保障了行人和手推车的畅顺通行。在古代，山间驿道路险，运输物资困难，为方便货物运输，民间多使用自制的独轮车。

《花县志》记载，百步梯的梯腰原建有一凉亭，供行人休憩，亭内悬有木制横匾一块，上题“且歇歇”三字，亭柱石刻一联：“一亭俯瞰群山，吃紧关头，须要认清岔路；两脚不离大道，踏高地步，自然赶上前人”。该联为道光年间花县县令包锦灿题写，不仅描写眼前景物，且含意双关，富有哲理，耐人寻味。

岁月变迁，往昔车来人往的百步梯如今已隐蔽在密林间，凉亭也不复存在，再难想象当时茶农运送茶叶时的人声鼎沸，盛极一时。那些喝茶聊天的哥们，在品尝古树茶的时候，有无想到茶农运送茶叶的艰辛和茶农到了县城后，1斤梯面上等茶叶为他们换来30斤大米时的喜悦心情呢?

梯面古驿道百步梯和古茶园现仍保存较好，具有很高的历史价值，对于研究清代地方文化和社会经济状况有重要的意义。目前，在梯面镇党委政府的支持下，正计划依托本地盛产优质山茶的优势，以茶文化与文旅相结合，促进乡村产业振兴。

岭南香

◎叶　青

相传洪秀全先祖坟在梯面红山村。洪秀全七岁时，清明节随同母亲到红山村给先祖上坟。由于村中采茶制茶忙碌，母亲一般会在亲戚家逗留几日，顺道制些茶回家中供一家老少一年饮用。茅畲村盘伯家有一男孩子二牯与洪秀全年纪相仿，两人结伴嘻戏追逐调笑甚欢，顽皮的二牯不经意解开了他家拴狗的绳子，狗不大但特别凶，看见洪秀全他们就嗷嗷地冲过来，瞬间把一个小女孩扑倒在地。

大家都惊慌地往后退，有一个甚至跌倒在院落的土坎处，吓得呆若木鸡，唯有小小年纪的洪秀全却沉着地蹲下身去，拾起一块石头，眼睛直盯着那条狗，狗看洪秀全不跑且拾起了石头，它先胆怯地吠叫了几声，看洪秀全盯着它，一副毫不退让的样子，就蔫了，狂叫着拐一个弯跑走了。

这时候盘伯从不远处的田里急匆匆赶过来，刚才小小年纪的洪秀全的表现他看在眼里，心里啮啮称奇便有心结识，他忙着呵斥恶狗，拿出米糕安抚几个受到惊吓的孩子。收工后还将洪秀全及母亲等一众人往家里引，洪秀全母亲看盘伯这么热情，相谈后得知二牯与洪秀全同龄，小小年纪的洪秀全无论是谈吐还是见识都给盘伯留下深刻印象，欣然之下当场就杀了只雄鸡，让二牯与洪秀全拜了干亲，按生辰八字，洪秀全为兄，二牯为弟。临走时，盘伯包了两包上好的茶叶作礼，嘱其回去好好发奋读书，来日考个功名光宗耀祖。

不想半年后洪秀全母亲染疾意外去世，伤感落寞的少年再过来上坟，都会在盘伯家住上一晚，盘伯也会煮一壶老茶，静静倾听洪秀全诉说少年的烦恼与忧伤。临别时更是会送上新茶两包，连年如是。

十来年后，已是青年的洪秀全满腹经纶谈吐不凡，去广州参加科考却三次落第，但他意志坚定，坚信自己会有一番作为，有次专程过去与盘伯倾谈，讲述他偶然读到《劝世良言》，详读之后便被宣扬上帝的基督教义感动，萌发了信奉上帝、追求人人平等的观念，盘伯听后颇感欣慰，但也嘱其要谨慎行事。

接下来，洪秀全开始宣传他所理解的基督教教义，称之为“拜上帝教”。在广州附近传教，但未取得较大成功。洪秀全遂说动了好友冯云山转至广西一带传教，星星之火得已燎原，当地的信徒日增，并于当年在广西桂平建立了“拜上帝会”，吸收了杨秀清、萧朝贵、韦昌辉等2000人为会员。每当有要事相商时便烧起柴火大锅煮茶，以解众人的疲乏困顿。

两年后，洪秀全又回广州发展传教，清明节的这一天他回花都到祖坟扫墓，回来的路上自然到盘伯家坐一坐。刚一坐下，已老迈的盘伯颤巍巍地捧出一个玻璃杯给他泡了一杯茶，那茶汤色黄绿，闻一下香气浓郁，喝下去甘醇爽口，让洪秀全一下子精神抖擞。这些年走南闯北，传教及与人交谈沟通的时候也喜欢上了喝茶，盘伯这茶给了他非常好的感觉，洪秀全忙问：“盘伯，这是什么茶？”“唉，这是二牯他们几兄弟种在溪头砾石间的小叶茶，六年了，今年才刚刚采摘做茶，还没取名呢！”

沉吟间，盘伯眼睛一亮又接着说：“秀全你见多识广文才又好，不如你给这款茶取一个名如何？”洪秀全觉得盘伯难得向自己开一次口，这次请自己给新茶取一个名是看得起自己，同时也没拿自己当过外人，于是稍作考虑后：“这岭南深沟隐涧卧虎藏龙，这款茶不如就叫岭南香吧，大气、响亮又好记。”盘伯一听连忙点头叫好。二牯也赶紧张罗着杀了只鸡，家酿的米酒大碗倒上，一直喝到月上枝头，才依依不舍地告别，洪秀全吩咐手下牵来两匹马，二牯他们搬来几个大竹箩，直接将当年新出的茶让洪秀全一行悉数带走。

此后，梯面产的岭南香茶先是在花城街一带售卖，随着洪秀全在广州传教影响越来越大，岭南香也在广州上下九街一带流行起来。婚嫁用茶的习俗古来有之，明清时期，广府地区男女婚姻多依“父母之命，媒妁之言”，男女青年订婚、婚宴等，都离不开茶，分别为定亲茶、受聘茶、新娘子茶、传茶等，听老人讲，那时花城街一带以及番禺一带的婚嫁用茶都是用的岭南香茶。

新娘茶，广州及花县花城一带的婚俗茶饮。用上等茶叶冲泡，茶中放红枣，寓吉庆之意。新娘初过门，叩见公婆，必备新娘茶恭请公婆饮用；公婆接茶略为啜饮，连呼：“好甜，好甜！”并回赠红包答礼。然后，新娘按辈分亲疏向其他长辈、平辈和贺客一一奉茶致敬。

清代广府举人陈冲的诗很好地描绘了这一习俗：

三朝亲戚探新娘，

去去担茶遣婢忙。

线络挑来红捧盒，

煎堆斗大好油香。

“晨早一杯茶，不用请医家”，从清代“三二厘馆”时候开始，天还没亮，惜时的广州人就来到茶楼，点上“一盅两件”，叙叙话，然后去做各自的营生，一天的活动由此开始。

清代，广州饮茶的地域特色更加鲜明，以早茶为中心的饮茶习俗开始形成。“二厘馆”荣保居茶楼等相继出现，岭南香茶主打，茶点结合，雅俗共赏，成为饮茶习俗的载体，并在民间饮茶习俗的基础上，创造出具有广州特色的茶楼文化，推动了广州饮茶习俗的系统发展。

广州人饮茶历史悠久，广州茶名香万里。岭南香茶又漂洋过海，被下南洋的粤商们带往南洋、巴拿马等一些国家，扬名海外。当年回国探亲的花山华侨们归去，也会采购一些岭南香茶叶回去，聊以慰藉长期漂泊在异国他乡的华侨的一腔思乡之情。据说当年梯面的客家嫂采茶季时会唱：“一路春风一路歌，岭南香里出金螺。漂洋过海换银子，种茶有苦也有乐。”

洪秀全从此将岭南香作为他一生的最爱，随着洪秀全太平天国的建立，据说鼎盛时每年一大半岭南香茶都被洪秀全的太平军买走了，传说洪秀全死后他的遗物很少，但有一包用笋壳包着的岭南香，用麻绳捆扎得方方正正，它静静置于其卧榻一侧，仿佛在诉说着什么。

第三章

DI SAN ZHANG

感悟：窗前独坐细品茶

炭步镇塱头村喝茶习俗趣谈

◎陈　幸

花都区炭步镇塱头古村是远近闻名的中国历史文化名村，它以古建筑品种多、保存建筑规模大以及文化内涵丰富而著称，是广东保存规模最大的古村落之一。塱头立村于元朝至正二十七年（1367年），历经元、明、清，距今已有656年的历史。塱头村的南面原是大片湖泽，而村就立于湖边的小岗上，因此叫作塱头。村内有明清建筑三百多座，祠堂气势恢宏，一砖一瓦打磨得无比精细。灰塑博古脊、青砖墙、花岗岩石脚……这些广府古建筑中常见的元素在塱头村随处可见。塱头村也是远近闻名的“进士村”和“乡贤故里”，享有七子五登科，公孙八科甲和父子两乡贤的美誉。村民自古尊师重教，崇尚“耕读传家”，耕读文化代代相传，成为塱头村独有的文化名片。

塱头古村的茶文化，与其本地古朴、传统的文化氛围和“耕读传家”的村落习俗是分不开的。古村的茶道，自古以来，便与当地的祠堂、书院、诗画楹联和民间习俗一起，书香与茶香袅袅相连，孝道与茶道相辅相成，就如同塱头古村的文化，代代相传，流传至今。

一

俗话说：开门七件事，柴米油盐酱醋茶。茶是其中一物，王侯将相，布衣黔首皆喜饮之。塱头村特有的耕读文化洋洋洒洒地渗透出茶的芳香，农耕时喝茶消暑解乏，读书时品茶静思舒怀。饮茶，自古便是广府人家的生活习惯，塱头村民也不例外。“得闲一齐饮茶”“今日饮咗茶未”更是村民的口头禅。饮茶又叫“叹茶”，散文家杨羽仪在《水乡茶居》中，对叹茶的“叹”字做过详细的解释，“叹”字，是广东方言，含有“品味”和“享受”之意。时至今日，“叹茶”依然是塱头村民生活不可或缺的内容。榕树下、祠堂前、书院中、茶室里，沏上一壶好茶，配上几块当地的特产“薄撑”，或自斟自饮、自娱自

乐；或与朋友纵横恣意，侃侃而谈。经过一天辛勤劳作的人们，开始放松下来，悠闲地畅谈着人生，伴随着淡雅的茶香，让自己的心情清冽空灵。

而纷至沓来的文学青年、摄影爱好者、楹联爱好者、画友、驴友等，则以茶会友，或简约，或精致，三五成群，相谈甚欢。在这里，人们谈论着股票、楼市，国际风云，交流着各行各业的信息。村里的新闻，世事的变迁，人间的悲欢，正史也好，野史也罢，无论是媒体的主流新闻还是乡村坊间的小道消息，全都在“叹茶”中互相交换，人间的朝代更迭、世事变迁，也在这淡淡茶香中缓缓发生。

二

塱头村民热情好客，来者是客，客来敬茶。在日常的社交活动中，对来访者，不论是亲戚朋友或左邻右舍，不论客人的地位高低和财富多寡，一律请坐并以茶款待。数人围坐，在茶的香气萦绕中，或说事论理，或谈心诉衷情，一杯茶品味人生酸甜苦辣。烧水，煮茶，喝茶，看似简单的事，也是复杂的事。从简单到复杂，从复杂回归简单，村民在一碗茶汤中感悟耕读文化的真谛。

塱头村民的一些喝茶规矩和逸事，我们来了解一下。

（1）以指叩桌，这是尽人皆知的一个典故：乾隆皇帝到羊城微服私访，和周日清来到泮塘村口的小茶楼“享顺楼”，一个伙计右手提着一只大铜水煲，先到乾隆面前，右手往上一提，顿时滚水从高处泻下，势如青龙吐水，由铜煲嘴直注茶盅中，非常好看。乾隆立刻自己取过铜壶来，站起来，学着伙计的模样，向周日清的茶盅冲起茶来。周日清受宠若惊，欲跪地叩头行大礼，又恐暴露天子行藏，情急之下，以双指弯曲叩桌，意为屈膝。有闲诗云：“一盅两件上茶楼，茶礼笃台扣指头，传说乾隆周日清，臣谢君恩当叩首。”民间由此效仿，遂成茶俗。当别人为你倒茶时，曲指轻敲桌面，既表示注意到了热茶正倾入茶杯，“但倒无妨”，又含有致谢之意，相当于说“这厢有礼了”。而与此同时，宾主尽可以谈笑自若，话该说什么就继续说什么，不会因倒茶的客套而打断话题。以指叩桌，后来细化到叩单指和叩双指，有人解释说长辈对晚辈叩单指，反之叩双指，也有谓叩双指代表已婚，叩单指代表未婚云云。由此衍生出以下三种礼节：①晚辈向长辈五指并拢成拳，拳心向下，五个手指同时敲击桌面，相当于五体投地跪拜礼。一般敲三下即可。②平辈之间食指中指并拢，敲击桌面，相当于双手抱拳作揖。敲三下表示尊重。③长辈向晚辈食指或中指敲击桌面，相当于点下头即可。如特欣赏晚辈，可敲三下。

（2）茶满欺人，是一种饮茶时的礼。俗话说，倒茶七分满，留得三分人情在。客观讲，茶满欺人的原因应该是以下两点。一杯好茶，邀友品尝。品茶不只是品饮，还有闻嗅。倒七分可以给茶叶留足挥发香气的空间，这是其一。其二，热茶迎客，凉茶送人，一杯热茶如果倒满，很容易烫到手，又会使茶台不整洁，使得客人窘态百出，也是很失礼的，所以茶，七分即可。

（3）喝茶聊天品耕读文化。这是塱头村农民茶余饭后重要的娱乐活动，塱头村是闻名遐迩的“状元村”。塱头村属黄氏世居，黄氏家族一直恪守“耕读传家”的家训，信奉“朝为田舍郎，暮登天子堂”的传统价值观。因此，他们有了钱，除了修祠堂，就是盖书院、书屋。于是，这个4000余人的村子居然有22个书院、书屋，这也许是全国之最。云伍书室、谷诒书室、文湛公书室……放眼望去，首尾相连的书院，处处飘书香，处处闻书声。除此之外，塱头村一共有18条街巷，每条街巷的名称皆出自古诗词，相当有文化底蕴，被称为十八礼（即中国传统的十八礼仪）。例如“三余巷”这个词出自《三国志·魏书·董遇传》“冬者岁之余，夜者日之余，阴雨者时之余也”。意思是说，应抓住一切空余的时间去读书。

在塱头古村，孝文化的传承历久弥新，村中保留着许多与敬老传统有关的民俗活动。塱头村最为壮观的积墨楼，始建于清道光年间，“每间宅子的青麻石高低不同，寓意长幼有序，父亲居住的青麻石石阶最高”，体现了尊敬长辈的传统。重阳宴，村中所有年过六旬的老人围坐宴席，共品传统佳肴“鱼酱”。这道鱼酱也与塱头人的敬老传统有关，已流传了几百年。为了弘扬优良耕读孝义文化，让清廉家风代代相传，结合新时代社会主义精神文明建设，花都区深耕挖潜，古村谱廉韵，打造了塱头廉洁文化主题公园。塱头廉洁文化主题公园以“黄皞”等花都区历史廉吏的事迹典故及廉洁诗词楹联、箴言名句等为主要表现内容。勤政为民、刚正不阿、清正廉明、造福百姓是“黄皞”事迹为后人广为传颂的根本，是廉洁文化主题公园的主体精神，并赋予新时代廉洁文化的精神风貌，给这条古村落注入了生机，吸引了省内外游客慕名而来，把塱头村独有的耕读孝义文化口口相传。同时，塱头村以它独有的魅力吸引一批批茶艺爱好者创办各具特色的茶室，开办茶艺班，培养了一批茶艺师。把耕读文化、廉洁文化融入茶道文化中，在花都区委区政府的大力支持下，花都茶促会多次在塱头村举办茶艺表演、茶道论坛，推广茶文化，以茶为媒，共谱耕读文化。

在塱头村，我们既感受到传统耕读文化的视觉冲击力，日落斜阳，书院里，祠堂前，榕树下，更感受到塱头人如一杯茶的沁人清香。

一茶四见

◎童志红

对于身处广州的都市人来说，放慢脚步，善待自心，确实是一件不容易的事情。昨天，有一位参加品茶体验的朋友说，这样喝茶确实非常好，第一次这样放慢速度，好好喝茶，收获很多。但是，他又强调说，像他这样还在为事业拼搏的这类人，估计很难学习或参加这种活动。这是很有代表性的一种观点。在茶会的每个当下，大家彼此舒心、暖心和温馨的效果达到了；在忙碌而快节奏的大城市，祝福有缘人都欢喜自在。

下面，我尝试从“定、静、虑、得”四个方面谈下对茶会的一个简单心得。

一是“定”。“定”是一种状态，更是一种能力，也可以说是一种专注力。现代社会，因为速度，因为竞争，大家不自觉地提速运转，美其名是提高效率，看看每天在城市里的人，都是很忙碌，很多事情在忙。有时候我自己也在睡前反省自己：是日已过，命已随减，我今天忙碌的这些事情值得吗？或者说忙碌的事情有效果吗？我想这个时候恰恰体现“定”的重要性，能否有“定”的能量和能力，这就是“定”的价值了。美好茶道通过泡茶培养专注力和建立一种健康的生活方式，达到舒畅觉知效果，在每个动作中都能够清晰觉知，从容而有序地泡茶品茶，心情和心态都处在一种相对稳定、平和的状态中。其中的魅力，如人饮茶，冷暖自知。

二是“静”。有说“心静自然凉”；又有说“若无闲事挂心头，便是人间好时节。”王维在《鸟鸣涧》中说“人闲桂花落，夜静春山空”；王安石在《书湖阴先生壁》中说“茅檐长扫净无苔，花木成畦手自栽”；杜甫在《江畔独步寻花七绝句》中说“江深竹静两三家，多事红花映白花”。凡此种种，都是古人生活智慧的经验表达。关于“静”的内涵，各位慢慢品味，系心一物，相信“静”在其中。

三是“虑”。冲泡生普给我的总体感受是柔中带刚，清雅的香甜高度融入茶汤，汤感丝滑甜润，中后段的回甘生津却来得强烈持久，伴随强烈的山野气息让人印象深刻。一位朋友在品鉴过程中能够感受到茶的甜味，在用心体悟茶山的生态环境中，他说，“好像是砂石土壤，总之生态环境很好”，这款茶的茶树生长在易武地区刮风寨，海拔、土壤和温度、河水都比较好，这样的茶叶生长速度较为缓慢，茶树生长分散，基于这些客观的条件因素，这里的茶叶品质非常好，口感厚实承重，具有强烈的山野气息，苦涩味却较低，回甘迅速，绵柔的后劲足。我想这就是“虑”的呈现，点赞点赞！

四是“得”。物有本末，事有终始，知所先后，则近道矣。每样东西都有根本有枝末，每件事情都有开始有终结。明白了这本末始终的道理，就接近事物发展的规律了。当下一刻，快乐一刻，感谢成就每一次茶会的一切善缘。

茶会有一期一会之说，每一次的茶会，可能都是一生之中仅有的一次，相聚品茶，是缘分，也是福分；以茶结缘，以福相托，清心、诚意，在和平、宁静的氛围中，进入无忧的茶境，美美与共。

茶席上的人生

◎潘春波

喝茶的确是件风雅之事，但那一定要懂得艺术的人参与，怀着一份审美的心情，善待喝茶，是当下生活中常见的一道风景线。艺术在生活中泛滥，风雅则随处可见。一张原木茶几，一方风格讲究的茶席，几件茶道具，便可以在日常茶饭事里，打磨一颗艺术之心了。如果要在生活中涵养人生的艺术趣味，那么摆设茶席恐怕就是一个无边的道场了。

艺术是人情绪冲动的结局，那就让人的情绪冲动在喝茶中施展吧，就给喝茶一个之美的说法吧，它是百姓日用的一个行为艺术。之美行动一定要有美的仪式才能进行。所以美要有形，正如逻辑是理性的形，仪式是文化的形。而茶道具在茶席上的之美行动，或许就是茶道的美形吧。

一

手工编织的粗麻布铺垫了茶席的底色，一把古朴紫砂茶壶，壶身线条圆润而柔和，整体扁圆细腻，看壶身，壶面充分表现出紫砂的种种优越属性，紫泥泥料，色泽深暗沉朴，如紫水晶深邃，如古玉温润。表面还刻有“舒怀”二字，诠释了喝茶的自在意蕴。

品茗杯的质地应当与茶壶相呼应。不同的品茗杯会因主人的心境、目的、喜好等而派上不同的用场，带着主人的气息，更显独特的格调和韵味。品茗杯依偎在壶身边，月白的纯净，含蓄典雅，期待着茶汤的温暖。

一枝若叶，吹了一口生命的轻风掠过茶席，便显示了花道的魅力。日语词汇里，插花叫生花，插花人在亲手“生花”的瞬间，让花草枝叶在另一个生命形式里重生，在感悟生命短暂的叹息中，获得了一个瞬间的永恒美。喝茶，同样是一个生命与另一个生命在人生某一个时间点上的缘聚，品尝了生命的苦涩美感之后，他日各奔一方，蓦然想起那一次的纤手奉盏，茶席在回忆中飘来茶香永恒的袅然。

茶在时间的冲泡里，给茶盏回馈了一份苦尽甘来的汤色，茶叶在茶烟缭绕的水墨山岚般的叹息中自守，淡定着那份儿生花的禅意，直至残茶进入渣斗的终结。茶禅一味，拈花微笑，这里都有了。这大概就是人的习惯，以短暂的审美体验，代替对永恒的期盼。

二

茶席要有负重的胸怀，要有承载的敦厚，首选就是褐麻土布了。粗朴如年迈的老者，简短的银丝在夕阳下的剪影里，传来哐嗒哐嗒的古老节奏，从旷远辽阔的天边一路敲击过来，将干枯的苎麻丝编织成的乡愁，托起了一席的温暖。

茶席铺垫了沉默的地平线，给茶道具一个精致的侧影，一个有格调的舞池，给茶人乡愁的归宿。

一个盛满了寂茶风雅的精神空间，时间凝眸，忙里走个神儿，便煮出一壶春茶，泡出一个岁月静好的世界。

茶席褐如大地，粗糙铺垫了沉默的地平线，给茶道具一个精致的侧影，一个有格调的舞池，最后给茶人乡愁的归宿。

约有几丈长的苎麻丝，一缕缕被抻在两端的木架上。一个中年男人，一手拎着木桶，一手拿着排刷，给苎麻丝上浆。这活儿一定是男人干的，因为它需要体力，太阳下，光影闪闪，很见气势。但上浆的苎麻丝遇燥会脆，所以一定要有相应的潮湿空间。男人家里的女人，便在家里搭建一个简陋的半地穴式的窝棚，内置一个脚踏木质织布机，女人便在此将上浆的苎麻丝编织成布。

闷热潮湿，沁浸了麻布的一丝不苟，最见茶道精神。茶席与居于茶席上的茶道具一样，都是手工活计出身，性相近，习相亲啊！喝茶的风雅，艺术的追求，终极于“寂”的人生修为。在溯源于苎麻的来历时，意外地发现了苎麻与茶的亲缘，苎麻的性格不就是一个“苦”、一个“寂”吗？只有出于自然“寂”之本色，创造之苦的本色，才配给茶道具做茶席！

茶席是茶道演绎人生的大地，是茶道给人类的行为美立宪的宇宙场，是茶道具侠义角色的江湖。

茶席上没有主配角之分，无论是天青釉丰懿的谦谨，还是青花勾勒的寂寥，斗彩细腻的枯淡，颜色釉缤纷的秋绪，茶道具上的釉色表白，都是一份人生的思考；无论是茶壶、茶盏、水指、渣斗，还是小小的茶则、茶漏、竹夹、竹斗等等，都是有关喝茶风雅的宣谕，皆在沉默中尽职尽责着一份对人生仪式的诠释。

好的茶道具，能让你在喝茶参禅中生静寂之心，在敬神中油然而生庄严之情，形成肃穆的礼式。

一把纤细的竹茶勺，形如一滴泪，宛如一滴汗，落入茶席，霎然点出“忧雅”的涟漪，诠释着茶里人生的苦甘。“泪”是“美丽的寂”，“深情的寂”，是“空寂”绽放的花蕾。茶的本质与人的命运一样，都有苦尽甘来的况味。

三

用“忧雅”来形容东方生活之美，那真是天作之合的两个字，如果说西方人在生活中追求一种“优雅”的品质的话，那么东方的“雅”里总是隐约着一种“忧”的韵味儿，是那种“忧雅”的节奏，就像竹箫吹出来的旋律。洁白如玉的细瓷、委婉若弱的纤竹，以一种礼的姿态，安然于苎麻草皮编织的苦涩上，忧沉沉，雅悠悠，茶席上顿然散漫开“忧雅”的云雾，写意着茶江山的淡远，泼墨般地沁透了心灵，喝茶将生活的浓郁化为水墨淡远般的美丽场景。

茶席上的每一件摆设，都有功能和艺术的双重暗示，经过茶人的细心体会，提升为茶德，成就了饮茶使人高尚的追求，人的精神底色就像苎麻一样的本色，也是茶道精神的底色。这底色宣谕着草本的审美诉求，使艺术家在茶道具中回归草本艺术，草本是浮华之后的孤寂。

煮一盏茶，续千年风雅

◎孙文婷

“一器成名只为茗，悦来客满是茶香”。茶文化在中华民族的发展历程中扮演了重要角色。武王伐纣，茶叶已作为贡品。早在原始社会神农炎帝时，人们就对茶有初步认识。茶首先是作为置物进入人类生活的；春秋，茶叶开始成为食物；战国，茶叶已有一定的规模。先秦《诗经》总集有茶的记载。在汉朝，茶叶成为佛教“坐禅”的专用滋补品。魏晋南北朝，已有饮茶之风。隋朝，全民普及饮茶。唐代，陆羽《茶经》问世，被誉为“茶叶百科全书”，此后茶叶昌盛，出现茶馆、茶宴、茶会，提倡客来敬茶，渐有“人不可一日无茶”之势。宋朝则开始流行斗茶、贡茶和赐茶等。

一

我是喝河南信阳毛尖茶长大的，也是个业余爱好诗文的习作者。近些年，年轻人以喝奶茶、品咖啡为时尚，但中国的茶文化以其旺盛的生命力，更广泛地传播于各个城市，网红茶馆越来越多，“围炉煮茶”“宋代点茶”等茶文化也吸引着大批年轻人。茶饮、茶室、茶知识的培训、茶技艺的保护等兴起盛行，也代表了茶文化在文化交流中有越来越重要的角色和文化自信。在川流不息的历史长河中历经千淘万洗，时至今时今日，茶文化仍散发出无穷的魅力和迷人的芳香。

作为一名茶道的未入行者，我谈谈我对茶最大的感受。于百姓而言，茶是生活中必不可少之物，待客会友、解渴止腻都能游刃有余；对于文人雅士来说，端起是饮，放下是品，多了一份宁静与雅致。有时我会在奋力工作之余，沏一壶好茶，会忽然觉得时间慢了下来，细细品，确实令人养心，怡情，悦性。在当代如此快的生活节奏中，精神内耗成为生活常态，但我还是喜欢抽出一点时间，在袅袅茶香中，喝茶、品茶，细细回想得失，慢慢与自己和解，达成新的妥协。喝茶，我会带上一点仪式感，这并非小题大做，我觉得是对自身的一种慰藉。人是需要精神食粮的，小小的一杯茶是最简单的一种。

二

在我初接触到茶的时候，我以为所有的茶都是简单地冲泡在玻璃杯里。直到我到广州参加工作后，我才对茶产生更深厚的感情。原来广州家家户户都钟爱工夫茶。之所以叫工夫茶，是这种泡茶的方式极其讲究，是礼宾待客的一种风俗，其饮泡方式重视茶叶、器具、水、火候，技法细腻周密，有条不紊，既具科学性又讲究美感。

工夫茶起源于宋代，盛行于广东的潮汕地区及福建的漳州泉州一带。潮汕工夫茶，是融精神、礼仪、沏泡技艺、巡茶艺术、评品质量为一体的茶道形式。

工夫茶器具精致，泡工独特，饮用程式亦相当讲究。标准的工夫茶艺，有后火，虾须水（刚开未开之水），捅茶，装茶，烫杯，热罐（壶），高冲，低斟，盖沫（以壶盖将浮在上面的泡沫抹去），淋顶十法。潮汕工夫茶一般主客四人，主人亲自操作。首先点火煮水，并将茶叶放入冲罐中，多少以占其容积之七分为宜。待水开即冲入冲罐中之后盖沫。第一冲杯，以初沏之茶浇冲杯子，目的在于造就茶的精神，气韵彻里彻外的气氛。洗过茶后，再冲入虾须水，此时，茶叶已经泡开，性味俱发，可以斟茶了。

我光是学习茶具都已经花费一整天工夫去认识，技术和手法在我一次次的操作实践中才习得一点皮毛。在我看来，端庄持重的沏茶手法，不仅能够表达对客人的尊重，更能够在如今这个浮躁的时代，追忆古人那种流觞曲水的高雅情怀。沏茶时，手势动作要轻柔持重，倒开水时要把茶壶上下拉三次，高冲低斟，即为“凤凰三点头”。为了让茶叶在杯中均匀地吸水，显色、透香、吐沫，在浮浮沉沉的翻腾后，静静欣赏茶叶舒展的过程，以及茶叶冲泡后沉静的姿态。之后将茶盅内的茶汤倒入公道杯后分入杯内，杯内之茶汤以七分满为最佳。

三

中国被称作“礼仪之邦”，待客茶道中蕴含着许多中国文化。学文化，知礼仪，是每个喝茶人都应做的功课。有人认为，茶道的礼仪过于繁琐，也有的认为十分容易，学习茶道时，最需要的其实是用心去学习细节动作，在不断累积经验过程中，正确的礼仪动作就和身体融为一体，终生都不会忘记。比如，请客人喝茶，要将茶杯放在茶托中端出，然后双手奉上。茶杯应放在客人右手的前方。在边谈边饮时要及时给客人添茶。在饮茶时要善“品”，小口啜饮，满口生香，而不是作牛饮。“品”茶也十分讲究，品字三个口，意思是喝茶要分三口：一口啜，二口品，三口回味，直至充分体验到茶香，口中的茶方能落肚。所以品茶一定是优雅的。茶礼最讲究的最常用的便是叩手礼，长辈给晚辈倒茶，晚辈可以五指并拢成空拳向下，手指关节轻敲桌面三下。同辈之间倒茶，食指和中指并拢，轻敲桌面三下。晚辈给长辈倒茶，长辈则用食指轻点一下桌面。

随着社会经济的发展，茶文化的内涵不断丰富。明清以来，广州“茶市”和潮州“工夫茶”这两朵岭南茶文化的花蕾破绽而开。

四

在广州这座城市里，茶是深深印在老广的DNA里的。广东是中国最早种茶的区域之一，大概在一千多年前的唐代开始，饮茶的风气已在广州地区普遍存在。自此之后，茶叶在广州占了一个很重要的地位，不单大量种植，大量饮用，还大量出口世界各地。广州人上茶楼，由最初简陋的“二厘馆”，到后来饮茶吃点心的茶楼，再发展至饮茶食饭的茶楼。时至今日，“得闲饮茶”仍为广州人问好的一种方式。从早上七点到晚上的十点，茶楼的生意不断。一壶茶，三两件点心，三五个好友，就能坐在一起聊一个上午。浓郁解腻的普洱、温和甜柔的红茶、明目清火的菊花茶、清雅回甘的铁观音，都是老广人早茶的“心水”选项。作为饮茶大省，广东的产茶量一直都是供不应求的，所以广东省很大一部分茶叶还要从外省购入，由此可见，广东对茶的包容性也很强，各种各样的茶类都能在广东畅销无阻。

在新消费力量涌动、新消费主义盛行的今天，茶饮传达的情绪不仅仅停留在味蕾上，更是精神上的需求。于是，渐渐出现了“把茶馆搬回家”“少儿茶艺”“无我茶会”“茶艺表演文艺晚会”“茶文化旅游产业”等各种创意。事实说明，中国传统茶文化正与现代社会碰撞融合，呈现多元化、现代化趋势。

前段时间火起来的电视剧《梦华录》掀起了一股茶文化风潮，其中，被观众津津乐道的莫过于茶文化的演绎。当大国传统文化自信崛起，现代人对传统文化的热爱与推崇也进入一个崭新的阶段。而传统文化不再只是一味地传承，更是通过层层创意叠加而不断丰富。

2021年，“大益”在广州永庆坊开出一家全新的主题门店，以“篮球”为主题的全新形式茶空间，打破了传统茶饮的刻板印象。消费者在这里可以边喝茶边看球赛，门店推出的烟熏金酒普洱冰淇淋、气泡普洱茶、冰滴普洱等特调创意产品都依着年轻人口味调制。运营至今，大益茶庭已经冲上永庆坊茶饮的热门榜。

2017年在北京面世的煮葉，利用创新的方式改变人们固有的“喝茶”形象，开发出原叶茶、风味煮、调味饮三类产品，店内还原唐代、宋代与明代的冲茶工艺，深得对茶叶形状、香气和口味要求高的年轻客群的喜爱，是一个让人轻松品味传统中国茶的地方，融合了传统与现代的东方文化内涵。之后相继在西安、苏州周庄向全国展开。

最近年轻人中突然蹿红的一种新中式喝茶——围炉煮茶，成为年轻人冬日里的新宠。

茶院里三五好友围桌而坐，桌子中间摆上炭炉和茶罐，煮上自己喜欢的茶，在铁丝网上放自己喜欢的玉米、糍粑、红薯、柿子等冬物感十足的烤物。苏东坡笔下“红焙浅瓯新火活，龙团小碾斗晴窗”，好一副雪天煮茶诗情画意之境。陆羽在《茶经》中也记录了煮茶的过程，可见以炉煮茶自古就有。“归来何事添幽致，小灶灯前自煮茶”。在快节奏的现代生活中，围炉煮茶这样的仪式感和慢休闲反而有了特别的意义。把红薯烤黄，把糍粑烤熟，把茶烤香，坐在围炉前把茗言欢，品一品茶，心旷神怡。

中国的茶文化历史悠久，各地的饮茶文化和习俗也风格迥异，在文化传播的层面，新式茶业的出现就是以年轻人喜闻乐见的方式，让他们了解茶文化的内涵，为传统文化创造出全新的生命力和增长曲线。

从“神农尝百草，一日遇七十二毒，得茶而解之。”到现在兴起新业态创意饮茶之风，茶在中国的发展源远流长，茶文化更是博大精深。习近平总书记指出，“中华优秀传统文化是中华文明的智慧结晶和精华所在，是中华民族的根和魂，是我们在世界文化激荡中站稳脚跟的根基”。当今我们所处的和谐新时代，为茶文化发展提供了千载难逢的好机遇，“坚定文化自信，传承千年茶文化”的道路任重道远，我们更要珍惜、传承、弘扬祖先创造的博大精深的茶历史文化，了解、宣传茶文化，将底气转化为文化自信，厚植于每个人的心里，守护茶文化的魂与根。

安顿在茶里的花都

◎谭汝恒

有人说现代生活是狂热的快板，摇滚的节奏。在浮光掠影与目不暇接中，行色匆匆的人们很难静下来体会一下“缓慢”带来的快乐与安详。地处广州北的花都，远离了中心城区的喧嚣与快节奏。“茶”作为慢生活的助剂，自然而然地走入了花都人的生活。

近年来，“茶文化”走入了花都的寻常百姓家，花都人时兴在自家的明窗净室内，自设品茶空间。布置几张低桌矮凳，摆放一些素雅茶具，置上家常佳茗，再辅以一些自制的茶点，或客厅，或书房，或阳台，泡一壶清茶，播一段柔曲，让茶香伴随音符飞，便营造出了一个以茶待客的个性化的茶空间。

闲暇时，一个人铺展一方茶席，温水洗净浮尘，沏好一盏茶汤，端坐、凝神、深呼吸淡煮沉浮，在袅袅茶烟中学会倾听自己内心的声音，理茶的小仪式，能带给我们“能量重启”。让生命愈加有深度，利用独处的时间在一盏茶中放松疗愈，把生活的点滴过成诗。

从茶中感受生命，感受自己。在一壶茶中享受独处，把安静平凡的日子过得熠熠生辉……

而热情好客的茶空间主人，还常常邀约一些亲朋好友到来，他们亲煮滚水，温杯洁具，奉出收藏的好茶，倒沸水，泡香茗，奉茶待客……随着悠悠清茶所烘托出的茵茵绿意，主客便不由得忘掉了窗外的高楼大厦、车水马龙，仿佛置身于绿野中，连呼吸都澄澈起来。主亲和，客随意，舒心静气品茶，海阔天空清谈，本真，安适。

都说一盏甘露，满室生香。当茶的醇香满溢，便是品茶倾谈交流的好时候了。客人小心翼翼地啜入第一口，如饮日月风露，生怕辜负怠慢了主人的功夫和真心。品茶如参禅，平常心是道。捧着小小茶盏，品味香醇回甘，带着旧时节的祥和静好，伴随着这种神圣心情，口中的清茶便也仿若有了一种微妙感。你说不上是什么味道，却已被这种味道包围，直至融入其中。

近年来，随着花都爱茶人队伍的不断壮大，亦有了不少装修风格清雅，个性化彰显的品茗静心的茶室出现在大众视野中。夜幕降临，华灯初上。一间间风格不同，精致个性的茶室，安静地等候着品茶人。无须呼唤，茶的气息自然而然就能吸引来诸多都市打拼的人们。他们在茶室碰头，卸下生活繁重的担子，抖落烦恼的外衣，远离现实的嘈杂，带上愉悦的心情与三两知己落座。每杯茶映照了来客的心，喝下的是对生活的体会和感受。借一壶茶，给心灵来一次真真正正的休憩与放松。

某些高端的商务茶庄，在舒缓的轻音乐声中有佳人款款而来。芊芊玉手洗茶具、投茶叶、泡茶水、温茶杯，动作连贯利落，一招一式都是训练有素的美妙风景，别有一番风情。人、茶、水、器、艺融于一体，形成人与茶、茶与情、茶与景的和谐统一。在茶室内，人们于慢啜细品中，于茶境与心境相融的默契里，借茶性怡养人性，舒展心灵。欣赏茶艺，倾心交流。

近年兴起的花都茶室，提供了好茶、好景、好音乐，也成了生活在闹市中花都人的心灵驿站。茶本随性简单如一。每个当下都要用这样满足的心情，去面对每一个念头，面对生活，面对自己的生命。唯美的茶艺与茶空间相得益彰，让花都人享受到一份惬意与小幸福。

清茶一杯可照千秋，茶韵悠长芬芳永继。纵观茶的历史，充满了沧桑，而在杯中呈现出来，却是相貌含蓄，气息清芬，经水一遭，一派清明。好似在明明白白告诉人们“不受磨难不成佛”的道理。

心的净化，一如水过滤茶的铅华。茶与水的相融就是心与我的“悟”。万物有灵，茶叶本身是有灵气的，她一卷一舒，蓄势跃动，把她历经的磨难都化成了清香与甘美，然后毫无保留地奉献给了喝茶的人，这份坦诚与慷慨，不必搜肠刮肚地费口舌，从一杯茶中尽显她的内涵。如此看来，浸在茶香里的花都人可谓是幸福和富足的。我们学着和茶相处，真正和自己对话，通过一杯茶，找回自己的内心，然后让它在生命里得到妥妥的安顿！

从“精气神”的角度解读卢仝的《七碗茶歌》

◎郑壮光　童志红

中国茶文化源远流长，无论是文人士大夫的七种技艺：“琴、棋、书、画、诗、茶、酒”，还是老百姓的开门七件事：“柴、米、油、盐、酱、醋、茶”，茶都是其中一款，是生活中的必需品。从茶的出现至今已有近五千年的历史，茶及其中的风骨意蕴怕是早已融入中国人的骨血，存在于华夏儿女的心中。

作为一名茶人，陆羽的《茶经》是必须知道的，《茶经》是中国乃至世界现存最早、最完整、最全面介绍茶的第一部专著，被誉为茶叶百科全书。此书是关于茶叶生产的历史、源流、现状、生产技术以及饮茶技艺、茶道原理的综合性论著，是划时代的茶学专著，精辟的农学著作，阐述茶文化的书。将普通茶事升格为一种美妙的文化艺能，推动了中国茶文化的发展。《茶经》从理论层面对茶做系统的梳理。

而唐朝卢仝的《七碗茶歌》则是侧重品茶的身心体会。在细品慢酌中悟出来的经验，其中的种种妙处，非亲身体会不可，因为实践是检验真理的唯一办法。作为茶的物理功效和精神作用，卢仝的茶歌给我们展示了非常完美的品茶过程，完整涵盖了身体的感觉和心里的知觉，可以说精气神都在茶歌里面表现出来了。卢仝是唐代诗人，“初唐四杰”之一卢照邻的嫡系子孙。他刻苦读书，博览经史，工诗精文，不愿仕进。卢仝好茶成癖，“七碗茶歌”之吟，最为脍炙人口：“一碗喉吻润，二碗破孤闷；三碗搜枯肠，惟有文字五千卷。四碗发轻汗，平生不平事，尽向毛孔散。五碗肌骨清。六碗通仙灵。七碗吃不得也，唯觉两腋习习清风生……”茶的功效，和卢仝对茶饮的审美愉悦，在诗中表现得淋漓尽致。

一、喝茶与精气神的互动关系

在中国传统文化思想中，精、气、神是完全独立的名词。借用宇宙物理的“光”“力”“热”来做比方。“精”是生命的“热”，“气”是“力”，“神”便是“光”。人的生命归纳起来，不外是“身”“心”两种的组合。但是生理身体的主要功能，归纳起来，又不外是“精”“气”两种作用，它是属“感觉”的范畴。“心”的主要功能，一言以蔽之，都是属于“知觉”的范围，它是“神”的作用。《本草纲目》中提到茶叶的功效与作用：茶味微苦、甘，性凉。能清头目，醒精神，解烦渴，利小便，消食积，解毒。喝茶的过程，实际上就是跟自己身心互动的过程，是一种修养，也是一种艺术。

以往有一些冲泡茶的经验，在身体的感觉和心里的知觉上面都有不同的体验，物质享受和精神体验都在精气神中表现出来。2014年夏天，一次朋友聚会，冲泡古树生普：茶是300多年茶龄的古树普洱茶，此茶生长环境得天独厚——海拔高。因为茶的生长过程中吸取天地之灵气，故茶汤有诸多的维生素和矿物质。能够有缘喝茶，喝好茶就是一种幸福，好心情喝好茶更是一种难求的机会，在生活节奏快速的广州更是难上加难。品尝刚泡出来的茶，口感绵滑，樟香悠长，茶味明显，初入口中就有一种舒服之触觉，吸入喉咙就有一种清爽之感，体会到口感滑的感觉；再品又略沉中带有润的感觉，变化很多；此茶中的浓酽丰富，品饮茶汤后，有机物进入体内，茶气也渗透在体内，慢慢流走着，疏通和弥散在可以通达的地方，饶有情趣，别有一番韵味。这款茶的茶韵在冲泡中很好地展示出来，因为茶本身的醇化时间和地域差别很大，同样是因泡茶技术的调控能够很好地表达出来，加上冲泡器皿的别致，喝茶时的心行，构成一幅和谐的画面：人与环境的和谐，人与他人的和谐，人与自己身心的和谐。现在回想起当时品茶的诸多韵味和茶气、茶汤、颜色等等，时间定格好像是无记或无我的状态。

另外一次印象比较深刻的，是冲泡红茶和生普搭配水果的经历。同样是2014年夏天，地点是广州，当时在茶席上一共冲泡了两种茶，荔枝红茶和生普荔枝茶。先准备好新鲜的应季水果岭南荔枝，洗干净剥完皮放在玻璃器皿中，再准备好上等的红茶和生普，接着把泡出来的生普茶汤倒入装有荔枝肉的玻璃器皿中，汤色淡黄，入口有一种清香味道，水果的甜味在茶味的交融中仍然存在。喝完生普荔枝茶，嘴里留有生普回甘的味道，口里面荔枝的果香味道，因为茶是云南比较好的古树生普，喝完之后，身体感觉非常通透，心里非常愉悦，大家都觉得精神很好，这就是茶的物理功效和精神价值。荔枝红茶喝完感觉身体更顺畅，温润的红茶汤透过舌尖和味蕾亲密接触，细微的摩擦交融中有一种软化的感觉，很有意思，茶温度也刚刚好，是微温状态，真是别有韵味。因茶而回归当下，这种机会不多，感恩成就当时茶会的诸多善缘。一方面跟红茶的特点有关，香甜味醇，包容性大；另一面应该是跟当时冲泡的技巧有关，因为泡茶过程的专注，专心的投入，在意境上就是一种正念，一种善念，从能量场的角度或许就是一种能量的互动和传递，值得珍惜和尊重，朋友们在品茶中不知不觉体验了茶的内涵，精气神因茶而得到不同程度的升华。

二、从精气神的角度来解读卢仝的《七碗茶歌》

（一）“精”：茶歌中第一碗到第四碗

一碗喉吻润：第一碗茶喝了之后，马上喉头就会感到滋润，茶使人解除干渴而喉舌滋润。茶的这种物理功效非常直接和明显，作为世界上三大非酒精饮料，茶的确给人非常直接的解渴效果。

二碗破孤闷：第二碗茶喝了之后，舒解干涸引起的精神孤闷，茶使人解渴润喉而提神舒怀。现代人生存压力大，紧张、孤独、无聊等不良情绪非常普遍，通过喝茶，对缓解一些负面情绪有实际的功效。

三碗搜枯肠：第三碗喝了之后，将神智中一切昏惑扫除掉，茶使人智舒爽而思路清新。通过品茶，提神醒脑由此可见。

四碗发轻汗：第四碗茶喝了之后，茶气激荡以逼人发出微汗，茶使人汗毛顺畅而心情安舒。热茶的热量一方面能够提升内心的能量，另一方面能让肌肤的毛细血管微微张开，排汗效果比较明显。

一般品茗者，茶气敛进其经络后，只感觉到全身体内激荡着一股热气，接着毛孔轻轻发出微汗。但也有人误以为是喝了太热的茶汤之后会产生茶气。其实，喝了太热茶汤，如喝了烈酒一样，促进血液循环加速，使体温升高而发汗。真正茶气到了体内，是促进经络中真气运行的加强，使体温升高而发汗的。当然，茶汤太热和茶气同时在身体里，促成体内发热而发汗者，应该是最常见的。那些由茶气所激发出的是轻汗，是轻薄而微细的汗。而热茶汤所逼出来的，可能是浓而多的热汗，甚至汗流浃背。

（二）“气”：茶歌中第五碗和第六碗

茶气对大多数品茗者来说，还是非常含糊的。如有人说“这道茶的气很强”，可以从以下五个层面去理解：一是指茶香很强；二是指茶汤很浓：三是指茶叶所含的成分很足，茶汤的口感很酽；四是指茶叶中成分很重，茶汤苦、涩味很强；五是指只有极少数品茗者，由于体味出茶气的气感，而正确指出了茶气很强。茶气进入人体内部，运行于经络之中，如果到达了一定的强度，促使毛孔发出微汗，并且渐渐凝聚在骨骼中，成为一股清流，浸养着全身的肌骨。所以感到筋骨在清敛，肌肤渐爽化。

五碗肌骨清：第五碗茶喝了之后，茶气清敛入骨而肌肤爽化，茶使人补气固经而身躯清化。诗人卢仝喝到第五碗茶汤的时候，由于茶气的疏通和宣化，通达肌肤的神经末梢，润滑了皮肤。

六碗通仙灵：第六碗茶喝了之后，茶气在体内运仙气灵感，茶使人通筋活络而飘然欲仙。第六碗茶已经使得诗人从身体上面的“感觉”逐步过渡到心里“知觉”快乐的阶段，也就是身体“精”逐步向“气”转化，或者说是精气互融交合的过程，是一种身体功能的现量状态。

（三）“神”：茶歌中第七碗

七碗吃不得也，唯觉两腋习习清风生。第七碗茶喝了之后，茶气使人感受不得了了！茶气使人胳肢窝下灵风轻拂，双手展翅，而乘着一股清风，向蓬莱仙境飞凌飘扬而去！茶使人仙风道骨而蓬莱处处。

《易经·系词传》上的神之观念：“神无方，易无体。”“阴阳不测之谓神。”《黄帝内经》——太素本神论中的神之观念：“神乎神，不耳闻，目明，心开，为志先。慧然独悟，口弗能言，俱见遍见，适若昏，昭然独明，若风吹云，故曰神。”司马迁父子所说道家的神之观念：“神使气，气就形也。”如果此时再增加茶气，清敛爽化逐渐浮现，交会成一股温暖而鼓荡，潜在体内窜激，最后浸沐在一股飘然且安舒的意境里，飘然欲仙！这个时候就是到了不可说的情况了。

卢仝的心性修炼功夫，道行必定很高，才能写出七碗茶的功力。特别是第七碗茶歌的境界，的确是融会诸多客观因素才能完成的境界。真实赞叹不绝，这七碗茶的品鉴过程，真实客观反映了诗人身体精气神的种种变化状态，特别是给后人提供了身心变化的种种量化状态，无论是身体感觉的还是心里面知觉的，都恰到好处地表达出来，非常难得，也是非常难见的好作品。把卢仝称为“茶仙”是当之无愧的！

亲情悠悠，茶慰吾心

◎钟俊伟

一

我的老家在潮汕，因父亲工作调动，家人随迁到花都。而我从小就寄住在爷爷奶奶家里，跟随着他们沉浸式地融入潮汕人“不可一日无茶”的生活。儿时的记忆中，老家院子里的龙眼树下常年放着爷爷的木摇椅和一张案儿。爷爷泡茶时随意坐在茶桌前，就透着一股气定神闲的松弛淡定。水烧开前，他会先把心爱的茶具端到门前的案儿上，用开水洗净茶具，再把褐色的乌龙茶放入小壶，茶量约占茶壶的三分之二，接下来执开水壶将滚开的水拉高冲入茶壶，使茶叶转动，然后再用壶盖轻轻刮去漂浮的白泡沫，使其清新洁净，泡上一会儿，把茶水慢慢地注入茶杯里。

他总是很耐心地做着细碎的程式，泡茶在他那儿像是完成人生一个庄严的仪式，桌上的茶具到了他手上，更像是在摆弄一件珍贵的艺术品般小心翼翼。有时候还会抱起我，讲述一些关于他年轻时采茶的事情。过了一会，他才慢条斯理地揭开盖子，将散发着浓郁茶香的茶汤恭请出宫。一杯杯热腾腾的茶，散发了接地气的人间烟火味。喝够了茶的时候，他会半躺在摇椅上，双眼微微闭着，有节奏地拍着扶手，哼着小曲……多年后这个画面一直定格于我的脑海挥之不去。

二

慢慢长大，离开老家到花都读书，离开了爷爷，也离开了那片茶烟袅袅的世界。当时花都喝茶人少，大家忙于为生计打拼。泡茶、品茶对这里的人来说属于费工费时的磨叽，我也笑侃他们基因里没有链接上“茶”这玩意儿。在很长一段时间内，我只在肉身上接受这座城市而不是在情感上与其真正融合。跟爷爷在电话里聊天，聊到小时候陪他喝茶的情形，情绪中会流露出一些感慨。或许这就叫“乡愁”，是一个人嵌入生命密码还不可随意更改的东西。

偶尔，爷爷会托乡下的年轻人帮忙邮寄些特产给我，对小小零食之类的东西，往往一下子就被伙伴们瓜分了。拆开裹在外面的层层旧报纸，是爷爷用旧报纸包裹着的，深褐色条索匀整的茶叶，我会迫不及待地打开，深吸一口来自远方家乡的清香，闲下来时取少许茶叶放在杯中，烧好一壶滚烫的水倒入杯子里，黑褐的茶叶一下子沉到杯底又跃上水面，在水里渐渐展开。我微笑着盖上盖子，一边泡茶一边回想以前在摇椅旁依偎着爷爷的日子。呷上一小口茶，涌上心头的是对故乡亲人满满的惦念。

三

后来，我到了外地读大学，脱离父母的生活惬意而奔放，由此也开始恣意去感受全新的形形色色。放飞的青春里，我追求可乐的甜、白酒的烈、红酒的醇……茶与我渐行渐远，我竟觉得泡茶是一件浪费时间且无聊的事。毕业后，我以企业高管的身份进入一家公司，大家都为了业绩为了目标而打拼。为了适应高强度的工作，经常熬夜的我开始喝上了速溶咖啡，它冲泡方便快捷，容易让人兴奋清醒，似乎更加符合追求速度和效率的时代。我还爱在咖啡里加很多很多糖，甜腻里让味蕾沦陷。

恋上咖啡后，出差、旅游时我都流连于各种咖啡店，买回家存放在壁柜里。边喝边买边存，咖啡一度带给我很大的满足感。爷爷还是会不定期地从老家邮寄过来包裹，里面的物品依旧是那几样，好几次，爸爸看到我将爷爷寄来的旧报纸包着的散茶扔进垃圾桶后。有些置气地打电话给爷爷，“爸，别再给你孙子寄茶叶了，人家瞧不上了，不喝也是浪费！”

有一天晚上，我加夜班，习惯性地冲上一杯加了浓糖的咖啡在手，电话突然响起，我抓起电话，“喂，您好！”“阿伟，听得出我是爷爷吗？”电话那边，爷爷的声音有点沙哑，一字一句好像挺费力，他和我寒暄以前的一些旧事，询问了我现在的生活。疲乏里却透着兴奋，像小孩见了最好的小伙伴要急切分享自己的全部。而我一边听着，一边查着工作的邮件，唯诺地应答着。爷爷自顾自讲了好一会儿，可能感受到了什么，顿了一下，“你工作忙，就不扰着你了，啥时候再回家来陪爷爷喝喝茶？”爷爷用一句问话结束了对话。忙着赶工的我，完全体会不到老人当时的落寞与失落。

此后，爷爷不再给我打电话。我一直想等我晋升到更高的职位，等我赚到足够多的钱，等我……再去陪爷爷喝茶，他一定会更加欣慰。然而等来的是爷爷病重的消息，请假与爸爸赶回家时，病魔已经把爷爷折磨得十分消瘦，深凹进去的双眼，高高突起的颧骨，还有成片成片的覆于额头及耳侧的老人斑，我甚至不敢认认真真地凝视爷爷。我究竟有多久没看过他了？他真的老了，这一刻我心里才隐隐生起一些悔意和自责。

虽说在家里陪伴生病的爷爷，但因为手头有负责的项目要跟进，总感觉自己身在曹营心在汉。每天依旧是冲了咖啡，照惯例加了很多糖，对着电脑“啪嗒啪嗒”地敲打。偶尔听到门外有轻微的脚步声，走过去看到爷爷倚着墙，想找我又似乎怕打扰到我。看到我时，爷爷眼中有小欣喜，也有夹杂着孩子式的胆怯和不安。那表情看得我瞬间心酸，赶紧走过去扶着他到木摇椅上坐下。被磨得愈发光亮的木摇椅，已经有些破旧的茶几沾满了被风干的茶渍，斑驳得像病中老人那沟壑纵横的苍老的脸，那棵龙眼树已经那么高壮了，浓阴遮盖了小半个院落。显然，一场重病后，爷爷已经好长时间没有泡茶了。

我深深呼了口气，强迫自己放下手中的工作，坐下来陪爷爷好好泡一泡茶。我笨拙地注水入壶，摆开茶具，拧开茶叶盖子……爷爷并不说话，斜靠在躺椅上耷拉着眼皮，操劳了一生的他此时仿佛要永远沉沉睡去。水开后我冲入茶壶，茶叶就这样淡然地在杯中漾开，依然热烈地参与见证着千百年来人间的繁华与寂寥。经过了水与火、生与死的历练，与我们相遇。正如这辈子，因缘注定，我有幸做了爷爷一直牵挂惦念的孙子，茶的命运何尝不是我的命运？茶泡好后，我端起茶杯大喝一口，苦涩的滋味一直从舌尖蔓延到心脏。

接下来几天，爷爷气色好了不少，能吃上大半碗的粥。迎着他热切的眼神，我便每天午后雷打不动地给爷爷泡一次茶。晚上看着我在电脑前加班，奶奶悄悄走过来用一杯茶换掉了我加了这么多糖的咖啡。见我眼神里有些诧异，奶奶轻声说："你爷爷说你喝的这东西不好，浑浑浊浊。太多糖容易肥胖……不如茶汤清清亮亮，养身养心。"

爷爷的精气神渐渐好了起来，看到我因工作的事焦躁，眉头紧锁的时候，爷爷笑着说："阿伟，烦的时候，你要更用心去煮茶。老人讲古时说当年名士常伯熊为茶起了个雅称'涤烦子'，喝茶有忘忧解烦之效果。"

临别那晚，爷爷亲自为我泡茶。"阿伟，这些年我看到你的焦躁，你的压力。你看这杯茶，没添加任何东西。茶叶不会轻浮，就算它一开始浮在上面，经过时间的浸泡，它也会慢慢地沉淀。因为它知道，只有沉淀下去才能看清这个世界，听清自己的心跳，铭记自己最本真的东西，不会被外来添加的东西模糊了它本来的面目……"似懂非懂中，我记下了爷爷的话。

四

爷爷在我回去后不久就走了。我的生活继续，工作继续。只是以前很热衷的东西，名牌、金钱、社交圈……我会常常静下来思考。而每次回老家，我不再把自己关在家里，会去看看那一层层依山而植，碧波连绵，绿浪涌动的茶树，那里是爷爷一生的心血。看着爷爷坐了一辈子的摇椅，脑海里仿佛还期待他轻轻地摇着扇子，回到案几边，我也会泡上一杯热腾腾的茶，轮回里事事生息在泪光中，与爷爷共饮。那温暖的白气袅袅上升，仿佛永远不间断。渐渐地，我也喜欢上了泡茶。一片茶叶，吸收了阳光雨露的滋润，经历了高温的烘烤，在沸水里翻滚，自省自悟地在茶盏里绽放。从嫩叶变成茶叶的过程，是生命的枯萎，亦是重生与绽放。

往后日子就这样淡淡地品着茶，借助茶的幽香，借助月色的光影，想一些事，念一些人，已很好！

第四章

DI SI ZHANG

遇见：有缘千里茶为媒

重现消失林中的千亩茶园

◎何燕灵

茶叶是劳动生产物，是一种饮品。茶文化是以茶为载体来传播各种文化，是茶与文化的有机融合，这包含和体现一定时期的物质文明和精神文明。

从广州城区向北迤逦而行约36公里，便驶入素有广州“北大门”“后花园”之称的花都。行走其中，你或在源远流长的祠堂故居中细嗅历史人文之深厚，或在繁花似锦的绿水青山中体验自然生态之多姿，或在客家山歌中感受独具风韵的地方民俗之奇特……但是，花都就像是一座取之不尽、用之不竭的“宝藏”，每一次登门造访，每一次故地重游，都会有新的惊喜和发现。

一

寻觅青山碧水，点亮最美花都。在花都最北部梯面镇的大山深处，静静地隐藏着一片一千多亩的原生态古茶园，这里群山怀抱，环境清幽，勤劳质朴的茅輋村村民一边唱着浑厚明亮的客家山歌，一边熟练地从茶树上摘下嫩绿的芽头，书写了一幅人与自然和谐共生的美丽画卷。

为什么千亩古茶园隐藏在大山深处鲜为人知？村民采摘的古茶味道如何？带着这样的疑问，走进茅輋村，走进这片神秘的古茶园。

七月盛夏，烈日当空。从梯面镇往北行驶，笔者逐渐进入花都北部山区。汽车沿着崎岖的山路蜿蜒而上，一路上映入眼帘的是郁郁葱葱的树林和植被，令人赏心悦目。道路在林海间不断往丛林深处延伸，仿佛一眼望不到边际。就在车一边行驶的过程中，梯面镇相关工作人员打开了“话匣子”，详细介绍起来，“古茶园位于红山村西面的茅輋自然村，茅輋村海拔322米，是花都海拔最高的一条自然村。听当地村民介绍，洪秀全的部分先祖葬在茅輋群山之中，每年清明时节，年幼的洪秀全都会和家人一道来此祭拜先人，顺便到茅輋村村民家中品尝当地山茶，现在茅輋旧村口的古树、石凳、石桌，据说就是洪秀全品茶的地方。”“其实很少有人知道，鸦片战争前后时期的广州也是著名的茶叶产地，据重刻道光版本《广东通志》记载，广州当时盛产茶叶，比较著名的有广州南面的河南茶、东边的罗浮茶、西边的西樵山茶和北边花县（花都区旧称）的陈茶、丹竹坝茶等，其中丹竹坝茶就在梯面镇内。”提起茶叶，好多老人还依稀记得“西坑烟、汶塘茶”的彦语，至于茶园在哪里，大家只是听老一辈的人讲，位于单竹坝、李婆峒等地方，至于具体位置，大家都没有亲眼看到，也没有接触到。

“茶，长久以来都是梯面的特产之一，自古以来梯面老百姓就有种茶和饮茶的习惯。清朝同治、光绪年间，梯面茶其质之优，产量之大，远近闻名，销往国内外。当时的花县就有10多间茶庄专门收购梯面茶叶供出口之用，由于买卖大宗，特设立一把公共茶秤，每交易白银一两，即扣除秤银三分，此公秤每年投标白银千元。按照当时购买力来算，等同于一斤上等细茶可换30斤大米，非常珍贵。那时候梯面年产上等细茶50吨以上，茶的收入占整个镇经济总收入50%。”

“鼎盛时期，梯面有茶园万余亩，遍布在居民区周围的山头，有‘十窝九岭都是茶’的美誉。当时的梯面还诞生了不少种茶专业户，少者三四十亩，多者六七十亩，专门请工人摘制，曾是著名茶叶产地。可惜因为种种原因，当地农民逐渐弃种、弃管，茶园荒废，这一特产在世人眼中渐渐消失。”相关工作人员叹息道。“后面一段路车开不上去，需要爬山。”在一道小溪前，记者下车和相关工作人员一道徒步而上。虽然是炎炎夏日，空中没有一丝云，但是走在大山之中却感受不到异常的炎热，层层树林包裹之下，一呼一吸都伴随着新鲜的空气，让整个人的精气神都提升不少。

二

梯面红山村茅輋原生态古茶园是如何重新展示在世人面前的？这多亏了梯面客家嫂党支部书记吴展红。作为一名基层工作者，吴展红在红山村兢兢业业服务了十几年，对于这里的一草一木都有深厚的感情。本次探访，吴展红也是一早就在山下等候，陪同记者步行上山。

对于笔者的疑问，吴书记腼腆地笑了笑，然后说道：“其实没有什么特别发现，2020年客家嫂相约5点走访入户调研时，村民热情地拿出自家制作的茶叶泡茶给我品尝，在入口的一瞬间，我顿时觉得这茶跟日常我们喝的完全不同，喝起来丝丝甘甜，浓厚香醇，足韵悠长，喝完让人感觉神清气爽、心情舒畅。”

“于是我现场询问村民茶的来源，村民告诉我这些茶叶是在茅輋大山里的百年老山茶树上采摘下来制作而成，当地人称为‘老茶婆’。当时我立刻意识到这种茶可能具备一定的养生和开发价值，就向镇党委有关领导做了汇报，相关领导非常关心和重视，特意指示尽快开发出来。”

“在各方的努力下，我们初步估算茅輋的茶树种植面积有一千多亩。截至目前，我们已在茅輋村六处山岭初步清理出古茶园620亩，开发了六个采茶点。据茶叶专家现场考察后研究论证，在茅輋当地有百年以上毛叶茶、清桂大叶和广州青（紫）小叶三大本土品种，具有较高的开发和利用价值。”

“到茶园了！看，这棵茶树树干粗壮，应该有百年历史。”“这棵茶树分枝较多，应该是砍摘多次”……一路上，吴书记如数家珍，给笔者一一介绍路上所见到的各种古茶树。这里的古茶树粗大壮硕，部分高达数十米。站在高处望去，只见山坡上耸立着一棵棵青翠欲滴的古茶树，有的枝繁叶茂连成一片，有的零零散散“点缀”在树丛间，形成一道独特的风景。值得一提的是，所有的古茶树身上都被工作人员系上了亮眼的红丝带，方便后续进行更好的保护和研究。

三

要想富，先修路。看着脚下用小石子稀稀疏疏铺起来的崎岖小路，笔者不禁问道：“这条路感觉刚刚修好，是怎么来的呢？”63岁茅輋村村民王金全自豪地说道：“我们村民自己动手铺起来的。”为了响应政府开发古茶园的号召，茅輋村村民立刻行动起来，每日早上背起干粮进入大山，通过一下一下挥舞锄头，最终在大山深处开辟了这条通往茶园的“致富”路。

“这是近年来首次在广州市发现数量如此巨大、类型丰富的古茶园，亟须加以开发和保护。”国家茶叶产业技术体系红茶品种改良岗位科学家、广东省农业科学院茶叶研究所茶树资源与育种研究室主任吴华玲接受记者专访时表示。

“从2021年11月开始至2022年春，我们团队先后4次深入茅輋大山深处，进行古茶园实地考察。初步判定该地区的茶树资源种类包括：清桂大叶、广州青心小叶、广州紫心小叶、毛叶茶、类金花茶等，茶树资源类型丰富，堪称‘广州瑰宝’，是广州市唯一一个现存比较完整的古茶园。”吴华玲说道。

4月20日是全民饮茶日，花都区客家嫂党支部、花都区茶文化促进会、广东省农业科学茶叶研究所、广东科贸职业学院等五家茶叶组织开展“广州红山名茶”首场推介会，主要介绍红山茅輋茶叶制成的白茶（银针）、绿茶、红茶、乌龙茶。其中第六山头白茶毛叶茶芽头肥硕秀丽，白毫贴披，色如象牙，形如玉兰；热香如入森林幽谷，兰气清芳，如兰如奶，壶底喷香持久宜人，令人愉悦；汤色亮白如泉如琼，滋味清甜醇厚、甘甜润喉，兰香清长，奶甜毫香显，甜醇甘凉饱，叶底肥嫩匀齐如兰。总评达到国家级名茶，总分96分，极具开发品饮价值。

但是长久以来，由于茅輋茶园保护不够、茶园管理落后、茶叶加工技术落后、缺乏响亮的茶叶品牌等诸多原因，茅輋仍然处于“养在深闺人未识”的状态。花都旅游资源丰富，但却未能融合古茶园。如何让更多人了解古茶园、走进古茶园，如何在保护古茶园的基础上进行科学有效利用，这也是后续工作研究的重点。”吴华玲表示。

四

开发古茶树旅游线路、复壮濒危古茶树资源、新建部分生态观光园、筛选优异茶树新品种……当前，红山村正与省农科院茶叶研究所合力谋划建设茅輋古茶园科研产业创意园，紧紧围绕茶叶核心产业，做优茶叶生产、做强加工流通、强化科技支撑、拓展农业功能，实现茶科技、茶文化、茶产业三产融合发展，实现花都乡村振兴，打响广州茶叶知名品牌，再次创造花都茶叶的辉煌历史。

“这是属于广州自己的古茶园，环境优美，从市区坐车一个多小时即可到达。坐在小溪旁，摆上茶具和桌椅，就着清澈的泉水泡上一壶香醇的茅輋古茶，足以让你远离都市喧嚣，感受世外桃源的诗意与美好。欢迎更多的街坊朋友来这里游玩、赏茶、品茶。”吴展红说道。

目前，在上级部门和镇党委政府的支持下，花都正计划依托本地盛产优质山茶的优势，大力打造以茅輋茶为品牌，全面推广梯面镇茶文化的开发，以茶文化与文旅相结合，促进乡村产业振兴。

最美的遇见

◎牧　心

2016年，因家庭缘由，我从深圳来到广州花都生活，不知不觉，已过去7个年头。在过去7年多的时光里，从原本个人的茶文化兴趣研究到发展为生活志趣，与茶文化及茶之美相关的生活方式，已融入至我们这些爱茶者的心灵和骨髓。

茶音相融，渐入佳境。初来花都之时，还对这个小城市略感陌生，所以有比较多独处的时光，一个人的时候，我喜欢选择与茶和书为伴，在有音乐相伴相生的茶境氛围中习茶，在和美正能量的轻音乐中感受“茶音相融”的曼妙茶境。茶与音乐的结合更加有意义和重要，加入的传统音乐能够让品茶者更加体会到其中的乐趣和情趣，也能够使得茶艺活动表现得更加尽善尽美。 在岭南茶界，“中国梦·茶释生活”雅集演绎团队就将“茶音相融”的沉浸式茶之美意境展现得淋漓尽致。

爱茶人都有种感受，茶道器具这些物什，从来都是买不够的。有一次，在去花都湖湿地公园的路上，无意间发现一家较大的茶叶文化城，经上网搜索，了解到这间名叫“汇茗茶叶文化城”还是个比较综合的采购中心，于是在游完湖之后，便第一时间赶至这个茶叶城，采购了我来到广州后的第一套茶具，同时也补上了家里自我研习时光需要的各种茶品类。相隔不久，我又去了一次汇茗茶城，那一次买完东西后时间不赶，于是闲庭信步游逛了下，也偶遇了花都区茶文化促进会当时在汇茗茶文化城的工作站。

因着与茶的不解之缘吧，当我在门口还在端详了解的时候，里面有位短发姑娘看到我，和我打招呼，我便走了进去。当时，我穿着红色茶服，后来大家回忆初遇我时，也一起开玩笑地用“红衣女子”来形容对我的记忆印象。与短发姑娘一番愉悦的交流之后，我初步了解了花都茶促会，了解到当时初创不久的茶促会其背后是马莉会长感召了一群同样有情怀，且对茶文化真心热爱的一群热心人士积极参与奉献着的……走之前，我还带着期待，期待下一次得缘会见另一位茶仙子——许愿姑娘。

相同的人，总会遇见。后来，在茶促会自然而然认识了马会长及许姑娘，我们大家的情谊就此展开了。同时和花都茶文化促进会结下了不解之缘。时光飞逝，从一开始的零星碎片交集至今日，一晃六年时间过去了，我与花都区茶文化促进会里的很多成员伙伴，因同样一颗爱茶之心、本着对茶文化弘扬与发展的信念，在成为协会理事成员之一后，也曾一同守望纯粹、共创共建、共思共享、探索研究、集思广益、和美交融……彼此，有着许许多多难忘又美好的回忆。

因工作的机缘，后来，在花都也与不少因茶促会平台结缘的花都区文艺界代表人士、业内外精英代表，大家因缘际会，在茶促会以惠风和畅的茶文化平台为媒介，人文雅聚、正能量交集……碰撞出不少通过时间才能检验出成果的有建树、有意义的人文交融事迹。真的很幸运，也很感恩，感恩遇见花都茶促会，她包容又有大爱，因此，与茶促会结缘的群体，也大多是有情怀、有格局、有能量且有爱心、有担当的正能量人士，故而，也产生出不少纯粹又真挚的人文情谊。

值得一提的是，马会长作为花都文艺界茶文化弘扬与发展第一人，多年如一日地坚守和创造，让花都茶文化不断得到发展壮大，她的内心深处，其先天与后天的美好品质，定然有过无数次的内化涵养与自我融合升华……如此心路历程的成长与发展，我亦相信，不仅仅是马会长，而是大多数敬茶、爱茶、习茶之人，不约而同，都可能会拥有不同程度的感受与体悟。

早在四年前就听闻花都深山有一片古茶园，今年我们又有缘走进了这片充满神秘色彩的原生态古茶园。关于花都古茶园的前世今生，我们也有幸进行过详尽的考察和实地的学习交流，这对我们这些热爱茶文化的茶人们而言，是多么令人欣喜的福音啊！在这后疫情时代，有氧生态的“青山绿水”也越来越为世人所渴望，坐落在花都最美乡村“梯面红山村”附近，这片珍稀的原生态古茶园得以重新面世，相信，来自茶界内外的人文精神认同感，必接踵而至……

林徽因有段话：“有人说，爱上一座城，是因为城中住着某个喜欢的人，其实不然，爱上一座城，也许是为城里的一道生动风景，为一段青梅往事，为一座熟悉的老宅。又或许，仅仅为的只是这座城，就像爱上一个人，有时候不需要任何理由，没有前因，无关风月，只是爱了”。

我自广州读完大学毕业后，之所以前往深圳就业和生活，是因为知道深圳这座创新型临海城市有着海洋文化般的包容与广博，于是在当年和同一年毕业的姐姐得以心意相通，都决定前往深圳工作和生活。当时离开校园的我，又怎会想到三年后，我会因为家庭原因，又回至广州，更加不会想到，会定居在广州的花都，一个我原本陌生的地方，今天看来，我颇为幸运。花都是一个满怀“谦和”与“包容”的地方，她无限热情、积极吸纳和接受各方人才，让我这个曾经的“外乡人”很快就得缘融入和适应了，在我看来，花都对人才的包容性很像当年的深圳，它是一个包容并蓄、能让人安居乐业的“大爱之城”。

茶之道，赋予人高尚的情操；茶之德，树立正确的人生价值观。从“柴米油盐酱醋茶”到“琴棋书画诗酒茶”，人们将茶从日常需求层面提升到了精神文化需求层面。近现代以来，中华茶文化更被赋予“德育”和“美育”的双重属性，加之以上“美育和德育”所阐述的教育意义，在新时代背景下，同样具有跨时代的社会价值和发展意义！

只要“茶德”不离心、爱茶初心不忘却，无论经历多大的困难与挑战，只要我们仍能定心守静于一方茶台之上，总能在较短的低谷调整期内，重新得到信心和鼓舞。在家庭，多角色集一身的我们，对工作也常有力不从心的时候，即便在遇到心灵的短暂休憩期，只要有茶的持续浇灌，不久后的我们，又总能得到新的能量，然后继续和善而坚定地前行……

2022年11月29日晚，联合国教科文组织保护非物质文化遗产政府间委员会第17届会议宣布：我国申报的“中国传统制茶技艺及其相关习俗”项目，成功通过评审，列入联合国教科文组织人类非物质文化遗产代表作名录。

“中国传统制茶技艺及其相关习俗”，简简单单14个字，实则包罗万象，是有关茶园管理、茶叶采摘、茶的手工制作，以及茶的饮用和分享的知识、技艺和实践。

一时间，无数国人为之骄傲振奋。茶，作为中华民族的举国之饮，作为社交联谊、传播文化的精神纽带，在人类非遗史上留下了浓墨重彩的一笔，为世界文化多样性贡献了“中国色彩”。

现在正是中国茶文化蓬勃发展的大好时期，伴随着中华民族“伟大复兴”的历史进程，中国茶文化一定会在全世界开创新的辉煌！

梯面茅崋茶，山山皆不同

◎贺　龙

2022年4月20日“全民饮茶日”当日，花都区梯面镇红山村第一书记吴展红特地邀请广东省茶叶品鉴与收藏协会会长陈栋，广府茶艺非遗培训单位负责人马中华，花都区茶文化促进会会长马莉、副会长罗丽芳等人在梯面组织了一个古树茶品鉴会。大家通过视觉、嗅觉、味觉和触觉的感受，结合工作经验，对茶叶的品质进行了分析评价。

梯面古茶园茶种繁多，有绿茶、红茶、青茶、黄茶、白茶、黑茶等。我们的品鉴是从嫩度、形状、色泽开始的。

第一山头和第五山头制成的红茶品质最佳，条索紧结乌润稍带金毫；第四山头广州小叶红茶条索紧细稍见金毫；第六山头毛叶茶红茶条索肥壮重实。

第一山头和第四山头的绿茶品质最优，干茶条索紧结，色泽深绿鲜润；第五山头次之，具较浓郁持久花果香；第六山头毛叶茶的绿茶条索粗壮较紧结，色泽黄绿，银毫满披。毛叶茶以单芽制作的白茶芽头肥硕秀丽，白毫贴披，色如象牙，形如玉兰；以一芽一二叶制成的白茶芽头肥硕、芽叶相连成朵、芽叶开张、叶缘背卷成波状、银毫满披。第五山头的广州小叶试制的乌龙茶，条索较紧结、壮直。

外观鉴定完毕后，我们即进入冲泡品鉴阶段——

泡茶。泡茶是内质审评的重要步骤。冲泡前先将审评杯碗洗净擦干按号码次序对应排列在评台上，杯盖放入审评碗内；称取样茶（6g或者8g）投入审评杯内（精确到0.1g）；用沸滚适度的开水以慢—快—慢的速度冲泡满杯，泡水量应齐杯口一致。冲泡第一杯起计时，随泡随加杯盖；到达冲泡时间时按冲泡次序将杯内茶汤滤入审评碗内，沥茶汤时，审评杯卧搁在碗口上，杯子的盖钮刚好枕在碗沿，杯中茶汤应完全滤尽，如果有残留，最后的茶汤浓度会很大，延时冲泡的几滴会增加茶汤的浓度。冲泡后应先看汤色，因为汤色在空气中变化快，而且茶汤刚滤出时，杯子的温度很高，也不适宜迅速嗅香。看过汤色之后再嗅香气，尝滋味，观叶底。看汤色：茶叶内含成分溶解在沸水中形成的溶液所呈现的色彩，称为汤色，又称水色。红茶汤色橙红明亮，绿茶汤色绿黄明亮；白茶汤色嫩黄、浅杏黄；乌龙茶汤色金黄透亮。

嗅香气。茶叶香气是通过泡茶使其内含芳香物质得到挥发，挥发性物质的气流刺激鼻腔内嗅觉神经，呈现不同类型不同程度的茶香。嗅时应重复一两次，但每次嗅的时间不宜过久，因嗅觉易疲劳，嗅香过久，嗅觉失去灵敏感，嗅香气应热嗅、温嗅、冷嗅相结合进行。嗅香气时，将杯盖开一小缝，凑近鼻子快速吸气，嗅香气的时间不要太长，保持在2～3秒。闻茶香主要包括3个方面，即干闻、热闻和冷闻。

干闻即闻干茶的香味。一般来说，好茶的茶香格外明显。如新绿茶闻之有悦鼻高爽的香气，其香气有清香型、浓香型和甜香型；质量越高的茶叶，香味越浓郁扑鼻。口嚼或冲泡，绿茶发甜香为上，如闻不到茶香或是香气淡薄或有一股陈气味，例如闻到一股青涩气、粗老气、焦煳气，则是劣质茶叶。

热闻即冲泡茶叶之后，闻其中茶的香味。泡成茶汤后，不同的茶叶具有各自不同的香气，会出现清香、板栗香、果香、花香、陈香等，仔细辨认，趣味无穷，而每种香型又分为馥郁、清高、鲜灵、幽雅、纯正、清淡、平和等多种。

冷闻即当茶器中的茶汤温度降低后，闻茶盖或杯底的留香。而此时闻到的香气与高温时亦不同。因为温度很高时，茶叶中有些独特的味道可能被芳香物质大量挥发而掩盖，但此时不同，由于温度较低，那些被掩盖的味道趁这个时候会逐渐散发出来。

尝滋味。使茶汤入口在舌头上循环滚动，全面而充分地辨别滋味。尝味后的茶汤一般不宜咽下。为避免混淆，不同碗中茶汤品尝之间可以用清水漱口。尝第二碗时，匙中残留茶液应倒尽或在煮沸后的水/饮用水中漂净，不致互相影响。尝滋味和嗅香气一样，对感官灵敏度有较高的要求。前者要求审评者不抽烟，不涂带香味的乳液、香水等。后者要求审评者评茶前尽量不吃有刺激性的食物，如辣椒、葱、蒜、胡椒、糖果等。

观叶底。将杯中冲泡过的茶叶倒入黑色木质叶底盘，也有放入白色搪瓷漂盘加清水漂起。杯中叶底务必取干净，将之拌匀，铺开，掀平放在叶底盘中，通过手捏、眼看判断老嫩。根据叶底的老嫩、匀杂、整碎、厚薄、色泽、芽头嫩叶含量和开展与否等来评定优次，同时还应注意有无其他杂质。

经过一番技术过程之后，各评委结合审评结果，对每个评审项目进行比较参详，最终得出结论如下：

第一山头茶树资源适制绿茶和红茶，均具有果甜香浓郁持久的品质特征。第二山头茶树资源具有高含量的EGCG，可选育高EGCG茶树新品种进行功能型产品开发。第三山头茶树资源适制红茶，具有果甜香较浓郁持久，滋味甜醇鲜爽、顺滑的品质特征。第四山头茶树资源适制绿茶和乌龙茶，具有花果甜香高长浓郁持久带甘草甜香，滋味甜醇鲜爽的特征。此外，该山头资源还具有高含量的EGCG特征，可进行功能型深加工产品开发。第五山头低咖啡碱茶树资源毛叶茶加工成的红茶、绿茶和白茶均具有果甜香带甘草甜香的特征，但红茶和绿茶滋味浓厚带苦涩味，而白茶清甜、鲜爽、回甘的品质特征，适制高档白茶，同时可进一步选育无咖啡碱茶树新品种，开发相关功能型产品。

世间浮躁，人心浮躁，若要平心，唯有香茗，难怪古今圣贤、文人骚客，皆对茶赞之不绝，爱之难舍。当你烦躁时，不妨喝一杯茶，聆听心底最原始的声音；当你愤怒时，不妨喝一杯茶，它会让你躁动的心情慢慢归于平静；当你悲伤时，不妨喝一杯茶，你会发现原来生命中还有那么多美好的事……静静地品茶，你的世界才会多一处平和的角落。

知音远客把茶盏，千里茶缘一叶牵

◎黄笑宇

那年春天，我怀揣着梦想踏上南下的列车，向着南方，一路向南，飞往鲜花盛开的地方花之都——花都，这座广州北最靓丽的一张名片，从此续写着我的奋斗青春，承载着我的追求和梦想！

初来期间，我经常彷徨在十字街头，迎着这座生机盎然但又陌生的城市，我再次偶遇茶，重新认识茶，学会喝茶、品茶，从半杯清茶慢慢感觉心灵恬静，在与茶的每一次对话中丰富思想，在与茶的每一次唇齿相接中感悟灵魂的升华。

一

来花都之前，特别是在老家过年的时候，冬天家家户户的铁炉子上面都放着一个茶壶，里面经常煮着热水，当有客人来时或者左邻右舍来串门拉家常的时候，家里的人便会拿来一个玻璃杯子或者瓷杯，里面放上茶叶倒上开水端给客人。同时，再端上一些瓜子、花生等，待茶慢慢晾凉了一些后便一饮而尽，我站在边上，闻着茶飘散出来的香味，有时候好想也喝上一杯，就给自己拿来一个杯子，慢慢地倒上一杯茶水，喝完以后就感觉嘴巴好甜好香，这种味道从嘴巴到了嗓子，甚至于到了肚子里面，觉得好舒服，好惬意，喝完一杯又倒一杯，不知不觉中，一壶茶水已被我们大家喝尽。

来花都后，再次与茶相遇，慢慢走进了茶的世界，从识茶和喝茶中更钟情小杯饮茶。抓一把茶叶放进泡茶杯中，然后再加入开水，先洗茶然后再冲泡，并倒入小茶杯中，杯中已飘出阵阵沁人心脾的清

香，趁着水的热气，茶的清香，端起小杯子喝上一口，一口接一口，很快茶叶的香味就弥漫整个鼻腔，深吸一口气，好香啊！如果处在宁静的书海里，品着茶的甘甜芬芳，随着书中情节的起伏波荡，边喝茶边读书，渐入颇深意境，一种心境如水、坦然顺畅的感觉油然而生，种种烦恼，忧愁焦虑，在读书饮茶中悄然消逝，别有一番情调和韵味。

二

来花都之前，品茶，我彻彻底底算是个外行，也可以说是一张白纸，喝茶最主要的目的就是为解渴。简单以为，茶叶就是树叶在机器加工后的产物，茶水，就是水与茶叶的结合品，让茶水滋润干渴的咽喉纯属于生理需要而已。茶叶常常放入有盖或无盖的杯子中，多次冲开水饮用，一直到色淡为止。如果问这种豪饮茶直接灌下除了解渴还有没有其他意义，那应该还有一些静心效果，一杯茶下肚整个身体机能水分得到补充，特别是在炎热的天气很快便会静下心来，即使心中烦躁，泛起一丝丝涟漪，茶的入口也将让一切归于平静。

来花都后，才更加确切明白，茶不但可以让人心旷神怡，更可以让人修身养性，清心寡欲，简朴生活，乐在其中。看似一片普通的茶叶，看起来是那样细小柔弱，却又是那样妙不可言、神乎其神。茶，她无喧嚣之形，无激扬之态，但茶遇到水，改变了水的味道；水遇到茶，释放了茶的香气，清气馥郁、相辅相成、相得益彰。

品茶品茶，你得静下心来品，她让你进入一种“抛却纷纷扰扰，细听雨落梧桐”的境地。人在世间功名利禄，滚滚红尘，让你体会到苦乐皆由心生，而唯有淡泊，才能宁静，才能做到“宠辱不惊，看庭前花开花落；去留无意，望天外云卷云舒”。才能对人生做最深入最细致最独到最有价值的品味，甚至达到“泰山压于顶而面不改色，黄河崩于前而心不惊慌”的境界。

三

来花都之前，我家乡的市面上主要销售绿茶，我们一年四季基本都是喝绿茶。所以，在我脑海中一直有一种错误的认识，茶是一片片绿色的叶子，肯定泡出来的茶就是绿茶，也简单认为茶等于绿茶。

来花都后，才明白自己对茶的认识绝对是井底之蛙，实在肤浅。茶的品种除了绿茶，还有红茶、青茶等等。喝茶品尝还和四季息息相关，春天适合饮花茶，夏天适合饮绿茶，秋天适合饮青茶，冬天适合饮红茶，一年四季皆在变化，所以，喝茶品尝也要适应四季。因为春天万物复苏，饮花茶可以舒爽身心；夏季炎炎烈日，饮绿茶可以补水解渴；秋天昼夜温差较大，饮青茶可以生津滋润；冬季天气寒冷，饮用红茶可抵御风寒，温暖身心。同时，喝茶还要根据每天时辰细分，早晨适合喝红茶，上午适合喝茉莉花茶，下午适合喝绿茶，晚上适合喝普洱茶。这个细分的讲究，就是人在每天的时间段里，有时需要提神，有时需要醒脑，有时需要静心，有时则需要促进睡眠。适应一天中的不同时刻，人和茶做到相得益彰。

四

来花都之前，我们老家大部分人家泡茶用的是简单的茶壶冲泡，或者直接把茶丢入杯中加水冲泡。这样喝茶有时候把茶叶也带到嘴里，可谓是“喝了茶水、吃了茶叶”。

来花都后，朋友带我走进他的茶室，大约有十多平方米，正中摆着茶桌，茶桌上有茶壶等茶具，我当时第一次坐在四周竖立着高高大大的柜子，里面摆着各种精致的茶具和茶叶，仿佛置身在茶具的世界和茶的海洋。不同的茶具泡不同的茶，不同的茶叶需要不同的茶具来冲泡。在这里，我第一次吃出茶的醇味，领会饮茶真谛，心情大悦，超然自得。

朋友有时候还带我走进花都茶馆，那也是我第一次到茶馆品茶，那家茶馆空气清新、环境清静，推门而入一股沉香味就扑面而来，店内布置得清新雅致，其中不少物件都是店主外出旅游所得，茶馆还提供茶品和小食、水果，这些也是茶馆老板精心筛选的，而且保证每日新鲜提供。茶馆服务员一招一式摆弄着茶具的时候，真让人大饱眼福，每个泡茶动作尽显优雅得体，妥帖放置茶盖，周全而不失礼，还记得当时喝茶的情景，小心地端在手中，一点点地品味，让舌尖与口腔里弥漫着茶香，然后再细细地咽下，一下便涤去了精神上的疲惫，获得精神上的升华。在这样的茶馆中品茶，会使人情不自禁遥想古之圣贤品茶赋诗的场景，是与生俱来的洒脱，还是超于常人的浪漫和豪迈，更有着一身胆气和凌云壮志，然而这一切都隐于茶香之中。在这样的氛围中能让人静下心来品茶，无论是三五好友还是一个人来消遣时光，都是不错的选择。

花都还有一种现在风靡全国各地的早茶，早茶其实是品尝美味和品茶的一种习俗，是茶的发扬和延伸。无论早上去哪家吃茶点，都是人气爆棚，大家泡茶品茶，点些小巧精致的点心，如虾饺、蛋挞、七彩蛋卷以及各式色、香、味俱全的茶点，真是让人大饱口福。此外还有下午茶、夜茶。平时和家人在一起品饮茶点和茶水，其乐融融。如果有客人到访，也可在这里一起品尝茶水和茶点，气氛十分宽松，主客轻松交谈，也增进了友谊和感情。

五

茶，应该也是一种缘分吧。要不然我奔走千里，在花都才认识了她，喜欢上了她。仔细揣摩我的一生，就如这一片茶叶，芸芸众生中平凡一员，从青葱少年步入中年时代，不就是我这片茶叶在花都这片能包容、能吸收、能成长的地方历练、锤炼，变成沁人心扉的茶香，而这泡茶过程就是我人生的经历，散发的芳香就是现在我能为花都发展贡献一分绵薄之力的源泉，连绵不断、经久不息。

茶，应该也是一种平淡。古时的陶渊明以淡泊名利，范仲淹的“不以物喜，不以己悲”；岳飞的“三十功名尘与土，八千里路云和月”，等等，他们都想超然物外，淡泊名利，享受那种平淡安适。相信他们都是爱茶之人，喝茶之人，不知道他们是否来过花都，但估计喝过花都茶，因此有超然物外的平淡。对我而言，也正是花都茶这淡淡的颜色、淡淡的香味、淡淡的苦味，淡淡的甘甜，让我在花都工作和生活用一种坦然心态面对，用平常心对工作，用良好的心态对待人和事。

乐在深山观古茶

◎刘武松

梯面镇是离花都城区最远的一个镇，也是花都唯一的山区镇。我们要去的古茶园所在地——梯面镇红山茅峯村，是花都海拔最高的一条自然村。以前这里没有通公路，人货出入全靠人背马驮，前些年才修好了公路，但仍然路窄坡陡，弯道众多，没有经验的司机还不敢贸然开进。都说好茶生于天地，孕于自然，爱茶的人们都敬畏其栉风沐雨、遗世独立的品格。在清静须臾的云水之间，唯有茶能对话日月天地，因此要辗辗转转才能一睹古茶园的芳容便变得情有可原。

茅峯村规模不大，全村只有十来户人家，房子略显破旧，多数人家已迁，大门为铁将军把守显得疏败，但村的自然环境却让人流连，可谓群山环绕，山林茂密，翠竹青青，鸟语花香。村子周边有不少良田，几位村民正在田里播种育秧，一群麻鸭在沟里吃着虫子，几只土狗欢快地在田头奔跑着，好一派田园风光，让我突然想起了陶渊明笔下的那个桃花源。听说这里曾经家家户户都种茶，不难想象，百年的茶农山村，收茶时是怎样一番热闹场景？因为这小片神奇的茶叶，让这里的人们四季忙碌于此，我思考着关于茶这片叶脉上的细语，一时间发现怎么也读不完。

随着观茶队伍的汇合，热情精干的年轻女士——梯面镇红山村客家嫂党支部书记吴展红过来带队。大家情绪激昂地跟随着她列队出发。走了个把小时后，山越来越高，路越来越陡，有一条新开的小路，还不时被树枝荆棘阻挡，几个小长坡路面覆着树叶，岩石间浸出的水漫过泥面打滑得厉害，稍不注意就会滑倒，幸好有年轻人在后面保驾。领略过山间的野趣和刺激，突然发现想看云雾缭绕绿意盎然无市井喧嚣的古茶园，并没有那么容易。

爬过几座山峰后，大家早已汗湿衣衫，我的头发也被汗水浸透，更是走一步喘几口，感慨着廉颇老矣。据说从山脚至山顶的垂直落差有几百米，眼前的小径蜿蜒幽深，两旁的林木枝繁旁逸，偶尔从空隙中透出的几缕亮光斑驳落

下，晃人双眼，人群中开始有人嚷嚷说，不知道要迂回几个弯道，才能一览那神秘古茶园的真面目？

看着出发时振奋激昂此时却有些颓丧的队伍，大家稍作休整，互相加油打气后又开始上路。出于对探寻古茶园的殷切，虽知路途艰难，还是义无反顾地前行，竟然无一人掉队。

翻过一座山头，吴书记指着山腰的一片古茶树说："这是茅辇村民发现的第六个古茶树山头，也是最大的一个山头，整个山上都是，估计有大几百亩。"沿着茅辇村民在山腰砍出过杂枝清理出来的小路，一片看不到边的古茶树呈现在我们眼前。这些古茶树有大有小，有粗有细，有高有矮，但都栽种整齐，横竖成行，一看就是古人精心栽种的茶园，并非天然生长。

大家看着古茶园啧啧称奇，徜徉在这高负离子的山中，听着鸟鸣看着蝶舞，亦是难得的山间野趣。随行的人开始摘下新鲜茶叶放入嘴中咀嚼，一会儿交流着味道的苦涩，一会后又分享古茶鲜叶带来的甘甜。看来，大自然的万物皆有灵性。花儿有花儿的悄悄话，草木有草木的暗恋语。行走在这百年古茶园，随手采下一片鲜叶，与其他树叶仔细分辨。我忽然发现一个秘密：茶的叶片是会说话的。在春风化雨间，涅槃风霜的古茶是有精神的，不仅在于它能滋养味蕾，更能润泽我们的灵魂。

我们在一棵特别粗大的茶树前停了下来。这棵茶树屹立在半山腰，树蔸分出了三支树干，又粗又高，特别引人注目。吴书记肯定地回答："据广州多名权威茶专家过来考证推断，这棵茶树的树龄至少有300年"。听了她的介绍，我们都惊得伸出了舌头，瞬间就深信了那句"南方有嘉木"的说法了。

古树悠悠，含天地之精华。人在草木中，历经千年风雨的洗礼。正是在苍翠欲滴的大山怀抱里，浸润溪水雾化的滋养，山水合一，才孕育出这一片片肥厚鲜嫩的美丽树叶。此时，面对着这个偌大的古茶园，顿悟到古茶树是博大的，博大到包罗万象。叶之脉是精深的，精深到无韵无穷。

吴书记继续介绍说，经过多位专家鉴定，茅辇村发现的原生态古茶园，是广州市唯一一个现存比较完整的古茶园。茅辇的茶树群体主要有三个本土品种，即毛叶茶、清桂大叶茶和广州青（紫心）小叶茶，其中要数毛叶茶树最集中也最珍贵。毛叶茶是目前国际上发现的非常珍贵的一个茶树群体，它具有天然无咖啡碱的特性，针对喝茶过敏、睡眠障碍的人群，可开发相关的功能茶产品。这也是未来推动此地茶产业发展的一个方向。

此时，沐着山风，伫立于林之尽头，直觉豁然开朗，一路的辛苦烟消云散。呼吸间，仿佛已有隐隐茶香。一眼望去，山峦层叠处，棵棵古茶与自然共生，几百年积淀的古茶园风姿盎然。

通过这一趟茶山行，大家在短时间内从熟悉的环境中抽离出来，重新获得全新的感知力。听着吴书记滔滔不绝如数家珍的介绍，看着眼前一棵棵朝气蓬勃的古茶树，作为花都茶文化的热爱者，大家也兴奋异常，为花都发现古茶园而自豪，更为古茶园美好的未来而欢欣。

夕阳西下，我们不得不告别这些在深山老林里默默生长了几百年的古茶树。通过这一路的寻茶之旅，我们有理由相信：不久的将来，这片古茶园一定会焕发新生，为花都人民带来新的更多的福祉。

非遗黄杞茶，碗碗散甜香

◎任君黎

一直以来，花都民间的木本植物代茶饮品类众多，2020年成为花都区非物质文化遗产的黄杞茶值得被隆重记上一笔。这种“茶”兼具茶、糖、药三种功能，被誉为“美丽健康茶”。《全国中草药汇编》有云：黄杞者，胡桃科也。树皮化湿，叶可清热止痛。在岭南的深山处，生长着这种天赐的恩物，名为“黄杞”，黄杞叶亦是花都区花东镇狮前村祖祖辈辈制作野生甜茶的原料。黄杞虽长于深山，当制作成茶后，却远销海外。

狮前村位于花都区东部以北的山谷中，四面环山，山中森林覆盖率很高，四周苍苍郁郁，是一个天然大氧吧式的远离都市喧嚣的“世外桃源”。属广州少有的临近大都市原生态古村！过去，狮前村的村民入秋后家家户户上山采叶制作甜茶！制作黄杞茶的“茶树”是产于我国南部的野生核桃科半常青乔木，黄杞叶是当地作为传统清热、鲜毒的保健药。研究显示，黄杞茶有很强的抗氧化作用。还具有减肥和抗过敏作用。常服黄杞茶具有减脂、抗衰老的功效，深受人们的喜爱。黄杞树高达10余米，全体无毛，树形漂亮。其树皮也可供药用，有行气化湿、导滞、清热止痛的功效。

黄杞树是为花都日饮甜茶，溯源还要从上千年前说起，正值唐朝，本草学家日华子曾踏足岭南，记载了当地乡人一个独特的习惯：岭南乡人上山采摘古树枝叶，用于制作甜茶，日常保健饮用。岭南地域气候多湿热。由于所处的地理位置特殊，南临海洋，北靠五岭，春夏多淫雨，天热地湿，1949年以前狮前村藏在山壑之中，一年总有几个月湿气严重。下雨天土地下的水分往空气中蒸发形成雾气，在山中生活的居民们常年呼吸这样的雾气，导致体内湿气越来越重，于是，经过略懂医方的祖先不断探索，他们因地制宜靠山吃山炮制出了黄杞茶。

花都黄杞茶的采摘时间有严格要求，树叶吸日月精华需过春、夏、秋。仅限于秋冬季连续晴日采摘。其余时候不予采摘，跟一般茶叶的采摘时段有很大区别。如果鲜叶生长时间过短过嫩则易霉变且甜润度不足。每到秋高气爽时，狮前村的客家原住民便会组织身强体壮的男人上山采叶。

黄杞茶的炮制，讲究“当日采摘、当日蒸煮”。省却了萎凋、发酵等流程。树枝、干、叶采来后淘洗晾干叶面水分，取几勺山泉水倒入铁锅，漂烫杀青。每次蒸煮量以材料刚好被水浸没为宜，盖上铁锅盖，以柴火蒸煮后捞出，立即在露天通风干燥处用竹席或簸箕铺开晾晒，厚度少于1厘米，连续晴日晾晒3～4天为宜，晒至枝干能被轻易折断，叶片转为黄绿色且发脆即可；晾晒好的黄杞叶称为“黄杞茶，装入竹篓或陶罐，确保其密封性，放至至少离地几米的房梁或阁楼处存放，存放空间以干燥度高的密闭空间为宜。

据狮前当地村民描述，黄杞茶一般在开放空间储藏，常常一年内饮用完毕；来年又重新采摘制作，周而复始代代相传。而陈年老黄杞茶是可以入药的。具有消炎、祛火等功效，并且对于一般的感冒发烧、咽痛等症状有着一定的疗效！经过古法炮制的黄杞茶，自带甘甜。老狮前村民以陶壶为器，凉水入罐，煲滚沸腾后焖煮5～10分钟即可饮用，口感上乘，是解暑佳品，狮前村老村民们提起黄杞茶都津津乐道，一杯入肚，解乏祛苦！老黄杞茶具有清热解毒、解暑利湿、降血压等功效，四季皆可饮用，老少皆宜。过去村民普通人家较为生活窘迫，生病常感胸闷、头痛、湿滞、食欲不振等，用酱制作好的黄杞茶作为日常饮品，有清热解毒、解暑利湿的效果。

今天，提起黄杞茶，狮前村的老村民津津乐道，他们说：春天饮用能促进机体阳气生发，振奋精神，消除春困；夏天饮用，能消暑解热生津解渴、消食利湿；秋天饮用，能润肤降躁，生津润肺，清热凉血；冬天饮用，能滋养阳气，增热添暖，去油腻舒肠胃。可谓是一杯黄杞暂留客，两胁清风几欲仙。

品花都黄杞茶，品的不仅是珍叶的清香，品的还是阳光雨雾晨露，品的也是轻烟山岚。品的是情绪、心境；品的是夕阳、月光；品的是爱是暖，是自然变幻，是岁月沧桑！

归来兮梯面茶

◎任君黎

初入梯面，放眼望去满眼翠绿，郁郁葱葱，养心养眼更养人。很多朋友会感叹，想不到广州还会有如此翠绿宁静的生态环境。这些年来“翠绿”一直是梯面镇最清丽的一袭华衣。享有“广州北肺”之称的梯面这几年成了广州名副其实的“世外桃源”，成了很多人避暑休闲踏青放松的首选。初春时节，站在梯面的高百丈峰、王子山，眼前的山峦被浓雾弥漫，好像披着一层神秘的面纱。轻风拂过，云海翻腾，飘飘欲仙，有种“不识此山真面目，只缘身在云海中”的梦幻感觉。

都说良好的生态环境是最普惠的民生福祉，上善若水任方圆，水无常形，故有无限生机。水同样是梯面的灵魂。梯面地处广州北部，与清远市接壤，东有流溪河，西有巴江水的润泽。镇上大大小小的山上水分充沛，常年溪流不断，有的涓涓细流，清澈见底，无声无息，让人感到平静、祥和和温馨。有的飞瀑咆哮奔涌，白浪翻滚，吼声如雷，让人感到振奋、激昂和充满力量。还有大大小小的水库像碧玉般点缀在群山中，为全镇的人们带来了富足和幸福。

梯面镇总面积91.28平方千米（2017年），其中山地面积118万亩，森林覆盖率高达88%；年平均气温18℃，气候宜人；森林资源、矿泉资源、地热资源丰富。镇上密林中山泉清冽，野生动植物种类繁多，光药用植物就有284种，更让人欣喜的是，林业科学工作者还在梯面山上找到了国家重点保护植物黑桫椤、金毛狗、苏铁蕨等珍贵植物。由于山高林密，植被丰富，梯面成了广州最近的天然氧吧，负离子含量高，噪声指数之低为广州城区之最，在梯面镇的王子山，更被省林业勘查院测定为“最清洁空气”。

都说好山好水出好茶，梯面山中林木苍翠，山势巍峨，山溪、瀑布星罗棋布。加上昼夜温差大，空中水汽充分，为茶树生长提供了得天独厚的自然环境条件。据《花县志》《梯面镇志》记载：茶，是梯面的特产之一，当地农民自古以来就有种茶和饮茶的习惯。清朝同治、光绪年间，花县城（花城）就有10多间茶庄，收购梯面茶叶供出口。翻开《茶经》，“茶者，南方之嘉木也，一尺二尺，乃至数十尺。”“伐而掇之，其树如瓜芦，叶如栀子，花如白蔷薇，实如栟榈，蒂如丁香，根如胡桃。”梯面钟灵毓秀的山水地貌，得天独厚的气候自然环境，为孕育“好茶”埋下了伏笔……。

2020年，在红山村任第一书记的吴展红，入户调研时，品尝热情的村民端来的茶汤，发现这款茶丝丝甘甜，有一种与众不同的嫩香，缭绕的茶气带着温柔，那香气感觉很舒服，马上刨根问底……

村民告诉她，这些茶叶来自茅鲞的山林间，是从一棵名叫“老茶婆”的百年老山茶树上采摘下来的嫩芽制作而成的，取名“雾尖茶”。后来，吴书记将这一情况直接向镇党委书记刘顺杰汇报，刘书记非常关心和重视，特意指示尽快开发。稍做筹备后邀请来了省茶叶收藏与鉴赏协会会长、省农科院原副院长陈栋，广东省农业科学茶叶研究所、广东科贸职业学院等的专家团队考察、研究、讨论、论证，确认其树龄至少有300年。后继茶叶专家又经过数次现场考察，对分布在茅鲞村六个山头的古茶树群落进行了实地考证，确认有百年以上毛叶茶、清桂大叶和广州青（紫心）小叶三大本土品种。

茶于沧海不过一粟，然百载之间梯面茅鲞茶“犹叹红尘自清浅，众里寻它隐世间”，在机缘巧合下再度出场，斑驳的老茶树承载住了时光的锤炼，相信也会重新赋予大山深处那片神奇的树叶以新的生命，从此各路客人来到梯面，茅鲞茶这百年流传的芬芳，不仅会成为人们日常生活中重要的饮品，也会给乡村振兴带来新的生机和亮点，梯面茶已归来，远道而来的客人静坐于梯面，可独酌一盏光阴，煮茶静思，瞥那岁月悠长，但留此茶余香！

龙眼叶，可入药的保健茶

◎任君黎

在梯面及花山两龙的本地人开的杂货铺，发现杂货铺里放着数量不等的老龙眼叶干叶，是民间常用的代茶植物。中国的茶饮文化源远流长，国人的日常饮品除了六大茶类，还有一些用水泡或者水煮的方式制成的植物饮品，为民间常用的代茶植物。

岭南民间大部分代茶饮有长期的民间饮用基础，也体现花都人饮品的丰富多样性！据杂货铺里的老板娘介绍，龙眼叶有清热解毒的作用。龙眼叶特别适用于夏季，可有效缓解因上火所致口干舌燥、口渴、头晕目眩、口腔溃疡、小便短赤等症状。

在《生草药性备要》中这样描述龙眼叶：可“治痯疗，杀虫，作茶饮明目，嫩薏蒸水，加冰片搽眼眩烂。”意思是说，龙眼叶可以治疗痯肿、疟疾。可以代茶饮，龙眼叶水加入冰片擦眼，可以起到明目的作用。可见花都民间的代茶饮植物龙眼叶，确实有着医理上的理论支持！

中国中医科学院西苑医院何好臣医师，更是翔实罗列了龙眼叶的多种好处：

一、补充营养：龙眼叶指的是龙眼的叶和芽，龙眼叶煮水能够起到补充营养的效果，里面有一点点维生素以及微量元素属于人体当中不可缺少的营养物质。

二、清热解毒：龙眼叶煮水可以清热解毒，能够用于缓解咽喉肿胀疼痛以及口干舌燥等症状，同时也可以缓解肺热导致的咽喉不适的症状。

三、镇静安神：在日常生活当中，如果出现了明显的失眠多梦或者睡中容易惊醒等现象，可以用龙眼叶煮水喝，能够达到一定的镇静安神的效果，有助睡眠。

四、补充气血：龙眼叶煮水具有一定补充气血的效果，可以改善气血不足引起的面色苍白以及四肢疲乏无力等症状表现，同时也可以用于减轻阴囊潮湿和皮肤瘙痒。

花都区本土的一些老人，对龙眼叶作为保健代茶饮，从祖祖辈辈的口口相传中得到验证与认同。一些中医师及相关研究人员亦通过对龙眼叶的药用功效进行研究，获得了确凿的现代药理学研究证据支持。看来龙眼叶用作茶饮在花都历史悠久，凭借它多种保健及药用功效，具有很好的科研价值和市场开发前景。

泡茶·品茶

◎郑壮光

天心一念起，坐看云起时。明月清风里，泡茶会知己。2018年冬至日，与几位朋友参加花都茶文化促进会活动，亲手为朋友泡了六种茶，有些心得，写出来与大家分享。

当日上午，分别泡了凤凰单从、正山小种、红茶、绿茶、云南生普茶和茉莉花茶。前面三种茶，自己在随心随意中轻松自然完成，大家也在欢喜相聚中分享工作、生活中的种种，其乐融融。

第四种为绿茶。此茶鲜爽干净，豆香味比较明显，挺不错的口感，用普洱料做的茶牙清晰可见，如此搭配多少增添了它的云南味道，也算一种“创新”。

第五种为云南生普茶。当日我为朋友们泡了两款生普茶。

一款是2007年的生普茶。此茶因储存没有完全到位，闻干茶有一点杂味，通过洗、泡等一系列操作，从第三泡开始就彰显其性价比高的特点，茶底偏栗色，叶条质地基本完整、饱满柔软，初步判断此茶为百年茶树所产。喝第二泡因想快速了解这款茶，多用3秒浸泡，滋味浓郁偏醇厚中，略有点苦涩但很快便回甘，整个口腔能感觉到一种黏稠度，整体口感舒服。

另一款是散装生普。干茶条索整齐、紧结有度、硕大，成梭状的比例高，香气不明显。洗茶后第一泡因水温不高，约80摄氏度，加多5秒浸泡出汤，细品三口后感觉如下：常规云南大树茶的表现，茶汤浅黄明亮，滋味尚浓醇回甘，滑润醇和，刚喝时有些生涩，但能够迅速回甘，入口顺滑，叶底无杂色，有条有形，展开仍保持整叶状，总体感觉还是一款中上等的口粮茶。

第六种为茉莉花茶。此茶为茶协任君黎女士所带，她希望我泡泡。我先用开水洗好茶具，原来是打算用屋里的水煮开后洗器皿，任君黎女士建议用农夫山泉。记得十多年前学茶时问过茶道老师，这样会不会很浪费水，他看着我，笑而不答……天下事，因时、因人、因事而言，总有存在的道理，横看成岭侧成峰，远近高低各不同。生命中的种种，在浩瀚宇宙中的确存在相同性和差异性，能否善用其心，善待一切的是非好坏对错，那就仁者见仁智者见智了。

这款茉莉花茶，打开包装，浓郁的茉莉花香扑面而来，看其干茶条索尚肥壮，淡绿淡绿。茉莉花茶属于花茶，茶胚为绿茶，成品将茉莉花去除，亦属于绿茶的一种，已有

1000多年历史。制作工艺是将茶香与茉莉花香交互融合，有“窨得茉莉无上味，列作人间第一香”的美誉，茉莉花茶源于汉，中医的创新促进茉莉花茶诞生，宋朝中医局方学派对香气和茶保健作用的充分认识，引发香茶热，诞生了数十种香茶。茉莉花茶具有安神、解抑郁、健脾理气、抗衰老、提高机体免疫力的功效，是一种健康饮品。

自己稍作安定后向盖碗注入开水，水温不高，不打算继续再加热，90摄氏度左右，就把原来预设10秒浸泡延迟到约12秒，出汤，不用公道杯，直接关公巡城后再韩信点兵，约停留3秒，估计茶汤温度刚好入口，就把第一道茶奉给客人享用。

接下来准备第二道茶，考虑到四次把茶叶中的内涵物质充分释放，大家各自专用一杯，不打算洗杯。第二道直接对茶叶冲水再慢慢收尾到盖碗边缘，满水后盖上。等待出汤之时，观照一下自己，心里感觉有点紧，不够放松，因为要强行四次泡完，故此有些用意，人为增加些冲泡技法调整。出汤之时，分四次就把四个人各自的玻璃杯倒了6～7分。这一次四个杯子四种颜色，浓淡还是有些微细区别的，每一个杯都是一次性注入完成。

第三道茶，技法上，我继续按第二道茶的泡法，直接注入各自的杯子。提起放下后，稍作停顿，端起自己的茶杯，专心一意，用心品味：只见杯里汤色黄绿明亮，令人观之赏心悦目；茉莉花香香气鲜灵持久，第三道仍有这样的香气，可见制作工艺上加大茉莉花交融的次数和份量，满足时下重口味的需求。听味品趣中感受茶的滋味是醇厚尚鲜爽，遥想制茶师傅希望出好茶的一种心情，饶有一方趣味。品茶中专注和投入，眼耳鼻舌身意，全方位的参与，让人忘却了时空，真是快意快哉！

第四道茶，中国的茶文化，博大精深，从茶俗、茶艺再到茶道，不同层次的对接都可以有不同层数的收获，如人饮茶冷暖自知。作为一名茶人，如何让大家欢喜自在，因茶而舒畅是一种基本的职业素养。这次饮茶的环境、礼节、操作方式等饮茶仪程基本上不讲究。想到这些，我稍微调整一下心态，冲泡技法还是关公巡城再韩信点兵，收尾压手腕再点兵时。饮尽杯中茶后，静坐回味，品趣无穷。

茶会有一期一会之说，每一次的茶会，可能都是一生之中仅有的一次，相聚品茶，是缘分，也是福分，以茶结缘，以福相托，清心、诚意，在和平、宁静的氛围中，进入无忧的茶境，美美与共。

第五章

DI WU ZHANG

潮头：傲立茶业显风流

蔡寅粤：在茶文化的沃土上深深耕耘的人

◎余清平

一

“班章为王，易武为后。这是普洱茶界对班章茶和易武茶的认同和美誉，”她笑着告诉我，“我的爱好是音乐，尽管读书成绩一直不落人后，小时候的梦想是长大后做个音乐家，可是，事与愿违，我现在却沉迷在茶香和茶文化里，是个品茗家。”

坐在我对面的这个女孩，广州市花都区“粤茶有限公司”总经理蔡寅粤。她面露淡淡的微笑，一副得体的淡妆，在灯光下显得别样的雅致。她的言语，是很标准的普通话，亲切、和善，却又十分自信，不过，低调是她的主色调。我观察到从她身上氤氲出一股气韵，那是她先天特有的文气，亦是茶气。她是一个爱文化的人，一个无怨无悔爱上茶叶和茶文化的人。望着她，令我纳闷的是，她这样的一个当代女孩，浑身透出的气质却何以如此典雅。

二

蔡寅粤是北京人，按道理讲，应该在北京实施她的宏图大业。天下之人向北京，不是吗？她却何以来到广州市，开创她人生的宏伟蓝图？原来，她深深爱上了广东浓郁的茶文化。“粤茶有限公司”是她翱翔人生的翅膀，主营普洱茶，兼营小青柑。她不仅把她挚爱的茶叶和茶文化在国内推广，更是推广到了国外。

蔡寅粤的父母亲是医生。医生的职责和忙碌，让她在另一处地方长大——遥远的东北外公外婆家，而想不到的是，长大后的她，却把自己“扔”到了岭南的广州市花都区。我想到了一个成语“狡兔三窟”。兔子是善良的代表，也是聪明的化身。天南地北的距离，让她成为喝过北京、东北、广州三处地方墨水的人，难怪她如此知性。

小时候喝可口可乐长大的蔡寅粤，怎么也想不到她会走上种茶、产茶、做茶、品茶、销售茶、宣传茶文化这条路上来。

在北京出生的他，四岁就去“闯了关东”。在北京也好，在大东北也好，她不离手的饮品除了可口可乐，还是可口可乐，为何到了广州花都后，就喜欢上普洱茶呢？其实，她说，她是一次偶然的机会，千里迢迢来到广州，就被这里的普洱茶和茶文化迷住了。她又跑去西双版纳寻找普洱茶的根，并种茶采茶。

“茶与茶文化，是我们华夏的根，这需要人来推广。而广州就是茶的文明古国，”她说，“茶文化博大精深，特别是普洱茶树，一般都有十丈二十丈高，茶的根部也会是十丈二十丈深。茶树吸收阳光雨露的灵气，茶根也要吸收肥沃土壤的灵气，正因为这样，普洱茶在品茗界，美誉历久不衰。”

三岁看大、七岁看老。四岁就跟着多才多艺的医生外公，受外公的熏陶。蔡寅粤谈起她的外公，甜蜜和幸福在她娇俏的脸上肆意流淌。外公与外婆都是医生。工作之余的外婆主家事，而外公除了研读医书之外，也爱上书法和摆弄二胡，爱唱河南、河北梆子，爱喝绿茶。耳濡目染的小蔡寅粤也喜欢上书法和二胡。外公拉二胡的造诣很高，拉“二泉映月”“空城计”等曲子，十分神似音乐家。蔡寅粤就坐在一旁，全神贯注地做一个安静的听众。外公就拉得更起劲。久而久之，蔡寅粤不甘于做一个听众。她缠住外公，要学二胡。外公乐意教，手把手地教。蔡寅粤拉得一手熟练的二胡曲子，为她以后在高中和大学里被选为民乐队长打下了扎实的基础。从流传民间的一句话“斗米二胡担米笛，喇叭吹得流眼泪”可看出，拉二胡也很需要真功夫，要想掌握演奏真本事，绝非一两年之功。

蔡寅粤也想不明白，现在的年轻人，都去学习西洋乐器，她却与众不同，要学二胡。想不明白就不去想，喜欢、愉悦就行。“或许是，冥冥之中，我长大后会爱上茶和茶文化。茶文化与民乐二胡，都是华夏古老的文化瑰宝。”她抿嘴笑着来了一句。

长到十四岁那年，为了学业，蔡寅粤不得不离开了恋恋不舍的外公外婆回到父母身边。离开了外公外婆，蔡寅粤却爱上了研究茶推广茶和茶文化。

三

每一个人都是有使命感的，只是看怎么去对待自己的使命感，怎样去认识使命感。这是一句有大胸怀、大志向的话。其实，说白了，就是一个人怎样认真对待自己的人生，以某种方式留给岁月一个尽全力绽放的烟花，把自己的绚丽贡献给这个时代。喜爱传统文化和爱上茶叶，是蔡寅粤的使命。

高中和大学时代的蔡寅粤可不像现在这个坐在我面前这么文静的女孩。那时候，她是学校的活跃分子。茶香味和茶文化熏陶了她，大学岁月使得她对人生有了不一样的看法，沉淀了她的思维。少女时代，喝各种饮品的她很得人缘，凭一手令人叹服的二胡演奏，让老师和同学们刮目相看。那时候，蔡寅粤参加了几项全国性的二胡演奏比赛，从专业演奏家手里抢走了两项冠军。

她娓娓道来的时候，我不觉得奇怪，一点儿也不觉得奇怪。像她这样内心波澜不惊，心静如水，安之若素的性格，只要她去努力争取，应该没有不能得偿所愿的。

自从融入二胡后，蔡寅粤的眼界逐渐广了，接触的人多了，内中不少音乐人喜欢喝茶。一个优秀的人接触的也多是优秀的人。蔡寅粤进入茶楼的次数多了，不知不觉做了茶汤的“俘虏”。刚开始，她喝绿茶，后来喝红茶，再后来，喝普洱茶。特别当她来到广州市花都区后，看到这里浓郁的茶文化，到处弥漫着的茶香味，顿时，把她融化于其中。她爱上了广州这个大都市，更爱上这儿的茶文化。一个喜欢普洱茶的美丽女孩，心里面知道，普洱茶不仅仅能够疏通人肠胃和四肢百骸，更能诠释人生真谛。

广州人爱“饮茶”，是一件很普遍的现象。茶文化既是民俗文化，也是饮食文化。不论是民间还是其他各阶层的人，朋友之间，以茶相待已成为一种俗成的礼节，家中如有客人到来，第一件事便是奉上一杯“靓茶”，第一句话是“请饮茶”。主客同坐，以此表示主人的热情、友好和礼貌。广州市的茶室、茶馆、茶寮、茶居，茶楼，还有茶餐厅和酒楼，遍及每一处环境优雅的地方，名目繁多，形式各异，吸引着各色人等。

追溯广州市的茶文化，那是很久远的事。查《广东新语》说，广东种茶始于唐代，唐代曹松把茶种移植到南海西樵山，便拉开了广东茶文化的序幕。又因为广东特定的地理、气候条件以及经济发展状况，更加让广东人爱饮茶的习惯得到持续的发展，以及形成广东独特的茶文化。

当一个执着的人爱上了一种饮食习惯，不会仅仅是停留在喜欢的层面，而是选择把自己融入进去。爱上茶叶的蔡寅粤，就是这么一个执着的人。她暗暗决定把她的一切奉献给茶叶和茶文化，让她今后的人生化成一株茶树，一间茶楼，一本茶文化的书。

经过紧锣密鼓的考察与选址，蔡寅粤有了她的茶楼，有了她的茶叶公司，可是，在选择茶叶的时候，她犯难了。平时，做一个饮者的时候，还真的没去考虑这个问题，现在身份转换了，角色多样化了，不仅雅饮善品，也得做一个与茶有关的深耕者、宣传者、推广者。她陷入深思之中。

人生中，困难只会在懒惰者、胆怯者头上作威作福，面对一个迎难而上的人，永远是选择退避三舍，败下阵去。蔡寅粤决定亲自选择茶叶产地。她动身前去云南产普洱茶的地方摸底、调研，然后融入。她一定要选择供应自己的茶场，来保证茶叶的纯正清香醇味。普洱茶树盛产于云南和贵州，尤其以海拔1200米的高山上产的茶叶为上品，营养物质丰富，口感好。经过一系列的行动，蔡寅粤决定与西双版纳茶山合作。这里的茶树，饱饮澜沧江的江水，茶山云雾缭绕，日照时间适当，土壤含有机肥，产出的茶叶饱含人体需要的元素。

四

接触了茶道，蔡寅粤十分惊讶，原以为已经精通了茶道的她，这时候才知道刚刚入了茶道的门，茶道中有博大精深的文化，有讲不完的新鲜故事。有古老的，过往的，现代的，以前懂得的洗茶、泡茶、茶的礼仪，都是入门功夫。蔡寅粤说，她选对了人生要经营的事业和文化。人生中，只要一心向上，自会有一条适宜自己前行的路来供自己选择。

对一门学问，刻苦钻研还不够，要善于钻研，才能令自己沉得下去，才能有事半功倍的成效。蔡寅粤把全部心思放在茶叶、茶道上。一道优质的茶叶能泡出什么样的茶汤，要适合饮者的味道，更要健康饮者的身体。她一一做了详尽的、细致的考究。

“粤茶有限公司”位于广州市花都区融创文旅城。店里装修考究，以茶文化为主题，古色古香的色调，流水潺潺的天然格调，古树兜雕塑，茶树盆景，茶桌茶壶茶杯，墙上张贴着茶树分类——种茶方式，还有二胡、古筝，以及有关茶的书籍和各类茶叶，可以说是一处茶的宝藏。

茶汤里有绒毛漂浮物，不是说茶汤浑浊不干净，恰恰说明那是好茶，因为茶汤中的绒毛其实是茶芽上的绒毛，就是大家口中所说的茶毫。茶毫中含有多种有益于人身体的元素，比如氨基酸类物质，比如多糖类，这些元素更为茶汤提供鲜甜和鲜爽的口感。其实，茶汤中茶毫越多，滋味越鲜爽，也说明了茶叶的鲜嫩度等级高。品质好的普洱茶，茶汤中带茶毫，这是好茶，茶毫不影响茶汤的亮色，依旧是透亮的。

还有，优质的茶汤上会有一层油状物。人们喝茶时，好的茶叶泡出的茶汤，汤面上会有如薄雾般的白色气体，或者是一层油状的物质，这是“茶氲”。这是因为茶汤内有一些脂溶性物质，也就是脂肪酸、胡萝卜素和一些挥发性香气成分，这些浸出物质像烟雾一样轻，漂浮于汤面之上。在茶汤上下温差较大的时候，茶汤的汤面上就会产生茶氲，这种现象只会在泡茶容器内保温而容器口的汤面散热快的时候有，常温和低温的情况下是很难看到的。还有就是，老茶树产的茶叶多半会出现汤氲，因为，茶叶内含物质丰富，品质更好，滋味更佳。

还有一种情况是，茶汤上出现了白色漂浮物也与茶的质量优劣无关。那是熟茶和老茶树的头茶汤，在新茶阶段冲泡的茶汤面上才有可能会出现少量白点，这个现象是因为茶叶在渥堆发酵后，参与发酵的微生物还没有完全萎缩脱落，这个属于正常现象。不过，经过一段时间的陈化，这些白点会逐渐消失，而茶汤就会越来越透亮。

至于普洱茶贮存时间较长，就会出油并且渗到棉纸上。这是储存年份很久的茶饼才有的茶油，也是茶业界常说的“出油”。茶油俗称“茶油斑”，棉纸上越明显，就说明茶饼储存的年限越长，也说明茶的内含物质丰富。这在云南的大叶种古树普洱茶饼上较为常见。

对于普洱茶的特点，蔡寅粤如数家珍，听得我目瞪口呆。我平时虽然喝茶，但都是一些红茶，红茶暖胃，对寒胃有一定的医治功效，但对蔡寅粤讲的这些茶经，我还真的是第一次听说。难怪，她说中国的茶道博大精深，需要不断地挖掘研究。茶文化涉及科学、营养学，还有健康学说。

蔡寅粤的人生不仅是在经营茶叶，也是在经营茶文化。她把茶文化和古典音乐结合起来，几次参与茶叶大赛的时候，把茶经融入到音乐中演奏出来。在她的主持下，开了很多堂茶经讲座，帮助许多茶企业策划项目，努力宣传，改变大家对茶文化的认识。

茶叶是我国一款永恒的民生必需品。她准备在赤坭镇利用一些民宿，来普及、推广、宣传，让大家重视民间的茶文化，把老祖宗流传下来的东西传承下去。

“前几天，我国申报的‘中国传统制茶技艺及其相关习俗’项目，终于申请世遗成功！”此时的蔡寅粤说到这个消息，在灯光的映照下，显得有点激动，但更多的是鲜花烂漫。

曾素云：情醉饮茶人，茶香伴人生

◎马 骁

茶，是中华文化的传承之一。

中国是茶的故乡。中国饮茶，据史说始于神农时代，迄今已经有4700多年的历史。作为泱泱中华的文化传承之一，茶可谓是雅俗共赏。雅有“琴棋书画诗酒茶”之高雅品位，俗有“柴米油盐酱醋茶”之深入骨髓的生活必需品。既古雅高深又充满“烟火气”的茶文化，就像一位迷人的双面淑媛，每一面都在深深地吸引着我们。

在花都区，就有这样一位女企业家，她从一开始的不识茶、不懂茶，到深深地被茶源远流长的文化底蕴所沉醉；从因为茶，与先生牵手结缘，到两人共同沉浸在茶的领域中，逐渐成为茶文化的搬运者、传承者、引路人……

她的名字叫曾素云，是广州茶工夫茶文化有限公司总经理、花都区茶文化促进会副会长。对她而言，茶不仅是她与先生结缘的媒人，更是影响她一生的良师益友，让她在人生旅途中无论是风是雨，都有茶为伴，一路芬芳。

茶为媒·饮茶结下一生缘

20世纪70年代，曾女士出生在太平天国起义领袖洪秀全的故乡——花县，即如今的广州市花都区。这里历史文化底蕴深厚，人们的生活安静祥和。曾女士的故乡是一个叫莲塘村的小村庄，爷爷是村里的赤脚医生，父辈姐弟兄妹六人，家中生活条件在村中尚算可以。在早逝的爷爷影响下，曾女士的父辈们相信读书可以改变命运，学有所成后，父亲继承了爷爷的衣钵，在村里开诊所当医生，二姑当了老师，小姑也当上了镇上人民医院的妇产科医生。也因为这种家学渊源的熏陶，曾女士也从小就认真读书，初中毕业以后，考上了位于广州市天河区的广东省艺术师范学校，1997年毕业，分配到了花都当上了一名小学老师。而正是在广州市读书的期间，因为一个偶然的机会，曾女士接触了茶，也因为茶，而结下了一生的情缘。

犹记得相识当年，正在广州读书的曾女士随同学到潮汕老家游玩，在同学的介绍下，认识了同样处于青葱年岁的先生。先生只年长曾女士两岁，但由于很早就跟随家中哥哥到广州经商，比当时是学生的她要成熟稳重许多。在聚会现场，先生为来访的同学表演起了茶艺。一泡铁观音茶，在他的手中，经过潮汕特有的工夫茶具，一个油润吸睛的朱泥小壶，三个小巧精致的朱泥品茗杯，热气蒸腾间行云流水般的冲泡，满室袅袅的茶香，口齿生津的鲜爽滋味，给从来不懂喝茶的曾女士带来了尤为震撼的感受。也让她深深地被那位一边颇有悠然气度地冲泡着茶，一边耐心温柔地讲解介绍源远流长的潮汕茶文化的小哥哥吸引住了。

那一次，深深吸引她的不仅是清醇甘甜的茶水、水汽蒸腾的茶盅、源远流长的潮汕茶文化，那个斯文又帅气的泡茶人，更是深深地印在了她的脑海之中。一见钟情就这样猝不及防地发生了，也让她深刻地品味出，不仅情能醉人，茶更醉人。

茶为引·茶香萦绕路似锦

因为那次茶会，曾女士最终与先生结缘。也因为茶，毕业后从事小学教育工作八年之后，曾女士最终离开了教育岗位，与先生一起，开启了另外一段茶味人生。

曾女士的先生是典型的潮汕人，涉猎的生意多种多样。或许因为广东人深植于骨子里的习惯与观念，也或许因为与先生结缘的方式，在这些生意中，曾女士最喜欢的，就是关于茶的生意。

广东地处亚热带，日照长、气温高、流汗多，人们需要通过饮茶来补充大量的水分。饮茶同喝水一样，首先满足的，是人类生理的需要。而随着社会经济的发展，茶不仅仅是简单的饮食生活中的组成，茶文化的内涵不断丰富，让饮茶这一动作被赋予了更多的意义和韵味。入明以来，广州“茶市”与潮汕“工夫茶”，这两朵岭南茶文化的花蕾破绽而开。至清代，广东茶文化进入第一个兴盛期，在茶市、茶馆、茶具、用茶方式，以及人们对茶的品味的文化心态等方面，均达到空前水平。而曾女士和先生，更因为有着广东人对茶天然的喜爱，以及潮汕人深沉的乡土情结，对茶，尤其是对工夫茶有着更深的感情，对于其他的茶类和茶文化也有着十分浓厚的兴趣，也因为此，从此踏上了爱茶、访茶、品茶、制茶的探索求证之旅。

这一对因茶结缘的伉俪，因为对茶的追寻与热爱，走遍了祖国的大部分茶产地。从家乡广东潮汕出发，从临近的广东英德，到福建、云南等传统产茶胜地，都留下了他们探寻的身影。他们在华南农业大学，接受了专业的茶知识学习，考取了相关的茶专业证书：高级评茶师，高级茶艺师等技能证书；他们翻山越岭，上茶山跟着茶农采茶、制茶，跟茶农们同住同行；他们风里来雨里去，精心挑选了一批批的心水好茶，带回了广州收藏和销售……

经过多年的追寻与沉浸，曾女士和先生在茶中嗅到了商机。他们所开办的广州茶工夫茶文化有限公司在茶叶市场中经营近二十年，业务囊括了六大茶类的批发零售等相关业务。除了经营铁观音、普洱和黑茶等各项茶类的中高低端的日常消耗和部分中高端客户的中高端茶品针对性收藏、流通等的运营外，还开展了茶服饰等茶文化相关产业，并运作了很多中高档餐饮食肆的早茶项目承包。与此同时，他们还组织了很多的相关人员和茶的爱好者，进行专业的上岗培训，分派到相应的茶艺工作岗位，为劳动就业贡献了一分力量，为茶行业的发展也做出了自己的一分贡献。

茶为道·与茶相伴醉人生

广东人爱“饮茶”，茶文化既是传统民俗文化，又是饮食文化。在广东，中国民间以茶相待已成为一种礼节。客人到访奉一杯“靓茶”的待客礼仪，对客人说“请饮茶”，不仅表示了主人的热情、友好和礼貌，更是民间对于茶文化潜移默化的传承与发展。而与其他地方不同的是，由于岭南自古具有“重商”的价值取向，“饮茶”更早地从家庭走向市场，使广东的茶文化具有较浓的商品经济特色。从早期开办的茶市到如今规模庞大的各个茶叶批发市场，茶叶出现在城市和乡村的各个角落。不仅形成了茶叶市场，也形成了人们五花八门的聚集饮茶的居所，如茶室、茶馆、茶寮、茶居、茶楼等，名目繁多、形式各异。可以说，广东人爱饮茶，是全国闻名的。然而，对于不少爱喝茶、爱品茶的茶友而言，对于茶艺、茶文化的了解却往往并不那么深入，对于广东，乃至于中国传统茶历史，更是知之甚少。

正是由于这种对茶文化的热爱以及茶文化在民间的缺位，让曾女士和先生更希望有更多的市民百姓和他们一起了解茶文化，传承茶的民俗传统。让茶文化在神州大地上更加发扬光大。因此，曾女士和先生在经营茶产业之余，也会积极组织茶艺师、茶爱好者，参加一些茶文化的推广普及活动。近几年在茶文化促进会马莉会长的带领下，曾女士作为茶促会副会长，更是经常带领茶艺师组织茶文化的课程普及活动，组织茶艺课进学校（如新华中学，实验中学等第三课堂茶文化课程），以及组织开展社会上各个企事业单位的茶文化和茶事活动，并多次培训组织茶艺爱好者和茶艺师等参加花都区的茶艺技能比赛，获得多项优异的奖项，为花都区的茶文化推动贡献力量。曾女士和先生所做的，不仅仅是在传播茶文化，更是作为企业家在践行对于社会的一份责任、一份支持。也正是出于这样的信念，让他们投身于茶文化的传播之中，身体力行成为推广茶文化的践行者和倡导者，以自己的力量，让更多爱茶、好茶的茶友更加懂茶，将中华民族源远流长的茶文化更加长远地传承下去。

对于曾女士而言，茶不仅仅是让她安身立命的经营对象，更像是一位良师，一位益友。良师所言苦口，但回味总是甘甜；益友相伴良多，让生活更添兴味。有此良师益友相伴，即使人生苦旅，漫漫浮沉，亦有无数趣味相伴其间。

人生浮沉，苦如茶，香亦如茶。曾女士与先生，因茶结缘，更与茶结缘。半生冷暖之中，与爱人相伴，更与茶相伴，相知相守，相携相依。也希望每一位遇见茶的有缘人，有生之年，都能得一人心，只诉温暖不言殇，品渐浓花香，呷渐醇茶味，倾心相遇，安暖相陪。

傅水池：一片叶一生情

◎任君黎

有人说，梯面茶叶的历史，是梯面社会生活的一个缩影。想了解梯面茅峷古村茶，就必须找到跟茅峷古村有渊源的制茶人。如果单纯用一些专家学者的只言片语来勾勒一张模糊不清的画图，不从花都梯面的整体角度来研究挖掘茅峷茶，就容易走入盲区，找不到茶与人温情的内心独白。听闻生于1928年，现已94岁高龄的傅水池从小便在茅峷古村学习采茶制茶，与茅峷茶渊源颇深，于是经客家嫂张东娣领路，我们一行叩开傅水池老先生的家门。

一

说明来意后，耄耋老人打开了话匣子："我母亲是从茅峷村嫁过来的，从小我就在外公外婆家长大，茅峷村周围都是茶园，村中二十来户家家都以种茶做茶为业，茶家靠卖茶的收入可以维持一家老幼的开支……"提起茅峷茶，老人仿佛穿越回了少年。"茅峷茶山地的土质粗糙、石砾众多，非常适合茶叶生长，加上当时交通不发达，运输困难，这使得茅峷茶成为花都本土重要的口粮茶特供产地之一……"在老人的记忆中，每年茶叶采收制成成茶，他会跟着长辈挑到梯面、花山、两龙去趁墟售卖，以换回一家老少的柴米油盐吃穿用度。

"茅峷茶虽然一年四季都在不间断采摘，采摘季节从清明节之前开始一直到霜降后，但最靓最值钱的茶，要数清明、谷雨时的嫩芽加工的茶。清明时一芽一叶到一芽两叶，是茶树生长过程中最鲜嫩的时候，光是看到芽头就不禁想要去尝鲜。清明时节，采茶、炒茶、烘茶，拣茶、包茶……几十户茶农老老少少都忙得不可开交。"从老人口中得知，旧时茅峷茶全手工制作，制茶工艺世代传承。产量不高也达不到规模化的生产，但满足了当地村镇人们口粮茶的基本消费。

老人一边说一边比划着旧时一款用来烘茶叶的竹器，烘茶竹器是簸箕的变形品，呈圆形，底部为防火烧着往上凸起，用细篾编得很精致，烘茶这道工序必须用炭火，用铁锅把茶叶先炒后烘，烘时将长形竹器在架子上来回扯动，同时用手不断翻炒茶叶，让茶叶均匀受热收干水分，便于长时间地贮存。说者有心，一件当年原本普普通通的烘茶器具，却在当下变成本地茶文化的时代象征，更寄托着茶农悠悠的回忆。

二

如果说傅水池老人进入茅崖制茶是机缘巧合，在那片山野古村奉上了自己最好的青春。1949年以后梯面在计划经济的大潮下种植起了大面积的茶树，也兴办了茶厂。后来国家在以粮为纲的政策指导下，茅崖村开垦出了一弯弯的水田，茅崖茶也淡出了梯面历史的小舞台。傅水池也不得与自己钟爱的制茶生涯作了伤感的告别。但这么多年来，他一直没有放下对茶的挚爱，每年都会到山里采些茶青，坚持用老工艺踏踏实实做一些茅崖茶，一部分用来自己饮用，一部分用来馈赠亲友。

离开挚爱的茅崖村不是傅水池自主选择的命运。择一事，终一生，对他而言，茅崖茶有着难以描述的感情，“没有什么比制茶更能打动我的了。”这些年，傅水池经过命运的沉沉浮浮，不被逐利的潮流裹挟，坚信慢工细活的古训；在嘈杂的世界中心无旁骛，在分与秒的流逝中安守淡泊。守之世，谓之匠，时代在变，94岁高龄的他始终初心不变。

三

作为一代茅崖茶的代表性人物，傅水池从二十世纪亲历茅崖茶走入寻常百姓家的旺相，到国家政策风向下凋零，再到后来梯面茶厂成立集体改制后的主体运营的兴衰，傅水池见证了这近百年来梯面茶的发展变迁。交谈间，老人的女儿插话：“一生爱茶的老人，近些年身体大不如前，却从梯面的茶山中寻了近二十来株野茶树的苗种在自家菜园，已长至一人多高……”期待梯面人肩负使命，在传与承的道路上始终如一，赤诚担当。期待大美梯面茶传承经典、再续辉煌！

金丹丹：茶结不了缘，香送亿万家

◎马　骁

茶，是中华文化和日常生活中不可或缺的一部分。中国是茶的起源之乡，悠久的历史传承和浑厚的文化底蕴孕育而出的饮茶习惯，在幅员辽阔的神州大地上不断发展、进化、辐射，逐渐形成了既高雅脱俗又通俗日常的茶文化。

茶文化的“雅”，在于品茶之道，每道水，每盏茶杯都有其特殊的底蕴和文化的传承；而茶文化的“俗”，则在于它早已“飞入寻常百姓家”，成为人们日常生活中不可或缺的一部分。在如今的社会，沉醉于茶之雅的人，往往将茶高高架起，忽略了它通俗日常的一面；而每日饮茶的大多数，很多又对于茶文化一知半解，不识“茶叶”真面目。

而广州市茶亿家茶叶有限责任公司执行董事兼总经理金丹丹，则是一位雅俗并举的人。她从通俗的生意中发现了茶文化之雅，致力于匠心做好茶，将源远流长的茶文化传递给更多与茶有关的人，以茶交友，香传亿万家。她的故事不仅弥漫着茶香，更流淌着茶文化古意盎然而又生机勃勃的韵味。

一

金丹丹与茶的缘分，可以追溯到2007年。彼时的她虽然不经营茶行业，却也会出于对茶文化的热爱，到祖国各地寻觅好茶。也正是出于这样的原因，让她与茶结下了不了缘。

2015年的云南景迈，是她正式踏出与茶结缘的第一步。美丽的七彩云南，绵延不绝的景迈山孕育着无数生命，同时也孕育出了古老的普洱茶树和布朗族传承至今的制茶工艺。景迈山以盛产普洱茶闻名于世，山内的14个传统村落组成了绵延不绝的万亩古茶园。云雾缭绕，绿野叠翠，古茶树绿意盎然。当时，已经是成功企业家的金丹丹刚一到景迈山，便被山中神秘而美丽的自然风光和丰富的古茶文化吸引了。她惊叹于景迈山得天独厚的普洱茶孕育环境，更被布朗族传承不息的制茶术所惊艳。

作为“茶之始祖”的布朗族村民而言，土法制茶对于他们而言并不神秘，而是世代相传的生计。布朗族被称为“千年茶农”，种茶历史可追溯千年之久。千百年来，布朗族中传颂着关于制茶祖先的神话故事，布朗族的茶农都用着祖先传承下来的传统技艺，种茶、采茶、制茶。可以说，茶叶早已融入进了这一古老民族的血脉之中，古茶树沧桑而挺拔的枝干，就如同他们的民族脊梁一样，在古老的景迈山传承至今。直至今日，普洱茶仍然是他们最主要的经济作物，为他们提供绝大多数的生计来源。这个以茶为生的古老民族，以他们的制茶法制成的普洱茶，茶味浓郁，口感醇厚，让人回味无穷，也让金丹丹深深地折服。她从来没有想到，居然有一个民族、一个地方可以将文化与生计如此融洽地融合在一起。茶文化不再是高高在上，而是百姓生活中触手可及的一部分。而茶文化与市井生活的完美融入，也让普洱茶直至今日，依然有着勃勃生机。这样的情形也让她不由得生出一个念头——“这样好的茶和文化，我一定要让更多人发现”。

这个念头成为金丹丹与茶结缘的开端。两年后的2017年，广州市茶亿家茶叶有限责任公司正式注册成立，标志着她正式踏出以茶为业的第一步。

二

“茶亿家”的含义，来自金丹丹的抱负和期许，那就是将好茶传递到亿万家。金丹丹希望通过创立“茶亿家”，成为万千喝茶、爱茶人和普洱古树茶的桥梁，让更多的好茶人爱上古树茶。

然而，在考察市场的时候，金丹丹却发现，传统的茶企一般都是国企。国企实力雄厚，积累广博，对于茶文化的发掘却比较稀少，企业运作也往往采用的是传统的那一套，缺乏生机。近些年来，有不少市场资本进入茶叶市场。然而，市场资本的介入，却让茶业，特别是古树茶市场比意料中的更加混乱。一方面，商业炒作导致古树茶的价格水涨船高，十倍、二十倍的溢价让很多爱茶人在古树茶的面前望而却步；另一方面，不少不良商家为了让自己的茶卖出高价，不仅炒作“老茶”概念，还运用一些非正当的方法“催熟”茶叶，将特制而成的“老茶”投入市场鱼目混珠，造成了市场的混乱。而另一方面，中国的饮茶人从来不在少数。然而，对于那些饮茶人来说，虽然很多人经常喝茶，爱饮茶，却连茶的种类和产地都分不清，遑论各种茶叶的文化和制茶工艺了。对于茶文化的知之甚少，也导致了一些人“好饮茶不求甚解”，另外，一些人想要饮好茶，却往往被资本牵着鼻子走，去购买那些溢价过高的茶叶，却忽视了真正的好茶。

在这样的情况下，金丹丹意识到，做茶生意，不仅要用匠心制好茶，更有责任告诉大众和市场，什么是茶的文化，什么是真正的好茶。怀着这样的理念，金女士在公司成立之初，便将品质、文化、传承当作企业的立身之本。对于茶亿家而言，匠心制茶，将好茶和普洱茶绵延千年的茶文化传承于世，不仅是企业的长远愿景，更是企业发展过程中的坚持与方针。

从过往做生意的基础出发，金丹丹将广州市花都区选为茶亿家的据点。广州花都，是商业发达、各类产业云集之地。相对于云南的景迈山，花都的茶文化并没有那么源远流长、名声在外，但是商业气息却更加浓郁而多样，这也赋予了古老的茶产业更多的生机。就这样，从公司的正式注册成立，到对于整个市场的考察，再到茶亿家第一家店铺开张；从景迈基地的正式落成，再到整个茶亿家销售网络的正式构建……金丹丹以花都为据点，联动云南景迈，走出了独属于茶亿家的发展之路。

目前，茶亿家出品的六大茶类，每一片茶叶都可以追溯到原产地，每个茶系列都能够溯源到其生产的那一片茶林。不仅如此，茶友还可以亲自去云南景迈的茶叶基地，了解到制茶的整个过程。这样透明化的供货过程，不仅彰显着茶亿家对自身品质的要求，更代表着茶亿家对于市场、对于茶友们的承诺——匠心做好茶，绝不做蒙骗消费者、做坏市场的行为。金丹丹和茶亿家的这种追求，也许对于一些企业而言并不明智，然而就是这样的专注和追求，让茶亿家实现了“暴风成长”，一年的成长速度是很多企业的五倍。一开始便找到了自己发展道路的茶亿家，如今每年的年产值达到千万，真正做到了“口碑”和“商业”上的双赢。

三

茶，对于商人来说，是不折不扣的商品。商人评估着每一片茶叶的价值，尽可能地将茶卖出更高的价格，以谋取更大的利润。然而，对于茶亿家创始人金丹丹而言，小小的茶叶，却承载着历史的技艺和文化的传承。也正是出于对于茶叶的这一追求，自茶亿家开创之初，她就一直关注着茶文化的传承，这也让她在茶亿家创立后的四年后，走进了广州市花都区茶文化促进会的大门。

花都区茶促会，是立足花都，致力于促进茶文化传播的本土化协会。进入花都区茶促会，对金丹丹而言是个偶然，但是志同道合的人们相聚在一起，却让她更加坚定了自己内心的追求。于是，在茶促会的影响下，金丹丹推动茶亿家，将文化传播与赋能纳入商业计划之中。在那之后，茶亿家成立了商学院，推出十大课件，对合作的经销商进行文化培训，以线上和线下相结合的形式更好地传播茶亿家的理念，以及和古树茶相关的文化知识。并且，茶亿家还和景迈山的茶农合作，开发景迈山茶主题民宿，让茶友们进行在地访问，更为深入地体会当地古树茶的历史。另外，金丹丹还致力于挖掘更多具有本土特色，却名声相对较小的产茶地，希望通过茶亿家的商业化运作，让更多人了解本土茶历史和茶文化，更加主动地贴近茶文化，热爱茶文化。

目前，茶亿家正在和花都区人民政府合作，致力于花都最北部的梯面镇，发掘本地茶产业的生机和活力。这里坐落着一千多亩的原生态古茶园，在清朝晚期，也曾因盛产茶叶而声名远扬。当时，花都区形成了一整套产茶、制茶、卖茶的产业链，以梯面为中心，将广州茶销往全国各地。然而，随着岁月的变迁，当地农民逐渐放弃了种植茶树，古茶园渐渐荒芜，让这一历史和商业的传承渐渐式微。然而，本地居民的习惯仍在，直至今日，还有不少村民习惯于自己制茶，只是再形不成有规模的产业。现在，金丹丹希望，在当地政府和茶亿家的共同努力下，重新为梯面古茶园注入活力。并且，她也有信心，有了云南景迈这一可借鉴的实例，再加上多方的努力，梯面原生茶产业一定能够重新焕发生机、再创辉煌。

一片片味道香醇的茶叶，凝聚着金丹丹的匠心追求和不懈努力；一个个品质上乘的茶饼，是茶亿家对茶农、对市场的承诺和坚持；一堂堂凝聚历史的茶文化课程，更是金丹丹和茶亿家对于爱茶之人的邀请信笺。金丹丹以赤诚之心，邀请全天下好茶、爱茶之人，走进茶亿家，走进古茶树。在品茶的过程中参悟文化，在文化之旅中品味更多好茶。在谈到对未来的期许时，金丹丹回答得很低调，也很朴素。她说，希望茶亿家能够踏踏实实地经营，细水长流地发展。凝聚初心、匠心，不走资本膨胀的路线，秉持务实的精神，用心做好茶。同时，她也希望，能够将茶友活动循环起来，让更多的人体会到茶文化，通过深入浅出的方式，让更多的人了解古树茶。

言语虽低调而朴素，却代表着金丹丹和茶亿家对于未来的追求。继续执着于品质和文化的双重追求，以文化为心脏，坚持产品为根本，努力走出属于茶亿家的“品牌”之路，是金丹丹对于茶亿家的未来规划。茶亿家在金丹丹的带领下，走过了硕果丰厚的五年，让我们拭目以待，茶亿家未来的五年，一定能够结出更丰硕的成果，将好茶传递到亿万家。

杨小丽：让安化黑茶带给人们开心和健康

◎黄　柱

随着人们生活水平的提高，对健康的追求日益强烈，茶与健康的研究不断深入。21世纪初，安化黑茶作为一种功能性茶饮以“黑旋风”态势闯进人们的视野，在中国茶行业的地位不断飙升。短短十多年时间，安化黑茶神奇的保健功效很快就被认识和认同，安化黑茶成为现代追求的健康之饮。在花都从事安化黑茶推广的杨小丽，便是深谙安化黑茶健康之道的一位茶人。

一

杨小丽生于1961年2月，祖籍江西。1960年，其父转业分配到了当时的花县公安局。1972年，杨小丽三姐妹随母亲从江西来到了花都落户至今50年，可以说，见证了花都经济社会的发展过程以及城乡环境的巨大改变。

1978年，杨小丽初中毕业，赶上了最后一批上山下乡知青务农。1980年，她分配到了当时的花县百货公司工作。1985年，由于工作调动，她在花都区住宅建设公司任财务，一直到2016年退休。

江西是历史上著名的产茶区，在中国茶叶和茶业文化史上扮演了极其重要的角色。在江西民间就流传这样一句俗语：“赣鄱绿宝石，高山出好茶。”说的是江西各地大山深处往往盛产好茶。然而，出生于江西的杨小丽却没有喝茶的习惯。直至2015年12月的一天，表弟潘永胜给打来电话，说他接触了一款安化黑茶，对身体非常有帮助。

当时的杨小丽，一直被高血脂、偏头痛和便秘等严重的亚健康情况困扰着，但由于自己并不喝茶，所以也不相信一款茶能解决这些健康问题。表弟说，“姐姐，你不喝怎么知道这款黑茶对你身体没帮助呢？”

就这样，抱着尝试一下的心态，杨小丽接受了表弟的建议。“坚持喝了一个月，身体就有了明显的改变。”当彻底了解了黑茶之后，2016年1月24日，杨小丽开启了她的工作室，专心从事安化黑茶的推广，正式加入传播茶文化的行列。

二

杨小丽说，她本是茶的一个门外汉，但接触到神奇的黑茶以后，除了日常喝茶，她还不断学习关于茶和安化黑茶的知识，毕竟是在从事推广的工作，自己不懂，又如何向别人介绍呢。现在的杨小丽俨然是一个黑茶专家了。她介绍说，中国茶树品种繁多，制茶工艺不断革新，形成了丰富多彩的茶类。黑茶的概念是根据中国著名茶学专家陈椽提出的“六大茶类分类系统”而来的，是以制法的系统性和品质的系统性为“纲”，将茶叶产品分为绿茶、黄茶、黑茶、青茶（乌龙茶）、白茶、红茶等六大茶类。目前，这种划分方法运用最广泛、最权威、认知度最高。

在六大茶类中，黑茶为中国所独有，主要包括安化黑茶（湖南黑茶）、四川康砖茶、普洱茶、六堡茶、湖北老青茶等。黑茶原料比其他茶类粗老，产品形态以紧压茶为主，为“后发酵茶”，因其发酵过程有微生物参与，也称“微生物发酵茶”。发酵食品往往具有良好的保健功效，而黑茶就是一种功效十分突出的发酵食品。说到黑茶，杨小丽如数家珍，娓娓而谈。

说到自己为什么选择安化黑茶？杨小丽说，退休后，自己的身体一直不好，但喝了黑茶后，各方面有了很好的改变，这使她相信喝黑茶确实有很多的好处。于是，她想到，这样的好机缘，为什么不分享给更多的有缘人呢？就是带着这种朴实的想法，她成为安化黑茶坚定的推广者。

安化黑茶是中国茶体系中最典型的黑茶代表，以其显著而神奇的功效，悠久而神秘的历史，独特而优质的原料，传统而科学的工艺，醇厚而绵长的口感，丰富而深厚的文化，被世界茶学界、医药界公认为最利于健康的饮品之一。

杨小丽介绍道，安化黑茶神奇的保健功效主要得益于其独特的加工工艺。历经千百年长期的探索与实践，安化黑茶形成了独特而成熟的加工工艺，经摊放、杀青、初揉、渥堆、复揉、干燥等工序初制加工成黑毛茶，再经各种不同的精制加工工艺制成成品。渥堆、七星灶烘焙干燥、“发花”工艺都是安化黑茶品质形成的“特征性工艺”。通过渥堆发酵，茶味变得醇和不涩，具有典型的“发酵香”。七星灶松柴明火干燥法使茶品色泽乌黑油润，汤色红亮，滋味浓厚，并有松烟香。

三

杨小丽从开始推广黑茶至今，已有将近七个年头。这七年间，杨小丽的安化黑茶工作室在花都就有20家，同时遍布周边地区，包括从化、钟落潭、人和、佛山、顺德、乐从、清远、阳山、肇庆、英德等等。此外，不少巴拿马华侨也通过杨小丽认识了安化黑茶，在当地市场，安化黑茶就有将近五千万元的销售额。

“我感受最深的就是，不仅自己及家人的健康得到了彻底的改变，也因为自己的推广分享让无数家庭喝上安化黑茶，他们整个家庭成员的健康也因此得到改善，从而生活越来越开心，越来越幸福，医保卡从不够用到现在有节余，从每天药不离身到现在可以不用吃药，这样的例子比比皆是，他们发自内心地感谢我。这种幸福感是任何语言以及金钱都买不来的。”杨小丽说道。

谈到安化黑茶的未来发展，杨小丽表示：“现在我从事的安化黑茶推广是在用创新的销售模式口碑相传，让更多的普通市民能更直观了解茶的知识，提升对自身健康的重视程度。现在，中国社会结构日趋老龄化，由于生活节奏的加快，亚健康人群快速增长。在这种情况下，我将通过推广中国黑茶，尽我所能地改变国人的品饮习惯，从为口感喝茶转换为养生喝茶，让每个家庭里的大人小朋友喜欢上喝安化黑茶，从而提高自身的免疫力，让中国黑茶为国人的健康状况做出应有的贡献。”

四

花都，作为广州市的一部分，不少花都人都有着“叹早茶”的习惯。在广府人的生活中，茶一直扮演着重要的角色。不过，在杨小丽看来，“跟广州其他发达城区相比，由于发展程度不一样，花都茶文化的氛围与发展仍有着不小的差距。老百姓对茶叶的品种基本不了解，对于茶叶的品质要求和需求量也相对较低，对茶的文化更没有太多了解。”

近几年来，已经担任花都茶文化促进会副会长的杨小丽更忙了。她组织了一批专业茶人和茶爱好者，举办了一系列面向市民的推广活动。这其中有茶知识培训、茶道茶礼展示、茶艺比赛以及各种茶文化进校园、进企业活动，在社会上赢得了良好的口碑。杨小丽身边喝茶的人渐渐多了起来，她的安化黑茶推广之路也越走越宽。

“现在的人做事都讲初心，我的初心便是让安化黑茶能更快更好地走进千家万户，带给人们开心和健康。”杨小丽如是说。

第六章 DI LIU ZHANG

灼见：千秋大业一壶茶

梯面镇茅輋古茶园打造未来科研产业创意园之我见

◎吴华玲　贺　龙

中国是茶的故乡，饮茶文化源远流长，从神农时代算起，至少有4700多年了。中国幅员辽阔，各地的名茶、名山、名水、名人、名胜，加之各地历史、文化、生活及经济差异，形成了各具地方特色的茶文化，同时孕育出花色繁多的茶类和习俗各异的饮茶方式。广州作为沿海地区重要的经济、文化中心大城市，是我国历史上最大的茶叶集散地和出口海岸，以其独特的自身优势和丰富的内涵，形成了以广府茶、客家茶、潮汕茶、陈香茶及现代新型茶为一体的综合型都市茶文化。

茶叶含有多种人体有益的成分，具有提神、醒脑、防衰老、抗癌、防治辐射损伤、治疗心血管疾病等保健功能，是目前世界三大纯植物健康饮料之一，需求量大，经济效益好，是我国优势产业之一。习近平总书记非常重视我国茶业的发展，多次深入茶区考察，要求把茶叶这个产业做好。近年来各级政府都把茶叶作为乡村振兴战略实施、农业产业结构调整重点项目加以发展。

花都区，地处广州市北部，有广州市“北大门”“后花园”等美称。花都茶叶种植历史悠久，早在清朝同治、光绪年间，花县城（花城）有10多间茶庄，收购梯面茶叶供出口之用。到1956年后，土地收归农业合作社集体所有，因为茶叶劳力不足、茶价低迷，致使农民弃种、弃管，茶园荒废，以种水稻为主。日前，在花都梯面镇茅輋村（曾是广州市区海拔最高的自然村）多个山头发现了面积达千亩的古茶树群体，经广东省农科院茶叶研究所专家鉴定，茅輋村茶树资

源类型丰富，包括清桂大叶种、广州小叶青心、广州小叶紫心，以及国际上唯一无咖啡碱的毛叶茶群落珍稀资源等，部分植株高达数十米。这是近年来首次在广州市发现数量如此巨大、类型丰富的古茶园。加之花都地理位置优越，试制的茶叶具有花果香特征，清甜甘爽，因此亟须建设梯面镇茅㟅古茶园科研产业创意园，对发现的古茶树资源大力开展保护和开发利用，打造广州地方名优茶叶品牌，再次创造花都茶叶的辉煌。

本项目将依托花都区的区位、生态、经济等诸多茶叶产业发展优势，结合花都的侨乡文化、客家文化和民族文化，挖掘花都历史悠久、底蕴深厚的茶文化，紧紧围绕茶叶核心产业，做优茶叶生产、做强加工流通、强化科技支撑、拓展农业功能，实现茶科技、茶文化、茶产业三产融合发展，通过振兴花都茶叶产业，实现花都乡村振兴，打响广州茶叶知名品牌。

一、花都茶业基本情况

花都区位于广东省中南部，珠江三角洲北缘，广州市北面。下辖新华、秀全、新雅、花城4个街道办事处和花东、花山、狮岭、炭步、赤坭、梯面6个镇。京广铁路、武广客运专线纵贯全境，京港澳高速公路、许广高速公路、机场高速公路、乐广高速公路、大广高速公路、珠三角环线高速和沈海高速公路构成了花都境内南北和东西走向高速公路网。

花都区的地势由东北向西南阶梯式斜降，北部多山陵，海拔高度在300～500米之间。花都区位处南亚热带季风气候区，常年气温高，降水多，夏长冬短，无霜期长。水资源、土地资源、矿产资源、动植物种类繁多、丰富。区内出产粮食作物、水果、蔬菜、花卉、肉类及水产品等。花都区历史文化旅游资源丰富多彩，有洪秀全故居、资政大夫祠古建筑群、盘古王庙、炭步镇朗头村民居古建筑群等，另外还有宗教文化建筑的圆玄道观等。

花都茶叶种植历史悠久，据《梯面镇志》记载，茶是梯面特产之一，闻名于市，畅销国外。梯面地区农民都有种茶和饮茶的习惯。据旧县志记载，清代县内单竹坝、李婆峒、曹洞等山地及三华村多有种植茶树。清朝同治、光绪年间，花县城（花城）有10多间茶庄，收购梯面茶叶供出口之用，花城茶叶贸易曾盛极一时。据当时茶价、亩产量及收秤银计算，光是花城，每年销售茶叶约100吨，仅梯面茶园就万亩之多。从清朝道光年间至中华人民共和国成立时（1949年），百多年来群众乐于种茶，绝大多数农民既种茶又种稻。不少农民专耕山种山茶，成为种茶专业户，少者种有三四十亩，多者六七十亩。全区年产上等细茶50吨以上，茶的收入占整个梯面经济总收入的50%。梯面茶其质之优，产量之大，远近闻名。尤以汶塘茶为特优（汶塘位于梯面西部王子山脚），其色泽鲜明、入口香纯，远近闻名，销往国内外，独具地方文化特色。现在梯面居民去往巴拿马，不少人带汶塘茶叶而去。久居海外的华侨，其后代亲友出国，亦不忘嘱其带汶塘茶叶。现在不少侨属、华侨寻踪觅迹，专程到汶塘购买茶叶。民国初期，茶叶生产渐少，民国二十五年（1936）茶叶产量7.5吨。中华人民共和国成立初期，全县种茶269亩，年产量约2吨。1956年花县华侨农场创办，翌年种茶4500多亩。1962年该场茶叶产量113.3吨，其中以红茶为著。1974—1977年县内盛行种茶，但因欠栽培技术，经济收入较少，种茶面积逐步减少。之后因为茶叶劳力不足、茶价低迷、致使农民弃种、弃管，茶园荒废、茶树死亡，农民以种水稻为主，茶叶这一特产逐渐消失。

近年来，经梯面镇人民政府、红山村委等联合广东省农业科学院茶叶研究所专家深入考察，终于在现广州市区海拔最高的自然村茅輋村（322米）探寻到《梯面镇志》《花县志》记载的古茶树。古茶树资源数量巨大，类型丰富，部分植株高数十米，分布在六个不同山岭，面积达千亩。

二、存在问题

一是茶园管理落后。长期以来，茶园一直处于无人管理状态，与竹林混种于山野间。由于受到其他树木的遮挡，导致茶树光照不足，长期缺乏水肥营养，导致茶树长势弱、茶叶产量低，部分区域病虫害严重，亟须对古茶树资源进行复壮、保护。

二是茶叶加工技术落后。茶叶加工一般多为农户和家庭小范围作坊式自采自制，无统一标准的制作工艺，缺乏现代化加工生产线，导致成品茶叶粗老、品相差、售价低，无法形成一定的规模。

三是缺乏响亮的茶叶品牌。由于农户的自采自收自制，茶叶产品未受到各级政府重视，缺乏响亮的茶叶品牌，导致花都茶叶知名度不高，大众对花都茶叶的关注度不够。

四是茶叶未与花都旅游资源相融合。花都旅游资源丰富，但却未能有效融合到古茶园建设中。目前古茶园位于茂密的树林中，林内道路崎岖，缺乏相应的观光道路、指示牌及配套的观光设施设备，亟须进行相应的基础建设，实现茶旅结合。

综上，通过建设梯面镇茅輋古茶园科研产业创意园，将有助于花都茶科技、茶文化、茶产业三产融合发展，打造广州茶叶知名品牌，实现花都乡村振兴。

三、建设内容

（一）现阶段建设内容

花都区古茶树创意园依托梯面茅輋村占地面积千亩古茶园的优势建设条件，以发展茶文化创意产业为核心，结合花都农业发展战略，将茶树品种、茶文化、茶产品开发、流通、销售、科技、文旅等功能合理布局，建设集茶文化展示、观光旅游、康体养生、农业体验、社会实践、科普教育、研学体验、森林探秘等一体的全新体验型的农业创意园，树立茅輋古茶园在整个广州市茶文化产业里的标杆和具有唯一性的高度。拟开展茶旅休闲精品工程建设、茶叶科研支撑两个方面的建设，具体如下：

1.茶旅休闲精品工程建设

推动茶叶与文化、休闲、旅游、大健康等产业深度融合发展，推进古茶园变公园、农区变景区、民房变客房、绿水青山变金山银山，打造花都“休闲旅游绿港”的广州北旅游集散地，使梯面茅輋村成为茶文化主题休闲旅游精品区。

利用梯面茶山优越的生态环境、自然环境、优美的茶园风光、悠久的茶文化历史和良好的休闲旅游基础，打造以古茶树为主题的旅游观光综合体，配以茅輋畲族文化、红色文化及茶文化民俗展示区，形成生产、观光、旅游一体化，集休闲养身、茶园观光、茶艺表演及茶文化展示于一体的茶文化主题休闲旅游精品路线。

一是古茶林杂树和遮阴树的清理。古茶园内植被覆盖物很多，林内遍布多种树种，尤其是较密集的竹林，树高已超越古茶树，严重的遮阴影响了茶树的正常生长。因此，亟须将古茶园内部分可砍除的遮阴树（如大面积的竹林）和灌木丛清除，为园内茶树生长创造良好的生态环境，促进茶树健康茂盛生长。

二是古茶树旅游观光区建设。在古茶园内建设符合建设要求的观光道、路线指示牌、护栏、公厕、休息座椅等基本设施；观光道路两侧栽种具有红紫色芽叶、黄色芽叶的特殊茶树，为古茶园的观光旅游增加视觉色彩亮点，进一步打造“赏古茶园+乡村游”的主题旅游模式。

三是建设茶文化展示区。以中国茶文化为主线，配以茅輋畲族文化、红色文化及茶文化民俗展示区，重点展示花都地区茶文化的历史发展和今昔历程。茶文化展示区内在物品陈设、沏茶用具、服务方式等要渗透客家文化、畲（輋）族文化及茶文化，体现出较强的观赏性。开设摄影展览区，展示茶园美景，同时发挥宣传效应，提升花都茶叶知名度，塑造区域品牌。

四是建设茶叶加工体验区。建设茶叶加工体验区，配置炒茶锅、干燥箱、小型发酵室等茶叶加工基本设施设备，以普及茶叶加工方法和提升观光趣味性为目的，让游客亲自体验从茶叶采摘到加工成形的整个制茶过程；辅以介绍茶叶种植制作过程及发展历史、各类茶叶感官品质特点等向游客进行科普宣传。

五是建设茗茶品饮体验区。设计六大茶类及茅輋本地传统老茶婆的品饮区域，提供各类茶饮供游客品尝，结合介绍各类茶饮的特点，为游客提供休憩、解渴、休闲、学习茶叶知识的场地。

六是建设产品销售区。在茶叶产品销售区展示不同类别的茶叶产品及由花都本地古茶树制成的茶产品，作为手信茶供游客选择和购买。

七是建设茶区生活体验区。建设美食体验区，为外地游客提供本地特色美食，通过开发茶文化旅游，打造以茶为主体的美食品牌，让游客在体验优美茶山风光、享受美味佳肴的同时，增强对花都茶叶文化的认知。

2.茶叶科研支撑建设

花都的古茶园由于多年荒废、无人管理、品类不详，亟须进行深度的资源挖掘和保护，进而发现有价值的优质茶树种质，对于选育优良地方品种、开发茶叶新产品、丰富地方茶叶品类、打造地方茶叶品牌有重要的推动作用。

一是古茶树资源普查与保护。依托广东省农科院茶叶研究所的技术力量，对梯面茅輋村境内古茶树进行全面的资源普查，系统调查古茶树类型、树龄、树高、数量、区域面积、生长势、生长环境，并实地拍摄古茶树植株、叶片等重要形态照片，摸清梯面茅輋村古茶树家底。对100年树龄以上的古老茶树挂牌和建档；对古茶树较为集中连的片区域建设围栏，进行集中保护与利用，为申请国家地理标志保护产品认证、建设三品一标等奠定基础。

二是高标准古茶园示范区建设。建设期内，结合古茶园保护区建设，改造树龄大、分布集中的古茶树生长区50亩，建设高标准古茶园示范区。以保持原生态环境和植物多样性为基础，建设园内人行道、水渠，配备灌溉设施、水肥一体化设备，扭转老茶树长期缺水、缺肥而导致的生长严重滞后、虫害严重、产量不高的现状，加强建设生态茶园的标准化种植管理，发展有机、绿色茶叶生产。

三是广州本地茶树良种培育。依托广东省农科院茶叶研究所的技术力量，系统开展茅䓣各类型古茶树鲜叶采集及鉴定工作，对古茶树的生物学性状、农艺性状、基因型等开展测定和鉴评，选育出具花都地方特色的优良茶树新品种，为地方品牌的打造提供良种基础。

四是多茶类产品开发。茶树萌发后适时采摘清桂大叶、小叶青心、小叶紫心、毛叶茶等不同类型的茶树鲜叶，依托广东省农科院茶叶研究所的技术力量，分别进行绿茶、红茶、乌龙茶、白茶、黄茶等加工适制性试验研究；进行感官评价，测定相关品质指标含量，研究最佳加工工艺参数等，最终形成一套茅䓣古茶标准化加工工艺，开发茶叶新产品。

五是标准化茶叶加工厂建设。政府及企业牵头，开展标准化茶叶加工厂建设工作，建设茶叶加工厂房，配备相关的红茶、绿茶、白茶、乌龙茶等加工设备设施，建立现代化茶叶加工生产线，为茅䓣古茶树茶叶新产品的开发提供设备条件。

六是标准的制定和相关资质申请。依托广东省农科院茶叶研究所的技术力量，制定茅䓣古茶树加工技术标准、产品品质标准等。政府及企业牵头，开展花都茶地理标志产品、有机茶、绿色食品等相关资质的申请，为花都茶叶品牌的打造提供必备软实力。

七是茶叶品牌宣传与打造。政府开展茶叶包装设计、品牌宣传等策划工作。通过媒体平台、微信公众号等加大花都茶叶品牌宣传报道，在高速路旁、地铁站、居民社区等人流多的区域设置大幅醒目广告牌；定期举办春茶开采节、宣传会、产品发布会等；邀请国内外茶叶专家开展学术交流及研讨会等，为茶叶品牌造势。

八是职业技能人才培养。依托广东省农科院茶叶研究所的研究团队、国家茶叶产业技术体系的技术力量开展现场指导、职业技能人才培训等；举办“工匠杯”制茶大赛，培养一批本地高素质茶叶职业技术队伍，形成接续完整的人才梯队，以保障花都茶叶产品标准化生产和品质稳定性提升。

（二）未来建设目标

花都区古茶树创意园围绕茶叶产业，开发古茶树旅游线路、复壮濒危古茶树资源，新建生态观光园，筛选优异茶树新品种，重点发展极具地方特色的中高端茶叶产品，创新开发部分功能茶新产品，丰富广州茶产品类型，打响花都茶叶品牌，推广产业化经营模式，延长茶叶产业链条，拓展农业功能，促进三产融合，提升综合经济效益，打造产业兴旺、文化底蕴深厚的茶叶产业化生产经营示范基地。并通过茶叶创意园项目建设，带动广大农户发展特色茶叶种植，打造广东知名茶叶品牌，引领带动全市现代农业加速提质增效，推动乡村振兴。具体绩效指标如下：

一是古茶树保护区及古茶树普查、保护。建立古茶树保护区50亩；完善园内道路、指示牌、基础设施等；对50株以上古茶树重点进行挂牌和保护、建档。

二是茶树资源鉴定与优异新品种培育。充分利用分子标记、基因组学技术、代谢组学等技术开展茶树资源的精深鉴定，筛选30余份茶树优良资源，选育出2～3个优异单株进行新品种培育。

三是多茶类产品开发。对筛选出的优异单株进行多茶类产品开发，开发具有代表性的红茶、绿茶、白茶产品各1款。

四是茶叶加工厂及生产线建设。建成茶叶加工厂1个，建设红、绿茶加工生产线各1条，配备茶叶基本加工设备，如杀青机、揉捻机、提香机等。

五是人才培养与技术培训。定期指导开展茶叶种植、采摘、茶园管理、茶叶加工等技术培训、现场培训；每年为农户、制茶人员开展1～2场技术培训。

六是茶旅休闲区建设。建设古茶树旅游观光区1个，面积约100亩；建设茶文化展示区1个，约200平方米；建设茶品饮体验区及产品销售区各1个；建设茶区生活体验区1个。

四、效益分析

（1）经济效益。项目通过创意园建设、本土茶树优异品种培育、加工水平提升、创新茶产品开发，将有效提升花都茶叶的品质和品牌附加值；创意园整合农业产业资源，休闲旅游与农业产业深度融合，多层次挖掘茶叶产业的生态、文化与休闲体验功能，大力发展农业休闲旅游，增加休闲旅游收入。

（2）社会效益。创意园的建设，一方面以雄厚的农业科技创新力量作为支撑，建立茶叶创意园科技创新团队，解决茶叶产业发展所需的关键技术；另一方面加强茶旅服务建设，进一步完善古茶园观光休闲区的基础建设，加快现代农业设施、生产经营、科技转化、产业联动等示范推广，将有效提高花都农业科技水平，促进现代化农业发展；通过创意园的建设，振兴壮大花都茶叶产业，提高其规模化、科技化、产业化、品牌化水平，进而辐射带动其他农业、林业产业发展规模化、产业化生产，增加产业附加值和经济效益；通过创意园的建设，发展从种苗、种植、加工、科技、营销、休闲旅游全产业链发展，强优势，补短板，做强做优花都茶叶产业链各环节，尤其通过休闲旅游可以极大提升茶叶产业价值，形成区域特色品牌，促进农业经济提档升级，带动农业增效、农民增收，促进花都美丽乡村建设。

（3）生态效益。茶产业既是高效农业，又是生态产业。茶园可利用荒山种植，有利于提高森林覆盖率，可涵养水源、有效减少水土流失。通过建设生态观光旅游茶园等，可达到美化区域生态环境，也对促进全市经济、社会和生态协调发展具有重要作用。

关于在校园开展茶艺推广的几点建议

◎潘春波

中国是茶的故乡，中国茶文化是中华民族自古以来种茶、制茶、饮茶的文化。中华茶文化源远流长、博大精深，不但包含了丰富的物质文化层面，还包含了深厚的精神文明层次。几千年来，淳朴的劳动人民辛勤耕耘，积累了大量关于茶叶种植、生产的物质文化，而社会地位更高的文人骚客们品茶鉴赏，积累了丰富的茶叶鉴赏、喝茶礼仪等的精神文化，二者相辅相成，共同组成了如今的茶文化。可以说，茶的精神不仅渗透进宫廷和社会，而且深入中国的诗词、绘画、书法、宗教、医学等方面，成为中华文化的重要组成之一。

直至今日，茶文化仍是传承发扬传统文化、培养专业技术人才的必备方向之一。根据“十二五”职业教育国家规划教材《中华人民共和国职业教育法》的相关规定与指导，鼓励和支持在校园开展茶文化课程教育，有助于将传统文化对接科技发展趋势和市场需求，完善职业教育和培训体系，以促进就业和适应产业发展需求为导向，培养高素质劳动者和技术技能人才。

一、开展背景

经过了一百年的发愤图强与三十年的韬光养晦，中国终于在2015年走上了世界的中心舞台。以亚投行的成立、“一带一路”倡议的实施、人民币国际化进程不断加快等国际性事件为标志，象征着中国在国际社会扮演的角色越来越重要。而我国在世界性的组织如G20、世界气候大会、二十大等场合提出了具有中国特色的方案，完善了世界权力与财富重组的格局。让全世界瞩目东方。改革开放以来，职业教育为我国经济社会发展提供了有力的人才和智力支撑。然而，与发达国家相比，与建设现代化经济体系、建设教育强国的要求相比，我国职业教育还存在着体系建设不够完善、职业技能实训基地建设有待加强、制度标准不够健全、企业参与办学的动力不足、有利于技术技能人才成长的配套政策尚待完善、办学和人才培养质量水平参差不齐等种种问题。

中国是世界上最早发现和利用茶树的国家。远古时期，老百姓就已发现和利用茶树。如《神农本草经》记载的："神农尝百草，日遇七十二毒，得茶而解之。"在秦汉时期，四川产茶已初具规模，制茶方面也有改进，茶叶具有色、香、味的特色，并被用于多种用途，如药用，丧用，祭祀用，食用。俗语有云，"开门七件事，柴米油盐酱醋茶"，由此可见，茶在国人的心中具有不可替代的重要地位。但随着我国市场环境的逐步开放，越来越多外来文化的侵入，许多人尤其是青少年群体，开始逐步淡忘茶文化。数据显示，我国茶叶的人均消费水平远远落后于很多国家，目前排名第十九位，人均茶叶消费量只有土耳其的十四分之一。鉴于上述原因，向青少年普及茶文化教育，提高整体民族素质和修养就显得十分重要。

中国作为茶叶的发源地，茶文化知识更为博大精深。茶作为中华民族传统文化的最佳载体，承载着中华民族五千年的文明史。而青少年是中华民族文化的传承人，向他们普及和推广茶文化，是我们传承中华文化工程的重要一环。把茶文化正式引入中小学生教育，让茶文化与茶知识走进课堂；将茶艺、茶道、茶礼教育等写进教科书，让茶文化植根校园，得到传承、发扬和提升；建立中小学生茶叶科普教育实践基地，让中小学生走进茶叶产地，体验茶叶生产，学习茶文化。使青少年在学茶、饮茶的过程中培育爱心、善心与孝心，养成谦和友爱、文明知礼的良习，传承中华民族传统美德。普及茶文化教育还可拓宽青少年的知识视野、充实文化底蕴、提升人文素养、增强综合素质、强化道德基础。

二、茶文化推广的目的和意义

源远流长的茶文化与校园文化有着千丝万缕的关系。在校园里推广茶文化，让中学生在生理、心理和文化素养都在高速发展的年龄，学习茶文化、感受到茶文化的魅力，不仅有助于提升其对本民族文化的认同感，提高审美能力和自信心，改善集体意识和道德观念；也有助于在校园中推进素质教育和职业道德教育，增进我国茶业从业人才的储备与培养；更有助于弘扬中华传统文化，让茶文化传播到各个年龄层次，在全社会范围营造懂茶、爱茶的文化氛围。

（一）茶文化推广对中学生个人素质方面的意义

茶文化作为一种集体艺术的表现形式，在中学生的素质教育中可发挥重要作用。一是提高青少年的德育素养，践行习近平新时代中国特色社会主义思想，培育和践行社会主义核心价值观，弘扬中华优秀传统文化，开展以职业道德为重点的"四德"教育，深化"中国梦·劳动美"教育实践活动，不断引导广大群众增强中国特色社会主义道路自信、理论自信、制度自信、文化自信。二是提高劳动技能，通过培养青少年的一技之长提高生存能力，提升生活情趣，升华生命境界。三是提高个人竞争力，提高中学生的综合素质，鼓励提炼以个人特色、个人素养为基点的个人品牌，有助于青少年在未来更好地适应社会，融入市场经济。

（二）茶文化推广对中学生身体健康方面的意义

专家认为，对青少年普及和推广茶文化，不仅能够弘扬我国的茶文化，同时还能够改善目前青少年的健康状况。很多青少年由于过多地摄入高热量、高糖分的食物和过多地使用电脑、手机等电子产品，对青少年的成长带来了较坏的影响。茶叶中含有七百多种营养物质和对人体有益的功能性物质，适当饮茶可以抑制口腔内的细菌生长，预防龋齿的发生；还能消炎解毒、抗过敏、抗辐射，长期饮茶有利于改善机体机能，促进生长发育，提高身体素质。

（三）茶文化推广对中学生文化知识和民族意识提升的意义

茶的故乡是中国，茶的起源、发展、经历了几千年。在学生中引入茶文化教育，不但能让他们学习到茶起源、发展、传播的过程，而且能弥补他们的最为缺少的史学知识，让他们课余不再精神空虚。并且，让他们在比较早的年龄阶段接触到茶这一具有中华民族特色的文化传统，有助于提升他们对中华民族的向心力，增进青少年的民族意识和民族自豪感，避免崇洋媚外。

（四）茶文化推广对培养中学生生活情趣和审美情趣的意义

中国茶文化的核心理念是清、静、雅、和。这是中国传统的茶道精神与时代精神的结合，把时代精神用恰当的形式、完整的形态体现出来，使茶道成为体现时代精神的一种载体。宣扬中国茶道，不仅有助于发扬茶道的“和谐”精神，使人与人之间增进团结，使人与自然和谐相处，而且有助于弘扬茶道的“审美”情趣，为人们带来精神的享受；培育茶道的“高洁”意境，提高人的风度与品位。同时通过茶道的“求精”精神，培养人的扎实务实品行；发扬“吃苦”精神，使人在苦中寻找人生乐趣；催生“俭朴”精神，让人矜守俭德，力戒贪奢淫享乐；通过茶道的“专注”精神，使人的意念与事业融为一体。总之，以清、静、雅、和的中国茶文化精神陶冶未成年人，对培养他们高雅的生活情趣和审美情趣能起到一般德育无法比拟的作用。

（五）茶文化推广对培养中学生人际沟通和集体意识的意义

公关场合，清茶一杯，以茶代酒，强调了饮茶是人际沟通的重要手段，讲的是天地人和。茶含敬意，以茶敬客。茶重德性，以诚待人。围桌饮茶，和气交谈，同事可以增强团结，朋友可以增进友谊，家庭可以充满天伦之乐，商界可以和气生财。总之，天地人和是茶事追求的最高境界。所以，在未成年人中普及中国茶道、茶艺，推广以和为贵的人伦思想，有助于敦睦人际关系，引导他们学会做人。

茶艺表演作为一种集体活动形式，是培养学生集体意识的良好途径。茶艺表演的和谐来自全体队员的团结、合作。是构建品行高雅，人际和谐，人与人之间增进团结，人与自然和谐相处的“和谐社会”的重要手段。在演练时，要求讲解员、主泡师、副泡师、服务员要善于与他人合作，并在长期合作的基础上达到心灵与感觉的默契。表演中要自觉地融合到集体中去，不知不觉地和整个队伍团结一致，团结合作和集体意识也在不知不觉中得到培养。

总之，从小到大，学校、家长和孩子都耳濡目染的几个字就是“德智体全面发展”。茶文化进校园，可以补充当下学校家庭教育的一些不足。社会有“德”这方面的需求，让孩子通过学习茶礼仪、茶艺表演等，能更好地学会尊重他人。现在的学生，动手能力很差，照顾服务别人的意识不强。茶文化课基本上是体验式教学，通过茶艺的练习，不仅动手动脑，更重要的是，培养有好茶分享给别人的意识。泡茶、品茶是一种心静的文化，学生们都意气风发，做事时往往容易心浮气躁。通过茶的洗礼让每个人懂得总结和反思感悟自己，在紧张之余安静自己的内心。培养品茶的好习惯，往大里说是弘扬中华茶文化，往小里说对个人一生的发展有很多益处。茶文化进校园，从某种意义上说，实际上是借茶沟通人际关系，以做到人与人的和谐、融洽。

三、茶文化推广的基本条件

（一）基本条件

茶文化的校园推广，需要以合适的教材作为基础，辅以适当的教学方法和教育时机。经过多方调研，专家选定了云南省普通高等院校“十二五”规划教材·云南省精品教材：《茶道与茶艺》、2001年范增平所著、中国画报出版社出版的《中华茶艺学》，以及《茶艺心理学》《广东潮汕茶点心》等图书作为茶文化校园推广的参考教材。在丰富的教材基础之上，茶文化推广同时需要掌握尊重常识、敬畏规律、体悟本质的教学方法，抓住目前良好的教育时机开展相应工作。

（二）学习条件

（1）学习方法：吸收、消化、运用。做到有效教学辅导，需要借助多方面手段培养劳动技能、专业技能。比如需要结合一些沟通、演讲的技能，使教学分享更为清晰，更有说服力和感染力，大家更加容易理解和接受。与此同时，教学老师也需要学会把握重点，运用善巧回应、引导互动、恰当提问等教学技巧推广茶文化，让学员将知识内化入心。

（2）学习态度：真诚、认真，老师放下身份，进入学修。对于参与学习的学员来说，需要铭刻以下的精神：普敬一切，常怀感恩；无我利他，奉献人生；清空自我，学会聆听；换位思考，克己体仁；守岗敬业，反身而诚；慎众慎独，公私分明；道无高下，触事而真；把握当下，感动其心；皆大欢喜，善缘无尽。

（三）政策支持

在对青少年普及茶文化的过程中，各级政府应协调茶叶学会、茶文化研究会、茶叶流通协会等社团，联合开展茶文化进机关、进企业、进学校、进社区、进家庭的活动，大力弘扬中国茶文化，并出台相关扶持奖励政策。加强对青少年进行茶文化宣传推广和教育，积极引导他们习茶、懂茶、爱茶，真正做到茶为国饮。

四、茶文化推广的几个方向

（一）茶文化知识之茶道进校园

茶道，就是品赏茶的美感之道。茶道亦被视为一种烹茶饮茶的生活艺术，一种以茶为媒的生活礼仪，一种以茶修身的生活方式。通过沏茶、赏茶、闻茶、饮茶、增进友谊，美心修德，学习礼法，领略传统美德，是很有益的一种和美仪式。喝茶能静心、静神，有助于陶冶情操、去除杂念。茶道是茶文化的核心，例如自嘉茶的茶道“品尝甘醇味道，享受天然滋养”，正是品鉴出了茶的自然甘醇之美感。因此，茶文化有助于中学生增长文化知识，从而树立信心，让精神不再空虚。

（二）茶文化知识之茶德进校园

茶德是指茶自身所具备的美德。茶有八德——康、乐、甘、香、和、清、敬、美。“茶德”的概念自唐代从中国传播到日本、韩国等，丰富了这些国家的茶文化内涵。所以，在中学生中普及中国茶道、茶德，推广以和为贵的人伦思想，有助于敦睦人际关系，引导他们学会做人。

（三）茶文化知识之茶道精神进校园

当代中国茶思想或由于立场不同，或由于诉求对象互异，或由于理念差别，故旨趣相差甚远，兹枚举四家略作说明中国的茶道精神：中华茶艺业联谊会『静、美』；中华民国茶艺协会『清、敬、怡、真』；陆羽茶艺中心『美律、健康、养性、明伦』；高雄市茶艺协会『中庸、俭德、养气、品味』。总之，以清、静、雅、和的中国茶文化精神陶冶中学生，对培养他们高雅的生活情趣和审美情趣能起到一般德育无法比拟的作用。

（四）茶文化知识之茶联进校园

茶联是以茶为题材的对联，是茶文化的一种文学艺术兼书法形式的载体。茶的对联，茶店对联，茶庄对联，茶文化对联，茶楼对联，茶馆对联，等等，都是茶联。以茶为题材的对联，由来已久。例如茶叶店的对联如："瑞草抽芽分雀舌，名花采蕊结龙团。"雀舌、龙团都是名茶。如今兴起的网络茶商也有茶联，例如中国高山有机茶领导品牌自嘉茶的茶联是这样的"烹煎已得前人法，蟹眼松风娱自嘉。"因此让每一个自信心不足的或丧失自信心的中学生在茶文化里再树立信心，并把这份自信心带到生活中，也能让那些早已把本专业知识学得得心应手的孩子找到精神的寄托，结合所学知识，发挥想象，写写茶联，让自己的课余时间不再精神空虚，达到陶冶情操的目的。

（五）茶文化知识之茶书进校园

我国悠久的茶业历史为人类创造了茶业科学技术，也为世界积累了最丰富的茶业历史文献。在浩如烟海的文化典籍中，不但有专门论述茶叶的书，而且在史籍、方志、笔记、杂考和字书类古书中，也都记有大量关于茶事、茶史、茶法及茶叶生产技术的内容。让茶文化进校园，让中学生步入"轨道"，将来完全可能成为有用之才。

（六）茶文化知识之茶具进校园

现代人所说的"茶具"主要指茶壶、茶杯、茶勺等这类饮茶器具。按唐文学家皮日休《茶具十咏》中所列出的茶具种类有"茶坞、茶人、茶笋、茶籝、茶舍、茶灶、茶焙、茶鼎、茶瓯、煮茶。"其中"茶坞"是指种茶的凹地。"茶人"，按照现代观点，不应纳入器具。茶文化知识之茶具进校园可以培养中学生的想象能力，雕刻艺术能力，为茶具的进化翻开崭新的一页。

（七）茶文化知识之茶画进校园

茶画，在中国茶文化里有着独特的艺术魅力，为广大茶人所青睐，从表达方式上属于传统水墨国画，但是从内容上细分，又可归属于文人画。文人画有四个要素：人品、学问、才情和思想。具此四者，乃能完善。茶含敬意，以茶敬客。茶重德性，以诚待人。茶画教学能培养中学生人际沟通和集体意识，特别是美术生，茶画更多时候能点燃艺术生的创作灵感。

（八）茶文化知识之茶艺进校园

茶艺是一种茶文化。茶艺在汉族优秀文化的基础上又广泛吸收和借鉴了其他艺术形式，并扩展到文学、艺术等领域，形成了具有浓厚民族特色的汉族茶文化。茶艺包括：选茗、择水、烹茶技术、茶具艺术、环境的选择创造等一系列内容。茶艺背景是衬托主题思想的重要手段，它渲染茶性清纯、幽雅、质朴的气质，增强艺术感染力。不同风格的茶艺有不同的背景要求，只有选对了背景才能更好地领会茶的滋味。实践证明，茶艺教学以其独特而丰富的艺术表现力，培养了中学生良好的信心，茶艺活动培养了中学生高雅的生活情趣和审美情趣。

五、茶艺实训体验和益处

茶文化，即饮茶活动过程中形成的文化特征，包括茶道、茶德、茶精神、茶联、茶书、茶具、茶画、茶艺等在内的都属于茶文化知识。而茶艺，作为一种集体艺术的表现形式，由于其表现内容的生动性，对民众的吸引度高，在中学生的素质教育中可发挥重要作用。中国作为茶叶的发源地，茶文化知识当然也是博大精深的，同时，茶文化与校园文化已有着千丝万缕的关系，因此，茶艺表演的校园推广可作为切入点进行进一步的探讨、研究。

茶艺是指在传统茶道精神指导下的茶事实践，它包括泡茶的技能、品茶的艺术，以及在行茶过程中以茶为媒介去沟通自然、内省自性、完善自我的心理体验。茶艺活动以人为核心，茶艺审美以人为首。我国传统的茶文化中对人之美有仪表、风度、语言等要求。仪表美是形体、服饰、发型美的综合，风度美是礼仪周全、举止端庄；语言美是用语规范，待人诚恳。

现在有很多中学生，由于在成长过程中往往有着多种性格上的缺陷或情感上的缺失，常常表现出基于自卑下的“自负”和对周围环境的“敌意”。奇装异服，言行粗鲁是令老师头痛的常见现象。在茶艺活动中，学生通过一个完整的茶艺操作训练了得体的着装、常见的礼仪、规范的言语，形成了良好的仪容仪表、礼仪和用语习惯，逐渐提升了个人素养。奇装异服、言行粗鲁等现象明显减少。

因此，学校不但不能只强调教育，更要充分发挥美育的作用，让学生在美育的感染和熏陶下，找回自信、增加人文素养，激发学生主动追求具有积极价值意识的人生勇气和信念。

六、小结

中国是茶的故乡，饮茶，制茶已有几千年的历史。在实际开展茶文化推广进校园的过程中，我们的教师不仅要传授中国的茶文化，还要注意茶文化的内涵与学生的成长。通过茶艺的教学让学生徜徉在中国茶文化的海洋中，让细腻温润、内涵丰富的茶文化之“灵泉”感其心，震其心，拂去其浮华之气，让学生们了解更多的茶文化知识，丰富头脑。

花都茶文化促进会年鉴

2015年：

2015年7月25日，同区小记者团、区香草世界合办花都区第一届中华茶道亲子“茶·礼”活动，活动丰富多彩，有近百名少年儿童及家长参与。

2015年9月25日，组织“汉风茶艺——礼·义”节目参加花都区委宣传部主办的“承传统·诵经典·颂美德　树新风”，2015年花都区“我们的节日——中秋”文艺展演暨唱响社会主义核心价值观群众歌咏活动。

2015年10月10日，联合区旗袍协会在花都元昌号茶店举办茶艺旗袍秀活动。

2015年11月6日，区文化促进会与区茶文化促进会进行联谊活动，现场进行了歌舞、插花、香道、茶艺等丰富多样的节目表演。

2015年11月15日，区茶文化促进会在花都头古村举办“茗人雅院　古韵飘香”茶文化采风活动。

行走在茶席中的汉服女子

2015年的最后一天，由区茶文化促进会和区电视台联合摄制的六集电视片《一片叶子的声音》第三集“红茶的穿越”拍摄离开了茶室，走进了自然的山水之间。

2016年：

“文化花都学堂”第一课

2016年1月10日，由花都宣传部主办，区文联、区各文艺家协会协办的“文化花都学堂”开讲了！区茶文化促进会特邀高级茶艺师、广东范增平茶文化发展中心副会长范新莲，在花都汇名茶业文化城三楼主讲“心不静泡不好茶”，有近50名茶文化爱好者参与讲座与活动。

“文化花都学堂”第二课

2016年1月17日，特邀高级茶艺师杨攀，在花都汇名茶业文化城三楼主讲“红茶的魅力”。

“文化花都学堂”第四课：

普洱江湖：你不知道的普洱故事

2016年1月31日，特邀广州市茶文化促进会理事、花都区茶文化促进会副会长叶青主讲“能喝的古董——普洱茶”。

2016年：花都区茶文化促进会揭牌仪式暨迎春年会

2016年2月27日（周六）上午十点，正是春寒料峭乍暖还寒之时，汇茗茶文化城（花都区新华街云山大道东田美路宝田综合楼），花都区茶文化促进会挂牌仪式暨迎春年会。

花都茶促会第一届初级茶艺师培训班开课啦！

2016年4月24日，在区文联领导的关心和区茶促会领导的努力下，花都茶促会第一届初级茶艺师培训班在汇茗茶文化城三楼开课啦！

2016年5月15日，茶促会英德茶山行。

弘扬茶文化，暑期亲子茶艺培训班开课啦～

本课程寓教于乐，帮助陶冶孩子情操，知礼而行礼。意在培养孩子对中国优秀传统文化的理解与传承，以茶为媒介，以茶为载体，在轻松愉快的识茶、品茶、沏茶、奉茶中，增进亲子间的情感交流。

第三个会员日——白茶与红酒

2016年9月25日花都区茶文化促进会举办了第三个会员日活动，从前期的微信报名中可以看出，这次的会员活动极受欢迎，大家都踊跃参加。本次活动我们带着会员走出了茶促会，来到了路劲地产天隽峰，而且今后我会的活动都将积极向外发展，到社区、到部队、到学校，将茶文化带到更多的地方，大家可要好好期待哦！

2016年10月3日，区文联携茶促会及书协等艺术家赴陆河交流学习。

茶促会开讲“广府茶与政治”

2016年10月15日，一场由花都区图书馆、区茶文化促进会主办，以“广府茶与政治”为主题的公益讲座在区图书馆举行，此次讲座由高级茶艺师、区茶文化促进会会长、花都区民间文艺家协会理事马莉主讲，并设置了茶道互动环节，吸引了爱好茶文化的市民参加。

中国传统民族文化——“广州花都首届琴·茶·花·香赏析会”

2016年11月12日下午，大型“中国传统民族文化-风雅颂系列活动-高山流水觅知音-广州花都首届琴·茶·花·香赏析会”在花都海豚俱乐部隆重举行。本次活动是由花都区育韵教育机构、花都区茶文化促进会、花都海豚俱乐部联合主办，岭南古琴艺术研究所、花都区文联、花都区文促会等共同指导，臻宝艺术馆、艺霖坊等多家机构全力协办。

寻访花都茶——藏在深山里的茶

2016年12月4日，茶促会的美女们也没闲着，走进梯面王子山，探寻那里的花都茶人。

2017年：

“文化花都学堂”茶文化第二课开讲啦

2017年1月15日，由花都区文联主办，花都茶文化促进会协办的2017“文化花都”学堂茶文化第二课在新华街城西社区服务中心二楼课室开讲啦！50多位不同年龄、不同职业的街访邻居，为一场茶事赴约，相聚在一片小天地里，一起听茶，品茶，闻香，讨论……

2017年2月25日，花都区茶文化促进会在石头记矿物园举行新春年会暨联谊会活动，区文联主要领导、民进花都基层委员会领导和各兄弟协会负责人及会员共约150人出席了活动。

2017年花都区纪念“三八”国际劳动妇女节107周年暨“颂先进、献爱心、促发展、建和谐”系列活动。并以茶为媒介，增进友情。

2017“书香花都·悦读悦美”全民阅读活动启动

3月31日以“书香花都·悦读悦美”为主题的2017年花都区全民阅读活动启动仪式顺利进行。茶文化促进会有幸受花都区委宣传部邀请参与到此次书香阅读节的活动中。茶文化促进会讲师团魏晓英、许愿、罗丽芳作为特邀嘉宾，出席本次活动。

2017年4月23日下午，东风日产联合花都区茶文化促进会举办的“为你心动”青年交友联谊会在石头记水晶餐厅举行，活动共吸引了30名单身青年男女参加。

茶文化推广入大学校园

2017年4月7日上午，区茶文化促进会与华南理工大学广州学院合作共建“教学实践开放区”，并举行揭牌仪式。据了解，该学院十分重视培养学生的文化素养，积极开展茶文化教育，带领学生参加各种茶艺师技能大赛，并获得不错的成绩。

华广第一届“全民饮茶日”活动成功举办

5月11日下午，由花都区文联、花都区茶文化促进会主办，华南理工大学广州学院创新创业教育学院承办的华广第一届“全民饮茶日”活动在华南理工大学广州学院学生活动中心广场举行，此次活动以“一杯茶，与你相约”为主题，活动设置了茶艺表演、茶艺游戏、品茶体验等环节，吸引了不少学生参与。

为了更好地传承中国茶文化，发扬传统文化美德，由花都区文联主办，花都茶文化促进会协办的2017“文化花都”学堂茶文化第七课在花都图书馆视听室开讲！

“茶课程”——茶与养生

此次课程由花都区茶文化促进会马莉会长对茶的分布、茶分类、饮茶健康和品茶之道进行详细介绍及讲演。

七彩·阳光茶艺大赛初赛圆满成功

2017年花都区“七彩·阳光”暑期文化艺术节系列活动“秀茶艺·树礼仪·爱家风”茶艺表演大赛初赛在万众期待中成功举办。此次经过层层筛选和赛前培训进入到初赛的队伍共有16支队伍，现场氛围浓厚，热闹非凡，经过激烈的角逐，共有4支参赛队伍获得了优秀奖，12支参赛队伍获得入围奖，让我们一起为她们的精彩表现喝彩！让我们来深入现场感受浓厚的“秀茶艺·树礼仪·爱家风”。

花东侨文化中心！我们来啦！

2017年8月5日，星期六，天气明媚，阳光火辣，是个挂牌的好日子！广州市花都区茶文化促进会由马莉会长，叶青常务副会长牵头，一行人前往花东侨文化中心举行挂牌揭牌仪式，从此，花东侨文化中心也是花都区茶文化促进会的一块福地啦！

七彩·阳光茶艺大赛决赛成功举办！

大赛经过了初赛沉淀，赛前培训及专业指导建议，共有12支队伍参与其中，涉及面广泛，参赛选手从学龄前到社会企业单位，最小的5岁。同时此次竞赛增加了网络投票环节，借助网络的通达时效，有超过5000人参与网络投票，为角逐最佳人气奖而努力。

魅力布朗·普洱情结——中秋沙龙

2017年9月15日，花都区图书馆当晚明月当空，华灯闪烁，灯笼应景。花都区茶文化促进会在这举办了以“魅力布朗·普洱情结”为主题的中秋茶文化沙龙，茶文化传统节目轮番上演，各界人士欢聚一堂，营造了浓厚的中秋氛围，并取得了圆满成功。

月舞霓裳迎中秋——茶文化沙龙

2017年9月23日，花都区茶文化促进会与花都区退休职工管理委员会办公室、花都区朗诵协会联合举办以“月舞霓裳迎中秋”为主题的茶文化沙龙。欣赏《水墨兰庭》之飘逸，《烟雨江南》之秀丽，从华丽丽的汉服走秀到优雅脱俗的茶艺表演，与退休职工们欢聚一堂，为她们准备了一场赏心悦目的文艺盛宴。

喜迎十九大——庆双节文化送基层

2017年9月28日，花都区茶文化促进会与花都区退休职工管理委员会办公室参加了梯面镇迎国庆，贺中秋，敬老、爱老、助老游园活动。天气的炎热挡不住长者们的热情，开场表演由梯面镇星光之家《中国美》拉开帷幕，朗朗上口的《客家山歌》，行云流水的《绿野仙踪》，充分地展示了我们的中国美，美于舞、美于乐、美于声。

"夕阳红"从化茶山游学

2017年11月8日，花都区茶文化促进会与花都区退休职工管理委员会办公室联合举办2017年花都区"夕阳红"从化茶山游学。

“禅茶之道”文化雅集

金桂飘香，秋雨绵绵。2017年11月13日下午，花都区茶文化促进会与广州市蕊蝶皮具有限公司联合举办“禅茶之道”文化雅集。

塱头古村亲子艺术扎染

2017年11月19日，花都区茶文化促进会携手光大银行花都支行在塱头古村的谷语书室，品尝着恰逢秋季的桂花乌龙茶，与亲人朋友共同制作属于自己的、独一无二的围巾，那份情感是真切、浓郁、朴实的！

2018年：

少儿茶艺寒假冬令营开班啦！

少儿茶艺是一种将礼仪、礼节与礼貌融于一体的艺术活动，能使孩子们在高雅有趣的茶艺活动中接受中国传统文化的熏陶。

醉美家庭，花漾生活

2018年1月31日下午，由花都区妇联主办、花都区茶文化促会协办的“醉美家庭，花漾生活”艺术插花活动在区妇联会议室举行。此次活动旨在培养各界妇女代表审美情趣，提升文化内涵，激发我们对美好生活的热爱、对美丽人生的追求。花漾青春的女神！

2018年3月7日，由花都区茶文化促进会举办“花漾青春，幸福生活”——家居美化技艺活动。拥有一双巧手的魏老师作干花制作的介绍及工序流程实操，会员们舞动手中的镊子，悠然自得地跟着老师的教导制作，充满创意的干花画慢慢地在画纸上呈现。

茶语花香，人生芬芳!

2018年3月8日上午，由区委党校主办，茶文化促进会协办的“茶语花香，人生芬芳”暨家居美化技艺培训班在石头记水晶餐厅举行，我区各界妇女近50名代表共同学习插花工艺及色彩搭配。

“茶”礼相迎华裔人

2018年7月9日下午，区侨办组织的25名华裔兴致勃勃来到圆玄中学，迎接他们的是一场蕴含中华传统文化，交融华夏后人赤子情的“茶·礼”讲座活动。

茶祭 | 清茶寄相思

为了深入了解“我们的传统节日·清明”，2018年4月13日下午，花都区茶文化促进会联合广州民俗博物馆于大夫祠举办以“清茶寄相思，明月勿相忘”为主题的中国传统茶文化课堂活动。

“七彩阳光”之“茶·礼仪·和谐美”之初赛篇

2018年8月19日，由区委宣传部、区文明办主办，由区茶文化促进会承办的2018年“七彩阳光”暑期文化艺术节之“茶·礼仪·和谐美”茶文化展示大赛成功落下帷幕，12支参赛队伍在决赛的赛场上为观众们呈现出一场精美绝伦、经典雅致的茶艺表演。

“七彩阳光”之“茶·礼仪·和谐美”之决赛篇

选手们以茶文化为主题，冲泡为主要形式，结合舞蹈、京剧、诗歌朗诵等多种元素，将一幕幕精彩的画面呈现给现场的评委老师和观众。

“茶·礼仪·和谐美”总决赛获奖名单公布如下：

一等奖：《奉茶——军民一家亲》

二等奖：《茶和天下》《京韵茶情》

三等奖：《擂茶》《风华》《金丝皇菊》

优秀奖：《梦茶》《茶礼》《大红袍》《习茶、玩茶、喜茶》

邂逅一场“茶·礼仪”，遇见最美的自己

2018年8月17日至18日，由花都区茶文化促进会主办，图书馆承办，在花都区图书馆数码乐园举办了一场待人接物的行为规范、交往艺术的“茶·礼仪”公益课程。

本次课程中，我们邀请到了三位著名的礼仪仪态资深形象管理导师，老师们为我们讲解了“茶·礼仪”的相关课程。

高山流水觅知音，康夫惊现花都

2018年8月23日夜晚，国际知名古琴大师康夫先生，应花都区茶文化促进会邀请，在茶促会与会员们进行一场零距离的“音乐茶会”分享与交流。

活动回顾丨庆团圆，道感恩

2018年9月20日下午，由广州博物馆和三元里人民抗英斗争纪念馆主办，白云区三元里小学和花都区茶文化促进会承办的“庆团圆，道感恩”中秋传统民俗文化亲子活动在广州市三元里人民抗英斗争纪念馆成功举办！

2018年11月1日下午14：30，由花都区茶文化促进会主办的新一期茶会《老白茶遇上老陈皮，冬日里煮出的养生茶》在曼印茶室如约举行。

2018年11月3日上午，由广州市文学艺术联合会、南方报业289艺术园主办，花都区文学艺术联合会承办，区茶文化促进会、区朗诵协会、区音乐家协会等协办的花都周末文艺花会在广州文艺空间开幕。

花都文艺·花都区作协会员作品年选

广州市花都区文学艺术界联合会
广州市花都区作家协会　　编著
广州市花都区茶文化促进会

华南理工大学出版社
SOUTH CHINA UNIVERSITY OF TECHNOLOGY PRESS
·广州·

图书在版编目（CIP）数据

花都文艺. 花都区作协会员作品年选 / 广州市花都区文学艺术界联合会，广州市花都区作家协会，广州市花都区茶文化促进会编著. —广州：华南理工大学出版社，2023.8

ISBN 978 – 7 – 5623 – 7405 – 3

Ⅰ. ①花…　Ⅱ. ①广…　②广…　③广…　Ⅲ. ①中国文学 – 当代文学 – 作品综合集　Ⅳ. ①I217.2

中国国家版本馆 CIP 数据核字（2023）第 146874 号

花都文艺 · 花都区作协会员作品年选

Huadu Wenyi · Huadu Qu Zuoxie Huiyuan Zuopin Nianxuan

广州市花都区文学艺术界联合会，广州市花都区作家协会，广州市花都区茶文化促进会　编著

出 版 人： 柯　宁

出版发行： 华南理工大学出版社

（广州五山华南理工大学17号楼，邮编510640）

http://hg.cb.scut.edu.cn　E-mail: scutc13@scut.edu.cn

营销部电话：020-87113487　87111048（传真）

策划编辑： 罗月花

责任编辑： 罗月花　陈哲菲

责任校对： 詹伟文

印 刷 者： 广州市新怡印务股份有限公司

开　　本： 889 mm × 1194 mm　1/16　**总印张：** 29　**总字数：** 698 千

版　　次： 2023 年 8 月第 1 版　**印次：** 2023 年 8 月第 1 次印刷

定　　价： 180.00 元（共 3 卷）

《花都文艺》编委会

目录

小说卷

小小说方阵

短篇小说

中篇小说

散文卷

诗歌卷

小说卷

XIAO SHUO JUAN

小小说方阵
短篇小说
中篇小说

小小说五题

◎刘　浪

绝世珍品

老游和小谢行走在王子山的石阶上。山顶的阳光透过稀疏的树丛倾泻下来，白花花的灼人眼睛。两个人都背着分量不轻的摄影器材，衣服粘在身上，有种透不过气的感觉。

突然，小谢大叫了一声，师父，你看！

老游顺着小谢的手指的方向一看，立即呼吸加速，愈发得透不过气了。

眼前，山脉一侧的悬崖峭壁旁，两块隔涧对望的山岩之间，一棵不知名的树顽强地生长着。它舒展着一人多高的身体，虽有些倾斜，但始终向山顶投射下来的阳光方向生长。让人揪心的是，它的根扎得并不深，只有一小撮根须死死地抠住岩石，而一大半的根系几乎是裸露在外，那种随时可能被连根拔起的危险状态和它的枝叶繁茂形成了强烈的反差。

老游端起相机，慢慢地走近小树，他自言自语道，这是一曲生命的颂歌啊！小谢也啧啧稀奇，长在岩石上，居然能活下来，真是不容易！

老游说，有了它，这次采风不虚此行。这棵树拍出来，刚才拍的那些花花草草、山山水水就全弱爆了！

老游连着转换了几个方向，只听得噼里啪啦一阵响，作品已经完成。他眯着眼睛，审视着相机里的连拍照片，颇为满意地向小谢作了一个“OK”的手势。

小谢正准备继续前行，老游却佝下身子，撅起屁股，向那棵树攀爬了过去。就在小谢不解之时，老游身子向前一倾，抓住那棵树，猛力一扯，整棵树便被他连根拔了下来。老游随手将树往悬崖下一扔，回头对小谢狡黠地一笑，说，这回，我拍的照片就是绝世珍品了。

下山的路上，小谢说，师父，我感觉这棵树太可惜了，它长在悬崖上好好的，风没有吹倒它，雨也不曾打落它，却被你一把扯下了。

老游一脸正色地说，它遇到了我，生命已经永生！你记住，艺术这东西不能重复，必须是独一无二，才有存在的价值。

小谢“哦”了一声，若有所悟地说，我懂了。

在当年的“关爱生命”全国摄影艺术作品大赛中，老游将拍的这棵树起名为《生命的颂歌》，一举夺得了特等奖。

获奖之后，老游外出采风的欲望越发强烈了。可是附近的地方他几乎都采了个遍。于是，他决定走出去，到远方去看看。

老游到了云南。运气不错的他很快在西双版纳的光芒山发现了一个摄影的绝好素材。光芒山的山脚下，有一个天然钟乳石形成的小小水池，当地叫“天浴池”。山顶的水喷薄而下，正好落到池里，飞起浪花无数，而池壁并没有完全封实，又造成水流四面喷射，天地氤氲一片的景象。

老游自然不会放过这种天赐美景，于是他噼里啪拉一阵狂拍，然后习惯地打开相机里的照片，审视之下，他发现似乎少了点什么。对，既然叫“天浴池”，应该有人在里面洗浴才应景。

一名当地的村民告诉老游，每逢夏季，村里的少哆哩（女人）特别喜欢在这里面洗澡，当然也有孩子同浴；但冒多哩（男人）只可远观，是不可以进入池中的。老游的画面感很强，那洗浴的场景立马浮现在脑海里。

听说老游为了拍出好的摄影作品，那村民说，明年八月份来吧，那时来“天浴池”洗澡的人会很多，你一定不会落空的。

终于等到了第二年的八月。老游按捺不住激动的心情，一路辗转，千辛万苦又来到了天浴池。

远远地就听到女人的嬉闹声。老游找了个高一点的好位置，架起了相机。

一帘白水从天而降，投到池里。弥漫的水气之间，几个衣裳单薄的少哆哩披着长发在泼水追逐。几个孩子光着屁股顽皮地在池边爬上爬下。多美的一幅天浴图啊！

突然，老游愣住了，他心痛得直用手捶打胸口，因为他发现四周高低起伏，浑然天成的钟乳石池不见了，替代的是一个用砖头砌得方方正正的水池。

老游万念俱灰地下了山。他很不甘心地问山脚下的一个村民，以前的那个池为什么没有了？

村民说，上个月有个和你一样的摄影家来这里拍照片，他拍完后，拿出五千元钱，对我们说，池的蓄水效果差，石头也不安全，我捐点钱给你们，把那石头砸了，砌个游泳池吧！

村里人感激不已，于是将钟乳石砸掉，建了这个露天泳池，确实很受女人和孩子们喜欢。

一个月后，又在外地采风的老游接到小谢的电话，师父，我有一幅叫《天浴》的作品获得了全国“少数民族风情”摄影展的一等奖。老游说，那一定也是绝世珍品吧！小谢兴奋地说，是啊，您怎么知道的？

我知道，我当然知道啦！老游咬牙切齿地说。

上不了桌面的桌面事

一

这天，汉东一中的副校长李清荷突然接到市府办刘主任的通知，让他陪同市长沈飞去全省知名的罗川中学洽谈合作办学项目。

有机会和沈市长一起出差，李清荷喜出望外，不过，他也明白，如果不是校长在外学习，如果他不是罗川中学的校友，论级别，无论如何，此行都没他的份。

二

次日一早，在市政府大楼的台阶下，李清荷看到了罗川之行的全部阵容：除了沈市长、刘主任外，还有分管教育的副市长，市教育局的领导和工作人员，一辆小中巴，坐得满满当当。

车在高速公路上行驶了两个多小时，十点多便到了罗川中学。杨校长等一众领导早就等在校门前。大家见面后相互握手，寒暄一番，便进了会议室，紧锣密鼓地谈起合作办学的事。其间，李清荷凭着自身的专业素质和校友的身份牵针引线，左右逢源，大家相谈甚欢，合作办学的事也聊得八九不离十。

结束时已到了午饭时间，杨校长说，已经安排在附近的餐馆订好房，一起吃个工作餐，请沈市长一行品尝下当地的名菜——罗川脆皮烧鹅。

三

脆皮烧鹅到处都有，罗川的脆皮烧鹅却与众不同，名声在外。它是取材于当地的乌棕鹅，这种鹅毛黑脚红，体小肉实，只有罗川一地有，年产量也有限，所以在罗川的餐馆有个通行规则，每天只卖十只，卖完为止。在罗川以外，更看不到这种食材，足见这道菜的金贵。

在餐馆坐定不久，一大盘色泽金红，皮脆肉嫩，味香可口的罗川脆皮烧鹅便上了餐桌。李清荷觉得自己是罗川人，要表现得主动一些，于是便站起来说，先请沈市长尝一下我们家乡的名菜。

杨校长笑，李校，你这是反客为主了啊，不过，你是罗川的校友，也是半个主人。李清荷夹起盘中品相最好的那块烧鹅，想放到沈市长碗里，但由于中间隔了两个座位，手中的筷子不知怎地竟然一抖，于是那块原本要抵达沈市长碗里的烧鹅，竟跌落在白底暗格的桌布上。

在骤然紧张起来的气氛中，李清荷略作迟疑，又伸长手臂将那块烧鹅夹起来，哆哆嗦嗦地放到沈市长的碗里。桌布上出现了一块明显的油渍。沈市长当作什么也没发生，他侧身对杨校长说，这菜慕名已久，真是百闻不如一见。

李清荷又夹了一块烧鹅放进杨校长碗里，当他坐下来的时候，不免有点忐忑。他偷眼瞥了一下沈市长，却看到他正兴致勃勃地和杨校长聊着，于是又坦然起来。

连着上了三四道菜后，李清荷的心一下子又提到嗓子眼。因为他发现沈市长虽吃得挺欢，但碗里的那块烧鹅却一直没动。李清荷额头沁出了汗，他从转盘上拿了两张纸巾去擦拭，却总也擦拭不干净。

四

除了李清荷，席间还有一个人不动声色，但却洞察秋毫。这个人就是刘主任。当一碟蒜蓉粉丝蒸元贝上桌时，沈市长熟练地拿起一个，将壳上的粉丝和元贝吃完后，将壳顺手放在面前的碗上，将那块一直未动筷子的烧鹅严严实实地盖住了。这时，刘主任拿起桌上的手机，走了出去。

可能上午谈得较顺，席间气氛甚是融洽。可是李清荷却明显感觉自己慢了半拍，跟不上席间的节奏了。他恨自己多事，为什么要给市长夹菜，按礼节也是杨校长来夹啊，自己献的哪门子殷勤？偏偏这块烧鹅又掉到桌上，沈市长表面上没说什么，但一直都没动筷子，肯定是嫌那块烧鹅弄脏了。如果再心里怪罪他对领导不敬，那就更麻烦了。李清荷越想越纠结，恨不得狠狠抽自己几个耳光。

正胡思乱想间，一个女服务员进来换菜碟了。她轻手轻脚地将所有人面前的菜碟更换后，又单独换掉了沈市长盖着元贝壳的碗。李清荷终于稍稍松了口气。

五

当天下午回到汉东，李清荷没回学校，就直接回了家，躺在沙发上，一直郁闷到妻子下班。妻子见他闷闷不乐，有点诧异，今天不是陪沈市长去你母校吗，怎么还一脸不高兴呢？李清荷倾诉的欲望一下子强烈起来，便将那块烧鹅的事和盘托出。妻子说，这事你先别急，咱们一起想想，是不是哪里做错了？李清荷懊恼地说，当时是第一道菜上来，我也是想表达一下对沈市长的敬重，可没想到出现那么个状况，众目睽睽之下，那块烧鹅不理不是，放在那也不是，只好硬着头皮还是放到他碗里。

妻子想了一会，说，我寻思那块烧鹅不要了肯定不对，因为是道名菜，不能这样浪费；不过又夹起来放市长碗里，也确实有点不妥，毕竟是掉桌上的，有点不卫生。说到这，妻子突然兴奋起来，没事的，没事的，我以前看过电视，说食物都有个三秒定律，菜掉到桌上，三秒之内，细菌没反应过来，是没有卫生问题的。你是几秒？李清荷苦笑了一声，这哪里是卫生问题。

晚上，上了床，李清荷还是辗转反侧，妻子心疼了，安慰他说，这事想破脑袋都没好办法，这是一道无解题，只能怪你不小心，或者运气背。市长真要见怪也没办法了。李清荷说，校长下半年就要退休了，这节骨眼上出了这事，要是留下什么不好的印象，我扶正就难说了。妻子也来了怨气，将被子一裹，狠狠地转过身去。

六

连着几天，李清荷心里都放不下这事。可巧这天，刘主任为合作办学的事情又打电话过来。李清荷想探点口风，便在聊完正事后，支支吾吾地说，刘主任，我，我想和你说点事。刘主任说，你说吧。李清荷说，那天……他想说那块烧鹅的事，但又觉得这事情太小，虽然就是桌面上的事，但说起来却上不了桌面，于是脱口变成了：你哪天有空啊？我想请您坐坐。刘主任说，择日不如撞日，我今天晚上约了几个朋友小聚，你一起过来吧，我订好房就把地址发给你。

七

当晚，李清荷喝得脸通红到家，见到妻子就说，那道题有解的。妻子说，讲来听听。李清荷说，今天晚上，刘主任约几个朋友聚会，也请了我去。结果他给我夹菜时一不留神，将一块白切鸡掉在桌上。妻子有点兴奋，我说嘛，这事也不可能只有你遇到，那他怎么做的？李清荷说，他将那块白切鸡从桌上夹起来，放到自己碗里，然后给我又夹了第二块，还说了一句，能请到李校，我太激动了，夹菜手都抖了，让我再操练一次，以后和李校好亲近。妻子琢磨了一会，说，这市府办的领导，果然是人精啊！接着，她又恍然大悟，哪有这么巧，他分明是在教你呢。李清荷说，所以今天晚上的单我买了，一千多块呢！

妻子说，算是交学费了。你心里的结解了就行。李清荷一声长叹，此题无解，我倒踏实点；这有了正确答案，我怕从此不得安生了。

半年以后的一天，沈市长叫来刘主任，说，汉东一中的校长就要到龄退休了，市委组织部正在研究新校长的后备人选，我准备重点推荐一下李清荷，上次去罗川中学谈合作办学项目，他表现得不错。你觉得呢？刘主任说，是的，但听说他前不久被诊断出抑郁症，已经无法正常工作了。

沈市长听了一怔，说，怎么会这样，好好的一个人怎么会这样？

拼　车

那一天，鲁适开着小车驰出老远，才想起路边那个头顶着包，冒着小雨，焦急地等着公交的女士是他一个小区的邻居。

他停下车，将车窗打开，用力地挥手。女士显然也认出了他，一路欢呼着小跑了过来。

坐上车，鲁适才知道这个在小区经常照面的邻居叫周姗，并且还知道她最近跳槽了，新公司就在路边不远的地方。

周姗说："原来你也在这边上班啊，太好了，以后我就蹭你的车了。"

鲁适很爽快地答应了，还幽默地说："男女搭配，开车不累。"其实，半个多小时的车程，在路上有个人说话也真是挺好的。

这以后，周姗每次都准时在小区的门口等鲁适。而鲁适到了路边的那个公交站，见不到周姗也会停下车等上几分钟。临时有变化时，两人就会通个电话。

每次，下车前，周姗在关上车门的一刹那，都会抬起头，给鲁适一个灿烂的微笑，然后招招手，说："谢谢啦！"

就这样，一个多月过去了。

这天，周姗一上车就说："鲁适，总是蹭你的车，我也很不好意思。这样吧，我们拼车吧，每个月我给你三百元。”

其实鲁适也有同样的想法，现在油价不断上涨，多载一个人，还是多出不少费用的。但想是这样想，他说出来却是：“不用啦，只是顺路而已。”

周姗说：“别客气啦，拼车很流行的。我坐公交也是要花钱的，现在坐你的车已经方便很多了。”鲁适不再说什么了。

第二天正巧就是一号，周姗上车就说：“拼车就从今天算起吧。”鲁适笑：“那好，恭敬不如从命哟。”

两个人说说笑笑，很快到了地方。下车后，周姗将车门关上的一刹那，在窗外招了招手，要说什么，却欲言又止。

鲁适开着车继续前行。他想：周姗刚才要说什么呢？想了一会，他明白了，周姗当时的表情和动作，本来是想说声“谢谢”的，可为什么她又没说出来呢？突然间，鲁适恍然大悟：今天不是开始拼车了吗，人家既然要给钱，为什么还要对你说“谢谢”呢？

虽然是这个道理，但鲁适却觉得有点别扭。

那以后，周姗还是准点坐他的车，两人还是谈笑风生。唯一不同的是，周姗再也没有说过一声“谢谢”。

这天，下雨了。鲁适到了路边没看到周姗，就打她电话。周姗说：“雨太大，我没带伞，你到公司来接一下我吧。”

鲁适看了下天，雨并不是很大，犹豫了一下，他还是按照周姗说的路线，将车开了过去。周姗正在楼下等，在很多同事的目送下，周姗提着包，轻巧而熟练地钻进车。

鲁适以为周姗这回会说声“谢谢”了。哪知，周姗上车的第一句话竟是：“哈，专车接送，这感觉挺好。”

转眼到了月底。这天，周姗一上车，便递过来三张老人头，“鲁适，这个月的拼车费给你。”

鲁适笑笑，其实他早就想好了。他把钱推了回来。说：“还当真了，一个小区的邻居，顺路帮个忙，这么客气做什么？”

周姗有点惊讶，又把钱推了过来。鲁适执意不收，周姗只好作罢了。

到了地方，周姗下了车，关车门的一刹那，周姗抬起头，招招手说：“谢谢啦！”

这句久违的话，让鲁适觉得心里一下子舒服了好多。

周姗还是每天坐鲁适的车。在车上，两人还是谈笑风生。但鲁适和周姗都觉得车内流淌的空气里开始多了点什么，或者说是少了点什么。

终于，有一天，鲁适想好了一个理由，就说自己出长差吧。就在鲁适准备打电话给周姗时，周姗的电话却先打了过来。

“鲁适，我明天要出个长差，可能要一个多月时间，你就不要等我了。”

鲁适笑笑，说：“好的，那一路顺风啊！”

鲁适把上下班的时间调整了一下，以免撞上周姗。但几天后的一个雨天，他的车经过路边时，他却看见周姗顶着包，冒着小雨，在路边焦急地等着公交。

而周姗一定也看见鲁适了，但她没有说话，也没有招手，而是转过身，去追逐一辆开来的公交车。

鲁适听着音乐，开着车继续前行……

礼 谏

咸丰初年，国势倾颓，天下大乱。在一片风雨飘摇之中，骆秉章被任命为湖南巡抚。到任后，他广罗英才，整顿吏治，强化防务，湖南官场为之一新。这天，他正在院子里揉捻着门前晾晒的广东花县老家送来的芋荚干，管家骆肇铨走了进来。

见老爷难得轻闲，骆肇铨便走到跟前，想说一说这段日子挂在心上的那件事，但想到骆秉章平素为人，几次欲言又止。

骆秉章扫了他一眼，说："有事直说吧，不然忙乱起来又听不得你说了。"骆肇铨说："现在距年关只有两个多月了，按惯例各省地方官员要给皇帝送岁贡了，可是我们现在还没着落呢。"骆秉章皱起眉头："哦，什么岁贡？"骆肇铨见老爷疑惑，便一五一十说了个明白。原来，清军入关后一直流行各省官员每逢年关要给皇帝送礼的习惯，礼物主要是当地好看好用、好吃好玩的稀罕物儿，取名"岁贡"。起初只是送些地方名产特产，但后来慢慢变了味，变成了官员向皇帝拍马屁，求升迁，甚至中饱私囊的事情。不少官员每年很早就开始在民间搜刮奇珍异宝，无所不用其极。

骆秉章做了十多年的京官，成天忙于纸牍文案，虽听说这事，倒也不是特别上心。现在主政地方，算是第一回遇到，便说："这事不是大清朝明文所定，人情而已，有则送，无则免。况且这湖湘之地深处内陆，哪来什么岁贡之物？如果强行到民间征集，怕又是扰民滋事，民怨沸腾，我们不凑这个热闹了。"

骆肇铨急了："老爷，皇帝新登大宝，您这个巡抚又是他亲自任命的，还是多少表示一下为好。您不知，就这事多少官员想破脑袋，盼着能以一礼博得皇上欢心呢。"

骆秉章恼了："咱府上要钱没钱，要物没物，你比我还门清，哪有什么东西能讨皇上欢喜？如果执意要送，我看除了洞庭湖的鱼，就是岳麓山的树了。"

稍顷，骆秉章又面呈忧虑之色："这岁贡本身事小，但官员们成天不务正业，都一门心思讨皇上欢喜，这就是我朝内外交困，每况愈下的原因所在。"

连着数日，骆肇铨没见老爷吩咐岁贡的事，便又来打听。骆秉章说："皇帝登基，新岁又至，是要送点礼，以尽做臣子的本分。这事我已经想好，就将咱花县老家送来的芋荚干和洞庭湖的腌鱼各取若干，打成礼盒送去即可。喜则欢喜，不喜扔了便是。"

骆肇铨本以为是开玩笑，但见骆秉章一脸肃然，忙说："老爷，千万不可，千万不可呀，这两样东西太过寻常，即便皇上不怪罪，京城大小官员也要耻笑啊！"骆秉章说："我意已决，不复多言。现在就去办吧，不然春节前到不了京城了！"

果不其然，骆秉章的礼物千里迢迢到达京城，引起一片哗然。哂笑之余，有好事者便添油加醋呈报了咸丰。

作为新晋一省巡抚的骆秉章竟送来这两样稀疏平常之物作为岁贡，分明是不把新皇帝当回事。盛怒之下，咸丰便让人将各省岁贡之物全送到朝堂之上，由他一一检视。一时间，各色贡品琳琅满目，争奇斗艳，精巧奇绝之处，不由得让人拍案叫绝。当咸丰看到骆秉章送来的那箱腌鱼和芋荚干时，默然沉思良久，脸上表情由阴转晴，瞬间欢喜起来。他信手拿起朱笔，挥毫写下“吁门特贡”四字，并让人传示给各位大臣。众官员面面相觑，骆秉章字“吁门”，皇帝对其贡品御笔朱批，分明是肯定和嘉许呢！

更不可思议的是，除夕夜里，咸丰大宴群臣，居然就以腌鱼和芋荚干为料，让宫廷厨师烹制出了一道“御膳”，名字就叫“吁门特贡”，并且排在菜单第一道，而位列其后的各式菜肴，也不比往年，道道都变成了家常之菜。

官员们终于明白过来，原来皇帝即位后，志在励精图治，有一番作为。这次是要借骆秉章的贡品来作一番文章。果然，咸丰在开宴之前，面对群臣，昂然说道：“骆吁门向来以学识见长和廉素著称，此番所送贡品，借用两地特产，腌鱼为咸（全），芋荚为干，分明是劝谏朕，天下已经全搜刮干净了，要重民生，戒奢靡。其良苦用心，岂是尔等所言寒酸可笑？”

消息传到湖南，骆秉章捻须长笑：“皇上果然知我懂我，不枉我一番苦心。”

骆肇铨也激动起来：“老爷，这是为天下百姓做了件大好事啊！”

骆秉章却从案后弹起：“肇铨，好事只做了一半而已，我要再奏皇上，明令取消年关岁贡，各地均不得以此巧立名目，再行横征暴敛之事。”

咸丰三年（1853）春，朝廷颁旨，从即日起，各省官员不得再送贡品，凡以贡品之名行搜刮民间之实，一律重处不赦。

大清王朝延续两百多年的“岁贡”之俗就此取消。

给任伟灿擦鞋

“给任伟灿擦鞋的人都不会有事！”被市纪委带走好几位官员后，这句话便在紫墟县官场不胫而走。

任伟灿是明朝的一位地方官员，也是紫墟县建立县制的首任知县。据县志记载，任伟灿为官廉洁，两袖清风，是有名的清官。虽然他在全国范围内知名度不大，但并不妨碍小县城的人崇拜和景仰他。任伟灿的铜像就立在县政府大楼对面的广场，人像为背手站姿像，高三米多。人像下面是一米左右的底座，上面镌刻着他的生平事迹。从远处望过去，任伟灿峨冠博带，目若朗星，正气凛然。

任伟灿铜像竖立在广场中央已经很多年了。每天都有三三两两来广场休闲的人从铜像前熟视无睹地经过；那些跳广场舞的大妈大伯们有时甚至将水杯、衣服胡乱扔在铜像的底座上。任伟灿的“高光”时刻是外地的参观团来这个有点历史的县城旅游，一些游客常常会在铜像前合影留念。

日子原本波澜不惊地过着，直到这次紫墟县出现了官场地震。带走的官员有县领导，也有政府部门的一把手，并且随着案件的查处，越来越多的官员深陷其中。

县委书记李清荷已经几次听到给任伟灿擦鞋就不会有事的说法了。刚开始，他觉得可笑，一个古代的清官铜像能保佑什么？但后来听得多了，便有点半信半疑起来。跟了他多年的秘书也言之凿凿地告诉他，某某因为没有去给任伟灿擦鞋，东窗事发了；而某某某由于给任伟灿擦鞋，即便被举报多次，也一直平安无事。

紫墟县不大，关系盘根错节。谁有事，谁无事；谁事大，谁事小，这些在李清荷心里都有个八九不离十。呵呵，如果真有这么灵验的话，这任伟灿还真和如来佛、观世音有得一拼呢！他想。

再经过广场时，李清荷便下意识地望了一眼任伟灿铜像。

一个多月间，又有几个涉案官员被带走了。有人开始说，紫墟县要出现塌方式腐败了。电话、微信和饭局上，大家神神秘秘、津津乐道着官员被抓的各种小道消息，段子满天飞。

一天下午，李清荷接到市纪委的电话，让他明天上午过去一趟，说有点事情要找他核实。李清荷爽快地答应下来，但电话一撂下，便觉得一阵胸闷，半天透不过气来。

当晚，李清荷叫了几个圈子里的人小聚。所谓圈子，当然都是他的亲信下属。他让大家把各自的手机放到包厢外的柜子里，想说点什么，又觉得不是时候。于是，便故作轻松地问，这几天，你们有没有去给任伟灿擦鞋？大家都笑了，没有一个人否认。末了，有人说，宁可信其有，不可信其无嘛……

次日一早，整夜难眠的李清荷就起了床。他从卫生间拿起一条用过的毛巾，但想想又放下，转身从衣柜里翻出一条新的。看着毛巾在洗手盆里舒展，浸透，下沉，他随即捞起，略作拧干，然后往手臂上一缠，便向广场方向走去。

广场的夜灯还没有熄，李清荷环顾四周，只隐约看到远处有几个早起锻炼的人，便一路小跑到了任伟灿铜像前。

李清荷嘴里念念有词，恭恭敬敬地给任伟灿鞠了三个躬，然后将缠在手臂上的湿毛巾放开，上前给铜像认真地擦起鞋来。

任伟灿的两只鞋竟然很干净，李清荷用毛巾来回擦拭了几回，居然没一点污渍。还有人比我来得更早吗？李清荷有点怅然若失地想。不过，擦完鞋，他觉得心里踏实多了。

李清荷原本是作好了今天回不来准备的。没想到，到了市纪委，办案的人对他非常客气，只让核对了一份涉及他的交代材料，签完字便没事了。

看来给任伟灿擦鞋真的有用哟。李清荷如释重负之下，又有点小窃喜。回去经过广场时，他特地让司机减缓车速，放下车窗，远远地给任伟灿铜像行了个注目礼。

接下来的时间里，李清荷便每天早晨来给任伟灿擦鞋。在广场，他曾偶遇过几位下属部门的领导，也不攀谈，点头示意之后，便擦身而过，一如平常时的威严。

又一个多月过去了。紫墟县再也没有哪位官员被带走。大家见面都说，任伟灿保佑，这事终于过去了。

这天，县委组织部和县纪委组织新提拔的正科级以上干部集体参观任伟灿铜像，接受廉洁事迹教育，并由李清荷亲自对他们进行一次廉政谈话。活动结束前，李清荷建议，为了汲取古代廉政文化的思想智慧，表达对本土先贤的敬意，请大家为任伟灿擦一次鞋。

于是，全体人员排起长队，拿起配发的小毛巾，依次上前为任伟灿擦鞋，个个神态严肃而又虔诚。

谁也没有想到的是，那天以后，李清荷再也没有在县里的各种活动中出现过。李清荷出事了？大家都这样想。但有人不相信，李清荷不是给任伟灿擦过鞋了吗？也有人说，李清荷做过头了，搞那么多人兴师动众给任伟灿擦鞋，不灵了。

一个星期后，传言坐实。多家媒体发布了李清荷涉嫌严重违纪违法接受纪律审查和监察调查的消息。

任伟灿真的不灵了！大家又一次奔走相告。

于是人们想起，最早是谁说的，给任伟灿擦鞋的人都不会有事？有好事者经过一番流调溯源，确定了以下三种说法——

那个经常来紫墟县给领导看风水，神龙见首不见尾的妙真大师说的。后来某领导据此逢凶化吉，便将这当成了经验之谈。

紫墟县八十多岁的老县长吴启凡说的。不过，他的原话是，现在有些干部只知吃喝卡拿，他们给任伟灿擦鞋都不配！不知怎么的，这话传着传着，就传歪了。

紫墟县知名作家刘浪说的，他发表了一篇魔幻小说，说有个乌游县，那里的官员即便贪腐，但只要给广场的古代清官铜像擦鞋，正邪对冲，就能保佑不出事。结果有人强行对号入座，说他写的就是紫墟县，于是这事便被当了真。

当然，管他谁谁谁，一切都过去了。

小小说六题

◎钟　兴

沉默的英雄

当乡亲们敲锣打鼓送顺子出去当兵时，就断定顺子走出了枫树湾，定会吃上“国家粮”，不再回来了。

但艳子坚信他会回来。因为顺子答应她，等他立功退伍回到枫树湾就娶她进门。

顺子服役3年，部队又留了他3年。听说顺子在部队还立了大功。听人说，顺子立功后变了心，继续留部队。慢慢地，艳子也有了些担心，好久没收到顺子的信了，他还回来枫树湾吗？

然而，顺子回来了——在一个黄昏，突然就回来了。冷冷清清、独自背着军用背包就回来了。

让乡亲们觉得奇怪的是，回来后顺子似乎变了一个人似的——原来活泼多话的顺子现在沉默寡言了。

先前退伍的旺财就断定，顺子一定是犯了错误，一定是受了处分才回来的，说不定还是因为调戏妇女呢。

无聊的村子、无聊的枫树湾，都热闹地传播着这消息。之前一直以顺子为荣的村民，现在对他似乎惟恐避之不及。虽然，表面上还是客气而平静地应付。

父亲问了顺子好几次，顺子也沉默以对。只是顺子出去劳动还算勤快……因为家里多了个劳动力，经济情况也有许多好转。后来，父亲也不再问了。

对部队的好奇，对顺子突然回来的不理解，乡亲们会忍不住问，实在问急了，顺子只好含糊着说："没啥好讲的，在部队，我只是炊事班做饭的……"

最矛盾的当然是艳子了。是否要嫁给顺子呢？他真的是受了处分回来吗？他真的是调戏妇女了吗？要是这样，该怎么办呢？

但这个事情可不是小事呀。她约顺子单独出来，专门问他。但他还是沉默，只是告诉她，他没有受处分。

那为何会不明不白就退伍回来了呢？

你不是希望我回来娶你吗？

说完后，他又沉默。

艳子没词了。她只好选择相信他，不相信他，她又还能怎样呢？

于是，他们结婚了！他们生娃了！

过日子，平淡的日子，沉默的日子。

寒来暑往，冬去春来，一年又一年。他们有了儿子，到后来，他们的儿子也有了儿子。

村里有了电视，顺子最喜欢看军事频道。但他还是不谈部队的任何事情。好像他从来没有当过兵，从来没有在部队呆过。他甚至几乎从来不参加任何战友聚会……自然，也从来没有战友来看望过他。

于是，她也不再追问，艳子觉得，他是否立功、是否是英雄都不重要了。反正能够一起相守着一辈子也不错的。

只是顺子的沉默，让艳子觉得这一辈子太难受了。

一辈子很长，一辈子很短。顺子死了，就在那年秋天，得病死的，因为家里没有更多的钱送他去城里的大医院治疗。

死后，他的坟头就在他戴着红花出去当兵的路边那个山坡上，面向南方，似乎一直默默地注视着从山外进山的客人，也默默地关注着从枫树湾走出去的人。

就在顺子去世半年后的一天，《沉默的英雄》电视摄制组开进了枫树湾……再之后，村民从电视上看到顺子的事情。其中有一张合影照，顺子一身戎装，英姿飒爽。介绍说：这张照片摄于1964年7月23日，吴立顺与党和国家领导人在人民大会堂与空军地空导弹部队某营全体官兵的合影。

原来，顺子在部队通过选拔，成为空军地空导弹部队的一名标图员。标图员是地空导弹部队的关键岗位，他在地空导弹部队专门设计出"近快战法"，把参数测算时间由之前的18秒压缩到8秒。"标图就是在和飞机赛跑，迟标1秒、错标1厘米，空中目标就会偏出很远。"

这支部队不但进西北、下江南、战荒漠、斗山川，还在无人区开辟阵地，在大山中挑战生存极限……无疑，该部队有着严格的保密纪律。其工作性质、部队驻地等都不能对任何人讲，包括父母妻儿……退役前，保密干事再次对他宣布纪律：任何情况下都不能泄露军事机密。

电视上介绍说，该部队曾3次击落美制U–2高空侦察机，吴立顺直接参与过标图。中央军委与国防部授予他个人一等功、二营全体官兵集体一等功荣誉称号。

顺子果然是立过大功的英雄呀，顺子大名就叫吴立顺呢。

电视播出后不久，从山外来了许多军人，据说，那是顺子原来部队的战友，带队的是一位将军。

军人们在顺子的坟头上插满了香烟，再浇了3瓶当地烧酒。将军郑重地给他敬了军礼，当他敬礼的手缓缓地放下，将军老泪纵横，喃喃自语：“老班长，三十年的保密期，而您却坚守了一辈子！”

迷　惑

与二苟打过交道的，都说“二苟这人老实厚道”。

读初三时，因为一次英语考试，二苟抄二牛的试卷，连姓名都照抄不误而“败露”，最后，父亲终于放弃了培养二苟上大学而光宗耀祖的宏伟计划……于是，初中没能毕业，就随“南下大军”，浩浩荡荡地开进了南方的城市，成了工地上一名并不出名，也不出色的小工。

他木讷、憨厚，因为年龄小，虽然干不动太重的活，但是，他不投机取巧——谁吩咐干啥就干啥。

二苟特别会笑，笑口常开，见谁都笑。甚至见了工头养的那只凶狠的狼狗，也如见到老板一样笑脸相迎。那狼狗也通人性，知道谁对它好，谁对它孬，到后来，碰上二苟也不再那么凶狠的吠，甚至，有几次还摇了几下尾巴。

二苟很少说话。只干活，还会笑，少说话的人，肯定就是老实人——这似乎是人们心中的一种定式！

于是，大家都喜欢二苟。

二苟不抽烟，但是，口袋里肯定有一包不差的烟，并且还有好几只打火机。见到工头，快速递烟、弯腰、点火……那一连串连贯的动作，熟练到让许多老烟民也望尘莫及！

二苟不吃水果，或者说很少吃水果，但是，喜欢给工头的家人削水果。二苟用粗糙的手削水果皮——一刀去皮，皮还严实地包着水果……

有人说二苟老实，有人说二苟厚道，当然，也有人说二苟“机灵”。老实的二苟，跟他一起打工老乡们开始有些瞧不起他，二苟也不计较，甚至比以前更勤快了。

他一般不喝酒，因为一喝就醉。但是，他从来不说醉话……醉了就睡罢！于是，大家更加觉得二苟老实。

连老家的几个老人都说，“二苟这人就是老实厚道，我们早就看出来了”。当然，那是二苟发迹之后的后话了！

二苟人生中的重大转折点就在那个工头的狼狗身上。工头的狼狗病了，二苟照看了好几宿，如照顾亲爹一样的尽心，谁都会说：“二苟真老实厚道！”这，不但感动了工头，连那狼狗都被感动了。后来，那狼狗每次见了二苟，都掩盖住那凶狠的本性，而且把尾巴摇得飞快。

于是，工头不但给二苟加了工资，并且还提拔他成了“中层干部”。出门请客时，也特别把二苟带上……这样，他就认识了后来成为符局长的正局长。

对符局长，不，当年的符科长，还是副的——他真的是很费了一番工夫的。单说一项，从符副科长、符科长、到符副局长——再到符正局长，整个履历过程，局长家里做菜，除了用二苟老家带来的茶油外，就再也没有用过别的什么油。

老乡们都说，二苟真老实厚道！茶油，金贵着呢。二苟笑笑，心里想：什么金贵，一餐饭一支酒的价格，就能够让人做菜用一年的茶油了。

有一次，酒醉饭饱还去做完了全套的服务之后，符副科长主动对二苟说：“你要是出来做工程的话，我可以帮帮你！”

二苟要的就是这个话。于是，二苟就主动放弃了“中层干部”的待遇，从原来的包工头那儿出来自己打天下了。后来，二苟的财富，就随着符副科长的职务升迁如原子裂变似的增长。

二苟发了！

春节时，二苟请村子里60岁以上的老人到镇上最好的酒楼吃饭，而且还给所有人都发了不菲的红包，老人们笑逐颜开。二苟的人气、名气，一下子就盖过了村里因为考取大学而留在城里工作的二牛。

二牛原来可是全村孩子的榜样啊。多少年前开始，村子里父母亲教育孩子时都说，“你要是能够如二牛一样，考取京城的大学，我就卖房子供你去北京上学哩”。事实上，村里的房子根本就不值几个钱，要是放现在读书的费用，就是把房子卖了，那农村的泥砖房，卖上多少幢，也是凑不够4年大学的费用，更何况，有谁愿意买呢?

不要说卖房子，就是把房子所有的东西全部卖完，也不够在京城读完大学的钱。

没想到，风水轮流转，现在人们教育孩子时说“你看、你看，人家二苟连初中都没有读完，还不是照样赚大钱！”

过去，那个老人说“知识越多越反动”，现在说知识越多越没用——正好反证了“知识改变命运”的说法。

这让正好回家过春节的二牛感慨不已！

当年自己那么努力读书，考取了大学，出来找工作时，还求爷爷、告奶奶的终于在城里当了老师，但是，现在那种寒酸样……唉！

二牛放下身段，专程拜访了当年抄自己作业的二苟。二苟打过招呼过后，也只是笑，并不多说话。送二牛出门分手时，他才豪气地说：“二牛哥，你来南方转转，所有费用由我包了哩。”

半年之后的暑假，二牛果然随教师“学习培训”之类的什么团到了南方“考察”。二苟极尽地主之谊，报答当年经常借作业给他抄的情分。想想看，要不是二牛哥仗义，考试时偷偷地移动开身子，有意无意地把试卷举高，让后排的二苟抄袭，还不知道要多挨老爸多少的棍子呢。

于是，二苟在喜相逢大酒店招待二牛。半夜，从喜相逢酒店出来后，二苟又请二牛到江边上宵夜，喝着当地最著名的啤酒。二牛微醉着说："二荀呀，老家的乡亲们都说你老实、厚道，老实厚道如何就赚了那么多钱呀？"

二荀大气地说："二牛哥，要不是符局长后来进去了，能够继续往上升官的话，说不定我的资产会超过李嘉诚呢。"

二牛当然不信，甚至有点轻视二荀的轻狂。

江风微微的吹了过来。二荀并不在意二牛的轻视，轻轻地说："哥呀，我老实地告诉你，我并不老实哩！"

那个晚上，二牛和二荀似乎真的都醉了！

一锅鸡汤

阿梅是个普通的农村妇女，老公在省城打工，儿子当兵去了部队。说起儿子，阿梅已经有三年多没见他了。本来，两年义务兵后，儿子是可以回家探亲的，但因为碰上这次疫情，他留队了。

说不想念，那是假的。

前些时间，儿子的连队被派去外地执行任务了。儿子打来电话说，明天部队就会返回驻地，到时候，火车会经过离家几十公里远的一个小站。

电话里，儿子说："妈，我特别想回家喝一碗你煲的鸡汤。"

阿梅心里一百个乐意，她激动地说："那就回来吧，吃个饭再走！"儿子却叹了口气，告诉她：他们那班车只在小站停靠2分钟。

2分钟太短了！阿梅不知道该高兴还是该难过，可再想想，不管怎样，终究是能见儿子一面了。儿子想喝她煲的汤，那就想想办法把汤给儿子送到站台上，那也好啊！

阿梅立刻联系了在车站工作的一个远亲，对方为难地说，现在疫情，非常时期，不能带她进站，但可以帮她把汤送到站台。

阿梅想过自己买张车票，进站去见儿子一面，但亲戚劝她，车票也不便宜，况且车到站就停2分钟而已……阿梅想想，作罢了，还是给儿子多煲点汤吧。

第二天一早，阿梅就去市场买了鸡、山药之类的食材，她还特地去向邻居借了一口特别大的锅。那锅汤从中午"煲"到下午……因为怕堵车，怕误事，她请人开车早早地就把她和那锅汤送到了车站。

那亲戚见阿梅带着那么一大锅汤，露出惊讶的表情，说："你这锅汤，都快够一个连队喝了吧！"

阿梅笑了笑说：我就是要让儿子连队的战友也能喝上我煲的汤。

那亲戚急着招呼了几个同事帮忙，把那一大锅汤用小推车推向站台。阿梅看着那亲戚离去的背影，一丝惆怅涌上心头，但想不到，那亲戚刚走几步，又回头来告诉她："你可以到车站南边的天桥上，列车到达后，那儿可以看到站台，到时我让你儿子跟你打招呼，你也向儿子招一招手。"说完，亲戚手指了指附近的那座天桥。

阿梅顺着亲戚手指的方向望了望，二话不说，一路小跑着就往天桥赶去。

上了天桥，阿梅一边朝站台的方向望，一边脚下调整着站位。好不容易找了个视野稍显开阔的位置，她站定，看了看时间，然后扶着栏杆，大口喘着气。她有点兴奋，又有点紧张，生怕错过儿子的那班车……

几分钟后，列车徐徐进站，阿梅迫不及待地向站台方向挥着手。她似乎看到儿子穿着军装，跳到站台上，对着那锅汤露出那种她熟悉的、傻傻的笑……她还看到儿子的战友们把那一大锅汤抬进了车厢，那个亲戚对着儿子说了几句话……

很快，列车就要发车了，阿梅心里又着急又失落。她看到一大群穿着军装的兵们，戴着口罩向她挥手，其实，她根本没看清哪个是儿子——因为距离实在太远了。

站台响起了急促的哨声，阿梅心也跟着一紧，手挥得更使劲了，嘴里还忍不住开始喊着儿子的小名。

突然，阿梅隐隐约约听到一个干部模样的战士，喊了一声："立正——敬礼！"于是，站台上的全部战士，笔直地立定，然后齐刷刷地对着天桥的方向敬礼……

之后，那些战士们鱼贯而入，最后上车的那个摘下口罩向她挥舞了几下，依依不舍的样子，这应该就是儿子了。阿梅不停地向儿子挥着手，眼泪忍不住往下流……列车开始徐徐滑动，她看到列车尾部上闪烁着那红色灯光，红光变成红点，越来越小，越来越远。

那个冬夜，如此温暖

那一年冬天，父亲病了，我匆匆赶往江西老家。正值春运，路上遇到许多麻烦。每当在不知所措时，就会想起一些只有一面之缘的朋友。他们的仗义相助，令我觉得那个冬天是如此温暖……

1994年的冬天虽然格外寒冷，却因为有两个一面之交的朋友让我倍觉温暖。

离春节还有两天，接到姐姐来信，说父亲病了，让我一定要回家过年。因为春运艰难，我已经两年没有回老家过年了。

对于我来说，当年要回家几乎只有唯一的路可走——就是从广州花都先乘火车到韶关，再从韶关转跨省际公路客运到江西信丰。当然，从信丰县城到我老家还有70公里山路……

路途必须解决两个关键的问题：其一是能够坐上火车到韶关；其二是到韶关之后，要有人接送。因为必须赶上早晨7:30从韶关至信丰的长途车，那是每天唯一的一趟班车。假如没有赶上的话，就必须再等一天，而第二天就是除夕，许多班车都停运。

在春运期间，我多次到火车站排队买票，但一无所获。

正在不知所措之时，突然想起只有一面之交的高生，他是一名在驻花都部队的军人，我们只是在一个朋友组织的饭局上认识而已，谈不上有多少交情。当我告诉他我的窘境，他轻轻地握着我的手说："我来想办法。"

于是，我收拾好行李，晚饭后我忐忑不安地赶到火车站。

说实话，在上火车之前，我都不敢肯定他能够帮上我忙。另外，到达韶关之后我该如何办呢？于是，我想起了另外一个一面之交的朋友，时任韶关日报记者的辛辉……

那时的通信并不方便，但还好他俩都有BP机，我到车站后先CALL高生，给他留言。然后，再通过CALL台给辛辉留言，告诉他我到达的时间和车次。

当年，广州花都站只是一个三级小站，能够停靠的车很少。晚上停靠的只是10:15的一趟列车。那样，我到达韶关时，是凌晨两点半左右……

还好，只隔了十分钟，高生就来到指定地点接我，原来，春运期间，他正好带着一个步兵连在火车站执勤维持秩序。他带我到他的执勤点休息，等到晚上10:00，他把我叫上，并且让人帮我拎着不多的行李。等列车一停，本身早已经是挤满“沙丁鱼”似的车厢，外面的拼命往车上挤，许多人甚至掰开列车车窗，从窗口爬进去。

我看到往前涌的人群，深冬阴冷的天气，脸上居然有许多汗滴！我畏缩了。

列车在小站只停靠3分钟，高生看到列车长从前面车厢下来，马上跑步几乎是冲了过去。

他把列车长的双手紧紧地握住，用一种恳求的语气说：“车长，这是我的好朋友，他父亲病了，你一定要把他带到韶关去。”

列车长根本无法拒绝他这种恳求方式，就把我安排到列车员休息的车厢。

列车在冬夜里奔驰了近四个小时，我一直在忐忑不安之中。一是我与辛辉也只是一面之交，他也就淡淡地说了一句：“下次来韶关时找我。”

在许多人看来，这就是一般性的礼貌用语而已。在如此寒冷冬天的凌晨两点多，来火车站接人，意味着他晚上基本上无法休息。

我真的对他是否能来车站接我没有一点信心。

假如，假如他并没有过来接我，我该怎么办呢？那就意味着，我要独自在火车站熬到凌晨六点半之后，再赶到长途汽车站买票。

列车在凌晨两点半准时缓缓驶入韶关站。我给列车长打了个招呼，在寒风中惴惴不安地下车了。

想不到，下车的那一刻，我就看到辛辉在站台远远地向我招手，然后，快步地向我走来……

我的眼眶顿时有一种东西涌动着，跑过去紧紧地握着他的手。

这些年来，我听惯了太多太多慷慨激昂的豪言，听惯了太多言而无信的壮语，但大多随风飘逝了。只有高生那轻轻的一句“我来想办法”，只有辛辉淡淡的那句“下次来韶关时找我”，一直萦绕在我的耳际……

后来，高生和辛辉都成了我人生中最好的朋友。

30年前的那个冬夜虽然特别冷，但我感受到一种特别的温暖。

点　烟

我不抽烟，但领导抽烟，于是，我学会了点烟。

从北方到南方，从农村进城市，大学四年毕了业，到单位再四年，我为领导点了无数次烟，训练成了一见领导做出摸烟的动作时，我本能的反应，就是掏出打火机，“啪”的一声。我感觉，那清脆的声音太悦耳了！

为领导点了千万次烟后，我终于成了单位的副科长。

只是想不到没过多久，领导岗位也来个“辞旧迎新”——单位换了局长。事实上，换局长倒不要紧的，关键是，新来的林局长居然不抽烟，于是我只能努力工作，来取得新领导的青睐和欣赏。

之前为领导点烟点太多了，林局长来，我不但自己不适应，单位同事们看我也不太适应了。因为他们私下说我是“靠点烟点来的副科长”，说实话，虽然我工作能力不错，但我也清楚，为领导点烟与之前的提拔肯定有一定的关系……

就这样，我干了五六年，还是原地踏步，甚至没有一点要被提拔的迹象。虽然我的工作成绩也有目共睹，但民主测评时，就是过不了关。 有时想想，在这单位实在没意思，要不是心有不甘，真想干脆一走了之，自己创业去。然而，在这样的环境下创业，谈何容易？

还好，我结婚了，后来又生了孩子。这一切把我心中的郁闷也冲淡了许多。

那天，父亲来看孙子，背了许多农村的特产过来，当然也包括家里母鸡下的鸡蛋。这一趟，一千多公里路呀，路上，鸡蛋就只碎了三只，但还是让父亲心痛不已。

父亲在我这里待了不到半年，就坚决要回去，因为他过不惯城市生活，也放不下老家养的鸡、鸭、鹅，当然，还有那头老黄牛。

我知道，父亲更不习惯的是：一来为了给孙子创造一个良好的环境，二来他也不愿意让我在媳妇面前为难，所以坚决地把抽了几十年的烟给戒了。

当我知道留不住父亲时，就给父亲买了回老家的火车票。我选的是星期六下午的火车，这样，早上我还可以请他去刚开张不久的一家大酒店喝早茶，也算为他饯行。

这家大酒店因为租用的是我们单位的房子，所以单位一些接待客人的饭局，也基本就定点在这酒店。酒店还给我们单位每个干部都送了不少消费券。

父亲是第一次进这样豪华的酒店喝早茶，从进门开始就表现得畏畏缩缩的，显得很不适应。为了不让他太紧张，我特意选了一个靠窗户的位子坐了下来。父亲看到酒店里熙熙攘攘的人群，眼神似乎有点迷离。

也许是因为要离开我、离开孙子了，父亲一度表现出一股离愁，可能是想稳定自己的情绪，他到处摸口袋，突然说要抽支烟。

我让服务员拿来一包本地产的烟，父亲不太熟练地抽出一支，然后有点不知所措。

我才想起，父亲已经好久没抽烟了，他没带火柴。因为林局长不抽烟，我也早就已经不在口袋里放打火机了。

我习惯性地叫服务员拿一只打火机过来，父亲还怯怯地问：“这打火机要钱吗？”我听着心里有点不是滋味。

服务员用托盘送来打火机，我轻轻地按下，久违的“啪”的一声脆响后，蹿出了蓝色的火焰。

父亲似乎更紧张了，好几次都没能对上火，烟在他那颤抖的手上晃个不停。最后，他还习惯性地用另一只手遮风，之前，他一直是用火柴点烟的。

就在为父亲点烟的过程中，我看到父亲暴露的手，那种粗糙与古铜色，那种如老树根一样的青筋，一根一根地延伸到他的手臂，直到他的脖子、额头，还有在儿子面前那胆怯、紧张的眼神……

父亲回去后不久，有发小来南方，他跟我说：“你爸爸这次回去，在乡亲们面前算长脸了。”

我问何故，他说：“他在你这里不但去大酒店吃了饭，你还为他买了烟，并且专门为他点烟……”

再不久，我被提拔为科长。听说在会上，林局长力排众议说：“该同志不但工作很努力，而且很有成效。此外，他还特别孝敬父亲。能够孝敬父亲、孝敬长辈的干部，品质不会坏的。”

有一次，我与林局长单独出差，我实在忍不住问到此事。林局长说，那天他陪父母亲在酒店喝早茶，看到了我为父亲点烟的那一幕情景。

这是我第一次给父亲点烟，也是唯一的一次。几年后，父亲就因病去世了……

疑　惑

让二叔感到疑惑的是——杨二苟经常做亏本的“买卖”。

好几年前，二苟在远郊高价承租了十几亩鱼塘——周围尽是山，这与二苟老家差不多，不但位置偏僻，租金还比别人高出好几倍。然后，就把二叔从老家接来打理。

打理鱼塘，二叔当然很尽心，他本身就是个闲不住的人。他除了喂鱼，还养了些鸡鸭鹅，在鱼塘周围种许多青菜。二苟很高兴，表扬过后就“指示”——鱼不要喂饱。

二叔疑惑了——这样养鱼，鱼能长大吗？更加令二叔疑惑的是，别人把小鱼买回来，放鱼塘里养大、养肥后往外卖，二苟却把大肥鱼买回来往瘦里养，然后再请城里的刘局长、陈主任、李处长……等等二叔永远也弄不明官职的“重要领导”来钓鱼。钓走的鱼不但不收钱，甚至还把他养的鸡鸭鹅也顺便带走几只，青菜也摘走几筐……

事实上，二叔疑惑的地方还有很多——领导开车从城里来钓鱼，光汽油费还比买鱼钱多得多呢？

领导来时，二苟有时亲自陪同，二苟办公室女秘书有时也陪同。不喂饲料，那鱼自然就“苗条”，而且也很容易上钩。钓上鱼后，就地取“菜”，把鱼当场就炖了、煮了、闷了，再让二叔在菜地里摘些青菜炒了。鱼的味道鲜美而清纯，而且，野炊则让人似乎有一种回归自然的感觉。

于是，每次刘局长等重要领导来钓鱼后，都满意而去、满载而归。

二苟亏了，二苟发了！……再过三年，先是刘局长不来钓鱼了，后来，陈主任、李处长也不来了……二叔隐约地听二苟说“进去了”。好在——鱼塘的租期也到了。

老家的乡亲听说二苟发了大财，不但换了车子，换了老婆，还换了女秘书。二叔更加疑惑……笑得那么甜的女秘书，怎么说换就换了？乡亲们也疑惑着，二苟是怎么发财的？听他二叔说，养鱼不是亏本了吗？

亏是亏了。二苟很厚道，承诺给二叔的一分也没少，之外，还奖励他2000元。

二叔更加疑惑了……

一天，二苟喝醉之后，说：“二叔，那鱼塘是陈局长大哥家里的哩。”二叔似乎明白，又似乎不明白——陈局长大哥家里的鱼塘为何就比别人家的贵那么多？

看到二叔的疑惑，二苟心里就想：有些人穷，有些人富，那还真是命中注定哩。

过了不久，二苟在二叔的疑惑中，又在郊外别的地方租了鱼塘，位置似乎更加偏僻，租金仍然是高出别人的好几倍，还是二叔替他打理，只是，来钓鱼的吴局长、林主任他一个也不认识了。

小小说六题

◎吕麒麟

安全门

耀华公司的劳师傅近日被推到了风口浪尖上，熟悉他的同事都很诧异，他不是个只知道低头干活、与谁都不争的人吗，他怎么一下子就变得爱斤斤计较了呢？这不，晚饭后又有同事坐在公司草坪上议论起了他！

小王说："和劳师傅共事五六年了，他给我的印象就是个闷葫芦，一磨子压不出个屁来，有一次公司里来了一大卡车货物，找不到搬运工，车间主任刘春组织大家卸货，大中午的，太阳很毒，很多人趁刘主任一转身，便悄悄找个阴凉地方躲起来，装作喝水抽烟的样子偷奸耍滑，唯独劳师傅一个人在那里汗流浃背地搬上搬下。"

老李说："是啊，劳师傅在我们厂应该是加班最多的人，他的加班，车间里的车床知道，桌椅板凳知道，墙上的灯管知道，他每次下班走得最晚，门口的保安也知道，可到了年底公司的先进员工评选却没有他的分，日复一日年复一年，也没见他说什么！"

车间里的小组长赵平也说："说实话，劳师傅任劳任怨，就是个老黄牛，他的技术在公司里那是没得说，可他拿的是普通员工的工资，我很担心劳师傅若是跳槽走人了，他那个岗位，非得要几个人去干，当然，如果有人能像他那样没日没夜地钻研三五年，也能达到他现在的水平！"

小王问赵组长："公司杨总不是口口声声说爱才惜才的吗？怎么不见爱惜劳师傅呢？就像你所说的那样，如果有一天劳师傅真的跳槽了，那公司不是要几个人才能顶上劳师傅的缺？那不是要出多几份工资吗？"

赵组长说："小王，这你就不懂了，咱们公司八千多号人，通往杨总的办公室，设了几道安全门，咱们下面的员工，平时想见杨总一面都难，杨总的眼里，只有经常围着他转的那些人，他怎么知道有个劳师傅呢？再说咱们公司家大业大，杨总也不在乎多招几个人，也不在乎要多发几份工资！”

小王说：“劳师傅这么优秀，那为什么说劳师傅爱斤斤计较呢？”

赵组长说：“这都是刘主任搞的鬼，劳师傅只知道干活，他认真起来不知道转弯，刘主任早就想让劳师傅走人了。前一段时间劳师傅又和刘主任有了争执，劳师傅总是在难得的休息日被喊回去加班，他因此顶撞了刘主任，于是劳师傅爱计较的事就传开了。”

三个人在草坪上聊得开心，完全不知道他们的后面站着一个人，而这人恰是公司的杨总。

几天后，杨总在公司的员工大会上说：“安全门，安全门，装了安全门，看起来是很安全了，可与基层员工的沟通少了，他们的心声我听不到了，而公司的发展，必须要善于发现人才，用好人才，要与员工心连心，只有用心筑好安全门，这样才能凝心聚力，共谋发展！现在我不仅要拆掉安全门，每周还腾出两小时专门接待基层一线的同志，欢迎大家向我多吐槽！”

在热烈的掌声中，公司高管宣读了新的任免决定，劳师傅提升为车间主任，刘主任因为不讲大局，搞打击报复，被撤职做普通员工。

心　事

黎远强老人病重的最后几天，他向他儿子黎丰说出了压在他心头大半辈子的一件心事。

“一九八一年，我四十岁，当时我在一所大学里担任保卫科科长，那年夏天的一个中午，在中文系四〇九宿舍里发生了一宗盗窃案，有个叫刘平的城里学生，他放在裤兜里的二十元钱不翼而飞了。”

“当时在宿舍里午休的总共有四个人，我经过一番调查，令人大跌眼镜的是，初步排查出的嫌疑人竟是李青！他成绩优异，又是学校学生会干部，怎么会是他呢？这是个非常有前途的学生啊！当时他跪在地上求我放他一马，但我还是将情况向学校领导如实做了汇报。”

“几天后学校的处理结果出来了，大家都为李青感到非常惋惜，他是一个即将毕业的学生，而且学校又准备将他推荐到一个县里给领导做秘书，后来这个推荐名额就给了各方面表现都不如他的刘平了！”

“二〇一二年，刘平已步入一个大企业的领导岗位，而李青在这几十年时间里，因为戴着‘小偷’的帽子，他干脆从一个不景气的单位辞职了，之后打过工开过厂，在厂子刚有起色时，他那爱玩股票的岳父，拿他的工厂做抵押，贷款三百万，后来他岳父炒股亏了，李青也因此受到拖累，银行将他的工厂拍卖了，他从此就以摩托车搭客佬为生……我知道这些后很后悔，当年他说是为了给他父亲看病，所以捡了二十元不肯交出来，如果我能按他所讲的那样向领导汇报的话，或许他的人生又是另外一番景象！”

黎远强去世后，黎丰按照父亲的遗愿，找到了李青，准备拿出十万元帮衬他，李青拒绝了：“这事也不全怨您父亲，当年的事，是刘平想争取那个当秘书的机会，他和我协商，答应给我一百元作为回报，我为了给我父亲看病，竟然也同意了这个荒唐协议，当时我认为这是个一举两得的好办法，既可将秘书名额让给刘平，又有一大笔钱给父亲看病……”

刘主任

60多岁的严克戈、李阿婆夫妇是车河镇城西村的困难户。前些日子，城西村村主任刘伟斌给他们解决好了低保问题，老严头夫妇心存感激，他们要好好感谢刘主任。

老严头起初想给刘主任买瓶好酒或买条好烟，可他这想法很快就给李阿婆否定了："老头子，你可真是太粗心了，你没听说刘主任是不喝酒不抽烟的吗？！"

于是，老严头夫妇商量着请刘主任吃顿饭。李阿婆说："你到集市里割两斤肉，称一条鱼，咱们好好做一顿饭请刘主任！"老严头说："算了吧，家里连个下脚的地方都没有，瓶瓶罐罐的堆得到处都是，像个废品收购站，我担心刘主任他不肯过来吃饭，这样吧，我还是到镇上'好又来'饭店预订一个小房间，咱们在那里点两个菜，请刘主任吃一顿吧。"

老严头推了辆旧单车骑往"好又来"饭店，到村口拐弯处时，村医周大壮同他打招呼："老严，看你脸上乐开了花，碰到啥喜事啊？"周大壮和老严头是很聊得来的好朋友，老严头停好单车，走到周大壮身边耳语一阵，周大壮边点头边说："哦，知道了，可刘主任从不接受吃请的，你还是想想其他方法吧，听说刘主任有湿热身痒的毛病，而野生黄鳝对这毛病有特殊功效，你不是很会抓黄鳝吗？抓几条黄鳝送给他，他应该不会拒绝的！"

老严头一拍大腿，连声称赞这是个好主意。他折返回家，同李阿婆说了遇到周大壮的经过后，便叫李阿婆拎个小空桶，和他一起到田埂边去找黄鳝。李阿婆问他："你不是喜欢在沟渠、湿沼泽地找黄鳝吗？怎么今天要去田埂呢？""老婆子，其实这个田埂是黄鳝最好的窝，野生黄鳝常会在田埂边打洞，这里的泥巴软，又方便下水找食物吃，因此在这个田埂边容易找到它，周大壮特意叮嘱我，田埂边的野生黄鳝对湿热身痒更有效，所以我……"

老严头拎了桶黄鳝去到刘主任家，他说："刘主任，您帮我办好了低保，我没什么感谢您的，就去抓了这几斤黄鳝给您，您看这些黄鳝都这么生龙活虎，您一定得收下！""严叔，您千万别让我犯错误，给您办好低保，这些都是我们应该做的事；再说，野生黄鳝是国家保护动物，大量捕杀野生黄鳝，会破坏生态平衡……"刘主任再三拒绝，可倔强的老严头坚持要送。

老严头从刘主任家里出来后，他感觉自己完成了一个重大的任务，他将手伸进裤袋想摸出火机点燃一支烟，嗯，怎么有纸片呢？掏出来一看，这才发现口袋里多了200元，那一定是刚才推拉时，刘主任悄悄放在自己口袋里，这怎么可以，老严头又转身往刘主任家走。

走到刘主任屋前的小溪时，老严头见到有个人弯着腰、背向着他，那人正往小溪里倾倒黄鳝，很快那些黄鳝在小溪里消失得无影无踪。

老严头再仔细一看，那人正是刘主任。

莫队长的幺蛾子

这事得从1997年的夏天说起，弹壳和他的战友们在一个山沟里接受封闭式训练。说起这个弹壳呀，他大名唐珂，每次打完靶后，他总爱捡拾各种长短枪械的弹壳，所以大家干脆叫他“弹壳”了。

那天晚上站岗回宿舍的路上，望着满天星斗，同班战友文斌对弹壳说：“训练强度大啊，出汗多，迷彩服上常常是厚厚的一层盐巴，有时蹲厕所才三五分钟时间，可要站起来时，得扶着矮墙才行。”

弹壳：“嗯，训练太苦了，那个莫队长，我真想逮个机会揍他一顿！”

文斌：“怎么，和莫队长有深仇大恨吗？”

弹壳：“今天早晨你出公差了，你不知道，这个魔鬼队长让我出了大洋相，我的脸丢到其他中队去了。”

文斌：“兄弟，什么情况，我还真不知道！”

弹壳：“早餐时，这小子心血来潮，使幺蛾子，他集合整个中队的同志，叫大家跳木马练习，跳过去了的同志进饭堂吃饭，跳不过去就继续练，那木马两米多长，要助跑一段距离纵身一跃，双手拍到马头后飞过去，如果身上其他部位擦碰了木马，那就是不合格。”

文斌：“这个我懂，你不用给我描述得这么详细。”

弹壳：“哥，你是只知其一不知其二，这个莫队长，叫我们没有跳过去的同志继续跳，第一次跳不过去的，脱掉迷彩服上衣，第二次跳不过去的，脱掉迷彩服长裤，第三次跳不过去的，脱掉背心。”

文斌：“兄弟你是不是真的像‘弹壳’一样在木马上蹦跶了几下才飞出去？”

弹壳：“哥，你别调侃我了，我确实三次没跳过去，不是骑坐在木马上，就是人过去了，屁股刮蹭了木马。经历了第三轮，我就脱得只剩下那条八一裤衩了，偏偏这时我听到旁边有其他中队的兄弟过来起哄，脱啊，继续脱啊，我感受到耳根子与脸上的阵阵发烧，士可杀不可辱，我拼了，前面是火炕我也跳了，结果呢，我还真跳过去了，可是耻辱啊，我这脸丢到其他中队去了。”

在每天“一二三四一二三四”口令声的叠加中，某日，已是营长的文斌与弹壳在电话里聊起莫队长：“针对我们每个同志训练上的瓶颈问题，这家伙就是那样满肚子的幺蛾子，让我们一次次地突破极限，你还记得那次手枪射击训练的‘加菜’吗？”

弹壳：“记得，我们几个手枪射击成绩一般，拖了整个中队的后腿，他‘阴阳怪气’地说我们几个辛苦了，要整一些红烧肉给我们补补身子，起初我还真信了，那时胃口好，每顿饭都是‘光盘’行动，听说有红烧肉吃，午餐特意吃少了，想着给红烧肉留点空间，后来呢，后来你清楚的，他把我们带到宿舍东侧的空地上。天真热，树叶晒蔫了，树上的蝉，有气无力地叫一会儿歇一会儿。我们的营区在山沟里，没有一丝风，地表温度差不多五十摄氏度了，他说这是焖红烧的好火候，上菜！上啥菜啊？就是那堆红砖，他让我们用右手横握住长砖的一侧，然后平举起来，瞄准前方做据枪练习，半小时为‘噿’一顿，刚平举那块砖时，姿势倒还标准，右手始终保持与地面平行，手不能抖，可随后的时间度秒如年，为了保持右臂的平直，身子慢慢地会左倾成一张弓，尽管右手腕打摆子似的抖，但大家都在坚持，那迷彩帽下的一张张脸，起初是汗珠大滴大滴地往下滚，后面是没了汗水，沁出一层层油。那天，你们只‘噘’一顿就走了，我在那里‘噘’了一个中午的红烧，因为他给我纠正完动作往前走时，我将瞄准的方向对准他，没想到他突然回转身，后来你们都去午休了，我继续接受他的红烧馈赠，由中队值日员监督我，值日员怕莫队长的幺蛾子，那监督是没有半点马虎……这加菜还真管用，‘噘’过一段红烧后，大家的手枪射击成绩都提高了不少，我还作为代表参加集团军的大比武，获得了第二名的好成绩。”

铁打的营盘流水的兵。再后来，文斌和已自主择业的弹壳在微信里又聊起莫队长：“这家伙的幺蛾子就是多，比较经典的应该是集训结业考核的那次，为了让中队学员的400米障碍跑都能跑出好成绩，他叫炊事班的兄弟抬了两面大鼓到训练场，有鼓王之称的炊事班长现场击鼓助威，这还不算，他不知用什么办法从师部‘请来’话务连的女兵到场做观众，那‘加油——加油——’的呐喊声令人血脉偾张，将全队108名学员的激情空前燃烧，都是二十出头的小伙子，辛苦了一年，是骡子是马，到遛一遛的时候了……那天，弹壳你在飞身过矮墙时，我听到‘咔嚓’一声脆响，你接着在地上打了几个滚，后来才知道你小腿胫骨骨折了，当其他兄弟把你抬下来时，你还在那里声嘶力竭地喊，别管我，别管我，我单腿跳也要跑完全程！”

弹壳：“是啊，每次想到这里我就特别振奋！……”

20多年过去了，已是鹏程公司老总的弹壳常常想起莫队长和他的幺蛾子，莫队长的严厉要求，令他终身受益，总能给他勇猛冲锋的力量！

我真的没想到

我和同事余翔是好朋友，我们是长州市交警支队的辅警。有人说余翔的爷爷奶奶退休前曾经做过高官，这怎么可能呢？余翔的家在一个很普通的小区，那个小区最高的是八楼，都是步梯房。这年头，很多人住的是电梯房啊。

我还记得第一次去余翔家，他家在五楼，室内陈设简单，客厅里就是一个木沙发，一个木茶几。沙发一侧的轮椅上，坐着一个满头白发的老太太。

余翔对我说：“她是我奶奶钟贞，今年95岁了，她有些老年痴呆，不过这年岁了，有老年痴呆也正常。她生活不能自理，成天坐在轮椅上，将她推到阳台上看看花，看看窗外的风景，就是她每天出行的最远距离，她不去阳台的大把时间就看电视，她只看战争或公安题材的电视剧。她静静地坐在轮椅上，眼睛定定地看着电视，也不知道她到底看懂了没有，但只要调成其他题材的电视剧，她就会咿咿呀呀地表示抗议。”

“或许她是看懂了的，有一次看抗美援朝电视剧，有一队志愿军官兵在零下四十二摄氏度的气温里冻成冰雕，但仍保持战斗姿态，我听见她哼起了《英雄赞歌》，为什么战旗美如画，英雄的鲜血染红了它，为什么大地春常在，英雄的生命开鲜花……”

“或许她是看懂了，有一次看抗战的电视剧，日军空投了大量的炸弹、燃烧弹，地上的青草都给烧起来了，可英勇的抗日将士们依然前仆后继，我看见她泪流满面，是的，她应该是随着电视剧情的发展，又回到了当年英勇杀敌的烽火岁月。”

“或许她是看懂了，有一次看公安题材的电视剧，当她看到那些为捍卫人民群众生命财产安全，用热血和正义与罪恶作斗争的警察时，她竟然嘤嘤哭泣起来，我知道，她肯定是从电视剧里看到我爷爷的影子了。”

听余翔这么说，我猜他的爷爷奶奶应该都是老革命，我正想听他爷爷的故事，这时他妈妈张罗我们吃饭，我们在饭桌上聊起了其他的事。

后来有一次去余翔家，我又看到余翔的奶奶一边看电视一边抹眼泪，余翔说：“老太太又想我爷爷了。”我好奇地问：“你怎么知道的？你能介绍一下你爷爷吗？”

余翔说：“我奶奶和我爷爷的感情很深，我奶奶在85岁那年的身体都很好，耳聪目明，走路风风火火。也就是那年的一个冬日黄昏，我爷爷走了，我奶奶当时也在，没有哭，只是说怎么没有过了生日再走这么一句之后，就很少说话。有时家人和她讲该睡觉了或者说你喝不喝水啊，她就只是摇头或点头，也不搭话。她常常独自坐在桌子那里，每天静静地抄录革命英雄故事，一本本厚厚的书去抄，每年给她买二三十本日记本，前前后后抄写100多本了吧，就这样过了三年，后来她的身体越来越差，开始坐轮椅了……

“说起我爷爷，他叫余永廉，出生于1919年，18岁从军，先后参加过抗日战争、解放战争，1949年长州市解放时，他服从组织安排，成了长州市第一任公安局局长。当时各方面的条件都非常艰苦，整个公安局就一部手摇电话，一辆自行车，加上局长就六个警察，连公安局的牌匾也是我爷爷用毛笔写在一块木板上后挂上去的。当时的治安环境也很差，我爷爷他们将一个大地主关押起来后，谁知有藏匿在附近大山的土匪捎信给他，明目张胆地说会有100多名土匪要去关押地点抢回大地主，我爷爷知道后不动声色，悄悄与驻军首长协商，秘密布置了一个加强连的兵力在关押点的重要位置，后来果真有100多名土匪前往，结果被一网打尽。

“我爷爷奶奶对子孙的要求很严格，‘不给组织找麻烦’是他们经常挂在嘴边的一句话。市公安局有人来探访的时候强调，有困难什么的，要给局里说。有一天我爷爷住院，我们问他，要不要找公安局派个车，他说不要给组织添麻烦，咱们打个车过去就行了；他快离世前，写了遗书，也是说不要给组织添麻烦，简简单单地搞个树葬、海葬就行了。我爷爷奶奶他们用一点一滴的行动来言传身教，我们看在眼里，记在心里，跟他们学。他们的子孙中，有的哪怕是在普通的岗位打一份普通的工，也是勤奋工作，认真过好自己的生活。”

当余翔同我说完这些时，我对余翔的爷爷奶奶曾经是高官的传言还是有些半信半疑。余翔他不呆不傻的，有这么好的条件，怎么只做一个辅警呢？

前不久，我看到一个专题采访片，我一下子被片子里的内容吸引住了。

余翔的爷爷奶奶确实担任过省公安厅的领导。当长州市公安局的王政委将在党50周年的勋章挂在余翔的奶奶的脖子上时，老人非常兴奋，完全不是往日咿咿呀呀的那个状况，她竟然和王政委他们聊了二十多分钟。她不停地用手摩挲着那个勋章，脸上是满满的幸福。

我真的没想到，原来那些传闻都是真的！

阳光正好

老王家的冰箱坏了，不能制冷了，这冰箱也真是坏在了节骨眼上，刚好老王一家外出旅游了几天，冰箱里储备了很多过节用的鱼类、肉类，花了1000多块钱呢。老王看着那有些异味的食材，心痛极了，扔，凡是有了异味的都得扔！

扔完这些好菜后的老王尽管心里很不是滋味，但冰箱不能不修，他拨通了一个家电维修师傅的电话，师傅姓蒙，他来了之后说："上门服务费30元，您先交钱，我再给您看冰箱。"老王本想多说两句，但想到现在市场上差不多都是这样子，也没说什么，给师傅扫码支付了30元。蒙师傅磨磨蹭蹭地看了半小时后对老王说："老板，您这冰箱是进口的，我修不了，等会儿我叫我的一个姓刘的朋友来看，他准保能修好！"老王见蒙师傅说得还算诚恳，总比那些人修不好，反倒将故障越修越多的人要好，老王同意了蒙师傅的方案。

蒙师傅走后没多久，他的朋友刘师傅来了，刘师傅照例先收了30元的上门服务费，接着他用带来的仪器检查了一会儿说："故障点我找到了，不过要花1000元换一块电路主板，您如果同意，我这就着手给您联系电路主板。"老王吃惊地说："太贵了，什么问题要换电路主板的！""是电路主板坏了，所以导致冰箱不制冷，您是我朋友介绍的，我给您的可是优惠价！"老王听了暗自思忖，货比三家不上当，这找人维修，也得多找人对比一下，他便改口说："刘师傅，这样吧，我刚刚听了一个电话要出去有点急事，现在家中又没有人，我回头再和您联系，好吗？"

留下刘师傅的电话，老王装作匆忙的样子和刘师傅出了门。在外逛了一会儿的老王见到路边有个空调售后服务的档口，他一拍脑袋，对呀，我可以找购买冰箱的厂家寻求售后服务的啊。

老王回家找到购买冰箱的说明书等资料，从上面联系到了售后服务的金师傅，金师傅上门看了一会儿说："您这冰箱我仔细检查过了，要换电路主板。""多少钱呢？""这个原装的电路主板有点贵，要1998元，这是您在我们商场购物后给您的会员价，不然的话还要多300元呢！""太贵了，都可以买个新冰箱了！""老板，话不能这么说，您这个冰箱买新的要花8000多元呢！"金师傅的话又戳在了老王的心坎上，是的，如果买个同款的新冰箱价格不菲，他很犹豫，他又故技重演："金师傅，这样吧，花2000元维修冰箱，这可不是个小数目，我得等我老婆回家同她商量一下再和您联系。"

送走金师傅，老王坐在沙发上有些郁闷地想，狠心买了个进口冰箱，什么进口货，才用了两年多就坏了，正当老王沮丧不已时，家中门铃响了。打开门一看，是个警察，那人说："我是刚分到你们这儿的社区民警伍爱民，今天利用星期天休息时间上门走访，顺便推广全国反诈APP。"

二人寒暄了一阵，伍警官看出来了老王眼里的忧郁："老王，什么事把您弄得愁眉不展的？""家里的冰箱坏了，来了三个师傅看过后，一个比一个要价高！""什么情况？我给您看看。"看着老王有些疑惑的表情，伍警官又补充说："我进公安前在部队工作，我可是电子维修工程师呢！"伍警官从随身携带的走访背囊里拿出万用电表等工具。

一个小时不到，老王家里的冰箱啥都没换就正常了，老王睁大眼睛说："伍警官，怎么这么神奇，你都没换电路主板就修好了。”伍警官说：“我检查过了，这个主板上就只是个虚焊故障点，我用小烙铁已搞定了。”

不知什么时候，一缕阳光从窗外滑进客厅。阳光正好，微风不燥，暖暖的，甜甜的……开心得想在客厅里翻个筋斗的老王感激地说：“伍警官，您这朋友我交定了，咱们这幢楼全国反诈APP的宣传推广就包在我身上了，您以后在工作上有用得着我的地方，您尽管说……”

小小说六题

◎钱春华

沙漠赤子

2015年元月，因为参加京新高速公路的建设，我来到了一个叫白疙瘩的地方，这里属于阿拉善沙漠，方圆五百里无人区，植被稀疏，极度干旱。

一望无垠的荒漠戈壁，在没有抵达时，对我们这一群年轻人充满了吸引力，我们誓要为我国的西北大开发奉献青春的力量。我们是测量组的人员，一来就面临着“荒野求生”一样的艰苦环境，无水无电，荒凉如月球。

工地最紧缺的是水，阿拉善盟额济纳旗生活着约3.2万人，他们长期使用碱性超标、夹杂沙子的饮用水。我们的施工用水还得从100公里外的水源地购买，每立方米成本高达100多元。没有路出去买水，我们只好修建拉水便道，开车来回10个小时，才能拉回一车水。

在工地，我们住的是早前石油勘探队废弃的板房，新的驻地还没有建起来。最大的困难，是没有水洗澡，一盆洗脸水，还是接龙用的，即你洗了他洗，洗完脸了洗脚，再冲厕所。水比油贵，一滴都不能浪费。为了省水，我们全部剃了光头。

在沙漠深处修路，需要让沙子吸饱水再夯实，才能满足地基的强度需求。可阿拉善地区的深层土含水量最多也不过3%，远低于路基填料8%的最佳含水量，我们施工总用水量高达100万吨。再加上生活上的用水量，让大家成天发愁，我想起了李白写的《秋浦歌》：“白发三千丈，缘愁是个长。”

我们的工地上，总会出现一些石头，在寂寞情绪的驱使下，我们会情不自禁地以石当笔，在岩石上涂画几下。在某一个瞬间，我们忽然想起，早先古人已经干过这个事了，他们留下的作品，被我们称作：岩画。

我和同事们都很热衷于作岩画。我随手画的，不是雨，就是水。我们中间，只有一个人不爱画画，都叫他小谢，他喜欢植物，仙人掌、骆驼刺草、沙柳，都是他观察的对象，也不知道在想啥。

我决定帮助工程队寻找水源。我是测量工，利用自己的专业优势，先在卫星地图上探寻地表植被较多、地势低洼的地方，找到一处，就领着同事去打井。有时挖了七八米深，能挖出水，但是水的杂质和矿物质却是严重超标，比海水还要咸。这样的水，不能喝，也不能用来施工，水源有限，利用率也是个问题。

去买水时，当地人告诉我，小动物知道水源，你有皮卡车，只要跟着小动物走，肯定能找到一处水源。在白天，我们能看到的动物，是母鸡一般大小的乌鸦。沙漠里缺少食物，乌鸦的营养从哪儿来？我跟踪了好几次，发现它们都爱吃牛粪，不知道那牛粪里，有什么好吃的？

乌鸦靠不住，我决定靠狐狸。它们，天生是沙漠里的精灵。我选择在深夜出门，去跟踪昼伏夜出的狐狸，海市蜃楼一样梦幻的沙丘，起伏的山峦，绿幽幽的眼睛，引领着我一路向前，离开营地越来越远，大约有上百里，最终没有找到绿洲和甘泉，倒是把车里的油耗尽了，我只好点起狼烟，等待同事们来救援。

我是最热心寻找水源的人，经过几次折腾，都以失败告终了，我和同事们的信心大打折扣，以为后面真的要靠买水施工和生活了。

没想到，天外有天，人外有人，关于水的奇迹出现了。这事没过几天，小谢宣布发明了“焖料”新工艺。这个工艺是在取料场的地面挖一条沟，然后用塑料膜和土工布铺底，把一定量的风积沙卸到这里，再注进水，让水充分渗透到土里。第二天，再用挖掘机取土，将水和土充分搅拌，待水沙混合好，就拉到工地碾压。在运输和倒料时进行二次搅拌，压平整时再进行第三次搅拌，以保证水土均匀。这项工艺看似简单，却可以为施工省水30%。

随着施工的推进，梁场的诞生，小谢又琢磨出了“箱梁养生”的创新工艺，给高速路基“蒸桑拿”，减少了水分的蒸发。

小谢叫谢秉军。原来，我以为他是青铜，只会欣赏野花闲草，没想到他暗中发力，成了为工程节水的王者。

2017年7月15日，京新高速内蒙段（临河至白疙瘩段）全线贯通。

通车的那一天，我们在彼此沧桑的脸上发现了另一种水源：欢欣的泪水。

马蹄糕与膨胀袋

广州的芳村又要下暴雨了，学校已经发布了停课通知，茶叶城年轻一点的老板娘都赶紧关了店铺，去学校接孩子。

“三好”茶叶店是新开的，老板娘凤芝有五十多岁了，同行本来是冤家，加上女人上了年纪，就不受年轻人待见，所以，凤芝要想在茶叶城混得风生水起，很难。自从中央八项规定落实以来，购买高端茶叶的客人大幅减少，生意本就不景气，又来一个竞争对手，谁会稀罕和她打交道呢？

紧挨“三好”茶叶店的是“三心”店，店主阿芳慌着要去学校接孩子，忽然发现能用上凤芝。阿芳今天在直播间卖茶，有三个人约好了下午来提货，如果她关了门，人家扑了空，就不会再关照她的生意。

阿芳眼睛骨碌一转，发现自己做的马蹄糕还有一盒，马上用它去拉关系，说是送给凤芝姐尝一下。凤芝受宠若惊，听说马蹄糕是广州美食，赶紧尝了一块，说清香爽甜，好吃。这时，阿芳说：“凤芝姐，我去接孩子，这三天的暴雨是龙舟水，孩子还要在家呆三天，你帮我看下店，等会有三个客人来提货，我都分配好了。”凤芝心想没有白吃的点心，加上也想和近邻搞好关系，她一连声三个好，答应了。

阿芳跑出去几步，又回来加了凤芝的微信，说是方便联系。

第二天，人们预测会水浸街，各家老板开始外出买沙包，一个整齐的茶叶城，转眼变成了沙包城。各店把沙包堆筑在店门口，又把店内的茶叶包找来凳子码高，地上还铺了一层胶袋。

每当这些人用三轮车推着沙包，路过“三好”茶叶店时，凤芝就急忙招呼一声，她喊着：“等一下，我跟你们说啊……”各老板不想听，正眼都不看她一眼，装作没听到走过去了。

第二天下午，街上积了水，然后像人得了高血压一样，水势涨起来了，车一过，还掀起了浪，然后又像人得了脑溢血一样，水向各店漫去。一直到这时，人们才发现，只有“三好”和“三心”的店铺门口，什么堵水设施都没有。阿芳因为要在家看孩子，还要去医院照顾住院的老公，把店里的“抗洪”任务都委托给了凤芝，说事后表示感谢。

一个和阿芳相好的茶叶老板阿梅看不过去了，跑来找凤芝，她说：“你既然答应了人家，就要去买沙包来堵水，难道你想和她同归于尽？我想，你们两家店的茶叶，怎么也要值二三十万元吧？”

凤芝看着她，慢悠悠地说：“你没看我在拜妈祖的神像吗？我是莆田人，我信妈祖，相信妈祖会保佑我们不受水灾的。”

听了这句话，阿梅顾不得和她论理了，她一边回自己店铺守门，一边给阿芳打电话，把凤芝的话学给她听。阿芳听了，生的气像八爪鱼一样扑腾，这个来历不明的凤芝，真是不靠谱啊。她挂了电话，打开手机上的监控，查看店里的情况，隐约看到店门口没有一个沙包，她正想打电话问凤芝怎么回事，却看到她拿着几个小小的袋子走到了店门口，后面因为镜头的角度，她就看不到了。

暴雨一连下了十八个小时才收住，街上也有市政管理局的人在排水，只要门口堆了沙包的，茶叶都没有被淹。阿梅是一个好奇心重的人，她把二十几个老板拉到同一个群里，唯独没有拉凤芝和阿芳，因为她们要讨论这两家的巨大“损失”。阿梅的开场白就是：“茶叶泡了水，就是垃圾了，分文不值。”她的语气里，有心疼的成分，也带一点幸灾乐祸。

等到雨停了，大家就不约而同地去查看凤芝和阿芳店的损失，结果发现她们店铺好好的。不远处，堆着十几个膨胀起来的大袋子。这是她们的抗洪利器？

这时，凤芝说：“我家备有三百只防洪膨胀袋，平时体积小，拿着轻便，遇水胀开一百倍，比沙包挡水强，还环保，你们当时非要去拖大沙包，我是想送给你们的，但我当时要看两家店，我走不开。”

这一次 ，众人听她把话说完了，还热情地把她拖进了茶叶老板群，说以后做朋友，来我家喝茶呀。

黑白牡丹

丰盛小区的人，都患有一种城市病，就是邻里之间老死不相往来，各自门上仿佛长了豪猪的刺，自带防打扰功能。

小区里有两大美女，一个白牡丹，一个黑牡丹。两人对门住了十年，两家还有一个相连的露台，两人却是黑脸进，白脸出，活得像深海动物一样神秘，没有交集。

有一天，黑牡丹嫌她家的猫没有定点拉小便，把它丢到了露台上。白牡丹看到了，她说：“小陈，你把猫砂盆放到它食盆附近，它就不会到处去拉小便了。” 黑牡丹说：“我的猫砂盆放在哪里，你看到啦？”

白牡丹说，我猜你把猫砂盆放到了后面阳台上。

黑牡丹说，我家的事，你少管！

当天晚上，台风来了，狂风暴雨，山呼海啸一样。白牡丹的丈夫出差去了，她一个人有点害怕，老早睡觉了。

半夜子时，一阵沉重的打门声惊醒了沉睡的白牡丹。她一听，是黑牡丹急促地喊着：“白姐，开门，开门！” 白牡丹心想，肯定是她婆婆发了急病，需要喊邻居开车送去医院。哼，你白天那样对我，我才懒得理你！

黑牡丹拍了三分钟，喊了三分钟，息鼓退回了自己的城堡。

白牡丹又睡了一个多小时，感觉口渴，就去客厅饮水机接水喝。她当天晚上没有睡主卧，是睡在书房。她打开客厅的灯一看，发现客厅进水，主卧室也进水了，水是从露台那个门下流进来的！

白牡丹赶紧开门出去，把露台上的两个下水道地漏拉开，让积水快点排出去。她明白了，是黑牡丹家露台的水进了客厅，她来拍门，是好心提醒她：露台的排水要注意。

白牡丹慌忙找来盆子和桶，还有扫把，把主卧的水扫出去。主卧用的木地板，如果被水泡坏了，直接损失是5700元，再换一层新的木地板，又要花费近6000元。

白牡丹一边后悔自己的装聋，一边扫水。她想，以后不管谁拍门，至少要做到先问一声什么事，不要不理人家。

好在积水清扫得及时，白牡丹的主卧就是进门处的木地板泡坏了，更换了两平方米的木地板。

后来，黑白牡丹互相道了歉，她们开始在露台隔着矮墙聊天，交流养花的经验，互赠辣椒苗和黄瓜苗。

又过了一年，在白牡丹和丈夫外出旅游时，她接到了黑牡丹的电话，对方告诉她：“我们这里下特大暴雨，你家客厅的水都涌到楼道口来了！楼道口的水，流到台阶上，像瀑布一样了！”

完了，三个房间的木地板要完蛋了！

白牡丹赶紧通知住在另一栋的表哥，让他去自家排下水，特别要检查一下三间卧室进水没有！

表哥在上班，等他赶到白牡丹家，时间已过去了一个多小时。白牡丹得到的回复是，这次的水，不是从露台门涌进来的，是从后面阳台下水道翻涌进来的，通过厨房地面，流到了客厅，没有流到你珍爱的主卧室。我已经给你把客厅的积水扫完啦！

时间转眼过去了三年，白牡丹的次卧和书房，散发出难闻的霉味。正好她家墙面在翻新，刷墙的师傅见多识广，说："八成是你卫生间漏水，渗漏到了次卧和书房，你上街找人来查一下卫生间，看是哪里漏水了？"

当时因为刷墙要进几袋硅藻泥，白牡丹的大门还开着，回家的黑牡丹正好听到这句话，她进来观望一番，笃定地说："你的卫生间不会漏水，是三年前的暴雨，流到了这两间房，你表哥来得晚，积水已进到木地板下面了，他没发现。不信你敲开几块木地板看看。"

刷墙师傅帮忙敲开几块木地板，发现下面打的夹板上都长霉了， 敲完半个房间的地板，都是一样的。观察了几天，次卧和书房被敲开的地面干透后，一直没有新水迹，这证明，卫生间没有渗水。

白牡丹只好花了8000元重新换了木地板。

看到白牡丹心疼的表情，黑牡丹安慰说，"你这些旧地板用了十四年，也算够本了。"

白牡丹问，你怎么判断不是卫生间渗水？

黑牡丹说，你的卫生间如果漏水，不会等到现在才有霉味，肯定是与三年前的暴雨进水有关。好在我们这个城市要开始更换地下水管了，直径大了很多，将来下再大的暴雨，居民家也不会积水了。

后面，黑白牡丹升级成了互赠柠檬鸡爪的朋友。

天使与魔鬼

男人的手掌厚实有力，在爬山的过程中，拉了她一把，就一直牵在手里了。她脸飞桃花，他温柔地说："我就想这样牵着你，一生一世，你看可以吗？"

男人身高一米八，是装吊工，就是站在吊机下捆绑货物的工种，但是男人说了，我想做一名潜水工，潜到海洋底下去的那种。

女孩的眼前一亮，她还没见过大海。

第二天，男人就带她去海边游玩。

冲浪的时候，他一次次抱着她，随着大浪的来临，纵身往上一跃，无论浪有多大的威力，都从他一双大脚下扑到了岸边，席卷回来时，浪花全变成了细密的白色泡泡，像婚纱的裙摆。

因为异性相吸，海浪里都散发着荷尔蒙的气息。

男人趁机说："叶子，我今年三十岁了，我想有个家，你愿意嫁给我吗？"

男人有一份稳定的工作，没房没车。女孩只有22岁，她在工地开一个夜宵店，男人经常带一帮哥们帮衬，一来二去，两人的眉毛都参与了传情。

女孩是大山里出来的，如果嫁给他，是一个不错的选择。

她知道，工地的头儿，是男人的舅舅，如果拒婚，她的夜宵店可能就要关门了。她之前是从上个店主那儿盘下来的。

女孩说："你答应我一个条件，我就嫁给你。"

男人笑，说："你说，我答应你。"

女孩说："我的家，不能有家暴。"

男人说："你像天使一样美，我会舍得打你？"

两人就去扯了结婚证。

在女人怀孕五个月的时候，男人沾上了赌，经常整夜不着家。

有食客告诉女人，男人在外面有相好，赌只是一个借口。

女人惊怒之下，收回了夜宵店的经济大权。

夜宵店早成了男人的摇钱树，一下断了他的财路，他一拍桌子，吼道："男人没有钱，在外面没有面子的！"

女人冷笑道，你有工资，凭什么要我供着你？

男人一巴掌甩在她脸上，骂道，你个忘恩负义的东西，不是我舅舅，你的店一天也开不下去！

女人不敢还手，像受伤小兽一样哭。

到了后面，女人手里抱着吃奶的孩子，也必须承受他发起的攻击。他变成了豹子，她变成了羔羊，还要护着崽子。

女人如果说要离婚，就像捅了马蜂窝，换来的是黑虎掏心，金刚大力掌。

有一天早上，男人嫌女人倒水他喝慢了，把女人肋骨踢断两根，住院了。

一周后的晚上，男人忽然从龙门吊机上摔下来了，高位截瘫。他不是从腰部以下失去知觉，是从颈部以下失去知觉。

女人扯着他的右手，说你打我呀！我打你三下，你打我三下！

男人有意识，但他颈部以下变成了木头。

单位领导找这女人，要她承担起今后照顾男人的重任时，她说，我马上和他离婚，我不管！

领导说，我们把你招为公司职工，给你开工资，交社保，你照顾他，如何？

女人说，行。

过了个把月，男人的头像一个惊叹号搁在枕头上，终年33岁。

多年以后，有人说，那天下雨，男人摔下来的吊机踏板上有黄油和水。水是老天爷下的，黄油是人为抹上去的。

叶子是抹黄油的嫌疑人，但只是猜测。

破冰行动

高考分数出来的那一天，亲密无间的阿芳和阿兰忽然不交流了。友谊的太阳，说下山，就下山了，连半个月亮都不肯升起来了。

她们都是茶叶店的老板，以店为邻20年，平时好得像亲姐妹一样。阿芳的女儿是学霸，全省考生68万人，阿芳女儿排在一万名以内。阿兰的儿子，打小属于学渣，为了让儿子高考一飞冲天，阿兰坚持把他送去了收费昂贵的私立高中。

三年过去了，阿兰靠直播卖茶叶“拔苗助长”，她的儿子高考分数如何呢?

既然阿兰不主动找阿芳报喜，那就肯定是没有考好。

这对好姐妹的友谊，瞬间进入速冻模式，两人走在菜场迎面遇到，也装作没有看见。

同频共振的人，最容易成为朋友。

20年前，阿芳和阿兰相邻开茶叶店，她们都是初为人母，无论是聊生意经，还是谈育儿经，都很投缘。多年来，两人一齐开家长会，间或互送美食佳果，那关系就更加亲密了。

2015年，她们又同年生了二胎，两人一起带老二去打防疫针，或者出去逛吃，那共同语言就更多了。

她们的关系，在外人看来，都会是姐妹版的“白头偕老”。高考后，街坊们暗暗惋惜，没想到，这两姐妹半路上就“离婚”了。

高考分数出来半个月，阿芳和阿兰的关系降到了冰点，那冰层的厚度，如果能量出来，估计能够汽车行驶了。

那段时间，阿芳顾不上考虑和阿兰的关系，她为了帮女儿填好志愿，投入了很多精力。

其间，阿兰的婶婶前来打听过她女儿的分数。

阿芳没有直接回答女儿的高考分数，只是说了女儿分数的位次，就是在广东省高考生中的排名。

这个位次，是万里挑一的，能上一本线的好大学。

婶婶听了，知趣地走开了，不知道她后面有没有告诉阿兰。

阿芳不说分数，是不想让阿兰更失落。

阿芳没有刻意找谁打听阿兰儿子的分数，但是有人告诉她了。

阿兰的儿子，只能勉强读大专。

阿兰儿子曾经就读的私立高中，最高的高考分数只有405分。这个严酷的事实说明，学费收得高，不代表教学质量好。

高考是一道分水岭，把所有的高考生进行了分流，也将阿芳和阿兰的友谊斩断了。

阿芳在店铺里都不敢笑出声，她怕阿兰听到，认为自己幸灾乐祸。

阿芳和阿兰之间，无形中起了一堵高墙。

到了九月份，各高校的录取通知书来了，阿芳的女儿，被一线城市的名校录取，阿兰的儿子，只能去一个靠着山沟的大专学校。

阿芳和阿兰之间的高墙，筑得更高了。她们都是善良的人，从来没有想到，两个孩子一般大，一个金榜题名，一个甩着尾巴，奔向不同的方向，各自的家长，却陷入一段尴尬的关系。

阿芳早就跟阿兰说过，善于读书的孩子，从深山里也能考到清华北大，没有读书天赋的孩子，投入再多的学费，也不见得管用。

可是，阿兰听不进去，她拼命直播卖茶叶，把嗓子讲哑，也要供大儿子上私立高中。

她还请过一对一的家教上门，一堂课160元，付起钱来眼都不眨一下。而自己，却是省吃俭用，比同龄人老了一大截。

阿芳想，这两人之间，抬头不见低头见的，搞得自己在店铺里都不敢笑了，这往后的日子怎么过啊？她们租的店铺，都是十年一签，总不能为了避开灰心丧气的阿兰，自己提前转让店铺吧？

整个高考前后的阿兰，就是一颗地雷，阿芳一直小心翼翼，不敢轻易地“踩雷”。她心疼阿兰，知道她为了大儿子的学业，高中三年，学费加家教，就付出了十几万元的代价。她都想替她大哭一场。

九月初，两家的高考生都去了各自的大学，阿芳和阿兰之间的僵持，像一块棱角锋利的冰山，因为气温慢慢升高，流露出要圆融一点儿的意思。

转眼到了十月初，某个傍晚，阿芳散步回家，发现自家店铺里有了笑声。一看，是自家的小儿子和阿兰的小儿子，在一起写作业。两个小家伙，只有七岁。阿兰看向阿芳，脸上是久违的笑容，像雨后的彩虹，重新搭起了两人之间的友谊桥。她们之间，厚厚的冰层融化了，高高的墙，也消失了。

阿芳想，日子纵是西风瘦马，也要向朝霞。

阿芳安慰阿兰，读书不是子女成才的唯一通道，你大儿子也尽力了，以后考一个本科，也是一样的。眼下，你小儿子学习认真，以后肯定会超过他哥哥。

阿兰苦笑一下，像一只受伤的白鸽，藏起滴血的翅膀，说，承你吉言，希望如此。

换头发

买机会，买优惠，不如买实惠。91号理发师，望着眼皮下一位50岁阿姨的头顶，想在这位陈阿姨身上找到二次创收的机会。

91号说：“美女姐姐，你的发质比较干，烫过以后只做一次精油护理，是不够的，到时头发会开叉或者变干枯。我们店现在有198元做三次护理的套餐，给您来一套？”

听到91号叫她美女姐姐，陈阿姨暗生欣喜，听到198元能护理三次，当下就答应了。

这波操作一点毛病都没有。但是，等陈阿姨来做第一次护理时，91号把她领到了楼上，交给一个编号为8的小伙子，说要给她做个头皮检测。然后，说好的头发护理，直接变成了头皮护理。

他们的理由是，都是198元护理三次，只有头皮护理好，头发才能长得好呀！这个理由也没有毛病。

做完头皮护理，91号帮陈阿姨的头发吹了一个造型。他说，咱楼上楼下是一家，没有骗你。

可是，楼上的头皮护理室，明明挂着“乌丝宝”的店名，和楼下的店名都不一样。

每隔三天，陈阿姨就来做一次头皮护理。等第三次头皮护理做完，陈阿姨经不起8号的劝说，交了一万元，要做脑后一撮白发“白转黑”护理。91号跟她说过，她这个部位的白发，代表肾虚，建议她多吃黑色食品。

91号把她介绍给二楼的8号，能拿到百分之二十的回扣。

后面，又有左鬓斑白和右鬓斑白的赵阿姨和张阿姨入了这个圈套。91号看到微信红包里返来的回扣，心底的快乐像小猪在春天的小草上打着滚。

半年以后，91号参加一个同学的婚宴，被同桌人指出，他脑后有一撮白头发，说他肯定肾虚，这年纪轻轻的，也不注意保养身体。

接下来，他自己在镜子里，发现左鬓和右鬓相继出现了白发，从一根到五根，十根到百根，和他年轻的脸庞形成强烈反差，触目惊心。

而他亲眼看到，他介绍到二楼的陈阿姨及赵张两位阿姨，经过头皮药物对症治疗护理，白发的部位慢慢转黑了。

每看到一次她们变多的黑发，他就受到一次打击，嘴里还要说着恭喜她们。他深深地怀疑，她们转黑的头发，是从自己头发相应部位“换”上去的。

他借着帮她们吹头发定型的机会悄悄观察，她们长出来的黑头发，和她们原生的头发有差别，和他自己有点硬的头发倒是高度相似。带着满肚子猜疑和惊恐，他上了二楼，找8号去求证。

8号打开电脑，跳出来一个换发软件系统，他说：“我们给顾客换头发，一是经过对头皮进行药水治疗，确实能达到重新生出黑发的效果，二是经过这个换发系统，把推荐者的黑发，通过一种磁场能量的转换，悄悄转换到顾客的白发部位。而顾客原来的白发，则被换到推荐者头上。”

91号一把揪住8号的衣领，吼道：“你这个骗子！要我帮你推荐顾客，你就这样坑害我的？我还要结婚生子，顶着三撮白头发算怎么回事？你给我换回来！”

8号理直气壮地说：“当你每收一笔回扣，就相当于你同意了顾客换发的要求，这是换发软件的默认模式！要怪，就怪你自己太贪心，我提醒过你，叫你介绍年轻的顾客来，他们能靠药物治疗白发转黑，你偏不听，说50多岁的人有经济实力，年轻人的钱少！”

反正我要换回自己的黑头发！91号开始跳脚。

8号说，你要换回自己的头发可以，但你得经过那三位阿姨的同意，而且你必须付出双倍的价格，才能换回自己的黑头发。

凭什么要双倍的价格啊？

这是换发系统软件规定的。8号把双手一摊。

91号深知，那三位阿姨是不会同意他的要求的，他只好放弃。8号告诉他，除非她们去世了，你的白头发才能黑回来，这是软件默认的规则。

8号说，我开始开店，是没有这个换发系统软件的，是后面一个朋友赠送试用的，我为了得到真实的应用效果，所以不能跟你一开始就说清楚。

在焦虑中，91号又得了斑秃，被同事“友好”地取笑，这太“秃”然了。

有一天，91号灵光一闪，他跑回二楼打听换发系统软件的发明人，看到一个鬼马的名字：纽祜禄·陈明珂。

他想起来了，陈明珂，是陈阿姨的真名。

这酒我收下（外1篇）

◎刘　强

长久以来，咱们家形成了一个习惯，就是爸爸总是在晚餐时喝上几杯酒，然后借着酒劲给我灌输一些“大道理”，比如这个社会很复杂，特别是女孩子防范坏人的意识要从小养成，并举出新鲜的社会热点问题加以剖析。我也听惯了爸爸的唠叨，知道他上班很辛苦，其实是在享受下班后一家人团聚的时刻。

那天正吃晚餐，爸爸照例边喝酒边开始“饭桌课堂”，突然，“咚咚咚”，显然有人在敲我家的门。我以为是外婆来我们家呢，就兴奋地前去打开了门，一看，并不是外婆，而是一个穿着校服的哥哥。这个哥哥戴着眼镜，梳着中分头，背着一个小包，虽然穿着校服，但看上去年龄挺大的。

“你找谁？”我有些吃惊地问。

“哦，我是楼上的邻居，刚放学回来，在楼下的小饭厅吃了顿饭，吃完后才发现身上没带钱，准备回家里取钱，可是妈妈还没回来。我想向你家借50块付饭钱，等我妈妈回来后再还你。”这个陌生的哥哥说完，把头低了下去。

我急忙喊来了爸爸。这个哥哥又把刚才的借钱原因重述了一遍，片刻，爸爸稍作犹豫后从口袋里拿出钱包，给了他100块钱。

陌生的哥哥连声道谢，承诺等他家人回来后一定及时来还钱。

关上了门，回坐到餐桌，爸爸问我：“女儿，你见过这位哥哥吗？”

我说没有。

“那你认为爸爸做得对吗？”爸爸又问。

“非常对，这个哥哥肯定饿得受不了了才去饭店吃饭的，只不过他要50块钱，你就算答应他，怎么给了他100块？”我肯定了爸爸的做法并提出自己的疑惑，50块钱对咱家来说至少是一天的菜钱。

“孩子，你还小，不会看人。这个哥哥，肯定不是我们楼上的邻居，因为我们楼上的房间根本还没装修，还是毛坯房，没人住，所以你当然没见过他。其次，他也不像个学生，也没背书包啊。所以，我断定是个骗子，穿件校服装扮成学生来骗钱。我之所以给了他100元，是想让这个骗子良心发现，不要再来骚扰我们家。”爸爸喝完杯中的酒，一本正经地说。

“年纪轻轻，不学好，肯定是他爸没有教育好，丫头，你有我这样的老爸应该感到荣幸，我天天教你做人的道理，哈哈。”爸爸好像很得意，经妈妈讽喝才停止吹嘘自己。

经爸爸这么一分析，我半信半疑，这位哥哥可能是个骗子。

一个星期过去了，还不见那位哥哥来还钱，爸爸依然在餐桌前标榜自己的判断。其间我也亲自跑到楼上看过，楼上确实是还没有装修的毛坯房。此时，我开始彻底佩服爸爸的眼光，痛恨起那位骗子哥哥。

又过了一个星期，同样是一个晚上，我家的门被人敲响。一个阿姨微笑地站在门口，嘴里不停地说着“谢谢，谢谢”。

阿姨说，她是两周前来我家借钱哥哥的妈妈，她家住在隔壁那栋楼的六楼。那位哥哥在广州读书，那天她本来准备回来和孩子一起在楼下饭店吃晚餐的，但工作上有突发任务没能及时赶回。后来孩子返回学校可能忙于高考，忘记了把这事及时告诉她，这不，昨天才想起，叫她来还钱的。说完，阿姨掏出了100块钱，要还给我爸爸。

“那他怎么偏偏找到我家来借钱的呢？”爸爸问。

“儿子说，你前段时间不是报名成为街道居民核酸检测大排查志愿者了吗？很是辛苦，媒体还报道了你，成了我们小区的骄傲，所以才知道你家住处的。孩子说是相信叔叔是个好人才来借钱的，今天我登门来还钱致谢。”

经过一番推托，爸爸还是没有收那100块钱，说是给孩子零花吧。

阿姨走后，我再次问起爸爸，为什么不接受还钱呢？爸爸说，这你又不懂了吧？这是借钱的潜规则，你若是接受了他的还钱，下次他还会向你借1000，麻烦更多；如果你不需要他还这100，他以后就不好意思再来骚扰我们了。何况，他们到底是好人坏人暂时无法定论。

哎，大人们的心思真是搞不懂。

前天正准备晚餐时，骤雨初歇。房门又被人敲开，让我惊喜的是，是那位“骗子”哥哥。他头发凌乱，衣服半湿，依然背着小包，右手提着两瓶邹记福白酒。

“叔叔，谢谢你那天的帮助，我知道您是个好人，参加街道居民核酸检测志愿者行动，我妈过来还您钱您还拒收。”爸爸看他被雨淋湿，让他进了家门，倒了一杯热水给他。“叔叔，既然还您钱您不要，我就买了两支酒，听说邹记福白酒口碑相当不错，献给好人，你务必收下。”

“不用不用，孩子，拿回家给你爸爸喝吧。”

“我没有爸爸，爸爸在我很小的时候就意外去世了。这酒您一定收下，还有一个理由，我考上中山大学了，您看，这是我刚收到的录取通知书。今天送两瓶邹记福酒，算作祝贺我吧。”哥哥说着从包里掏出了大红的录取通知书，递给我们浏览。

“恭喜恭喜，那这喜酒，我收下，我收下。”爸爸抱拳致贺。

“我走了，再次感谢叔叔。小妹妹，羡慕你有这么一个好爸爸哦，再见。”

那位哥哥走后，妈妈端上了丰盛的晚餐。那晚，爸爸破例没有再延续他那人是人非的“晚餐课堂”，而是开了一瓶邹记福酒，一声不吭，没喝几杯就醉了。

我揍你

我们此行的目的地，是一处鲜为人知的红色印迹地，位于王子山深处的马溪村。我们要去拍一部关于八十多年前发生在这里的“马溪村战役”的微电影。

群山环抱，溪水清澈，马溪村因溪而得名，而最令我们惊叹的是漫山遍野的映山红。那一丛丛红若玫瑰，圣洁而又温馨，她们或仰，或倾，或思，或语，奇姿异态纷呈，美不胜收。

村支书热情接待了我们，给我们回忆起那场惨烈的战斗。

1934年夏初的一天晚上，红军部队共500余人，游击归来夜宿马溪村附近的山坳，准备天亮后再返回王子山北面的苏区。凌晨刚准备出发，便遭到尾追的国民党军队的伏击，战斗即刻打响。红军边打边撤，激战中，又遭地方顽匪郑老五的“野狼团”的疯狂狙击，腹背受敌。红军将士奋起反击，殊死拼杀，终因地势险要，敌人居高临下，在血战数小时后，只有少数人突围成功，红军首长及400余名战士壮烈牺牲。

村支书掏出纸巾擦了一下眼角，继续说。战斗相当惨烈，鲜血染红了这块土地，马溪的溪水都变成了红色。最让人痛恨的是，敌人的手段也极为残忍，惨绝人寰。牺牲的红军战士们几乎都没有留下全尸，因为敌人要割下他们的耳朵回去领赏，一只耳朵可以换一块银元。

我看到村支书面色凝重，泪光闪烁，便打断了他的话，问他，那些牺牲的红军将士遗体呢?

村支书向我们讲述了不为人知的秘密。他的爷爷当时年仅18岁，目睹了战事场面的惨烈，横尸遍野。爷爷和山民们从战斗结束的第2天晚上开始，乘着夜色偷偷挖了几个坑，将烈士们的遗体分别掩埋在几处山坡上。直到解放后，爷爷才在埋葬红军烈士的地方垒起了坟墓。80多年来，村支书家四代接力，守护着长眠在王子山的革命烈士，无怨无悔地成了守墓人。

听完村支书的讲述，我们对拍摄这部微电影更加充满信心。村支书听说我们要一些群众演员，几个电话，叫来几十个村民，男女老少。他们谢绝了我们提出的薪酬，说是，拍“马溪战役”他们有责任配合。

拍摄开始。硝烟弥漫，枪声震天，为了突围，我军战士与敌军进行了殊死的战斗。为突出这场“战斗”的惨烈，需要将党旗人为地撕烂，并用火烧出几个窟窿，涂抹上炭灰作为道具，残缺不全、伤痕累累的党旗是惨烈战斗的直接印证。

摄制组拿出一面鲜艳的党旗，铁锤镰刀图案在阳光下闪耀着光芒，鲜红色在传统风格保存尚好的村落前光彩夺目。

制作道具，我们掏出打火机，点燃党旗，一个洞，两个洞……

突然，从村子里踉跄走出一个白发苍苍的老汉，拄着拐杖，虽然步伐踉跄，但依然坚定有力。老汉快速走到我们面前，立即夺下党旗，双目怒瞪，颤抖地举起拐杖就要打我们，嘴里不停吼着什么。

我们着实被吓了一跳。虽然我们听不懂老汉所怒吼的方言俚语，但我们知道老汉怒火中烧，应该是破口大骂。

当我们回过神来，老汉已熄灭了手中党旗的火星。老汉蹲下，把党旗小心翼翼地抹平、折叠，口中依然念念有词，再看老汉的脸上，浑浊的泪珠已滚落。

我向前不解地问老汉："大爷，您怎么了？"

老汉再次高高举起他那拐杖，吓得我马上躲开了。

群众演员也纷纷弃演。我们摄制组顿感意外，拍摄只好暂停。

这时，村支书走到大爷面前，用当地的方言一番劝解后，老汉蹒跚走开，但他手里紧紧握着那面"经历战火"的党旗。道具被没收。

我们看着老汉的背影，非常不解地询问村支书刚才老汉发怒的原由，甚至有些埋怨老汉的蛮横、粗野。

村支书告诉我们，这位老汉年逾八旬，地地道道的马溪村人。他呀，从未走出大山，普通话说不好，更是对你们拍摄电影不了解，但是他一生最崇拜共产党，看到你们"公然焚烧党旗"，立即怒火中烧，忍无可忍！要知道，那面党旗，他看得比命还重要！

大爷骂你们"忘了本"！村支书微笑着补充道。

那么大爷举起拐杖，总是重复的那句，说的什么？我们追问道。

那更是我们这里的土话，"我揍你！"说罢，村干部笑了起来。

我们面面相觑，很是尴尬，自责考虑不够周全。没想到因为道具制作需要，点烧党旗竟然引来一场误会。

两天后，微电影拍摄完毕，我们不免挂念起大爷，准备买些补品登门拜访，却被告知大爷因突发脑溢血被送进了县人民医院。由于这次行程时间安排紧张，我们没能赶往县城看望大爷，匆匆返回了广州。

又过了些日子，我打电话给村支书问起大爷的情况，村支书告诉我，大爷脑溢血送院后不久就离世了。当我问起是不是因我们点烧党旗事件激怒大爷，引发脑溢血时，村支书说他代表大爷家属郑重表态，大爷年纪大了，脑溢血是难以避免的老年常见病，无需自责，欢迎再来美丽王子山旅游。

"您怎么能代表大爷家属呢？"我深感内疚地问。

"你们说的大爷，他是我的父亲，也是王子山红军烈士墓的第二代守墓人。"村支书声音有些哽咽但充满自豪。

我的眼前又出现漫山遍野的映山红和云端花海里几处高耸的坟墓，还有那美丽的村子。

小小说五题

◎严新财

阿姣

阿姣是二十世纪七八十年代杨林村最漂亮的女孩。

杨林村的村民说女人长得好并不用漂亮、美丽、靓丽、靓女来形容，而是说好看。阿姣究竟有多好看呢？当时刘晓庆名气很大，大家就说阿姣和刘晓庆一样好看。

阿姣不仅仅只是好看，还勤劳，善良，孝顺，于是村民们就说她父母能生这个女儿不知道做了多少善事积来的福。

阿姣的爸爸又是生产队长，根正苗红的，所以到她们家说媒的人络绎不绝。阿姣以年纪小要上学读书为由将媒婆们拒之门外。

其实阿姣不是不想谈情说爱，而是她心里喜欢上了一个人——阿蔡。但阿姣不敢表达出来，因为阿蔡家是地主成分。虽然阿蔡长得颇有些英俊，还聪明，勤劳，善良。但地主成分在那个年代是个致命伤，比现在说某个人穷还要致命。

刚刚恢复高考的那些日子，学习文化知识考大学忽然成了潮流。叶帅的“攻城不怕坚，攻书莫畏难。科学有险阻，苦战能过关。”好像是一面旗帜鼓舞读书人。阿蔡仿佛抓到了一根改变命运的救命稻草，学习特别用功。

聪明人又刻苦努力，成绩自然好。阿蔡是个特别热心的人，总是辅导阿姣。阿姣也好像有问不完的问题，有事没事就找阿蔡讨论学习。

中考很快就到，那一届两个班只有五个同学考上高中，阿蔡是第一名。阿姣虽然也在前十名，可仍然无缘高中。

阿姣的爸爸觉得女孩读太多的书如果考不上大学也没有什么用，就让她回家学裁缝。女孩裁缝学成了就是手艺人，在农村挺吃香的。阿姣不敢违抗父命，把想复读的念头硬生生地吞进了肚里，没吐半个不字。不过在暗中，阿姣和阿蔡互相惦记，互相鼓舞。他们就像两棵树，看起来各自向上生长，互不相干，其实每一次的迎风招展都是他们在互诉衷肠。

日子过得真快，一眨眼，阿姣出师了，心灵手巧的她，很受大家喜欢。

阿姣的模样也随着年龄的增长越发水灵，人们说要是化个妆肯定比刘晓庆还要好看很多。

这可就让那些业余媒婆们迫不及待想给她找个好人家。阿姣爸妈也正有此意，他们怕女儿被坏人惦记。早点成家更省心一些。

于是，媒婆就把但会计的儿子阿荣介绍给阿姣。一个是队长的女儿，一个是会计的儿子，颇有些门当户对。阿姣长得好看，阿荣也生得英俊，算得上是天作之合。

可阿姣觉得阿荣有点老实，不怎么开窍，不是特别喜欢。但父母之命，媒妁之言，阿姣又怎么好意思拒绝呢？不过她还是心有不甘。对着父母和媒婆就一个劲地哭。

阿姣的爸爸后来不知道怎么窥出了一点端倪，知道女儿心里可能是装着阿蔡。便对她说，阿蔡是地主家庭出身，你跟了他就是跳进了火坑。趁早死了这条心。

阿姣孝顺，没有忤逆父母的意思，就和阿荣不冷不热地谈起了恋爱。

不久，阿蔡考上大学，跳出了龙门，成了天之骄子。阿姣的爸爸似乎有些心动，如果女儿再回心转意的话，他应该也会成全。

阿姣当然更加喜欢阿蔡了，但人家现在考上了大学，已经吃上商品粮，以后就是城里人了，又怎么会看得上我这个农村妹呢？于是充满惆怅。大家的态度似乎来了个180度大转弯。以前说阿蔡配不上阿姣，现在又说阿姣配不上阿蔡。弄得阿姣一家人心里不是个滋味。

不幸的事发生了。一天晚上，阿姣好像是被村里的恶霸鲍三给祸害了，因为天黑看得不是特别清楚，听声音有点像鲍三。他威胁阿姣，如果把此事说出去，他就杀她全家。

阿姣十分害怕，又不知道怎么办才好。那个时候人们的贞操观念既强烈又落后，女孩一旦失身就好像成了妖魔鬼怪似的。

没过多长时间，阿姣投河自尽。

她的父母哭得死去活来，一起哭的还有阿荣，还有邻里乡亲。

可阿蔡没有哭，因为他在省城读大学，因为他不知道。

摆　拍

饭冢国五郎是第一次这样摆拍，所以他特别兴奋。

这次摆拍是在激烈的武汉会战中万家岭战役的间隙，他已经指挥他的联队发动了十五次进攻，依然被中国军队挫败。

他很疲惫，眼睛里充满血丝。尽管胡子是他引以为傲的标志物，但长时间没有打理，显得拉里拉碴的。按理说，饭冢国五郎应该是十分沮丧的，可小俣行男的到来却让他癫狂。

小俣行男何许人？日本当时特别有名的战地记者。他以抓拍别人无法捕捉到的镜头闻名。这次他就是奉命前来中国战场，拍一些为日军扩大战争做宣传用的照片。号称“战神”的饭冢国五郎，成了他最好的模特。

可丑人怕照相。饭冢国五郎就是个标准的丑人。

饭冢国五郎除了丑，还面目狰狞，因此从小就有点自卑。他曾想和同学一起合影，但大家都直接拒绝，小伙伴们怕和饭冢国五郎合照会拉低他们的颜值。老师和家长也不愿意给他拍照，怕他看到照片会伤自尊。

他成人后留下的唯一照片就是结婚照，居然还戴了顶帽子，有点“犹抱琵琶半遮面”的味道。他最怕去的地方就是照相馆。

童年的阴影就这样一直伴随他，他曾想过用一切办法走出来，直到他走向战场才有了一些改变：有人说他冲锋的姿势有些优美和悲壮。他高兴得蓄起了胡子，皮肤晒得黑黑的，让人感觉多了些男人的阳刚之美。

小倶行男直接告诉饭冢国五郎，这次是专程为他拍照而来，他们需要“英雄”，需要像他这样的英雄，他们从来不知道自己其实就是个侵略者，好像自己真的是英雄。

连遭败绩的饭冢国五郎兴奋点就这样被点燃了。他要一洗多年的沮丧，拍出他一生最得意的、流芳百世的照片来。

他脱下上衣，挥舞着战刀，立即摆出无数个poss来。

可是，没有一张照片让他们两人满意。一个是大名鼎鼎的记者，不能拍出低劣的照片影响自己的名声，一个是从没照过“英俊”的照片抚慰平生。

饭冢国五郎突然有了个疯狂的念头：站在山顶头戴钢盔手举战刀拍一张照片，这样足可扬名立万。

当他把这个疯狂的想法告诉小倶行男时，这两个疯子居然拍手叫好。

旁边的卫兵可不干了：这太危险。中国军队就在对面，他们的子弹可不管那么多的。

“傻瓜，距离那么远，对面山头的军人是没办法瞄准的。”饭冢国五郎骂道。

“不，您头上闪闪发光的头盔，就是最好的靶心啊。”卫兵据理力争。

“笨蛋，中国军队武器大大的落后，就算瞄准了，他们的步枪也打不了这么远。何况，戴上头盔不是正好可以保护长在脖子上的那玩意吗？”饭冢国五郎谜一样的自信。

卫兵不敢再狡辩，只能伸手去拦。

饭冢国五郎拔出战刀：“八格牙路，再敢阻挡，死了死了的。”

他们疯狂地冲到了山顶，饭冢国五郎摆出了他一生最引以自豪的poss：双脚站开，一手举刀，一手握枪，仰面狂叫，头顶钢盔闪闪发光。

突然，“咔嚓”一声，饭冢国五郎倒了下去。不知道是照相机的声音，还是远处射来子弹的声音。也许是二者混合在一起的声音。

饭冢国五郎倒下时嘴里还念念有词，poss 还没摆好就开枪，能不能讲点武德呀？

为一只癞蛤蟆举行葬礼

早上到操场晨练，看见跑道上有一只癞蛤蟆趴在地上一动不动，走近一看，发现已经死了。估计是昨夜死的，当然我没有像公安机关侦破案件时法医鉴别得那么精确。谁会关心一只癞蛤蟆是怎么死的呢？是什么时候死的呢？

一个人死了，总要开个追悼会，再卑微的人，也得搞个葬礼。可一只癞蛤蟆死了，谁去管它呢？

多事的我于是萌生了给它举行葬礼的想法。

那些大人物去世了，还要降半旗致哀。一只癞蛤蟆死了，和一个普通人一样，就是蝼蚁命，那种隆重场面恐怕很难做到。就算我想搞隆重一些，也不知道无尾目大家族有没有旗帜？蟾蜍科类动物是不是兴这一套？

万一庄子再世，其妻死，方箕踞鼓盆而歌呢。癞蛤蟆家族谁能保证不出一只像庄子一样特立独行的蟾蜍呢？

但我管不了那么多，只能按我理解的方式为它举行葬礼。

举行葬礼之前，想给它取个名字。许多人死了，可能没有墓碑，但好歹也有个名字。可这只癞蛤蟆呢什么也没有，它从哪里来，又到哪里去？它们会思考这些人类的终极问题吗？

我忽然又想起前天看到的一篇小说，说只有人才有名字，动物是不该有名字的。我一想也是，人的名字蕴含了父母的期望，有很多文化的成分。可一只癞蛤蟆能有什么呢？

也许有人会说，现在许多人都给宠物命名，不是父母胜似父母。但有谁会养一只癞蛤蟆做宠物呢？是嫌它丑还是怕它有毒呢？于是我开始憎恨这命运之不公来。

我想是不是扯得太远，我的目标是给这只癞蛤蟆举行葬礼，给这只癞蛤蟆取名是为了葬礼的方便。

那取什么名字合适呢？太俗别人觉得没意思，太时髦别人又觉得轻浮，太简单别人觉得没文化，太高深别人又觉得故作清高。

既然这样难，还是不取名字吧。

那就致个悼词，搞个遗体告别仪式。

我马上在心里酝酿了几句话，说给死去的癞蛤蟆听。

长得丑兮一身宝，
捉害虫兮起得早；
辛辛苦苦累一生，
不及青蛙问声好。

忽然想到整这些癞蛤蟆们听得懂吗，就算听得懂也是我一家之言，不足以评价癞蛤蟆光荣伟大又可怜卑微的一生啊。碰巧两个小学生跑步过来，我说你们知道有关癞蛤蟆的故事吗？他们一起给我讲了下面一则趣闻：

一位老师问学生，青蛙和癞蛤蟆有什么不同？

学生回答：青蛙思想保守，不思进取，坐井观天，负能量多多；癞蛤蟆思想前卫，还想吃天鹅肉，目标远大，正能量满满。

结果：青蛙上了人们的饭桌，成为一道菜叫炒田鸡；癞蛤蟆却上了老板的办公桌，被称为聚财金蟾。

看来，长得美丑并不重要，重要的是要有梦想和目标。

故事讲完了，我不知道癞蛤蟆们是不是真的目标远大，是否真的想过要吃天鹅肉。

我以前总以为癞蛤蟆想吃天鹅肉是个含有贬义的歇后语，谁知我落后了啊。但人们对青蛙的关注度还是远远大于癞蛤蟆的。在一次“中国汉字听写大会”比赛中，居然只有三成人会写癞蛤蟆三个字。但有多少人不会写“青蛙”两字呢？

想到马上就要上课了，给癞蛤蟆的葬礼只能匆匆结束。我把它的遗体放到了跑道旁的花丛里，祈祷它下辈子变成人，至少也要变成一只漂亮的青蛙。

两个小朋友问我，变成人有什么好呢？要是有翅膀能飞起来，它能惨死在跑道上吗？

是啊，我们不能干什么都用我们人类自己的标准和想法来衡量万物啊！

笨小孩

他出生在一个普通人家，而且各方面都很普通，比如外貌，比如智商。可他偏偏有个并不普通的梦想。

他的梦想是什么？他想成为一名伟大的生物学家。他一说出自己的梦想，大家都笑了。

这里的大家，既有他的同学，也有他的老师，还有他的家人，甚至他的邻居。

熟悉他的人没有一个能从任何地方看出他可以成为伟大生物学家的任何迹象。相反，他们只是看出他比普通孩子要笨许多。

一次他问爷爷，能不能返老还童？爷爷笑了，人只会一天天变老，怎么可能真的变年轻呢？那是神话，是荒诞不经的。

那为什么从一棵大树上摘下一个小树枝，它们就慢慢从小重新长成了大树呢？树不就是返老还童吗？

这个这个，爷爷显然没有能力解释这个问题，只是觉得这个笨小孩笨得有点意思。毕竟是他的孙子嘛。

学校的老师可不怎么待见他了，因为他的问题又多又荒唐。在一节历史课上，他问历史老师，如果在冰山下挖出来几万年前的古尸体，会不会活过来？如果活过来了，他能否认识今天的文字？

历史老师哈哈大笑，说你的问题只有爱因斯坦才能回答。因为你是全是世界最聪明的人。其他同学听出了老师的嘲笑，这个全班倒数第一的同学，怎么会是全世界最聪明的呢？

于是班级里传出一阵阵笑声。同学们在笑，笨小孩也在笑。

读中学时，笨小孩因一次提问而声名远扬，让更多、更远的人都知道了他的笨。

学校为了让同学们都能顺利毕业，当然也是为了提高升学率，特意聘请博物馆馆长加德姆给生物考试不及格的同学补课。笨小孩自然是其中的一员。

别的同学怪不好意思的，笨小孩却因此乐开了花。因为，加德姆馆长是大名鼎鼎的自然科学家。笨小孩觉得终于有机会向大科学家直接学习了。

谁知第一次补课，笨小孩就让加德姆难堪和难忘。

笨小孩伸出自己的手指，问加德姆："加德姆先生，为什么手指长在手上的会动，被砍掉后的手指就不能动了呢？"

加德姆说："因为长在手上的手指有神经细胞，并且可以接受大脑的指令，而砍掉的手指头却不能！"

"可是，受精卵不仅能动，而且能够自由生长，而被砍掉的手指头为什么不能自由生长呢？"

加德姆被问得瞠目结舌，忍不住大声吼道："你这个笨蛋，这是自然界的生长规律。规律，你懂吗？"

笨小孩伸了伸舌头，怯怯地说："不懂！"

加德姆馆长来补课之前，学校就给他介绍了有个笨小孩，问题又多又怪，愚不可及。现在他终于领教了。

笨小孩并没有气馁，继续问加德姆先生："如果我大学报考生物学，您看行吗？"

"不，你不行。如果你在大学选择生物学专业，那将是一种极大的浪费。因为，凭你的天赋，你完全不可能在生物学方面取得任何成绩！"加德姆似乎有些斩钉截铁，他知道，250名毕业生中，他是最后一名。他觉得，一个脑袋瓜子笨到如此程度的孩子，不应该再学自然科学了。

加德姆先生的一席话，一下子击倒了笨小孩，后来他无奈地报考了牛津大学基督学院古典文学专业。

可是刚入大学，笨小孩就再次被击倒。古典文学根本就与他没有任何关系，如果一定说要有点联系的话，那就是让他头疼不已。

他仔细反省自己头疼的原因，发现源头在于他对生物学钟爱之深，已入骨髓。要想治好他的头疼病，可能只有改专业了。

他向学校提出了转专业申请，由古典文学转到生物学。学校对这个笨得可爱的学子充满同情，答应了他的请求。

也许学校也想挑战一下加德姆，看看这个举世闻名的科学家的预言是否正确。

很遗憾，笨小孩真是笨到家了。别的同学或发表论文，或赢得荣誉，总之光环环绕。

而笨小孩除了实验，什么也不知道。

好在上帝喜欢笨人，在牛津大学攻读硕士学位时，笨小孩终于成功让一对成熟的体细胞转换成了多功能干细胞，并且奇迹般克隆出了世界上第一只"小蝌蚪"。

他乘胜追击，研究砍掉的手指头在特定的条件下像受精卵那样自由生长的神话。甚至，他还研究让上帝都吃惊的——从人体上提取一对细胞就可以重新再生长成一个人这样不可思议的难题。

大家都以为他疯了，不然为什么他会研究只有疯子才认为可行的课题呢？

各种诅咒蜂拥而至。好在他是笨小孩，笨到无法理解别人的诅咒是带有恶意的。

笨小孩的名字叫约翰·格登。

2012年10月8日，他获得了诺贝尔生理学或医学奖。

别人要他发表获奖感言。他只说了两句话：

一切预言都不可信，包括加德姆先生的预言。

天赋不是成功的唯一，因为我没有天赋，我是一个笨小孩！

灵丹妙药

阳光中学的王老师近几年被颈椎病困扰得睡不着觉。

长期伏案备课、批改作业，颈椎病几乎成了老师的职业病。

何况王老师是教初中语文的，语文老师最难的就是批改作文。一个小时最多也只能改四五篇作文，学校规定每个月每个学生最少写一篇作文，老师必须全批全改。改作文可不是一般人想象的那么简单，光环节就有"一看二批三评"。我只说最简单的"一看"，先看书写是否工整，卷面是否干净；次看是否有错别字，语句是否通顺；再看选材是否典型，内容是否真实；再看结构是否严谨，要素是否齐全；再看是否有细节描写，见解是否独特。这样批改下来，一个四五十人的班级，光改作文一项，老师们就累得够呛。

语文老师真不好当啊！

可王老师偏偏又是个特别较真的人，凡事总要精益求精，批改一次作文，颈子就会疼好几天。年轻时还能扛得住，这年纪一大，居然就痛得睡不着觉了。

咋办？总不能坐以待毙吧？

于是王老师开始踏上了寻医问药之路。

好在王老师德高望重，早年教过的学生，对王老师尊敬有加的家长，纷纷献计献策，名医请了，偏方用了，可就是不见病情好转。

教育局领导考虑到王老师的身体，当然主要是王老师工作做得特别出色，就让王老师不再去一线教书，提拔他当了光明小学的校长。

光明小学是县里数一数二的好学校，每次考试排名从来都是前三名。王校长上任后不久就发现了一个他难以忍受的现象：孩子们除了会考试之外，其他什么都不在乎。尤其是文明礼仪方面，学生见到老师、校长，和见到陌生人一样，很少有打招呼的。

“一俊遮百丑”，考试分数几乎把原来的各种问题掩盖了，大家好像都习以为常。

王校长上任后提的第一个口号就是：没有分数，我们的孩子没有今天；只有分数，我们的国家就没有明天。于是，除了抓教学成绩之外，光明小学开始注重培养学生的综合素养。

综合素养的培养从哪儿入手？王校长打算从最简单但最容易有成效的文明礼仪开始。他规定，学生见到老师、长辈、领导必须问好。

文明礼仪活动轰轰烈烈展开，可一个星期下来，收效甚微。

王校长决定把学生是否问好与班主任的考核挂钩，结果仍不理想。

难道光明小学的孩子真的只会读书应试？还是冷漠已经在他们幼小的心灵扎下了根？

他决定观察几天以后再想新的办法。

王校长的办公室在二楼，刚好面对学校正大门，对学生进校的情况可以一览无余。

两三天他就找到了问题的症结：原来，学生在给老师问好的时候，老师们视之理所当然，很少有回礼的。这就是我们平时所说的“榜样的力量”啊！

问题找到了，王校长觉得强迫老师们回礼似乎不是最好的手段，于是决定亲自去做示范。

学生进校门时，看到王校长笑脸相迎，试着喊一声校长好，王校长大声回答：同学好！

于是，光明小学每天早上又多了一道风景：学生问候，校长答礼。

很快，学生只要遇到王校长就高声叫“校长好”，并且弯身鞠躬，王校长立即喊“同学好”，并点头回礼。

很快，老师好、同学好的叫喊声响彻校园。

谁也没想到，文明礼貌的火苗就这样被点燃了，而且越烧越旺。

一年后，光明小学文明礼仪面貌焕然一新。

更让王校长吃惊的是，他的颈椎不知从哪一天开始不疼了。他想，是不是自己每天无数次地点头，治好了困扰他多年的颈椎病呢？

他有点不敢相信，跑到医院检查，原来那个一直给他看病的医生一脸愕然：你是用什么“灵丹妙药”把颈椎病治好的？这简直是医疗界的奇迹啊！

王校长笑而不语，这个“药方”我先不告诉你，你去光明小学走一圈，恐怕就知道了。

天下有盐

◎文丽俊

大约5000年前，在人类智慧启蒙的时代，炎帝统一天下后，完成了衣食住行、防御、医疗等领域的一系列史无前例的发明与创造，制耒耜，种五谷，织麻为布，天下百姓结束了饥一顿饱一顿的日子，后人尊之为“神农”，并供奉为“太阳神”。炎帝施仁政，以德治国，用自己的超凡智慧持续不断开发各项文明与技术，让老百姓的生活越过越好，所有部落的人民无不尊敬爱戴他。

当时，有个叫夙沙的部落，生活在现今的胶东半岛一带，主要以打鱼狩猎为生。部落里一名叫瞿子的男子，长得高大魁梧，矫健勇猛。一天，瞿子用炎帝发明的陶罐盛了一罐海水，来到小树林，点着树枝，准备烧水煮东西吃。这时，突然一头野猪从身旁窜过，瞿子立刻背上弓箭就追，追了大半个时辰，才一箭射中野猪的腹部，野猪倒地而亡。瞿子兴高采烈地拖着战利品回到原处，发现火堆早已熄灭，陶罐里的海水也已经烧干了，罐底竟然出现了一层洁白晶莹的细粉。他从来没见过这东西，想着水干了怎么还会变成粉末呢？瞿子也没细想，既然水没了，只好重新点燃树枝，烤野猪肉吃。填饱肚子后，瞿子用陶罐盛着没吃完的猪肉带回去给家人分享。孰料，家人纷纷赞不绝口，都说从来没吃过如此香甜美味的野猪肉！瞿子觉得好生奇怪，也从陶罐拿起一块肉，一嚼，果然比自己先前吃的味道鲜美得多。他仔细打量野猪肉，发现了一个秘密，那些凡是沾上了陶罐底部白粉末的猪肉，味道才会变得特别鲜美。

这个惊天发现让瞿子雀跃不已，他又尝试着煮了各种水，发现只有海水煮干后才会出现这种粉末，河水湖水江水都没有。于是，他和家人烧了一罐又一罐的海水，然后收集白粉末。这东西能让食物变得美味起来，而且，吃上一段时间后，人也变得精神了，强壮了。

这个白色粉末就是我们现在的盐。瞿子把盐分享给夙沙的族人，男女老少无不喜笑颜开。大家都觉得瞿子是个能人，后来，部落首领老了，族人就推举瞿子为新首领。

瞿子当首领后，要求夙沙人对盐的制作过程保密，同时利用炎帝发明的“日中为市，互交有无”的方式，将“盐”这个“专利”与别的部落进行交换。由于盐的神秘，以及盐带来的神奇效果，他们常常可以拿一小袋盐就换得一头牛或一头羊之类的贵重物品。就这样，过不多久，夙沙部落就富裕强大起来。看着部落一天比一天强大，瞿子渐渐膨胀，变得骄横傲慢不可一世，他甚至认为自己比炎帝还厉害，凭什么要受炎帝管辖呢？于是，瞿子宣布夙沙独立，自称为王，不再缴纳供奉给炎帝。

顿时，全国上下一片哗然。很多大臣强烈要求炎帝派兵攻打夙沙，教训这个乱臣贼子。当时，江南一带在闹瘟疫，死伤无数，炎帝正没日没夜殚思竭虑地研究药方来控制疫情，避免蔓延，根本顾不上讨伐夙沙。而且，炎帝仁慈敬德，夙沙叛乱反而令他开始检讨自己是否德行不足，施政是否存在缺陷，所以并没有马上去平乱。

夙沙族的人民，本来对瞿子一意孤行的叛乱就非常惶恐，见炎帝仍然如此善德，就更加愧疚，有的甚至愤怒了。有一位叫箕文的大臣上朝时就力谏瞿子，说炎帝对夙沙这么宽容，趁他现在还没惩罚我们，赶紧悔过归顺吧。如果没有炎帝发明种五谷，我们现在还饿着呢，人可不能忘本哪。瞿子一听大怒，喝道，你竟然敢讽刺本王，拉下去斩了！可怜的箕文当即被侍卫拉下去斩了头。面对瞿子的暴虐，众大臣群情激愤。

下了朝，负责兵部、财部、粮部的龙甲、申火、质平三位大臣悄悄地凑在一起商量此事。这三人是夙沙族的精英，掌握着部落的核心事务，在部落里威信极高。龙甲悲伤地说，箕文哪里说错了，他都是为了大家好，大王居然杀了他！申火、质平也默默地流下了热泪。最后，龙甲想出了个办法。

次日，三个人在朝上众口一词向瞿子强烈要求结束叛乱，归顺炎帝，其他很多大臣也纷纷响应表示支持。瞿子明白这些人是事先串通好的，想逼他就范，顿时火冒三丈，当即把龙甲、申火、质平三人关进牢房，并且警告说要杀掉他们。其实，瞿子暂时也不敢轻举妄动，一下子杀掉三名重臣容易触犯众怒，到时朝局可能不稳。于是，瞿子关押了这三人很长一段时间，却迟迟没有下决心诛杀。龙甲、申火、质平三人被关押后又气又恨，觉得瞿子残暴乖戾，实在不配再当部落的首领了。于是，三人偷偷指挥外面的亲信，尤其是龙甲的部队，在一个月黑风高的夜晚率精兵冲进瞿子的房子，斩下了暴君的头颅。

夙沙归顺炎帝后，便不再独立为国，一场叛乱就此平息。

炎帝接管夙沙部落后，对盐产生了浓厚的兴趣。他组织海边的壮年男子一起参加煮海水为盐的生产活动，众人拾柴火焰高，盐的产量一下子就提高了。炎帝认为既然海水是天地共有，盐也应该天下人共享。于是，炎帝严禁盐的暴利买卖，他根据各部落的人数将盐平均分配下去，保证每个人都可以享受到盐的美味。霎时间，老百姓们欢呼雀跃，从此，盐进入了普通百姓人家，成为不可或缺的调味品。

有一天，炎帝去深山采草药，随身带了些干粮和一小撮盐巴，他现在跟所有人一样吃东西时都喜欢在上面洒点盐。他边走边采，不知不觉就到了中午，肚子饿了，便找了个树荫坐下来吃东西。炎帝取出干粮正准备洒盐，突然感到从小腿处传来一阵锥心的痛，手一抖，盐不偏不倚洒在腿上。原来，有一只色彩斑斓的多脚毒虫狠狠地咬了他一口就迅速爬走了。伤口很快红肿起来，又痛又痒，炎帝身上恰巧没带合适的草药，只好用水洗了洗患处，然后坐在原地休息。由于炎帝经年累月地采药，被毒虫咬噬是常有的事，按照以往经验，通常被毒虫咬完很快就会肿得老高，然后溃烂。然而，这次却特别奇怪，过了很久，伤口只是些微肿胀，皮肤也没溃烂，更没有像往常那般痛不堪言。

炎帝心中疑惑，仔仔细细地观察小腿的伤口，终于发现了残留的一点盐末，这才恍然大悟。莫非盐加上水抹在伤口处就可以消肿镇痛？他大喜过望，也顾不上腿伤，一瘸一拐就下山研究去了。

炎帝经过多次实验，惊喜地发现盐加水调好后，敷在伤口患处真的能起到减痛消炎的效果，尤其是烫伤后的皮肤抹上盐水后也能很快镇痛并逐渐好转。这对于以救死扶伤为己任的炎帝来说，不啻为一个重大的发明。他下决心花更多时间深入研究盐的用途。

不久，炎帝还发现了关于盐的更多秘密。比如，喉咙疼时如果喝一杯盐水，就能减轻痛苦。又比如，摘回来的野果如果用盐水泡一泡再吃，肚子就不会不舒服。还有，吃不完的菜叶、肉类等如果用盐抹在上面，放很长时间都不会腐烂变质，冬天也不愁找不到食物吃……

每一个新发现在令炎帝欢喜的同时，也令他越来越体会到盐管理的重要性。这时刚好有个邻海部落的人偷偷将自己熬制的盐卖给内陆的人从而换取衣物，被人发现抓了起来，众人要求严惩这名不遵守法纪的人。炎帝来到卖私盐者面前，大声说道："阳光、空气和水都是上天赐给我们的，上天有没有要求我们拿什么去交换呢？你趁着住海边的便利就用烧干的海水去换东西，那你取水时有交给大海东西吗？"卖私盐者羞愧不已，匍匐在炎帝面前乞求原谅。炎帝见他真心悔过，也不再为难，便放了他回家。这件事以后，百姓们感激炎帝的高尚品德和仁义善良，人人遵纪守法，勤恳劳动。

炎帝呢，为了让天下人都有盐吃有盐用，不为盐犯愁，严格做好盐的生产、运输和分配各个环节的管理，并派正直的人负责监督查验，再也没发生过违法买卖盐的现象。

俗话说"得天下者必先得盐"。炎帝时期，天下太平，天下有盐。

秘密（外1篇）

◎赵素美

梅欣和安然是最好的闺蜜，二人先后嫁进李庙村。

按照当地结婚的风俗，男方要给女方现金作为彩礼。梅欣天生丽质，是村花，村里的媒婆快把她家门槛踏破了，相亲的排着队，彩礼自然要比一般女孩高。安然相貌平平，彩礼钱不多，婚后日子自然也不如梅欣富足。

然而，安然的日子却越过越好，不仅盖起了洋楼，还在镇上开了饭馆。在梅欣看来，安然的好日子是她死去的婆婆用命换来的。据说那是一个无月无风的夜晚，蝉儿在树上烦躁地叫着。安然的婆婆吃完晚饭，感觉屋里闷热就去村头小路散步。突然，一辆飞驰而过的汽车，她还来不及躲闪，就被汽车不偏不倚撞上了。村民们闻声赶来，老太太已经奄奄一息。肇事司机是村里的养殖大户李二虎，因为喝多了酒，自知理亏，就主动找村干部出面调和，赔了安然家30万元补偿费。

起初，梅欣还为老太太的死伤心落泪，毕竟老太太活着时，对梅欣总是很热情。可是眼见着安然家的日子一天天在超越自己，一向不乏优越感的梅欣开始嫉妒起来，与安然的往来越来越少，到最后干脆就断了来往。嫉妒是可怕的，人一旦起了嫉妒之心，就会变得面目狰狞。有那么一瞬间，梅欣竟然希望自己的婆婆也能出点意外，自己也能像安然那样拿到一笔巨额赔偿过上富裕的生活。

有了这个疯狂的想法后，梅欣怎么看都觉得婆婆不顺眼，不是嫌弃婆婆炒菜太淡或太咸，就是嫌弃婆婆起床太早影响她和孩子休息……婆婆郑秀兰是个老实人，不善言谈，很能隐忍。郑秀兰要求不高，老伴走得早，她一个人带大儿子不易，能和儿子住在一起，继续照顾她的生活起居就知足了。至于儿媳妇，毕竟不是自己生养的，怎样对自己都无所谓。她相信只要做婆婆的真心待媳妇，日子久了总会有感情的。

梅欣可不这么想，她听说用纸剪小人就能诅咒一个人，就用一张广告纸偷偷剪了小人，写上婆婆的名字，趁人不注意，偷偷扔到镇上车流量最大的那条马路上。看着来来往往的车辆从纸人上轧过，梅欣仿佛真的看到婆婆躺在马路上被车碾压过一般，那一大笔赔偿金也在眼前晃悠起来。

一天，婆婆去浇灌菜地，过了晌午不见归。梅欣有点忐忑不安，心想婆婆不会是打水时掉进河里淹死了？这样的死可没有什么价值。想到这里，梅欣坐不住了，她三步并作两步跑到菜地。绿油油的菜地里，没有一根杂草，全是梅欣爱吃的菜，青瓜、四季豆、西红柿，还有秋葵。听梅欣说在饭店吃了秋葵，特别好吃，婆婆就托在南方打工的亲戚带来些秋葵种子种上。梅欣见菜地里没有婆婆的身影，就大声喊了几嗓子。婆婆听见了，远远地站在河边向她招手。梅欣沿着田间小路，深一脚浅一脚地走过去。婆婆正在挖野草，汗水顺着她的脸颊流了下来。梅欣竟然心头酸酸的，佯装生气，责怪道："妈，大热天的，都过了饭点了还不回家。在干嘛呢？"婆婆憨厚地笑着说："这个益母草煮水对女人好，喝了它，你再来那个的时候保准就不疼痛了。"

这日，梅欣在镇上的服装店买衣服偶遇安然。她们俩寒暄几句，各自挑选衣服，安然试穿了几件后径直走向收银台结账。梅欣也看上了其中的一条裙子，但是当她看到衣服标签上的价格就犹豫了。"小欣，我买好了，你选好了吗？"安然手提着刚买的衣服袋子，一边在梅欣眼前摇晃示意，一边大声问。这时服务员也走上来，热情地说："姐姐，哪些是你看中的？我给你包起来。"梅欣故作不屑地答："不太合身，不想买了。"不料，安然和服务员几乎异口同声说出一样的话："你试穿的第二条裙子就很显身材哦！"心高气傲的梅欣感觉脸上一阵阵灼热，最终还是没舍得买下。

回家的路上，梅欣满脑子想的都是服装店里的尴尬情景。迷迷糊糊她的电瓶车和小货车撞上了。梅欣住院了，医生说可能腰椎断裂，必须平躺观察治疗。躺在病床上的梅欣，一直由婆婆照顾，除了一日三餐准时送到，大小便也要婆婆亲自照应。刚开始梅欣不敢吃饭，怕上厕所，让一个没有血缘关系的婆婆照顾上厕所该有多难为情。婆婆仿佛看出梅欣的心思，开导她："俺们是一家人，你妈妈带孙子走不开，我照顾你应当的，换作是我躺在这儿，你还能不管我？"梅欣内心羞愧不已，觉得自己诅咒婆婆真是愚蠢至极，一定是老天都看不惯了，惩罚她才撞车的。

在婆婆和丈夫的精心照料下，梅欣康复了。经此一劫，梅欣通透了许多，她决心要好好和婆婆过日子。

车祸第二年，梅欣生了一个大胖小子，婆婆高兴坏了。没想到孩子每次在喂奶后都会呕吐，后来被查出患有先天性食管闭锁伴有肺炎，生命垂危。医生说手术费需要20万元，夫妻俩哭成泪人，砸锅卖铁也拿不出这么多钱呀。郑秀兰看着儿子和媳妇难过，却束手无策。

一个阴沉沉的下午，传来郑秀兰的死讯，她是在镇上的一间牙科诊所拔牙，流血不止，医治无效。诊所老板是个外地小伙，逢人就解释说："我真的不知道老太太有高血压，我问了几遍她都摇头的，我提醒她下午不适合拔牙。她可怜巴巴说牙痛快要了她的命，求我拔……"最终，梅欣拿到了牙医的赔偿金，她的儿子得救了。

梅欣跪在婆婆的坟前久久不起，哭得死去活来。村里人为之感动，都夸梅欣是个孝顺的媳妇。

剃头匠

李德发，人如其名，是李镇小有名气的剃头匠。李德发这手艺是父亲传授的，老实巴交的父亲给人剃了一辈子的头，临终前不忘叮嘱李德发，剃头虽然不是多体面的差事，但是好歹也是养家糊口的手艺活，一定要好好干。

李德发是个苦命的孩子，母亲生他时难产大出血早逝。李德发自幼与父亲相依为命，到了读书的年纪，父亲就张罗着送他上学。可惜李德发一上课就打瞌睡，成绩永远是班上倒数的那个，门门功课不及格，用老师的话说就是这孩子根本不是读书那块料。的确，李德发就是为剃头而生。百岁抓周时，笔墨纸砚金银珠宝摆得满满当当，他看都不看一眼，就单单挑了一把他父亲的剃头推子。不爱读书的李德发最喜欢的事儿莫过于跟着父亲走街串巷摆摊剃头。只要不上学，他就会像个小尾巴一样跟在父亲身后。在李德发眼里，父亲的挑子是充满魔力的，各种物件应有尽有。瞧！挑子的一头是座凳，一头是烧热水的小火炉，炉上放一水盆，水盆边是盆架，盆架是木制的，上面还可挂毛巾。小小的李德发已经是父亲的好帮手，他不仅帮父亲打杂手脚麻利，而且特别有眼力劲，比如父亲什么时候需要什么工具，他都了如指掌，适时递上。

好景不长，李德发的父亲因肝癌晚期不幸离世，此时的李德发才十四五岁，就成了孤儿。在乡亲们的帮助下，办完了父亲的丧事，李德发就辍学做起剃头的行当。那时李镇的乡亲们还没完全解决温饱问题，对剃头这事不甚讲究。李德发却不这么认为，他觉得剃头是人生的头等大事，马虎不得，头发必须要定期修修剪剪才能有好形象示人。李德发习惯在李家村东头的老桐树下摆摊，老远就能看见那个老红色的盆架上放着一个白瓷盆，客人围着泛黄的白围布，端坐在凳子上，有一搭没一搭地与旁边排队等候的客人闲聊东家长李家短。李德发不善言谈，只专注剃头。他剃头的方式不同于他父亲的慢工出细活，他追求是快而稳。他动作异常娴熟，刀起发落，剪、推、剃、修、洗，每一道工序都有条不紊。这得益于李德发的勤学苦练，无论严寒酷暑，一有空他就对着冬瓜练习基本功。在李德发眼里，每一根头发都是有生命的，能和他交流的。推剪在他手中上下翻飞，头发有规律地落在围布上，不会有一丁点发渣掉在顾客衣服里。李德发理过的头发，男人的板寸整整齐齐，根根竖立；女人的波波头如打了发胶一般服帖，风吹不凌乱。老年人的光头更是光得可以当镜子照。李德发有时还会精心帮有需求的顾客刮脸，刮刀在布上快速擦几下，已是锃亮，在顾客脸上涂上泡沫，开始灵巧地刮起来，刮完擦干净，脸上的皮肤顿时光滑透亮。李德发剃头，起初是不收现金的，每户人家根据人口多少交粮食，黄豆小麦玉米皆可。李德发对收粮这事并不是特别上心，随乡亲们的心意，多交一点少交一点，亦或有人压根忘记交粮，他也从不斤斤计较。后来大家生活水平改善了，就用钱取代了粮食，每人每次理发主动给1元钱，有时孩子不带钱，李德发也照样耐心地做好服务。

改革的春风让很多人富裕起来，李德发的剃头生意却大不如从前，年轻人为了赶时髦都去镇上或县城的专业理发店理发了，只有寥寥几个老人和孩子继续找他剃头。村里有从广州打工回来的年轻人，跟李德发讲广州那边管剃头叫理发，到处是美容美发店，吹洗剪烫拉，价位可不便宜……李德发听得津津有味，挠挠头有些许腼腆地说，这可使不得！都是乡里乡亲的，怎么能收这么多钱呢？最后那年轻人好心建议李德发去县城开一间流行的美发店，凭着他的能力一定能赚大钱。李德发沉思片刻，说：还是在村里给乡亲们剃头有意思，咱不搞那些花里胡哨没用的。再后来，村里头脑最灵活的李小光也看中李德发的剃头技术，想和他一起开个大型的美发店，他把前景描绘得天花乱坠，还是被李德发拒绝了。李德发的妻子却心动了，她多次劝李德发去城里赚大钱无果后，失望至极，开始嫌弃李德发活得窝囊，没过多久就跟一个外地来的生意人私奔了。

这年，李德发60多岁，两鬓斑白的他依然坚持做着乡村剃头匠。因为生意惨淡，又没有什么积蓄，眼瞅着村里人个个住上了小洋楼，他却一直住在几近坍塌的瓦房里，破旧的房屋夏天漏雨、冬天漏风。村里传来了好消息，政府要给五保户和贫困户盖新房："真好！听说政府还给买新家具呢，没想到自己这辈子还能住上楼房！"符合政策照顾的村民个个都高兴得合不拢嘴。李德发膝下无儿女，更是村里最贫困的人家之一，自然符合照顾对象。令大家费解的是，李德发竟然拒绝了这天下掉下的大馅饼，把名额让给了另一个贫困户。李德发自有他的道理，自己就一个老光棍，黄土埋了大半截的人，有个落脚的地方就行了，不如把名额留给更需要房子的人。

一个暖暖的午后，李德发坐在门外那张破藤椅上晒着太阳，安详地离开了人间。他怀里紧紧抱着的是陪伴他一辈子的剃头木箱，柔和的阳光洒在他身上。

底　线

◎段佳成

每个人在生活中都可能有一定的准则，自然就会有一条底线。就像楚河汉界，是一条不可逾越的鸿沟。

春节，老邓冒着严寒，千里迢迢，回了一次乡下老家。

寒冬腊月，放眼望去，天地间到处是一片苍黄，少有几处绿色。菜田里，还留着蔬菜棚架，棉田里只剩下枯枝败叶的棉花树，上面已经没有棉桃了。偶尔也可见到一畦畦油菜，或者是农家自给的小菜。远近都有一排排的住房，有两层的楼房，也有盖瓦的平房，对比鲜明。

多少年了，老邓每回一次家，都会有这样的感慨，家乡一直没有多大起色。

但是这次，几个老同学聚会时，老邓听到的新鲜事，令他着实一惊，家乡的人变了！

现在农村里，部分人自家不种什么菜了，改吃买的菜了。

生火做饭不烧柴草了，改烧煤或者煤气了。田里的稻草、棉秸秆收获之后，都就地焚烧，那阵势像硝烟弥漫的战场。

更令他吃惊的是，人的思想也变了。城里乡下，有单位的，没单位的，动不动就闹离婚。这似乎成了小菜一碟。

他的两个同学就是如此。有一个Y同学，因为两口子是经别人介绍而相识的，然后“闪婚”。自结婚时感情就不深，男同学看重对方有固定单位，吃皇粮，这才结婚的。婚后感情也没加深，经常大吵小吵要离婚。到现在孩子都自己谋生了，两口子也顾不得老皮老面，最终以离婚来解脱了。

还有一个C同学，在省城工作，自己已是厅局级干部。十多年前，找了一个靠顶职参加工作的城里姑娘，两人文化水平也不般配。但女方自以为是城里人，单位好福利高，对男人不是很贴心，特别有点瞧不起农村人的味道。结婚多年，那媳妇极少去乡下的公婆家。最令这位同学伤心恼火的是，自己父亲过世后，作为后人，一定要在长辈灵柩前跪拜，可那媳妇却无论如何不肯跪拜，这点规矩都不依，就是大不敬。弄得C同学没了面子，回家后主动提出离婚，一套百多平方米的房子也给了女方。

当然，还有的背地里偶尔也会寻花问柳。婚虽没离，是怕社会上的人指责是陈世美。只要妻子不争风吃醋、大吵大闹，两口子就这么貌合神离地过。

钱钟书的《围城》里说过：爱情就像是围城，城里的人拼命想冲出来，城外的人却想挤进去。

生活的底线就是这样，一旦跨越，会有万劫不复的危险。

这世界真是怪了！老邓常常感叹。

他暗自庆幸自己，两口子也常拌嘴，好彩还没有出现大的裂痕。日子虽平淡，也还过得安逸。

可是，不久前发生的一件事，令老邓很是懊恼。

眼下，时兴跳广场舞。夜晚，附近一家商场前的广场上，有一班师奶天天在跳，连几个头发灰白的老太婆也跳得很起劲。老婆早几天也说要学跳舞，老邓心想，跳舞好啊，既锻炼身体又能减肥，于是就同意了。只是他叮咛老婆，你不要跳那种男女搂搂抱抱的交谊舞啊。

无疑，这是老邓给老婆的底线。

一转眼十来天过去了，每晚七点半，老婆准时出门，晚上十点回到家，神采不说飞扬，也是精神焕发。真神啊，这跳舞有效果啊！

几天后，老邓趁散步的时间想去看看情况。广场上，扩音机的音乐在放龚玥演唱的《套马杆》，喇叭里正在起劲地唱着“套马的汉子你在我心上，我愿融化在你宽阔的胸膛，一望无际的原野随你去流浪……”歌声阵阵，很是撩人。

那里早已围了几圈人，圈里的男男女女自由组合，正在手拉手跳交谊舞呐，老邓在舞者中扫视，忽然看到老婆正在和一个又矮又肥又秃顶的男子在跳呢。顿时，他只觉得心脏被什么东西突然撞了一下，一股莫名的懊恼直冲脑门。他有点眼冒金星起来，这不是对着癞子揭疮疤吗？幸好他还能控制自己的情绪，只是有些狼狈地跌跌撞撞地朝家里走去。

他铁青着脸回到家，给自己倒了杯开水，胡乱放了点茶叶，打开电视，坐到了沙发上。此时，他还哪里看得进电视节目，广场上的那一幕反复在眼前浮现。他有点恨老婆，还扮“老来俏”。他这才想起，老婆上次去美容店做头发，将本来有点稀疏的毛发卷曲，染成酱红，现在每次出门都要上洗漱间弄弄头发，抹点面膏什么的。

原来如此！

他又有些恨那秃头佬，借教跳舞之机，和这些女子拉拉扯扯……

人的生活准则，都有一道底线。老邓想，现在如果不制止，以后的情况不知会怎样呢。

“爱情是最自私的。”他已不记得是谁说的了，但这是真理呀。试想有谁会主动让自己的另一半给别人投怀送抱，还心安理得？摊牌摊牌摊牌，一定要和老婆摊牌！他不禁忿忿地叫了起来。

十点不到，老邓就上床了。之前他从柜子里摸出一支酒，拧开盖子咕噜噜灌了几口，他想一醉方休，忘却这件事。可不知咋的，只要一合上眼，那幅恼人的画面就跳将出来了。缘分已尽，缘分已……他念叨念叨就迷糊过去了。

老婆何时回来的，他不知晓。半夜里，老邓觉得身上压着一样东西，他醒了，一摸，原来是妻子的一条腿。此时，他怒不可遏，一巴掌拍下去，又使劲把那条腿推开了。妻子可能是被弄疼了，骂了一句：“咋了，发神经啦。”

“跳舞去呀，回来干啥？”老邓加高了音量。

“用得着你管吗？我想跳就跳。”妻子也不相让。

“那好，跟那又矮又肥的秃头去过吧。”老邓说完，把被子蒙在了头上。妻子完全明白了咋回事，不吱声了。她可能想起老邓之前的交待，就扭过身去。两人背对背，静静地躺着，如同激战过后的阵地那样出奇的安宁。此后，一夜无话。

之后是两口子之间的“冷战”。

老邓有个习惯，每当两人吵完嘴，他一罼起来，一天可以不说一句话，家务事当然更不用动手了。妻子每天默默做好饭菜，端上桌，他并不急于去吃，而是坐在凳子上看电视。等到妻子快吃完时，这才端碗拿筷。

妻子照例晚上去跳舞，他照例晚上十点上床，睡前喝上几口酒，两口子照例无话可讲。

几天后，老邓晚上散步回来，接到孩子舅妈的电话，几句家常话之后，老邓谈起自己的烦恼，希望舅妻出出主意。两口子冷战也不是路数，迟早得解决问题呀。老邓甚至咬牙抛出狠话：再这样下去，就要离，自己绝对会签字！

这时，舅妻笑了笑：“天上下雨地上流，两口子吵架不记仇。多大事呀？跳舞本是好事嘛。”

“我不喜欢她跳那种交谊舞。和别人牵手搂抱，别扭。”老邓说。

“吃醋了吧，小心眼。”舅妻笑道，“你知道不，姐现在到了更年期啊。”

老邓吃了一惊，自己真没想到。唉，聪明一世，糊涂一时！

“更年期的女人需要人疼。她们的情绪不稳定，内心时时烦躁。难得姐有闲情逸致去跳舞，要理解啊。”舅妻一番话，如醍醐灌顶。老邓此时如梦初醒。

他又想起过去妻子的种种好处：亲戚都夸她温柔贤惠懂事理，想想也是；逛街之际时不时给自己买件汗衫或衬衫，如果是别人的老婆有可能给你买吗？自己上街有没有想过为她买点什么呢？自己有几次借酒发疯，在亲友面前数落她，可她从不还嘴。以前两人争吵过后，都是妻子主动搭话……虽说妻子家务分担不多，有时也戏谑自己没本事，不会赚钱，可这是事实啊。别人家有洋楼有小车，事实就在眼前啊。妻子是怎样的人，自己清楚呀。她应该会有一条自己的底线吧。她若想红杏出墙，何必等到现在徐娘半老？

老邓想到自己，只不过比别人多读几句“之乎者也”，又有多大用处呢？连一官半职都捞不着，百无一用是书生哪！

如果真离了，还能上哪找这样的老婆啊。老邓越想越觉得有些对不住妻子，别生在福中不知福，令她伤心了。服个软，结束冷战！要相信，“士为知己者死，女为悦己者容”。拿出男子汉的气概，大度点！

爱一个人，就要放手，给他（她）自由。楚河汉界，虽是底线，亦可逾越。

他想起妻子回家要冲凉，先给她把电热水器打开吧，他设置好水温，又泡了杯茶放茶几上。忙完这些，他就去洗漱。

时间近十点，妻子还未回。老邓近段思想有负担，人也有点疲惫，不过现在想通了，他想早点休息。上床前照例灌了几口酒，他想今晚做个好梦，梦回以前的欢乐时光……

谜 底

◎黄永奎

夏小莹看着刚刚挂上去的母亲遗像，一缕青烟从遗像台前的香柱上悠悠地飘下来，就像迷雾一样萦绕在小莹的头上，挥之不去。

从小到大，母亲在小莹的心中就是个谜。小时候，小莹问过妈妈，自己为什么没有爸爸，妈妈告诉她，爸爸是个警察，在一次抓坏人的时候牺牲了。

妈妈是含着泪走的，只活了五十岁。现在，小莹觉得最亏欠妈妈的是没有满足她这一生的三次愿望。

十岁时，妈妈问小莹："厂里的王叔对咱娘俩很好，让他当你的爸爸好不？"小莹坚决地说"不要，因为班里的小娇找了个后爸，对小娇很不好，天天打她。"

十三岁时，妈妈又问小莹："小区的陈叔有文化，老婆去世两年了，妈妈能不能让陈叔做你的爸爸。"小莹斩钉截铁地说："我只要妈妈，谁也不要，你要是给我找了个后爹，我就离家出走。"

二十三岁时，妈妈再一次问小莹："我老了，我想找个伴，现在有个合适的，是咱对门的老李，他人好，老伴走了多年，孩子又都不在身边……"小莹打断她的话说："妈，你都这么大岁数了，这么多年都熬过来了，就别这么瞎想了。我大学毕业刚上班，正在找男朋友，我怕人笑话。等我结婚了再说吧。"

而现在，小莹的男朋友找好了，母亲却患癌症走了。

"想什么呢？"男朋友小梁从背后抱着她。小莹含着泪说，"我对不起妈，不该让她孤苦伶仃，应该给她找个伴，我太自私了。可是我还有两件事想不明白，从小到大，她为什么总喜欢搬家，是怕人说闲话吗？不至于吧；另一件事，妈临走前，一直叮嘱我不要和爸葬在一起。这到底是为了什么？"

"也许，也许她有什么难言之隐吧？你看看你妈留下了什么遗物，说不定可以找到答案。"

小莹突然想到妈妈有个小木箱，以前她常常搂着它沉思，从来也不让小莹动它。小莹连忙找到那个小木箱，打开了它，里面有一个收养证和一封信。

小梁打开收养证，惊讶地说："咦，原来你不是你妈亲生的，你是被她收养的。"

再看那封信，应该是小莹妈妈年轻时的男朋友写的，"亲爱的，你我恋爱三年，你虽然遭人凌辱，但是我不会嫌弃你的。恨只恨那帮劫匪，在你下夜班的路上侮辱了你。感谢那位好心的警察路过救了你，可是他受了重伤牺牲了。说实话，我也很敬仰这个警察，可是你不该接着收养他生前收养了的那个弃婴。因为你不收养，政府也会管的，最终也会有人收养的。那个警察收养，可他是个男的。你一个大姑娘带着一个孩子，别人会怎么看你。如果你能放弃收养那个孩子，我们可以结婚，请你慎重考虑。”

“妈妈，我对不起你啊，你别扔下我啊，我知错了。”小莹跪在地上不停地磕头，泪如泉涌。

传承（外1篇）

◎张婷葳

故事还要从这戏班的最后一场演出讲起。

那天，雪花漫天飘舞，枝上峭楞楞的红梅，裹着银装。化妆间内，她凝视着镜子，自顾自地端详起来：眼角不知何时又增了一道细纹，唇色也愈发苍白了。她不禁抬手轻抚一下脸颊。顿了顿，真是老了！她心中暗叹，她真怕再也唱不动了。轻阖了眼，她陷入追忆，思绪万千……

当年，那是个京剧空前繁荣的年代。那时的剧院虽比不得现在气派，但万人空巷，场场观众爆满。每当出演《昭君出塞》，台上的她演得酣畅淋漓，似与昭君融为一体；台下观众看得如痴如醉。一曲终了，观众忘我地忘记了鼓掌，总是在几秒钟之后，才爆发出热烈的掌声。那掌声，她听得出，除了对她的精彩演出高度认可和赞赏外，还有对戏剧纯粹的热爱。

而如今……一些东西似乎在慢慢发生变化。具体是什么，她也说不上来，但可以肯定的是，她能真真切切地感受到莫名的惶恐与不安。是从什么时候开始的呢？似乎是她开始发现年轻一代对戏剧愈发不感兴趣，看戏的人寥寥无几，就是来了的也心不在焉，兴致不高，还有观众中途离场。掌声也吝啬，稀稀拉拉的。

寒风料峭，冻得刺骨，她不禁打了个冷颤。她微微摇了摇头，不由得叹了口气，苦笑一声，聊以自慰。其实这些年，她做过不少努力，比如在唱腔上下功夫，试图融入流行元素……结果依然收效甚微。自她知道患了很严重的病，恐时日不多后，她十分忧虑。她最大的遗憾便是没能将师傅所创的派系传承下去——毕竟这年头，谁还愿意打小起苦练十几年基本功，还不一定能成一代名角。她轻蹙起蛾眉，咳了起来，身子也随之颤了几下。她忙从桌台上拎起一绢手帕捂嘴，血渍飞溅到洁白的帕上，绽起朵朵细花，她一时神情恍惚起来。一会儿后，她轻折手帕，放至一角，扶额望向窗外，雪压枝梢景色丽，风卷残红入纱窗。她反复捻着被风吹入的鲜红的花瓣，讷讷着：“这冬天……”

弹指间，就到该上妆的时辰了，她对镜细致地描摹着自己的容颜，拍底色，涂腮红，接着便是画眉眼唇，勒头吊眉。一切有条不紊地进行着，换上戏服后，她似乎还是她，又不像是她。但见者总少不得叹一句，“好嘛，这该是昭君呀！”望着镜中的自己，她有一刻竟荒诞地想：仿佛穿过了漫长而厚重的历史空间，与昭君对视。回神之余，她那平常而又不平凡的一生似在眼前铺开：儿时第一次跟随奶奶听戏，激动又兴奋，那时舞台上《昭君出塞》中的昭君深深吸引了她，从此她与戏剧结下了不解之缘。9岁那年，她不顾家人的反对，毅然决然离开家乡拜师学艺。“台上一分钟，台下十年功。”虽说她那身形体量无一不是唱旦角的好坯子，但翻、腾、扑、跌、滚、摔等基本功也样样不得落下。“每一个不曾起舞的日子，都是对生命的辜负。”寒来暑往，每日练功辛苦而乏味，而她一直坚守着自己的梦想，期盼有朝一日出演昭君一角。所以即使疼痛难忍，她也从不抱怨，更不会哭出声来。师傅觉得这孩子有天分又肯吃苦，对她寄予厚望，更用心地栽培她，希望她能将他们这派系的京剧文化传承下去。终于，从不起眼的小角色一路演到一代名角，后来，更成为台柱子，个中滋味只有她自己知道。这不，只片刻间，她便入了戏。

“马夫，来到什么地方了？”台上，她以饱满的唱腔登台开唱，声情并茂，载歌载舞，将昭君远赴边塞的哀愁与为国之和平而深明大义和亲的形象演绎得淋漓尽致。

“哎呀，御弟呀，叫他们一个一个排列到关前去。”一曲终了，她倒在了舞台上，摆摆手，拒绝了旁人的好意，强忍着缓慢地站了起来。她轻轻地抚平了戏服上的褶皱，正了正头饰，一如往常一般，对台下深深地鞠了一躬……她又倒下了。这一刻，她，舞台，京剧，成了永恒。

家人整理她的遗物时，在她那个不让别人动的宝贝箱子里，看到十几本笔记本，翻开一看，每一页都工工整整地记录着她这么多年来唱戏的技巧、心得、体会，而压箱底那本，是《昭君出塞》戏本。

一间小店

高师傅一家经营着一间云吞店，店面不大，位于花都老城区的深巷里，生意却异常火爆。清晨，一缕朝阳透过门前的老榕树。映在店门前投下斑斑驳驳的影儿。一声“吱啦”打破了清晨的寂静。小店算是开门营业了。高师傅一家三口开始忙里忙外。

看似简单的一碗云吞，工序却相当繁杂，从买肉，剁肉，调馅，再到和面，打面皮……虽然现代化的机器更方便省力，但是高师傅一直坚持纯手工制作，剁肉从不用绞肉机，打面皮更是要亲自上阵。高师傅为了做好一碗地道的云吞，常常凌晨两三点开始着手准备一天用的面皮和肉馅。高师傅的老婆是位黑黑瘦瘦的农家妇女，甚是能干，很多时候看到她都是在包云吞，面前一边是一摞摞整整齐齐的云吞皮，一边是盛在盆里的肉馅。她娴熟地把云吞皮摊在手心，再用筷子带起一团肉馅，分量总能够做到不多不少。她灵巧地把肉馅放在摊开的皮上，接着以几个让人眼花缭乱的动作，折叠，合拢，旋转，像折纸花一般，便完成了一个小巧玲珑的云吞。高师傅的儿子负责打杂，这个憨厚的年轻人，话不多，干起活来手脚麻利。

“早上好！”一位老者迈着不算稳健的步伐踏进了门。“毕叔，早！老样？”老者点点头，找一个靠窗的位子坐下。深深的皱纹里藏不住笑意。“咩事咁开心？”高师傅一边把云吞放进滚沸的汤里，一边搭话。云吞在锅里像鱼儿一般，翻转，升腾。不大一会儿一大碗腾着热气的云吞就端到老者面前。老者津津有味地吃着，一边夸赞自己的儿子：“我仔昨天带孙儿来看我了。”高师傅打趣道：“听说你仔发达了？”老者开始眉飞色舞地夸赞起来：“我仔赶上了好政策，这几年生意好，赚了不少钱。昨天给我和他老妈买了好贵的按摩椅呢。”这时一个小伙哼着小曲儿走了进来：“高叔，来碗云吞，大碗的。”“星仔，咩事咁开心？”“老屋拆迁补偿拿到了，准备明天带我女朋友拍结婚照……我话高师傅，你这云吞店啥时候也升升级？可以涨点价的，我第一个支持你。”“星仔，恭喜你！我这小店能生存这么多年都是街坊邻居帮衬，哪好意思涨价多赚大伙的钱？”高师傅把云吞递给星仔。

“奶奶，我就要吃汉堡包。”一个稚嫩的声音传来。“乖宝宝，洋快餐上火，哪有云吞营养健康？”老太太耐心地哄着，孩子满脸不情愿。老太太夹了一个云吞给孙女，小女孩头摇得像拨浪鼓似的不肯张口。老太太只好放进自己嘴里，轻轻嚼着，细细品味着。“老师傅，这么多年过去了，你这云吞还是原来那个味，咱地道的花都味。跟女儿在国外住几年，最怀念的就是你这碗云吞了。”“奶奶，我也要吃。”可能是老人们的话吸引了小女孩，她主动要吃了。香滑软的云吞刺激着小女孩的味蕾，她脸上露出幸福的笑容：“奶奶，我还要吃云吞。”眼前的一老一少，享受着云吞的美味。纵使时光变迁，新旧交替，都市如何繁华喧嚣，不变的是一碗云吞的记忆，亦是厨师对食物的初心和坚守。

“师傅，一碗云吞，快点儿，赶时间呢。”一个衣着考究的年轻人，提着个公文包，一边看表一边大声催促着。云吞一上桌，他就狼吞虎咽地吃了起来，吃着吃着，突然慢了下来，继而夸张地拿纸巾擦起眼泪，高师傅不解，忙关切地问小伙子怎么了。不料小伙子紧紧握住高师傅的手，激动地说：“谢谢你让我再次吃到妈妈的味道。”原来小伙子早些年，母亲因病逝世。母亲在世时就喜欢亲手给儿子包云吞。小伙子这几年走南闯北，吃过各种风味的云吞，唯独今天吃出了母亲的味道。小伙子拿出手机欲扫码支付，高师傅笑呵呵地说：“老了，高科技的玩意不会整。”小伙子赶忙掏口袋，翻公文包，却连现金的影儿也没找到。高师傅见小伙脸涨得透红，赶忙安慰说：“没事，下次再给。”小伙子千恩万谢地离开了。后来小伙成了小店的常客，不仅教会了高师傅使用微信收款，还为小店拍了一个宣传小视频，点击率颇高。一时间高师傅的小店竟成了网红店，风靡整个小镇，成了家喻户晓的老字号云吞店。

舍身崖（外1篇）

◎余清平

一

那是七年前的一个初秋，陈凡拿到县医院下乡送体检的检查报告，扫一眼后，就懵了。正午的阳光像一根根烧得炙热的金属丝，烙在他身上，更令他难受的是他的HIV值呈阳性，也就是说，他感染了艾滋病。

挣扎了十多天后，陈凡觉得没脸去面对未来的日子和熟悉的人。生活中的赤橙黄绿青蓝紫都已发散，剩下的，只有灰色。生无可恋，万念俱灰的陈凡来到壁立千仞的舍身崖，寻求彻底解脱。

舍身崖位于幕阜山脉的落霞峰，人迹罕至，冷寂得让人想哭。幕阜山脉横跨湘、鄂、赣三省。落霞峰突兀雄峻，像一把孤独的尖刀，插向天空。舍身崖位于山峰南面，像是被利刃切出来似的，崖壁面平。百十丈深的悬崖，鬼斧神工，叹为观止。但是，这里静谧、温暖，日照时间长。舍身崖虽然偏僻，但是个有故事的地方。东晋葛洪炼仙丹，就是这里。后来葛洪得道升仙，就刀劈了这炼丹的场所，不让别人涉足。但是，另有一个传说，南宋时期有个叫红霞的美丽新娘，在得知她的新郎抗元战死沙场后，面对逼她另嫁的人，毅然跳下这悬崖。从此，这籍籍无名的悬崖就披上了一件神秘凄美的外衣，被后人称为舍身崖，是为了纪念坚贞的红霞。

山风呼啸而过，陈凡感觉到身体器官在坏死，随着免疫力下降，浑身长满脓包，渐渐骨瘦如柴，样子丑陋得不忍卒睹。电影里电视中那些病人的画面，从他的眼里锥入他的心脏。

山谷中飘动薄薄的雾，像一件羽衣，在悬崖间缭绕。陈凡闭上眼睛，纵身一跃，一切随着他这具消瘦身体的消亡，变得干净。

悬崖的崖穴上，有两只老鹰被惊起，子弹一般双双射向长空。老鹰长长的脖子牵引着身体在天空中盘旋，像两片黑色的云。医生的话在陈凡的耳际回旋。医生说现在医术高超，已研发出控制艾滋病的药物，艾滋病是可控性疾病，会有十几年寿命，这个药物，疾病控制中心定时发放，也不用花钱购买。可是，陈凡的心已经死去。他想与其苟延残喘，不如给自己留下一点尊严。

陈凡怀疑他是去黑市卖了一次血染上的，仅仅一次，就被缠上了。一切似乎结束了，一个生命以这样一种悲凉的方式永远地告别了这个世界。之后的舍身崖，又添了一个舍身者，多了一个凄楚的故事。多少年后，或许，会被人发现这里曾经有一个不可知的无奈的悲壮故事，又或许什么也不会有，就像这山风一样，无影无形，无声无息。

二

不知过了多久，陈凡有了知觉，仿如噩梦初醒。

“菩萨保佑，终于醒了。”尔后，是一声轻叹，接着，陈凡感到有几滴温热的液体滴落在他的脸上，再感觉到有一双手在他脸上轻轻滑过，是一只温润、软绵的手。

陈凡心里掠过一丝疑问：难道我没有死？怎么可能？难道我这是在天堂里吗？如此想着，他不由自主地想努力睁开眼睛。尽管他很努力，但眼前还是一片模糊，朦朦胧胧之中，确实有个人在身边。

“你，你是谁啊？”陈凡闭上眼，虚弱地问道。

“别说话，你需要好好休息。”一个女声回复他。

“是你救了我吗？这里是什么地方？我怎么在这里？”

从舍身崖跳下来，怎么可能没有死？陈凡觉得这不可思议。

“不是我救了你，是悬崖边那几棵大松树和树上的蔓藤救了你。这里是悬崖上的一个洞穴。你别说话，渴吗？先喝点水，你可是昏迷了一天了。好在身体没有大碍。”

“你……”陈凡的双手摸到身下的松针，“这是松针？”

“是的，你身下铺的是松针。你别说话，先喝口水，等有了点力气，你再慢慢去看看，我俩是在什么地方。”

陈凡摇了摇头，好一阵难过。他闭目休息一会，再一次睁开眼睛，眼前蹲着一个女孩。陈凡看了一会女孩，慢慢地将目光从她身上移开，看往别的地方。几缕阳光斑斑点点，穿过松针从洞口处探入，崖洞内空很大，四周都是灰色的崖壁，石冰凌错落其间，有的地方湿漉漉地滴水，地上是松软的黑色土壤，有许多鸟类的粪便散落四处。洞口外的几棵古松树，苍劲雄伟，绿意如茵，浓密的松针梳埋着阳光。

陈凡由于落在大松树和藤蔓上，虽然昏厥，但万幸的是只有皮外伤。女孩告诉他真相。女孩说完，迟疑了一会，轻咳一声，静坐一旁。

两个人不再说话，洞里顿时沉寂。洞外，悬崖下是烟雾袅袅，深不见底，悬崖顶高不可测，天空悬挂着太阳，白云悠悠，羽绒一样干净，空谷中盘旋着两只苍鹰。

过了好一会，女孩才轻咳一声，打破寂静：“这个洞，是仙师葛洪在这落霞峰炼仙丹处，南宋的红霞姑娘在这跳崖殉国，也许，是她们显灵，救了你吧。”

陈凡体力恢复了一些，也不再闭目养神。他更是在女孩话语的引导下，把心扉敞开。两个年轻人，在这样一个情境下，话题说开了，就像小河的水一样，轻松流淌。

女孩告诉陈凡，她也是来这轻生的，也是从舍身崖跳下来，且未死去，不过，独自在这里待了几天，幸运活着，同地点跳崖，也同样地被松树救了。

陈凡看着女孩，内心有波涛涌动，他想起了爷爷。三岁那年，他溺水；五岁那年，他被邻村那只恶狗撕咬；特别是七岁那年，他从一棵大柿子树上跌下，都是他爷爷救了他。最危险的是七岁那次，陈凡爬上那棵高大的柿子树摘柿子，不慎从树上掉下来。他爷爷与他距离很远，但爷爷比神行太保还要快，风一样跑过来接住他。爷爷平时怎么也没有那么快的速度的。在陈凡心里，爷爷是他的守护神。只是，爷爷多年前就去世了。

“松树是我爷爷。”陈凡说，声音不大。

“你爷爷……”

陈凡知道自己失言，有些尴尬。

女孩知道他与他爷爷之间肯定有许多故事。为免他伤心，女孩转了话题：“‘大难不死，必有后福’，我们是有福气的人。孟子曰‘天将降大任于斯人也，必先苦其心志，劳其筋骨，饿其体肤’置之死地而后生……”

陈凡勉强笑了笑，嘴唇嚅动几下，没说话。

“其实，我们是死过一次的人，连死都不怕，活着，也没有什么可怕的？我们要设法爬上去，然后好好活着。”是啊，死都不怕，还有什么可怕的！陈凡听了女孩的话，男人的责任感与豪情陡然从心底里冒出来，一股热能从心里生发，向身体其他部位蔓延。陈凡想到，即使他不想活下去，也得帮助女孩走出生天。

“我听你的。”女孩说。很多时候，女性的柔性更能唤醒和激发男性。

女孩用一个石砵在崖壁上接了些水，端到陈凡面前。陈凡仰起身，伸手接过，喝了几口，复躺下。身下垫着松针的香味在鼻端盘旋。陈凡睡了一会，醒来后试着慢慢地活动一下手脚，周身肌肉仍然疼痛，但无大碍。陈凡思量一番，知道面临的处境，开始想办法脱困。洞里不缺水，悬崖壁缝里有渗透的，但是，吃的成问题，听女孩说仅仅依靠洞口外几棵野果树的果实维持，这下子，真的要饿其体肤了。

陈凡能自如活动的时候，是跳崖的第四天。小伤过三，大伤月余，伤筋动骨一百天。这是古人流传下来的老话。他虽然从崖顶跳下，但并无大的伤痛，三四天时间，他的身体就能恢复如初。陈凡明白目前唯一的途径是找一条绳子，攀上崖顶或者缒下崖底。他活动手脚，确认身体无大碍，再四下察看，十几丈见方的洞里没有一根可供搓绳子之物。他走到洞口察看，洞口处那几棵救命的古松树上的蔓藤虽然丰茂，但远远不够搓一根爬到崖顶或缒到崖底的绳子，这条路走不通。陈凡又想起爷爷。他这才明白，爷爷不可能保护他一辈子，成长的路，还得靠自己行走。

“没有绳子，也不至于绝望。”女孩望着陈凡，安慰他。

“那，我们又能怎样上去呢？”

“我们可以呼救，若有人来这里，听到我俩的呼叫声，我们也可得救啊。”女孩微笑着说，“我们身上若是有烟花就好了，就像电视电影里的求救者那样往天空里一放，‘啪’的一声炸开，救我们的人就来了。”

“呵呵，好想象力。”陈凡笑道，伸手从身上摸了摸，再递过去说，“烟花给你。”

女孩“咯咯”直笑。一时之间，在这上不着天下不着地的崖洞里，竟然有了这意想不到的轻松感。

三

暂时的笑声让两个身处险境的年轻人忘记了当下所面临的严峻境况。陈凡摘了些野果，来到女孩面前，递过去。女孩伸手一推，说："我不饿，你吃吧。"陈凡说："吃点吧，摘下的，不吃也会烂。"女孩伸手拿了两个，放一个在嘴里，轻轻一咬，红色的果汁从她嘴角溢出。陈凡也放一个野果到嘴里。两人各自吃了几个野果，坐在洞口。女孩建议两人轮流呼喊。陈凡说行。两人就轮流大声喊起来，一串串呼喊声在空谷中扩散开来，向远处蔓延。空谷再将他们的呼叫传回来。如此，往返回复。可是几天过去了，这人迹罕至的荒山野岭哪有人路过？两个人的希望渐渐地在等待中被消耗掉，失望渐渐地充斥着整个崖洞。眼见得几棵树上的野果越来越少，他们更加忧心忡忡，唯一的做法就是尽量再尽量地减少食量。陈凡又将熟透的吃不完的野果采摘来，摊在洞口晒成干果，便于储藏。

"我们没希望了。"一天，女孩盯着陈凡，幽幽地叹一口气。

陈凡看一眼天上飘来荡去的白云，也不知道怎么回答。

"若跳崖摔死了，我倒觉得无所谓，人呀，都是有一死，逃不掉的，可是，既然被松树救了，我们却又是呼天不应唤地不灵，我很不甘心！"女孩说着话，脸色红润，娇羞之态毕现。

"我，也不甘心。"陈凡听了，心有同感。忽然，陈凡一拍脑瓜，想起他还不知道女孩的芳名，真的傻到位。陈凡看了女孩一眼，却发觉女孩此刻红粉菲菲的容颜，他的心顿时如同钻入一头梅花鹿，剧烈地怦怦直跳——原来"心如鹿撞"这个词是这么来的。陈凡暗道。他急忙舒展了一下手臂，做了一个深呼吸，稳定了一下心神，对女孩说："我叫陈凡。耳东陈，平凡的凡。"

女孩咬了一下嘴唇，告诉陈凡，她叫黄小杏。

"黄小杏，黄小杏。"陈凡念了两遍。他十分佩服黄小杏的勇气，一个娇滴滴的女孩不仅不怕死，能够独自生活在这了无人烟绝壁的崖洞中，并且还鼓励他这个七尺男儿。谁说"自古女儿不如男"？

"你，一个人在这，多少天了？"陈凡问。

"也没多少天，只比你早两天。"黄小杏想也没想地回答。

"你，怎么，来这里的？"这话刚问出口，陈凡就后悔了，这不是哪壶不开提哪壶？

"我……你，真的想知道吗？"黄小杏沉吟了一会，便用手支着头颅望着洞口前面的松树沉思着，那满头垂下且覆盖着面颊的青丝像松针一样在微微颤动，脸上的红霞逐渐消退。

"哦，对不起，不说吧。"陈凡知道他问错了话，连忙搓了搓手，尴尬地笑了笑。两人不再言语。

又一天过去。平日里，陈凡不善言辞，在女孩子面前言语更少。现在，崖洞是他们的世界。这世界只有他们两个人，他得无话找话说，不然，这时光怎么消磨？但是，他又不知道说什么好。陈凡又一想，反正也不知道能不能活下去，倒不如将自己的遭遇告诉黄小杏。陈凡记得他昨天的问话触到黄小杏的痛楚，讲他自己的往事合适些，或许能擦去黄小杏的痛楚。

尽管往事令陈凡心情疼痛，但他决定不隐瞒。陈凡呼吸了一口气，对黄小杏说："小杏，今天又是个大晴天。"黄小杏看了看陈凡，又低着头。她知道陈凡是在想告诉她什么，于是左手掌向上右手掌向下曲起手指使劲捏在一起，准备做一个听众。陈凡也明白她愿意做听众，目光转向洞外，缓缓地说："我是得了艾滋病才来跳舍身崖的。小杏。"陈凡说完，喉结咕噜了一下，似乎是想把什么吞到肚子里。

黄小杏听了，像被电流强击似的一阵颤抖。陈凡继续说："我怀疑我是去黑市卖血染上的。那一次我去黑市卖血，不多久就觉得浑身乏力不舒服，吃什么也无味，恰逢县里的一家医院组织医生下乡送爱心，免费体检，我就去了。可是，化验单出来后，医生说我有病，且病情特殊，断定我染上艾滋病。这可是绝症，怎样能够控制得好？就是控制得好，我还不给别人的唾沫淹死。当时，我想骂人。可是，骂人有用吗？思来想去，我想我染病没有别的途径，唯一被感染的可能性就是我去黑市卖过血。我就去找老板，要他给个说法。老板火了，恶狠狠地说什么与我早就钱货两清，他那里没人染上这病，我染了这病关他屁事。并污蔑我是找小姐染上的，更说我是在讹诈他。我便与他论理，后来，我气不过便与他打了起来。他人多势众，我哪里是那帮人的对手。结果，我不仅没有拿到钱，更被他们赶了出来，并且说，我若再去找麻烦，就见一次打我一次。"

陈凡一直无不良嗜好，不抽烟不酗酒，洁身自好，更算得上是一个对生活看得开的年轻人，天塌下来，只当一床被子盖在身上。比如失恋，很多人被恋人抛弃后不痛不欲生，至少也会沉沦很久。陈凡就不同。那年，他被女朋友的父母亲棒打鸳鸯，很痛苦，他把自己关在房里。一天后，从不抽烟的他去便民商店买了一包烟，来到舍身崖。他坐在崖沿，感受悬崖上飘荡的清风，静静地抽完那包烟，再挖个土坑，把烟蒂埋了。他的一切烦恼也随着烟雾消失在这空谷中。他想，放弃，是对爱的顾全。可是，对生活看得开的陈凡绝对不能接受被染上艾滋病的事实。他认为这是不可能的，是老天爷太对不起他了。

黄小杏见陈凡说得泪水溢满眼眶，便伸手替他揩去眼泪。

"谢谢，"陈凡继续说，"我家里穷，但是，我一直都很洁身自好，得了这病，哪里有钱医治？去找民政局与红十字会医院，又无法启口，更怕旁人知道了冷嘲热讽。正在我感到彷徨无计、心如死灰的时候，那个黑心的老板血口喷人，将我逼上绝路。他命人将我染病的事放出风来，说我在外找'鸡'染上艾滋病。说我赖上他是恶狗乱咬人。我顿觉无脸见人。我知道我以后的每一个日子都是末日，与其苟且偷生，不如一死来得干净。于是，我就来个一了百了，跳下舍身崖。"

黄小杏听得怔了，忽然螓首低垂，搅动双手的手指，声音如蚊地说："我，我也是得了这病。"

"你，你也……"

"我是被公司那个外国老板传染的。"黄小杏见了陈凡表情，低头沉思了一会，再抬起头看着陈凡说。黄小杏的眼光像X射线，要把陈凡的心看个明白。

陈凡的眼光直了，一些不理解在他眼里像条虫爬出来。陈凡觉得面前这如深山泉水一般清纯的女孩与那些"卖身"的绝对联系不到一处。

"你别以为我是很下贱的人。"黄小杏读懂了陈凡的疑问，顿时泪光闪动。她看着陈凡，接着又将眼光移向洞外，双手十指继续相互搓动。黄小杏咬一咬嘴唇想，索性全部说出来吧。

黄小杏大学毕业，找到一份不错的工作。她平时喜欢读读写写，是个追求浪漫的女孩，后来处了个男朋友。她很爱他。他对她说，他也很爱她。他有才华，也爱文学，为黄小杏写了很多诗歌，情深深意切切的，她很感动很开心。但是，他没有好工作，更没有钱，家里也不宽裕。本来她父母是渴盼她嫁给有钱的老板，免得她婚后受穷受苦，而她却死死地爱上了他。他是她的初恋，也是她唯一爱上的男孩。她父母为了使他知难而退，说要结婚可以，但必须拿出很多彩礼钱，如果他拿不出就永远别想娶她。他哪里拿得出？无可奈何之下，与她商量，让她跟了她公司那个对她垂涎三尺的老板。本来她死活不答应，但又耐不住他的软磨硬泡与山盟海誓。他说她若不听从他的话，他们只有分道扬镳，他会生不如死。他要死给她看。他更安慰她说他永远都不会嫌弃她，说她的心灵永远是纯洁的，像天上的明月一样纯洁。他还发了几次毒誓，很毒很毒的誓。

黄小杏泣不成声，继续追忆往事。为了他们能够长相厮守，她傻傻地答应了男朋友。她说，不答应他又能怎样？但是，她只答应跟老板一年，并与老板签了契约。她老板虽然喜好美色，倒也是个守信的人，一年后，不仅履行了契约，按协议给了她钱，并且多给了几万元。但是，想不到的是，当她将大笔钱交给男朋友的时候，他高兴得手舞足蹈，抱住她转圈，答应即刻娶她，可是，万万想不到的是，当他们一起去婚检时，却出了意外，查出她感染了这见不得人的绝症。他便即刻翻脸，诬陷她不止跟了她老板一人，更绝情地抛弃了她。她一时想不开，得了这病，又被他一脚踢开，怨自己咎由自取，她对着镜子问，还活着做什么，怎样面对父母亲，怎么有勇气活下去？

“真不是人，是个禽兽。”陈凡骂道。一些女孩子为什么会为了维系爱情选择跳入火坑？陈凡也想不明白。看着面前这个楚楚可怜的黄小杏，陈凡柔软心顿起，一伸手，扶住她颤动的娇躯。陈凡又让黄小杏的头靠在他的肩膀上，怜爱之心像阳光一样穿透云层，照在黄小杏的身上，温暖她的心。他用手指梳理着她的头发。要知道，这样的事情发生在任何一个女孩的身上都会生不如死的。

四

过了好一会儿，黄小杏在陈凡的安慰下逐渐平复了心情。当她看到她的眼泪浸湿了陈凡的大片衣衫时，有些不好意思，连忙抬起头。两个人就在这特殊的环境中拉近了距离，你望着我，我看着你。陈凡用手帮黄小杏抹去眼泪。红润再一次漫上了黄小杏的脸颊。她咬了咬嘴唇，心又开始像旌旗一样摆动。她很想问陈凡一个问题。

“你有女朋友吗？”

“有，其实，也等于没有。”陈凡不知道黄小杏这问话是何意，他也不知道怎么回答才恰当。

“看过女人的身体吗？”尽管两个人相处这么多天，陈凡的君子风度令黄小杏很有好感，也尽管黄小杏在心里将这句问话练习了再练习，当这句问话脱离了她口腔的控制时，她还是显得不自然，脸“刷”地红得像深秋的柿子。

“我处过一个女朋友，但没有看过她的身子，因为我家里穷，没有钱，我在城里建筑工地那点工资，刚够日常开销，你是知道的，农村虽然比以前富裕很多，但人情世故也是水涨船高，送一般的礼，没二百元拿不出手。我与她处了几年，但是，我不敢也不会向她提这非分的要求。”陈凡心中有些讶异，但也没去注意黄小杏的变化，一五一十地如同竹筒倒蚕豆一般直说，“后来，她终因她家父母极力反对，不得不与我分手。”

“你心地不坏，人也帅气，就不再谈对象，不想成家？”

陈凡自身硬件还不错，身高一米七六，样貌算得上英俊，一头黑发，像黑瞎子毛一样柔软，大眼浓眉，身板硬朗，典型的棒小伙，虽然是高中毕业，那是因为他考上一本，家里无钱供养才终止学业步入社会的。

“成家？我也看穿了，现在的女孩，要对象有房有车还得有大额存款，不然是不会嫁的，我也心灰意冷。早几年，她被父母逼着嫁给了一个外省的据说是有钱的人，但那男人对她不怎么好，因为，她回来找过我几次，说想离婚再嫁给我，问我愿不愿意要她？”

“也是个苦命的。”黄小杏眨眨眼睛，轻轻咕噜一句。很多时候，女人不为难女人，只会相互同情。

“我怎么会去破坏她的家庭，也许，她就是离婚再嫁给我，也会后悔的。我这物质条件就这样子，我没答应。两个月前，她带着孩子又回来找我，又说那男人的事，说男人骂她打她，还在外面找三陪女。她也说她一直念着我，想与我一起过。说吃糠咽菜也值得。但是，这怎么可能！我没有答应，但看她衣衫破旧，许是受了很多苦，我想给她买几件衣服。”

黄小杏看着陈凡，点点头。

“可是，建筑工地的工资是到年底才一次性结算的，我想找老板预支一些钱给她，但老板外出了，等了几天也没有回来。于是，我就去卖血，这样，便去了黑市，但怎么也想不到，染上了这绝症。”

黄小杏被眼前这个善良的年轻男子感动了，紧闭的心门被打开，她沉吟了一会，深深地吸了一口气，轻轻地问：“你想看女人吗？”

陈凡心魂一震，以为自己听错了，再看看黄小杏的娇羞之态，知道她是认真的，即刻脸发热，想自己快三十岁的人，现今走到生死的临界点，到头也没有沾染过女性，没感受过人世间性爱的幸福感，确实有点遗憾。但是，陈凡仍旧难为情，低着头，尴尬着不知道怎么回答。

“想看吗？”

黄小杏再一次的问话让陈凡有了勇气，他抬头照直说出心里的话：“想。”

“我俩都是快要死的人了，也都染上了绝症，我知道你是个有情有义的君子。你若想，我，我，我愿意给你看。”

陈凡不是木头人，他温柔地捧住黄小杏的脸，静静地看，仿佛要将黄小杏刻入心底。风停止了，松树也静止了，阳光从洞口漫进来，做了陈凡和黄小杏爱的证人。

陈凡暗暗决定，要想尽一切办法让黄小杏活着走出舍身崖。以后的日子，陈凡偷偷地减少了食量，为了留更多的果实给黄小杏。黄小杏很快就知道了，竭力反对。她说：“生便同生，死便同死。”

面对黄小杏掏心窝的话，陈凡只得作罢。两人相濡以沫，相互鼓励。几天后，陈凡忽然想起一件事，他将他的衣服做成一面旗帜，绑在那棵最高的松树上。这样，他觉得被发现的机会就多了一些，若真的有幸被好心人看见，便会设法相救。可是，日子如水分，渐渐被阳光蒸发掉了。

野果吃一个少一个，若想再有，得等到来年。一天，陈凡抱着黄小杏的额头，深深吻下去，然后走到洞口。黄小杏连忙喊道："陈凡，你想干什么？"陈凡嘴巴动了动，伸出舌头舔了几下嘴唇，说："现在，我们两人已没有第二条路可走，获救的唯一途径是唯有等待，等有人发现我们，救下我们。像这样两个人一起饿死，不如将希望留给你一个。这剩下的一点果子，你一人可支撑几天。"黄小杏颤声说："你跳下去了，我能活吗？"陈凡顿时痴了，停住了往洞外移动的双腿，又慢慢转身走回洞里，一把抱住黄小杏，泪如雨下。

野果终于吃完了，陈凡和黄小杏饥肠辘辘。两人相拥着，静静卧在松针铺就的地铺上，等待死神抖动铁链来锁拿他们。不过，四天后的一个中午，幸运之神降临，在这人迹罕至的地方终于来了几个人——市旅游局勘探队。

五

获救的陈凡，暗暗立誓，一定要好好爱黄小杏。可是，两个月后的一天，陈凡无缘无故地拒绝与黄小杏相见。黄小杏来找过陈凡几次，陈凡竟然避而不见。有一次，两个人迎面碰见。黄小杏问："你什么意思？不想见我。"陈凡一口回绝："那件事以后别说了，过去的就让它永远过去。"

原来，陈凡获救后，心态发生了变化，后悔在崖洞里与黄小杏发生了关系，因为，他觉得自己身体除了饥饿感没有其他异样，能吃能做，健健康康的，不像得了艾滋病。陈凡暗地里去省红十字医院咨询专家，问清感染艾滋病的症状，确认他没有得病。陈凡回来后，他立马去了那家给他做检查的医院，问是否搞错了，并让医生再找当时的化验结果。医院的调查结果是，陈凡真的被搞错了，是下乡那个登记医生的错误。陈凡不是艾滋病患者，他拿走的是另一个与他同姓名人的化验单。一时间，陈凡傻了，他想起黄小杏，那个与他一起在山洞里度过一个多月时光的患了艾滋病的女孩，这下了真的是染上艾滋病了，能怨谁呢？万念俱灰的陈凡绝对不可能怨怼那个让自己做了一个真正男人的女孩。陈凡陷入无边无际的黑暗之中。陈凡的悔恨，就是永不再见黄小杏。

黄小杏彷徨无计。她有很多话要对陈凡解说，说她有了身孕，是他的孩子，他要做爸爸了。她把嘴唇狠狠地咬一下，血从嘴唇流出来，滴在地上。黄小杏没有去见陈凡，她静静地转身走了。过不了多久，黄小杏听说陈凡把那个老板举报了，看到地下血庄被有关部门查封后就去了大西北。她想去找他，问他为什么这么无情无义。她终究没有去问他。陈凡是一个下午坐汽车走的，黄小杏追去，藏在一旁，看着陈凡上车，看着汽车越走越远，渐渐消失在山那边。夕阳下，黄小杏走出来，站在镇汽车站那被汽车碾过的广场上，橘黄色的阳光笼罩着她娇弱的身体。她像一株菊花，柔弱，倔强，坚强。

黄小杏一生中第一次也是唯一的一次骂人，是在她生女儿的时候。

“你个狗日的，你个狗日的！我——恨——你！”她躺在镇医院妇产科产房的床上，差点把一口细牙咬碎了。她痛得实在忍不住了。生孩子的女人，如同在鬼门关走一遭。别的女人生孩子，亲戚朋友一大堆，关心词问候语塞满医院边边角角。黄小杏是独自承受。医生和护士看到她的痛苦，也无能为力，亲情给予的鼓励，她们给不了。

女儿出生后，黄小杏看到女儿哇哇大哭的样子，母爱溢满她的身心。她示意护士把女儿抱过来，轻轻地吻着。后来，黄小杏的父母亲来了，吃的用的拎了几大包，苦苦劝说她离开小镇回城里去。她死活不答应。她就想待在这小镇里，静静地过日子，这里也是她的老家。

多年后，舍身崖成为一处最热闹的旅游景点，游人如织，热闹非凡，这里再也没有人舍身，大幅广告牌上分别画着葛洪和红霞的彩照，写着他们的故事。其中，最引人热衷的旅游项目是跳崖这项极限运动。工作人员往旅游者腰上系一根长长的安全绳，从千仞壁立的舍身崖顶往下跃，那份惊悸、心跳，却让旅游者乐此不疲。只是，洞口那几棵松树依然挺拔着身躯，看着这热闹的场景（这里有个插曲，当时，旅游局想砍掉那些松树，黄小杏知道后，便出面交涉，旅游局就没再坚持砍伐。黄小杏心里说，那是陈凡的爷爷，救了陈凡，留着，会守护舍身崖旅客的安全）。

一天，黄小杏牵着女儿来到舍身崖，看着大家喜爱的极限运动，五味杂陈。其实，黄小杏没有跳崖，她是遭初恋男友欺骗后，痛不欲生来舍身崖的，一个偶然的机会，黄小杏在落霞峰的后山发现一处很隐蔽的山洞。她想也不想，自顾自地走进去，于是，就走到悬崖的洞穴。她本想独自了此残生，却意外遇到跳崖的陈凡。她爱上陈凡，自编自导了一曲与他有了几次肌肤之亲的剧本，尽管两人面临死亡威胁，她不怕染病，也不将那处隐秘通道告诉陈凡。她只想着与心爱的人一起寻死。

在黄小杏犹豫不决要不要去找陈凡的时候，陈凡的一个朋友从大西北回来。他告诉黄小杏，陈凡在大西北流转了大片田地种植棉花和哈密瓜，他现在是个成功的企业家，没有成家。他把陈凡的电话、地址告诉了黄小杏。恍如隔世的黄小杏顿时呆住了。他朋友这番话是陈凡有意还是无意让他来转告的吗？黄小杏决定去寻找陈凡，不管他现在还爱不爱她，孩子6岁了，要上学读书，起码，他有权利知道他做了父亲，有个聪明可爱的女儿。黄小杏更想让女儿知道她是有爸爸的，这也是女儿的权利。

六

黄小杏揉了揉眼睛，把嘴唇咬了又咬，决定带着女儿去找陈凡。黄小杏特意选择一个阳光明媚的日子，这是她第一次带女儿出远门。她给女儿穿上新衣服，把嘴唇贴到女儿的额头上。她怔忡着，眼泪在长长的睫毛上颤动，像清晨在草尖上颤动的露珠。

从小镇去大西北，路途有两千里之遥，她不得不收拾好一些路上所必需的吃的、用的，鼓囊囊装了一皮箱。她想，这样一个温煦的日子会带给她好兆头，说不定作为女儿爸爸的陈凡，会因为这像绵羊一样温驯的天气，也心情大好，善待她，接纳女儿。

接到回乡朋友的电话，知道黄小杏要携带女儿来找他的信息，陈凡这些天一直很激动，尽管黄小杏没有给他打电话，说明这个女儿是他的，但听到朋友的转述和朋友转发来孩子的照片看，这孩子长得就是他陈凡的翻版。他已猜出是他的女儿，更重要的是，黄小杏根本没得病，要不然早就不在人世了，更不可能生下健康的孩子，他自己也不可能几年来一直健康着。

小杏为什么要说谎呢？陈凡想不明白。也许是苦尽甘来，现在，他们一家人终于即将团聚了……计算着火车到达时间的陈凡，心里满怀期待，又五味杂陈。

草原和草原人

清早，巴德勒格把早餐的美味在思维中又温习一遍，再咂巴咂巴嘴。巴德勒格是鄂温察克村村民，笑容趴在他的脸上。在他的面前，是建了一半的新房子。巴德勒格想不到，他之前在南方做工的那家建筑公司的杨经理会给他打电话，邀请他回去上班，并承诺，加工资。

他望了望天，朝霞像一面插在天上的旗帜，守护着草原、山冈、房舍和村前那一汪碧水。草原的绿色，像一台大自然织布机织出的绿色绸缎，从天际铺展开来，覆盖整个大地，无边无涯。

巴德勒格嘴巴大，嘴唇厚，身材敦实，一身腱子肉堪比牛牯肉。十几年来，旗里每一座村庄都通了公路，村民建新房容易多了。汽车鸣笛几声，砖瓦、钢筋、水泥等建筑材料眨眼之间就到家了。村里建房按村里统一规划修建，横是横，竖是竖，泾渭分明，整齐好看。

村民以种植葡萄为主。葡萄品种名黑珍珠，黑色的果皮，浅绿的果仁，摘一粒扔嘴巴里，那肚子里整天都会溢满甜味。制葡萄干或者酿葡萄酒，绝对的上品。

葡萄大王丁全福像往常一样从巴德勒格房前走过。他习惯地捋捋头顶黑白相间的头发，停下往前挪动的脚步。近十几年，丁全福家境比以前富裕了不知多少倍，可头发却一根根与他“告别”。他打算把葡萄园交给儿子丁大鹏管理，他自己想到处走一走、看一看，长城、北京故宫、天安门广场，都要去。

巴德勒格看见丁全福，便扯开大嘴巴笑：“福叔早！”

丁全福受到感染，也笑着说：“巴德勒格，这十几年的时间，我们鄂温察克村的改变可真大呀，‘要致富，先修路’，很不错，你看这公路修的，从村里到村外，从村外到镇里，从镇里到旗里，都是水泥公路。现在又变成柏油马路，而且是一个村连着另一个村，一个镇连着另一个镇，村村连贯，镇镇通达。”

巴德勒格说：“是呀，福叔，我们赶上好日子了。”

丁全福的笑容接连不断地从眼角的皱纹里爬出来。他说：“是呀，这是祖辈父辈，想都不敢想的事，你们年轻人幸福呀，赶上好时光了。有了这路，建房子的材料不用肩挑背驮。”

巴德勒格听了，又扯开大嘴巴笑，说：“是呀，是呀，福叔，你们长辈守护这草原，辛苦了，让我们赶上好时光了。”

丁全福不由得想起以前的岁月，一到阴天下雨，不说村里这儿到处是一滩滩稀泥，自行车一推出院，车轱辘就变成了泥轱辘，使劲推都不打转。就算打村南面经过的那条大公路，一到雨天任何车都不敢轻易过往，只要一进去，不论马车、三轮车、四轮车，都会陷在里面。只有骆驼、马匹才能经过。现在可不一样了，哪怕天天下雨，任何车都是轻松通过。丁全福问，巴德勒格，建好房子，还去南方打工吗？不去了，不去了，福叔，村里现在比城市还舒服，我也不想走了。虽然接到建筑公司杨经理的电话，但是，巴德勒格有他的打算。他想拜丁全福为师，跟他学种葡萄。不过，他现在不能说，要等房子建好了，再隆重拜师。

“那你需要小工吗？让村里人都来帮帮你，我们村里有这习惯，一家建新房，全村人有责任帮忙。”丁全福说。

“谢谢福叔，有心了，我早就承包给了建筑队，不用大家来帮工。等竣工了，我要请大家吃酥油奶。”巴德勒格说：“我去南方打工多年，还是忘不了我们蒙古的酥油奶，又香又滑，诱人又养人。”

巴德勒格去南方城市打过七八年工。他虽然没有技术，但有一身腱子肉，腱子肉里面藏着无限的力气。工厂公司的办公室进不了，便去了建筑工地，他倒成为建筑工程队杨经理的宠儿。巴德勒格做事认真，不偷懒，也不知道惜力。反倒是杨经理经常嘱咐他，让他别太累。杨经理也真的担心他累坏了，那工程队要负责不说，他更想着他的员工都得好好地健康着，别出什么事，影响工程速度。这是他做经理的职责所在。

滴，滴，滴。一阵喇叭响起，打断了巴德勒格的思路。他扭头看去，一辆银色轿车倏地从丁全福身边开过去。这是鄂温察克村的第十台小汽车，开车的是住村东头的王安友。王安友家的车刚买不久。他买车那天请了丁全福等几个村里有车的人一起去城里选的车。王安友说丁全福他们有车，买车有经验，陪他去看看，多给建议。在农村，买车也是件大事。

丁全福去了，也建议了。丁全福说，买车要有三估量：一是手里有多少银子。王安友说，现在我们牧民日子红火了，我有了一些存款，不差钱。丁全福说，等我说完了好不好，你别插嘴。二是看你自己的需要，比如家里人多，就买多座位的，人少就买节省油的车，座位少些也没问题。王安友笑着说，福叔，我家里有几口人，您不知道吗？就三口人，老婆、儿子，还有我。丁全福笑道，你这孩子，没记性，老打断我的话。三是汽车的安全性能，这个很重要。王安友一抱拳，说，福叔说得对，安全很重要。

几个人一起去了城里挑选小汽车，选来选去，王安友选中了一款北京国安制造的小汽车。王安友说，北京是我们国家的首都，我还没有去过北京，到时候，我有时间就开着北京的车去北京旅游，那才有意思。

丁全福听王安友这么说，有些后悔。他家小汽车有两台。第一台小汽车是二手货，镇政府拍卖的吉普，现在归于老爷车一类；第二台小汽车是进口的，比王安友的车贵很多，但若开到北京去，肯定没有王安友的车威风。王安友家的车是北京制造的车，开进北京城，那才是威风到位了。他当初是听儿子丁大鹏说，进口车好。不过，丁全福想起他家的车，心里还是一阵激动，皱纹在古铜色的脸上尽情舒展。这在儿时或者之前，家里有几匹马就很不错了，现在有了比马跑得不知快多少倍的小汽车，日子越过越来劲。其实，丁全福家的小汽车是给儿子丁大鹏买的。儿子要结婚，亲家母说车子、房子，一样不能少。丁全福乐呵呵地答应亲家母，说，买，必须买，一定买，不然，这手里的银子留着也是留着，买了车才显出它的好处。

自从买回第二台小汽车，丁全福的心就一直平静不下来，感慨着，儿子这茬人真的赶上好时候好光景了，想起他那时的婚事，女方要辆自行车家里都买不起。其实，那个时候能买得起自行车的人家还真的不多，还不及现在村里买轿车的人家多。整个村里就只有两辆自行车。三十年河东，四十年河西。丁全福就是因为买不起自行车，才与初恋王春喜劳燕分飞。王春喜妈妈说，没有自行车，门儿没有，这婚事就别办，女儿也不嫁。后来，王春喜就嫁给了有自行车的李志祥。

丁全福是村里第一个致富的，家里也是第一个有小汽车的。他开着二手吉普车，看到王春喜的母亲时，就把头抬得老高的。他心里不痛快。人难量水难欺，谁也预测不到未来。不过，当丁全福想起王春喜，心里面的不痛快就即刻消失。王春喜的男人叫李志祥，原本家庭条件十分好，村里就他家买得起自行车，还有黑白电视机。那时候，追看电视连续剧《霍元甲》，村民挤得房屋差点“爆炸”，人多温度高，冬天，大家不用穿棉袄。李志祥的父亲李牟是个大夫，在镇卫生院做医生，后来辞职开了诊所。李牟的医术在这一带有名气，家里日子比别家好。李志祥也一直在追求王春喜。王春喜美得像草原上盛开的格桑花，哪个男子不喜欢？可是，王春喜眼里只有丁全福。就在王春喜母亲强硬地退了丁全福的婚事后，李志祥家托的媒婆随即踏过王春喜家的门槛。李志祥的母亲生他之前是一连生了三个女儿，生李志祥时李牟乐了几天几夜。李牟对儿子像宝贝似的疼着惯着。娇生惯养的李志祥长大后抽烟、喝酒、耍钱，样样都来。李志祥娶到王春喜的头几年，面对这么美丽的格桑花，收敛不少，不少事还听王春喜规劝。可是，当王春喜生了两个女儿秋梅、冬雪，做了结扎手术后，他就故态复发，原形毕露。经常酗酒，喝醉了就回家发酒疯打骂王春喜，说她是头不会下崽的母羊。有时候，丁全福路过时听到，气得牙痒痒地握紧拳头，可一想，人家打婆娘，我就是进去了又能怎样，更会对王春喜不利，如果弄得“此地无银三百两”时，那王春喜更不是要多受罪。

李牟也曾经多次劝儿子跟他学医，说有一门手艺才能保证一家人的穿衣吃饭。可是，李志祥听不进去，不拿李牟的话当一回事。李牟只好放弃这个念头。后来，李牟看着儿子懒，游手好闲不愿意放牧干活种地，便和儿媳妇王春喜商量，他出钱让她和儿子一起去镇上做点啥生意，刚好遇到有个小卖部转让，他们便盘了下来。刚开始时，生意好做，小卖部赚了点钱。他们又转了两个门店，扩大经营。只是没想到，后来，经营商店的人多了起来。李志祥懒细胞又开始作祟，王春喜拿他没有办法，店就被他败光了。李牟一看儿子这样败家，一冒火脑溢血死了。一家人不得不搬回村里。一年后李志祥的母亲也去世了，更没有人能够管住他，他也更不务正业，喝酒更凶，几年后喝出了酒精肝，身子胖得喘气都费劲，更干不了活。王春喜一个人干活，家里的地侍弄不过来，日子也越过越紧，种地买种子买化肥都困难，后来她只好放弃种地，在村里做起了豆腐生意，生活条件才改善了些。再后来，王春喜也不再做豆腐，做起豆浆生意。豆浆本小利大，这些年她靠着卖豆浆，供两个女儿念完高中考上大学。三年前，李志祥终于死了，对于王春喜反倒是解脱。丁全福心里翻滚，怪当初王春喜母亲眼虚只认钱，被李家的丰厚彩礼迷了心，导致了王春喜生活的艰苦，毁了她与自己的幸福。丁全福转念又一想，也怪他自己当初家里穷，自己也赚不到礼金。现在儿子幸福了，日子不断地往好的方向走，买车建房，都不是难题。

“福叔，你没事吧。”巴德勒格看到丁全福怔怔地站在那，连忙关切地问。

“没事，没什么。”丁全福暗暗叹了一口气，回过神来，责备自己，怎么又想起这些事？应该好好珍惜当下好生活才是。丁全福把思绪转移到自家的小汽车上，想到自己通过努力，在这好政策中抓住机遇，成为种植大户，实现了过上好日子的心愿。他心里稍稍有了安慰感。当年，丁大鹏他外婆看中丁全福，就是说他实诚，脑瓜子活络，又聪明，没要他多少彩礼就让女儿嫁给他，只要他永远对她女儿好。丁大鹏的母亲也是草原上的一枝花朵。那时，他一下子跪在岳母面前，发誓一定对媳妇好，把日子过好。丁全福想，等儿子结婚后，得与媳妇到处好好看看，要让媳妇知道，他丁全福是个懂得爱媳妇的草原汉子。

王安友的小汽车越走越远。丁全福也准备离开。巴德勒格说，福叔，等我一下。他连忙洗干净手，踅进屋里，拿出一包烟，从烟盒里抽出一支烟递上，说，看我忙得连烟也忘了派。

你忙，你忙吧，起房子是一辈子的大事，搁以前有很多讲究，现在，承包给建筑队，讲究也不用讲了，这样好，省去很多烦琐事。丁全福接过烟，巴德勒格连忙给点上火。丁全福美美地吸了一口烟，望着巴德勒格房基打好的水泥桩，自顾自地点点头。以前建的房子是下房脚，再砌墙，哪像现在这样，钢筋水泥打桩，再依房子设计的款式砌墙，能承受十级地震。

丁全福踱步来到王安友家开的小超市，对王安友的媳妇说，安友家媳妇，给我拿一条烟。丁全福买烟，一般都是一条一条地买。兜里揣着，家里也得摆放，客人来了，可以自己拿着抽。

王安友家媳妇叫木仁，是个蒙古族女人。她正在扫地，其实，瓷砖铺就的地板上没有什么垃圾。木仁放下手里的扫把，扭着水桶一般粗的腰走到柜台前，拿出一条烟递给丁全福。蒙古族的审美观不像汉族，汉族人认为女子越瘦越好看，蒙古族人则认为胖点才健康，健康的女人才是美丽的。

“全福叔，大鹏结婚的日子定了吗？几时请大家去吃酒席？”木仁问。

“定了，是明年“五一”劳动节那天。”丁全福撕开烟盒包装，拿出一包烟，再撕开锡纸包装，从烟盒里抽出一支，点着火。顿时，香烟的香味缭绕开。

“全福叔，超市里不能抽烟。”木仁连忙说。

“哦，知道，知道，我一下子忘记了，这陋习就是难改。”丁全福歉意地说，连忙走到小超市门口，坐在门口的椅子上。“全福叔，听说你外甥过几天要回来。”木仁拿过来一个烟灰缸，放在门口的石凳上。

“他回来也是因为他母亲的缘故。听说他母亲去了城里，住不习惯，要回来。”丁全福应道。

这个外甥也不是丁全福的亲外甥。丁全福与他母亲是没出五服的兄妹。不过，她父母因一场意外双双故去，丁全福照护她的。后来她嫁到外地，生了儿子，但是，男人又不幸病故，丁全福就接她回村里住。现在，她孩子有出息，在城里过得还不错，就接去了。孩子把丁全福当亲舅舅。丁全福没说话，心想以前，大家都往城里跑，现在，又在回归农村，日子好过了，想法也不一样。

“全福叔，岁数大了的人，谁愿意住城里楼房，上下都费劲。听说城里人都冷，对门都不说话。孩子母亲是担心拖累你才答应去城里的，听说老是生病。孩子担心他母亲出意外，说回来就不走了，在家照顾他母亲。”木仁拿起扫把继续打扫店里卫生。

“这是水土不服。以前的人，老是住一个地方不挪窝，一旦挪窝，就不适应。他们回来了好，回来了就好。当初，我是说过她不要去城里的。这孩子有孝心，那年，我的葡萄没人要，差点烂掉，是他去城里联系到一家葡萄酒厂，不然，那个关是过不去的。”丁全福一番感慨。日子舒服，这话就不由得多了起来。

“是的，全福叔，我们村的环境卫生越来越美了。”

“确实是这样。你看，木仁，这许多年，西面的巴丹吉林沙漠现在也驯服了很多，风沙也没有以前那么大了，治沙队在那里植起了大片树林。你看我们村的水，多清澈，多甜，城里的矿泉水很干净，我们村的水也干净。”丁全福说着话，忽然想起什么。他对木仁说：“给我来一刀香纸，一把香，帮我送给春喜家去。她家那个过几天就三周年忌日了，大家都要送香纸。我自己送去，她肯定不会收。”

木仁看看丁全福，想不明白王春喜放着这么好的男人不嫁，去嫁给那个没德行的李志祥。那就是一个酒鬼，脾气也差，还打媳妇。不过，人死了，一了百了。木仁不好说什么，答应道：“好的，全福叔，你放这里，我晚上给送去。”

午饭后，丁全福睡了一会儿午觉。醒来后，他泡一壶茶。也不知道是什么时候，他对茶也有了讲究。搁以往，有杯老茶就是很不错的消受，现在，老茶很少人喝了，都是从南方运来的龙井、毛尖、碧螺春等等过去只存在于想象中的茶叶。喝过茶，他又泡上二泡，将茶水倒在保温杯里，将茶叶捞起吃了。然后，他会走到他的葡萄园里遛遛，这是他十几年来养成的习惯，就像学生做功课，不能少，尽管葡萄园请了工人。他去葡萄园，无非是给葡萄打打水叉，掐掐水须子。吃过晚饭，他又会去村广场转一圈，看大家跳广场舞。葡萄已经开花了，一串串对着他笑。他也咧开嘴，对着葡萄花笑。忽然，一阵微风从草原里吹过来，穿过葡萄园，葡萄叶子随即“窃窃私语”。丁全福摸了摸头发，再把鼻子凑到葡萄花前，让花的清香调皮地钻入他的鼻孔里，在肺里打个转，又从鼻子里溜出来。丁全福像在逗弄他未来的孙子那么专注。

曾经有人看到丁全福的专注，就笑问他是不是葡萄园里有花仙。丁全福笑着回答说，这比花仙还要宝贝。又有人问比花仙还宝贝的，那是啥？丁全福回答说，是他的葡萄，是他的孙子，他这是在练习怎样疼爱他的孙子。

现在，他儿子丁大鹏的婚期一天天挨近，进入倒计时，想想还有几个月，丁全福更加开心。他想，好日子是要与人分享的，等儿子结婚，等孙子出生，他要与孙子好好分享。

到了晚上，丁全福早早来到村广场，跳广场舞的大婶大妈还没来，只有几个穿着旱冰鞋的孩子，在广场里画圈圈。丁全福点燃一支烟，看着这些孩子的开心样，他的笑容穿透他古铜色的脸皮，最后堆积在脸上，把眼睛高兴成两只弯弯的小船。

两支烟工夫后，大婶大妈们或单或双或者三五成群来到广场，也有几个年轻媳妇。她们说，运动能健康，运动也令人美丽。带头来的那个人必定是王春喜和木仁。现在村子里的女人也讲究时尚，穿着多样。白天干活的衣服是白天干活的，到了晚上，短裙、长裙、大脚裤、窄脚裤，百花齐放，各自妖娆。妇女们，会跳舞的，舞姿优雅，步幅轻盈，举手投足间，不输城里人分毫。不会跳舞的，就是伸胳膊踢腿的，尽情地摆着身子。大家都很融洽。

今晚站在前面领舞的是王春喜。这几年，她的两个女儿争气，经济状况也好转，让她看起来好看了很多，把年轻时的模样找回来了一些。本来就美丽的女人，尽管奔五，也风韵犹存，只要日子好，心态好，保养好，美丽的女神就会附体。

丁全福如同以往一样，坐在广场边，远远地瞧，静静地抽烟。他从不与王春喜说话，也不敢正眼去看，瓜田李下，生出是非闲话，说不清。

“全福叔，你也来跳上几曲，没有谁规定只有女人才跳广场舞，我们蒙古族哪个男子不会跳？”木仁说，“城里很多男的也跳广场舞。”

“骨头老了，再颠颠就散架啦。”丁全福笑着说。他不喜欢跳舞，但喜欢在一旁看看。观看，也能愉悦心情的。

“福叔，在这等人吗？”不知几时，巴德勒格来到。他看到丁全福一个人在场边，随口问道。丁全福拿出烟，递一支给巴德勒格。巴德勒格推辞说：“福叔，我不抽，戒了。”丁全福说：“男人不抽烟，还是个男人不？”说完，他觉得这话不妥，想起现在很多年轻人都不抽烟，儿子丁大鹏也不抽烟，只有年纪大的人在抽烟。丁全福讪讪地说：“你看叔这嘴巴，没遮拦，不抽烟好，不像我，抽烟像熏腊肉一样熏嘴巴熏脸面，还熏别人，我戒不了啦。”

“烟茶酒肉，各人福禄，福叔，也不要刻意。是我享不了这福禄。”巴德勒格连忙说。

两人坐在广场边闲聊，就在两人说着话的时候，跳广场舞的女人们都逐渐散去了，月亮把脸蛋挂在西山的山峦上。巴德勒格说：“福叔，大鹏结婚日子定了吧？如果需要帮忙，就给我递个话，我好多年没参加大家的喜宴了。”

“谢谢巴德勒格，一定会请你，俗话说，远亲不如近邻，就是你将来住进新屋，我们两家也相隔不远。”丁全福说，“到时候，得请你帮忙招呼客人。”

“那就这么说定了，只要福叔看得起。夜深了，福叔，回家休息吧。”巴德勒格看着散去的人说。

丁全福瞥了巴德勒格一眼，见他的目光随着王春喜移动而移动，如影随形一般。丁全福说：“嗯，回去吧。”

两个人就返身往家里走去。

第二天早上，丁全福起来做饭。对于做饭，丁全福轻车熟路。多年前煮饭是靠马粪牛粪做燃料，枯草是不能烧的，要喂牲口。现在，一应家用电器齐备，也通了电，煮饭用电饭煲，炒菜用煤气。儿子丁大鹏和他妈妈这几天开车外出办事，家里就他一个人吃饭。一个人吃饭很烦，吃不了多少，米放多了，吃不完，米放少了，又不好煮。丁全福索性煮多些，一次煮两餐的饭，反正电饭煲保温。

淘米，加水，按电饭煲开关，看到电饭煲的指示灯亮了，丁全福又在冰箱里拿出辣椒、青菜和猪肉。虽然是一个人吃，不铺张浪费但也不能刻薄自己。弄两个菜，留多一些中午吃，要喝杯酒。如果长时间不喝酒，丁全福觉得胃不舒服。他自己笑骂道，这酒虫不知道是在胃里还是在心里。

一连几天，丁全福都是重复着他的生活规律。早上吃完饭，经过巴德勒格起房子的地方。巴德勒格会照例递上一支烟。丁全福接过烟，抽了就去葡萄园，中午回家吃饭，下午继续去葡萄园，晚上就在村广场边看女人们跳广场舞。有时候，巴德勒格来陪他说话，一老一少有一搭没一搭地拉呱。有时候，巴德勒格没来，丁全福就一个人抽烟，偶尔与别人说几句话。他看到王春喜，心里就会有一股暖流，可是，当他想到自己的媳妇，又不得不将这股暖流压下去。

巴德勒格的房子起好了，机械建房子速度快得惊人，质量又好。巴德勒格每天一大早就去忙他的事，丁全福也从日子里抠去在巴德勒格房子前停留这个插曲。转眼间，就到了格桑花开的季节，草原上，格桑花开得十分美丽，很霸气。从没有第二种花像格桑花这么铺天盖地，耀人眼睛。草原上葡萄园的葡萄也渐趋成熟，再过一两个月，就是采摘的日子。

植物成熟令人欣喜，而人太过成熟，却暗藏着忧伤。丁全福眼里浮出暗淡，就是成熟后的产物。儿子丁大鹏与他母亲去城里办事还没回来，他一个人在家顿觉被一种浓愁情绪裹着，特别是这几个晚上，他看着王春喜轻盈的舞步，既高兴又惆怅。昨晚，他就没睡好，心里不是滋味。广场上的照明灯以前是圆月形的，年初被换成格桑花的形状。

格桑花开在丁全福的心里。那年，正是格桑花开得最艳丽的八月，漫山遍野都是。王春喜躺在花海里，丁全福躺在王春喜旁边。王春喜手里拿着丁全福编织的花环，少女的羞赧染得格桑花无比可爱。两个年轻人就这么静静躺着。丁全福问："春喜，几时告诉妈？"

王春喜侧过头，看着丁全福，故意问："什么几时？"丁全福知道她在打趣他，就单刀直入地笑着说："什么时候带我去见准岳母大人？丑女婿总得见岳母。"

"那，这么大的事，总得选一个黄道吉日吧。"王春喜把脸笑成格桑花，翻身趴着，抬头望着这霸气十足的花海说："你先沐浴三天，斋戒三天，记得焚香，一天三叩拜，把我感动了，就带你去见我母亲。"

"好，一言为定，我现在就让你感动。"丁全福说着伸手去挠王春喜的胳肢窝。王春喜"咯咯"笑个不停。突然，丁全福怔怔地看着王春喜。王春喜看着他窘态毕现，伸手去摸丁全福的脸，得意地问："美吧？看把你看傻了。"

丁全福却不搭话，一把捉住王春喜的手，放到他的手掌里，然后，将王春喜的手放下，两只手去抱王春喜的腰，喘息着把她压在身下。王春喜顿时酥体软如棉花，任丁全福狂吻她的颈部、脸颊。丁全福喘息的热气喷在她的脸上，酥酥痒痒的，十分舒服。丁全福伸手去解王春喜外衣纽扣。王春喜的胸脯尚有内衣隔着，却阻挡不住那两只仙鹤振翅欲飞。丁全福再也忍耐不住，伸手去捉那两只仙鹤，真的担心它们飞了。王春喜"嘤咛"一声说："不要，全福，你不能欺负我。"

"我不是欺负你，我是爱你，春喜。"

"不能，全福，我们还没有举办婚礼。"

王春喜嘴里说不要，可是身体却不听话，没半点反抗的意思。丁全福却停下去捉仙鹤的手，他看到王春喜有泪在眼角蔓延开来。他轻轻地叹了一口气，给王春喜扣上纽扣。两个年轻人不再说一句话，默默坐了一会。王春喜说："你送我回家吧。"

后来，两个热恋的情侣被棒打鸳鸯后，丁全福常常想，如果那次"生米煮成了熟饭"会怎样？不过，近三十几年了，丁全福从未后悔自己没有把两人的生米煮成了熟饭。他说，那是要留到新婚之夜才能享受的"饭"，提前去煮，于他和王春喜的一生里，会是夹生饭。

其实，王春喜的母亲提出的彩礼也不多，对于现今来讲，就是巴丹吉林沙漠里的一粒黄沙。那彩礼单，被丁全福用雕刻刀刻在心房里。礼金288.88元；马2匹（或者牛2头）；羊8只；马奶酒2桶。

那时候，承包到户才刚刚几年，这些礼金丁全福家拿得出。丁家与王家商议的时候，四周围了好些看热闹的人。可是，不知道谁在一旁插嘴说，当年百里奚才值五张羊皮。旁边就有人问，百里奚是谁？

春秋时期秦国名相。

哦，现在的女娃值钱，盖过当年秦国名相。

这两个人一问一答，王家人听了，黑了脸，一声不吭地走了。等到丁家去下聘礼的头一天，王家变卦了，让媒婆捎话过来，说礼单变了。丁全福拿到礼单一看。

凤凰牌自行车1辆；上海牌手表2块；牛2头；羊8只；礼金2888.88元。

这下子，丁全福傻眼了。莫说没钱，就是有钱，这凤凰牌自行车和上海牌手表谁能买得到，这都是要走后门才能买得到的紧俏商品。丁家没熟人，这到哪儿去弄？王家更让媒婆递话过来，说少一样东西免谈，她家的春喜可是比花还美的女孩，不愁嫁。

丁全福说，这不是故意要这么多彩礼卡人？

说归说，丁全福拿不出这么多礼金，他去找亲戚们打打主意，但是，没有哪家亲戚能给予帮助。丁全福想起城里有个同学在五金公司上班，就去找他想办法。他同学很热情，答应帮忙，可是，凤凰牌自行车哪是一个普通职工就能批到指标的，单位一年才有几辆配置，哪有他说话的权利？必须有科长、主任、经理签名才能获得一个指标。两人一点儿办法也想不出，最后，经过同学多方设法，丁全福才购到一辆内蒙古自治区产的自行车，还是有问题的处理货，不过，经同学从中活动，价格优惠很多，才七十来块，到五金公司修配车间修理修理，多花了几元钱，但骑上，也很不错。在外奔波十几天的丁全福，推着自行车回家时，王春喜的母亲强行让王春喜与李志祥订了婚……李家对王春喜母亲提出的礼金单，不打半点折扣。

丁全福坐在他家客厅的细羊皮沙发上，往事让他满腹惆怅。巴德勒格来了。他掏出香烟，敬上一支。丁全福说："你不抽烟，就别买烟待客了，浪费钱，虽然现在富裕了，但还是要学会节省。"

巴德勒格支支吾吾地说："是的，福叔，不过，我来，我来……"

丁全福见巴德勒格有心事，就说："有事吗？说吧，只要叔能办得到的事，你尽管说。"

巴德勒格直起腰说："福叔，这事我想了好久，只有你能帮忙。"

"你说说是什么事嘛，先说来听听。"丁全福给巴德勒格倒了杯热茶。

"福叔，是这样，也不是什么事。不，是大事。就是我与王春喜阿姨的女儿秋梅的事，阿姨说不要我给她家彩礼，但必须有房子，有车子，最少有三十万块存款，说秋梅嫁过来不能挨苦。福叔，你知道的，我去南方打工多年，挣了些钱，建起这房子，加上装修，就没剩多少钱了。这么多年在外，家里也荒废了，本来回来想种植葡萄，那得要时间，一时半刻拿不出这么多钱。"

丁全福一听火了，想起过往他与王春喜的婚事。丁全福拿起茶几上的烟，点燃慢慢地吸几口。

春喜怎么还这么糊涂，又让孩子们走她当年的老路。丁全福反过来想，总觉得哪儿不对。他说："孩子，你别急，如果你春喜阿姨真的这样逼你，车子和钱的事，我给你想办法。我一个半老头子，不好亲自去说，你去找木仁，说是我说的，让她给你做媒。"

"谢谢福叔。"巴德勒格连忙去找木仁。木仁起初不想去，一听是丁全福说让她去做媒的，才很乐意地答应了。巴德勒格在木仁家的超市里买好礼品，两人就奔王春喜家去。可是，任凭木仁巧舌如簧，也说丁全福会帮巴德勒格的忙。谁知，王春喜口气更加强硬，说提的要求少一块钱也不行，并且，只能是巴德勒格自己赚的钱。气得木仁破口大骂丁全福，让她来踩踏这个泥淖地。木仁气呼呼地走了。王春喜不愠不火地说，木仁，不送，你慢走。

王春喜的强硬，巴德勒格没辙。他打电话给秋梅，说："秋梅，我是蒙古汉子，蒙古汉子都耿直，你可得坚持，不能变心。"秋梅一听巴德勒格这话，气哭了，说："你说这话什么意思？你的意思是说若我妈妈不答应，你就不坚持，想放手，是不是？"巴德勒格知道他自己说错话，连忙解释："秋梅，我没这意思，我是说，我会想出办法，说服阿姨。"秋梅说："你看你，还叫我妈妈阿姨，你分明是想放手。"秋梅这一闹，巴德勒格反而放心很多。他知道秋梅不会屈从她妈妈，会等着他。最后，还是秋梅点拨巴德勒格。秋梅说："你再去求求福叔，我估计只有他才能说服妈妈。"

巴德勒格只好又来求丁全福。巴德勒格是在丁全福的葡萄园找到他的。

丁全福看到巴德勒格就说："没成吧？你将情况说一遍。"巴德勒格将木仁和王春喜的对话详细地复述了一遍。"丁全福一听，明白了，王春喜这是逼他去做媒。解铃还须系铃人。两人多年来的心结，王春喜不想带到棺材里去。她知道丁全福不搭理她是为了保护她，免得被人说是非。可这都什么年代了，难道寡妇门前真的是非多？王春喜将的这一军，十分到点、到位。丁全福说："等我明天忙好这些事，后天陪你去。"

丁全福和巴德勒格快走到王春喜家门口的时候，他不由得放慢脚步，过往的一幕幕又像放电影一样在他脑海里流转。门是开的，王春喜和她女儿秋梅正在家里忙着包饺子。王春喜扭头看着丁全福，丁全福睁眼看着王春喜，目光交汇，各自的唏嘘、眷念、问候都从目光里传递给对方。好一会儿，王春喜回过神来，轻轻地说："家里没老虎，站门口干吗？"

秋梅连忙放下手里的饺子皮，去洗手，斟茶倒水，然后给巴德勒格一个眼神，两人进厨房包饺子去。丁全福进来坐在木沙发上，不抬头，只把眼睛盯着地面看，一双手不停地相互搓动。王春喜幽幽地叹了一声："我家地面铺的是瓷砖，可没有铺电视机。"

丁全福听了，紧张顿时去了些。他抬头望着王春喜，百感交集。是呀，都过去这么多年了，孩子也谈婚论嫁，还有什么放不下的。丁全福说："你好吗？"

王春喜心里一乐，这傻样，这么多年，还是这样。咫尺天涯，岁月改变人的身体和生活状况，却荡涤不去根植于心底的原始的心性。王春喜忍俊不禁地说："好不好，这不在你面前？"

丁全福连忙抽根烟，含在嘴里，说："能抽烟吗？"王春喜即刻去找了个烟灰缸摆在茶几上，说："能，抽吧。"丁全福伸手去衣兜里掏打火机，几个口袋摸遍，也没有，是忘了揣上。王春喜见了，连忙去找打火机，也没找到，随即歉意地说："家里没人抽烟，没有打火机，我去买一个来。”丁全福说：“没事，没事，不用了，不用了，我就闻闻，闻闻也行，我在戒烟，但又忍不住烟瘾。”王春喜说：“想抽就抽，都是人生福禄，不过，别多抽就是，多抽伤身。”

年轻时的丁全福是不抽烟的，开始抽烟是与王春喜劳燕分飞后才学会的。此刻，他不知咋的就随口说他在戒烟。很多人戒烟很艰难，丁全福也戒了几次，都戒不了。此刻，他真的不想抽。他笑了笑，人真奇怪。他把手里的烟折断，捺在烟灰缸里。丁全福想起他来的目的，挪了挪身子说：“我今天是来给巴德勒格做媒的，这孩子不错，虽然没父母亲作主，但是个能吃苦的孩子。”王春喜说：“嗯。”丁全福说：“孩子的婚姻是大事，我们看孩子不能看他的经济状况，要看孩子是不是好苗，这才是让孩子幸福。”王春喜把眼光停在丁全福身上，又嗯了一声。丁全福接着说：“其实，其实，孩子过不过得好也不是看他有多少钱，现在，大家都致富了，只要不是太懒，日子都会过得红火；只要勤劳，凭双手，谁都能把日子过得像花儿一样好看。”王春喜还是嗯一声。丁全福听到王春喜回答几个嗯，想起巴德勒格的样子，心底着急起来：“你倒是给个实话呀？”

王春喜暗叹一声，这个木脑壳还是二十几年前的木脑壳。她说：“我没有反对孩子的婚事，你急什么？”丁全福心说，你提这么高的条件，这不是卡着孩子的婚事？但他知道这话不能说出来。他想了一会儿说：“儿孙自有儿孙福，我看这两个孩子都勤劳，我喜欢。”王春喜说：“这我知道，与你说说我的担忧，我为什么提这么高的要求，不是卡孩子的婚事，是想给他们点压力，让他们勤快些，不能懒，好日子都是要付出的，来得不容易的东西才能让他们更加珍惜。”

丁全福听了，这才明白王春喜的一番良苦用心。想起她的母亲那么快就逼她嫁给李志祥，半生的幸福比云烟散得还快。丁全福得到要得的结果，巴德勒格央求的事谈妥，便起身要走。王春喜身子颤了一下。许多年了，农村孩子的婚事若谈不拢，就是永远的冤家对头，老死不相往来，这陋习也应该被根除。她说：“吃了饺子再走吧，你回去一个人做饭也不好做，再说，这饺子是为你们包的。”

巴丹吉林沙漠在治沙队的努力下，吹过来的风也温柔了很多，令草原更显绿色。这几年，公路条件的完善，令前来旅游的人也多，鄂温察克村成了一个显著的地标，越来越被更多的人记住。

一个早上，巴德勒格来向丁全福辞行。他说他原来的那家建筑公司的杨经理一直在给他打电话，邀请他回建筑队，答应给他涨工资。他想了好久，答应了回去，现在，南方建筑队工资高，一个月有一万多块。丁全福说秋梅怎么办。巴德勒格说秋梅跟着一起去。丁全福沉思了一会说：“你不跟我学葡萄种植技术了？”巴德勒格说：“巴丹吉林沙漠一直在治沙，葡萄园种植太多会毁坏草原的生态环境，我不想种植了。”丁全福吃惊，他种植葡萄多年，还真的没有想到这个问题。他问：“你听谁说的？”巴德勒格说，是秋梅告诉他的，秋梅是听她妈妈说的。

丁全福怔忡了。片刻后，他拍着巴德勒格的肩膀说：“好孩子，其实，条条大路通罗马，你去吧，好好做，现在的人，只要不懒，到哪都能活出好日子，好样子。秋梅聪明，有文化，跟着你去，你们一定行，不过，如果几时想回来学栽培葡萄，可以随时来找我。”

看着巴德勒格越走越远的背影，丁全福想，我怎么就没想到这个问题呢？一直以来只知道追求经济效益，以后的日子，让外甥跟着一起干，一定要培植出既有经济效益，也能固土、治沙的葡萄。这项目，必须尽快提上研究日程，让技术员研发。

家里没有一个女人，饭就吃得囫囵吞枣。这个早饭，丁全福准备下碗面条凑合一下，等老婆孩子回来，再继续享清福。

冷湖小镇2046年

◎黄仁强

冷湖小镇与青云家园小区

夏天炽热的风吹在地上，小草与花朵随风摆动。有些树上掉落的叶子，卷曲翻动，飘向空中，飞到沿街的商铺旁边，飞向冷湖公园的淡水储存水库中。

冷湖小镇位于我国青海省柴达木盆地，多年以前，以石油开采业闻名。结束石油产业后，在政府与国企的帮助下，建设成了一个适宜居住、旅行，发展火星旅行计划的小城镇。

太阳露出了可爱的脸，冷湖小镇青云家园小区门口，外出与在饮食店吃早餐的人来往不停。有妈妈带着小孩来卫生站注射预防病毒的疫苗的，有职场人员穿着整洁的工作服装外出工作的，有闲散的老人在健身练习太极拳的。

冷湖小镇火星一号公路上，磁浮公车缓缓地开过来。外出旅行或工作的人，有序排队上了车。

公路上，两边的青海云杉、油松、白榆树展开枝叶，似乎在向人们招手，守护着人们出行的安全。

磁浮公车开过后，有一节柜子被放下。物流小哥推着移动柜子回来青云家园小区。柜子里面，有小区的人网上购物的物品，小哥将柜子存放在商铺，电话信息通知人们过来取件。

小区旁边的幼儿园，此刻在放着美妙的音乐，一群小孩在幼儿园老师的带领下，唱歌跳舞。墙上画的小动物可爱有趣，智能动漫兔子、小猫、米老鼠和小朋友一样快乐活泼。

鲑鳟鱼小花与意外失明的小朋友

冷湖公园的淡水储存水库中，有一条鲑鳟鱼，它是人工基因编辑孕育的鱼，代号为小花，它在水中畅游。

有游客将鱼食洒在水面，一群鲑鳟鱼冲向水面吃食物，水面被搅得水花四溅。游客们欢欣悦动，拍照留念。

鲑鳟鱼小花冲向水面时，看到游客们在投食，鱼儿们一起吃鱼粮。鱼粮不多，很快就被其他的鱼儿吃完了。一会儿，它们就游向其他水域，寻找快乐。

明天就要上手术台做手术了，鲑鳟鱼小花望着天空，有些激动，又有些害怕。

鲑鳟鱼小花与其他的鱼不同，因为她是基因编辑鲑鳟鱼。三年来，经常有科学研究人员捕捞它，观察它的生长情况。它的身体还装了GPS的定位芯片，可以被识别与追寻到。

三年前，深圳科学研究所的贺医生，带领他的团队，来到了冷湖小镇。他们进行了一项科学技术，以帮助一位失明的小朋友。科学实验很成功，鲑鳟鱼小花从此带上了小朋友的基因来到世界上。

青云家园幼儿园的小朋友们在做游戏，有个一只眼睛失明的小朋友小雨，此刻坐在旁边，观看其他小朋友在嬉戏。

幼儿园老师关心地说；“明天就要做手术了，小雨要开心点！”

“嗯，我只是有些害怕。”小雨怔怔地回答。

一位开朗的小朋友过来说：“不要担心，我们会给你加油！”

小雨低着头，不知说什么好。

自从小时候意外失明，她的生活似乎充满了灰色。

四年前，一岁的小雨，被奶奶抱着。看着外面的世界，一切都是那么新鲜。小区的花草世界，鸟儿与水底的小鱼，都是那么的快乐，那么美好。

有一次，奶奶抱着她路过草地时，一小块玻璃飞进了她的眼睛，她觉得剧疼，很快就晕了过去。醒来时，她已躺在了医院，妈妈与奶奶都哭红了眼睛。

“以后的生活怎么过啊？小雨一只眼睛坏了。”

听着奶奶的说话，小雨睁开左眼，心里觉得很难受。她的右眼失明了，被纱布盖着。

小雨爸爸寻找原因，最后发现是小区物业外请的人员操作割草机，有玻璃飞出伤害了小雨。虽然他们一开始答应赔偿，但却故意推诿责任，幸好有中央电视台法制节目的律师帮忙，才获得了赔偿。

小雨妈妈对着记者哭诉：“有了赔偿，可是，小孩的生活以后很难……”

基因编辑眼科手术

冷湖医院门口，一群新闻记者等着科学家贺医生。

医院手术室，贺医生的团队在操作眼科手术。基因编辑鲑鳟鱼与一只眼睛失明的小雨，分别作了麻醉。

无影灯下，贺医生动作麻利地进行移植操作。鲑鳟鱼的眼珠被取下，小雨的坏眼被清理，接装了鲑鳟鱼的眼珠。

3个小时候后，贺医生出来医院门口参加了发布会。医院一楼大厅中间有横幅：基因编辑移植技术发布会。

坐在中间的是贺医生，坐在左边的院长首先作了发言：

“各位新闻单位的来宾、朋友们，首先，本人代表院方欢迎各位的到来。基因编辑移植技术在本院实施，是本院的光荣。十分感谢各位记者的关心与关注。接下来，你们可以提问贺医生有关情况。”

坐在台下的记者发出了热烈的掌声，有几个记者翘首以盼地想提出问题。

“这次基因编辑眼科手术是全球第一例，请问这次手术进行得是否成功？”一位记者接过院方组织人员的发言麦克风急着发问。

“我们的团队经过三年的研究，这次成功地克服了技术困难，手术后，患者已经接上了鲑鳟鱼的眼珠。患者的视力还在恢复期，需要观察！”贺医生缓缓地回答记者的发问。

“请问这次实验的鲑鳟鱼怎么样了？贺医生团队有没处理掉？”另外一位记者接着提问。

贺医生看一看旁边的助手，示意一位女士回答。

“首先，十分感谢你们对鲑鳟鱼小花的关心。这是全球首条基因编辑养育的鲑鳟鱼。我们团队三年来跟进放养过程，对它的生命也作了关怀，手术后，这条鲑鳟鱼仍然在生。我们团队会观察其生命情况，放养回水库，通过基因工程再造它的眼睛。”外表文弱、表情淡定的女助手坚定沉稳地回答了记者的提问。

提问的记者们做了片刻的停顿，接着，有一位记者接过麦克风继续问道：“请问贺医生，患者的恢复期需要多久？为什么不用牛蛙或者其他动物的眼睛配体，是否鲑鳟鱼的眼睛更加合适与人类配体？”

“这个问题问得很好，我们人类的祖先来自海洋。可以说，鱼类就是我们人类同宗的祖先。采用鲑鳟鱼是我们科学团队长期试验的结果。至于为什么要选择鲑鳟鱼，我们的团队做过科学试验。患者接受移植手术后，目前情况正常，还需要用药以进一步观察结果。”贺医生慷慨激昂地回答了记者的提问。

后面有几个记者继续发问，贺医生团队都做了一一回答。

医院内，小雨手术后，父母陪伴在身旁。

另外一边，鲑鳟鱼小花被安置在一个大型的鱼缸中。此刻的小花，虽然失去了一只眼睛，但她还是顽强地活着。贺医生团队手术后，给它做了及时的止血，继续养护在水中，贺医生团队后续还要给它再造眼睛。

诗人老罗的生活

夜晚的冷湖小镇，在微风与夜光下，寂静寥廓的天空，显得一片清静。

此刻的诗人老罗，有些焦虑与彷徨。每次到了这时候，他都要喝些小酒，对着天空自言自语。

他觉得，自己已不是自己，更像是一个古代穿越回来的诗人。看着天上的月亮，上面的白兔好像在对自己呼唤。

老罗并没有喝醉，只是喝了一小杯酒。这时候的人，有些兴奋，有些激动。可惜，他没有多少朋友，孤单地住在青云家园小区。

他回想起上午的活动。在俄博梁雅丹景区，有一个青年人的活动，来的青年人热情而且活跃，参加了各类文旅活动与游戏。

俄博梁雅丹景区是冷湖小镇的特色地貌区域，有风蚀的石头可以观赏。经过政府旅游局多年的艰辛管理，如今已是树木葱郁，花繁叶茂，湖光山色，令很多过来的游客流连忘返，拍照留念。

老罗在人群中显得有些凸囧，不只是因为他有偏瘦的身形，而且有突出的眼睛，宽大的肩膀。这些，都让他难以融入人群的交流。别人觉得他怪异，而且可能有暴力倾向。

老罗孤单地参加了活动，在表演节目时，他上台念了一首自己写的诗歌。

爱情冷湖：你是晨间滴落的露水/确定与爱人眼中有关/骑上奔驰的宝马/在冷湖水库歇息/暮色降落/遮蔽了母亲的温情。

台下的年轻人，有些鼓掌，表示欣赏，有些人不知其表达什么感情，作深刻思考状态。

孤单的老罗不在意这些，因为他觉得，诗词只有懂的人才会欣赏，不懂的人，可能会说这个诗词表达空虚无聊。

活动结束后，有一位女士要了老罗的手机号码以便日后联系，这让老罗有些意外与欣喜。

老罗诗意般的生活并不美妙，这与他不同俗世的个性有关，也因为发生了一些令人难堪的旧事。

作为一个单身青年，他习惯了以诗会友，既可以抒发自己的情怀，也可以表达自己的感情。

几年前，老罗参加了敬老院的慰问活动，热情洋溢地讲了一些感怀的话，对于学生的活动发表了鼓励说辞。

回来的晚上，老罗又分别发了一些抒发感情的诗词给女生。遗憾的是，女生家长知道后，质问学校校长，批评老罗性骚扰女生。

有些事情的发生，如果能够静下心来梳理，会觉得都是冥冥中的缘分，人与人的相遇，就是为了发生一些事情，有好的，也有坏的。

一个人既然难以改变自己的外形，唯有改变习惯与个性，预防坏事的发生，老罗有所觉悟。

青云家园农场

2046年，中国已经是世界上最强大的国家，经济领跑全球，人们的幸福感越来越高。

经过多年的经济增长，中国已经放慢了发展的脚步。国家建设更加重视环保、民生与福利保障。

以往二十年前的车贷与房贷已经不复存在，地上跑的都是磁浮车，无人驾驶。新建的楼房已经过剩，没有人再为买楼担忧，只要有身份证，都可以得到居委会安排的住房。

为了鼓励环保与减少物流损害，政府鼓励建设公共农场。正是在这样的背景下，出现了很多如同青云家园旁边那样的专属农场。

老罗离开教师岗位后，来到了青云家园农场工作。

在农场工作，老罗似乎又寻回了自己。在这里，班主会积极沟通农业种植情况，当地的居民根据需要过来摘菜，也参与浇水与耕种。

老罗的工作是每天早上过来清理淡水鱼塘，鱼塘总会有一些杂物存在，包括枯萎的水草，查看水质以及冷水鱼儿的生活情况。如果天气太热，需要人工降温，可通过人工智能开动水机降低鱼塘水的温度。

上次的聚会活动，老罗认识了女青年小陆。手机联系之后，他们已经开始作深入的沟通。

小陆是住在冷湖小镇西边的一位农村女子，与东边的青云家园有5公里的距离。她也喜欢写诗，上次聚会以后，她和老罗在写诗方面作了探讨。

小陆过来青云农场探望老罗，这让老罗分外惊喜。

夏天虽热，但却阻隔不了年青人约会的激情。他们在青云农场见面、聊天，一起参加劳动，一起畅谈人生。

如同牛郎与织女，虽然没有许多见面的时间，每次的会面，都是她们值得回味与记录的美好人生旅程。

农场里面，种植了青海的特色农产植物，有沙棘、油菜、丁香、土豆、青稞。每到了开花时节，都有很多游客慕名过来观赏。油菜花如同黄色的花毯，金色的绸缎，在湛蓝的湖水和飞舞的白云衬托下，让人觉得炫目的美。

青稞是青海省人民常见的谷物，农场种植了青稞。收获后，可以制成各种当地的特色小吃。

有关青稞的传说，诗人老罗讲述了一个英雄故事。为了让人们吃上粮食，英雄在山神的帮助下，从蛇王处盗得了青稞种子。

英雄不幸被蛇王发现，罚他变成一只狗，只有得到一个姑娘的爱情时，才能恢复人形。后来，这只狗果然获得一个姑娘的爱情，恢复了人身。

由于他们的辛勤播种和耕耘，大地上长满了青稞。人们从此吃上了香喷喷的糌粑。

听着老罗诗情画意梦幻般的故事，小陆有些陶醉。美好的生活与爱情一样，需要勇气、坚定与信心。因为，这些品质，都是生命不可或缺的元素。

冷湖小镇2046年火星登陆计划

20世纪以来，人类一直保持着对火星的好奇心与探索。火星是地球以外有过生命迹象的星球，人类期盼可以在上面驻足。

到了2046年，我国已经实现了火星登陆计划，正在有序地组织团队进入火星建立基地。

冷湖小镇，作为我国火星探测的基地，越发显示其宝贵作用。

2046年1月，冷湖小镇启动了登陆火星计划，经过半年的遴选，人类基因编辑的鲑鳟鱼，一位失明后康复的小朋友，诗人老罗与女友小陆，都成了这次登陆计划的主角，准备登陆火星。

为了顺利登陆火星，建设火星人类基地，诗人老罗与女友小陆，鲑鳟鱼小花，小朋友小雨，被邀请来到赛什腾天文观测站与315国际空间站学习与研究火星知识。

在通往火星基地的公路上，广袤的褐黄色戈壁滩，布满了一排排的圆柏树。乌青的沥青马路，清澈的蓝天，坐在磁浮公车里观看，外面的高原景色令人心旷神怡。

诗人老罗怀着激动的心情，可以与心爱的人参加此次活动，自然十分兴奋。他写了一首诗以纪念这次活动。

去往远方：在某个地方/未见过的脸庞/未听过的声音/超越陆地与海洋/超越我的视线/在徘徊的月亮那边/星星一夜夜追踪在她身边/或远或近/只有一墙之隔……

当火星和地球都处在近日点时，他们的距离最短。火星和地球最近的一次“碰面”是在16年前，当时火星离我们最近，为6000万公里。如果都在远日点，则最远，为四亿公里，那么要赶往火星，食物、燃料、疾病和长期失重等等都是问题。

登月只是三天，去火星可不是一点点时间，距离真是最大的问题，航天的技术去往火星需要6个月的时间。

我们地球虽然美丽富饶，但是高级资源根本不够用，显然不能够支撑更高级的文明，而火星富含氘元素。

诗人老罗与同行的女友小陆、鲑鳟鱼小花、小朋友小雨在领航员的帮助下，成功地登上了太空。火箭发射，顺利加速脱离地球，进入赶往火星的旅程。

在太空上生活，克服失重的状态，适应飞船上的饮食与起居，调整好心情。外面的世界令人迷茫，空虚与寂寥的压抑感时常困扰着他们，地球家园越来越远。

远远圆圆的地球，人类的家园，在视线中缥缈，越来越空虚。

历时6个月，诗人老罗、小陆、鲑鳟鱼小花、小朋友小雨降落在火星上选定的降落地点，偏差只有300多米，偏差范围正常。

在火星上行走，克服可怕的沙尘暴天气，穿着厚厚的防辐射宇宙服，老罗、小陆、鲑鳟鱼小花、小朋友小雨向四周观望。

一周后，完成探测任务，开始返回航空器，打开携带核反应堆的小卡车驶出后找到自然凹陷处，放下反应堆，运转后可持续提供电力，维持携带的反应釜，开始工作，吸取火星的空气。

火星上的空气95%是二氧化碳，与携带来的6t氢反应，产生火箭燃料甲烷和水，然后将水裂解成氢气和氧气。

火星登陆计划后记

诗人老罗与女友小陆、鲑鳟鱼小花、小朋友小雨在经历了一年艰苦太空生活后，于2047年7月成功回到地球家园，为期一年多的火星登陆画上美满的句号。

回到地球家园，他们激动得满含热泪，相互紧紧拥抱，互相道别。人生就是一场旅行，特别是去了遥远的地方，经历了生与死的考验，会更加珍惜当下的生活。

姐 妹

◎马 瑛

城市的天际线，开始显出鱼肚白。

靠在床上却一夜未合眼的叶志超心事重重地掀开被子下了床，稍稍活动一下脖子和身体，便光着脚有些蹒跚地走进铺着大理石地面的洗漱间。

昨天，远在加州陪儿子游学的妻子打来的一个电话，好似一颗就在身边爆炸的炸弹，一下子把他炸懵了。几个月前走的时候还是活蹦乱跳的儿子，却在加州医院被查出急性淋巴细胞白血病。一开始，他的脑子一片空白，面对电话里妻子的泣不成声，他不知道怎么去安慰她，因为他自己也需要别人来安慰，作为这座城市顶级医院之一的大外科主任，他清楚地知道要治好儿子这个病能有几成把握。

整个晚上，叶志超都捧着儿子的相册不停地翻看，那是一本记录了儿子从出生到念初中所有美好瞬间的相册。在他的心目中，儿子一直是自己的骄傲。小学四年级参加省少年钢琴大赛获得小学组第二名，初二参加全国天文与物理知识竞赛获得银奖，初三又参加省智能机器人设计比赛获得金奖。就是因为儿子的这些奖项，中考时被排名全省三甲之一的市第一高中录取。这所高中和洛杉矶约翰马歇尔中学是姐妹学校，每年双方都会相互给予游学名额。很幸运，叶达在高中就得到了这个赴美游学一年的机会。九个月前，叶志超亲自开车到机场，将儿子和妻子送上了去洛杉矶的飞机。院里非常给力，竟然破天荒地给了妻子陆灿一年的陪读假。叶志超对院领导真是感激涕零无以为报，唯一能做的就是多看病人多上手术。

从洗漱间出来，叶志超拿起床头柜上的手机，打开房门，沿着精致的木质楼梯走下楼去。他走到楼下的餐厅，在圆形餐桌边坐下。一夜未眠，为的就是要做出这个决定。他给妻子发出了一条只有八个字的微信：尽快启程，回国治疗。

叶志超不是不相信美国的医疗技术，而是眼下有一样东西可以救儿子一命，而这样东西在美国是没有的。

叶志超一边给自己做着早餐，一边考虑着儿子接下来相当长一段时间的治疗安排。

他端着早餐坐回餐桌，餐桌上的手机震动了一下，那是陆灿发回的微信：我已经预订机票，联航，后天中午启程。

刚放下手机，电话铃声又响起，“叶主任，今天上午的两台手术九点开始，您能准时到吗？”那是外科护士长的声音。

“我准时到！”叶志超放下电话，吃罢早餐，用冷水洗了一把脸，便驱车匆匆驶向医院。

一架带着四个引擎的灰色大鸟沉甸甸地降落到跑道上，起落架上巨大的轮胎擦到地面的一刹那，身后扬起一团蓝白色的烟尘，同时机翼上的减速板已经翘了起来……

叶志超和戴婉倩神情严肃地站在机场到达大厅接客区的栏杆外，目光一直没有离开时而三三两两、时而鱼贯而出的人流。

戴婉倩是陆灿护理学院的同班同学，她们这届是最后一届国家包分配的大学生，两人一起被分进了市医院，陆灿被分配在内科当护士，戴婉倩被分配在妇产科当护士。她俩彼此向外人介绍时，总说“这是我姐妹”却很少说“这是我同学”，或者说“这是我同事”。确实，她俩是从小到大形影不离的好姐妹。

九个月前，戴婉倩跟叶志超一起来到这座机场，目送陆灿和叶达走进安检区。前天，她同样也是第一时间收到了陆灿的信息。但在看到陆灿微信的那一刻，戴婉倩木然了……

一位身穿机场工作人员制服的男士推着一辆轮椅车走在前面，陆灿推着一辆行李车紧紧跟在后面。叶达无力地坐在轮椅车里，从头到脚被裹得严严实实，只露出一双略显疲意的眼睛。

叶志超和戴婉倩赶紧迎上去。

陆灿一把抓住叶志超的衣襟，头重重地砸在他的胸口，眼泪夺眶而出。

叶志超轻轻抱住妻子，抚摸着她的后背，轻声耳语：“回来就好，老婆，你辛苦啦！”

戴婉倩在轮椅车前蹲下身子，轻轻拉起叶达的一只手：“阿达，欢迎回家！”

“戴阿姨好。”叶达直起身子很有礼貌地跟戴婉倩打招呼。

叶志超松开陆灿，走到儿子跟前，“阿达，没事儿，没事儿的……爸爸妈妈都是医生……没事儿的……”叶志超觉得自己的喉咙里像是有东西梗在那里。

戴婉倩和陆灿紧紧拥抱。戴婉倩也不知说些什么才能安慰一下陆灿，她们只是默默地拥抱了十几秒钟。

汽车在高速公路上疾驰，好一阵子，车里没有人说话。

坐在副驾驶座上的陆灿，喃喃地说了一句：“老叶，还是先回家吧，让儿子在家住两天……”

正在开车的叶志超轻轻“嗯”了一声。

“爸爸，我想吃猪肚鸡……还有艇仔粥……”坐在后排的叶达两眼望着车窗外，轻声说。

“嗯，好的！”叶志超鼻子发酸，视线变得有些模糊。

“放心吧，到家以后，阿姨来做猪肚鸡。”戴婉倩伸手整了整叶达的衣服，“待会儿我先去买艇仔粥，别的你还想吃啥？”

叶达看着戴婉倩：“谢谢戴阿姨，你对我最好了……”

“你这是什么话？”戴婉倩故作嗔怒，她瞟了一眼叶志超和陆灿的后脑勺，“爸爸妈妈对你才是最好的。”

车里又恢复了宁静……

晚上，陆灿安顿儿子睡下，关了灯，从儿子的房间退出来。

叶志超坐在客厅的沙发上，正仔细地看陆灿从美国带回来的儿子的病情诊断报告。

陆灿坐到丈夫身边，忍不住又伏在他的肩头轻声啜泣。

叶志超放下诊断报告："明天你给邱怡打个电话吧。"

"不，现在就打！"陆灿抬起头，从茶几上抽了两张纸巾，拭了拭了脸上的泪水，拿起手机。

电话接通了，手机里传来陆灿的大学同学邱怡清脆的声音："陆灿啊，怎么回事儿？这么晚给我打电话有什么急事儿吗？哦对了，你在加州，这会儿你那儿是早上。你还好吧，儿子也还好吧？我们家老谢还说呢，等孩子放了假，我们到加州找你去……"

听着手机那头邱怡机关枪似的话音，陆灿一只手捂着嘴说不出话来，她把手机塞进叶志超的手里，双手捂着脸，肩膀不停地耸动……

"邱怡，你好！"叶志超一边用手抚摸着妻子的后背，一边强作镇静地和邱怡打招呼："陆灿和叶达今天刚刚回来。我是想跟你说……阿达病了，可能需要用到他出生时留的脐带血……"

"什么？！"邱怡显然非常吃惊，停了好一阵，问："已经确诊了吗？"

叶志超没有说话。

"老叶，我明天先过去一趟看看你们，顺便给阿达采个血样，带回血液中心做个匹配确认。"邱怡的音量明显降了下来。

"好的，谢谢！那……辛苦你啦！"叶志超本想将手机还给陆灿，起码也应该打声招呼，但是陆灿已经哭得稀里哗啦，便说，"邱怡，陆灿现在的心情不太好……"

"嗯嗯，我明白，见面说吧，见面说吧！"邱怡十分体谅地挂断了电话。

一个星期前，美国加州洛杉矶约翰马歇尔中学。学校的体育馆里正在进行一场年度篮球联赛的冲顶对决，其中的一支球队就是叶达所在的雪豹队。身高一米八三的叶达经过十几场与队员的磨合，已经从最初的小前锋，打到了中锋的位置。

快要上场了，叶达忽然又感觉一阵头晕。最近这段时间叶达老有这种情况出现，但是过阵就没事了，所以并未在意，他吃了一块巧克力，抖擞精神准备上场。

体育馆的看台上，口哨声鼓乐声已经响成一片。场地中央，八个穿着超短裙的篮球宝贝正跳着性感的球操舞蹈。随着一记长长的哨声，篮球宝贝们迅速离场，看台上也稍稍安静了下来。两支球队入场时，看台上有不少女生高声喊叫自己喜爱的球员的名字。

比赛开始，双方球员都全力以赴。由于战术配合有效，上半场第一节结束时，叶达所在的雪豹队领先七分。

在休息室里，叶达感觉自己晕眩得越来越厉害，他连忙喝了几口维生素水，不再说话，闭目养神。

第二节比赛开始，叶达依然在中锋的位置，但是他接同伴传球的失误开始增多，他有些急躁了。但此时，他开始感觉整个体育馆都是慢慢摇晃倒转，而且越转越快。他的眼睛已经无法准确捕捉来球的方向，终于，他再也无法控制住自己的平衡，一下子栽倒在了球场……体育馆里惊叫声一片，比赛被立即叫停。

陆灿收拾完屋子，准备出门采购。这是一套离叶达就读的中学不算太远的TOWN HOUSE（城市住房），来加州的大半年时间里，陆灿和儿子一直都住在这里，这是陆灿通过中介租的房子，各方面条件都很不错。陆灿已经和叶志超商量好了，如果叶达能适应这里的学习和生活，并且他自己也愿意，游学期满之后陆灿就准备向学校申请转为正式学籍，高中毕业后，留在美国读大学。而陆灿自己来美国之后的第一件事情，就是抓紧时间考取了驾照，这样一来母子俩的生活就变得十分方便了。

九个月的时间下来，陆灿发现儿子已经完全适应了这里的学校和社区生活，除了口语交流还有些欠缺外，其他似乎都没什么问题。陆灿和叶达每周都会跟叶志超通一次视频电话，汇报一下最近的情况，但是儿子近来时常头晕的事情陆灿却没有及时提到，她是担心老公会批评她没有照顾好儿子，她一直想当然地认为儿子是因为学业和参加篮球联赛累的，所以，这段时间她每天都给儿子做好几个营养菜，冰箱里更是备足了牛奶鸡蛋和各种水果。

陆灿开着车听着收音机，稳稳地行驶在去超市的路上。忽然，手机铃声响起来，她匆匆瞟了一眼，是儿子学校的电话，她赶紧减速把车靠向路边，并打起双闪灯……

陆灿的心情一下子变得非常沉重，她开给后悔自己没有尽早带儿子去医院检查。在赶往医院的路上，陆灿胡思乱想，还开错了路。

陆灿在医院陪了儿子整整两天，等待检查结果。当她拿到儿子诊断报告的那一刻，整个人一下子瘫倒在医院的长沙发上，这一刻对她来说仿佛天塌了……

戴婉倩今天调了公休，一个人已经在厨房忙了大半天，儿子赖嘉明放学回家放下书包也来厨房帮忙。

“儿子，去给你爸打个电话，问他到底几点回来。”戴婉倩一边麻利地在砧板上切着肉片，一边吩咐儿子。

赖嘉明走进自己的房间，拿起手机给爸爸打电话：“爸，妈咪问你几点回来？我们都准备得差不多啦！”

“准备什么？儿子。”电话那头是赖伯翁疑惑的声音。

“爸，今天是我跟妈咪的生日，你不会连这个都忘记了吧？”赖嘉明有些生气，嗓门便有些升高。

“哎呦，儿子，对不起，这两天为新学校开张的事情，你老爸都忙晕啦！这会儿我还在陪教育局的领导呢，待会还要陪他们吃饭，你跟妈咪吃吧，祝你和你妈咪生日快乐！回去我给你们带礼物。好，再见！”

电话挂断了，赖嘉明重重地将手机扔在了床上。他走回厨房，看着还在那里忙活的妈咪说：“爸不回来吃饭了。”

戴婉倩停下手里的菜刀，目光扫了一下儿子沮丧的表情。对于丈夫赖伯翁的缺席，其实她并不感到突然和生气，她已经习惯了。母子同天生日，这种概率真的很低，但是戴婉倩却遇上了。所以，戴婉倩每年都会把这个日子弄得充满仪式感。至于孩子他爹兼老公能不能现身，这就要看运气了。

“爸爸说他在陪教育局的领导，晚上还有饭局，让我们不用管他。”赖嘉明一屁股坐到沙发上，随手拿起遥控器打开电视。

戴婉倩做完了最后一道菜，脱下围裙走进客厅，她坐在儿子身边，下意识地按住胸口，上身微微前倾，做了几下深呼吸。过了几分钟，她慢慢缓过来。

赖嘉明看见妈咪表情痛苦的样子，忙问："妈咪，你是不是又心口疼啦？我给你倒杯水吧。"说着，赶紧起身跑进厨房。

戴婉倩无力地靠在沙发上，两眼望着窗外的某个地方，一动不动地坐了很长时间，直到儿子摆好了菜盆碗筷，叫她上桌吃饭，她才缓缓站起来。

"儿子，问你个事。"戴婉倩给赖嘉明的碗里夹了一块葱烤大排，"课外班给你们上英语课的那个女老师是不是叫黎姿？"

"对啊，怎么啦？"赖嘉明疑惑不解地看着妈咪。

"儿子，妈咪告诉你，这个黎姿她是个狐狸精！你爸爸已经被她迷得魂不守舍！"戴婉倩气鼓鼓地放下碗筷。

"不会吧……"赖嘉明很是吃惊，刚刚夹起的菜掉到了桌上。

"我没证据，不会乱说的。真想好好教训教训她……"戴婉倩重新拿起筷子，又给儿子的碗里夹了一大块鱼，"你一定要站在妈咪这一边，明白吗？"

赖嘉明看着妈咪气愤的样子，也不再多言语，默默地将撒在桌上的菜捡进碗里。

三天前，叶达住进了市一医院血液科的无菌病房。

陆灿身穿防护服陪在儿子的病房外。虽然中间隔着一层大玻璃，但是只要能看见儿子，她心里就踏实。

被没收了手机和平板电脑的叶达身穿病号服老老实实地在病床上闭目养神。仅仅三天，他就开始觉得无聊了，他真想找本书来看，但主治医生坚决不允许："小帅哥，你现在的首要任务是休息！明白吗？"没办法，一向好学又好动的叶达，这一次彻底被关了"禁闭"。

叶志超坐在自己的办公室里，心神不宁地看着桌上的手机。手术时间到了，他不得不将手机锁进抽屉里，起身向手术室走去。

三个小时两台手术，这对叶志超来说已是家常便饭。他转动着脖子走出手术室，洗手更衣之后，又回到自己的办公室，第一件事就是打开手机，果然有一条邱怡的微信，整整五天，终于有了消息："结果已出。"

叶志超立即拨通了邱怡的电话："邱怡，怎么样？"

"老叶，你先别着急啊，阿达的血样化验结果显示这份脐带血不是他本人的……"邱怡的声音显得有些跟往常不一样。

"你说什么？有有搞错啊？"叶志超简直不能相信自己的耳朵。

"绝对不会搞错，我自己做了一次，还请我们主任复验了一次，结果都一样，叶达的这份脐带血，不是叶达本人的，我们还是第一次遇到这样的事。我还以为是我们的工作出了问题，但是所有环节的追溯都已经查了，没有任何问题。老叶，我怀疑……"邱怡机关枪似的话语戛然而止。过了好一阵，"要不，明天……我把报告给你们送过去……"

叶志超挂了电话，他的脑子又一次懵了：是脐带血出了问题？还是叶达出了问题？邱怡在怀疑什么？这些问号在他的脑子里不断膨胀着。

叶志超急匆匆来到血液科病区，风浴净身之后，穿上隔离服走进病区。叶志超招招手把妻子叫到走廊上，他有些犹豫，他不想立刻将这个坏消息告诉妻子。

陆灿似乎有些觉察："是不是邱怡那里有消息了？"其实这五天，她也一直在等邱怡的消息。

叶志超当然无法继续隐瞒，便拉起妻子的手，轻声说：“邱怡告诉我，儿子的血样化验结果和他留下的脐带血不一致。”

“啊？！”这对于陆灿来说无疑又是一个晴天霹雳，“这到底啥情况？！” 陆灿瞪大眼睛看着丈夫，一手捂着嘴，带着哭腔问。

“我……我也不知道……”叶志超摇着头，并示意妻子平静下来，他停顿了片刻，压低了声音说，“陆灿，我们是不是应该做个……亲子鉴定？”叶志超一字一顿地说出最后四个字。

“什么意思？！”陆灿瞪大了双眼看着丈夫。

“我也不愿这么想，但是为了救孩子，只能这么做……”叶志超走回陪护室，隔着玻璃静静地看着时睡时醒的儿子。叶达睁眼看见爸爸，便向他挥手。虽然脸上戴着口罩，但是叶志超依然能从儿子的眼角看见他的笑容。

戴婉倩特地换了半天公休，去本院妇科做了全面检查。虽然心怀忐忑，但她不想再拖延了，除了身体，别的都不是她的，眼下她就是这么想的。

因为是来自院部的同事，所以那位主任医生查得格外仔细，又是触诊又是B超又是CT。主任医生看着检验报告眉头紧锁：“戴主任，你最好马上做个穿刺活检。”

戴婉倩虽有思想准备，但还是觉得十分害怕。平时连普通的肌肉注射都会咬紧牙关紧闭双眼的她，对于穿刺更是觉得胆战心惊如上刑场。

主任医生安慰了几句，便请护士将戴婉倩带进治疗室。

三天以后，穿刺活检结果出来了，戴婉倩是侧浸润性乳腺癌，包括导管和小叶均有癌瘤，她很清楚这种癌症的恶性程度。

主任医生看着呆若木鸡的戴婉倩，语气轻缓地说：“现在的病灶还比较集中，有利于手术。”

应该说戴婉倩对自己的健康状况已经有所预感，但当她真真切切地看到报告上那一行打印字体的时候，她的脑袋还是像被什么重物狠狠地砸了一下。“谢谢您，主任，我得安排一下，这两天就过来。”她游魂似的从门诊大楼回到自己的办公室，一路上有好几位同事跟她打招呼，她压根儿没听见。她坐在办公椅上，将报告锁进抽屉里，她不知道这个消息第一个该告诉谁。

戴婉倩觉得自己当下已然处于一种丧偶式的婚姻当中，连她自己都不知道这种状态是从什么时候开始的。

戴婉倩是个性很强的女人，自从跟赖伯翁结婚之后，家里的大事小情几乎都是她做主，如果老公表示了不同意见，那他的耳朵根子就别想清静了，她会时不时地跟他碎碎叨叨一番，同一件事情她可以唠叨上几个星期几个月甚至几年，这是任何一个男人都无法忍受的。于是，不知从什么时候开始，赖伯翁对她提出的动议已经不再发表意见，只要她想，赖伯翁都同意，在这样的状态下，夫妻之间的有商有量已经不复存在。

戴婉倩还是一个“重症疑心病患者”，随着赖伯翁对她态度的变化，她就开始怀疑老公在外面有女人。有一次赖伯翁组了一个饭局，席间都是赖伯翁在教育界的朋友和几位领斐学堂的高级主管和骨干教师，戴婉倩理所当然以老板娘的身份出席。但是这顿饭让她吃得十分倒胃口。凭着她的“灵敏直觉”，她怀疑那个叫黎姿的女老师跟老公很可能有一腿。有好几次她试图与赖伯翁摊牌这件事，但话到嘴边，却感觉自己底气不足，不敢撕破脸皮。但她内心的怀疑和郁闷却与日俱增又无处倾诉，就只能在儿子面前时不时地说上一通黎姿的种种她想象中的丑陋不堪。自从赖嘉明开始上课外补习班以来，每个周末需要去爸爸开的领斐学堂点卯，最近三年的英语课老师一直都是黎姿。“这可是我们学校最棒的英语老师啊，你一定要给我好好学！”赖伯翁常常这样叮嘱儿子。

赖伯翁并不是戴婉倩爱上的第一个男人，她的初恋早已成了别人的老公，这是她永远无法忘却的痛。在她作为一个女人最美好的年龄，她曾经将自己全部的没有一点杂质的爱，献给了一个男人，但是这个男人好像自始至终都没有觉察。不是！不是没有觉察，而是根本就不愿接纳。反正戴婉倩就是这么想的。虽然那只是一场纯粹精神上的恋爱，准确地说那只是一场暗恋，但戴婉倩的心似乎已经被掏空了。当她收到陆灿送来婚宴请柬的那一刻，她知道自己的爱已经彻底死了。

在陆灿和叶志超的婚礼上，几乎从来不沾酒的戴婉倩第一次把自己灌得酩酊大醉。看着她烂醉如泥的样子，陆灿实在不忍心直接把她送回家，就跟叶志超商量，把戴婉倩带回自己的新房里。当天夜里，洞房里的婚床被戴婉倩一人霸占，从戴婉倩的胃里喷涌而出的令人窒息的气味充满了整个洞房，这对新人却无能为力，只能和衣在沙发上休息了一夜。直到天亮，戴婉倩方才酒醒，陆灿为她做好了健康早餐。临别时，除了陆灿，戴婉倩还跟新郎紧紧拥抱，这个拥抱，是戴婉倩给自己整整两年的感情付出画上的一个句号。

数月之后，戴婉倩从嫉妒和失落中渐渐走出来，这时，妇产科的护士长热心地要给戴婉倩介绍对象，此时的戴婉倩正缺男人，便爽快地答应相亲。一见面，同样高大帅气的赖伯翁一下子博得了戴婉倩的好感。“赖——伯——翁，这个名字怎么像个老头儿？”戴婉倩不光在心里嘀咕，还直截了当地问赖伯翁。

赖伯翁很绅士地笑而不答，这样的问题不必要解释，就当眼前这位女士在开玩笑吧。戴婉倩越发被赖伯翁的“矜持和腼腆”所吸引，两人竟然天南海北地聊了一个多小时。但是，赖伯翁高中语文老师的职业一下子在戴婉倩的心里打了一个大折扣。是的，自己要的男人不光要人长得帅，而且还应该是一个有钱的金主，只有这样才能将陆灿比下去。

之后，两人的接触始终保持着一种距离感。赖伯翁也猜到了戴婉倩对他不冷不热若即若离的原因，其实那时他已经有了离开公办学校下海创业的想法。接触了一段时间之后，当赖伯翁将这个想法故意轻描淡写地告诉戴婉倩时，她的态度立刻发生了变化，而且之后她主动约他的次数也在不断增加，她常常会追问他的这个计划到底打算什么时候开始实施。

在戴婉倩的一再催促之下，赖伯翁终于向温校长提交了辞职报告。温校长吃惊和犹豫之余还是十分赞赏这位年轻教师的举动，“小赖，从工作的角度，我不太同意你这么做。但是从同事或者朋友角度，我很赞赏你的勇气。”就这样，赖伯翁离开自己工作了十年的高级中学，“倾家荡产”办起了“领斐学堂”。

应该说开始戴婉倩是个不错的贤内助，两人还没有结婚，戴婉倩就把妈妈给她结婚的“嫁妆”和自己的几乎所有积蓄统统交给了赖伯翁投资办学，因为她已经认准了这个男人，更确切地说，她已经认准了这个项目，她相信这个男人一定不会让她失望。不过那些钱不是借更不是送给赖伯翁的，这是她的投资。不久，戴婉倩发现自己怀孕了，此时，两人已经领了结婚证，但是他们已经没有钱也没有时间举办婚礼了。请来双方的家人在市中心的一家酒楼里吃了一顿饭，就算是他们的婚礼了。戴婉倩很实际，她并不在乎那些表面隆重的场面和仪式，她看重的是未来实实在在的财富。

儿子赖嘉明是戴婉倩一手带大的，虽然一路上笨手笨脚磕磕绊绊，但孩子还是一天天长大了。小时候，戴婉倩的家境虽然比较清贫，但她从小就没有干过什么家务活，一直都是母亲和姐姐伺候着。赖嘉明十二岁以前的那段时间，戴婉倩还在产科当护士，当护士就必须倒班，没办法，她只好将老妈接来同住，帮忙照看儿子。

自从下海办学，赖伯翁就很少有时间照顾家里，为了节省开支，他自己要亲自上课，不上课的时间就埋头做教案，从小学一年级到高中毕业班，所有年级最初的语文课教案都是赖伯翁一个人没日没夜做出来的。

孩子出生以后，赖伯翁不得不匀出一点时间回家帮忙照看，丈母娘一来，他简直就是如释重负。创业初期，戴婉倩为了节省家里的开支，坚持不请保姆，这是他们夫妻俩最艰难但也是最充实、感情最好的一段时光。

到儿子赖嘉明上小学时，赖伯翁的学堂开始有了起色。有一天晚上，他将一张银行卡放在戴婉倩面前："这是二十万元，由你自己支配。这几年你辛苦了。"戴婉倩看了一眼银行卡，脸上并无笑意："怎么才二十万元？"赖伯翁连忙解释："账上还有几十万，现在补习学校的势头很好，我打算到别的区再开一家。"戴婉倩沉吟了半天："你是打算搞成连锁？"赖伯翁不否认："是啊，好不容易有这样的机会，怎么能放弃呢？"这当然也是戴婉倩所希望的，只是她有她的思考角度："那，我的股份占多少？"说实话，赖伯翁还从来没想过这事儿，但是既然老婆提出来了，自己就得认真考虑，毕竟当初老婆也是出了钱出了力的："这事儿我考虑一下……""这事儿不用多考虑，当时我投资的钱不比你少多少，就按这个比例算吧。"戴婉倩似乎已经深思熟虑。赖伯翁一下子觉得老婆似乎变得有些陌生起来，他隐隐感觉有些担忧，但却说不清究竟在担忧什么。

在赖伯翁的努力下，领斐学堂平均每两年就会开出一所新的分校，但是，赖伯翁经过深思熟虑，只答应给戴婉倩百分之十的股份，同时明确只享有分红权，不享有表决权，换句话说，戴婉倩不能参加董事会，虽然戴婉倩对此充满怨怒，甚至还大骂赖伯翁过河拆桥，但她对律师给出的股权合同又挑不出任何毛病，只能乖乖签字。但之后，夫妻俩的关系就再也不如从前了。

儿子渐渐长大，戴婉倩的业余时间全都给了儿子，她做到了所有"优秀"妈妈该做的一切，好在儿子还算争气，虽然算不上"别人家的孩子"，但学习成绩还算不错。然而，戴婉倩的妈妈却在戴婉倩的儿子小学毕业那年的一天早晨，突发心梗去世，少年丧父的戴婉倩突然被抽去了"脊梁骨"。从此，戴婉倩唯一的安慰和陪伴就是儿子了。

今天，自己得了这个病，照理第一个应告诉的就是老公，但是她连给他打一个电话的兴趣都没有，她又不忍心告诉儿子，她是一个十分要面子的人，更不愿意去博得朋友、同学甚至同事的同情。她忽然发现，自己其实已经活成了一个孤家寡人，她感觉到从未有过的孤独。

亲子鉴定的结果出来了，叶志超的担心得到了证实，儿子叶达跟叶志超和陆灿真的没有一点血缘关系，这对夫妻俩的打击实在是太大了。叶志超和陆灿拿着鉴定报告，无力地坐在化验科主任办公室的沙发上。

接连的打击，使得陆灿感觉自己已经快支持不住了："老叶，这到底是怎么回事儿……"她倒在叶志超的臂弯里无声地哭泣起来。

"我们养了他十六年，他当然是我们的儿子……"虽然叶志超的内心也痛苦万分，但是他依然竭力安慰着妻子。

"……但是……我们……自己的……孩子……到……哪儿……去了呀……"陆灿已经泣不成声。

叶志超无言地搂着妻子的肩膀。

陆灿慢慢平静下来，她直起身子："我得去陪儿子了，你去忙吧。"

"永远不要告诉儿子！"叶志超的声音柔和但语气坚定，"永远不要告诉他！"

陆灿看着丈夫，点了点头。

这是这座城市里最有风情的一条酒吧街，木棉树掩映着一栋栋富有异国风情的老建筑，落日的余晖将一个个尖的斜的方的屋顶染成了温暖的橙色。

戴婉倩独自一人坐在Flaming酒吧的一角，服务生为她送来一瓶造型精致的瓶装果酒，动作熟练地为她开瓶斟酒，摆上点心盘，然后轻轻退去。

今天，戴婉倩本想约陆灿一起出来坐坐。两人也已经有些日子没有单独在一起说说话了，还有一个原因，就是马上就要进行的手术让戴婉倩感到有一些恐惧，她想寻求安慰和力量。但是，令她没有想到的是，白天她去找陆灿，在叶达的隔离病房外，两人没讲几句话陆灿竟然对她红了脸，于是不欢而散。

这间面积并不算太大的酒吧，戴婉倩已经记不清和陆灿来过多少次，但是独自一人坐在这里，今天好像还是第一次，戴婉倩感到一种从未有过的失落。

夜幕降临，酒吧里的背景音乐也变得舒缓了许多，各个角落都闪烁着忽明忽暗暧昧的光亮。

戴婉倩形单影只地喝着果酒，这是一种用葡萄、蓝莓和桑葚酿制的塞尔维亚果酒，那种充满异域情调的宝蓝色液体是戴婉倩和陆灿的最爱。据说这间酒吧的老板曾去欧洲留学，在欧洲生活了十几年之后回到这座城市开了这间酒吧。当时这条酒吧街还远没有成气候，所以，说这间酒吧是开了这座城市酒吧文化的先河也一点不为过。Flaming吧台上的酒十分的小众，都是老板在欧洲各国旅行时被发现后慢慢引入的，这也是这里既能吸引年轻人，也能吸引中年人，既能吸引中国人，更能吸引外国人的一个重要原因。

在戴婉倩对面的沙发上，坐着一对正毫无顾忌耳鬓厮磨的男女，这让四十四岁的戴婉倩看了不禁一阵心痒，心里说道："真系佢老母嘅，想找个男人放肆一回！"她已经很长时间没有和老公行鱼水之欢了，不知道为什么，两人即使睡在一起，也没了激情。她不知道那些激情究竟去了哪里，她只觉得处于婚姻中的自己一点都感觉不到快乐和幸福，完全没有了自己做姑娘的时候在妈妈和姐姐伺候之下的那种舒坦惬意和随心所欲，有的只是做不完的家务、操心不完的儿子和老公捉摸不定的行踪，老公或者儿子的一句话，别人家孩子的出色表现，别人家老公给老婆买了什么什么，都会让她生气郁闷好几天，有时候实在憋不住就在儿子或者老公面前发泄一通。渐渐地，她发现儿子和老公都在敷衍地，都不太愿意跟她说心里话，她不知道自己究竟错在哪里。至于"找个男人放肆一回"，其实戴婉倩也就在心里这么想想，真让她上街去找个男人搭讪，她还真没这个胆量，别看她整天嫌这个土包子，嫌那个没情调，可骨子里她自己也是个传统女人。

不知不觉戴婉倩的胃里已经灌进了四瓶宝蓝色液体，她的头开始晕了，身体也感觉有些轻飘飘。作为曾经的资深护士，她非常明白自己眼下的身体状况根本不可以饮酒，但今天，她就是想再痛痛快快地买一次醉，因为她不知道以后还有没有这样的机会……

安排好了一切，戴婉倩住进了本院的肿瘤科病房。

这是一间单人病房，是戴婉倩事先跟肿瘤科主任打好招呼给她预留的，她喜欢清静，她讨厌那些整天在病房里叽叽喳喳东家长西家短的陪床家属们。单人病房里电视机、小冰箱、微波炉、饮水机、小沙发、陪伴床一应俱全，戴婉倩十分满意。

赖伯翁也放下了手头所有的工作，陪侍在老婆左右，儿子赖嘉明也请了假，妈咪生了这么大的病，他哪里还有心思上课。趁着妈咪上洗手间的功夫，赖嘉明拉着赖伯翁来到走廊上："老爸，听我一句，不管妈咪怎么说你，怎么唠叨你，你都不要还嘴，行吗？"

"行，你妈咪都生病了，我还能跟一个病人斗嘴吗？"

"那就好，那就好！"赖嘉明故作满意地点点头。

"臭小子！"赖伯翁爱怜地轻轻拍了下儿子的后脑勺，"你不去上课，功课怎么办？"

"我已经安排好了，你就别管了。"赖嘉明神秘地朝爸爸做了个眨单眼的表情。事实上，他已经跟好同学林唯希打了招呼，让他每周来两趟医院，把上课笔记和作业带给他。

第二天一大早，一位护士跑到病房门口："1床，戴婉倩！"

吃完了早饭，正坐在病床上看书的戴婉倩抬头应了一声，可能是职业习惯，护士的嗓门极大："家属赶紧准备一下，半小时后手术，现在去上个厕所，轮椅车马上就到！"

一位护工推着一辆半旧不新的轮椅车进来，赖伯翁赶紧将病床上的一条小毛毯铺在轮椅车的座椅上，然后欲扶戴婉倩坐上轮椅。

"先去上个厕所。"戴婉倩说。

"哎，好的！"赖伯翁扶着戴婉倩走向病房门边的洗手间。

在洗手间门口，戴婉倩一把将赖伯翁的手推开，转身关上了门。赖伯翁朝儿子做了一个尴尬的表情，赖嘉明转身窃笑。

赖伯翁和儿子一起推着轮椅车往手术室方向走去，坐在轮椅上的戴婉倩回过头来默默地看了一眼父子俩，然后神情黯然地看向前方，她似乎想向父子俩交代些什么，但一路上却一直没说话。

赖伯翁将轮椅车交给等在手术室门口的护士，在临进门的那一刻，戴婉倩忽然回过头来大声喊道："儿子！你就在这儿等着妈咪出来！哪儿也别去！"

"好——的——！"赖嘉明被妈咪突如其来的喊声吓了一跳，他机械地答应着，看着大玻璃门徐徐合拢。

赖伯翁招呼儿子在走廊边的椅子上坐下。

父子俩沉默了许久……

"爸，妈咪怎么会得这种病呢？"赖嘉明先打破沉默。

赖伯翁长叹口气："是我没有照顾好你妈咪……"

"那天，你们俩关在屋里吵架……我都听见了。爸，你是不是……真的……喜欢黎姿老师啊？”虽然有些犹豫，但是赖嘉明今天还是大着胆子说出了憋在心里好些天的问题。

赖伯翁着实有些吃惊，他没想到儿子会这么直截了当地问他，但他丝毫没有生气，而且语气平和：“儿子，你也知道，黎姿老师是爸爸的下属，是我们领斐学堂非常优秀的英语老师，她的妈妈还是我以前的领导，而且这些年，领斐学堂的发展也得到了她妈妈许多的支持。是你妈咪想多了，我和黎姿老师就是同事关系。”“那，妈咪为啥老怀疑你呢？”赖嘉明还是不能全信爸爸的解释。

赖伯翁看了一眼儿子将信将疑的表情：“我跟你妈咪吵架，还有个很重要的原因，就是她疑心病太重，太敏感，太捕风捉影。唉——你妈咪的性格呀……这样对别人不好，对她自己也不好。她年轻时候不这样……”赖伯翁的表情里充满无奈，他长长吐了口气，像是要将胸腔内的浊气全都喷吐出来。

“你的意思是妈咪想多了？”面对爸爸的解释，赖嘉明依然不能确信，妈咪已经不止一次地在他面前怒斥爸爸的“罪行”，而且说得有鼻子有眼，从感情上，赖嘉明似乎更愿意相信妈咪的话，他要自己去找证据。

手术后的第二天，陆灿来到戴婉倩的病房。

“婉倩，对不起！那天我不该那么冲动……”一看见躺在病床上面无血色的戴婉倩，陆灿一个劲儿地赔礼道歉，她拉起戴婉倩的一只手，“什么时候查出来的？怎么不早点告诉我？”

“那天，我去找你，本来是想告诉你的……”戴婉倩强露笑容，但有气无力。

“怎么会得这种病……”陆灿一对蚕眉拧成了一个结。

“老天爷安排的呗，那我就得接着，是不是？”戴婉倩招呼儿子把床头稍稍摇起来，“陆灿，你也有白头发啦……”

“就是！最近这段时间，长了不少。”陆灿苦笑着摇摇头。

“那天，我本想叫你一起去Flaming……”

“你这样还喝酒？”陆灿十分诧异。

“我一个人去……”戴婉倩得意地看着陆灿，“那天晚上我还盼着会有什么艳遇呢……”戴婉倩一边说，一边用眼角瞟了一眼正在专心致志剥着橘子皮的赖伯翁，但是他似乎根本没有听见。

陆灿连忙阻止她：“瞎说什么呐，你们家老赖多好……”

“好吗？我怎么没觉得？”戴婉倩故意提高了嗓门。

赖伯翁端着一盘剥了皮的砂糖橘送到陆灿面前：“来来，边吃边聊。”

两人同时抬头看着赖伯翁殷勤的样子，都禁不住笑起来。戴婉倩一手捂住胸口，表情有些痛苦，但还是没有停止笑。陆灿关切地俯身：“伤口疼啦？好了别笑了。”但是看见戴婉倩皱着眉头笑不停的滑稽样子，陆灿也忍不住大笑起来。

陆灿拿起一瓣橘子送到戴婉倩的嘴边：“吃点爱心橘子吧。”

“我怎么觉着好苦啊。”戴婉倩吃着橘子，却眉头微皱。

“你是身体虚弱，口苦。好好调理吧！”

“阿达怎么样？”戴婉倩问。

“每天除了化疗，吃了睡，睡了吃……”陆灿回答。

“邱怡那儿有消息了吗？”

陆灿摇摇头：“哪有那么快啊。”

“你自己也要注意身体……”戴婉倩关切地说。

陆灿看了看床头柜上的瓶瓶罐罐：“想吃点什么？我给你做。”

戴婉倩摇摇头：“没胃口……你还是好好照顾儿子和老叶吧……”

陆灿苦笑了一下：“他这几天每天都是五六台手术……”

“是啊，那些主任医生里面，就数老叶主刀最多……”

护士走进来，“1床，输液！”护士麻利地给戴婉倩输液。

陆灿起身跟戴婉倩、赖伯翁和赖嘉明告别，情绪低落地走出病房。

天已经擦黑，陆灿一个人坐在客厅里抽着烟。

陆灿以前从不抽烟，甚至对烟味都十分讨厌，但自从儿子生了病，她不知怎么就抽上了。叶志超想阻止她，但没用：“你就让我抽一口吧，这样可以让我舒服点……”叶志超只得无奈地叮嘱她：“少抽点，尽量少抽点！”

陆灿缓缓抽了口烟，忽觉喉咙一阵发紧，便猛咳了几声。停了一会儿，又抽一口，她抬起头，噘起双唇，长长地一口气将口中的烟雾吐向天花板。黑黢黢的客厅里，只有烟头上的一点光亮在一闪一闪。

从小到大的姐妹生了这样的病，真不亚于儿子生病给她带来的打击，陆灿感觉到了什么叫世事无常……

那是片老旧的棚户区，其中的一间就是戴婉倩小时候的家。戴婉倩有一个双胞胎姐姐，但是陆灿觉得她们俩长得并不像，这个问题陆灿还专门问过在医学院当老师的妈妈。戴婉倩的姐姐脾气很好，也很听父母的话，但是却经常被戴婉倩欺负，妈妈分给她们的零食总是差不多的，但姐姐的那份总会无缘无故地少了。

记得有次放了学，陆灿去戴婉倩家玩，看见戴婉倩的爸爸躺在床上哼哼地呻吟，人很瘦，脸颊上颧骨高耸，两个腮帮子都塌陷下去了，他瞪着大大的像要爆出眼眶的眼睛看着走进门来的陆灿，那副可怕的样子把陆灿吓得再也不敢去了。之后，陆灿总是约戴婉倩到自己家来玩。陆灿的家在与棚户区相隔一条马路的一栋六层楼房里，每次戴婉倩走进楼道，总会感叹一句：“我真想也能住在这样的房子里呀！”陆灿的父亲是一家国营电子厂的工程师，所以，陆灿的家里很早就开始有了家用电器。第一次来到陆灿的家，戴婉倩不停地抚摸着电冰箱、洗衣机、电视机，还有台专门给陆灿学英语用的卡带录音机，她的眼睛里满是羡慕，虽然脸上在笑，但她的内心却在流泪。

过了没多久，戴婉倩的爸爸去世了，陆灿从大人嘴里知道了有种叫作胃癌的可怕疾病。戴婉倩爸爸去世后，陆灿发现她的脾气变得越来越坏，经常埋怨妈妈这个，埋怨姐姐那个。陆灿也时常劝她，脾气要好点，但是戴婉倩跟陆灿在一起的时候脾气却一直很好，那是因为两人出去玩，所有的零食小吃小玩意儿，还有公园的票、电影票都是陆灿掏的腰包。

转眼高中毕业了，陆灿的妈妈很希望女儿报考医学院，将来当个儿科医生，但是陆灿和戴婉倩却私下里商定一起报考护理学院，陆灿给妈妈的理由是当医生要学解剖，她害怕。妈妈没有办法，只能依了女儿。

陆灿的学习成绩一直很好，还参加过好几次区里的数理化竞赛，相比之下，戴婉倩的学习成绩就很一般。高考的时候，戴婉倩很担心自己会考不上心仪的护理学院，陆灿就天天帮助她复习功课。结果，两人终于双双被护理学院录取，虽然两人的总分相差了七十多分，陆灿是护理学院那届学生中总分第一名，而戴婉倩是幸运的最后一名。

也不知道过了多久，叶志超下班回来了，他开门进来，打开灯，脱下皮鞋，并将皮鞋放进玄关的柜子里。他提着手提包走向客厅，一股呛人的烟味扑面而来，他吓了一跳，他发现整个客厅已是烟雾弥漫，妻子坐在沙发上呆呆地出神，一缕缕青烟还在从妻子右手的指间不断冒出来。

叶志超赶紧走过去，取下陆灿手上的香烟，掐灭在烟灰缸里，然后打开客厅的窗户，又去厨房倒了杯温开水，放在陆灿面前的茶几上。

陆灿用手指着墙上的一个镜框，那儿是几年前陆灿和戴婉倩两家人一起去大草原旅游时两姐妹的单独合影："婉倩，生癌了……"

叶志超愕然，"什么时候的事儿？"确实是因为最近实在太忙，他对此事竟然一无所知，"那我们得去看看她。明天吧，明天我只有上午两台手术，下午一起去看她。"

"不用了，我今天已经去看过她了。"陆灿顿了顿，"老叶，我还在想儿子的事……究竟怎么会搞错的……到底是谁搞错的……那天因为这事儿……我还跟婉倩吵了几句……"

"你呀，你不该这么冲动。"叶志超坐到妻子身边，"在事情没有搞清楚之前，我们都应该保持冷静。今天我去找院长了，申请核查当年的档案。"

"他怎么说？"陆灿十分关切地问。

"他同意得有些勉强。"

"但愿能查出点什么……"陆灿呆呆地看着茶几上还在冒着青烟的烟灰缸。

"先别多想了，我去下两碗面吧。"叶志超转身进了厨房。

戴婉倩已经不再需要陪夜了。"儿子，今天你回家好好洗个澡，睡觉。"她爱怜地看着正坐在床头做功课的儿子。

赖嘉明抬起头："那我叫护工来陪您。晚上有事您就叫她，我明天一早给您带早饭来。"

赖嘉明回到家，老爸还没回来，当然他也不知道老爸今天会不会回来。他先痛痛快快地洗了个热水淋浴，然后打开冰箱拿出一碗冷饭两个剩菜，分别放进微波炉里加热，然后便坐在桌前吃饭。

晚上近十点，赖嘉明做完作业正准备上床，却听见窸窸窣窣的开门声，赖伯翁一身酒气摇摇晃晃地走进来。

"爸，你回来啦！"从自己房间跑出来的赖嘉明连忙扶着爸爸在沙发上坐下。

"儿子，给爸爸……倒杯水……"赖伯翁的舌头似乎有点大。

赖嘉明把水杯递给爸爸："您喝了多少酒啊？"他最不愿意闻的就是爸爸身上的酒气。

赖伯翁挥挥手，"你……先去睡吧……我歇会儿……洗个澡……就睡……"他说着，将手包扔在了茶几上，开始脱外衣。

赖嘉明默默地转身走回自己的房间，他躺在床上，却没有睡意，两眼望着天花板上从窗帘的缝隙射进来的光影出神。

房间外面安静下来，赖嘉明估计爸爸已经睡下，他忽然觉得今晚正是那个他等待已久的机会。

赖嘉明蹑手蹑脚开门走向客厅，他的目标是爸爸的手机。茶几上没有，他轻轻推开爸爸的房门，听见了巨大的呼噜声，他慢慢靠近床头柜，终于看见了手机，他拿起手机屏住呼吸，退出房间。

赖嘉明平时几乎不怎么碰爸爸的手机，如果有密码，或者需要指纹解锁，自己的计划就泡汤了。但是如有神助，赖嘉明非常顺利地打开了爸爸的手机，居然不设密码，赖嘉明心里还在嘀咕。他首先打开通话记录，发现爸爸几乎每天都会跟黎姿老师通话。接着又打开微信，也发现了爸爸与黎姿老师的联系记录，他又打开相册，发现了好几张爸爸和黎姿老师的合影，有跟其他人一起的，也有单独的，这么多的证据已经足以让这个心里充满怀疑的少年确信，爸爸和黎姿老师有关系。

叶志超来到院长办公室。院长是他的学长，两人平时的关系不错，见到叶志超进来，院长皱着眉头说："在我们医院里，居然会出这样的事。老叶，你那个事情我让医务处长陪你去。"说着，院长拿起桌上的电话。

第二天上午，叶志超安排好两台手术之后，便匆匆向院部大楼走去。医务处长已经在档案室门口等着了。

已经在医院工作了二十多年，叶志超还是头一次走进医院的档案室。

档案室的环境和检索系统都相当不错，配得上三甲医院的名头。在档案管理员的帮助下，叶志超很快找到了儿子出生那天到妻子出院这一周内的产科医务档案，他发现在这段时间内出生的男婴共有四十二个，他将这四十二个男婴及其父母的信息，抄录了下来……

走出档案室的那一刻，医务处长站在叶志超的身后，意味深长地轻声提醒了一句："叶主任，您可别给院长惹什么麻烦呀，他可是要上去的人。"

叶志超转过身，看着彬彬有礼面带微笑的医务处长，缓缓点点头："我知道。今天谢谢你啦！"

望着转身离去的医务处长的背影，叶志超感觉到一种莫名其妙的压力。

在回自己科室的路上，叶志超在脑子里快速搜索着下一步的行动路线。

叶志超拨通了赖伯翁的电话："老赖，好久不见啊！这两天有时间吗？请你吃饭。"叶志超也不绕弯子，直接跟赖伯翁约好了时间地点。

晚上，叶志超提前在包厢里等候赖伯翁。虽然叶志超和赖伯翁在工作上并没有什么交集，但因为陆灿和戴婉倩的关系，两人也是常来常往。

头发梳得一丝不苟的赖伯翁终于露面了："这两天荤腥太重，今天全素，行吗？"赖伯翁的屁股还没落凳子，便向叶志超提出要求。

叶志超当然是笑脸以对，满口答应。

酒菜都上了桌。

叶志超端起酒杯："老赖，好久没在一起喝酒啦，今天得好好喝个痛快。"

赖伯翁看着叶志超："老叶，你瘦了。儿子的病治得怎么样？有困难，尽管开口，只要能帮得上。"赖伯翁端起杯子。

两杯相碰，杯中的液体便不见踪影。

"老赖，有件事，我想来想去，也许你能帮我这个忙。"

赖伯翁将一口菜送进嘴里："什么事？"

"我听说，你在市教育局有熟人啊？"

"你找教育局干吗？"赖伯翁十分疑惑。

叶志超从怀里掏出一张纸，打开，双手递给赖伯翁。

赖伯翁接过来："这是什么？"

"这些孩子，我需要请你帮忙查到他们所在的学校，还有他们的照片。"叶志超的声音很轻，但是赖伯翁却听得一清二楚。

"你要这个干什么？"赖伯翁更加迷惑不解，他将纸放在桌上。

"你先收起来。"叶志超给赖伯翁斟酒，"等过段时间，我会原原本本地告诉你。"

"还跟我卖关子。"赖伯翁咧嘴一笑，把纸按原来的折痕折好，放进自己的手包。

"可千万别丢了。"叶志超将一只手压在赖伯翁的手包上。

赖伯翁哈哈大笑："这可不像你老叶的风格呀！"

"要是能……"叶志超压低了声音，"有他们的几根头发就更好了……"

赖伯翁收起笑容，他似乎明白了什么："好，我会尽力的。"

这顿饭吃了将近两个小时，两个男人彼此吐着自己肚子里的苦水，时而长吁短叹，时而仰天大笑，时而吹胡子瞪眼，时而惺惺相惜。

在酒楼门口道别的时候，两人都有了一些醉意。

戴婉倩请求医生让她出院回家休养，医生同意了。

化疗已经使戴婉倩一头原本浓黑的头发，变得稀疏焦黄不堪。不愧是姐妹，陆灿早已经为"死也要好看"的戴婉倩准备好了一顶时尚的挑染假发套。

妈咪回了家，赖嘉明的课也恢复了正常，每个周末的两个半天，他都会准时去领斐学堂上课。但是他的心里却一直在想着一个计划，一个拯救爸妈婚姻的计划。

黎姿骑着一辆十分拉风的橙色比赛级自行车，进了领斐学堂所在的院子，富有弹性的运动衣勾勒出黎姿姣好的体态和身材。她停好了车，快速跑步上楼。教室里，十六位高中生已经在那里安静地等着她……

六年前，黎姿从英国曼彻斯特理工学院毕业之后便回到这座城市，她压根儿没有想在英国或者其他什么国家找份工作，一来她觉得还是国内的发展机会更多一些，二来妈妈的年纪也大了，她不放心让妈妈一个人留在国内。在黎姿留学期间，妈妈曾去英国小住过一段时间，但是老太太实在是不喜欢那种语言不通又没有朋友的生活。是的，妈妈是一个喜欢热闹的人。还在黎姿上幼儿园的时候，爸爸就和妈妈离了婚，不久就跟一个女人结婚移民去了欧洲。这或许也是妈妈不愿意在国外生活的一个心结。

黎姿回国之后，就跟妈妈表示自己想当老师。女儿的这个愿望，对于曾经当了十五年中学校长和十年教育局长的温芷慧来说，实在算不上什么事。但女儿却偏偏不愿意待在体制内，她希望自己有一个相对自由的教学空间。于是，温芷慧很自然地想到了赖伯翁的领斐学堂。

当温局长带着女儿亲自来领斐学堂登门造访的时候，赖伯翁确实有些受宠若惊。虽然赖伯翁有一段时间对"海归"的印象并不怎么好，但是碍于老校长的面子也就勉强收下了黎姿。一开始，赖伯翁并没有安排黎姿授课，而是让她在一所分校的教务办公室打杂。但是时间一久，黎姿憋不住了。一天晚上下班后，她主动约赖老板吃夜宵。就是那次夜宵，让赖伯翁对黎姿刮目相看，他同意在下一期新开的初中英语班上让黎姿试课。黎姿在讲台前上课，赖伯翁竟然戴着帽子坐在教室后部家长席的最后一排，偷偷旁听了好几次。他承认，黎姿的授课方式确实让他耳目一新，无论是信息量，还是教学效果，甚至学生的上课情绪，都要胜于其他老师，课堂上从未见一个学生打瞌睡，从上课到下课，学生们始终处于一种亢奋的状态，课堂上欢声笑语不绝于耳。赖伯翁开始让黎姿负责上更多的班，甚至连高中冲刺班都开始让她介入，他觉得黎姿的教学方式有助于缓解高考前同学们的心理压力。两年后，黎姿在领斐学堂站稳了脚跟。赖伯翁暗自庆幸自己无意中捡了个宝贝。现在，黎姿已经是三所分校的英语教务长，全面负责中考冲刺班和高考冲刺班的英语教学，她亲自上的课，学生们更是要秒抢才能报上。

业余时间，黎姿酷爱骑行，这是她在英国留学期间受了几位来自荷兰、德国和丹麦的同学的影响，每逢周末或者节假日，他们都会结伴出行，但从不开车。这个习惯黎姿带回了中国。回国的时候，在所有的行李当中，这辆被密密麻麻包扎的自行车特别引人注目。六年来，这辆橙色赛车一直伴随着她。

下课铃响，黎姿正好讲完她每次必讲但绝不重复的英语笑话，每堂课都是在同学们的一片笑声中结束。

回到办公室，有人递给黎姿一封信，她顺手打开。看完信，她的神情一下子变得严肃起来。信没有落款，而且是电脑打印的。她匆匆收起信，喝了两口水，上完洗手间，马上准备上下一堂课。

赖嘉明在学堂对面的小店里一边吃着炸鸡腿，一边看着领斐学堂院子门口进进出出的人群。

天已经黑透，过了好一阵，赖嘉明看见黎姿戴着头盔骑着那辆橙色的自行车出了校门，他暗自惊叹，“真是爆帅！”

突然，一辆熟悉的黑色SUV停在了校门口，只见黎姿跳下车走近SUV，不一会儿，赖嘉明看见爸爸从驾驶室里出来，打开后舱盖，将那辆爆帅的橙色自行车放了进去，黎姿坐上了爸爸的车。赖嘉明怔怔地目送SUV渐渐消失在夜色之中。

叶达的第一期化疗终于结束了，他大把大把地掉着头发，原来一头浓密的黑发，已经所剩无几。

看儿子日渐消瘦的模样，陆灿和叶志超心疼不已。眼下不论血缘，毕竟是自己养育了十六年的孩子。叶志超早已为叶达向中华骨髓库提出了非血缘造血干细胞移植配型的申请。

最近一段时间，陆灿的精神状态一直不太好。除了抽烟，晚上还经常做噩梦。有一次，睡在一旁的叶志超被陆灿梦中挥舞的拳头砸在了脸上，吓得他从床上跳起来。

看着妻子备受折磨的样子，叶志超心痛不已，他十分担心妻子。为了尽心照顾妻子，叶志超几乎推掉了所有的门诊和会诊，他不放心将照顾妻子的事全部交给保姆。

晚上，院长把刚下手术台的叶志超叫到自己办公室，一见面便直截了当地说：“老叶啊，院里准备从几位大科室主任里选拔一位副院长，你有什么想法？”

叶志超叹了口气：“我现在已经是焦头烂额……”

院长拍了拍叶志超："其实论学术水平，临床能力，科室管理，学生培养，你的胜算还是蛮大的。家里的事嘛，尽力而为吧，毕竟这种机会一辈子都碰不到一次啊。"

叶志超何尝不明白，但是他真能做到院长所说的"尽力而为"吗?

"你要准备一份竞职报告，越详细越好，还要做成PPT。"院长看着叶志超，又强调了一遍，"兄弟，机不可失，时不再来呀！你得好好把握！"院长的语气意味深长。

跟着赖老板一起参加完民营校长俱乐部的定期聚会之后，因为都喝了一些酒，赖伯翁便叫了代驾，他关照司机先将黎姿送回家。车上，听着赖伯翁均匀的呼噜声，黎姿的心情有些复杂。今天收到的那封信，显然已经有人在怀疑她跟老板之间的关系。跟赖老板共事六年，黎姿一直认为他是一个勤奋自律、体恤下属的好老板，是个有风度的正人君子。除了上课，自己跟老板外出较多，一是因为妈妈曾经要求赖老板多教教自己一些上课以外的东西，妈妈是担心自己不太会处理人情世故，二是自己也确实想跟在老板后面学点经营之道，熟悉一些人脉资源，但是，正是因为这些，有人开始嫉妒了。

赖老板和妻子的关系不是太好，黎姿也有所耳闻。也许是在国外受过教育的缘故，她不太喜欢这些八卦，更没有兴趣参与其中，这样一来，在一群教职中，黎姿显得有些清高和孤傲。

黎姿决定，信的事情暂且不告诉老板，自己设法妥善处理。但是，这信究竟会是谁写的呢?之后的好几天，黎姿的脑子里一直摆脱不了这个念头。

虽然开明的温局长不太过问女儿的婚嫁之事，但是面对已过而立之年仍单身的黎姿，作为一个独女的家长，不可能什么想法都没有，她想早一点抱外孙，这点想法一点也不过分。但是黎姿似乎并不着急："妈，是我的，迟早会找上门来！"这是黎姿安慰妈妈经常说的一句话，但是她知道，妈妈其实很孤单。早在黎姿即将出国上大学之时，她就跟妈妈说过自己的想法："妈，我不在的时候，你赶紧给自己找一个。"虽然黎姿的语气里有些半开玩笑，但是她的内心是真心希望妈妈能早一点结束单身，过上幸福的晚年。

又是周末上课的时间，黎姿站在讲台上，目光扫视全班，当她的目光扫过赖嘉明时，她看到了一双不敢正视她的眼睛，这似乎佐证了她这几天的怀疑。

为了老叶托自己办的事，赖伯翁拎着大包小包，特地上了一趟退了休的温局长家。

一向干练的老太太皱着眉，脸上似乎有些为难，但是从来不麻烦自己的赖伯翁难得开一次口，温局长也实在不好意思拒绝："小赖，我给你找个人吧，你直接去找他。"

过程还算顺利，这位年轻的副处长只是在自己的手机上发了几条微信，几天以后，一封邮件便发到了赖伯翁的邮箱里。

"老叶，你要的东西我已经发你的邮箱了！"赖伯翁立马将邮件转给了叶志超。

接到电话的叶志超心里一阵激动。

趁着午休，叶志超打开手机邮箱，他看了看自己想要的四十二张照片，在每张照片的下面都有一行文字，那是学校名称。他仔细端详着每一张照片，他在他们的眉宇间努力寻找着自己和陆灿的神韵……

下午，叶志超早早回了家。

"陆灿，你快看！"一进家门，叶志超就把手机递给妻子，"跟我们儿子同时出生的四十二个男孩都找到了！"叶志超抑制不住心里的激动。

陆灿的神情虽然有些木然，但她在叶志超手机屏幕上滑动的手指却不由自主地微微颤抖：“老叶，光凭照片……”

“其实……还需要一些头发……哪怕一根也行！”叶志超的语气显得有些无奈，“但……这会违法……”

陆灿知道叶志超所说的“违法”指的是什么，她又将邮箱里的照片从头至尾仔仔细细地看了一遍，她细细端详着一张张稚气未消的面容，仿佛每一个孩子都极有可能是自己的亲骨肉。

陆灿的眼泪和鼻涕开始滴落到手机屏幕上，画面变得一片模糊……

这段时间，每个周末晚上下了课，赖嘉明都会悄悄侦察黎姿老师的行踪，他发现，黎老师还是经常上爸爸的车外出，自己的那封带有警告甚至威胁口气的信，并没有起到什么作用。

赖嘉明的铁哥们儿兼同班同学林唯希是个捣鼓自行车的高手，这是林唯希从小跟爸爸学的手艺。林唯希不怎么爱说话，但是动手能力特别强，家里也好，学校里也好，什么东西坏了，他都能拿起来琢磨半天，为此，同学们还给林唯希起了个绰号——“林工”。“应该叫林高工！”赖嘉明当众纠正。有两次，赖嘉明的山地自行车出现了故障，都是林唯希给修理好的。林唯希家里有只大木箱子，里面全是爸爸留下的各种自行车零件。赖嘉明当然不会让林唯希白干，一出手便送了一辆和自己一模一样配置的山地车给林唯希，那是赖嘉明用爸爸每月给他的零花钱买的。不光是为了感谢林唯希替自己修车，妈妈生病住院这段时间，所有的课堂笔记和作业都是林唯希给自己讲解和搞定的，在学习方面，林唯希不愧是班上“战国七雄”中的“一霸”。但是面对如此漂亮而且昂贵的山地车，林唯希不敢要，赖嘉明便想了想说：“那就产权归我，使用权归你，行了吧？”其实林唯希做梦都想有一辆自行车，这样一来无论上学放学还是去什么地方，效率都可以高很多，但是他从来不敢跟外婆提。林唯希终于无法抵挡住如此诱惑，还是收下了赖嘉明的好意。

赖嘉明知道林唯希的家境不好，母亲走得早，父亲后来又娶了个年轻的外来妹，但是这个后妈对林唯希很不友好，尤其是生了宝宝之后，看林唯希哪儿都不顺眼，经常阴阳怪气地指桑骂槐，有时还直接在他们父子间挑事儿。林唯希一怒之下离开了父亲，投奔到了外婆家。这几年，他一直和七十多岁的外婆一起住，父亲平时几乎不怎么管他，因为他已经有了新的孩子，心思当然就不会再在他身上了，只是偶尔会给林唯希送来一些生活用品和生活费，祖孙俩主要还是靠外婆每月三千多块钱的退休金生活。自小学二年级时妈妈去世后，林唯希就没有买过一件像样的衣服。来到外婆家之后，因为外婆人缘好，街坊邻居每年都会送一些自家孩子已经穿不下的衣服来。外婆是个要体面的女人，她就靠家里那台老式的脚踏式缝纫机，给林唯希改出了一件件穿着得体的衣裤。

这个周末上午，赖嘉明又来到林唯希家，两个人在林唯希的小屋里嘀嘀咕咕了好一阵。

下午，赖嘉明去领斐学堂上课，课间休息时，他在课堂上用微信遥控着林唯希。林唯希骑车来到领斐学堂的院子里，他找到了那辆拉风的橙色自行车，拿出事先准备好的工具，趁着四下没人，只短短两分钟便将预先设定的操作完成了。林唯希还将自己的操作结果拍照发给了课堂上的赖嘉明，之后便骑车离去……

晚上九点多钟，陪伴了儿子一天的叶志超和陆灿准备回家。这段时间是叶达的新一轮化疗，因为用了一种新药，夫妻俩不放心，便天天陪着儿子，他们发现，儿子真的很坚强。

叶达已经睡着，夫妻俩也开始感觉犯困。

两人刚走出住院部大楼的电梯，叶志超的手机响了："叶主任，请您马上去一下急救中心，刚刚送来一位车祸伤员，目前深度昏迷，急救中心主任请您立即去会诊！"

叶志超挂断电话，把车钥匙交给妻子："急救中心来了一个深度昏迷者，我得去会诊。你自己开车小心点！"说完转身跑向急救中心。

"我还是跟你一起去吧！"陆灿的瞌睡一下子跑得无影无踪，她快跑两步跟上叶志超的步伐。

急救中心的抢救室里，几位医生和护士正在为一位刚刚送来的交通事故伤员进行急救处理。

叶志超和陆灿匆匆跑进急救室："情况怎么样？"叶志超一边穿上白大褂，一边问急救科的医生。

"情况不太好，病人左侧三根肋骨骨折，其中一根肋骨已插入左侧肺叶，而且正好是肺主静脉的位置。另外，左侧颅骨膨出，怀疑颅内有大量积血。这是刚出来的CT……"急救科医生指了指墙上灯箱上挂着的片子。

"生命体征怎么样？"叶志超一边凑近灯箱仔细察看一边问。

"心跳196，血压30／60，瞳孔已开始放大……"急救医生回答。

叶志超的目光扫过伤员苍白且挂满血污的脸："必须立即手术！家属来了吗？"

"我们已经通过病人手机查到了几位经常联系人，目前正在联系。"一旁的护士回答。

叶志超转向另外两位前来会诊的医生："现在必须先行开颅，消除颅内淤血，同时肋骨正位，并修复血管和脏器。罗主任，你跟我一起吧。"

胸外科的罗主任向叶志超做了个OK的手势。

"赶快通知4号手术室，立即准备！"叶志超向身边的护士交代。他转向一直站在自己身后的陆灿："这个手术时间不会短，你还是先回去吧。"说完，径直奔向4号手术室。

处于深度昏迷的黎姿已经被做了体表清理并送上了手术台。

在没有任何家属签字的情况下，叶志超决定先行手术。他看了一下病人的信息，"黎姿，女，31岁……"

叶志超负责颅内，罗主任负责胸腔，几位护士在一旁密切配合。手术室里异常安静，只有各种手术设备发出的吱吱嗡嗡声和手术器械拿起放回器械盘时发出的响声。

但是，当黎姿颅内大量淤血刚刚被清理干净，手术台一侧心脑监护仪上的波浪线却突然变成了两条直线。医生们立即实施心肺复苏急救，但是黎姿胸腔内断裂的三根肋骨却使心肺急救变得异常困难。肾上腺素一毫克静脉注射，肾上腺素一毫克心内注射，监护仪上的曲线只维持了几分钟又恢复成直线。叶志超和罗主任立即要求护士重复注射肾上腺素，并加大输血量。四十分钟过去了，所有能用得上的抢救办法都用了，但黎姿的心脏还是一点动静都没有……

赖伯翁匆匆奔向手术室，叶志超正从手术室里出来。

"老叶，是不是有个叫黎姿的……"赖伯翁一见到叶志超劈头就问。

"老赖，这个黎姿是你……"叶志超惊讶地看着赖伯翁。

“我学校的老师！她现在怎么样啦？”赖伯翁急得一头汗。

“老赖，先别急，别急。她伤势很重，是非常重，送来的时候已经深度昏迷，刚才我们抢救了一个多小时……”叶志超向赖伯翁不住地摇着头。

“啊呀！”赖伯翁一拍大腿，一屁股坐在了手术室门口的椅子上，表情呆滞……

一周以后，林唯希被两名警察从正在上课的教室里带走了。

赖嘉明张大着嘴巴，呆呆地看着林唯希被警察推上警车的背影，他感到害怕，他没有想到事情会变得这么严重，他更没有想到黎姿老师会死，他只不过是想恶作剧一下，但是他不会想到作为专业骑手的黎姿老师骑车速度有多快，他更不会知道天黑以后卡车司机的视觉灵敏度只有白天的几分之一……

放学回到家，十分难得地看见爸爸已经在家里了。

一家三口一起坐在桌前吃晚饭，却没有人说话，三个人各有各的心事。

这段时间，戴婉倩的感觉不太好：“老赖，我明天想回医院做个复查……”戴婉倩打破了沉寂，轻声说。

“我陪你去吧，妈咪！”赖嘉明连忙说。

赖伯翁缓缓抬头看了一眼戴婉倩，嘴里“哦”了一声，没再说话，继续自顾自吃饭，眼睛看着菜盘出神。

赖嘉明瞟了一眼似乎有些魂不守舍的爸爸。

周末的英语课，赖嘉明不敢再去了，因为他一坐进课堂，看见那位新来的老师，就会想到黎姿，他感觉害怕，害怕有一天自己也会被警察带走。但是，为了不让爸妈起疑心，他还是按时出门，按时回来。

一连几个晚上，赖嘉明噩梦不断，他梦见黎姿老师瞪着眼睛问他，“你到底为什么要害我？！你为什么没有被警察抓走？！”赖嘉明从梦中醒来，浑身虚汗，于是他不敢再睡，睁着眼睛直到天亮。

赖嘉明没有勇气去自首，他甚至没有勇气向爸爸承认这件事情跟自己有关。反之，他一直心存侥幸，他想，只要林唯希不向警察说出实情，他应该就不会有事。

林唯希果然没有让赖嘉明失望，他在供词里将拆毁黎姿自行车制动系统的动机全都揽在了自己一个人身上。赖嘉明对自己不错，当然不能出卖朋友。

在拘留所里，林唯希已经在警察的审讯笔录上签了字，他已经打定主意，他不想多一个人陪绑，他在拘留所里静静地等待着法院的开庭。

因为一直没有找到合适的造血干细胞配型，叶达的治疗一直靠放疗维持着，身体变得十分虚弱。

这天，叶志超突然接到邱怡的电话，“找到啦，老叶，找到啦！”

“找到配型了？！”叶志超激动地问。

“是的，是的！云南，在云南，找到一位少数民族的供者，太不容易啦！”邱怡在电话那头兴奋不已。

“那，什么时候能来？！”叶志超急不可耐。

“现在，云南那边的骨髓库已经在安排了，应该很快就能过来！”

叶志超第一时间将这个消息告诉了陆灿，陆灿正在儿子病房外面的陪护室吃饭，听到这个消息，她手中的餐盒居然掉到了地上……

戴婉倩的病情出乎意料地突然恶化。

这几天，赖嘉明一直陪在重新入院的妈咪身边。根据医生的复查，癌细胞已经转移到了脊柱和肺部。暂时，医生只能加大化疗剂量，戴婉倩的身体变得十分虚弱。

赖伯翁呆呆地坐在戴婉倩的病床边，神色黯然。这段时间他已是焦头烂额，这头妻子的病情又加重，那头温局长将失女之痛全部撒在他的身上。

在黎姿追悼会的那天，温芷慧单独把赖伯翁叫到一个僻静的角落里："赖伯翁，警察已经将调查结果给我看了，我就问你一句，这事儿跟你儿子有没有关？"

赖伯翁还是第一次看到温局长的眼神变得如此犀利，他不知道该怎么回答。其实，林唯希被捕之后他就明白了一切，他完全猜得出来自己的儿子干了什么，只是他从来没有问过儿子，他不愿去证实这一切，而且林唯希已经承认了自己的犯罪动机，自己的儿子目前是安全的，作为父亲他不愿意断送儿子的未来。但是，眼前这位老领导也必须有个交代。

"我就这么一个女儿，我一个人把她养大……"双目圆睁看着赖伯翁的温芷慧并没有哭泣，但是老泪却成串地滴下来。

赖伯翁想上前搀扶老领导并跟她做解释，温芷慧一把甩开赖伯翁，蹒跚地走向吊唁大厅。

躺在病床上的戴婉倩侧头看了一眼坐在一旁发呆的赖伯翁："老赖……你去……忙你的吧……儿子……在这里……就行啦……"戴婉倩的声音软弱无力。

赖伯翁收回思绪："那，你想吃点啥？我去给你做。"

戴婉倩想了想："想吃……豆浆油条……还有生滚粥……"

赖伯翁起身关照了儿子几句，走出病房。

戴婉倩示意儿子将病床摇些起来，"儿子……给我拿……纸笔……"

赖嘉明讶异地看着妈妈："妈咪，你要这干吗？"

"我有用……你做……你的……功课……"戴婉倩靠在床上，爱怜地看着儿子。

赖嘉明从自己的笔记本里小心地撕下两页纸，垫上一本书，又找出一支水笔，放到妈妈的面前。

一位来自云南洱海边上名叫和依米的纳西族妇女来到叶达所在的医院，她是中华骨髓库从众多骨髓捐献者中挑选出的唯一位与叶达的配型达到完全符合移植标准的供者。

叶志超和陆灿紧紧握着这位母亲的手，不知道说什么才好，只是不断机械地重复着"谢谢！谢谢！谢谢！……"

和依米一脸的平静："我的第三个儿子也是生白血病死的，但是我却救不了他……要是可以救下你们的儿子，也算是我做了一件善事，菩萨会保佑我活着的孩子们平平安安……"

按照规定，和依米必须先住进无菌隔离病房，随后进行骨髓移植前的系列必要检查，待所有指标均符合要求后，才能进行移植。

告别叶志超夫妇，走进病房前的那一刻，和依米突然向着西北方双手合十，双目微闭，嘴唇无声地蠕动着，仰天默念，满是皱纹的脸上带着一丝微笑……

两天后的上午，叶志超和陆灿早早来到叶达的病房外，今天是移植手术的日子。

马上就要被推进手术室的叶达似乎很兴奋，他一直在咧着嘴笑，还隔着大玻璃向爸妈做出一个V字的手势，手不住地挥舞着，叶志超和陆灿十指相扣，夫妻俩举手向儿子做着加油的手势。

法院终于要对林唯希开庭审判了。

因为林唯希是未成年人，所以监护人必须出庭。林唯希的父亲被通知到庭，但是，林唯希心疼外婆，不愿意老人家看到自己在法院上被审判的样子，于是就向检察官提出外婆是否可以不出庭，检察官和法官考虑再三，最终同意了林唯希的请求。

赖伯翁陪着温局长来到庭审现场，这些日子，温芷慧看上去老了很多，精气神也大不如以前。但是，她几乎全白的头发依旧梳得纹丝不乱。赖伯翁坐在她的一侧，一言不发，眼光不时扫过坐在身边的温局长。自从女儿的追悼会之后，温芷慧就没有跟赖伯翁说过一句话，赖伯翁就这么天天默默地陪着。

赖嘉明很想去，但是他又不敢去，他不是害怕，而是无法面对林唯希，他觉得自己很卑鄙很懦弱，跟林唯希的义气和担当比起来，他觉得自己什么都不是。因为妈咪的病情，这些天他天天陪在妈咪的身边，只是再也没有同学给他送课堂笔记和习题来了。

躺在病床上的戴婉倩睁开眼，看着呆呆望着窗外的儿子，有气无力地说："有些日子……没见……林唯希……来啦……"

林唯希的事情，赖嘉明和爸爸都没有跟妈咪提过一个字。"嗯，他最近比较忙，可能他外婆身体不太好……"赖嘉明随口编了个理由。

林唯希是赖嘉明家的常客，每次来玩，戴婉倩都会跟林唯希拉拉家常，所以，林唯希家的情况戴婉倩也清楚："儿子啊……林唯希……是个苦命的孩子……你们俩……要好好……相处……能帮就……帮帮他……"赖嘉明是头一次听妈咪说这样的话，他并不完全明白妈咪话里的含义，但是他还是听话地点了点头。

法庭上，庭审的时间并不算太长，法官的判决已经宣读，法槌已经重重地落下，林唯希被判有期徒刑七年。这个判决总算让温芷慧的心里稍稍平衡了一些。

当林唯希被法官带下去的那一刻，赖伯翁的心中五味杂陈，因为他跟这位儿子的好朋友也很熟悉，他也知道不少林唯希的家庭情况，在他的心目中，林唯希是个善良、乐观、乐于助人、勤奋好学的好孩子，但今天却不得不站在这里接受审判。赖伯翁在心里问自己，这一切究竟是谁造成的？

旁听席上的人都已散去，只有赖伯翁和温芷慧木雕似的坐在那里，直到前来清扫的工作人员请他们离开。

赖伯翁搀扶着温芷慧走出法院大门时，口袋里的手机震动了一下，他掏出手机，那是条微信："老师对今天的判决还满意吗？"赖伯翁将手机屏幕拿到温芷慧的眼前，眼角瞟着她的表情。

温芷慧怔怔地看了一会儿，长长地叹了口气，毫无表情地转过头去，抬腿一步一步蹒跚地走下台阶……

戴婉倩终于还是敌不过癌细胞攻击的力量，就在林唯希庭审判决的当天深夜，她带着满身的疼痛和无尽的遗憾，走了……

弥留之际，戴婉倩的眼前仿佛走来一位鹤发童颜的仙人，笑眯眯地问她，"田家二姑娘，如果可以让你重新再活一次，你最想做的是什么？”戴婉倩面对仙人，泪如雨下，“我……只想做一个……真真实实的人……不虚伪……不嫉妒……不怀疑一切……我的前生……活得太累太累了……”仙人听罢， 扬起拂尘，“可惜啊，你明白得太晚啦！”便腾云而去，不知所踪。戴婉倩用尽身体里的最后一点力气，高声喊道，“你别走！”便咽了气。

这一声喊叫，把守在病床边的赖伯翁和赖嘉明吓了一大跳，等他们急急忙忙叫来值班医生，戴婉倩床边的心脑监护仪已是直线。

戴婉倩的双眼一直睁着，不论赖伯翁怎么撸，戴婉倩都不愿合上眼，没有办法，赖伯翁只能将床单盖在她的脸上。

第二天一大早，陆灿和叶志超风风火火地来到病房。

戴婉倩的那个双胞胎姐姐也来了。这是她自从妹妹生病以来，第一次出现在病房里。姐妹俩的关系一直不好，这是赖伯翁知道的，但究竟是什么原因造成姐妹俩势同水火不相往来，其实赖伯翁并不十分清楚。

赖伯翁回家取来了自己曾送给妻子的生日礼物，也是戴婉倩生前最喜爱的一套礼服，给妻子换上。在给妻子翻身之际，赖伯翁发现床单下面似乎有东西，他轻轻掀开床单的一角，发现两张叠得整整齐齐的纸，一张上面写着“赖伯翁收”，另一张上面写着“姐妹陆灿收”。

赖伯翁拿出两个纸叠，将其中一个交给陆灿，陆灿拿着纸叠，眼泪扑簌簌地流下来。

“先收起来吧。”站在一边的叶志超轻声提醒妻子。

两个身穿蓝色工装的医工将戴婉倩的遗体搬上了推车，往太平间方向而去……

陆灿坐在叶达病房外的陪护室里，拿出戴婉倩写给她的最后一封信：

陆灿，你好！

当你看到这封信时，我应该已经走了。我有很多很多话要对你说，可我却不敢当着你的面，只能悄悄写下这封信，但愿我留下了这封信，自己能走得轻松些。

首先我要告诉你和老叶的是，你们的儿子被抱错，不是护士的责任事故，而是我的一念之差所为。当时，我十分嫉妒你和老叶的婚姻，我实在是咽不下这口气，但也想不出什么别的报复你的办法，所以，就在你的儿子身上做了手脚，调换了婴儿的脚环。

当你知道这个真相的时候，你一定会恨得咬牙切齿，如果我现在给你一把刀，你一定会毫不犹豫地杀了我，但是，你已经没有这个机会了。

也许你更关心的是我为什么非要这么做。其实，不光是因为你抢走了老叶。不知你是不是还记得我们小时候的一些事情，从小到大，你什么都比我强，学习成绩比我好，被老师表扬更是家常便饭。你父母的文化水平比我的爸妈高得多，一个是大学老师，一个是大厂的工程师，家境自然就不用说了，你平时的零花钱比我多得多，你家的房子也比我家舒服得多，衣服穿得当然比我好，书包也比我的漂亮，就连每天扎的小辫子都比我的好看。虽然我们俩一直是无话不说的好朋友，别人也都说我们是“好姐妹”，但是我却什么都不如你，就连我第一次爱上的男人，最后也选择了你。现在你知道在你和老叶的婚礼上，我为什么会喝得那么狼狈不堪了吧。其实，我很恨你，恨你把我比得一无是处！

也许这根本就是我自己的问题。生病以来，我想了很多，我给自己归纳了四个字：狭隘，多疑。狭隘，毁了我们姐妹的情谊；而多疑，则毁了我们夫妻之间的感情。

我儿子有个同班同学名叫林唯希，他俩是好朋友，林唯希常常来我家和嘉明一起做功课，我想告诉你的是，这个林唯希就是你当年的亲生儿子，他以前叫程唯希，还在他上小学的时候，他的妈妈就生白血病死了。他妈妈死后，他爸爸重新结了婚，他就改了姓。这跟我当年悄悄记下的婴儿信息完全一致，他妈妈叫林自珍，他爸爸叫程明祥，他的生日和阿达是同一天。

这么多年过去了，你我的孩子都上了高中。可自打阿达生了病之后，我的心就一刻不得安宁了。但是，我没有勇气告诉你们真相，一点点勇气都没有……

也许是老天爷对我的惩罚，让我四十四岁就患上了这种病。可反过来一想，要是自己不生这个病，不得不在离别之前告诉你十六年前自己做的这件伤天害理的事，我这一辈子，恐怕也是活不安生。

其实，解脱何尝不是一件幸福的事情呢？在我生命进入倒计时的当下，我在想，一个人的宽容、向善是多么多么重要啊！要是老天爷能让我重新再活一次……但是，生命不可以重来了！

后悔最无用，希望跨过这条奈何桥之后，能是一个豁达之人，能多一些朋友，多一些友情、爱情和亲情。我这一辈子，得到的爱太少太少，所以我也不知道怎么去爱别人。希望你们，还有孩子们，好好活着，好好生活，好好相爱，好好的，都要好好的……

永别了我的姐妹，如果你还愿意这么叫我。

永别了我的儿子，好好学习，好好长大，做个心胸宽广的人。

永别了这个世界，你曾经给过我那么美好的幻想和希望，虽然基本上都没有兑现，但是我依然留恋你。

来世再见！

——一个临死之前终于有勇气忏悔的人

陆灿看罢，已泣不成声，她不住颤抖的双手已经拿不住手里的这张纸，她蹲在陪护室的一角，双手捂着脸，对着墙角嚎啕大哭……

“快去找赖嘉明，快去找赖嘉明……”陆灿忽然停止了哭泣，擦干眼泪，嘴里喃喃地念叨着，她将信叠好放进衣兜，掏出手机给叶志超打电话，但是，她的手指似乎不愿听从大脑的指挥，拨了几次号码都拨错……

赖嘉明站在自家二十层楼的阳台上，向着远方的天际线呆呆地出神。

前天夜里，趁妈咪昏睡之际，赖嘉明已经偷偷看过了妈咪写给陆灿阿姨和爸爸的信。他没想到自己最亲的妈咪居然做过这样的事情，他没想到自己的好哥们林唯希会是那个被妈咪调包的孩子，他更没有想到妈咪对爸爸的猜疑和怨恨因为自己的冲动和无知最终竟然导致林唯希进了监狱。他觉得自己根本没有勇气面对陆灿阿姨和叶志超叔叔，更不可能有勇气面对七年以后才能出狱的林唯希。陆灿阿姨和叶志超叔叔是除了自己爸妈对自己最好的人，从小到大，两家人无数次在一起聚会、庆生、过年，而且每年的生日，自己都会收到陆灿阿姨和叶志超叔叔送的礼物，在自己的记忆里，两家人一直相处得跟一家人一样。但是，十几年来，这一切竟然都是假的！都是假的！！！

失去母亲的悲痛，对母亲曾经的所作所为的不齿和怨恨，对林唯希入狱的负罪感，以及对两家人关系的破灭和对未来孤独地面对生活的恐惧，已经使这个少年的心理接近崩溃的边缘，他已经承受不起这一切。现在，他只想着逃避和解脱……

灰蒙蒙的天空中飞过几只鸽子，它们追逐着在空中划了一条长长的弧线，赖嘉明多么渴望自己能变成一只无忧无虑自由自在没有任何烦恼与痛苦的鸽子呀。

正当他无力地试图爬上阳台的栏杆，却突然被一双强有力的臂膀紧紧地抱住了。

赖嘉明没有做丝毫的挣扎，他一下子瘫倒在地上……

赖嘉明在医院的病床上整整昏睡了两天两夜，赖伯翁寸步不离地守在床边。

赖伯翁拿着妻子写给自己的遗书，一字一句地读了三遍。应该说，已经依稀望得见三生石和奈何桥的戴婉倩，在留给丈夫的遗书中，道歉和忏悔的成分要多于责怪、数落和埋怨，对于这段婚姻，应该说他对妻子还是充满了感激，如果没有妻子在背后的支持，他赖伯翁不可能有今天的成就。但是，遗书看了三遍，他却没有落下一滴眼泪，这连他自己也觉得奇怪。妻子的死，对她和对他，似乎都是一种解脱，这就是婚姻的悲哀吗？赖伯翁在心里问自己。

陆灿和叶志超帮忙料理完了戴婉倩的后事，也在病床边候着，等待着赖嘉明的苏醒。

赖嘉明终于醒了，他转动着脑袋，看着身边的三个大人，还没有开口，眼泪便夺眶而出："爸爸……阿姨……叔叔……你们能……原谅……我吗？"

赖伯翁知道儿子指的是什么："儿子，没事儿，你想说什么就说什么，我和叔叔阿姨，一定会原谅你的。"赖伯翁抚摸着儿子的脑袋。

赖嘉明努力地想坐起来，叶志超连忙将床头摇起。

陆灿倒了一杯温开水端在赖嘉明的嘴边让他喝了几口。

赖嘉明低着头，像是在酝酿着内心的一股力量，他慢慢抬起头："阿姨，叔叔，关于林唯希的事情，我全都告诉你们……"

听完赖嘉明的叙述，陆灿和叶志超痛心不已，但是他们却没有一句责怪赖嘉明的话："嘉明，你好好休息，叶达还等着你去看他呢！我们先走了。"

赖伯翁跟着走出病房："老叶，陆灿，如果……想去看孩子的话，你们去！"赖伯翁的话语里充满愧疚和诚恳。

"你先照顾好儿子吧。"叶志超示意赖伯翁留步。

骨髓移植之后，叶达的情况已经大有好转，那位纳西族姑姑的干细胞已经在叶达的身体里扎根繁衍了。当然，移植之后还需要继续待在无菌病房进行一段时间的化疗，同时观察身体的各项康复和排异指标。

隔着大玻璃，夫妻俩看着儿子吃完了早餐，跟当班的护士交代了几句，两人便离开医院，驱车驶向三百公里外的省第一监狱。

监狱的探视大厅宽敞明亮，叶志超和陆灿静静地坐在等候区。

门开了，一个身穿蓝白相间条纹衣裤的光头少年走了进来。从这一刻起，陆灿和叶志超的目光便始终停留在了林唯希的身上。

他们隔着厚厚的玻璃坐下，各自拿起听筒。

沉默了良久，还是林唯希打破了沉默，"陆阿姨好！叶叔叔好！"因为都是赖嘉明家的常客，所以林唯希对他们并不陌生："记得吗？去年叶达出国之前，我还在赖嘉明家见过你们呢！”

陆灿和叶志超相视无语。

“你们怎么会跑这么远来看我？”林唯希有些不解，自从自己来到这里，还没有一个人来看过自己，甚至连自己的爸爸都没有来过，但是他知道，爸爸不是自己不想来。

“因为我们有一件事……”陆灿张口，叶志超生怕陆灿过于心急，就拉了拉她的衣角阻止她继续往下说。

“赖嘉明要上学，你外婆年纪也大了，你爸爸工作也忙，所以，我们代表他们来看你。”叶志超竭力控制住自己的情绪，陆灿感觉到丈夫握着自己的手在微微颤抖。

“赖叔叔和戴阿姨还好吗？”林唯希问。

“戴阿姨去世了……”陆灿轻声回答。

林唯希脸上露出一副吃惊的神情。

“在这里，还适应吗？”陆灿问。

“还行吧，我们那个房间都是年轻人，管教挺和气，但是挺严格。”林唯希微笑着回答。

陆灿鼻子一酸，眼睛里含满泪水，她忙拿出纸巾拭了拭眼角。

“好好表现，争取减刑。”叶志超拿出一张自己的名片贴在玻璃上，“这是我的手机，你抄一下。”

林唯希拿起桌上的纸笔抄下了电话。

“还有两个多月就是你十七岁的生日，我们会来给你过生日，还有一个跟你同天生日的兄弟，我们一起来……”

叶志超的话让林唯希很是吃惊：“叶叔权，您怎么会知道我的生日的？”

“这是个秘密。”叶志超微笑着回答。

站在远处的值班警察举手示意探视时间快到了。

“自己照顾好自己，继续好好学习，每周给我们打个电话。”叶志超举手向林唯希做了个打电话的手势。

陆灿强忍住泪水：“过段时间……我们再来看你！”

“叔叔阿姨，你们自己保重，替我向赖嘉明和赖叔叔问好，告诉他们，我会好好表现。再见！”林唯希一边走一边转身挥着手，他的身影消失在探视大厅的出口处。

叶志超搀扶着陆灿慢慢走出监狱的大门，陆灿的双脚似乎踩在松软的棉花上，跨出铁门时，她双膝一软差点跌倒，叶志超一把将她抱住。

叶志超驱车在高速公路的慢车道上行驶着。

路边出现了“前方10公里有服务区”的牌子，陆灿说想上个洗手间。

下了高速，开进服务区，叶志超停了车。推门下车陪着陆灿走向女厕，并目送她走进门，而他自己却不敢上洗手间，生怕陆灿会有什么事叫他，便只在门外几米远的地方候着。

陆灿上完厕所，洗了手，伸手去摸兜里的纸巾包，不料手指却触到了烟盒，她掏出烟盒，若有所思地看了看，顺手扔进了洗手池边的垃圾箱。

散文卷

SAN WEN JUAN

小羊角辫

◎闻　月

"我哩鹏妹唧快困觉觉、我哩鹏妹唧快困觉觉……"

偏僻的山村万籁俱寂，母亲和大姐劳累一天后呼呼入睡，大我两岁多的二姐木兰一只小手抱着我的头、一只小手轻轻地拍着我的胸部、一遍遍翻来覆去地低吟着这句"催眠曲"哄我入睡。

一个个夜晚，或在透过纱窗的月光下，或在昏暗的煤油灯下，我就这样望着木兰姐那双慈爱的大眼睛，在她的声声"催眠曲"中悄然入睡。

寒来暑往，时光如白驹过隙，一晃整整半个世纪过去了，但"细伢子记得千年事"。时至今日，木兰姐带着童音、催我入睡、如大籁般的"催眠曲"还不时在我耳边萦绕。

我的思绪也随着这动听而难忘的"催眠曲"回到了半个世纪前，位于浏阳北乡枫林河边连云山麓的那个小山村——

一九六二年初春的某日，正值奶奶出葬日（爷爷早六年去世），十六岁多的母亲以农村"对着棺材开亲"的"冲喜"风俗，于当天一早坐上花轿，嫁给了十九岁的父亲。

在接下来不到七年的时间里，母亲陆续生下了大姐、二姐和我。父亲在单位工作，一般周末才回家，母亲就带着我们姐弟仨生活在乡下。母亲总有干不完的活，这样，小小年纪的大姐就成了母亲身边的小帮手。

听母亲说生二姐那天大雪纷飞，二姐生下时受了风寒而落下气管炎哮喘病，久治不愈，也就干不了重活。

二姐两岁多时，我出生了。那时我们的家是在半山坡的一座单屋。母亲后来跟我说，我是辰时出生的，那天也是下着好大的雪，地上的积雪有一尺多深。

父亲去请接生婆还在半路，我就呱呱坠地了，陪在母亲身边的只有大姐和二姐。特别是两岁多的二姐，我一出生，就争着要抱我。

待接生婆赶来将我脐带剪下，打理干净用棉袄包好后，二姐就急不可耐地凑过来亲我的小脸——二姐对我的爱似乎是与生俱来的。

家中儿女双全，父母自是喜不自禁。作为长子，父母将我视为掌上明珠。母亲就将照顾我的重任交给了不能干重活的二姐木兰。

于是，自我出生，木兰姐既是我姐姐，平时又充当起了"母亲"的角色。从此，木兰姐的臂弯是我安睡的港湾，木兰姐的肩背是我温暖的摇篮。

就这样，我在木兰姐的呵护下一天天长大。随着年龄的增长，童年的记忆也开始清晰了起来——

春天，万物复苏，春意盎然。连云山麓的竹笋、野蘑菇破土而出。木兰姐背着小背篮，带我去连云山麓扯春笋、捡蘑菇。那个年代，这些春笋、野蘑菇足以改善家里的伙食。

清明前后，满山坡的茶树上总会长出些白色的、粉红的茶泡、茶片。二姐带上母亲平时用来摘茶籽的竹钩，将一个个、一片片的茶泡、茶片摘下来给我品尝。

夏天，稻熟季节，生产队的大人们都忙着“双抢”。刚收割上来的稻谷统一晒在保管室前面宽广的晒谷坪里。

那时的麻雀满天飞，总是成群结队地飞来生产队晒谷坪偷食稻谷，而驱赶这些“小偷”的义务就落到了二姐等不能下田干活的小孩子们身上。

烈日下，二姐戴着个大草帽，或背，或牵着我，与小伙伴们每人拿一根细长的小竹竿，在晒谷坪四处追赶偷食的麻雀。

可晒谷坪太大了，这些麻雀也精得很：你这边赶它们，它们就飞到那边，根本赶不过来。

后来，二姐与小伙伴们想了个办法：用浏阳鞭炮驱赶麻雀，效果甚佳。

每年的夏、秋稻子成熟季节，只要哮喘病不发或不严重，二姐都会带上我，与小伙伴们一起到生产队晒谷坪义务驱赶麻雀。

有时伯母、婶婶们家里晒了东西，吩咐二姐帮忙照看，二姐都乐意帮忙。村里的人都说二姐是个“乖乖女”。

秋天是个收获的季节。山上茶籽熟了，满山坡的毛栗子也熟了。父母和大姐在山上摘茶籽时，二姐就会背上小背篮，带我到山坡上摘毛栗子。

二姐会将采摘回来的毛栗子放在竹箕里，再放在通风处让风吹上几天，产生了糖分的毛栗子就又甜又脆了。母亲得空时，偶尔也会在锅里用烧热的沙子炒毛栗子给我们吃。

这些毛栗子，可是我至今吃到过最美味的野果了。

冬天来了，浏阳的乡下银装素裹。白鹭、竹鸡、斑鸠、麻雀及不知名的鸟儿在家乡枫林河的上空满天飞舞。它们不时飞到还没有冰封的枫林河、稻田的水沟及小溪边觅食。

在冬季这个童话般的季节里，二姐会带着我在雪地里用木棍架起一只圆圆的竹箕，在竹箕下放些谷粒，再在木棍上绑上一根长长的细线，然后隐藏在一边套偷食的雀鸟。

我们还会与小伙伴们一起跳绳、打七子棋、堆雪人、打雪仗。

有木兰姐照看我的日子，我感到既安全又快乐。

平时，二姐会教我唱儿歌，我还最喜欢听二姐给我讲故事。我后来能走上文学之路，与当初二姐跟我讲好听的故事不无关系——二姐无形中成了我文学的启蒙老师。

当我有时不高兴动手打二姐时，二姐也只会抓住我的小手，再笑眯眯地抱抱我，直到哄到我开心，却从未动过我一根指头——我可以肆意地在二姐身上撒娇耍泼、施展淘气的本性。

可有时我在家撒泼、哭闹不止时，看不惯我这种“作派”的大姐二话不说，一把从二姐身边将我抱起就往家里猪栏方向走——大姐知道我最怕那只长着獠牙、凶神恶煞的大母猪。

每每此时，我就会杀猪般嚎叫，拼命喊二姐救命。二姐赶紧追过来挡住去路，要我不哭、要我乖——我一次次有惊无险地被二姐从大姐手中救了下来。

我小时候体弱多病，经常要吃中药。每次母亲将中药煲好后，都由二姐喂我喝。我经常耍赖不肯喝药，二姐也从不生气，她会变戏法似的不时变出些桃子、梨子、李子、毛栗子或炒黄豆等哄我喝药，或者哄我说："鹏妹唧乖，恰（吃）完药药姐唧就带你去耍。只有恰了药药、杀死了肚子里的虫唧，虫唧就不会咬肚子了。嗯是（要不），虫唧咬肚子会很疼的。"

这一招很灵验——我害怕虫虫咬肚子，就乖乖地将药喝了。而每次喝完药，二姐都会竖起大拇指夸我并奖励我。

一次晚餐后，大姐、二姐带我去生产队晒谷坪跟小伙伴们玩耍。玩了一阵，我有些困了，二姐就背着我回家。途中，有调皮的小孩趁机藏在上坡稻田里发出怪声，"扮鬼"吓唬我们。我被这些恐怖的声音吓得哭了起来，二姐行色匆匆间边呵斥对方、边安慰我道："姐唧在，鹏妹唧不怕；姐唧在，鹏妹唧不哭。"

这时，雨点般的泥石从坡上向我们砸来。二姐赶紧将我从她背上挪到胸前抱紧、用身体为我挡住砸来的泥石。而二姐的背上、头上被泥石砸得"乒乓"响。二姐忍者痛、咬着牙，抱着我一路小跑躲到山坡下的一排茶树下。

跟在我俩后面较远处的大姐听到二姐的呵斥声和我的哭声后，百米冲刺赶来，几个跨步冲到坡上，将"调皮鬼"打得抱头鼠窜——半个世纪了，二姐用她瘦弱的身体为我挡泥石这一幕仿佛发生在昨日，令我至今难忘。

不知不觉中，我快长到四岁。那时小弟也出生了，二姐偶尔也要照看一下小弟。

平时有好吃的东西，二姐总是会先让给我吃。记得那年阴历十一月，二姐满六岁。那天傍晚，母亲用茶油煮了个生日鸡蛋给二姐吃，二姐自己却舍不得吃，将鸡蛋喂给我吃。我说："木姐唧，今天你过生日，你也恰点唧吧。"二姐就象征性地吃了一丁点，喝了一小口蛋汤后道："姐唧不喜欢恰鸡蛋，鹏妹唧乖，恰哒长身体。"

要知道，在那个年代，我们农村的小孩子天天盼着过生日的一个重要原因就是有生日鸡蛋吃。六岁的二姐却将天天期盼的生日鸡蛋全让给我吃了。

待我懂事后每每想起这一幕，我总会泪流——这要有多爱我才能做得到呀——毕竟那时二姐自己也还是个小孩。

第二年阴历八月上旬，玉米成熟季节。那时二姐再过三个月就满七岁，我也四岁半了。

那时我们小孩一年四季都很难吃到糖果。大人们将玉米摘完，再将玉米秆砍下后，小孩子们总会将带有糖分的玉米秆拿来当糖吃。

不知是玉米秆打了农药未洗干净、吃后中毒了还是其他原因，二姐自吃了玉米秆后哮喘病又发作了。

忙碌的母亲起先也没将这当回事，因为每次二姐哮喘病发作，总要个三五天，甚至拖到一个星期才好。

与以往不同的是，二姐这次喘息时发出的声音特别大且昼夜不息，衣服也总是被汗湿。

父亲回来后见情况不对，就叫来人民公社卫生院的戴医生给二姐看病。戴医生给二姐把脉、测体温后，给二姐打了一针消炎针，又开了些西药要二姐按时吃。

可打针、吃药后，二姐的病情一点也不见好转。可能是没做好消毒，二姐屁股上打针的地方还肿起了半个鸡蛋大的脓包。

我陪在二姐床边，不时给她端些水喝。每每当我端水给二姐喝时，半蹲在床上的二姐都会吃力地摸摸我的头，夸我道："我哩鹏妹唧长大哒，真懂事！"

二姐说她屁股上肿起的那个脓包又痛又痒，她浑身没劲，要我帮她抓抓痒。我便乖乖地帮二姐抓痒，心里却记恨起了那个戴医生，我认定是他将二姐打疼了。

我说："木姐唧你快点好起来啰，你不是答应带我怯（去）对面小溪捞虾米、抓螃蟹吗？"

二姐边喘息边吃力地说："鹏妹唧乖，姐唧病好了一定带你怯。"

那时，父亲工作的学校下半年刚开学。二姐打完针的第三天，父亲与公社文教专干吉老师等四人组成的山田人民公社文教组，去浏阳县教育局开为期四天的全县教育工作暨表彰大会。

二姐打完针的第四天一早，母亲起床后来帮二姐换衣服时，发现二姐整个人身体都软了，使劲叫唤二姐小名也不见回应。母亲见状，吓得大哭了起来，她赶紧将我伯父、生产队队长戴伯伯、父亲的发小康伯伯等人叫来。

见病情严重，大家赶紧将两根木棍绑在摇篮两边，再将二姐放在摇篮里，抬起二姐就朝公社卫生院赶去。

到了卫生院，医生说情况很危险，必须去沙市区人民医院抢救。

从我们家到沙市区人民医院有三十多里路程，那时又没有车，大家只好又抬着二姐一路小跑往沙市区赶去。

母亲紧跟在一旁，一路呼唤着二姐的小名，要她坚持住。

大家紧赶慢赶，走了一大半路程，母亲突然听不到二姐的喘息声了，便嚎啕大哭起来。

大家停下了脚步，将摇篮放在路旁——二姐没有了呼吸，也没有了脉动——二姐就在去医院的半路没了。

回来的路上，母亲哭得死去活来。

中午时分，干了一上午活的村人陆续回家吃中午饭。我与伯母、大姐、堂哥在屋门前的山坡上远远见到大伯他们将二姐抬进了村子，后面还跟了许多村人。

大姐背着小弟、牵着我的手，随伯母、堂哥一道往山坡下赶去。

有村民拿出浏阳鞭炮放了起来，以此迎接二姐。

大家抬着装有二姐的摇篮停放在保管室门前的晒谷坪上——二姐曾经常在这里赶麻雀的地方。

这时，晒谷坪上里三层外三层围满了人。大人、小孩都为二姐泪流——一时间，鞭炮声、哭声弥漫在整个晒谷坪的上空，人们都在哭诉着二姐的好。

我那时对死还没有概念，只是觉得好热闹。

大姐牵着我，费了好大的劲才挤到装二姐的摇篮旁。

母亲、伯母、一些婶婶，还有二姐平时要好的小伙伴们手扶着摇篮，哭喊着二姐的名字，可二姐却再也不能应答了。

见母亲、大姐她们哭得那么伤心，我也跟着哭。

我不知道什么叫死，曾也经常看到二姐的睡姿。而眼前的二姐跟平时睡着了没有两样，所以这次我也认为二姐只是睡着了，就探着头对二姐说："木姐唧，你哎子困哒亦即（你怎么睡在这里）哦，快回屋里困啰。"

母亲听我这么说，便一把抱住我，哭得更伤心了。

大姐将小弟放在身旁，在二姐靠头部的位置蹲了下来，哭诉着：我哩木兰呀，你一直最听话，又爱干净又爱美。你时常（经常）要我帮你编辫子唧，我平时事又多，经常冒（没）好气地拒绝你，你也从来不生我的气，姐唧对不起你呐。今日我要好好为你编一对辫子唧，要把你打扮得几好看唧（漂漂亮亮）。

大姐边哭边将二姐的头转向一边、开始为她编羊角辫。

记忆中，二姐有时留的是包菜头或"马尾巴"，更多的时候留的是羊角辫。包菜头只要将发型剪为"包菜"形状即可；"马尾巴"就是将头发收拢到脑后，再简单用一至几根橡皮筋绑住头发，其形状因像"马尾"而得名。但编羊角辫耗时长，也有一定的技巧。每一根羊角辫都要先分出三簇头发，再左一下右一下来回编。而自己给自己编难度大。

二姐爱美，经常缠着大姐给她编羊角辫。有时大姐不得空，二姐就跟小伙伴们互帮着编羊角辫。

二姐那时头上扎的是"马尾巴"，大姐便将二姐"马尾巴"上的橡皮筋取下，左一下右一下，认真地重新为二姐编了一对小羊角辫。

尽管随着时光的流逝，二姐的容貌我早已模糊，但二姐那对小羊角辫却深深地刻在了我脑海，挥之不去。

那时，小孩夭折后一般用几件衣服包住尸体，当天村人就在山上挖个坑并想方设法避开其父母、亲人将其埋葬，再在上面垒一个小土丘就完事了。

哭得声音嘶哑的母亲断断续续地求大家去公社打电话给正在浏阳县城开会的父亲（家里距浏阳县城有八十多里路），让父亲赶回来见二姐最后一面；母亲还说二姐仅有的那双布鞋鞋底都磨破了，她要连夜给二姐赶做双新布鞋，请求村人明天早上再将二姐归山。

村人怕母亲伤心过度，也为了让母亲如愿，就答应了母亲的请求。

我们村有着悠久的烧土窑历史，土窑以出产烧制的水缸、瓦钵、棺材等远近闻名。

生产队队长戴伯伯与村民们商量：念及二姐一直辛辛苦苦为生产队晒的稻谷赶麻雀，从来也没要过一个工分，决定将上次生产队土窑烧制的一副盖子破了个洞的小棺材送给二姐。

小棺材抬来后，村人在小棺材里面铺上些干稻草，再将二姐从摇篮抬出，安放在小棺材里。

由于下午村民们都还要出工，大家就又将装着二姐的小棺材从晒谷坪抬到保管室，这样也避开了阳光直接照射到小棺材。

戴伯伯将保管室大门上了锁，大家便约好第二天一早再将二姐抬到山上埋葬。

婶婶们搀扶着哭得昏天暗地的母亲和伯母回到山坡上的家。

下午两点，待陪母亲的婶婶们都去出工了，母亲便强打精神开始为二姐做小布鞋。

母亲翻箱倒柜，找来二姐冬天穿的、唯一的一件红灯芯绒上衣，剪下两块布料做鞋面，再按照鞋底的形状剪些布料与其他散布料一起来做鞋底。

大姐将小弟放在竹席上要我照看，她帮母亲打下手。

晚饭大姐做了猪油炒饭。母亲坐在一旁，边流泪边一针一线地纳着鞋底，一口饭也没吃。

晚上，在几个婶婶的陪同下，母亲继续在昏暗的煤油灯下边流泪边纳鞋底——这每一针每一线纳的都是母亲对二姐深深的思念和爱。

时间不早了，母亲催促婶婶们回去后，吩咐大姐带我和小弟先去睡觉。

以往不管二姐哮喘病发作与否，每晚都是她带着我睡，我已习惯了二姐一声声的“我哩鹏妹唧快困觉觉、我哩鹏妹唧快困觉觉”的催眠曲，也习惯了她哮喘病发作时一整宿、一整宿的喘息声。

今晚睡觉时突然没有了二姐陪伴，我便哭着闹着要木兰姐。

带着小弟睡在另一头的大姐踢了我一脚，我哭得更大声了。

这时，我更想二姐了。二姐不像大姐，别说踢我，她从来连骂都不会骂我。

母亲放下手中的针线活，过来边帮我擦眼泪边叫着我的小名哄我入睡，我便在母亲嘶哑的催眠声中慢慢睡着了。

第二天天蒙蒙亮，母亲就将我们叫起了床。

一晚上过去了，父亲没有归来。

母亲为了给二姐赶制布鞋，同时等父亲归来，一晚都没睡。

伯父、伯母、堂哥与我们一道赶到生产队保管室时，生产队队长戴伯伯等人已提前到了，他们正将装着二姐的小棺材从保管室抬到晒谷坪。

母亲、伯母、大姐等人便抱着二姐的小棺材大哭了起来。母亲边哭边在二姐小棺材旁点上了香、烛，烧了些纸钱给二姐。

我一直由伯父背着。

哭声惊动了村人，大家纷纷赶来。好些村人手上都提着一挂浏阳鞭炮，准备在二姐出柩时为她送行。

小棺材盖打开了，母亲嚎啕大哭着将二姐上身扶起并紧紧地抱着她、久久不肯松手。

这时，万丈霞光从连云山麓照射了下来。

我见母亲怀中的二姐耷拉着脑袋，而她那对小羊角辫却在霞光的照耀下，在晨风中轻轻飘荡。

一旁哭泣的婶婶们扳开了母亲紧抱二姐的手，母亲便在伯母、大姐及婶婶们的帮助下，将二姐身上的那套夏装脱下来垫在她的身子下面，用毛巾为二姐擦了脸、抹了身，再给二姐换了一套干净的夏装。

母亲还将预先剪好、自己的一簇头发放在二姐的手心。

紧接着，母亲将二姐那双脚底都磨穿了孔的旧布鞋脱下放在小棺材一侧、给二姐换上了她通宵赶做出的那双红灯芯绒面料的新布鞋。

伯父背着我挨近二姐的小棺材道：“鹏妹，再看你姐唧一眼吧，以后就看不到了。”

我从伯父的背上探出头来，哭着对二姐大喊：“木姐唧，木姐唧，你哎子还困哒亦即（你怎么还睡在这里）哦！快回屋里怯（去），快回屋里怯。”——我自始至终一直以为二姐只是睡着了。

这时，戴伯伯他们将小棺材盖抬了起来。母亲哭喊着，将整个身子扑在二姐的身上，死活不让盖上棺材盖。

抬着棺材盖的戴伯伯他们就这样与母亲僵持着。母亲捧着二姐的脸，哭喊着二姐的小名，唠唠叨叨对着二姐说了好些话。

见时间不早了，戴伯伯大声喊了几个婶婶的名字，几个婶婶便会意地使劲将母亲拖到一边，母亲却再次挣脱婶婶们，又朝着小棺材扑了过去，婶婶们只好死死地抱住母亲。

戴伯伯他们赶紧将小棺材盖盖上，再用几根麻绳将棺材捆住。一根长木棍穿过小棺材上方的麻绳后，康伯伯、戴伯伯一前一后抬起装着二姐的小棺材冲出人群，往连云山麓方向一路小跑而去。

一时间，鞭炮声、哭声四起。

而当装着二姐的小棺材抬经我眼前时，我看到二姐刚穿上的那双小红布鞋从棺材盖上那个碗口大的洞口露了出来。

等母亲再次挣脱婶婶们追出去时，抬着二姐灵柩的康伯伯、戴伯伯他们已消失在茫茫的连云山麓中，不见了踪影。

母亲呼天抢地，哭得晕了过去。

埋葬木兰姐的第二天傍晚，父亲从浏阳县城开完会回到家。

母亲由于忧伤过度，大病了一场，已三天没有吃饭了。

父亲进门后见气氛不对，又没见到二姐，就问母亲："木兰呢？"

母亲大哭不止。

大姐哽咽着告诉父亲，木兰在他去浏阳县城开会的第二天上午就走了。

父亲听后嚎啕大哭。接着，父亲提了条靠背凳坐在二姐曾经的睡床前哭泣。

我跟着父亲走进睡房，靠在父亲身上，哭吵着要木兰姐。父亲紧紧地抱着我，又大声地哭了起来。

父亲哭着问母亲为什么不打电话告诉他木兰走了的事。母亲说当天就叫人打了，可她盼了一个通宵都没盼到父亲回来。

后来父亲一了解，才知道当时是公社文教专干吉老师接到的电话通知，但吉老师为了不影响开会，就将木兰走了一事瞒了下来。

当天晚上，伯父、生产队队长戴伯伯及康伯伯、胜叔叔等听闻父亲回来了，便陆续赶来安慰父亲。

我缠住戴伯伯、康伯伯，告诉父亲是他们两个将木兰姐抬走不见了的。

我追问戴伯伯、康伯伯什么时候将我的木兰姐抬回来，还说木兰姐不在，我晚上都睡不着觉。

两个伯伯面面相觑，无言以对。

我见两个伯伯不答应将我木兰姐抬回来，便大哭了起来，吵着要他俩还我的木兰姐。

父亲一把将我抱起放在腿上，流着泪说今晚他带我睡。我说不行，就是要木兰姐陪我睡。

见我哭闹不止，两个伯伯只好安慰我说等他们回去再想想办法吧。

他俩坐了一会，便抽身离开了我家。

接下来的日子，我隔三差五就跑到戴伯伯、康伯伯家里去，要他们将我的木兰姐抬回来。

自木兰姐离开我后，我不但再没有地方撒娇，在大姐面前还总是规规矩矩的，甚至有时连想哭都不敢哭出声。我生怕一旦自己不乖，惹恼了大姐，她背着母亲抱我去“喂”大母猪，那可再没人来救我了。

我天天迫切地盼望着二姐回来带我玩耍、陪我睡觉、让我撒娇、任我淘气。

这样，我跑戴伯伯、康伯伯家更勤了。

到后来，只要我一出现，两个伯伯就会赶紧躲了起来。

我日日盼、夜夜盼，经常想二姐想得泪流满面，有时将小枕头都哭湿了，可还是没有盼到二姐的归来。

日子就在我日盼、夜盼二姐归来中一天天过去，我始终抱着希望，认为二姐不会丢下我不管，她总有一天会出现在我面前。我也总是回忆二姐呵护我成长日子里的点点滴滴，那可是我最快乐的童年时光。

我一直认为那天在晒谷坪躺在小棺材里的二姐只是睡着了，她醒来后又会带着我去山上摘毛栗子。我一直记着她还答应过我，等病好了就带我到门前的小溪捞虾米、抓螃蟹。

可当希望一次次落空后，我变得沉默寡言了——没有二姐的日子，我总是郁郁寡欢，总也快乐不起来。

恍恍惚惚中，我上小学了。慢慢我也懂得了人死不能复生的道理。可二姐永远是深深埋在我心中的痛，我不时会泪流满面地将她想起。

眼看我长到八岁半了，那是快升三年级暑假末的一个下午，我随小伙伴们到连云山麓一个叫“打嘎椿”的山上扒柴。当扒柴扒到一座小坟墓前时，我的心突然触动了一下，我手抓扒哩（扒柴工具）呆呆地站着，望着这座小坟墓一动不动了。

正在我旁边扒柴的姣伢是生产队队长戴伯伯的女儿（浏阳北乡当地的风俗：一般男孩子叫“妹”、女孩子叫“伢”），她走过来对我说：“鹏妹，我哩爹唧曾告诉我，你哩木兰就埋哒亦即（你家木兰就埋在这里）。”

听姣伢一说，我顿时感到天旋地转，双脚一软就跪了下去，我整个人扑倒在二姐的小坟墓上痛哭了起来——整整四年了，也许有太多太多的话要向二姐诉说，我这时反而一句话也说不出来了。

我紧紧抱着二姐的小坟墓，双手抓着坟墓上的泥土，一声声哭喊着：“木姐唧！木姐唧！……”——我第一次有了心疼的感觉。

我将四年来对二姐日夜思念的泪水尽情地宣泄了出来。

姣伢等几个小伙伴都停下了扒柴，过来安慰我、陪着我流泪。

那天，我只扒了半挑柴。吃晚饭时母亲批评了我，说我平常都是扒满满的一挑柴，今天却偷懒了。

我有些委屈，但我不能将知道二姐埋在“打嘎椿”一事告诉母亲，那样我担心母亲会经常跑到二姐的坟前哭泣而伤了身子。

心里有些委屈，又想到二姐孤零零地躺在那偏僻的小山头，我有一种想哭的感觉，饭也吃不下了。

为了不让母亲及家人看到我流泪，我赶紧端起饭碗、溜了出去。

我向“打嘎椿”山头望去，想着我亲爱的二姐孤零零地躺在那，我泪流满面。

突然想到快到中秋节了，我计划今年的中秋之夜去祭奠生前最疼爱我的二姐。

于是，我提前约好发小，天不怕、地不怕的“孩子王”勇妹中秋节晚上陪我一起去祭奠二姐。

这个中秋节，母亲分给我们姐弟每人一个月饼，大姑妈回来也给我们每人带了六颗糖。想起二姐在世的最后一个生日，她将那个生日鸡蛋全都喂给我吃了，这次的月饼和糖果我也舍不得吃，我都要留着去祭奠二姐。

中秋节晚饭过后，我悄悄从柜子里拿出一叠纸钱、两根红烛、三根香及一盒火柴，躲过家人，提着祭品溜出了门。

从家里到“打嘎椿”不到三里路。

下了山坡，再穿过门前的稻田，我与勇妹汇合了。

我俩沿着山路径直往“打嘎椿”的方向赶去。

中秋之夜，皓洁的月亮升上了天空，将山村照得如同白昼。

山上的毛栗子还没有完全熟，但也勉强能吃了。

想着二姐生前最喜欢吃毛栗子，一路上，借着皓洁的月光，我与勇妹又采摘了一些毛栗子备着，给二姐当祭品。

匆匆间，我与勇妹来到了二姐的小坟墓前。

我身子一软，就扑倒在了二姐的小坟墓上。

我边哭边向二姐倾诉：“木姐唧呀，自你走哒后，我天天都在想你。冒得（没有）你的日子，我再也冒地方撒娇了，我也冒得了快乐。好多个夜哩（许多个夜晚），我想你想得困不着觉，泪水打湿哒枕头。木姐唧，你也一样会想我，是吗？爹妈和家人都好，他哩（他们）都很想你。但村里人怕爹妈及家人太伤心，就将葬你的地方瞒住哒。要是早晓得你葬哒亦即（这里），我早就会来看你。

“今日是中秋节，我将恩妈给我的月饼，还有大姑给的糖果都带来祭奠你，还有你最喜欢恰的毛栗子。我还带来了香、烛、纸钱，等下唧（等会）我会烧纸钱给你，让你在那边有‘钱’花，你都要好好收哒哟。我本来想带挂鞭炮来放的，但晚上怕惊动哒村里人，又怕恩妈晓得，就冒带哒，也请你原谅。”

向二姐倾诉完这些，我的心情也稍平复了些。

勇妹边拍着我的肩膀安慰我、边陪着我流泪。

在勇妹的搀扶下，我从二姐的坟墓上站了起来。

勇妹帮忙从袋子里取出祭品。我跪在二姐墓前，用火柴将两根红烛点燃、一左一右插在二姐墓前。就着燃烧的红烛，我再将三根香点上插在红烛的中间位置。

我将月饼的包装纸拆开来、双手捧着月饼对二姐哽咽道：“木姐唧，今日是中秋节，你的大弟鹏妹来拜祭你，请你恰月饼。”

我双手捧着月饼，虔诚地对着二姐的坟墓拜了三拜，然后将月饼放在墓前。

我又将六颗糖果的包装纸全部撕开，摆放在月饼的右侧，再将刚采摘、放在裤兜里的毛栗子取出并咬开几个放在月饼的左侧请二姐“品尝”。

接着，我长跪在二姐的小坟墓前，一边流泪、一边一张接一张地为二姐烧纸钱。

整整四年了，二姐在那边再没有收到过亲人烧给她的一张纸钱，她肯定很缺“钱”花——想到这，我又伤心地大哭起来。

于是，每烧一张纸钱，我都会念：“请刘木兰姐唧收下”“请刘木兰姐唧收下”；每烧一张纸钱，我就会想到二姐在那边又多了些“钱”花，二姐就再不用受穷了；每烧一张纸钱，我内心里也就多了一份安慰，一股暖流便流遍了全身……

以后的日子，无论我走到哪里，无论我长到多大，我都一直将背我长大、最疼爱我、不到七岁夭折的二姐木兰埋在心底，时时念起——“每个人的心底都有一座坟墓”，我心底的小坟墓将永远深埋着二姐。

1995年11月16日深晚，刚加入广东省作协，在某报当记者的我又想二姐了。想着二姐对我的好，泪湿衣襟，辗转难眠。我便起床写下了这首怀念二姐的诗歌《小羊角辫——写给六岁多夭折的二姐》：

姐/那年你扎的两根小羊角辫/常在风中飘扬/我却常将你嫩弱的肩头

当床//收割季节/一只大草帽下/你带我躲着秋阳/在宽广的晒谷场/用浏阳鞭炮/驱赶偷食的雀虫//鞭炮响时/我躲在你怀里/你却用小手捂着我的耳/用你瘦弱的身儿将我遮挡//那次丢慢了的鞭炮炸痛了你的手/你却坚强地咧开嘴与我一块笑倒//一根有毒的玉米秆/给你六岁多的生命画了个句号/村里的大人小孩都为你泪流//入葬前/伯叫我再看你一眼/四岁多的我却问姐你干嘛睡在这/还不回家/而恩妈连夜为你赶制的那双小红布鞋/还露在破烂的小棺材外头//从此/你远离了我及童年的小伙伴/在一个偏僻的小山头/与青山共眠//姐/你在那边还好吗/二十年后/你曾背在背上去赶麻雀的弟到了南方/却无法将我亲爱的姐遗忘//你的容貌随时光流失而模糊/那年月/爹妈也未曾给你照张相/而你那两根小羊角辫却时常进入我梦乡/依然清晰地在我心中飘扬//当年姐你将玉米秆当糖/今年的春节我要回故乡/定到葬姐的小墓旁/带几袋高级的奶糖、参糖、芝麻糖/给我亲爱的、亲爱的二姐品尝。

多年来，我也一直想写一篇怀念二姐的文章。我最幸福的童年时光都是随二姐度过的，二姐的善良、隐忍、勤劳、对我无私的爱影响了我的一生，让我行在这车水马龙、纷繁复杂的人世间，还能保持着一颗善良之心。

今又清明，我着手动笔写《小羊角辫》。其间，我写着写着，就会情不自禁地流泪。

整整半个世纪了，二姐的容貌我早已模糊，只有二姐那两根常在风中飘扬的小羊角辫刻入了我脑海、时常会出现在我的梦中；

整整半个世纪了，二姐带着童音、催我入眠的那句“我哩鹏妹唧快困觉觉”的“催眠曲”还不时在我耳边萦绕。

电影《环球寻梦记》的主题是：“真正的死亡是世界上再没有一个人记得你。而只要有人牵挂，灵魂就不死！”——最疼爱我的二姐木兰永远活在我心中，木兰姐的灵魂永远与我同在。

“质本洁来还洁去。”木兰姐，在这个清明节，就让我为你点一盏心灯，以此寄托我对你无尽的怀念与哀思。

木兰姐，愿远在天堂的你离苦得乐、往生净土。

真爱是一定会有折腾的

◎黄金来

《红楼梦》是一座蕴藏丰富的艺术宫殿，有取之不尽的艺术珍宝，因此成就了门类众多的红楼学派，也造就了无数的红学专家。在四大经典名著中，《红楼梦》是最耐人寻味的一部，是中国古典小说的巅峰。一个作家，能够写部像《红楼梦》一样的作品流传下来，那就没有什么遗憾了。

在《红楼梦》里，林黛玉与贾宝玉的爱情是一条贯穿始终的主线。今天，我们就从人情世态、爱情心理、情感艺术的角度，细细品味林黛玉与贾宝玉的爱情纠结。

在林黛玉与贾宝玉的爱情纠结中，我们看到，有多少真爱就有多少折腾。

无论是在现实中的，还是小说、电影里的，真正能感动我们的爱情故事，大多数都是历尽磨难、爱恨交加、柔情万种、千般折腾的那种。更关键的是，最后都留有后遗症——就是有情人没成眷属。譬如，我们熟悉的梁山伯与祝英台、陆游与唐琬，包括神话中的牛郎和织女。

爱情往往是一种无药可救的“病毒”。而且，所有的爱情都会有伤害。爱得越深，伤害越重。

曹雪芹对男女之爱的折腾，有过深刻的见解：“情重愈斟情。”也就是说，你用情越重，就越会对恋人用心琢磨、猜测甚至误解，用尽各种方法明里暗里试探恋人对自己情意到底有多深。

恋爱中的折腾，是因为用了真心，动了真情。恋爱中的试探，又是因为心不踏实，才容易产生误会。因为自己有真心的付出，才特别在意对方情意的深浅。

宝黛两个，常用真心假意相互试探，整天在“我心里一时一刻白有你，你竟心里没我”，经常吵到都说“自己死了干净”。拌了嘴，吵了架，翻完脸，落完泪，然后是“心中十分后悔”，再相互哄着赔小心，然后重归于好。两人以相互折磨的方式试探、争吵，越吵感情越深。

只要两个人是真心相爱，这种折腾一定是相互的。既是折腾对方，更是折腾自己。而且，更没把握的一方会折腾得更厉害些。黛玉就比宝玉更能折腾，这是因为她处境更弱势，又有一个强大的情敌薛宝钗。薛宝钗的“金锁”和贾宝玉的“通灵宝玉”，是姻缘前世注定的说法，令她对爱情的未来更加缺乏信心。越是不能确信时，她就越要在折腾中求证宝玉的真情。每次拌嘴，黛玉都是又咳又吐，“一行是泪，一行是汗”。宝玉深知黛玉就是因为放心不下的原因，才弄得一身病。如果心里宽慰放心，她的病就不会一天比一天重了。“为伊消得人憔悴。”折腾狠了，不但耗尽精力，还搭上了身体。

所谓“相爱相杀”。因为深深爱着你，心里太在乎你，所以才会不断地折腾你。

记得八十年代有个叫叶子的女诗人，写了一首《给你》的长诗，其中有一句：没有人像你，能给我更多的折磨。所以，会无缘无故折腾你的人，一定都是很在乎你的人，不是挚爱，就是至亲。她虽然折腾，但却割舍不下心心相依的念想。

情伤能伤多深？折腾到了极端，就会伤到失控、绝望到底。尤三姐和柳湘莲，折腾到一个横剑自刎，一个遁入空门。在现实中，也时有为情跳楼，为爱自杀的事情发生。林黛玉与贾宝玉的结果，也让人唏嘘长叹。所以，我们决不能忽视爱情对人的杀伤力。

宝玉和宝钗，从不折腾，他们之间，也就缺少这种能量的聚集，更不可能产生“以死相报”的痴情。

当然，在现实中，也有的恋人折腾不下去的，一方说累了，不想折腾了，不再奉陪了。其实，真相是因为你的吸引力，还不足够让对方无限地付出。说到底，还是爱得不够、不深、不专。

爱情的滋味就是折腾的滋味，这是恋爱和婚姻的本质区别。婚姻不折腾，恋爱会折腾。爱情可以免俗，婚姻却不可以免俗。

过日子就是实实在在的买菜做饭洗衣服接送孩子，容不得你玩虚的，已经没空折腾了。而且，婚后有了安全感，确定你已经是我的了，心里踏实了，就懒得折腾你了。你想离，还得问我同不同意？因此，绝大多数人在婚后都失去了折腾的兴趣。

没有了折腾的调剂，这就是很多夫妻情感转为平淡、缺少兴奋点，不再情意绵绵的主要原因。所以才有“婚姻是爱情的坟墓”的说法。但如果没有坟墓，爱情就死无葬身之地，成了游荡的孤魂，无家可归。

幸运的是，黛玉找到了那个可以让她折腾、撒娇、任性的人。

很多人认为，像林黛玉这样的女子，本身就是一个诗意的存在。是过不了柴米油盐的庸常日子的，但却非常适合在人生中最青涩、最纯真的时候相遇。说白了，就是适合谈情说爱，不适合结婚过日子。这话当然有一定的道理。所以在一次网上调查中，90%的人选择了与薛宝钗结婚。认为居家过日子，还是薛宝钗靠谱。

如果这个网调是真实的，那我可以下个结论：90%的男人还不懂爱情的真谛。用过日子的标准去选择配偶，说明他们看重的不是爱情。他们向往爱情，其实就是等价甚至是不等价的交易。扪心自问：如果你发自内心真的爱她，非她不娶，那你一定心疼她、宠爱她，一定会包容她的所有小毛病小缺点的，心甘情愿地为她当牛做马，哪怕天天为她端水洗脚，心里也是万分快乐的啊！哪里还管她会不会做家务呢？这又不是请家庭保姆或钟点工。

当初献花求爱时，有多少男人不就是这样忽悠女孩子的吗？

一个人在谈恋爱时，都是权衡利弊、斤斤计较的人，精神境界不会太高，婚后生活难于和谐，人生也不会太好。

而且，就凭林黛玉的智商与情商，我觉得和她结婚会过得更幸福、更快乐、更情投意合，也更有诗情画意。人是高级动物，婚姻不只是吃饭睡觉养孩子，更多的还是要有情感寄托与精神交流。如果只是一潭死水、一眼望到头的日子，没有心灵的颤动，那家庭就真正是一座坟墓了。

其实，我们细看全书就会发现，林妹妹绝大多数时候的不讲理和难伺候，都是冲着宝玉去的。因为宝玉是那个可以任由她撒娇使性的人，宝玉愿意包容她，喜欢纵容她。她不高兴了发脾气了、不理人了，宝玉都很有耐心地哄她高兴，也不介意在她面前做小伏低，也愿意为她的胡搅蛮缠忍气吞声。

她撒娇赌气、任性无理，他都宽容，他都爱惜。

黛玉在宝玉面前，她最自然、最放松，也最放肆。她对宝玉是不设防的，没顾忌的。她完全不按常理出牌的行为，实在是根植于对宝玉全心全意的信任和灵魂的依赖。

说到底，任性、耍赖、斗气，只不过是林妹妹撒娇的方式，只是因为她爱他，她信他。

她知道，就算她无理取闹，他也会分分秒秒关注她的喜怒，在乎她善感的心。他对她上心，他对她心疼。她有信心，无论自己怎么任性胡来，他都会哄她，对她叫上千百声“好妹妹”。

按照市场规律来说，有市场需求，必然会产生供应。因为只要你深情地爱着对方，哪怕她不断折腾你甚至虐待你，你也会犯贱地接受，而且感到甜蜜、温暖、幸福和快乐。宝玉就是那个心甘情愿、乐在其中地让黛玉折腾的人。

小孩子为何会在自己的父母面前任意撒娇哭闹呢？就因为他知道爸爸妈妈会宠爱自己，迁就自己，包容自己，撒娇哭闹没有危险。要是面对陌生人，他就不敢了。

所以，作为女人，不管她是大家闺秀还是小家碧玉，也不管她富贵锦绣还是贫贱风尘，只要她知道身边有这么一个人疼她、宠她的时候，她就是金枝玉叶、至尊女王，她就可以任性、撒娇和无理取闹。

由此可见，任性撒娇，是需要双方的默契。

一哭二闹三上吊，是一些女人常用的绝招。但前提是要有人真的担心你、在乎你、心痛你，这些手段才好使出来。你要知道自己在那个人心中的分量，要深信自己在发疯的时候，那个人会包容、心疼、宠爱你。否则的话，你就是自讨没趣、自找苦吃、自找罪受，甚至因为找不到台阶下而万念俱灰，演成悲剧。

撒娇任性，是女人与生俱来的本能，也是女人对你亲密的一种表达。作为男人，当你面对一个独立自强、自尊自爱、理性分明、坚不可摧的女汉子时，最简单的判断就是：她在情感上和你是保持着安全距离的，你不是她的那杯茶。你最好就不要自作多情自讨没趣。

因为作为一种情绪化的动物，女人跟你特别理性分明的时候，其实是拿你当外人的，或者说，她掂量着和你没有亲密到那个份上，她就会掌握分寸。就比如宝钗在宝玉面前，她就撒不出娇。她不是不懂撒娇，她是不敢轻易撒娇，她心里根本没有把握，她怕宝玉不会接受。

对不欣赏、不接受你撒娇的人撒娇，结果会让你十分难堪，甚至无地自容。

一个人长大的过程，也是不断失去撒娇对象的过程。小孩子对着父母、亲友都可以撒娇，撒了娇都让人觉得非常可爱。但随着年龄的增长，当感受不到宠爱时，娇就撒不出来了。

所以，我们要明白，什么年龄可以做什么事。小孩子撒娇，会让人觉得天性使然、天真可爱；女孩子抛媚眼，会让我们感觉百媚丛生、烟波万里。徐娘半老还总喜欢穿着超短裙在人前撒娇装嫩，年过六十还频频地抛媚眼，就算你风韵犹存，仍然会让人毛骨悚然，掉一地的鸡皮，这是没有自知之明的表现。

当然，在爱情婚姻里则另当别论。你能够找到那个让你撒娇任性的人，就是福气。你能跟他撒多久的娇，看你运气，只要他不感到作呕就行。有人可以撒娇的女人才是矜贵的女人。当有一天举目四顾，发现身边再也找不到一个可撒娇的人，你心里可能会非常凄惶了。

反过来看，一个男人活一辈子，竟然没有一个女人，愿意真心把你当成撒娇的对象，这也是一个活得悲哀的男人。

爱折腾、干傻事、胡搅蛮缠，还做得特别由衷、特别自然，乐在其中，这是热恋情人的标配。如果一个人在恋爱时还非常清醒，非常理性，没一点傻乎乎的言行和举动，那我们就要怀疑这场爱恋的纯度和真情了。

因此，折腾与承受折腾，撒娇与承受撒娇，对我们来说，都是人生的幸运与福气。

爱情只是我们人生中的一个传奇，它迟早是要死的。失败的爱情，绝大多数不是败给了小三，而是败给了时间。

热恋都是人生一个阶段性的美好状态，当我们不再头脑发热时，傻的程度会逐渐消失，从特别傻到一般傻甚至不傻。当我们已经完全不冒傻气、理性清明的时候，那就意味着爱情开始死亡，或者已经转变了，从恋人的爱，已经变成亲人的爱，或者是朋友的感情了。但你可以放心的是，亲情一定会比爱情更持久、更牢靠。因为爱情虽然已经平淡，但却懂得相互迁就和包容了。为什么我们都不轻易离婚，除了怕麻烦、怕折腾，还有一个很重要的原因，是为了孩子有个完整的家。

宝玉的傻和对黛玉的包容，是顶级的傻，有幸遇到这种可持续性的傻子，真的值得黛玉以死相报。但在今天，滥情的人很多，精明的人更多，一往情深的傻人却不是太多。

所以，对多数人来说，热恋时的那种傻气，非常短暂又十分可贵，让我们惋惜，也让我们回味。

如果在你的人生中，也冒过那种傻气，我真心祝福你，羡慕你！

如果在你的人生中，从来就没有冒过那种傻气，我劝你赶紧快快地冒一次！人生没有轰轰烈烈、真心付出地爱一次，我真的替你惋惜啊：你白来人世间一趟了！

继母琐忆

◎高文翔

我的继母有两个名姓，第一个名字姓田，这是我上学识字后看到继母工分本封皮上的姓名时知道的。继母来自隔壁村田家，嫁给父亲前已有婚史，因婚后不能生养，便领养了一个儿子，离婚后改嫁父亲并带着养子入了我家的门姓，养子成了我和妹妹的哥哥。

继母第二个名字姓赵，记得是嫁给父亲好几年后改过来的。我当时觉得很奇怪，什么原因导致继母改姓呢？后来有一天家里来了远客，父母让我们兄妹喊舅舅，才知道这是继母的赵姓哥哥从百十公里外的山区来看望亲妹子。继母本姓赵，20世纪40年代年幼时被送到我们村子的隔壁村给人家做童养媳，改为田姓。自此我们兄妹多出了一个姓赵的舅舅，不过父亲从未带我去过这个舅舅家，并且此后也再没见过这个远方的舅舅。

继母嫁给父亲成了我的母亲，可我对继母的初始印象一点也不好。生母离世后，父亲娶了明知不能生养的继母，出发点更多的应该是因为我和妹妹尚年幼，需要得到母性的关爱，但继母一心只将自己的养子当亲生儿子养，时常偏袒我哥，因此我对继母就更难生出亲近之情。记得有一次，我和哥哥不知为什么事起了纷争，继母抓起屋檐下放着赶鸡鸭的“竹响把”给了我几下，顺手也给了哥哥几下，那时我明显感觉给我的那几下很重。记得还有一次，哥哥将我和妹妹都打哭了，晚上哥哥被父亲教训了一顿，继母虽摄于父亲的怒气未敢明显袒护哥哥，却也没批评哥哥半句，我那时心里的滋味可想而知。

直到现在我还记得继母嫁给父亲后曾给父亲带来的难堪。这主要是因为继母私心重，经常喜欢占一点生产队里的便宜，比如上山割草打柴时会顺手修割一点集体林地里的枝枝杈杈，生产队里分瓜薯时因嫌少嫌孬与人起争执这一类的琐事。我父亲年轻时参军在部队做过文化教员，退伍后辗转返村务农，在村里算得上是有点头脸的人，继母的私心本质上是为了顾家，继母的行为被人议论，父亲恼火归恼火，跟继母却不太好理论。我记得有一次因类似的事情继母跟父亲吵架打架，结果是，父亲把继母打到牛圈草棚梁下的柴草堆里陪牛过夜去了。

继母是农村生活的能手，在生产队里做活挣工分从不落人后，凡是别的妇女能做的，继母都能做，比如插秧薅秧，割稻割麦，砍甘蔗掰包谷等。自家生活方面，我记得继母最喜欢最拿手的是做酸菜、酸汤，做豆豉、腐乳，还有做卷粉、豌豆粉等，几乎可以说是样样都拿得出手。记得每年七八月的暑热天，继母都会安排我和哥哥带着几斤大米去往五公里外的县城，付几角钱加工费后换回米线，给全家人当早餐或午餐吃。回想起当年吃过的继母做的酸汤凉米线、豌豆粉等，我这如今已步入老迈的胃囊，依旧会有一阵又一阵的酸爽袭来。

我后来与继母关系的改善，应该说是一个循序渐进的缓慢过程。我哥上小学原本比我早上一年，但上到二年级留级一年，到上三年级时就和我成了同班同学。从小学四年级起我就担任班长，我哥则什么都不是，不知不觉落后许多。我爱读书，适逢缺书少书的年代却是逮着什么看什么，而且从读三四年级时起就常常帮着兼任农村信用社会计的父亲做账核账，能力明显超出了哥哥，无形中成了父亲和家族的期望。继母对我哥虽然偏爱，但哥不比弟强，加上我们兄妹三人也都年龄渐长，慢慢地，继母对三个孩子也就不好再区别对待，就凡事都只能一视同仁了。我记得那时候，继母用手工给我和哥哥缝制过年的粗布衣裤，以及纳布鞋过年过节走亲戚时穿，或者购买裁剪好橡胶底回家自串线索穿用的简陋凉鞋，以供我们哥俩放学后学做农活时穿等，都是均等的一式两套，不分彼此。祖父母和村人亲戚等，因此对继母的评价慢慢变好起来，家里的气氛明显比之前好了许多。

我与继母关系的改善，说起来也还有其他原因，这即是我从小养成的勤勉的个性以及极强的自尊心。由于生母早逝，我对母爱缺乏感知，继母偏爱哥哥我既不羡慕也不妒忌，也从不刻意去讨继母的好。那么我怎么办？我就只是埋头做该做的事，主动做需要自己做的事。比如衣裤炸线了就找奶奶爷爷，需要换被套了，就自己学着钉缝，到了上初中时就每天早上早起到溪边挑水将家里的水缸灌满。平时也会跟着爷爷担肥挑粪到村外自留地里种菜浇水，并主动做喂牛喂猪、打扫院落之类的杂务。记得有一次，继母要我和哥哥到村外后山将她打好的柴禾担回家，哥哥不大情愿，我则二话不说拿起扁担皮条就走。类似的情况出现多了，继母对我的态度慢慢就好了很多。我自小自尊心极强，好面子，生怕做不好事情被大人批评，因此凡事大多认真主动。于今看来，不得不说这也是我人生成长中一个至为重要的内在驱动吧。

围绕着继母有几件事，在我生命中刻留下难以磨灭的印象。

应该是我十一二岁那年的一天夜里，村子里中间几家连住的一个院落突然起火，恐怖的火红几乎照亮了全村。祖父和父亲惊起后的首要职责是赶紧搬出梯子拎着两桶水爬到自家草房的屋顶监戒防备，我和哥哥则急忙帮着继母从屋里往屋山头菜地那里抢搬被子、柜子、大木盆等一些贵重东西。我记得继母一边搬东西一边惊恐地颤声哭泣，人慌得像一张不停晃动的簸箕，与平时我心目中对我多有挑剔的印象判若两人，当下不觉暗生出一些莫名的感受——面对突然到来的未知的恐惧，弱小惊恐的继母也是很可怜的。

记得是我上高中前后，继母加入了村里的送丧木马队，有一天在观看村里的出殡仪式时，我看到了在六人木马队中双手持握木扎纸马舞动的继母。只见继母一行人身着壮族妇女褐衣褐裙面色冷峻，边走边舞动作整齐划一，颇有一点冷寂肃穆的灵界气氛。20世纪70年代中后期的社会大环境，原本很是反对封建迷信的，但雇木马队送丧是我家乡那一带，特别是壮族人的风俗，因此得以存留。其实就木马送丧来说，一方面是并非谁都能进入木马队，同时村里也不是凡是死了人都可以雇木马队送丧。继母成为这其中的一员，在我心中自然增添了分量。印象中从这个阶段开始，村里的红白喜事大多少不了继母的身影，村里村外给人牵线搭媒的事，继母也做成了不止一桩。

为着我1975年9月上高中和1978年3月上大学，继母和父亲先后起过两次大的冲突。1975年7月从村小附设初中班毕业后，我们村里共推荐了六七个同学到州府读高中，这其中自然有我一个，但却没有我哥。为此继母和父亲大吵了一架，原因是不大情愿让我去读。第二次是我1978年2月24日中午离家远赴京城求学前，继母和父亲因为我再次起冲突。事情起因是父亲原安排我妹妹随同我一起进城，意思是我这个亲哥这一走今后难得回来，要专门送一送，但继母却不同意，并督促妹妹出工去队里背肥挣工分去了。知道情况的父亲气得当场就暴跳起来，扬手就是一巴掌，结果继母也不示弱，两个人于是当着我的面双拼起来。

站在院子里等待父亲的我看到这一场面，赶快回身到屋里劝止住父母的打斗，然后我背起背包眼含泪水大步奔出了家门。

我自己忌恨继母的时间其实不长，离家一年半后的1979年夏天，我从北京回家过暑假，这时村里已经实行了包产到户，我在家里看到继母一个人背着粪筐往自家的责任地里送牛粪，我也赶快找出粪筐一起干起来。记得送粪途中碰到婶娘，婶娘还笑我在家的人（指哥嫂）不干，你倒那么积极。离家一年多后回来陪继母做农活，我心里潜藏着一些说不出的温馨，所以干活对那时的我来说，是感觉不到累的，更不会想到我该不该抢着去做这种农事里的脏活累活。

2004年7月继母病重，我专程从广州返乡探望，其间我和哥哥亲自到后山为继母择定墓地，继母知道所择之地后甚为满意。临离乡返穗前，继母将我亲生母亲当年的陪嫁物“银围腰”——一件珍藏了四十来年的物品亲手交给了我。一个多月后的2004年9月12日，我辛劳一生的继母在父亲离世整整九年后离开了这个世界，享年68岁。

是谁让我女儿变成了双眼皮（外1篇）

◎刘武松

女儿前天带着她儿子从月子中心回到了家。为了祝贺女儿和外孙回家，我昨天就想请她们母子到外面庆贺一下，无奈妻子说小孩刚回家，还是先熟悉适应一下家的味道。既然领导这样说，我只好作罢。

今天是外孙回家的第三天。从前两天在家的情况看，一切正常，可以说特别乖，一对透亮的小眼睛在房子里扫来扫去，不哭也不闹，不时还开怀一笑，两个小酒窝让人陶醉。从外孙满脸的笑容来看，应该说这小子对新家还是满意和认可的。

昨天早饭后，为了让外孙适应小区环境，我和他姥姥还特意带他到小区转了转，也算是认认门，向邻居报告一下，我们有了外孙，升级了。妻子说我不会带孩子，一般不让我带。后来她要去买菜，重任只好交给我。外孙很听话，玩了一会儿，就睡着了。我将他放进他的宝座，任晨风吹拂，越睡越香。

也许是还不太习惯，也许是太兴奋了。这小子睡梦中自己给自己脑袋一拳，开始没哭，还自己给自己摸了几下，可能下手比较重，有点痛。睁开眼睛看见姥爷正看着他呢?这小子顿时放声大哭起来。我这外孙可是有名的男高音，在医院时被人家“投诉”过，在月子中心被小姐姐们戏称“第一男高音”。果不其然，这一声哭，惊动了不少爷爷奶奶、叔叔阿姨和哥哥姐姐们。我怕再惊扰其他人，急忙打道回府，交给他妈妈。还是我女儿有办法，几拍几哄，这小子又笑了。

说起到外面吃饭，女儿很是兴奋。我女儿也算个吃货吧，当妈妈前的几个月，我几乎陪她吃遍了花都所有的美食。可自从当了妈妈后，这种好日子就成了过去式。虽然月子中心的伙食也很营养很丰盛，但毕竟没有到外面吃饭爽呀。

下午五点刚过，我们就出发了，目标是广州融创文旅城的融创茂，那里有我女儿的最爱——九龙茶店，这是我们经常光顾的一间香港茶餐店，味道清淡可口，很适合我女儿的口味。

女儿他们是先下车的。等我停好车，就收到了女儿的信息：她们要先去母婴室给孩子开饭，要我先到九龙茶店找个位置。我即刻赶到那里，找了个靠窗比较凉快的卡座，这个卡座还是我要服务员给我调出来的，我说我家外孙太小，怕热。

谁知女儿一来，便要换位置，理由是我只考虑了明亮和凉快的问题，却没有想到孩子的安全，因为我们的卡座旁就是一个走廊，也是服务员上菜的通道，加上广东菜汤汤水水比较多，容易溅到孩子身上。女儿说得很有道理，我当时怎么就没想到这一层呢？看来还是母亲的心细啊。服务员也很理解我们，马上把我们引到里面的一个角落的卡座里，虽然暗了些，但孩子安全了。

妻子抱着外孙，女儿点着菜，我和女儿对面坐着。女儿抬头笑着问我：“老爸想吃点什么？”女儿扬头之间，我突然发现我的女儿不知什么时候竟变成了一对双眼皮，我女儿可是真正的“单”凤眼啊！

女儿不知我为何老盯着她的眼睛看，知道原委后只是指着熟睡在推车中的外孙淡淡地说：“全是他的功劳。”最后还是妻子道出了原因：因为外孙小，晚上要喂2～3次奶，女儿又坚持要喂母乳，有时小孩晚上还有点吵，导致女儿睡眠时间严重不够，加上女婿又在外扶贫，没人帮手。晚上我们想帮帮手，女儿又考虑我们年纪也大了，不想让我们晚上太劳累。唉，真是难为女儿了。

望着女儿的双眼皮，我问她，你是喜欢单眼皮还是双眼皮？女儿随口答道：“当然是单眼皮啦，‘单’凤眼稀少，双眼皮满世界到处都是，双眼皮可以做出来，而单眼皮可是原产品。”

我没再说话，只是在心里默默地祝福我外孙快快长大，让他妈妈能够早日睡上安稳觉，早日由双眼皮变回单眼皮，还我女儿本来的美丽容貌。

更希望外孙长大后，记住他妈妈对他的好，孝敬他妈妈，保护他妈妈，让他妈妈时刻感受到来自儿子的孝顺、温暖和安全！

我陪外孙战病毒

今年入冬以后，广州天气时冷时热，导致感冒病毒到处横行，许多老人小孩纷纷中招，我不到半岁的外孙就受到了侵害。

我外孙这次受到病毒侵害，主要责任在我，应该是我传染的。前些日子女儿为了尽孝心，让我们老两口在广州改革开放地标式建筑——广州白天鹅宾馆潇洒了一回，住了一晚。

白天鹅宾馆我是相当熟悉的，去了也不下十来次，可每次去都是当作老家亲朋好友来广州的一个免费参观点，从未在里面消费过。女儿当妈妈后，更增加了对父母的孝心，非要请我们去里面住一晚。开始她妈还不同意，觉得太贵，打完折还要千把块钱。后来还是我好说歹说，她妈才同意。

虽然是五星级宾馆，可当晚一高兴盖少了，感冒了，真是乐中生悲。开始几天我还比较注意，戴了口罩，后来以为好了，谁知该死的病毒很顽固，还潜伏了一支“残留部队”，我外孙就受到了这支“部队”的攻击，人生第一次感冒了，幸好只是有点小低烧，小咳嗽，也算万幸。

外孙低烧还是我发现的。那天从融创文旅城看完新房装修回家，路上原来一直很活泼的外孙竟有点晕晕乎乎，他妈说没事，可能是小孩太累了，不想活动，我感觉小孩脸色有点红，用脸一贴，有点发烧的感觉。他妈这才有点急，连忙安排我到药店买体温计，一量，真是低烧。

在要不要到医院去的问题上又犯难了。我是主张去医院的，可女儿和她妈却不同意，也许她们带过小孩，有经验。最后女儿又专门电话询问了一位很熟的儿科医生，医生也建议先观察看看，暂不去医院。

谁知当晚病情加重，孩子想咳嗽又咳不出，难受得哭了一夜，声音都哭哑了。他姥姥更是一晚七次起床安抚外孙，几乎一夜未眠。好不容易熬到第二天，感觉孩子越来越不舒服了，咳嗽咳得脸通红，哭都哭不出声了，这让刚当姥爷不久的我心痛不已。我便和女儿商量，还是去医院看看，不要小事拖成了大事，女儿最终同意了我的意见。

经医生诊断，孩子是患感冒无疑，问题虽不大，但还是要吃点药来消灭病毒，于是开了一瓶糖浆之类的药水。外孙喝过几次药水后，病情明显有了好转，哭的声音也好些了，也可睡觉了，脸上更是露出了久违的笑容。

在外孙生病期间，我女儿更是对她儿子倾注了全部的爱，几天来几乎没睡几个小时，全是将儿子抱在怀里，用自己伟大的母爱温暖着她的儿子，尽量减轻外孙的痛苦。

尽管极度疲惫，女儿还是用笔记录了她对儿子的一片深情。“低烧边缘持续徘徊，哼哼呀呀一整晚，每一声都疼在妈妈心里。宝贝，成长的路上并非一帆风顺，有些困难谁也帮不了你，要坚强，要勇敢！妈妈的乖乖快快好起来！”字里行间，无不洋溢着深深的母爱！

是的，人生的道路是不平坦的，人生难免经历许许多多的沟沟坎坎，包括一些挫折和病痛的折磨，当挫折和疾病来临时，我们无法躲避，必须勇敢面对，想方设法克服，只有这样，我们才能战胜一切困难，百炼成钢，成为一名顶天立地有所作为的男子汉。

希望这段话能给我外孙一定的启迪！更祝愿我外孙在人生的道路上一帆风顺！

百步梯与包锦灿（外2篇）

◎李　远

花都梯面，以其环境的幽雅、风光的旖旎，迷住了四方游客，曾为广州、乃至珠江三角洲地区的一处旅游胜景。后因抗战军兴、兴修水利、建筑公路等，百步梯被毁而渐渐被人遗忘。2005年9月，广州市人民政府将其列为文物保护单位，并立碑公示。

游梯面，必游百步梯。

早在古代，就有一条沿山盘旋而上的羊肠小道，是泥梯做的。作为梯面进出必经之道，遇雨自然是泥泞难行。直到清朝道光八年（1828），花县知县包锦灿才改用花岗石长条石板铺砌梯级面，一条宽1.75米、全长256米、有366级的新建百步梯，呈“之”字形沿山而上。为方便来往行人歇息、乘凉、避雨，包知县命人在梯顶建四角凉亭一座，题写“且歇歇”横匾，并悬挂在凉亭正面。

凉亭有四条石柱，分别镌刻着包知县和花县举人游遨的两副对联，其中包知县的对联为“一亭俯瞰群山，吃紧关头，须要认清岔路；两脚不离大道，站高地步，自然赶上前人”。

新建百步梯时，包知县见梯脚的秋风树十分奇怪：春天落叶，秋天发芽生叶，于是在树旁建石庙一座，并书写对联“来往普沾德泽，周旋永锡秋风”。

百步梯的修造，大大方便了来往的行人，而且成为游人的一个好去处，应该说知县包锦灿和那些修建者，是有功劳的，应该载入花都的史册。

包锦灿，贵州省修文县人，举人，有文才，清朝道光二年（1822），出任花县知县。道光五年（1825）复任花县知县；道光六年（1826）再复任花县，至道光八年（1828）卸任。包锦灿，是花县任知县届次最多、时间最长的一位知县。足见其政声不薄。

另外，再写一句：梯面，因地处百步梯而得名。

《敕勒歌》，一幅优哉游哉的放牧图

“敕勒川，阴山下。天似穹庐，笼盖四野。天苍苍，野茫茫，风吹草低见牛羊。”

我喜欢这首民歌，喜欢它将大草原的景色和游牧民族的生活勾画成一幅优哉游哉的放牧图。

全诗仅用三句话，就把敕勒族人民对生活的热爱，草原的辽阔、水草的茂盛和牛羊的繁多，全部勾画出来了，称得上一气贯注。

“敕勒川，阴山下”一句，交代了敕勒川的自然环境，可谓开门见山，且与主题“敕勒歌”紧紧相扣。

读到“天似穹庐，笼盖四野”这句，就更有意思呐，它以“穹庐”来形容敕勒川的地理环境、自然特征。何为穹庐？其实就是“蒙古包”，它是一种圆顶毡帐，为游牧民族居住的帐房。想想看，他们天天生活在这种圆顶毡帐里，作者很容易把“天空”与“穹庐”联系在一起，认为这个貌似“穹庐”的天空，好像一只大“笼盖”，盖住了敕勒川，盖住了整个大草原。草原连天，天连草原，其想象力，何等的丰富啊！

“天苍苍，野茫茫，风吹草低见牛羊。”用现在的话来说，就是青苍蔚蓝的天空，无边无际的草原，一片茫茫。风儿吹过，牧草低伏，显露出原来隐没于草丛中成群游动的牛羊。天的高渺空旷，地的广袤无垠，水草、牛羊等草原风物，在作者笔下，一切都显得井然有序，色彩分明，景色如画。最妙之处，当数结句“风吹草低见牛羊”，连续运用“吹”“低”“见”三个平朴浅显的动词，传神入化地展现了草原最激动人心的场景，使全诗充盈着强烈而馨香的草原气息，这难道不是一幅优哉游哉的放牧图吗？

歌咏北国草原的富饶、壮丽，抒发敕勒人对家乡的情怀，或许难觅第二篇了。另外，“风吹草低见牛羊”一句，已为千古不衰的绝唱，成为草原风光约定俗成的诗意概括。

青山埋忠骨，史册载功勋

——29年前拜谒广西靖西烈士陵园小记

33年前的今天，也就是1990年初，当时我还在贵州省一所高校任职，奉命前往广西人事外调。因外调对象是靖西人，靖西县自然成为我们广西行程的第一站。

靖西县，现在叫靖西市，地处祖国西南边陲，与那个“友好邻邦”——越南山连山水连水。一个不太出名的小城，却因那场战争而扬名天下。越南一统南北后，仗着苏联的撑腰，对周边国家穷兵黩武，占老挝，扰泰国，侵柬埔寨，竟然对十数年支撑它抗法、抗美的老大哥大动干戈，枪杀我国边民，抢夺财物。我国政府忍无可忍，终于1979年2—3月，对这位“小老弟”狠狠教训“一顿”，这就是“对越自卫反击战”。靖西县也成战场之一，牺牲的一千多中国军人和民兵就葬在离县城不远的地方，于是有了靖西县烈士陵园。

我们一到靖西县城就东奔西走，马不停蹄，在当地组织部门的配合下，较好地完成了任务。于是，向县委组织部领导提出，想去烈士陵园看看。当时，接待我们的副部长诧异地看着我：“你当过兵？”我说“差一点”。

他安排一辆北京吉普，陪同我们直奔陵园。天下着小雨，因靖西为溶蚀地貌，多奇峰异洞，山明，水秀，四季如春，故有“小昆明”“小桂林”之誉。但我们的心情很沉重，无心欣赏两边的景色风光，车子沿着弯弯曲曲的乡道，颠颠簸簸，两公里的路程，竟然开了十多分钟。

“嘎”的一声，吉普车停了下来。“靖西县烈士陵园”几个金黄色大字展现眼前，我们静悄悄步入陵园。

一座烈士纪念塔碑耸立在前面，上有“革命烈士纪念碑”七个大字，四周苍松翠柏挺立，使人肃然起敬。

陵园背靠石山，面向平川，有陵园广场、烈士纪念塔碑、烈士墓区、烈士陈列馆等，是1979年二三月间为安葬在边境自卫还击战中牺牲的烈士而修建。烈士墓区共安葬1089名烈士的忠骨，他们来自北京、上海、天津等18个省、自治区、直辖市，为了祖国边疆的安宁和人民的幸福而长眠于此。

烈士纪念塔建于1981年2月，后来靖西县人民政府对纪念塔进行改造，塔高16米，为钢筋混凝土结构，外面由花岗岩装饰，正面为“革命烈士纪念碑”，其他三面为“革命烈士永垂不朽”。纪念塔基座正面是一队冲锋向前的解放军战士浮雕，背面是撰写的碑文，由靖西县人民政府于1980年2月17日所题。

部长边走边向我们介绍陵园情况。面对千多座整齐划一的长卧形墓穴，我们早已沉浸在伤痛和悲壮气氛之中。

那墓碑上一个个烈士的姓名，却是那样普普通通，但他们为了祖国的尊严，为了国家主权，为了民族利益，从四面八方汇集而来，并义无反顾，这一来，却再也没有回去。他们大多是二十岁上下的小伙子，是无数父母的“心头肉”，一个个鲜活的生命就这样悄无声息消失了。

时值早春二月，春意料寒。站到那高大的纪念碑前，看着苍翠欲滴的青松，心绪一下子又拉回到那激情燃烧的岁月。我与他们为同龄人，当时我在农村上山下乡，正“滚一身泥巴，炼一颗红心”。在我家母住院期间，曾有一部队军官也因病入院，他见我文质彬彬，人也灵活，说：“小伙子，有前途，跟我当兵如何？”在那个年代，人人爱穿军装，个个爱戴军帽，“国防绿”也成当时最为时髦的衣服。人人都为拥有一身绿军装而自豪，我也不例外。心里“扑通扑通”的，好激动。后来因为招工进厂，又逢高考恢复，考上了大学而终未了却身穿“国防绿”的心愿。

抚摸一块块石碑，目睹一行行碑文，弥漫硝烟的战争场景扑面而来。虽然我没有上过战场，对战场的理解，也仅仅是从书本、影视上了解而已。但此时此刻，我被震撼了，感动了，仿佛真的像他们一样，一次次地冲杀在前线。当触摸着冷冰冰的墓碑时，才知道那些鲜活的生命，永远定格在这片南国的土地上。他们如果活到今天，不也和我们一样，为教师，为医生，为军人，为企业家，或者是一个普普通通的劳动者，支撑着家庭大厦，享尽着人间欢乐。是的，他们也食人间烟火，生前有着人生美好的企盼，有着幸福生活的理想，更有着对祖国美好未来的憧憬。

此时的我已泪水涟涟。如果我应征入伍，如果我和他们一样走上战场，或许这其中一方墓地，就是我的。当然，历史不能假设。

这些同龄人，这些烈士，虽然没有像黄继光、董存瑞那样堵枪口，炸碉堡的举措，但他们喊出“愿洒满腔青春血，铸成卫国新长城”的时代强音，发出“牺牲我一个，幸福千万人”的铮铮誓言，用鲜血和生命打造祖国的钢铁长城，打出军威，打出国威，换来共和国的和平安宁。

当年的硝烟已经散去，在这中越边境小城，曾经被炮火翻滚的泥土，早已郁郁葱葱；邻邦交好，边民互往，边贸活跃，小城呈现一派歌舞升平景象。心里在想：有谁愿意提起那段辉煌而又伤痕累累的岁月？有谁记得在这座小城，长眠着一千多位为国捐躯的共和国年轻军人？

雨仍在下着，雾依然蒙蒙……

后记：写到这里，我查阅网络资料，靖西县烈士陵园于1995年被列为广西壮族自治区爱国主义教育基地；2004年广西壮族自治区拨巨款重建靖西县烈士墓区，将原来的长卧形墓穴全部改为立碑形状，方便人们扫墓；2009年被列为全国重点纪念建筑物保护单位。每逢清明节，来自全国各地的人为陵园扫墓，不少是烈士生前的战友，或者亲属，尤以广东人居多。他们成群结队而来，租车、自驾而来。笔者顿感欣慰，缅怀英烈事迹，为了不能忘却的记忆。

北京游记

◎胡文龙

我第一次去京城，不是旅游，不是工作，也算不上学知识，而是做几天挺不靠谱的奢侈事——当名精神盈利的小北漂。

这是父母送给我20岁的生日礼物。

师傅说，我妈以前来北京采风时，北京的街道名、人文甚至城市框架有着很浓郁的历史味道，可惜由于从事的行业将她本可以散发的情愫压抑了不少……或许我可以试着感受一番。

师傅要求，行万里路，读万卷书。

第一日

一觉醒来，没有水土不服，没有身体不适。

看着地图，感觉提前准备好的大致行程没什么问题，OK！开始流浪，开始了解京城的人文社会、阶级划分，还有我妈吩咐的采风地点。

首选去故宫，先去M记垫肚子，西直门到大钟寺这块是个快餐店遍布的地方，M记等环境不错的店铺多是工薪阶级中的蓝领北漂族，有午餐约会，当然也有“白骨精”。

此时，北京地铁一号线，逆时针转着的乘客，多是暑期来旅游的，嘻嘻哈哈气氛活跃；另一侧顺时针转着的，则是上班族，耳机减压和闭眼假寐成了主题，他们像机械一般麻木。

故宫，能进的房除了商店就是厕所，那些不能进却按时开放的大殿只能看着，空空荡荡一副对联，壁画也全都卸了，没意思。

相传玉皇大帝有一万宫房，真龙天子低其一等，紫禁城内有设九千九百九十九间，其中三千佳丽分三千，冷宫其内，宫女太监分3屋（古时重男轻女，阉人得2，宫女分1）。

独自逛着，遇到不少旅行团，有时歇歇旁听。记得有个京腔男导游有板有眼，说书似的讲皇后千秋福寿宴，那说的真叫个群情激奋，看这架势也差不多了，导游一声令下，就带着游客去看那话称冬暖夏凉海纳百川的千秋大宴。

游玩中，我盯上一家字画店的大师，他自称中国科学技术大学国学院士，受邀为游客即兴以名作联，游客不满意不收钱。

同样，我也以国学献身之名钓他，献出了我那烂大街的名字，还告知大师我也是搞文学创作的。

我把自己的大名写在小卡片上，递给他。

“文以载道唐诗宋词贤德复兴

龙之云和春夏秋冬日月同辉”

这名联写的，说它是对联，的确是对上了，但那韵味却是没有，讲究的断句也没尽显。我不想出钱。

大师说：“那你开个价吧，看看我这字值多少钱？”

我说：“我们写小说的，除了出了名的大作家一字千金，其他二三线的最多也就一字几毛。要不大师你换个名再作一联？”

眼看准备下笔了，得！进来一家子马来西亚人。怪我嘴贱说了句粤语客套话，当了好一会翻译。跟他讲这讲那，问我是不是香港的，住哪……

那家子人也真是的，粤语说得好好的突然冒一句英语！我正纠结着怎么回答，收银员大妈突然搭腔，用的还是超流利的英语！硬是不让我吱声……结果呢，大妈飙完了也爽了点头示意我——她说完了。

我又跟那家马来西亚人各种谈，这家子的小男孩估摸15岁的样子，他爸妈、他爷爷奶奶都想着正好给他提个名联祈福。

我问：“类中文名埃咩？”

他回头看看他爸妈、他爷爷奶奶，又看看我“浩然？浩阳？”

他爸说：“浩然系尼姐，浩阳系尼哥啊。”

“算啦”

折腾许久，一家子都忘了他中文名叫啥。

走时有位初一女孩要提名，她妈说她已经过了英皇钢琴八级，手里拿着的小卡片上写着“赵琪珺”三字。

……这俩字挺难的吧。

第二日

晨起，遵从母命“赶早不赶晚”的理念，去看地铁早高峰，买了三个包子一杯豆浆就往西直门地铁站那晃悠。

在地铁站台看过了几趟，看着人一趟比一趟多，乘电梯下来的也开始动脚了，我拉上裤兜链，背包也放胸前，做好防盗措施，就等着下趟地铁来——我来给他们添堵啦！

想想自己体格不弱，算是有些功底的，也挡不住那群迟到要扣工资的工薪族，地铁发动时，大家身体向前一倾……我们就像集装箱里的鸡，运到目的地创造价值，不同的是，鸡的价值被人为定义被吃，而公民的价值被定义于复杂机械。

美国专栏作家芭芭拉·艾伦瑞克在1998年为了体验美国人民的生活，选择六个城市，去打工。1000美元的积蓄开始，渐渐陷入困局。没钱，不得不住在偏远地方。因为住在偏远地方，不得不花大量时间在路上。因此，她用于提升自己和发现更好的工作机会的时间越来越少。她渐渐成为工作机械，无力做任何其他事情，直到情绪爆发离开。

接着进入下一个地方，下一个循环。

挤着挤着，我觉得自己好幸福，可以做这么奢侈的事。我不用当纤夫，也不用被快餐店里不好吃的食物禁锢，还能放开胃口去各处尝鲜。

行万里路，读万卷书，难，好难。我还私下给自己加了一条，品万种食，作，作死。可又有多少人能如此？

辗转多次，西直门—车公庄—金马路—枣营，我的路线每过一站少一点挤，每换乘转一次就少N多人，到目的地前我还坐了两站。

上班高峰期过后，北京的东四环，格外冷清，枣营站北边有个蓝色港湾国际商区，一眼望去，人比较少。今个儿还有个特例，有《名侦探柯南》巡回展，按理说应该有很多“骨灰粉”赶来。我看了看场内场外，估摸着只有3层楼，然而入场的也就那瞎闹腾的小屁孩。

写到这，我想起来游咖书吧，一种靠着琴棋书画、品茶论道盈利的门店。在国内最出名的当属湖南卫视主持人汪涵在长沙市中心所开的吧？几十层的高楼，下方是闹市街景，屋内有最好的隔音板材，最优的书、茶、棋，还有各类老古的东西，太师椅什么的……都是道听途说，如果有那机会，我想去一次。

搭地铁，准备去看看农业展览馆。正厅在装修，远处的中型展厅正在筹备。两厅中间有着许多运输车，还有辆大巴，大巴放行李箱的地方，有位大叔躺那睡午觉。我猜他是司机，我又知道一点，在北京漂着的人，除了最差的地铁二号线下的地下室，当司机的比大部分北漂族多了个“温床”。

问了下在厅外摆场的工作人员，北京吃货节，8月24日开幕。我又往展厅里面瞄了眼，看见大海报，上面密密麻麻写着每个标识是哪一家商铺的地盘——有机会偷看后勤储备点了。

挪到门口，保安拦着我问话，我说我想看看海报上写的啥。明天想带着弟妹们来玩，先看看活动都有些啥吃的。

保安说了句“我帮你！”拿着我手机就往里走，还不忘叫另一个保安看着别让我进去。对着海报拍了几张高清的，还我手机，不忘补上一句“明天再来”。

我站那愣着，看着相片，估摸着有一百多家做食品的公司轮流来。

这是我遇到的最尽职又客气的保安了。

师傅很不屑：南方人重利，北方人重名声。对于北京这块地，面子比钱重要，没了名声连待的地都没了。更何况是做保安的？就算出了事，也是工作人员负全责。

折回去又搭地铁，去下一站——联合国大楼旁的亮马桥桥下，亮马河畔！

各种肤色的人，各种语言的人，还有许多中国老革命在那钓鱼游泳，手机地图上标着许多外交友好的国家大使馆。

我找了个地歇歇脚，看河里游泳的、钓鱼的，还有坐在小码头洗脚的。

这些钓鱼的人甩竿都顺着风，入水微澜。有的用水果块引鱼，用面包当饵料，有的带了一小罐虫，最多的是用化学试剂配上肉碎混合出来的饵料。

有位钓鱼的退休老爷子，中专毕业的轮机技术员，国家分配铁饭碗，过了几年风生水起的日子，直到国家体制改革，日子变得战战兢兢，生怕被“请来的”管理人员炒鱿鱼。由于在厂里名誉好，熬到退休，完成了他们那一辈的历史使命。

老爷子说：“我这辈子唯一放松的方式就是钓鱼了。只有钓鱼时盯着浮标脑子才不会乱想。”

老爷子跟我聊了好多历史，听过的没听过的说了好多，他最感叹的却是武钢。

老爷子的儿子在上海复旦大学学的计算机，刚开始月薪5000、房租3500， 在上海当了2年月光族撑不住，回北京又考研学了金融，29岁结了婚到处玩到处浪没点积蓄还是月光族。

老爷子问我是哪人，上学了还是上班了？我说：“我广东人，在西直门的交大上学，还没开学就走走看看，省得在宿舍玩电脑浪费时间。”

钓鱼是老爷子这辈子最喜欢做的事，和那往床上一躺就睡着的高中生一样，是一件极为奢侈的事。

这是阶级间的区别，面对阶级的金砖理论。金字塔需要许多金砖，第一块是温饱，第二块是住处……第N块是艺术追求，最后一块，是人生追求。没有足够的金砖，就没有足够的资本去追求，当恩格尔系数不再是老虎，而是小奶猫时，生活，不再围绕着工作。

我想，当我落入了社会底层，我这一生也只能吃着碗里的、看着电视里想着这日子啥时能到头，想着想着，头发白了，身体垮了，就如那拉船的纤夫，拉着拉着，死了。

看着日落入河，这亮马河果真名不虚传！以前亮马河名叫“晾马河”，是商队军队洗马晾马的地，如今马比人值钱，晾着这钓鱼的、游泳的、洗脚的、养老的。

中国文化中心，和师傅说的一样，不用专门上学上历史课，这街道，这河流，本身就是历史。要是在这待它个三五月，再穿越到古代，我不当个护国军师都觉得对不起穿越梗。

告别老爷子，趁着下班高峰期再去感受北京的二、三环地铁。

不知是开心还是该哭，那感觉相当惨烈，就如战场前线刚下阵的士兵，疲惫，怨气，亢奋——预测还不错，比早上出门还难受，还沉闷。

第三日

由于头天晚上吃潜江小龙虾，喝了黑啤，上午9点多才醒，调7点的手机闹钟响过好几次也没听见。

今天可是要去农展馆的！24日是北京市农业展览馆吃货节第一日，付了99块门票钱进场全部免费吃，可以从早一直吃到晚上8点收摊。

虽说这100的自助餐可以吃很久，但我知道我顶多花两小时吃个遍，撩些人就走。自从去了故宫，我就把这次京旅的重点放在人群上，而不是我妈说去哪看看，去哪长长见识，一定要去哪要去哪……

然而今早的行程安排出事了，原来京城人也爱吃！匆匆忙忙赶去搭地铁，想着到了全是吃，也没买早餐……地铁一小时。农展馆的活动展馆内已是人满为患，票也清了。工作人员还说："你要是进去，估计也尝不到什么了，我们后勤储备都不够了。"

想了想，罢了……今天的行程已经乱了套，看着地图，想着搭地铁这么久，不能就这么浪费了时间，就近去一下潘家园吧。

从小看《鬼吹灯》，也向往潘家园，如今真到了潘家园，说好的古玩街成了古玩菜市场，四面围墙，靠墙建门店，场中搭棚摆摊，密密麻麻满地的便宜货、人造货，最多的还是以次充好的假货。

在潘家园古玩城逛了三个小时，看手链，看项链，看手玩看挂饰，小叶紫檀的手链一个真的都没，不是酸枝木做的就是大叶紫檀骗外行，什么爆满星什么牛毫，对于他们门路有的是，却没遇见真正的小叶紫檀香，更没有被精心盘过的那层油脂；狮子头，小的一串串把玩着很舒服，大的看形，形似狮子头略带威猛感，这种核桃是买来长期盘的，真正形似的早给商家藏着掖着了；琥珀也没一个值得收藏把玩的，是纯粹的琥珀，质地却差极了，哪怕带水带虫带树渣的，一眼看过去挺惊艳，仔细观摩却知道——人造的。

摆地摊最多的是卖鸡血石和挂画，挂画是给有眼缘的人买回去看的，鸡血石这东西的收藏价值，当今能算得上价值连城的，应是质地好又大块的鸡血石摆件、印章。摆摊的商家利用小块鸡血石，做成扳指和戒指。我连摸都不想摸，哪怕用手电照上去看，质地不错我也不会要。

行情如此，大块的钻石拍给名门望族，小块的碎钻卖给穷人，配上什么等级划分什么"爱情恒久远"的广告让买家觉得不亏。无所谓的空谈，这世上最漂亮的钻石永远是稍稍打磨过的大块钻石，大块，在它们面前，南非沙漠之鹰不过是个笑话。

鸡血石亦是如此，更何况鸡血石还要看血纹找意境。有些摆摊的，竟然拿昌化石出来招摇撞骗。看着集市上挂着的那些标语，那些警告禁贩的文玩。“禁止抽烟”就罢了，“禁贩珊瑚礁”是必须的，“严禁假货”这点也太难了吧！

逛货时，有一排摊子是卖千眼菩提的，这玩意儿俗称彩果，重纯色和意境，主要是用来做挂饰。对这类物件懂点的人都知道，磨完了看一眼就明白它的价值。他们这一排的人都在做“赌石”，客户挑选，5元、10元、20元的，他们当场打磨钻孔，无论磨出来的彩果是好是差，一律归买家；已经磨好配上挂绳的，卖60元……再好点的，鬼才摆摊卖出去。

逛了大半场，虽说遇上的假货很多，可我还是不由自主地喜欢上古玩鉴赏，不是喜欢上那些可以做传家宝在古玩界一曝成名的，而是纯粹的喜欢，无论是看起来就恶心的肉石，还是发晶、锆石、琥珀……哪怕以前常佩的小叶紫檀手链，也从看着金额去挑选，也成了随眼缘，只要不高于心理价位，是真货，想要直接买，商家想多赚那十几二十的，也不砍价了，直接一手交钱一手交货。

我和一对摊主夫妻聊着发晶，聊着各色的幽灵（一种石头，看景），才发觉自己持杂五六年，学疏才浅。发晶看发量我知，幽灵看景我知，却不知道发晶还要看发根、纹理，还有很多种类的发晶，除了常见的金红石为主的白、金、红、黄发晶，还有另类的电气石黑发晶、阳起石绿发晶；相比之下，幽灵显得简单许多，颜色大致分为红黄绿白四种，其余的就是景色了。幽灵景很妙，古时被称为芥子纳须弥，一花一世界这类佛曰也是古代文人从这些石头中领悟的。

女摊主姓孔名艺霏，在江苏时学的就是美术，不得不说的是，她的眼光真的很独到，项链挂着的白幽灵，指甲盖大小，景是山崖壁画，本是空白太多，没有那巍峨气势。她自己用刻刀雕上自己的名字，粗糙的几刀下去，显着苍凉荒废的山崖，气势就这么出来了。

或许是视力太好，看见了佩服，又或者是文人遇艺人，精神错乱。

男摊主忙完了钻孔活，凑过头来问：“诶你哪的人？”

我摸着石头说：“我湖北人，在广州过了18年。”

男摊主边洗手边问：“那你今年多大了？”

我说：“我快20岁了。”

男摊主的肩头肉松了，他懵了，我暗自庆幸自己逃过一劫。

第四日

今早6点就起床了，今天师傅要去上海出差，我得去送下。

隔着半条街，六百多米，空空荡荡，小区里有许多晨练的老人家，出了小区，如果不是路边停着许多车，它们的车牌号提醒着我，我完全想象不到这是国人口中的北京。

还有一小时，这里会慢慢拥堵。

或许是师傅出差了，感觉少了点什么，又或许时间晚了点，为了避免交通堵塞，就近去国家图书馆，地铁一路通畅——与既定行程反向。国家图书馆（简称“国图”吧）

国图是我唯一见过带年轻安保还成小队的文化博物图书馆，进去不仅要存包，连喝的水都不能带进去，单单留着钱包手机在身。

其实这次挺幸运的，大清早人少，机缘巧合下见到了实习考试应聘的国图导游，听着她一遍一遍按顺序地背诵展物历史，莫名想笑，莫名敬佩，以前听闻的“中华古籍保护计划”和“民国时期文献保护计划”的确实施到位，计划一点点扩大。

学历史做历史这行的人真累……我跟着三人一路听来，考核的估摸着有40多岁了，历史修得愈发厉害，连考核的也是过来人，考核超级严，年份少个1、说错一个字也提出错漏，重说，然后在考核单上划一下。

古史修复区，偌大的场厅，半个小时也不过游了1/3靠墙的，场中那四大块还没游，整厅下来估摸着也得两小时。

其他场厅：名家手稿、红军长征、甲骨文化、民国时期……都去扫了一眼。

到了阅览室那边，我是懵圈的，有很多书籍分区名挺奇葩，不过书籍很齐全，有些在省图书馆找不到的书，国图能找到——我找了半天才发现有电脑查阅，搜到的编码记下来，挨个找分区——估摸着10分钟左右吧，场地太大了。

国图不愧是国图，想找的书基本都有，但是这里开放书架周围的座位并不多，想要坐着读一读并不是很容易，这该是泡图书馆占座的由来吧？有很多书比较珍贵，要提前预定后从库里调出来才能看，而且不能借出馆。

国图的建筑结构挺有意思的，反正今天走的这一遭，我并没有完全看清楚到底咋回事，很多地方比较昏暗，我不敢一个人乱窜，万一到了禁地给抓去局里就不好解释了。有些馆还比较隐蔽，哪怕有着引导牌，还不一定能找得到。

在国图溜达了3个多小时，如果不是来游历的，我真想办个借阅证在里面泡着。

那天的午餐，我去菜市口的。

菜市口，古时斩首死刑犯的地方如今成了商业街。北京房价高，物价却不高。深圳八卦岭的拉面馆，一份牛肉盖浇饭收我18元，3颗牛肉粒加上一大堆的洋葱配上夹生的米饭；菜市口的拉面馆，同样的牛肉盖浇饭，22块，肉多洋葱少。

由菜市口一路向东走，沿着骡马街一直走到虎坊桥，拐过湖广会馆茶楼、北京戏曲博物馆，到了京城第一家的京天炸糕店——为吃而来。

排队的时候跟人聊，问他们这家店除了买炸糕还有什么好吃的。他们说，除了炸糕，就是炸糕的红豆馅、糯米，然后就是隔壁家卖的热炸丸子……隔壁家压根没排队啊！逗我呢？

去隔壁买炸丸子后才知道，要买热的，隔壁家做的炸丸子只有现做的才好吃，等人潮过了，做多的炸丸子都放那，放凉了简直味如嚼蜡。

热乎的炸糕，垫张纸坐在路边台阶上，就这么吃着。炸得金黄酥透，一口咬下去香气四溢，烫嘴，黄白黑三色分明。黄的是炸焦黄的外皮；白的是糯米的皮料，有嚼头，又不粘牙；黑的就是甜甜的豆沙馅。

想起来感觉怪怪的，路边停着的都是三轮车，也就是朝阳群众口中的“蹦蹦”，车主们都在路边台阶那午歇闲聊，光膀子的、露肚腩的、嗑瓜子的、抽烟靠树摆POSS的……我窜在一旁无所事事啃炸糕，只为了听他们聊的什么。他们聊的无非是哪的生意好，哪条街哪家店倒闭换成什么店。

后面，我到了天坛，逛逛公园。没雾霾的天，北京天坛公园挺漂亮的；待到雾霾天，将是网上如说，寂静岭既视感。

第五日

今天比较特殊，是这次游历的最后一天了。

一早醒来，拿着手机看看消息，一大早就收到俩惊喜，一好一坏。先说坏事，大学社团那边该忙起来了，准备策划活动，而我就是那位策划；好事是那吃货节又可以去了，换了赞助商，连同外宣方都换了！从百家合作凡客插脚送门票或缴费100元能进的自助，变成百度外卖“原价999，现在只要一分钱”——目测策划方出了意外，投资方经费超出估算。

去看看吧，一直想去逛吃的地方就快要离开了，再不去就成了一场遗憾。这糟糕的主办方和策划方想想去了很可能后悔，不去又怕错过什么，就连搭地铁时的心情都是纠结的，本想着去找找胡同里的小公司，见识不一样的生活方式，但又要去会会吃货和品牌商家。

正好看看那尽职又贴心的保安帮我拍的照片。

现场正票价128元/人，预约票价1分钱。馆前布置的大棚还是那样，工服多了LOGO，保安还是“银盾”……还是原来的人，细想一下，味道没变就够了。

我是吃货，是食客。

入馆第一眼是两位美女接待，关注“环球美食”微信公众号送扇子送游戏币，夹娃娃机的游戏币，一排娃娃机里放着“张君雅”小妹妹。

管段内分A、B、C、D、E、F、G区，每个区都有不同风格的美食和装饰，全场不定时广播区域区号活动，只重复2次。离我最近的C区给“王辣辣酸辣粉”包了，领班的是个20岁出头的小伙子。他们正准备“吃辣比赛”，泰国辣青瓜，微辣、中辣、变态辣，消灭最快的能获得萌妹大头抱枕——我吃了2回合。

第一次20秒清空咽下不觉得辣，反而感到一股清凉，可惜是第二名，得了杯不知道是什么鬼香料做的冰饮；继续下回合，上回的第一名，这次想为他们的妹子再拿个抱枕——他叫王健，北京交大大三的学长，后来给我撩到了。

第二回合，我是倒数第二名。深深感到了自己的弱鸡，第一名是个大口胖子，三盘堆一起，嚼都不嚼一下！吞了！用时不到5秒；然而这回合我拿倒二的原因却是，上回的东西来劲了，辣的真是够呛！

那倒数第一的却是做手机直播的萌妹子，摄影师用平衡杆和外置摄像装置跟拍，妹子不能毁了唇妆，一点点地尝，然后边直播边续杯那什么鬼香料冰饮。王健和白冰大叔也在一旁，我们很是默契地去聊骚、去抢镜。

王健还要参加第三次，为了抱枕，我感觉自己吃了一嘴狗粮，白冰只参加了一场，直呼受不了。

王健明显辣懵了，竟然问我：“蓝颜你懂吗？”

我说，知道一点儿。

这些做品牌营销的人都好年轻。

王健作为兼职学生，白冰作为活动中介，妹子是天燕正坊公司的派遣销售，再加一位地道的客家厨子，用现煲的汤和他们工业级的粤式汤袋做试吃对比。味皆是寻常味，没有妈妈的气息，却是我们人在他乡朝思暮想要的奶水。

吃货节每天的内容都不一样，遇见他们，是巧合亦是缘分，离开越久，愈发想喝妈煲的汤。

食客越来越多，帅健他们得专心投入工作，我也得专心投入吃货角色。

把自己交给食物，好像没有什么不妥。

吃货节的创新食品挺多的，却多以甜点零食为主，夹浆果的冻酸奶，也能夹碎银耳和杏仁，配合不同硬度口感的酸奶酪，口感着实不错；还吃到梦寐以求的柠檬味和榴莲味的东北大板、自己调了杯多奶泡的卡布奇诺。

有时候挺想出国品食，去泰国找王辣辣来一碗酸辣粉，去澳大利亚找Alice来一份橙蟹。每每想到这些，我脑中会浮起一句话——去你二大爷的诗和远方！

不知不觉间，我喜欢上了金钱，仿佛只有铜臭味，才能让我感到安全。去到哪儿，都离不开金钱。

书香味，好像不再是我的唯一。

最爱越秀山（外2篇）

◎欧政芳

家住花都，越秀山离我们确实有点远，但几乎每年，我们一家都会利用节假日去走一走，逛一逛。

女儿小时候，每次去越秀公园，必定兴奋上几天。那时花都还没有地铁，去越秀公园玩，意味着可以坐地铁，可以在外面吃饭，可以买可乐之类的饮料，还可以和爸爸妈妈一起玩游戏。女儿最喜欢越秀公园里的金印游乐场，在那里可以坐旋转木马、过山车、碰碰车、海盗船，可以玩飓风飞椅、古堡探奇等等。这些游乐设施按项目收费，玩完所有的项目也不算贵，花点钱，孩子开心，我们作为家长也开心。当然，也有溜滑梯、荡秋千，以及其他各种不花钱的健身器材可以玩，陪伴孩子一起游玩。快乐地成长，就是人生中最美好、最幸福、最难忘的的时光。

除了游乐场，女儿还喜欢看五羊雕像，不厌其烦地要听我们述说五羊传说的故事：古时候，广州地区的百姓，穿的是芭蕉叶衣服，吃的是野果，每天都在饥饿中度过，生活十分艰苦。突然有一天，天空中出现了五位神仙，每位神仙都骑着一只长毛山羊，山羊的嘴里都叼着一串金灿灿的稻穗。在越秀山上降临后，神仙将饱满的金色稻穗种子和山羊都送给广州的老百姓，教会他们种植粮食的和养殖山羊的技术后，五位神仙就骑着一束束金色的光芒升天了。而神仙们带来的那五只山羊，在繁殖小羊之后，目送着神仙升天后，就地留下，紧紧聚拥在一起，化为五羊石。从此，广州得名“羊城”……

我家先生，则喜欢研究越秀山上的战争史。每次去越秀公园，他都要喋喋不休地向我们宣传：越秀山是一座壮怀激烈的英雄山，是历代兵家必争之地。秦末天下大乱，赵佗奉命前往岭南镇守边疆，建立了南越王国，在越秀山上修建了越王台；五代十国时期，刘龚在广州建立了南汉政权，并在越秀山上筑起了歌舞冈供自己享用；鸦片战争时，广州老百姓在这里抗击过英法侵略军；1923年孙中山在广州任中华民国陆海军大元帅时，在镇海楼指挥并击败了沈鸿英叛乱……

而越秀山上最激烈的战斗，要数“广州起义”。这场战斗，为新中国的诞生，谱写了浓墨重彩的华章。1927年，由中共广东省委书记张太雷任革命军事委员长，叶挺任总指挥，叶剑英任副总指挥，12月11日，起义的枪声打响，起义部队迅速占领了广州城区，成立了广州工农兵政府。后来，遭到广东军阀张发奎的反扑，12日，从清早到傍晚，敌人向广州城的制高点越秀山进行了无数次的进攻。起义军战士大批伤亡，坚守越秀山的战士，最后只剩下7个人……12月13日，包括徐向前在内的起义军余部约1200人被迫撤出广州市区，向花县转移，并在花县整编成立了红四师，奔赴东江与海陆丰农民起义会合……

而我，则喜欢在越秀山上绿树成荫、鸟语花香、曲径通幽的条条绿道之中漫步。一边赏花观鸟，一边对着一处处的亭台楼阁，默诵历代文人墨客们为越秀山所题颂的诗词。“城上五层高。飞出波涛。三君俎豆委蓬蒿。一片斜阳犹是汉，掩映江皋。风叶莫悲号。白首方搔。蛮夷大长亦贤豪。流尽兴亡多少恨，珠水滔滔。”“五岭北来峰在地，九州南尽水浮天”“试观百粤声名盛，离火文明贯斗牛”“千万劫危楼尚存，问谁摘斗摩霄，目空今古；五百年故侯安在，使我倚栏看剑，泪洒英雄！”……

岭南才子屈大均、陈恭尹、方还、丘逢甲，以及湘军将领彭玉麟等人都曾登上过越秀山上的镇海楼，并留下脍炙人口的精彩诗篇。这些诗词楹联，汇聚着这片土地上生活过前人的才华，展示着广州深厚的历史底蕴，是一朵朵守望精神命脉、树立广州文化自信的红绵花，是市民心灵深处那一朵朵美丽红艳、充满希望、散发活力的红绵花。

最近一次去越秀山，是今年的“七一”前夕。在越秀山从南越路往镇海楼的路上，女儿回忆起她小时候的一件趣事：“我上幼儿园中班的时候，在这里，你们还把我弄丢过呢！爸爸凑热闹看越秀体育场内精彩的足球比赛，妈妈忙着跑去城墙边上去拍照，我只好一个人走在摩肩接踵的游人之中，急哭了，幸好一个老奶奶帮我打电话找到了你们。哈哈……”想起这件羞人的往事，我们不禁哈哈大笑起来。

随后，我们和准备升初中的女儿在镇海楼内的广州博物馆内认真参观，又一次仔细了解广州的城史，并在明城墙、镇海楼前留影。接着从百步梯往下走，继续游览了中山纪念堂、西汉南越王博物馆、高剑父纪念馆、杨匏安故居，进行了整整一天重温广州历史文化之旅。

少说话

人与人的关系，总是很奇妙。

上月末尾的一天，小区全员核酸，队伍排得长长的。在我前面的是一家三口，小女孩三岁多，活泼好动，即使是在雨中，也不厌其烦地扯着小脸蛋上的口罩和脖子上挂着的二维码，一会儿把口罩当眼罩，一会儿又把二维码当眼罩，自欺欺人地和我玩捉迷藏。我假装着配合她，直逗得她哈哈大笑。

我对孩子的父母说："你家的小朋友太可爱啦！"

孩子的爸爸也哈哈大笑："这种一出生就有二维码和戴口罩的孩子，就是这样的啦！"

孩子的妈妈却大惊失色，慌忙把孩子搂在怀里，一边匆匆地给她整理好口罩，一边惊恐地说："快戴好口罩，保护好自己，到时候你那二维码要是有颜色就麻烦啦！"

排队在我后面的也是一家三口，男孩子二十出头，低头入神地看着手机。我每向前走一米，他那中年的父母亲就冲他喊一声："走呀，轮到你向前走啦。"

男孩子听了就移步向前，不吭一声，只默默地刷手机。有时候男孩子像是听不见父母的催促似的，久久不向前移步，他的父母就着急了："快点走啦，你要向前走一步啦！"

在小雨中，长长的核酸队伍的人们大都很安静，不厌其烦地听了数十次这对父母对儿子的提示，我回过头冲他们笑笑故作神秘地说："看手机很重要的，手机里有黄金屋，手机里也有颜如玉嘛。"

男孩子的爸爸一听嗤之以鼻："玩游戏就是真，手机里能有什么黄金屋？上三年大学两年是在家上网课，现在又不去找工作，天天躺在家里摆烂了。"

男孩子的母亲也连连叹气："手机里能有什么颜如玉？这小子都不想结婚！前段时间他姑姑给他介绍了个女孩子，让他去相亲，他振振有词地说现在人人都戴着口罩，相亲能看到女孩子的真面目吗？让他加一下女孩子的微信，他也不想加，唉！"

男孩子听见他父母向我吐槽，恶狠狠地白了我一眼。

核酸队伍虽然排了一百多米，但工作人员的效率也很高，没有多久就轮到我们做了。回家的路上，老公没头没尾地冲我说了一句："要少说话！"女儿也附和着："就是，老妈，别人跟你很熟吗？你要少说话，特别是对陌生人。别人的感觉别人自己心里清楚，你不要把你自己的感受强加于他人，这样搞不好会让别人崩溃的。"

想想也是，我可能有些多嘴了。在适当的时候保持沉默，未尝不是一件好事，至少避免了尴尬。事实上也是，有些感受自己知道就可以了，不必轻易告诉别人。

再说，做核酸排队的时候，本来就该少说话嘛。

黄花风铃开

在黄花风铃盛开的春天，慕名来到广州花都的美丽乡村——竹洞村。

才下车，路两旁满目黄灿灿的黄花风铃就映入了眼帘：满树黄花不见一片叶子，一棵棵黄花风铃就是一树树黄灿灿的鲜花，它们在层层伸展交错的枝头上热烈地怒放着、拥挤着，它们一簇簇，一团团，密密集集地相亲相爱、耳鬓厮磨，展示着自己的雍容华贵气质。轻轻走到一棵黄花风铃树下，悄悄地将耳朵贴在一朵喇叭状的黄花上，屏声静气，仿佛就能聆听到春光的喃喃细语。

走进竹洞村，一路黄花灿烂，村道有如一条金黄色的玉带。盛开的黄花风铃是张扬的，是豪放的，置身花下，花间行走，在花海之中陶醉着，仿佛走进了一个童话世界，充满诗情画意。渐渐走向村子深处，发现后山冈上是一片植株横平竖直的黄花风铃林，那些肆意绽放的花朵，也缀满了芊芊枝头。一阵春风吹拂而过，落花不语空离树，漫天飞舞，紧锣密鼓地为大地织出一张明黄鲜亮的金色地毯，笑语热烈，纷纷洒洒，娓娓动听。

此时此刻，竹洞村游人如织，来来往往，这些看花人，举着手机，举着相机，不停地拍摄。树上的、地下的、水中倒影的、风中摇曳的、空中飞舞的，黄花风铃存在之处，都不肯放过，仿佛要把这些俏媚的黄花风铃一网打尽，全部珍藏起来，据为己有。

在我眼里，一朵黄花风铃就是一个和蔼可亲的画家，它用热烈奔放的金黄色彩描绘出一个暖融融的春天；一朵黄花风铃就是一个无所不能的音乐家，它用激情澎湃的金黄色弹奏出一个生机盎然的春天。

漫步在绿道上，一路踩着黄花风铃铺织的金黄地毯，走过清冽可鉴的竹洞湖，走过竹洞村民祖辈居住的青砖屋，走过精雕细刻典雅古朴的祠堂，走过华丽辉煌的乡村别墅民宿，一路喜赏黄花风铃泛金光的春色。

黄花风铃奏响了一首时代致富的乐章，引来了游人，引来了商机。竹洞村村民还精心护理着一棵棵造型奇特的罗汉松、九里香、山松、榆树、榕树等盆景，细心呵护着地里各种各样的奇花异卉，悉心守护着自家虾游鱼跃的鱼塘……

在竹洞村，我听到了花开的声音，听到了幸福的声音。

安置房风波（外1篇）

◎郭利群

“你二叔被隔壁大傻砸破头了，一家人慌成一锅粥，你快点支支招吧！”小磊刚参加完法学院举办的模拟法庭，就接到老家打来的电话。

小磊一头雾水，老家四面环山，闭塞的山村让村民保持了淳朴的民风，当然，农村经济也落后。前段时间听说高速公路规划经过村里，不仅打开了村里的大门，也让不少村民得到征收补偿，那是他们一辈子期望的事情。可是为什么会发生打人事件呢？小磊毕业在即，好不容易通过了司法考试，入了党，现在在一家律师事务所实习，又准备毕业论文答辩，忙得不可开交。作为村里的第一个大学生，读的又是法律专业，乡亲们有什么问题都喜欢找他。这下，发生在自家人身上，还受了伤，小磊不管再忙都要上心。

靠电话了解事实讲不清，小磊利用周末一大早坐火车，转大巴，再打了辆三轮摩托车，耗了将近7个小时，终于回到村里。还没来得及坐下喝口水，二叔一家就冲过来。

“小磊啊，你终于回来了。大傻家占了我们家的地，找他理论，他理亏还动手打我，亏我们一直照顾他家，真是狼心狗肺，我一定不能放过他。”二叔边说边捂着包着纱布的头。

小磊感到奇怪，大傻哥虽然智力三级残疾，但生活能自理，还会干农活，娶了肢体残疾的老婆，生的孩子健康机灵，已经上五年级，成绩还不错。因为家庭经济困难，前两年小磊还协助他们办了低保，全村人对他家都照顾有加，特别是二叔家跟他家是邻居，二叔一直帮助他们，为什么会闹到这个地步呢？

小磊正疑惑着，大傻手里拿着一根棍子，踩着重重的步伐向他们走来，喊着：“菜园地是我们家的，我起的房子是我的，谁敢抢我要谁命！”

二叔见状，又激动起来：“你个白眼狼，谁给你地种菜的，当初政府支持你家建房子，你家地太小，不够住，是不是我让一块给你的？现在征收，你就忘得一干二净，你以为你真的傻？！只进不出，你骗了全村人和政府！”

这一闹，一大群村民围观了过来。大傻晃着头，说不出话来，举着棍子又要打人。大家拦住他，二叔更激动：“你还敢乱来，今天我侄子在这里，他可是律师，你来呀来呀！”

现场乱作一团。小磊急得直跺脚，两边都不听他喊停，他搬来一把凳子，踩上去，大声一喝：“都给我安静！现在是法治社会，不是谁强势谁就有理。”

大家一下被小磊震住了，都安静下来。

小磊赶紧把两边的人分开，一拨留在屋里，一拨在院子里。他仔细地听取两边的陈述。

经过了解，小磊掌握了基本情况。大傻家使用二叔家的地种菜和建房子是事实，当时是经过二叔家同意的。这次征地，工作人员顺理成章地把所有的征地补偿款和安置房指标归大傻家，二叔不肯，认为地原本是属于他家的，他要回应有的补偿。地上附属物补偿款可以给大傻，但安置房指标他必须要回。可是这样一来，大傻家原来的建房用地面积达不到补偿安置房的标准，他家没房子住，就是无家可归。

“那他拿着补偿款去买商品房，买村民的地做房子也可以啊！”二叔不服气地说。

“农村土地是不能私自买卖的，违反国家政策的事情我们不能做，这是底线。”小磊认真地跟二叔解释。

“可是商品房他家的补偿款也买不起，确实难。”有个阿叔叹了一口气。

小磊看着大傻的女儿站在一旁，眼眶红润，手捏着衣角，心里酸酸的。

“我大老远回来，一定会处理好这件事，不早了，大家先回去做饭。”说着，小磊把村民都遣散了。

二叔气呼呼的，有点怪小磊不帮亲。小磊笑着说：“叔，今晚我去你家吃饭，也看看奶奶。”二叔半推半就，也走开了。

小磊进屋，马上联系征地工作人员，详细了解补偿方案和关于这件事的情况，再跟父母商量，说动父母一起去二叔家跟奶奶吃饭。

天色将晚，小磊随父母去二叔家吃饭。小磊的到来，二叔一家还是很开心的，他们备好了饭菜，一家人开心地吃起来。小磊边吃边夸饭菜香，又夸二叔一家把奶奶照顾得好，一大家子都团结和谐，帮助他上了大学，现在快毕业了，有机会成为一名真正的律师。

家人说着、笑着，赞小磊有出息。

一顿饱饭之后，小磊忽然严肃起来。

“二叔，关于今天的事，我提个建议，您看行不行？”

一提起那事，二叔的脸色马上又青了，准备说话，小磊按住他。

“二叔，您听我说完。大傻哥家困难，这是大家都知道的。但让您吃亏，也确实难为。我了解了，我家和你家，各自都有一间大屋，安置房的指标是没有问题的。奶奶名下还有一间祖屋，我问过我爸了，你们之前已经商量好，到时是平分给我们两家。你看这样行不行，大傻哥家占你的那块地，你让给他，奶奶名下属于我们家的那份，归你……”

“这怎么行！”还没等小磊说完，一直笑眯眯的奶奶忽然发话。

“妈，没事，孩子大了，我们听他的，反正我们也住不了那么多，继续闹下去，对老二也不好。”小磊爸说。

“是的，小磊有出息，也有二叔一家子的支持，我同意。”小磊妈也表态。

这会，屋子安静得一根针掉地上都感觉得到。

“哎呀，我也不是缺那块地，就是觉得刚好征地到家门口了，这好处当然是能捞就捞，我们这穷乡僻壤的，何时才能出人头地。”二叔用力地抹了一下脸。

“话可不是这样说，高速公路都开到村里了，这次回来我可有了不同的想法。”小磊意味深长地嘴角一扬。

“算了算了，大傻占我地的补偿我不要了，妈名下属于你们家的那一份还是给你们，不然人家以为我占兄长便宜呢。小鑫马上要高考了，就当是做了善事，积些德，让他跟小磊一样考上大学有出息。”二叔认真地说。

这时，村书记打着电筒蹒跚地走了过来。

“哟，你们都在啊，可愁死我了，白天去参加征地协调会，顾不上你们家的事，听说小磊回来我就放心了。”村书记喘着气。

小磊忙拿来一把凳子让村书记坐下。

“书记，让您费心了，二叔跟大傻哥家的问题我们商量解决了，明天一大早我们就去跟大傻哥说。我还要赶着回学校处理毕业的事情呢”小磊说。

“你今年毕业呀？”书记突然眼睛亮起来。

“是呢，现在在一家律师事务所实习。”

“别律师所实习了，回村来，我老了，年底就要进行换届选举，高速公路开进村里，我是开心，可是我力不从心啊！你看我们乡亲种出来那么好的水果和蔬菜，都因为交通不便，烂在地里都卖不出去，商贩都不愿意进来。你年轻有文化，乡村振兴靠你们啊！”书记说着，声音哽咽。

“书记啊，你就别难为娃了，他读了大学，不就为了走出大山嘛，你还让他回来。”

二叔接过话。

“小磊爸是老党员，你发句话。”村书记严肃起来。

“都别说了，其实白天刚回村，我内心一直有一股劲不断地涌起。今天大家都累了，都回去休息吧。”小磊说着，劝大家回去休息。

第二天一早，小磊交代好二叔，就背起背包，踏着晨光向山外走去。

抗“疫”小记

新冠疫情基本稳定过后，回味思考很多，心情貌似平静，实则五味杂陈，不敢深入细想。

落实“新十条”后，新冠疫情的工作再不用像之前那样，半夜去隔离相关人员、半路追阳、上门核酸、送生活用品、处理涉疫人员数据等，但真正放开后却不觉轻松舒坦。

说起防疫，我要提两个人。一个是我发自内心敬佩和尊重的防疫斗士村干部初哥。有一天晚上，深夜一点多忽然接到电话，需要上门管控相关人员，两小时内完成。说实话，那段时间，手机放在床头，从来没睡过安稳觉，随时被电话惊醒。当然，也明白清楚电话那头工作人员的辛苦，所以每当接到任务电话，都是毫无怨言地执行。

这半夜接到电话去管控人员，没办法，我还是要吵醒初哥。初哥接通电话，三言两语，约定榕树脚下汇合。十分钟左右，远远看到深夜榕树脚下一个大男人的身影，觉得有点滑稽了。

还有“追阳”那次，又是凌晨，寒风萧萧，我一改往日电动车出行，提出开小轿车过去。没想小车因疫情长时间没开，竟然打不了火，无奈中却想发笑。最后还是找了一辆车，去到目的地守着疑似阳性人员到天亮，直至核酸结果出来排除情况后转运去集中隔离观察，在门口守了差不多8小时，不曾合眼休息。

2022年“五一”劳动节假期时，突然隔离了一百多人，上门管控加上门核酸和派发物资，一天跑了整条村三次，还遇上气温骤降和下雨，浑身湿透骑着电动车走在村道上，冷风吹着人全身瑟瑟发抖。雨势过大，初哥穿着雨衣都浑身湿透了，坚持到最后回到村委，真心让人心疼！当然，还有为了守夜累得瘫坐在地上的情景、寒风中在巷子里吹了一个多小时的坚持、酷暑晒得手臂发亮的模样、无时无刻不在牵挂着隔离人员生活需要的柔情……太多太多印象深刻的一幕幕，让我深刻地感受到作为一名村干部的责任与担当。

初哥是一名对待工作，言语不多，却相当负责任又充满人情温暖的人，他一身正气，不怕苦累，说干就干，从大局考虑，从细处入手。刚参加农村工作不久的我，总是从他身上学习很多。当然，他总是很谦虚，老是说高科技的东西他不会，只会动动嘴皮，其实他这种务实行动派的工作作风，不正是我所要练就的吗？

要说的第二个人，是一群人，他们是医务人员。在疫情防控工作中，医务人员给了大家许多的感动。我在跟他们一起奋战的过程中，感受更加触动灵魂。在入户隔离人员做核酸的过程中，他们身穿防护服跟着我们爬楼梯，五六层的楼房一口气爬上去，有时忍不住给他们鼓劲，他们喘着气说，还好，比城里没有电梯的老旧小区好多了。

有一次，全员核酸医务人员不够，现场群众很多，核酸点的医务人员全部上场，已经坚持了四五个小时采样。我那个心急呀，终于等到广州市里的支援人员，我看着一车拉过来的医务人员，那时候正好是饭点，我建议他们吃完饭再上场。他们却说，坐车来的路上吃了干粮，先马上上场疏散群众。我知道，他们来之前还在各自的岗位上工作，下班后直奔我们核酸点，饭都不顾上吃。他们利索地穿上防护服，一下多开了几个采样点位，很快疏散了站满广场的人。

我不知道我当时举止怎么样，后来有人跟我说，当我去引导医务人员下车的时候，我激动得声音都变了，眼里闪光都要流下眼泪……这一路的防疫工作，医务人员一直与我们并肩作战，而他们的付出更是无可替代。我认为，他们是新时代最可爱的人！

防疫一线，远不止我说的这些，还有许许多多的，甚至无人提及的人员、故事，有笑有泪有真情，作为他们其中的一员，在防疫这三年来，给我的人生经历翻开了多么特殊的一页，也有感于他们为防疫工作所做的一切。所以，当防疫政策改变之后，防疫工作轻松了许多，但是往日那一幕幕，一帧帧，那些人那些事，总是会在头脑中呈现，有些甚至是无法用语言表达的感受。

新的一年来了，希望不负所有为防疫工作所付出过努力或一直在努力的人们，行之有效地应对新冠病毒，还人民群众身体健康和生命安全！

致敬所有抗“疫”人！

闺蜜情（外1篇）

◎方　芳

要不是银行、保险公司每到这天程式般的短信祝福提醒，我几乎忘了自己的生日。

对于一个孤儿，活得顺当已是老天的恩赐。生日宴会、鲜花礼物，这些幸福元素我不曾奢望。不，准确地说，是并不在乎。小时候生存不易，成年了，又有成年人的艰辛。能一天一天健健康康地活着，没有太多愁苦，也不再是任何人的负累，这样平和的日子岂能不知足？

知足就能常乐。每一天都有愉悦的成分，就是值得珍惜感恩的日子。生日不生日，对我来说，并没有什么所谓——它于我不过就是与往常并无二致的一天。

那天中午，我照例又到办公楼后的树下闲逛。久未谋面的她直接一个电话就打了过来：

“在干啥呢？亲爱的。”

“没干啥呢，亲爱的。”我学着她的温柔腔。

“那，今天开心吗？”她话锋一转。

“开心呀！”这个人，永远都是阳光灿烂笑口常开的，跟她一起，你都不好意思愁眉苦脸不高兴。“咦，您这个时候突然来电，是有指示？”

“祝您生日快乐呀！晚上约个饭？”

“啊，对对！今天是我生日！您居然记得？”这个大忙人居然专此致电，真是惊喜又感动！

说是朋友，其实她是我曾经的领导；说是领导，她又从不摆架子，任何人与她交往都觉得如沐春风；说是忘年交，人家年龄大我几岁而已，内外兼修有魅力加少女情怀，精气神不知高我多少倍；说是闺蜜吧，她的眼界与高度又是我触不可及的。有时候她称呼你宝贝，有时候她唤你亲爱的，而现在，她称呼“您”。在这甜蜜的气息里，除了幸福喜乐，你只剩晕乎乎！

记得初相识，她是单位一把手，我呢，一个整日埋头“搬砖”的“小虾米”。好几次都是她主动走到我的办公位，在我身边坐下，不问工作，就是东拉西扯地聊天。聊到兴起，拖我到她办公室喝茶小憩，打开电脑让我翻看她的影集，毫无保留讲述她的过往。

后来熟悉了，我曾好奇地问她：“那么多的员工，为什么单单对我这么好？”她向日葵般的笑脸绽放着：“你和别人不一样啊！你每天去食堂吃饭都是最迟的一个，但吃得慢，吃完了桌面干净，也不像别人站得远远地把碗筷往大桶里“哐啷”一丢，你都是安静弯下腰去轻轻地放。还有呢，你和我一样，吃饭还总有个固定位置。我不喜欢到领导专用的包房单独吃，我喜欢坐在窗边，你呢，喜欢坐在门口，我们吃饭之外，都眼观六路、耳听八方。爱开玩笑的李科长打趣说，我们两个长期占着食堂一进一出两个战略据点，紧盯就餐大局，哈哈哈……”

她这样一说，我一回想，还真是，也忍不住笑了。

她算是我工作之内唯一深交的朋友。然而我们的工作内容一个天一个地，并无多少交集。我们能聊的多是文艺、是人生。后来我离开那个单位，不久她也升迁离开了。但我们联系更多，情谊更深。

岁月教会了我识人交友时大胆去伪存真，大笔删繁就简，如今能以朋友相称的，就必定是真朋友、真交情。有这样一位朋友，你会倍觉运程之幸、生活之美。

静阅时光美　书中岁月长

花图新馆试运行了！当这一消息在各大媒体平台迅速铺开，当我欣赏着新馆那高大上的实拍图，翻阅着老馆60年来走过的风雨历程，回想自己与这座每天都要经过的白色场馆之间时有时无、时浓时淡的点滴关联，我，一个来自异乡的新广州人，一个靠读书从农村走向城市的打工人，一个逐渐认清现实却从不屈从于命运的所谓“文化人”，不禁生出好多感慨。

第一次走进花图是什么时候？真的记不清了。

大概是孩子小时带他到少儿馆阅读？孩子到了上小学的年龄，我才将他从打工的小镇转到城区读书。我们在这边没有什么亲戚朋友，周末节假日我会带孩子去图书馆。可是，小调皮那时哪里在乎图书馆书多不多，环境好不好，他一心只想着回小区玩，有小朋友一起玩要胜过一切，图书馆于他并没有什么特殊的吸引力。我哄着他走进去，给他介绍书架上的那些书，让他留意那些安静看书的人，一起感受那种宁静氛围。那时候，他每天睡前我都会给他讲故事，陪他嬉戏打闹。曾经有工友问我，你源源不断传授给孩子的那些知识与趣味来自哪里呢？我说，多是来自阅读吧。 我们看过的书，学到的知识，岂止只是丰富了自己——从宽处看，影响了他人；从长远看，滋养了下一代。

可能是因为小时候在孩子心里埋下了一颗阅读的种子，几年后，上了中学的孩子不知不觉就开始主动跑去图书馆借书看书，写作业，复习。有一阵我还觉得不习惯：有时空气不好，有时天气不好，路上跑来跑去还浪费时间，在家不一样吗？他说，可不？家里哪有这个氛围啊？一下子楼上敲了，一会儿楼下吵了，自己还时不时想着摸点吃的，吃多了又要到阳台厕所转几圈，时间就这样飞快流逝了。所以啊，还是图书馆清静、安心。据他说，心情好的时候去图书馆学习，效率出奇的高；心情不好的时候去，呆着呆着也就好了。寒暑假里，他时常早上出门，在那一呆就是一天，到晚上才回来，午饭就和几个同学约了在图书馆附近的麦当劳解决，大家找机会一起聚聚，挺好的。嗯，我也挺好的——既然他学习吃喝都有安排，我也不用为他操太多心，多省事啊！他渐渐长大，对父母的依赖越来越少，很长一段时间，他投入到他的学习和朋友圈，我专注于我的工作和兴趣爱好，大家各不相扰，他叛逆的青春期与我狂躁的更年期居然就这样不知不觉擦肩而过了。

真正第一次走进花图成人馆，好像是去参加区作协组织的一个活动。很惭愧，孩子大了后，我平时上班下班，早出晚归忙于“搬砖”，周末嘛，难得放松休息一下，读书看报渐渐改为在手机上进行，很少再专程跑去图书馆……那次我按照通知的地址上到花图二楼，穿过凉幽幽的大厅，进到一个不大不小的会议室，坐进红色的座椅，听台上的作家们将自己的写作故事结合人生经历娓娓道来。提问环节，台上台下欢乐互动，我斜前方一位举止优雅衣着时尚的女士，一袭驼色长款羊绒大衣，浅黄带圆点的短丝巾，微卷的短发，秀美的轮廓——好一个和谐美好的文艺氛围！我一个结婚生子多年、整日为生活劳碌奔波的人，瞬间没了人到中年的焦虑，忘却了一地鸡毛的无奈。置身其中，听得入迷，看得近痴，恍如梦中！

活动出来，我们在大厅合影。我注意到大厅一侧是一排排高大的书架，一侧是整齐的桌椅，多张我最中意的深紫色沙发绕着粗壮的圆柱围成一圈。窗明几净，静谧书香，无不令人欢喜。立在大门台阶上，目光越过馆前的树冠望出去，街上车水马龙，行人川流不息，街对面的店铺食肆热闹非凡。好一个闹中取静的所在！

说起来，我也是个爱读书的人。读书改变了我的命运。自从小学时踏进校门接触了课本，识字学文，小小的我就对这个世界就有了太多的好奇、太多的憧憬。“弯弯的月儿小小的船。小小的船儿两头尖。我在小小的船里坐，只看见闪闪的星星蓝蓝的天。”月儿，小船，星星，蓝天，这些在我生活的乡下都常见。可是我没想到，将这些个简单的文字组合连接起来，就这样成了一首诗。它像一幅画，又似一支歌。闭上眼，它们一一在你眼前闪现。是星月天空小船美吗？不仅仅是，文字在我眼里在心里也跟着变得很美很美。

我常常不自觉就随着书中的文字沉醉于另一个世界。尽管小时候，能到手的课外书很少，被大人当作天赐劳力的农家孩子，看书的机会更是少之又少。但，萦绕心头挥之不去的那种求而不得，相比后来条件改善之后寻常物件的唾手可得，反而更令人回味。

后来到了省城上大学，学校处在寸土寸金的商圈中心，麻雀般大小的校园居然有个图书馆！我迫不及待进去转了一圈感受了一下，那么多书！再也不愁没书看了！再也不愁没时间看了！真好啊！我开心得不得了。当别的同学还在为远离家乡亲人而感到不适、为学校名气不大校园不美而感到失落的时候，我这个没什么见识的农村娃却像捡到宝一样，心立马就安定下来了——走路都是跳跃的。那些书每天都在图书馆等着我，而且它们可以由我看好几年，直到我大学毕业，想想就心满意足啊！

学校没有什么社团组织，我的业余时间基本都是在图书馆度过。除了洗漱睡觉早锻炼，只要没课，我就奔向图书馆。我在资料室翻阅学长介绍的教辅资料，顺利解决课堂上听不懂的微积分难题，我借阅《老人与海》《平凡的世界》《宋氏三姐妹》各种小说，我品读《读者》《小说月报》各种杂志……晚上回到寝室，室友们说，现在是大学了，你至于像高中时候那么拼嘛？为什么不放松一下？我说这怎么是拼呢，这是多么美的享受！要知道，我从小的梦想，就是像现在这样与书为友啊！我那时还没听说过博尔赫斯那句“天堂应该是图书馆的模样”，如果天堂代表愉悦与满足，那，我当时的感受无疑类似于置身天堂？读书安抚了初到大城市的我，拓宽了我的视野，增长了我的见识。我的穷困无助，我的胆小拘谨，都变得不算个事。我在书中得到指引，找到方向，释放压力，感到充实与快乐，获得自信与力量。也正是那几年在图书馆的静阅时光，让我多年以后得以随心所欲走得更高更远……

我与花图走得最近的一次，是应一个小伙伴的邀约，周末到馆内做志愿者。那天，我们穿上志愿者专用的绿马甲，先熟悉书架和书本的那些标签代码，然后将读者还来的书一一归还原位；有人前来问询，我就迅速帮他们找到他们想要找的书。馆内寂静无声，我时不时收获一个大拇指，一个感激的笑容，这让平时不喜言语的我倍觉轻松好玩。

这几年，不知是电子书看多了还是年纪大了，我的视力下降很快。单位离图书馆近，我到图书馆借纸质书的次数又多了起来。我读书杂，大仲马、雨果、泰戈尔、钱钟书、张爱玲、严歌苓、六六、冯唐，我都看。我喜欢从一个人的文字着手去了解一个人；经济的，时政的，潮流热点一个接一个，我不太热衷随口附和妄下评论，我倾向从书里去了解事件本身、探寻事物本质。借到的书，回家后我会先用干净白纸包好封皮，放在床头供睡前静享。我家楼上楼下的很多小朋友都知道我爱读书，常来我家一起阅读。正是得益于在花图的大量借阅，我的知识观念与时俱进不断更新，孩子们都喜欢与我亲近。而与他们的相处，不仅大大丰富了我的业余生活，也成为我提笔记录生活趣味的动力。我写得渐渐多起来了，在读读写写中，我似乎永远保留了一份远离世俗的天真与单纯，也收获了一份内心的平和与安宁。

泰戈尔曾将图书馆比作静穆的海浪，我觉得很是贴切。置身书海，你有驶向各个方向的可能，你领略着人间悲欢，见识了人性善恶，外面的世界花开花落云卷云舒，你内心纵掀狂浪却也日渐处变不惊，面无波澜。就是在与古今中外各式各样智慧的灵魂碰撞之中，你完善和丰盈了自己的人生。岁月悄然流逝，不着痕迹，日子变得轻快、悠长……

人淡如菊的谭医生

◎杨　晓

“没事的，喝包中药就会好的！”小时候的乡村中医微微一笑，额头上浮现出好多条皱纹。从小体弱多病的我听了他的话，疾病仿佛已经治愈了一半。每一次，我都怀着一股崇拜的情感，将这位包治百病的“神医”开的气味刺鼻的草药喝下去。小小的我并不惧怕那些深色液体，一是因为它放了糖后，苦中透出甘甜，二是因为“神医”的处方总能药到病除，从未让我失望。

后来，学习和工作使我远离故乡，故乡的人与事也随风而去，可这种崇拜情结却伴随着我成长，使得我在工作中很喜欢和中医打交道，也有幸结交了一位中医朋友。一位气质淡如菊的女医生，有点像徐帆，但气质又比徐帆温柔许多。我一直认为医生的气质很大程度上由专业决定，就像这位中医出身的谭医生，她对病人总是轻声细语，如春雨般洒落细无声的那种温柔，再焦躁的病人见了她也会平静下来，耐心诉说自己的病症。身边的同事都说，从没见她发过火，即使门诊繁忙，焦急的病人全部围在她的身边，她仍旧用温柔的声音提醒道：“请大家先出去外面等候。”但在略微提高的声调中也带点医生的威严，让病人不由不从。对她而言，前来就诊的患者就如一群不懂事的孩子，她从不敢大声指责他们，而是以中医式的温文谦逊让他们平静下来。

我与谭医生的友情也是源于一次中医诊疗。

2015年，我的母亲长期咳嗽反复发作，用西医治疗效果不佳，且对抗生素产生了过敏反应。“半生在饮中药的药罐子，到头来还是要中药来治病。”母亲如是说。所以我当即挂了号，把母亲带到了谭医生的诊室。

刚到诊室，母亲还是很忐忑的，一边咳一边说：“我是不是要得肺癌了，一直咳不好，咳多了还想呕。”谭医生首先给母亲看舌苔、摸脉，并询问了母亲痰的颜色及有无胸痛、胸闷、气促、反酸等症状，接着看了下母亲之前拍的胸片，然后一边在电脑上输入处方，一边轻声说：“阿姨，不用担心，您的咳嗽中医诊断为风痰阻肺，您的胸片报告是心肺隔，未见明显异常，西医诊断为慢性支气管炎急性发作。我准备给您用些疏风化痰、降逆止咳的草药，主要是荆芥、紫苏叶、苦杏仁、细辛、前胡、桔梗等，一天一剂，您先吃7剂，七天后再来复诊。”

虽然我不懂这些草药的具体功效，但经常喝草药的经验还是让我对药方的亲切感油然而生。我感知到，这些其貌不扬的草梗能养人于不觉，救人于无形。果然，吃了谭医生开的草药后，母亲的咳嗽明显缓解。

遵医嘱，七天后，我带着母亲又来找谭医生复诊。

没有过多寒暄，谭医生又是看舌苔、摸脉、开处方，一切都驾轻就熟。接着，她对母亲说道："阿姨，您的咳嗽有明显好转，没多大问题，不用担心，我继续给您开些草药喝，加了法半夏、百部、枳壳、旋覆花、竹茹等。"母亲听了很高兴，以她的久病成医的经验故作聪明地说道："我知道竹茹是止呕的。"谭医生对我眨了下眼睛说："你母亲很懂中药呢！"这话把母亲逗乐了，又煞有介事地发表起对中药的"深厚"见解，而谭医生也没有厌烦，还纠正了母亲的"理论"的几个错误。眼看着耽搁的时间太长，我赶紧拉了母亲和谭医生说声我们先去拿药，匆匆离开了中医门诊。

复诊吃药后，母亲的咳嗽明显好转，只是在晚上睡觉时偶尔咳几声。她让我上班时去感谢一下谭医生，我说不用的，医生的天职本来就是治病，她的患者多得数不过来，不会听我唠叨你这样的轻症恢复得如何。说归说，在经过中医门诊时我还是拐了进去，趁谭医生看病的间隙表示了母亲的感谢。谭医生仍旧以她的温柔语调说："不用谢，能治好你母亲也是我的快乐。"

在我准备离开诊室时，谭医生又叮嘱我说："你母亲的咳嗽要注意不要让她着凉，老人家体虚，要注意保暖。"接着谭医生又开始接诊下一位病人，根本无暇和我说太多。然而话语虽不多，却句句暖人心。

从此，谭医生就和故乡的老中医一样，成了我们家心中的"神医"，家里人只要有点不舒服都会找谭医生，而我和她的友谊也慢慢地加深起来，有时相约着去喝咖啡，或一起去郊外踏青。

"在一所西医为主的医院里，中医总是如妾生的庶子一样，不太能得到家中的宠爱。"谭医生经常在和我喝咖啡时这样笑谈自己的职业。"但没有集万千宠爱于一身的人，却想更加努力做个出色的自己。"谭医生又带点执着地说，"在每天的望闻问切中，我总是告诫自己不要气馁，病人来找你看病就是对中医最好的信任。"我看着谭医生，发现她在讲这些话时有些激动，但很快又恢复平静，就如一朵静静的雏菊开放在洒满阳光的窗台上，淡泊清新，淡泊中又带着一种坚定。

2017年春节，在老乡聚会时，一位老乡问我能否帮她找位中医治疗不孕。她说她已经37岁了，第一次怀孕在两个多月时因胚胎终止发育做了流产手术，术后两年多一直怀不上孩子，在多家医院的西医都治疗过了，但疗效都不明显。我想到了谭医生，就说："没问题，我帮你找位中医朋友吧。"随后便电话告诉谭医生有这么一位病人，她听了病情，沉默了下说："你让你老乡来找我吧。"

一个下着小雨的下午，我陪老乡挂了号来到中医诊室。中医门诊又挤满了看慢性病的老人，我却不敢破了谭医生曾经立下的规矩：凡是朋友带来找她看病的病人一律不许插队，必须老老实实挂号排队就诊。排了一个小时，终于听到叫号系统响起老乡的名字。这一次，谭医生花了很长的时间进行问诊和体格检查，详细了解了老乡的诊疗史、身体状况、禁忌等信息。

"你的病，西医诊断为继发性不孕，我的诊断为不孕症，因脾肾两虚，血瘀阻络导致。”沉默良久，谭医生在病历本上写了几行字，缓缓说道。

“医生，那我这样还能治好吗？”老乡有些焦急。

“我给你开些中药先喝七天，处方主要为补肾活血的，有茯苓、桂枝、牡丹皮、桃仁、当归、川芎、川牛膝等补肾活血的草药。”谭医生扬了扬眉毛说道，“放心好了，您还是有机会妊娠的。”听到谭医生这样说，老乡的眉头也舒展开来。开好药，谭医生叮嘱老乡按时来复诊，而老乡则如捧着送子观音一样捧着处方去了药房。

在后面的日子里，工作繁忙的我不再陪老乡复诊，只听她在微信和我汇报说，在2月份又复诊了两次，在3月份又复诊了两次，且在3月份的第二次复诊中喜获早孕的消息。时光飞逝，11月底，老乡发来喜报，喜得一健康男婴，我才想起我一直没联系这位老乡了，也好久没和谭医生一起喝咖啡了。

在一个阳光明媚的周日，我和谭医生终于约好一起去爬山。我说：“你周日不上班真是少有啊！”谭医生笑道：“是啊，我前一段一直周日加班。”我们爬山累了就坐在一块大石头上歇息，看着远处南方的冬天仍旧苍翠的山峰，我说：“老谭，问你一个严肃的问题，你喜欢中医吗？你天天摸脉看病也做不出什么大的成绩，不像人家西医病房整天手术抢救，轰轰烈烈。”谭医生眯了眼看着远方说：“我也不知道怎样才能干出大成绩，我的工作就是波澜不惊、细水长流地天天给病人看病。我有时也希望病人送我一面大锦旗，但这事不能强求，我要真的有这本事，才当之无愧。”说完谭医生给我一个她的经典微笑。我们看着石缝里的小雏菊一时无语，小雏菊娇小的身姿，顽强地在风中摇曳，充满了生命力。

我经常觉得谭医生就像那石缝里的小雏菊，淡定而执着。人淡如菊，淡在荣辱之外，却淡在骨气之内。我把这感受告诉了她，她笑了笑说：“做不了大树，做个小花朵也不错啊！”说完，和我相视而笑。而我的内心却有点心潮起伏，就像珍惜和谭医生的友谊一样，中医这朵传统的秋华在我心中也始终珍视如初，如小雏菊的花语一样，这是一种隐藏在心底的最深沉的爱。

陪护
编外病号的见闻与感悟

◎杨晓敏

2012年年末，生活在北方的姐姐被查出直肠癌，在天津市肿瘤医院做完手术后，2013年3月末只身来到广州做后续的治疗。

我们选择了广州南方医科大学南方医院。这个坐落在白云山脚下，创建于1941年的医院，是第一军医大学的附属医院，是一所部队医院，2004年划归广东省，虽然归地方许多年了，但依然保持着部队那种严谨性和纪律性，是全国百佳医院。虽然医院占地面积很大，但依然觉得拥挤，像极了广州流花火车站。

很幸运，我们住进了病房而不是走廊，病房内有三个病床，另两个病人一个是50多岁，患晚期脑癌的女人，一个是患晚期肝癌、只有十九岁浓眉大眼高大帅气的男孩。

照顾脑癌女人的是她的丈夫，年龄60岁左右，人高马大，不苟言笑，表情严肃，但对病体伶仃的妻子却极细心温柔。他的妻子已瘦得皮包骨卧床不起，大部分时间处于昏睡状态，每次去卫生间都是男人抱着去，偶尔清醒转着头望着男人流泪，此时的男人会像哄孩子一样把她抱在怀里抚摸她的头，亲亲她的额头。一次一个新来的护士给他妻子输液扎血管，那男人弓着腰在旁边帮忙，但是两只手上扎了几次都没成功，男人面红耳赤地训斥着护士，并把她赶走了，然后又气势汹汹地去找护长投诉，护长亲自过来给他妻子打针输液，并更换了护士。第二天，护长带着原来那个护士来向他道歉，小护士流着泪请求他原谅自己，男人有些不安地摆着手说："没关系，已经过去了……"又对护长说："我已经原谅她了，你们如果再为难她，我又要生气了，我生气了就会找你们主任投诉你……"听了这话，小护士、护长和我们在场的其他人都笑了。

慢慢熟悉了，大家也聊聊天，这对夫妻是来自梅州的客家人，妻子患癌一年多了，男人说他们结婚三十多年，妻子非常贤惠，为他生儿育女、耕地种田没享过一天福，自己也从未真正关心过妻子，直到妻子生病才意识到自己是个非常不合格的丈夫，所以妻子来广州住院他不让儿女来，是想给自己一个赎罪的机会，陪妻子度过她人生最后的时光。

那个十九岁的孩子，来自湖南农村，小时候父亲就去世了，初中毕业他跟妈妈一起来广州一个制鞋厂打工，他负责刷胶，我是做化工和安全防护的，自然知道男孩这病的根源，那年月，政府和生产厂家都不重视劳动防护。照顾他的单亲妈妈一脸愁容，经常背着男孩偷偷擦眼泪，男孩自己好像并没意识到什么，身体不痛了，就开心地玩手机还时不时地笑出声来，痛起来手里抓着手机大声呻吟着。

一天中午，男孩睡着了，他妈妈疲惫地坐在床边打着盹，这时科主任和护长走了进来，护长拍了拍女人的肩膀，女人睁开眼睛，见是护长和主任紧张地站了起来结结巴巴地说："我们正在想办法……"不等她说完，护长摆了摆手示意她出去说，不一会，女人回来了，她两眼通红，在卫生间里边洗衣服边啜泣。

第二天一大早女人便出去了，不一会送餐员开始送餐，我们发现这个送餐员是男孩的妈妈，以后的十多天里，这个女人就以钟点工的形式边工作边照顾男孩。后来他们出院回湖南老家了。

几年后从护长那里得知，当时入院时医生们就知道男孩已经治不好了，他肝脏上的肿瘤已经把整个肝脏挤碎了，所以在医院期间都只是做保守治疗，大部分医药费都是科室里的同事捐的，男孩去世后，这个可怜无依的女人便回到南方医院当起了护工。

我很同情肿瘤科的医生，他们很难有工作成就感，别的医生对自己的工作评价叫治愈率，肿瘤科却叫存活率。癌症虽然号称绝症，是世界性的难题，但是病人一个个地死去，就是对自己的否定，挫败感可想而知。常常听他们讲自己治过的癌症病人活了多少多少年，后来是得了其他的病去世的，以此为例鼓励其他癌症病人，也算是对自己医术的一点肯定和心理自慰吧。

我姐姐的直肠癌发现得比较早，在南方医院只是做后续的放疗和化疗。姐姐从小到大都是文体通吃，力量与耐力兼备，大家都叫她"三五电池"（当时最火的广告），原本医生建议她做完放疗再化疗，但她见我陪护她辛苦，又觉得自己身体好，所以要求一起做。事实证明，这是一个错误的决定，十几次下来，姐姐的身体迅速垮了下来，脸色灰暗，行动困难，更糟糕的是，一天拉三四十回肚子排出的都是水，便渣却凝结在一起形成肠梗阻，一向坚强的姐姐已经到了崩溃边缘。面对这种情况，医生似乎也没有更好的办法，还是姐姐自己想起一个老中医说过"空腹喝芝麻油"可助排便。此时也只能试试，果然效果不错，为此，南方医院肿瘤科还专门组织了一次学习。

这之后我也做了一个重大决策：放弃后续的放疗和化疗，找到南方医院中医科的陈宝田教授，让他为姐姐进行中医治疗和调理，八十多岁满头银发的陈教授一番望、闻、问、切后提笔开了个方子递给我们说："你们可以回家调养，这个方子吃三个疗程，每天睡好、吃好，心情放松，可经常去公园散散步。"我去中药房拿药，三十多元一个疗程，三个疗程的药一百零几，便宜得让人怀疑。

回到家里，按陈教授的说法，每天让姐姐喝药、吃饭、睡觉、散步，三个疗程后，姐姐的身体恢复得非常好。从那以后，我对中医不但非常信服，还觉得它很神奇，比如中医里关于人体五脏六腑的十二条经络和720个穴位，它们无形无质，我们的先祖是如何知道的？西药是化学合成物，中药却是取自大自然，处处透着人与自然之间的互动与融合。

中西医谁更好之争由来已久，西医治急，中医治慢，西医就事论事，头痛医头，脚痛医脚，中医则会答非所问，问东施，他从西施讲起，头痛不是头的问题可能是脚的事，脚痛可能是头惹的祸。

广州市中西医结合医院里的那个乾坤八卦图就很好地诠释了中西医的关系：一正一反，正反相扣，一黑一白，黑白相衬，伯仲之间各有所长，相辅相成，没有高下，只有有机地结合起来才相得益彰。我很赞同现在这种中西医相结合的医院的模式，学习研究西医，继承发扬中医，让中西医你中有我，我中有你，真正做到“洋为中用，古为今用”，不拘于学派之争，重在解民众于病痛之中。

生老病死是人生必然的经历，经过几次陪护，让我感叹生命的珍贵与脆弱，看到人类在疾病面前的那种痛苦和无助，从而更深刻地体会到医者不但要注重医术，更要注重对病人的人文关怀，被称为天使的人不仅是人们肉体痛苦的止痛者，更是人们灵魂的摆渡人和救赎者，这才是最高级别的慈悲，也应该是当今医学界追求的最高境界。

疫情暴发时，我的母亲在武汉

（外1篇）

◎成文耀

自从入伍离开家乡湖北，至今近三十年了，我从来没有像现在这样牵挂武汉，揪心武汉，今年的新冠肺炎疫情暴发时，全国的重灾区在湖北，湖北的重灾区在武汉、武汉的重灾区在武昌，而我八十多岁的老母亲在武昌，照顾老母亲的二哥二嫂在武昌，我可爱的侄儿在武昌。由于工作性质所致，我需要轮流值班，除夕或年初必须在工作岗位执勤，是经常性的。转业十余年的我，今年春节好不容易轮到大年二十九值班，大年三十交完班即可休春节假，终于可以见到许久不见的老母亲，一起在二哥家过一个真正迎新春的团聚春节了。早早备好要带回湖北的礼物及年货，和家人一起念着盼着回家的日子，没想到，一场突如其来的疫情让这份日夜企盼转眼成空——1月23日，也就是大年二十九，我值班的当日，武汉因新冠疫情而封城了。

因为第二天就是除夕，上班路上，车辆、人员比平时少了很多，一路顺畅，我的心中却多了份紧迫与凝重。一场疫病，能让一个人口逾千万的城市全封，事态的严重性可想而知。母亲年逾八十，身体羸弱，又身处疫情重灾区，这让我心里充满了担心与焦虑，但作为一名有着26年党龄的老党员，作为一名人民警察，我深知自己的职责所在。所以一到单位，就投入到紧张的防疫与日常工作中。

我在深深的牵挂与自责、悲哀与焦虑中关注每一条有关武汉“新型冠状病毒肺炎”的消息。每天只要一有点空闲时间，我就在《学习强国》、《人民网》、《新浪网》、微信群、朋友圈……不停地翻刷；有时也跟武汉的同学、战友、文友交流“新冠肺炎”的消息，互相鼓励。我们都在心里幻想着奇迹发生，希望武汉只是害了一场小病，希望大武汉真是传说中的千年火凤凰，能够无灾无难度过年年岁岁。一天天忙忙碌碌，每每等终于有了些许空闲时，早已夜幕沉沉。迫不及待，打开视频电话，母亲满是皱纹的脸刚出现在屏幕上时，轻易不流泪的我却有些哽咽。“娘，您还好么？”“娘很好，你安心工作。”“娘，形势非常严峻，我们要全面进行防控。老年人是易感人群，我最担心的就是您，一定要多注意啊！”

大年初一，官网报道：继武汉市封城之后，湖北黄冈、仙桃、赤壁、鄂州、潜江等七个地区封城。陆海空三军医疗队紧急驰援武汉；各省市组织医疗队紧急奔赴武汉。世卫组织代表说：“对一个1000多万人口的大城市封城，千古未有！”我给老母亲打电话拜年，担心她不知疫情严重而防范不够，再三提醒她，全国人民都在配合，儿子单位更是严防死守。所以请她也一定要不出门多洗手。转而看她听说疫情严重，儿子工作紧张而焦急不已，我又尽量平静地假装轻松地哄她：“坚持坚持，再过几天就好了，好了我会赶紧告诉您，等我的好消息。”所幸她耳朵有些背，有些话没听见就在电话里回应我说：“嗯嗯嗯，过年好，过年好。不出门，在家等着你回来。”我心里涩涩的，沉沉的。

二月初，疫情防控工作更加繁重，加班加点是常事，有时好几天，最长一周都没有回家，更加顾不上与母亲视频联系。“娘，不好意思，这两周事情太多，没能好好和您说会儿话，你们在那边不要害怕，要相信党和国家，我们一定能战胜病毒。哎，先不说了，有个紧急会议要开，我去安排一下，您多保重啊！”每当这时，对老母亲除了担忧更多的是愧疚。“娘，那边封闭管理情况怎么样？家里的菜还有吧，您和哥哥嫂子受苦了。居委的工作人员给你们送了菜？太好了！对不起，儿子没能在您身边照顾……”大灾大难面前，老母亲虽识字不多，却深明大义，通情达理。在这千年不遇的冷清的元宵节，没有悬挂的红灯笼，没有凌空燃放的烟花，没有放飞的风筝，没有城市的人头攒动，没有乡村的人来车往。所有的节日意象，都被遣散在昨日的记忆中，都被遣散在今朝的防疫隔离中。

“娘，疫情有所好转，你们都还好吧，一个多月了，我……”“儿子，娘身体好着呢，你二哥他们也都还好，没事，你安心工作，赶紧把全国都防范好了，你也好早点回来看娘。”正午的阳光静静地照耀着大城小巷，忙碌的，抑或静安的身心不知道还要持续多久？立春的节令已经响彻大江南北，春天的气息抚慰每一棵睡眼惺忪的草木，它们已经做好了发芽泛绿的准备，鸟雀跃出窝棚察看人类的动静，人类反常得无影无踪，偌大的园子、偌大的空间没有了人类的熙熙攘攘，鸟雀的身影也显得孤寂不已。

“慈母手中线，游子身上衣。临行密密缝，意恐迟迟归。谁言寸草心，报得三春晖。”儿行千里母担忧，为人父母更懂父母的牵挂，也就更牵挂母亲。时间一天天过去，思念的煎熬也一天甚似一天。在二哥二嫂和侄子的全心照顾下，身在疫区的老母亲和他们都安好，让远在千里之外的我更加有信心全身心地投入工作。虽然不能像白衣天使一样冲锋在抗击疫情的第一线，但也能在基层和自己的岗位上做好我该做的一切。

一转眼，三月来临，虽然武汉的疫情还没结束，城市还未解封，在英雄医护人员舍身忘死的奋斗下，在全武汉、全湖北，乃至全国人民万众一心、众志成城的共同努力下，疫情已经得到了很好的控制。随着形势的好转，母亲对老家的思念也越来越迫切。母亲的眼睛多年前因为青光眼手术拖得晚做已经失明一只，另外一只也害怕强光。疫情期间，二哥说她老人家常常在阳台上一坐半天，呆呆地望着老家的方向，极力想看得更远。老人家念叨着门前的桃树、梅子树、柿子树是否开花，菜园里种的蔬菜是不是早就被杂草淹没？还惦念着让人代养的那几只老母鸡是否挨饿，其实我知道，她更想到去世已经快两年的父亲的坟前走走、看看……

在这场没有硝烟的疫情防控阻击战中，也许我们才能更深地体会家国情怀、患难与共。没有国家的繁荣昌盛，没有人民的和衷共济，没有医护人员的慷慨赴难，没有一方有难八方支援的情怀，谁会是这场战争的幸免者？待疫情过去，生活回归，我们每一个幸免于难的人，都会心存感激，感激驱走病魔的天使，感激大爱无声的勇士，感激我们的城市，感激我们的乡村，感激我们的祖国。

待疫情过去，生活回归，我们一定会在大自然面前谨小慎微，不涂炭生灵，不杀害无辜。对一山一水，一草一木，都怀有敬畏护佑之心。待疫情过去，生活回归，我们把每一个日子都当成节日，盛装出行，不负韶华。就这样，只有这样，也只能是这样，我每天牵挂着武汉的牵挂，揪心着武汉的揪心，焦虑着武汉的焦虑。每天翻看着关于武汉的新闻，为武汉的每一个成功救治者祈福，为奋战在一线的医护工作者感奋，为我湖北的乡亲们，为我的老母亲，为我的哥嫂，为我的侄儿，祈祷：愿你们安好！

没有一个冬天不能逾越，没有一个春天不会到来。武汉，这座拥有3500多年历史，九省通衢的城市，经此一难，经济等各方面影响在所难免。如今，疫情即将散去，树发新绿悄然无息，花叶偷香，春意渐起。此时南方的春天已盛，处处桃红柳绿，春意盎然。未来可期，愿祖国从此再无恙，湖北再奋起，母亲永康健。愿中国千千万万的母亲能沐浴在温暖的阳光下，能如约赏武昌东湖的青山如黛，烟霞似海；看武大珞珈山樱花的繁花满枝，落英缤纷；听汉阳古琴台的高山流水，异鸟时鸣。

忽然，我想有一天，在假日里回去，陪着母亲，回到她心心念念的老家小住，像以往一样，儿孙绕膝，种菜养鸡，与邻居一起晒太阳，聊家常！

冬至日，想起那个难得回去的小村

这三年，不知道大家是否跟我一样，常常在时光流逝中忘了今夕何夕，甚至忘了自己的准确年龄。就像今年，在不知不觉中，冬至又悄然而至。在这一年中最后一个节气里，我突然想起家乡那个难得回去的小村。它还是我记忆里鄂东北大别山下的福田河边那个小山村吗？

当年鲁迅冒了严寒，回到阔别二十余年的故乡。这三年，因为抗疫，算算我回到故乡，应该是前年暑气渐消时的国庆节假日，距离我十八岁弃笔外出从戎，已经三十多年了。鲁迅的名句“不必说……不必说。”在我见到小时候生活的福田河现状之后，油然从内心生起。不必说河面上鲜美的菱角，不必说河底能自己行走的硕大的河蚌，单单是温柔清澈的河水，就足以在我的记忆里鲜活了这么多年。

这是一条自然的河流，北端自大别山南麓流出，南端注进长江支流举水河。每年春、夏、秋三季，我和小伙伴们都会在河里玩耍，从桥上鱼贯跳水，把盆口覆盖上塑料布，留一个手掌大的口，扔进水底，一会儿捞上来，就有大大小小的不少鱼虾……福田河，承载了太多我们童年时的愉快记忆。如今的小村里，我儿时的玩伴已很难找到，他们和我一样，几十年来在外地谋生，抑或在城里安家。为数不多的老人和孩子，现在是这个小村里的主要成员。

鄂东北大别山区里一个普普通通的村庄，它叫西冲凹。因为我至今是这个村庄唯一一个考取军校谋生的人，很是让老人们骄傲了一阵子。如今也有了研究生等学历的学生，估计也都在外谋生了吧。散落在外地的小伙伴们，还记得那些往事吗？每年过年，我们满村去捡那些未燃响的炮仗，披一个棉袄，拿一把手电，熬一个通宵；到处找那种树叉，想尽办法做成弹弓，邀约一起去山上打鸟；后来你们有了铁环，有了象棋，而我，后来只有一本一本的书……

世事变迁，沧海桑田，很多人都有一个回不去的小村。唯有美，终不离弃。书田菽粟饶真味，心底芝兰有异香。天气好的时候，在寂静的村头，可以隐隐看见远处的护儿山顶。远远的一抹，就像淡花青悠闲的笔触。从乡村到城市，从书本到生活，从拿得起到放得下。美是形式，又不止于形式。宛若有石投进心底平静的湖面，你青涩，你成熟，你入世，你佛系，都会泛起圈圈涟漪。

江畔何人初见月，江月何年初照人。有人问我为啥愿意养兰草。春兰兮秋菊，常务绝兮终古。我不敢以屈子自况，然与子，心有戚戚。大自然按照自己的法则运行着，这叫天幕。你触手可及，触目可视，这叫红尘。

你再不来，我就要下雪了。初冬的大别山南麓，小时候不觉得美，而现在每每回去，看着它美丽的景色都挪不动脚步了。那橙黄的果树叶，粉白的茅草穗，无一不牵引着视线。红枫在高处换装，芦苇在低地摇曳，仿佛都在向路人展示最美的自己。

去爬村旁的小山，一路落叶，铺在慢行小径上，颇有“花径不曾缘客扫，蓬门今始为君开”的诗意。如果说春天的色彩在于艳丽，在于热闹，在于顽皮，在于生机盎然；晚秋初冬的色彩，就在于沉稳，在于清高，在于持重，在于功成名就。功成名就是悲壮的。刘禹锡所谓“便引诗情到碧霄”也是在这之前，显得好胜了一点。从村前的小山一路往上爬，是高高低低的悲壮乐章，乔木站得峥嵘，灌木枝叶倔强，宛如一曲埙，幽怨里自有不屈。

我该如何向你介绍大别山南麓呢？李白“三山半落青天外，二水中分白鹭洲”；张志和“清箬笠，绿蓑衣，斜风细雨不须归”；李清照“知否，知否，应是绿肥红瘦”都在这个山里了。

如果你来福田河，我会带着你去看护儿山，纯阳山，大峡谷，大旗山水库，菊花展，还有千年银杏树，等等。“呦呦鹿鸣，食野之苹，我有嘉宾，鼓瑟吹笙。”“蒹葭苍苍，白露为霜，所谓伊人，在水一方。”

木心说：你再不来，我就要下雪了。冬至已至，春尚远否？即便眼前百般磨难，也许等待你的正是人生中的春天！

书籍雕刻师

◎刘媛媛

“我爱阅读，阅读使我快乐！”朗朗的声音传来，一位皮肤黝黑的少年进入手机镜头里。原来，这是新华二小的刘海辰同学受花都区教育局推荐，在录制一个推荐好书的视频，以此参加广州电视台一个公益读书节目的面试环节。

拍摄这个视频的任务主要落在了我身上，没错，我是刘海辰的妈妈。我想，海辰能够获得这次面试的机会，并且作为全区的代表进入复试，跟他热爱阅读、喜欢写作，尤其是写诗，是分不开的。

回想起儿子呱呱落地时的情形，我时时刻刻都被初为人母的巨大喜悦包围着。那时是母乳喂养，给孩子喂奶时，我还不忘拿着手机，看着里面的文字，给儿子读王阳明的心学。自己对书的内容是一知半解的，儿子更是一无所知。但那种紧密联系在一起的美妙感觉，至今令人回味，这也算是我对儿子读书最初的启蒙了吧。

真正开启亲子共读，是儿子两岁多的时候。我买了大量的绘本回家，一本一本读给他听。每当这个时候，他都会特别专注地望着我和书本，眼里充满了好奇和幸福，真是非常甜蜜的时光。通过这种方式，在读小学之前，他已经认识了不少字，一些简单的书也能自己看了。但那时他还是喜欢我读给他听，也许，他也喜欢这种亲密时光。

儿子上小学后，亲子共读仍在延续。不过，现在不是我读给他听，而是我们各自拿着各自的书，在同一个空间里独立阅读。每天睡前的半小时，就是我们雷打不动的阅读时间。虽然每天的时间不长，但积少成多，而且这种仪式感，使家庭中的每个人都得到了滋养。

说起书的选择，我把很大的自主权交给了孩子。除了阅读学校规定的课外书单外，我还会找一些课外推荐书目给孩子看，让他从中选择他最感兴趣的书，然后买回来给他看。一开始，他会选择一些带有插图的书，例如《寻宝记系列》，后来就偏向于看全文字的书了。他的涉猎面很广，有历史类的《吴姐姐讲历史故事》、有科幻类的《刘慈欣科幻小说集》、有科普类的《植物知道生命的答案》、有推理类的《我的老师是侦探》、有文学类的名著《水浒传》《三国演义》《西游记》，还有开阔眼界的《少年》杂志……只要是他选的书，我们都大力支持，而这种可以自己选择的自主性，也给了他动力和内驱力，让他很自觉地去看完自己选的书。

读万卷书，行万里路。要让一个孩子开阔眼界，除了读书，我们还喜欢带他去旅游。上个暑假，我们一家人就去了广东阳江和湖南湘西旅游。回来后，我和儿子每人各写了8篇游记，发表在“美篇”App上，每篇都有一千人以上的阅读量。儿子的游记从一开始的三百多字，到后来的八百多字、一千多字、两千字，越写越长，而他的文笔自然、生动，还不乏一些小趣事的描写，令文章有趣、可读，收获了许多好评。这种生动的文笔跟他热爱阅读是分不开的，而读者对他的夸奖和认可，又激励了他更加热爱阅读和写作。

有人说：“孩子是父母的复印件。”我觉得虽说不能复制出完全一模一样的样子，但父母的言行举止和家庭氛围，对一个孩子的影响绝对是巨大的。我和先生都是文学爱好者，我先生出版了三本书——诗集《酸酸的葡萄》、纪实文学集《哼哼人生》、散文集《准爸爸候产记》；而我因为对旅游和文学的热爱，坚持每次出游回来都写游记，也出版了游记散文集《随风走走》。在这种家庭氛围的影响下，儿子自然而然地也喜欢上了文学。

儿子对文学的喜爱，还体现在喜欢作诗上。这是他的最新诗作——《月》：

月亮讨厌太阳
讨厌
太阳比它更加光亮
它不知道
是太阳
给了它光亮

我很喜欢这首小诗，既有科学知识，又有哲学道理。海辰从二年级的时候开始写诗，到现在陆陆续续也写了十来首了，这些诗歌都是从对书籍的阅读和对生活的感悟中开出的花朵。每当他灵感来了，写出一首小诗时，我们就会大大地称赞他、鼓励他，还会帮他投稿。如今，他的诗歌和文章已经陆续发表在《作家文苑》《湛江科技报》《花都文学》《今日花都》《小主人报》等报纸和杂志上，这给了他极大的信心，让他有更大的热情去继续阅读和写作。

对于一个孩子阅读的引导，在我看来，一是以身作则，二是给孩子一定的自由，三是大力支持。如今，这个皮肤黝黑的少年善良、懂礼貌、爱学习、做事自觉、会关心人……我想，在人生的旅途中，阅读不光是一种放松身心的娱乐，也不光是打发时间的消遣，它更是一个人的心灵伴侣，是人生的导师和挚友。书籍如同一位伟大的雕刻师，精雕细琢出一个人灵魂的模样。

梦里蕉风分外香（外1篇）

◎谢穗玉

在岭南，在广州，在花都，有一种植物很常见，粤语称之为“蕉仔”。“蕉仔”是一个统称，包括大蕉（虎皮蕉）、粉蕉和香蕉。顾名思义，有“仔”的“蕉”才叫“蕉仔”，这个和诗文中所写的“种了芭蕉还怨芭蕉”中不结果的“芭蕉”是两回事。

在我的家乡花城街大华村，“蕉仔”非常“粗生”：村前村后，房前屋后， 只要有一点点地方，蕉树便扎根于那一方泥土，并且一变二、二变三地长成一个小小的蕉林。我居住的小村庄，村前池塘边有蕉仔林，村后挨着竹林也长有蕉林，外公家门口葡萄架对开的两座房子已经倒塌的宅基地上也长了两片蕉林，紧挨着我家的三舅舅家房子建成前也有几棵焦仔……我们住的地方都被蕉树环绕，真的可谓是“开门见蕉”了。

正因为蕉仔的常见，我们小时候玩的游戏便有不少和蕉仔相关。蕉叶的柄比较粗大，而且质地很软，很容易割下来，我们便拿它来做“哔叭仔”：在蕉柄的背面用小刀从头到尾按顺序割起一个约三平方厘米大的小方片，小方片的底部是和蕉柄相连的，而把另一边掀起，让一个个小方片竖着排成一列，玩的时候用手从上到下用力一捋，一个个小方片就像“多米诺骨牌效应”一样，依次打在叶柄上，发出连贯的好听的“哔叭”声。这就是这个玩具叫作“哔叭仔”的由来。“哔叭仔”玩腻了，我们就在蕉叶里找乐子。蕉叶的中间部分是卷成一个“啤”的形状的，我们中的大小孩就把它摘了下来，把那个“啤”形的叶子一层层展开，通常里面会有一条肥肥胖胖，呆头呆脑，身上还披着一层薄薄的白色粉末的虫子。大小孩们就拿着它，把那个像极了杯盖形状的略微带点褐色的头朝上，并对着那个头喊“拧东”，那头便转向东面，又对着那头喊“拧西”，那头便转向西面，围观的我们看到那虫子“听话”的呆萌样子，便忍不住哈哈大笑。当然，蕉仔那宽大的叶片，在我们没带雨衣雨伞和草帽而被困雨中归家不得的情况下，便自然成了最佳的雨具了。一片蕉仔叶下面可以站两三个小孩。蕉仔叶宽大平顺，没有异味，有的时候没有找到粽叶，人们也会用蕉仔叶来裹粽子。蕉叶当然也可以用来代替荷叶，用来包裹热剂（糍粑）或者做笼仔蒸点心的衬垫。

村后的蕉林挨着竹林生长，树形也长得比较高，是俗称“大蕉”的品种。蕉林和竹林下面有一户人家，男人是铁路上的，所以有工资，八十年代初他们家就买了电视机，是我们村最早买电视机的人家。他们家有三个小孩，年纪都比我大，最小的比我大四岁，但是和他们家孩子的年龄差距并不妨碍我常常到他们家“蹭”电视看。傍晚放学后，天还没擦黑，他们家电视便准时播放动画片《星仔走天涯》，我便和女主人打声招呼，走进他们家大厅拿张小椅子坐在电视机前观看。那部电视的情节我现在已经全然忘记了，但是主题歌的歌词却还记得：“落雨不怕，落雪也不怕，就算寒冷大风雪落下……”歌词和音乐让人感到小主人公的形象在凄苦中平添几分坚毅。每次看完电视，迈出这户人家的大门时，迎面就是翠绿的蕉仔林和竹林，我有时听到叶子发出沙沙的声音，有时还会呆看它们站在夕阳的斜照里。蕉仔树像战士般环绕拱卫着我们这条小村庄的形象常常和星仔大步流星地奔跑于风雪里不住追寻的形象叠印在一起，出现在我的脑海里。因了这种印记，我的人生便仿佛披上了一层顽强的底色——那就是要像蕉仔一样，给点泥土水分和阳光空气就努力生长；也要像星仔一样，为梦想不住地追寻。

村前的蕉林树形比较矮小，长在池塘的边上。在我们岭南，我们广州，我们花县，几乎每条村前面都有一个风水塘，是村子“藏风聚气”的地方。我们村前池塘边上长的蕉林严格来说不能叫林，而是一两棵或三三两两地和一些柿子树，柚子树，苦楝树，石榴树以及蕉芋间杂着长在一起的，村子前面一排房子的宽度有多长，这溜树就长了多长的距离。而在这些树的靠村庄房舍的一边则是一列用泥砖、石头和瓦片建成的矮小的“猪陆”（花县话，即猪圈），和村后竹林和蕉林北面那一列“猪陆”一样，是村民们养猪增加一点收入的地方。说起养猪，我依稀记得，猪不仅吃番薯藤和菜帮子，米糠等混合煮成的“猪粥”（即猪食），也吃人们砍下来的蕉仔树（树干），蕉仔（果实）和蕉仔花。所以说蕉仔全身都是宝。

广州近海，我们花县也经常打台风，台风又经常裹挟着大雨而来。八十年代，我的外公、大舅舅、二舅舅和三舅舅都承包了鱼塘，而鱼塘的塘坝上则全都种有香蕉。台风来了，香蕉便经常会被吹打得倒伏一片。有时候大风大雨的天气，深夜，大人们都去田里地里抢种抢收了，我作为小孩子呆在外婆家里，正昏昏欲睡之际，忽然见外婆打开大门，外公穿着雨衣，戴着斗笠，肩上扛着一大托青皮香蕉出现在门口，雨水顺着他的头、肩、手、脚往下流，蕉仔皮在灯光下也泛着白光。“少年不识愁滋味”，台风天气，是大人们最愁的时候，却是我们少年最快乐的时候。因为抢收回来的蕉仔卖不完，外婆便把它们放在米缸里沤熟了，偶尔拿些出来给我们吃。在我们，最快乐的还不是吃，而是玩。大风大雨的天气，尤其是发“龙舟水”的时候，鱼塘里的水经常漫过塘基，一直灌进村庄的巷子里，各种鱼虾便在巷子灌水形成的“河道”里蹦跳游走，我们小孩子便欢蹦乱跳地跟着大人们用“娇”（网兜）、盆、勺子、桶，甚至徒手去抓鱼。走在巷子的“河”里，我的脚和小腿常常感到鱼儿们的撞击。这时的鱼儿不知道是不是因为缺氧，很容易抓到——有鳊鱼、鲩鱼、非洲鲫、塘鲺等，虾儿也很多！大舅舅在京广线沙海荔枝垦那边有鱼塘，我有时候没事会到那边闲逛，找那些漂亮的“车路花”——长在火车路边的圳仔斜坡上的木芙蓉和夹竹桃，我们当时并不晓得那些花叫什么名字，就觉得开得灿烂，也很鲜艳，所以很喜欢摘来玩。在塘坝上劳作的晒得黝黑的大舅舅见到我，便会叫我快点回家（当时我并不知道在火车路边闲逛也是有危险的），有时候会拿一两只树上熟的蕉仔给我吃，这是我记忆中大舅舅最初对我的慈爱了。可惜因为长年辛苦劳作，他刚过六十岁生日就因病去世，那时候我才参加工作不久，还来不及请他饮一餐茶。（广式“饮茶”指一边喝茶一边吃点心。）

我们村子前后左右都有稻田、菜园、竹林和各种树，所以鸟类也是常有的，傍晚时分就经常可以听到村西边的竹林和菜园里传来斑鸠的叫声："咕咕咕——咕！"当然，出现得更多的是麻雀。它们几乎天天都翩然地落到外婆门前葡萄架外面的空地上觅食，一会儿又飘飘然潇洒地飞走。那片空地边上便是一片蕉林。有一天，我却在葡萄架下捡到了一只麻雀，它飞不起来了，眼睛哀哀地看着我。我一看，原来是腿部和躯体交界处受伤了，正流着血呢——可能是被气枪打的。我把它捡起来，用万花油和棉花给它涂抹包裹伤口，再拿来些米饭和水给它吃喝，一边听"古仔"一边照顾它。可是，无论我怎么小心照看，它最后还是死了。我只好找来一只火柴盒（那时候还没有煤气，家家户户烧柴草，火柴是必备的用品），盒子底下放一片"布碎"（零碎的布片），再把麻雀放进去。火柴盒恰好可以装下这只麻雀，就像是它的小棺材。我们家八十年代中期在村西边建了一小间红砖屋，那是我们的新屋，还有一半宅基地没钱建，空在那里，泥地里还栽了几棵小蕉树。我便把装有小麻雀的火柴盒拿到那里的一棵蕉树旁边，用一根树枝掘了一个小坑，把麻雀埋了进去。可怜的小麻雀陪伴了我几天，虽然最终还是死了，却永远活在我记忆中——那是关于恻隐之心的最早记忆，连同埋它的那棵很小很小的蕉仔树一起，都封存在我的脑海里。

时光飞逝，一眨眼便过了三十多年，我们花县也成了花都区，我们的村现在是城中村，我们家的红砖屋几年前也因为兴建轻轨被征拆了。世间潮流几度变迁，几多古老又变时兴？当我在恩宁路的广州粤剧博物馆附近见到一丛蕉仔树以及树上熟的一梳蕉仔；当我见到花都大道边上的杨屋村开了一家叫作"蕉仔一号"的园林酒家，我那关于蕉树的梦幻般的记忆画卷又打开了——梦里蕉风分外香！

缱绻星空下

——闲话七八十年代花县一家人的浪漫夜间生活

"那时候从外地来花县谈婚，可以看看电影，看看打球，已经算是浪漫的了。"——二舅母和我谈起七十年代中到花县来和二舅父谈恋爱，话语间也充满了喜悦和满足，她用了"浪漫"一词，我感到很适合我要谈的四十多年前我们一家人在花县的夜生活。就把它作为本文的核心词了。

二舅母七十年代经亲戚介绍和我二舅父认识，书信往来一年多后利用农闲时间来花县和二舅父见了几次面。白天不是忙碌就是人来人往，晚上也没有什么娱乐活动，也没什么地方可以去，多亏了我们村在京广铁路旁，他们的恋爱经历就比一般人略微丰富些：他们在刚过了火车的发烫路轨上铺上一片芭蕉叶或者报纸就可以坐一个晚上——吹吹风，聊聊天，谈谈心，远远看到火车的车灯照过来了，就下到路基上，火车过了又坐上去。那时候三华水仙庙偶尔会做大戏，二舅父又领着二舅母去看。他还会和村里的伟叔仔（我叫伟舅父），二舅父三华和大华的同学一起，晚上下班后带上二舅母（当年还是未婚妻）去新华体育馆看篮球赛——那是1974年前后的事情了。

在二舅母的描述中，他们最浪漫的事情是1975年正月十几（新历二月初）的时候，去新华电影院看了一场电影《闪闪的红星》。在企业上班的二舅父一年赚的公分到手才两元钱左右，但是那年他舍得花一两毫纸买票和二舅母去看一场电影，这本身就是一件很浪漫的事了。从企业下班，他俩连晚饭都没吃，就由二舅父骑着自行车，沿京广铁路四十公分宽的水泥路基一直往新华的方向骑去。那个水泥路基就十来公分厚，是铁路方面为了防止垫路轨的石子滑落到车路边的小河涌里而建的，并不是为了车走人行的。但是住在铁路沿线的村民们却都把它利用起来了，不仅车走人行，有的时候还赶牛、赶鸭子、赶鹅在上面走过。二舅父的自行车并没有车灯，他们也没有带电筒，只是靠一双手抓稳车把，一双眼盯着前路，还有一双长腿在车倾斜的时候放到地面来支撑，这样在四十公分宽的路基上闪过散落的石子，顶着不时由远而近呼啸而至的火车刺眼的车头灯强光，顶着火车擦身而过的强烈气流冲击，还有震耳欲聋的汽笛尖叫声和车轮轰鸣声，向心中的快乐目的地——新华电影院进发。那时正是开春时节，车路两旁高大的马尾松树外面，全是大华村和三华村的大片麦子地和整理好了的点花生的地。

我小时候因为住房空间不足，跟着姨姐仔还有村里的两三个姨姐（姨姐仔的好朋友们）一起住在外婆用来存放稻草的一间平房里。和草屋仅一墙之隔的地方是一个牛棚，养着帮外公耕田的一头老牛。高中毕业的姨姐仔暂时在村里的花场工作。冬天的晚上有时候很冷，她便和姐妹们花两毫纸（两角钱）买了俗称“牛绳”的小麻花，打两个鸡蛋，用火水炉和锑煲在草屋门口的屋檐下煮“牛绳”鸡蛋糖水。我往往会在睡梦中闻到香味醒来，姨姐仔便也分一碗给我吃。在寒星闪闪的夜空下吃鸡蛋“牛绳”糖水，一边呵着气，一边嘴里冒着烟，一边还看到旁边牛棚里那头老牛在草屋照进去的昏黄灯影下慢悠悠地嚼着东西——直到后来读初中上了生物课，我才知道那是牛在反刍。我们在咀嚼，牛也在咀嚼，在那宁静的冬夜，星星像钻石一样闪亮，屋后的竹林发出“沙沙”的声音，身边还会不时飘落几片竹叶。现在回想起来，这是一种多么有趣的经历呀！

大概是为了方便第二天到新街车站赶坐火车到广州看望嫲嫲，当年在县副食厂工作的父亲，有时候会在晚上带我去厂里。坐在自行车“书尾架”上，我看着从兴华村通往新街的笔直的机耕路边绿油油的三华村的稻田，还有田里偶尔一两盏发着紫莹莹、蓝幽幽的光的大型飞蛾诱杀器，闻着稻叶和稻花的清香，听着田里、圳仔里的淙淙流水声，心都要醉了。清风徐来，花香满怀，这样的夜晚，怎不叫人迷恋？

从三华村机耕路到工业大道新街工厂区交界处有一个农科站，就在机耕路的东边。走过一条跨在圳仔水闸上的小桥，进到里面有一个小小的院子，院子里养着一笼兔子。父亲的知青同学在这里工作，我叫他张叔叔，住在院子东边的小房子里。要是经过农科站时天色还没全黑，父亲就会带我进去，和张叔叔说说话，拿蔬菜喂喂那笼兔子。天黑了我们就过门而不入了。

县副食厂在新街东路一号，附近还有水泥厂、砖厂等企业。睡在宿舍里半夜醒来，透过玻璃窗向外望去，我会看到远处厂区里的大烟囱在冒烟，听到机器隆隆运作的声音，还能嗅到从楼道外面飘进来的豆香——副食厂的车间在做豆腐了。这时，蒸酒车间的锅炉也一定烧得很旺，因为临睡前我才到过那里，看到工人正往炉膛里铲煤。

七十年代末、八十年代初，没有空调，也没有电风扇，夏天夜里太热睡不着怎么办？我们家族的人真的可谓是“聚族而居”，一条巷子从北往南分别住着外公外婆家（舅父仔和姨姐仔未婚，和两老一起住），我家，二舅父家，四舅父家，三舅父家。晚饭后，我们都会在外公家门口葡萄架下的石dum（即石凳）上坐着，拿把大葵扇，边扇蚊子边乘凉，聊些家长里短。小孩子要是撑不住，在凉凉的石dum（即石凳）或者外公用水泥红砖砌成的长椅子上睡着了，大人们便会轻手轻脚地把他们抱回屋子里睡。我们家有两块打禾用的禾石dum（即石凳），是太公那一辈就有的，究竟传了几代人也不知道了。原来在三舅父翻盖新房子前的旧屋做过“水脚”，后来给我们几个小孩子当床来睡。夏日炎炎躺在上面，身体里的热气会通过石头的传导散发出去，同时能感受到石头传到人体里的丝丝凉意，真的太舒服了！我经常会在上面睡到口水长流而不自知。

在天色清朗的夏夜，我们也曾上到三舅父房子倒水泥面的楼顶上，打开带上来的席子，如果有蚊子就撑开一床蚊帐，没蚊子蚊帐也不用，就这样幕天席地地睡觉。凉风习习，漫天星斗，房子南边的池塘里有鱼儿跃出水面又掉回水里的“打枕”声，池塘南边大片田园里有蛙声，还有一闪而过的一点淡淡的绿光——那是萤火虫的身影。房子南边的池塘周围满栽着龙眼树、柿子树、苦楝树、石榴树、金山芋、美人蕉……各种植物的天然香气随南风袭来，清新怡人，伴我进入甜甜的梦乡。

“古诗十九首”的《行行重行行》里有一句 ：“胡马依北风，越鸟巢南枝”，意思是说，动物也有怀念乡土的本能表现，何况是人呢？所以我也要说，缱绻星空下，难忘旧家园！

花都的花（外1篇）

◎雷慕辉

花都一年四季都有花。

公历1月初，人民公园的玫瑰就开了，红、黄、白、粉红、白间红5种颜色，鲜嫩的花瓣，翠绿的叶子，经过的人都忍不住停下来看一看，扬起鼻子闻一闻。

桂花也开了，印象中桂花是秋天开，歌中也唱道“八月桂花遍地开”。但花都的桂花1月就开了，细细的花朵，淡淡的香气，轻吸一缕，心旷神怡。

区政府大楼后面的小树林里隐着几株巴西野牡丹，紫色的花瓣，高贵，孤傲，因为只有稀疏的几棵，又略有不被人识的冷清。

到了2月，油菜花便开了，赏油菜花自然得去红山村，红山村很小，山脚下几栋小白楼，村前便是锦缎般大片油菜。油菜花开起来亲和，纯朴，泥土气息浓，会让人想到居家过日子，想到油盐酱醋茶，想到炊烟袅袅，鸡犬相闻。油菜花盛开时节，红山村游人如织，小道上，太阳伞五颜六色，风姿绰约，花丛间，蜂飞蝶舞，嗡嗡营营。徜徉在乡间田野，享受着和风拂面，蓝空如洗，美景如斯，夫复何求。

3月最热闹了，木棉花是当仁不让的主角，高大，奔放，不掩饰，不造作。路中央、大楼旁、庭院里，到处挺着木棉伟岸的身姿，到处响着他火红的号角。除了木棉，紫荆也不示弱，花都的紫荆多是宫粉紫荆，宫粉二字，让人浮想，“粉黛三千春对镜，银波万顷晓凝脂”。红，红而不艳，白，白里含娇，难怪香港要把紫荆花作为标志了。还有黄花风铃，竹洞村的道路边，山坡上，风铃浪一样扑过来，心悸，目眩，令人微醺。高大自然占优势，低矮也不逊色，三角梅的红色宣言，涂在路边，洒在公园，挂在走廊。杜鹃、角堇、醉蝶花、碧冬茄、三色堇，一哄而上，不等你方唱罢就齐登场了，热闹。

4月有几种很有意思的花，一种是巴西鸢尾，开的时间有意思，前几天还是花苞，一不留神，猛然间悉数绽开，跟人捉迷藏一样。第二天花不见了，地下却不见落花的痕迹，正诧异莫名，过一天又开了起来，让人魂牵梦绕，捉摸不透。一种是狗芽花，名字有意思，一看到就想到摇头摆尾的小狗，白白的牙齿，难怪叫狗牙花。还有一种是红千层，是样子有意思。马鞍山公园西边入口，一方漂着睡莲的池塘旁边，就有几株红千层，像极了中学实验课上的试管刷，红红的，又圆又长，让人忍不住想拿个试管来刷一下。除了几种有意思的花，天贵路的双荚决明、四季海棠、黄蝉，花都湖的夹竹桃、映山红、水石榕、红花玉芙蓉，争奇斗艳，令人流连。

5月当然是紫薇花的天下了，连凤凰花都不是对手。紫薇在古代是帝王之象，紫薇花开起来自然雍容华贵，气度不凡。紫薇路上紫薇花最多，红的，紫的，层层叠叠，绵延不绝，如皇家出行，仪仗森列，旌旗招展，仙乐喧天。从花下经过，不由不激动，感叹。红日一轮出云海，万山红遍作和声，谁不慑于紫薇的气魄，谁不浸于紫薇的气场。

紫薇不仅统治了5月，6月、7月也是她的势力范围，千日红、百日菊、蓝猪耳，对她俯首帖耳，甘作臣民。到了8月，紫薇终于结籽让位，丰花月季、双荚决明、万寿菊次第登场，总觉不够热烈，氛围不够浓厚。

平静，等待，直到10月，终于，金蒲桃、美丽木棉让人精神一振，心旌摇荡。金蒲桃花色粉黄可人，花丝娇嫩欲滴，开起来像一个个粉嘟嘟的绒球，满树金黄，吹弹可破。天贵路，海豚俱乐部附近，马路中间的隔离带上就有金蒲桃，不单有金蒲桃，还有鸡冠刺桐、火焰树，小小地段，堆金砌银，隐翠藏娇，殊为难得。

美丽木棉在花都随处可见，树形虽没有木棉雄壮，花朵颜色没有木棉浓烈，但娇柔可人处远胜木棉。如果说木棉是花中英雄，美丽木棉就是花之美人，木棉是西楚霸王，美丽木棉就是军中虞姬，各有特点，各擅其美。

11月有万寿菊、千日红，12月有龙船花、红粉扑花，但相较金蒲桃和美丽木棉来说，只能算是陪衬了。

故乡的雪

天早冲是一个30多户人家的小村子，一下起雪来，村后的小山，村前的池塘、稻田，田间的路上，家家户户的屋顶，都让一床厚厚的白絮被盖住了。

早上起来，母亲在茶籽壳的浓烟中一面生火炉一面咳嗽，我穿上衣服往外跑，母亲在后面叮嘱：别耍雪呀，天冷。

天地全是白的，屋前的晒谷坪上印着自家黄狗的几行脚印。鸡都在屋前的角落里挤成一堆，有时一阵风吹过，掀起了鸡身上的几片羽毛，大家又往里挤一挤，咕咕地叫几声。

爷爷从屋里端出一盆洗脸水放到厅屋的地面上，热气冒个不停。好雪，明年是个好年成，爷爷说。

村里水井要经过几丘田，过一座小河上的桥，再过几丘田。早上挑水的人都缩着脖子，一只手挽着钩筲，另一只手插在口袋里，脚下是一串长长的脚印，一头连着各自的家门，一头连着冒热气的四方水井。

叔父挎着鸟铳，带着他家的花狗从门前急急忙忙地经过，“侄儿子，打野兔去。”“不去，我的解放鞋会陷到雪里的。”叔父又急急忙忙地走了。

屋檐下挂着一串一串的冰凌子，几个小孩正拿着长长的竹杆在敲，另外几个拿着斗笠在底下接，接到了就放到嘴里惊叫：好凉呀，好凉。我也过去吃了一根，真的好凉。

对面山上枣树伸着瘦瘦的白色枝条，这里一簇那里一簇在风里抖着。茅草都不见了，只偶尔从雪下伸出几根，也在风里抖着。太阳从山后面升起，红红的，冷冷的。屋前冬水田里的冰凌泛起了金光，冰凌里有的夹杂着隔年的稻草。拎起一根带冰的稻草往田里甩，哗啦一声，冰凌碎裂，碎片在冰面上四散滑开。

屋顶上的炊烟一家一家地升起，白的雪，青的烟，梦一样飘在我的童年，飘在遥远的故乡。

再回西安

◎蔡芸芸

还记得青春年少时在大雁塔留下的那张青涩的照片。彼时没有到过兵马俑，这些年总不免有些遗憾。因为这份遗憾，这个“五一”，我决定重回西安。

年轻时到访，对厚重的文化底蕴理解得并没有那么透彻。年纪稍长，看事情的角度也发生了变化。这场说走就走的旅行，让我的心灵和情感受到了强烈的冲击。这种冲击，是多方面的。

在秦始皇兵马俑，我被推着挤着在人群里翻滚，没有任何缝隙。不知道怎么就被挤到了边上，突然看到了一眼坑里的兵马俑，这是一种一眼万年的感觉，枭雄沉睡，如此气势磅礴的兵马俑突然涌入眼球，心里充满了敬畏。那是千辛万苦在人海中的遇见，穿越两千余年，我们终于相见。只此一眼，就觉满足……

在华清池，依旧是人挨着人。在这里，在骊山脚下，李隆基与杨玉环的爱情故事曾在这里上演，他们恐怕不会想到，他们曾经泡澡的汤池会在今天被如此多的群众参观。张学良、杨虎城对蒋介石的“兵谏”也发生于此，还有1200年前的那棵古树依旧繁盛，厚重的历史总是让人觉得深刻……

在大唐不夜城，处处是穿着唐装的小姐姐们，她们把自己打扮成千年前的模样，以这种方式回望凝视着历史，行走于大雁塔下。而大雁塔呢，则一直伫立在那里，看人来人往，看沧海桑田，不管世事如何变幻，还是人间忽晚、山河已秋，它依旧在喧嚣中保持淡定……

在明城墙上，威武和巍峨、气势和力量扑面而来。我想，西安的市民是幸福的，他们在上下班途中抬头皆可见到这些历史和遗迹，在古往今来的时光交错中浸润滋养着思想和灵魂。导游告诉我，西安明城墙顶宽为12～14米，底宽15～18米，高16米，全长13.74公里。明城墙是一个等腰梯形的形制，西门安定门，北门安远门，东门长乐门，南门永宁门。 四座城门各取一个字，为长安永定 。又长知识了。

自古华山一条道。行程的第三天，我来到了华山，凌晨四点半起身，五点半摸着擦亮的微光出发，但是做喜欢的事情，对未来有期待，就算艰辛也是快乐的。只要一直往前走，微光终将成为曙光。一路上听着耳机中关于华山的一切，白居易笔下的渭水绿溶溶，华山青崇崇是华山；李白笔下的西岳峥嵘何壮哉，黄河如丝天际来是华山；秦始皇嬴政等历代君主都曾在此祭祀，从此，华山名声大噪。金庸先生的华山论剑更是让众多武侠迷们痴迷不已。华山之游，果然非同凡响、不虚此行。华山险峻，爬华山是对耐心和体力的双重考验。相较于泰山、庐山、黄山，我更喜欢华山的美。华山之美，美在独特、美在大气。尤其在华山的东峰，那种霸气的美不容辩论，立刻被深深地吸引，那种被征服的感觉让人感到十分震撼。华山，值得一游！

来之前，别人说，恰逢“五一”，估计我是来看人的，这句话对也不对。准确地来说，我是在人群中看景，只要心境安宁，其实，人也是景的一部分……

西安是一座古城，也是一座有生活气息的城市。在永兴坊、在回民街，香气四溢、唇齿留香的美食时刻冲击着我的味蕾；穿越古城墙里的小巷子，三五成群的大叔们在树角下棋，他们十分认真地争论着、比划着。他们是热爱生活的人，他们对生活的这份态度让我觉得平凡也挺好的……西安博物馆解说员精彩的讲解，让我领略到周礼秦制汉风唐韵的魅力，这些朝代都曾建都于此，这是来自巍巍大中华的声音……

再回西安，对这座古城我有了更深刻的理解，这份深刻和浑厚让我也得到了提升，思想有所升华，爱上一座城，原因大概如此，肤浅华丽的事物也许只能欢喜一时，唯有浑厚而浓烈的事物才能许人以荡气回肠。

人山人海的“五一”并没有让我觉得聒噪，这种感觉也许是古城的淡定带给我的，细水流年、繁华落幕，一切归简。任何时候，不要丢失本真。那就带着这份来自西安的美好回忆，有力量地坚定地一路走下去吧。

思念的雪

◎杨彩霞

2023年的新春慢慢在轰天的炮竹声中递进，还有三天就是元宵节了，街道、公园、闹市，早早张灯结彩，披红挂绿，到处人头涌涌，热闹非常。扳指一算，也好久没带孩子出去活动活动了。小女儿提议，元宵节一家人去看新上映的《流浪地球2》，一来想着没几天他们就要离家上学了，疫情三年，宅在家里也确实闷得有点慌，二来听说此片票房甚高，朋友圈都在晒好评，生活总要有仪式感，马上安排。期待是一件愉悦的事情，只等温馨的合家欢如期而至。

谁料好事多磨，正月十三早上八点，老父亲突然急电，说祖母晨间气若游丝，生命垂危，恐怕撑不下去了，希望我们姐妹尽快赶回去见她最后一面。我心里咯噔一下，悲伤的浪潮排山倒海，心如刀割。仓促间，稍作安排，便全家驱车百里直往娘家的方向赶。"祖母，等我回来"，我喃喃自语，焦燥的心诚惶诚恐，望着前方滚滚不断的车流手足无措，恨不得插上双翼飞到祖母的身边。谁想车行半路，便再次接到父亲电话，说祖母已停止呼吸，驾鹤西去。一阵悲凉迅速袭遍全身，绝望如等候审判的人，却在突然间被直接宣判了死刑，那种惊惶失措，狠狠地砸在我胸口，世界仿佛停顿在这一秒，我听不见声音，看不见前路，整个人飘浮在空中，虚脱无依，找不到方向。然后，手中的手机"呯"的一声，轰然掉下了座椅。

祖母静静地躺在床上，安静如恬睡的婴儿，一头如雪的银丝依然，只是永远安详地闭上了眼睛。我抚摸着祖母尚留一丝余温的脸，一股内疚涌上心头。以前每次离家，我都会走到她跟前，对着她耳朵大声说：我们回广州啦，迟点放假还会回来看您的，收了南瓜红薯和豆子，记得给我留着哈。祖母也会大声回应：知道了，我会放好，尽量让老鼠只偷吃一点点（我们常常取笑她种的瓜果是给老鼠吃的）。然后，所有人哈哈大笑，踏上归途。此时此刻，笑声还在房子上空萦绕，我，却失去了最敬爱的祖母，那个幽默爽朗又倔强不屈的老人。灯火如昼、人约黄昏的元宵节还没到来，我的百岁祖母便与世长辞，不再有病痛，安然告别了这个她苦苦守候了一百零六个春秋的世界。

记得年底疫情放开时，我们姐妹回家欢聚，我为祖母写过一首诗：

初雪

南粤的冬天，容不下

一场纷纷扬扬的雪
缺失一个白色的季节
多少带点遗憾
我，惧怕寒潮来袭
只好把一场雪
深深地藏在心里
及至拖延已久回到乡下
为行动不便的百岁祖母剪发
那一场雪便纷纷扬扬落下

我惧怕寒潮来袭，高龄老人抵抗力低下，身体各项机能逐渐衰老，最容易在冬天出意外。因为一场不起眼的小感冒，随时可以演变为威胁生命的大病。每次打电话或视频回家，我都要反复叮嘱父兄注意给祖母做好添衣御寒的工作，保暖衣物、医护药品和软糯食品样样齐备，不敢有丝毫怠慢。本以为她已经捱过了冬天最严寒的时刻，却不知，常态的心衰竭老死也同样让人猝不及防。世事无常，大年初四回娘家时，她还是活生生的一个人，我还帮她洗澡喂饭，现在却已阴阳相隔，天各一方，不能相问。

祖母享年106岁，生于民国1917年，她的前半生命运多劫，身世飘零。她是家中次女，8岁便被其父母卖给地主做丫鬟，做饭洗衣，喂猪放牛，不管烈日暴雨还是北风怒吼，一年四季从不停歇，吃不饱，穿不暖。22岁那年，被地主卖给祖父作填房，次年生下父亲，本以为好日子就要来了，却不承想在父亲还不满周岁之时，爷爷便丢下她母子二人，撒手人寰。在民不聊生的解放前，孤儿寡母，无以为生，家徒四壁的困窘常常有揭不开锅的无奈，也并不是祖母不招人待见，无人相助，只是别人家自己的温饱还没解决，哪有精力去管她们母子呢。

在白水拌饭糠也是上顿有下顿无的困苦中，年幼的父亲得了一场天花，祖母被迫卖掉了祖父留下的唯一家当——一只怀表，为父亲医治疾病。当父亲病情渐渐好转，祖母松了一口气的时候，父亲又因为常喂食野菜米糠不消化，肚子鼓胀，不思茶饭。在雪上加霜的重压下，祖母只能借遍所有的亲戚朋友筹钱医治，背着父亲翻山越岭，四处求医。一个弱小嶙峋的小身板，背下所有债务，背下整个家，背着母性自带的光环，倔强地走在无边的风雨里。许多人劝她丢下父亲，远嫁去香港谋生，祖母想都不想就直接拒绝了别人的好意。因为她深知，如果她独自离开，垂髫之年的父亲必然会惨遭饿死，无父无母的孤儿在那个时候存活的机会是十分渺茫的，她不忍心也舍不得这样做。

及至解放，父亲长大娶妻，生下三女一男，祖母的笑容便多了起来。她视我们姐弟四人如珠如宝，带我们上山放牛，到树丛里采蘑菇，到溪边抓鱼，爬树摘荔枝，还教我们唱红星闪闪的革命老歌，讲许多年前她经受过或听说过的奇人怪事。在她的身上，藏着我永远探究不完的好奇和讲不完的山魈鬼怪。无论寒冬酷暑，她天天早起，换着法子给我们做世界上最好吃的早餐，让我们高高兴兴上学去。祖母没有经济来源，只能夜夜点着煤油灯编席子，一边编一边讲着睡前故事，趁墟的日子拿去卖了，给我们买心心念念已久的猪油糖和牛耳朵。谁成绩好，就奖励一粒糖。她说，糖是珍贵之物，久苦来一点糖，生活就会更美好。总之，祖母的心里装的，全是我们姐弟四人。

去年开春，祖母便卧床不起，高度的白内障眼疾导致她看不见东西（本来白内障可以手术切除，但考虑她一百多岁高龄，医院不敢动刀），双耳撞聋也几乎听不到声音，仅余左耳有一点听力，必须在耳边大声说话才能听到一点。那时，她不得不停止了捣弄她心心念念的青菜、果树。病来如山倒，躺下没有活动的她从此就再也没有力气站起来。兄嫂孝顺有加，喂饭洗澡、倒屎倒尿，无微不至，加之上天怜爱，倒也没什么大病痛。只是我给她擦身时，看见她腰腿上长着大大小小的褥疮，贴着纱布，让我泪目。我心痛地问她痛不痛，她笑着说老腿老皮的，不痛。但我为她擦身轻微搬动她时，会看到她不自觉地眉心紧锁，然后又偷偷强作轻松。我知道，那些疮口一直在折磨她，只是她不想我们去担心，不想我们为照顾她再增加各种受累。

现今祖母仙逝，父亲心事重重，有所顾虑。按本地风俗习惯，正月十五没过，还是新春佳节，属于喜庆的红事。如果现在发丧，怕村里很多人不肯过来帮忙，亲戚也会有一部分人不愿意来，因为元宵节当天他们还要祭祖敬神，不能沾染晦气。我对这事倒是坦然：人死不能复生，死者为大，现在所有的内外曾孙都在身边，还没上学，可以送别他们的曾祖母。加上很多人还没有上班复工，有时间来送别。祖母生前助人无数，亲戚邻里的红白事都主动帮忙，还常常为四邻八乡的孕妇接生，为生病无依的人陪护，为没有公婆的同房妯娌侍候月子，为无劳动力的家庭照看孩子，从无怨言，也不计回报。当年移民外国的归侨回来，往往第一时间赶来探望她，嘘寒问暖，故祖母德高望重，一直声名在外。现在祖母走了，他们来或不来，就看他们能不能顾念以前老人的好，有没有一颗感恩的心，能来，我们欢迎，不来，我们也不勉强，人在做，天在看，自己心安理得就好。

说来也怪，一直阴雨绵绵的老天爷，这两天出奇的温顺，轻风无雨，还偶有阳光。祖母静静地躺在鲜花丛中，接受孝子贤孙们的告别。“噔噔噔”，一阵阵脚步声从四面八方传来，黑压压的影子渐渐移向村口，一点点一团团一簇簇在扩大。哦！亲友乡邻、男女老少都来了，密密麻麻地挤满了送别的队伍。他们都眼含悲伤，毕恭毕敬，守在路的两旁。天道酬勤，终是好人有好报。白花、白头盖、麻衣、素裙，便是我送别祖母的最后依归。忧怨的唢呐声，割开我的泪腺，奔涌的泪如决堤的水，顺流成河。泪水模糊了我的两眼，我努力地把祖母的模样反复刻在脑海，因为此后一别，再会无期。

炮竹声响过一阵接一阵，那是我心底撕心裂肺的呼号，我慈祥又善良的祖母，再也喊不回来了。白色的过路钱撒了一张又一张，雪白的影子在风中飘飘扬扬，带着我的悲伤，织成思念的线，连接到遥远的天上。旁人在劝说，四乡八邻唯一的百岁老人归去，算是笑丧，节哀顺变吧。但我仍然止不住思念，止不住泪水，一想起幼时祖母疼爱地哺育我，想起她百岁高龄仍勤事农桑，背着小锄头去种红薯、种花生，收成后分给我们吃的情景，我就忍不住泪流满脸。山路两旁的芦苇在摇头叹息，洁白的芦花随风飘荡，如漫天飞舞的雪花，顶着一头乡音，唱着最后的挽歌。天卷流云，雨打梨花，天涯何处不别离，那个慈爱的面容渐行渐远，消失在苍松翠柏的青山绿水中。

斯人已去，魂归天国。我咀嚼着思念的含义：思念，是不是就是一种想见不能见，想哭又哭不出来的莫名忧伤？当忧伤过于厚重，便凝成了雪，夹带着记忆中的音容笑貌，时时在脑海飘下，抓不住，欲断难断……

寸草春晖

◎贺爱明

我曾经有个梦想，想在双亲有生之年，好好侍奉一下他们。然而父亲在退休次年却撒手人寰，年仅57岁，那时的我还在异乡求学。算命的说我和父母命中相克，儿女之福父亲自是无缘消受。这么说，我竟是那个冥冥之中的元凶？枉费了我这么多年的深情、补救，枉费这么多年的小心翼翼？这个信口雌黄的结论，让我逃离愤怒，旋即又陷入深深的自责，让我抱憾终生。

母亲没读过书，她的一生，就是一部江西农民的劳作史。年轻的我似乎有点桀骜不驯，我们就像两个新旧交错的齿轮，一直在磕磕碰碰中过日子。单位离家远，交通不便，我干脆以校为家。后来又南下广州多年，如此算来，相处的日子着实不多。直至她去世的头几年，我和母亲才似乎如饮醍醐，终于包容了彼此，像两块磨圆的石头，静静地依偎在岁月的河床里。母亲活了83岁，这个不俗的成绩，我不知道这其中，是否有我离乡背井的阴功。

树欲静而风不止，子欲养而亲不待。

羊有跪乳之恩，鸦有反哺之义。赡养老人未果，这种遗憾会升华为良心的愧疚和谴责。好在妻子是独女，父母高寿，两家相隔一条街。养老的念头再次萌生。

我结婚次年就南下务工，迄今已经十八年了。这十八年，白云亲舍，逢年过节的免不了两地奔波，加之岁月不饶人，身心愈感疲惫，但是念及高堂孤零，又不忍佳节冷落，却总是迎难而上，千里奔袭。在万家灯火中，用这微不足道的寸草之心陪伴他们度过一段又一段的日子。

一

岳父岳母年岁已高，几近九十。椿萱并茂的年代早已过去，前年岳父患心脏病，回天无力，驾鹤西去。妻子是岳家独女，当初两老虽说磕磕碰碰过日子，但也算有个照应，如今落单，免不了长吁短叹，顾影自怜。好在那时我在广州也有了立锥之地，于是我和妻子商量，请岳母随我们来广州。这么多年了，侍奉一下老人，在有生之年，尽尽心，尽尽孝，这全然是应该的。岳母拢了拢满头的白头发，轻叹一声，却不应答，只是说，我还行，还能动的。你们去吧。我说，您一个人，一天到晚的说个话都没人，有个什么事没人在身边，我们也不放心啊。岳母摇摇头，又摆摆手，坚持不来。看着她神情自定，我们也不再强求。或许她舍不得她悉心照料的菜园，或许长途奔波，不堪旅途劳累？或许惧畏我们家楼层太高，却没有电梯？或许她难以改变她生活了几十年的生活方式？一切都有可能。

岳母的家乡是江西永新，这里曾是著名的三湾改编发生地。说来也巧，我年少时外出求学途经里田，恰逢小镇上逢墟，车辆行人水泄不通，我对此印象尤为深刻。而岳母正是里田小镇人氏。岳母一生勤于劳作，勤俭持家，在人民公社时期，拓荒垦田，兴修水利，吃苦耐劳，能力出众，是巾帼不让须眉的女能人。曾任公社妇女主任，但因小时候未入过学堂，文化程度不高，终未获得擢升。说来惭愧，当初岳母肯将女儿嫁给我，很大缘由是两家很近，年纪大了也好有个照应。但是我偏是个背井离乡的命，又外出务工。倒是务工也罢，别人都是打几年工，就回家建房，耗着过日子。我却是把老婆孩子都带过去了，把日子的根扎在广州。如此天南地北，也是造物弄人。

岳家的事情料理完毕，我又把水电开关都一一务实，又把厅里的电视整饬好，反复告诉她操作方法，让她打发时光。遵照她的嘱咐，又新买了一个煤球炉子。妻子又帮着添置了几件衣服，我们才不舍南下。我们几乎每天都给她打电话，问候她的身体，闲聊家长里短，关心她的小小的菜园——其实我们知道她勤于打理，菜园一直长得很有生气……我们努力扮演着膝下儿女的角色，营造不曾远去的氛围，驱除日渐弥漫的孤独和衰老。

后来又几次，她总说电视坏了，不出人影。妻子电话请邻居摆弄了一下，又是正常。如此反复，她嚷嚷着要我重买新的。我年前回家，启动操作，电视没问题。只是网络电视不比有线电视，功能多，她总记不得操作。她的要求很简单，电视对她来说是个有图有声音的机器，只需能在厅里制造些声响，显得旺气。但她不识字，不会复杂的操作，这一点，我竟是无法解决的了。某日，在电话里声泪俱下，凄凄惨惨，原来眼睛有点不舒服，她想抹点眼膏，不想在神龛边摸到一支癣药，抹进眼里痛得直跳！几天都睁不开……我们听了也是心痛，暗暗垂泪。又埋怨卖煤球的小贩作假，煤里面参杂了太多的黄泥，导致炉火常常黑灭……我们也劝说了很多。但是远水救不了近火。我们不能三天两头地往老家跑，毕竟工作也是不能长久耽搁的。如此下去，如何是好？

后来手机又时常打不通，又托邻居上门瞧她，她也在抱怨怎么我们不联系她，却是因为手机没电，不知道充电。插上电后，又不知道开机。插上电，开好机，没几天，她担心耗电，却半夜起身又把它拔了，于是手机又缺电关机……如此反复，不断自寻烦恼，苦不堪言。

我对妻子说，这事，只有接过来，才是唯一的解决方法。

妻子也犯愁，山高路远，火车汽车几番换乘，如此岁数，如此颠簸……行么？

二

俗话说，无毛鸟雀天照应。在广州开始上牌摇号的时候，我竟于次月顺利中签。遂买车、上牌，一鼓作气。又闻湖南新开通平汝高速，直达株洲长沙，较之京珠，车少路新，路途顺通了许多，为之一振。接岳母的意愿再次萌发。冬季自驾了一回，果然是坦途顺风。回家自是把水电又检修了一番，换了几盏坏了的灯泡，又买了一些常规药品，感冒药，止痛膏，红花油，创可贴，又把托同事从香港购买的黄道益备储了两瓶。嘘寒问暖后，我说：“妈，俗话说一个女婿半个儿，如今我就是您的一个儿了，您理应跟我去生活，我也好照料您。要不然身边的那些琐事，一次两次尚可，次数多了，总烦请别人，似乎也不好。岳母深吸了一口气，不也吱声。我又说现买了车，高速也有了，出门也方便，您现在不要太担心。”岳母说：“我还行，能动，不麻烦了。”婉言推却了。后来才知，她也担心去了广州，整日闭门不出，难受。遂帮她洗头剪发。这些年见她外出不便，于是在带孩子去剪发时，在一旁仔细观察，也偷学了一些技艺，又买了一些简单工具一并带回家，如今派上用场。又将她那些翻转变黑的指甲、趾甲修剪。

平汝高速虽然开通，但是仅通至湖南汝城，井坡收费站出来后，沿106国道南下，行60余公里，才接韶关的韶赣高速丹霞山入口，中间须过高山峻岭，山路迂回曲折，盘旋而下。妻儿多数晕车呕吐，疲不堪言。如此艰难，老人不去也罢。我们见她身体也还硬朗，也不再强求。

后来，她常常说身上奇痒，百挠不爽。我们中途又回去问医生，医院也查不出什么原因，也是毫无办法。她常念叨是年少时挑大粪肥田，接触了粪毒，如今发作，这说法真伪难辨也无从证实。我疑心是年纪大了，皮肤干燥引起，但医院的药着实是没什么效果了，她寻思着涂抹红花油，后来又不知从何觅得秘方，或是自行创造，她用陈醋抹涂，似乎有所效用。又说食欲全无，日渐消瘦，独去医院看病，吃了药无效，药没吃完，又听信村妇去看中医，结果吃了几剂，上吐下泻，竟是不见好。再次去看病，有些医院见她岁数大，借口技术有限设备落后，竟是不接。妻子明白，他们是怕老人死在他们那了。就这么来回折腾着，终于奄奄一息的她被邻居送进了医院。亲戚临时照料了两天后，我们又赶回去了。

见到我们，岳母当面就泪水涟涟。出院后，走路都无力，起居都得伺候。早上起来吃点粥，在竹椅里静躺着，门虚掩着，她怕风。没几个小时，又昏昏睡去。到了下午，脚开始浮肿，遂又要躺下，血液回流乏力，这是心脏病的症状，医生如是说。这回，她是真的无法照顾自己了。

三

寻个空隙，我又小心认真地提及此事，说：“妈，您这病要靠养，不是几天能好的事。要不我带你走吧。我们一直在请着假呢，单位要上班的……”她沉吟不语，低低地叹气。似乎也找不到坚持的理由。后来我才知，她是算过命，认定那个冬天自己大限已到，只求快快了断，不想再挪窝了。我只得只身返粤。让妻子再照料一阵。看她情况是否变好。怎奈半月后情况时好时坏，这种情况，当地是断然找不到合适的人伺候的。考虑再三，只有把岳母带来广州，别无他法。让妻子跟她好好说说。数日后，也不知道妻子是怎么说的，最终她不再坚持，同意了。

我又驱车赶回。恰时，平汝高速韶关段全线贯通。路途畅通。次日我们把她搀扶进了汽车，又把她的被褥也席卷进去，妻子说她睡不惯新床。遂于亲友一一告别，大门也锁了，钥匙交与堂嫂。随身还抱着一个垃圾桶，说是常有痰，又可能呕吐。一路我小心翼翼开车，又常从后视镜里观察，怕她有什么不舒服。虽然她身体虚弱，第一次出远门，还好没什么异常。妻子早前给她服过一片晕车药，或许是这个起作用。但是以前从县医院回家，才几里路，车上就吐得一塌糊涂。她半昏半睡，摇摇晃晃之中，我们已经出了湖南，进入广东。早上出门的时候，她还穿着棉袄，怕冷。入粤后，天气陡晴，好像换了天似的。岳母自己都觉得热起来，喊闷。中途小憩了几回，并无大碍，似乎都挺顺利了。

距丹霞山服务区五公里时，岳母突然说肚子不舒服，脸上蜡黄，像一张毛边纸，挺煞人。我叫她再忍忍几分钟，赶紧开进服务区。停下车，她摇摇晃晃地扶住墙，靠着一只大垃圾桶，我刚去锁车，妻子大叫，快来，妈……我转身一看，她已经瘫下去了，两眼快闭上了，妻子在身后抱不住了，急得大叫。妻子说岳母想上厕所，我赶忙上前抱住，把她背进了无障碍卫生间。好在服务区设备完善，那天人少，总算是没有失禁。出厕后，岳母蹲在墙角喘气，面色蜡黄。服务区的好心人给我们端来了凳子，妻子又打来了热水，替她洗脸擦汗。她又不停地反胃，呕吐，早餐就吐出来了。此刻的她，面如死灰，脆弱如纸，站在一旁的我非常担心，心里祈祷着不要出事。也许是充满阳气的正午阳光，驱散了阴霾，把她从鬼门关拉了回来。约莫有一个小时，她才缓过神来，喘过气了，回过神了，耷拉的眼皮也睁开了。谢天谢地！我仰望蓝天，长长地吁了一口气。

于是驱车直达广州，刚出太成收费站，扶她去公共厕所时，又几乎瘫在地上。出来后，扶她坐在树底的花基上，眼皮却慢慢闭上了，身体却徐徐倒下去了，鼻子里的气息好似游丝，像死了一般，吓得我们直叫，又去伸手扶她。几分钟后，又有了气息，我们给她喝了点水，等她气喘匀了，我们马不停蹄，赶到了家。大家都歇了一口气。

“到家了，妈。”我打开车门。“在哪？”岳母一头迷雾。我仰望着十楼。心里烦愁着——小区没有电梯！这一路风险，到头了，还有最难的一道关。蜀道难，难于上青天。如今的我，就是如此。我蹲下身子，让她伏在我背上，我用手勾住她的腿，妻子在后边扶住，开始上楼梯。才上半层楼梯，她就痛苦地叫了起来。原来她伏在我背上，咯得她的胸很痛。但我立直了背，妻子又喊，妈快后倒下来了……她的手是无力圈住我脖子的。这也是左右为难。虽说是半层楼梯，因为是底层，也有二十个，我已是满头大汗了。我放下她来，寻思着是不是要找根软绳子或是布条，把岳母绑在我身上，这样才能保证背上的她不至于倾倒发生意外。妻子却道，妈这身子骨，还经得起勒么？我们喘着粗气，一时没了主意。岳母说，就这么走吧，慢慢走。我狐疑地看着她，要知道壮年人都费劲，一个风烛残年的老人行吗？但是毕竟是别无他法，只得试试。就这么半扶半抱的，一步一步挪，随手带着一个塑料凳子，没力气了，就坐着喘气，就这么着，花了快一个小时，终于进了家门！把岳母安顿好后，全家都把悬着的心落定下来。

妻子旋即为母铺床。母亲觉得我家床太高，我和妻子又把床垫给搬走了，把从老家带来的被褥摊开，又把医生开的药一一给她服了。当夜，岳母疲倦地睡去。半夜，我又听到她在喊叫，我急忙叫妻子过去照料，说是身体痛，安顿了一阵，又昏昏睡去。

为了如厕方便，次日，我去药店买了一个老人如厕椅子。回家后，我又叫她如何使用，反复练习。旅途劳累，经过一夜休息，岳母的脸色好了很多。顺便又买了一盏小夜灯，供他她房间夜晚照明。考虑她身体状况，又经历了上楼之苦，又买了一副担架以备急需。想着要是有个万一，关键时刻用得上。中午时分，我又扶她到天台，见见阳光，补补阳气，又替她剪了一下头发，人一下子精神了许多。后来一看日历，那天正好是二月初二，龙抬头，应了一个好日子，大家心里皆满心欢喜。

岳母到家后，妻子也勤快了很多。晨昏定省，日日变着法地弄好菜。又买好苹果、梨、火龙果等，皮削好，切成小块，用牙签挑着吃。按时喂她服药，喝营养品，晚上睡前又替她擦身。广州的天气时冷时热，岳母就觉得被子太沉，我们又给她换了薄的……如此休养几日，岳母竟是气色好转，元气逐渐恢复。

就在这形势日趋美好之际，岳母却有一事念叨几天。原来她便秘已久，每日进食藏于何处？思来想去，竟是落下心病，遂茶饭不思。岳母在老家就有便秘，医院开了一些泻药，嘱咐好了就停。毕竟是药三分毒。通过两次后，也不怎么见好。又怕再用药，形成了依赖，也是不好。后来每天早晨，我用温开水冲蜂蜜，连续三天给她喂下。头两天毫无动静，第三天后，肚子开始松懈，岳母大喜，谁料一天能泻个七八回，泻得浑身无力，站不起来的，竟是一副病怏怏的模样，转而大忧。遂改用止泻药，一周后，人才缓过神来。这一折腾，把我们吓了个半死。才知道风烛残年的人，真是如风中的烛火这么的微弱。自是不再轻易服药，改为食疗养身为主，就这么一丁点一丁点地小心地伺候着，就好像为一座摇摇欲坠的老房子做维修，一砖一木地掂量，又像是一块干旱的田地，被丝丝春雨慢慢滋润。一个多月过去了，岳母的身子骨逐渐硬朗起来了。

岳母跟我一样，喜欢看战争片，这一点让我颇感惊讶，看到影片中民不聊生的镜头，她就聊起当年日军（经查是第27师团）在江西的野兽行径，聊起当年百姓的苦难生活，生出许多感慨。她年幼丧母，感慨自己悲惨的童年，感慨中国翻天覆地的变化。我戏谑地说，你本该早点出来，却非要害得我三催四请的，还作文！（作文，江西话，客套、装正经的意思） 她正聚精会神地看着张涵予版的《智取威虎山》杨子荣打虎精彩片段，听后笑而不语。

《尔雅》曰：“善事父母为孝。”每个人都会垂垂老去，为父母尽孝，用关爱伴其终生，是每个人的责任。都说家有一老，胜有一宝。冬温夏凊，菽水承欢，敬老仍可让孝道得以弘扬，让道德有所寄托，积累福德，确是一大幸事。

正华哥

◎罗祥林

在写下这些文字的时候，我眼眶几次噙着泪花。——题记

一年中最炙热毒辣的正午的日光，从万里无云的天空中投射下来，在热风推出一层层波浪的河面上，反射出一道道耀眼刺目的白光。河边有一个十二三岁的少年，左手提着用柳枝条串着腮口的十几条体形扁长的刁子鱼，右手用一条细长的竹竿，把鱼饵抛到两丈多远的波浪里。一顶草帽下的脸上皮肤皴黑油亮，眼睛机警地注视着水面。一条蹿到水面上来抢食的刁子鱼一口衔住鱼饵，翻出一朵水花后，便往闪着刺目白光的水波里拖动鱼线，少年并不着急起竿，反倒将身体重心前移，同时把举着鱼竿的手臂伸向河面远处，等鱼线被拖出五六十公分远时，但见他眼疾手快，只一扬手臂，一条活蹦乱跳的刁子鱼便被拖出水面，吊在线上急剧乱摆。

这个少年便是正华，我们当地人把沿着水边边走边钓刁子鱼的钓鱼方式，叫作刷刁子。我跟正华在河边刷刁子的这个炎热的午后，距今已经三十多年了。六年后，我离开这个鄂豫皖交界地区的村子，参军去了胶东半岛，就很少再回去了，从部队转业后定居在南方。

在他乡异地的日子，难免梦回故乡。每回梦回故乡，时常和他一起举着扫把在落满桑葚的树下拍苍蝇当鱼饵，沿着故乡一条生长着水草和荷叶的长长的河岸去刷刁子，和他一起顶着化肥袋子在细雨中光着脚丫飞跑着越过山岭去学校，和他一起抽陀螺、滚铁环、爬树、放牛、割草。我那个时代所有生活过的场景，都有他在。

我在部队任政治指导员那一年，组织上派我当接兵干部，到鄂豫皖地区接一批新兵，我顺道回了一趟故乡。

到家刚坐下，正华就来了。这是一个初冬的傍晚，还没有到开电灯的时候，堂屋里光线已经暗下来。正华进门的时候，是肩膀磨着门框进来的，因为是背着光，只觉得一个人影沿着墙壁走到了我的面前，快挨着我。我这才完全看清他，他脸上清瘦紫黄，眼窝内陷，蓬松的头发一边竖立一边倒伏，显然是长期朝一个方向侧卧睡觉没有梳头，上身穿着一件深灰色旧棉布上衣，下身一只裤管明显短了一截，小腿露在外面。眼睛却是闪亮的，一脸笑意地望着我。

“阿！正华哥——你来了！”

“几时回的……”他猜角抽动了几下，就没有其他话了。我很兴奋，连忙站起来握住他的双手，把他按到堂屋中间的饭桌上。正是母亲往桌上端饭菜准备晚饭的时间，我拉着正华一起入坐。我接着便有许多话，想要连珠一般涌出：陀螺、铁环、桑葚、刁子鱼，还有放牛、割草……但又总觉得被什么挡着似的，只是在脑里面回旋，吐不出口外去。他停着筷子，脸上显出欢喜和凄凉的神情，动着嘴唇，却没有作声。

“你还去刷刁子吧？”我问他。

“要在暑热的天气才好刷刁子，”说起刁子鱼，他的话才多了起来，“有好几年不去了，夏天家里的农活多，原来绕着村子里的那条河，现在水又浅又浑浊，年年都干涸，没有鱼，剩下些小龙虾。”

正华是我儿时最佩服的人，很多农村孩子的技能，比如爬树、打弹弓、游泳，我都比不上他。他总能根据刁子鱼抢食时翻起水花的形态和拉动鱼线的快慢准确判断鱼是否上了钩，而我起杆不是早了就是晚了，鱼儿常常脱钩，因此每回我都没他收获的鱼多。到了收杆回家的时候，他把用柳枝条穿好的鱼与我的伙到一处，平均分成两份，递一份给我，自己提一份回家。在村口，若是遇到村里的杨二婶，她每回都要张口讨要，正华就再把自己的那份匀出一半给她。

听见正华说起小龙虾，我想起军校毕业前一年的那次回乡。那次我父亲脑溢血去世，我回乡办完父亲的丧事，假期还没休完，在家终日神情恍惚，陷在悲伤里。正华来到我家，塞给我一个竹篓，让我跟着他走出村子。村外河沟湖汊边有很多的小水潭，刚进入四月份的潭水还是冰冷的，正华把裤管挽到大腿，下到水中，左手往水里按下去一只三面围住、一面开口的赶网，右手提着一个用三条木棍固定成的倒“又”字形赶鱼工具，在水里上下搅动，把鱼往网中赶逐。搅动到赶网开口边缘，正华用力一提，把赶网举出水面，网里并没有鱼，却有三四只小龙虾在活蹦乱跳，正华把它们丢到岸上来，喊我捡到竹篓里。傍晚，他一个人到灶台上去焖好虾，再到村里的小卖部提两瓶啤酒回来，我俩一人一瓶。晚上，他也不回家，穿着衣服就卧在我床头的另一边。

那天正华很快就睡着了，我感觉到他身体传过来的温热。在他均匀的呼吸声中，我忽然意识到正华几乎不跟别人说话，只有我一个朋友。他本来长我一岁，三年级的时候他留了一级，把桌子搬到我的教室，与我的课桌并做一处，就跟我形影不离了。他没有考上初中，却习惯性地跟着我上学放学。我带他去求了一回村里在学校任教的一位老师，学校竟然答应正华跟我同一个班念书。一年后，正华学习上就跟不上了，除了数学，其他几门都不及格。他母亲总是病怏怏的样子，还有智障，这一年也去世了。他父亲要忙农活，家中四个孩子的饥饱冷热没人料理，只能原生态生长，往往是到了冬天，正华还穿着单薄的衣服，嘴唇冻得发紫，而入夏的时节，他还穿着厚布褂，额头布着细密的汗珠。有一次，他父亲让他回家帮几天农活，正华就再也没有回学校。

吃完饭，母亲收拾碗筷。

“你娶媳妇了没有？”我递了一杯茶给他，像儿时一样打趣他。

正华又抽动了几下嘴，只接了茶，没有答话。

“你今年都三十了，不也没有媳妇吗？”母亲数落着我，算是替他回答。

我身在行伍，又萍踪不定，而他这个年纪在村里早该成家，早该做父亲了。

“家里没给你说亲事吗？”我追问。他不再回答我的问话，把头低了下去。

母亲在桌子下用手捅了一下我的衣袖，小声说：“谁家会把姑娘说给他呢！”正华是完全听到了母亲的话的，虽然母亲装作小声的样子，但我觉得并不是怕他听见，只是表达母亲说这话时对当事人的一种歉意而已。

我便问他最近田里有什么活，日常生计做些什么。

“油菜种到地里了，小麦刚出土。”正华说完便又没有话。

母亲见状，说出一段故事来。村里一些年轻人不再用篓子下泥鳅、黄鳝，而是用一种喷洒在果树上除虫的农药，往河沟里一撒，那些活物便都晕乎乎地飘到水面上来，捡上来往清水中一放，它们又活过来了，再拿去集市上卖。两个月前，正华跟村里另外三个年轻人结伴到邻县去用药抓泥鳅、黄鳝，他们见一口鱼塘没人看管，便把农药投了进去，下到水里抓鱼的时候，被当地农民发觉，便撒腿跑掉了。只有正华站在岸上，被村民们抓住，捆起来，打了一顿，被强行扣留在村里的砖窑厂干了一个月农活，抵偿鱼塘损失。开始时，正华父亲去要人，村民要求拿钱赎，正华父亲扭头就走了。后来正华父亲报了警，才把他接回村里，回来时人都瘦了一大圈，这几天才开始出来走动。

我心中一阵发紧的抽痛，不禁问他：“你为什么不跑呢？你站在岸上不是可以跑得更快吗？”

“我没有往塘里投药。”正华说。

“是他自己没跑！其实村里人后来也没有强制他，是他自己要给人家做一个月工赔偿损失的，砖窑厂供他吃饭、住宿。”母亲补充说。

我只得叹了口气，沉默好一阵子！他还是儿时那样，明明要吃苦头，却从来不跑掉。村里的孩子常常欺负他，有时是鼻子被打得流血，有时是嘴角被抓破，那时我责怪他为什么不跑掉，他就是这句话“我又没惹他”，或者是“又不是我拿他的东西”。

多少回我看到这样的场景，连一些比他小的孩子都能欺负他，他们不停地用拳打他的脸，用脚踢他的肚子，他只是紧紧地扭住对方的衣领，以此表示愤怒，竟不知道自己也长了可以还击对方的手和腿，只承受着别人的拳脚，大颗的泪滴往下滴落，也不哭出一声。老师见正华没哭，便也不追究肇事的那些孩子。我去拉开他们的时候，正华委曲得不肯松开那双紧紧抓住对方衣领的手。唉，他永远不知道要提防别人，更不知道自己也可以还击别人，尽管他完全有足够强壮的身体，但他有超过常人的忍受能力，饥寒、讥讽、辱骂、拳脚，他都能承受下来。

正说着话，屋里进来了一位年长的妇人，找我母亲拉家常，我认出来是杨二婶。

“哎哟哟，你在外面当着官，怎么回来拉着个傻子说话，要是说出去，真正是笑死一村人！”杨二婶尖着嗓子冲着我叫道。我一愣，心里还在分辨正华怎么跟“傻子”沾上边，就听母亲嗔怪她：“一村人还不知道你吃过他多少刁子鱼呢，这样埋汰他！”

“我埋汰他？”杨二婶一下子较劲起来，眼睛睁圆了，提高着嗓门说，“你是知道的，前几年，有人给正华介绍一个姑娘，是吴家大塆一个有癫痫病的，女方父亲来村里走了一遭，回去就退了亲事。女方递过来的话是，自己家的姑娘只是一时不清，怎么能说给一个一世不清的人！”

见我一阵茫然沉默，杨二婶问我道：“你不会今天才知道他是个傻子吧，这是全村人都知道的。”我一时不知道怎么回答她。

晚上，我跟母亲有过一次单独谈话。

我问母亲：“村里人怎么说正华是傻子呢？”

正华这个我佩服的人，竟然是我们村里的一个傻子！这是我从没想过的，他不止只会刷刁子鱼，小学三年级曾被学校选拔参加全镇西片区数学口算竞赛，我俩下象棋也一直是各有胜负，我一到部队新兵连，象棋是得过亚军奖的。

母亲没有直接回答我，慢慢说道：“这些年，正华也像村里的年轻人一样，出去打工，在糖坊、工地都做过，在荒山种过树，在马路上烧过沥青，时常做到年尾，独他拿不到工钱，还受人欺负，就不再出门做工，只在家做农活，有时也在村子附近的作坊打点散工。”说完轻声叹一口气。良久，又幽幽地说：“在村里人看来，但凡一个正常的人，不会只有你一个朋友，不会总把自己的东西分给别人，不会眼看着挨打也不逃跑，不会受欺负也不还击，不会年年白白给人卖苦力！”

一个善良单纯的人，在社会生存法则面前，显得那样愚蠢可笑，可悲可怜。这一夜，我思考着母亲的话，陷入了长久的沉默之中。

第二天一早，我提起行囊，带着深沉的遗憾和怅惘回了部队。

第二年九月的一天，我像往常一样，在办公室浏览当天的报纸。在参考消息最后一版，一条事故报道赫然入眼，鄂豫皖交界地区的某村地下烟花爆竹作坊发生爆炸事故，五死一伤，这个村正是我的故乡，死者名单中，就有正华的名字！我操起电话打给母亲，马上就得到了证实：正华的父亲正在给他处理身后事。

后来我在网上搜索到了完整的事故报告：村里有些农民长期以非法生产烟花爆竹为业，当地警方虽然多次收缴其生产原料和工具，但村民私藏火药，转移地下进行非法生产。正华等五人参与非法生产，对事故负有主要责任，鉴于他们已经在事故中死亡，警方不再追究责任。

正华死于事故，但我总觉得他是被这个人世间的生存法则所杀。生存法则把这个无底线善良纯真的人，不断向着社会的底层往下踩，最终只能在村口附近从事最危险的活计打散工谋生。或许，善良是要有资格的吧，强者行善受人敬仰，而弱者行善往往被解读为示弱，正好可以被人踩在脚下。

正华哥在九泉之下，已经二十一年，村里不少人家在镇上或者城区买了房子，有的甚至搬到市中心去住，没有几个人再记得这个人了。

今年清明回乡，在村南坡地一个低洼处，我见到正华哥的坟，湮没在一片蒿草丛里。附近几块地里的小麦，已经抽出整齐的穗来，另外几块地里，油菜花已经开过了，结出一簇簇的菜籽，空气里弥散着这些粮食的清香的气味。我知道，顺着蒿草丛往坡上爬上去，是儿时上小学的必经之路，路的另一边是一片开阔的水塘，少年的我们，在那条路上春夏秋冬奔跑过无数来回，也曾无数次在那片水塘刷过刁子鱼。那个时候，我们都曾经在坡上张望过这片洼地。

我拨开蒿草走了过去。在坟头，竟然发现了一棵低矮的歪脖桃树，可能是幼苗期多次被耕牛踩踏，或者是年复一年被砍柴人砍伐，亦或是被烧荒的野火多次焚烧。在桃树歪斜飘出的枝条上，粉红的桃花正开得无比烂漫，一群蜜蜂寻香而来，在花间起落飞舞，嘤嘤嗡嗡，追寻那一抹甜香。

风景这边独好

◎黄 达

喜欢给自己写的文章贴上“黄达风景”的标签。

“黄达风景”是我的笔名，这个笔名甫一出街，我的一位同学就像发现新大陆般地向我示好：哇，你这笔名取得很赞，将你的责任担当、将你的壮士情怀都呈现了出来，不负家国不负时代！黄达风景，风景这边独好！

我抱拳谢过之后，也有点脸红：我有自知之明，我哪是什么“风景”？这纯属自娱自乐。我长相不英武，身材不魁梧，说自己貌不出众，那都是在恭维自己，说其貌不扬不忍卒读倒更准确些。在这个以貌取人的社会大环境里，我也曾有失落感，我也曾恨自己怎么就不长得英俊一点？自己若“玉树临风胜潘安”该多好啊！但后来我又在另一个角度里回答了自己：在偌大的世界里，碌碌无为的自己实在是平淡无奇，像一粒沙子，掉在地上找不着；像一株小草，长在原野上，多你一株不多，少你一株不少；谁也不会多瞧你一眼，除了蚊子，没谁会围着你转。

可人就是一个“分裂”的矛盾体，另一个“我”，偏偏就有一颗不甘平庸的心，总希望自己能胜人一筹；总希望自己能飞黄腾达，先是取名“黄达”，“达而相天下”；风景如画，风景是美好的东西，我就往这上面靠，完善成“黄达风景”。我虽不是名门之后，但秦末农民陈胜的话喊醒了我：“王侯将相，宁有种乎”？我是文学发烧友，我觉得：生命会因创作而美丽。别人怀宝剑，我要笔如刀。如果你经历了有价值的事情，不妨偷得浮生半日闲，用笔墨记录保存下来，有了它那就证明：这个世界你真正拥有过，爱过。不然就像宋朝名士苏轼所说的那样：事如春梦了无痕！你曾戴过的权贵乌纱，你曾吃过的山珍海味，你曾搂过的绝色美女，你住的别墅你驾驭过的宝马你数不清的钱财，在你变成一缕青烟后，就不再属于你；回望你几十年在这个世界走了一遭，最后连个脚印也没留下，就像没来过一样，岂不遗憾。而你写过的文字，只要它还在，你就永远美丽地“活着”。春秋战国时期的老子、孔子，三国时期的曹孟德、诸葛亮，唐朝的李太白、杜甫，元明的关汉卿、施耐庵；清朝的蒲松龄、曹雪芹，他们就永远在人类历史文化的天地里叱咤风云。因此，要做点事、要青史留名的那口气就憋在了我心里、渗透到了我骨子里。南宋词人辛弃疾词曾说过："叹人生，不如意事，十常八九。"的确，笔者我一路走来，坎坎坷坷，跌跌撞撞，遍体鳞伤，经历过的艰辛挫折我自己都数不过来；可我很少颓废沮丧，因为我觉得要在天地之间站直了，就要用力挤掉自己生存空间里的负能量；要把一手烂牌打好！潦倒也要安贫乐道，保持高尚的情操，才能化解尴尬和一地鸡毛；我总是劝慰自己：不老想那些不得志、不要老想那些不被领导赏识的窝囊事，不要老想工作做得多、钱却拿不多的尴尬。要多挖掘自己让世界刹那间亮了一下的辉煌。如果你爱好文学，就算你受伤了，你也可得到你文字的抚慰。可用生香活色的文字，去增加自己生命的广度、厚度、高度，把人生的坎坷，变成生命的壮阔。把生命中的风霜雨雪变成姹紫嫣红的春天，让生命在苦难中开花。你这一生就没有虚度。

我们伟大的祖国，综合国力日益增强，取得了很多举世瞩目的成就；然很多国人的灵魂并没重生，生活中不乏有人沉溺在麻将桌旁通宵达旦，也不乏有人在声色场里醉生梦死。 他们不知道：精神的贫穷，能耗尽你几世的轮回。如果一个人只关注物质生活，而不构筑精神世界，那他的档次也不敢恭维。我自诩"黄达风景"，一方面的确是给自己卖广告，有自我标榜自吹自擂之嫌疑；但为迎接中华民族的伟大复兴，作为中华民族的一分子也应提升自己的文化自信，这也是我的真实想法。

银子固然重要，世上众人都爱它，为它痴为它狂；我也爱钞票，但我更朝圣文学。为了不负文学，为了不抹黑文学，我也有点洁身自好，就是想要"文如其人"。要像唐李世民说过的那样：心随朗月高，志与秋霜洁。意趣要乐，气度要宏，言行要谨，让自己码出的文字，能对得起自己那道"美丽的风景"："黄达风景"（笑）。

我对自己总结归纳时，在一篇《喜做大男人》的文章有写：

大男人不好做/再辛苦也不说/面对风险依然执着/儿女情长藏在心窝/任凭前行的小径一路坎坷/风雨中哼着豪迈的歌……/听到电视连续剧《康熙王朝》这首片头曲，委实让我心灵震撼。看美国电影《泰坦尼克号》，读纪实文学《抗震救灾的那些英灵们》，我也是万千感慨：一方面我为许多男人鲜活的生命化蝶而去感到惋惜；一方面我又为我们大男人在关键时刻舍生取义做出的抉择而自豪，咱男人了不起，咱男人高风亮节，将生的幸福让给妇女儿童，把死的痛苦留给自己；"生当作人杰，死亦为鬼雄"，许多热血男儿就这样力拔山兮气盖世，谱写了一曲又一曲荡气回肠的震世之作。

小的时候，我讲自己是丑小鸭；可随着年龄的增长，我也没变成白天鹅，直接就成糟老头了，并且身上还有许多这样那样的缺点；但有一点我是坚信无疑的：在天塌地陷的场合里，我也会大气凛然地拍着胸膛吼："风萧萧兮易水寒，壮士一去兮不复返。""我是男人！面对艰难险阻，我不下地狱谁下地狱？"

这可不是夸海口，我就敢说，达叔我这辈子还真没给咱男人脸上抹过黑，并且还做过好几件让咱男人脸上有光的事情，今天不谦逊地把它拿出来，是要让自己风光一把，浓墨重彩一把；也是想把自己这滴还算有点内涵的水珠汇入男子汉们那浩渺澎湃的英雄大海，想将自己忝列到好汉们那气吞山河大仁大义的经典史册之中。

一个寒风凛冽滴水成冰的夜晚，纷纷扬扬的大雪把汝城的山冈田野树木屋顶，覆盖了一层厚厚的白"被子"，使穿城而过的发臭河水愈发黑魆魆。下雪路滑有人落水，闻讯跑来的我，拨开岸上里三层外三层观望的人群，衣服没脱完就跃入了河水之中。落水的人被我奋力拉了上来，我也因“蔑视”天寒的淫威而重重感冒了一场。

一个流火的夏日，我走亲戚，我正在亲戚家摇着扇子，大快朵颐享受美食时，祝融大火毫无征兆张牙舞爪地蹿上了邻居的屋脊，在邻居妻女的惊天哭号中，我爬到一个至高点上，站在离死神最近的地方，接过大家纷纷传过来的水一盆盆一桶桶地泼在无情猖狂的火魔上，那炙热跃动的火舌，烧焦了我做客的衣服，也舔掉了我的眉毛……

下乡支农，同事祝海波因公负伤，他大量失血奄奄一息，乡下医院血库缺血，我站了出来，挽起衣袖露出胳膊上的青筋，对白衣天使说：“他是B型血，我也是，我身体健康，抽我的血吧，非常时期，抢救生命要紧。”尽管前几日，这狗日的还无中生有造我的谣、毁我的名节，我气得浑身发抖找他理论，他还蛮横不讲道理踢了我一脚……

模样不英俊，身材欠魁伟，这都无关大碍，人没当官没关系，囊中羞涩也无所谓，男人最最重要的是：下下人要有上上志，敢于立志改变世界改变自己的命运，要有悲悯情怀，那才是我等男人追求的最高境界。

几年前，我家附近一带，有条流浪狗，终日流窜，这狗活着的时候，身上就长着癞癣，毛发粘在一起，流着脓水，经常龇牙咧嘴吓唬人；突然有一天它死了，死在小巷里，它很有可能是在缺爱中餐风露宿，饥不择食，吃了拌有老鼠药的食物；它的生命逝去，引发无数小生命热闹登场，流浪狗的肚子上生出了白蛆在蠕动，苍蝇飞舞，躯体发出强烈的恶臭。许多丰乳肥臀的女人们怨声载道：“这狗活着的时候就让人讨厌，死了也还作孽害人。”有个女邻居憋得实在受不了，便在屋里拼命喷洒香水，却还是没能解决根本问题，她迁怒老公：“就你手多，还不快关上窗户！”后来我也闻到了死犬的尸臭，但我不愿逆来顺受听任这熏天臭气的折磨，我也不像那些粉面长发者一样只知长吁短叹。那一刻，我“金相玉质，虎步龙行”，一只手拿着铁铲，一只手拖着死狗的后腿，屏住呼吸往野地里拉，挖了一个坑将它给埋了。小巷里的空气便开始清新了，住在附近的老少爷们，尤其是那些企图用香水除臭的大姑娘小媳妇都感恩戴德地对我竖起大拇指：这位大兄弟貌不出众，所作所为却让人刮目相看。

听到这样的溢美之词，我心中很是惬意，做好事的感觉，挺爽！做好男人那种顶天立地的滋味好极了。世间离不开大男人，大男人有担当，大男人不简单，大男人天塌地陷也无所畏惧。做男人好，大男人讲究奉献讲究担当，是伟岸的山，是浩瀚的海。其实自打上帝创造男人伊始，就给男人赋予了一种匡扶正义的天职，哪里出了问题，哪里就会冒出一批有进取心有责任感的大男人，他们救苦救难，他们抛头颅洒热血。来世我还做大男人。

做了好事后，我颇为自豪地对我太太道：“你说，我是不是也可算得上一个高尚的人啊？黄达风景没有浪得虚名吧？活出了自己满意的样子。”接下来，我又抛出了压轴的话：“做好事其实也利人利己。”

这篇《喜做大男人》的文章当年发表在《衡阳晚报》上，它像一株孱弱的小花在文学百花园里绽放出羞涩的笑脸，吐露着幽幽浮动的芬芳。

给自己一点掌声！我这个人，正如我有些同事说的那样：你虽然没当官，可你是单位里事实上的灵魂人物；领导总是把重担子押在你身上，总让你挑大梁，将攻关克难的事交给你做。他们知道：有你在，就没有干不好的工作。

给自己一点掌声！有一年，为了庆祝任务完成得特好，单位上组织大家狂欢，有些人酒足饭饱之后，就狡黠地挤弄眉眼：夜总会里有妖艳可人的温柔乡。

但我想到我的爱妻，想到自己的家庭，我就径直从灯红酒绿的乌烟瘴气里走了出来。君子有所为有所不为。人要审时度势，有所取舍。我的上司被组织上双规了，停职检查，还到囚牢里蹲了几年；而我却像一股汩汩清流，坚守自己的底线，岳母生病住院需要借钱交医疗费，有供货商拿着一大叠钱，要我当着供销科的负责人，对他的货物美言一句，可我就是不肯违心说声好。与人相比，这做人气节，高出的可不止只是一点点。头顶三尺自有神灵，人在做天在看。社会上发生一些不文明事件，许多人都视而不见，我相貌平平，却敢“路见不平一声吼”，敢于发表意见。大丈夫仰不愧于天，俯不怍于地。

给自己一点掌声！我懂人生是用来奋斗的，但我也清楚：你努力了，不一定有结果；但你不努力就一定没结果。坚持文学创作是件不容易的事，可越是难做的事，才是更值得去做；越是困难的时候，也是越接近成功的时刻；它尽管会折腾得你衣带渐宽、人比黄花瘦，可正是这样活，才会越发有滋味；以笔为剑，行走天下。正因为不愿虚度光阴，我不敢懈怠，像小蜜蜂那样勤奋，正因为有了精神追求，我愿用生命创作，用笔尖去开创一片朗朗乾坤，我不断突破自己；“心中有使命，笔下就有乾坤”，因而也享用到一些文学甘甜的花蜜。我在各类报刊、网络上发表的作品多达好几百篇，于是我也就有了另一种身份：中国散文学会会员，广州市作家协会会员。“道德文章愿与世上雅士争高下，金钱地位不与天下庸人论短长”，我遇见了最好的自己，遇见了“自带光芒”，有阳光的自己。每每看着自己铅字文章，每每谈到自己的作品，我就常“膨胀”地这样定义它：这是知性男人的精彩世界，儒雅男人的心灵图腾，沧桑男人的无悔征程，赤诚男人的家国情怀！这时我也发现：人生不是一壶苦酒，而是一杯甘露。我就这样富有传奇地演绎着“黄达风景”。

精彩人生三不朽：立德立功立言，现在我要“立言”了，要出自己著述，要出一本《文心交集·风景这边独好》的书，就是想让更多的人理解我，懂我，做我“伯牙”的“钟子其”，懂我酸甜苦辣，懂我喜怒哀乐，懂我的精神追求。要出文集，就要写序，我也认识好些文学大伽，我之所以没请名家大佬写序，因为我觉得我更懂我自己；我就准备用我自己写的这篇《风景这边独好》文章为序。

为了活出自己的精彩，那也弄几句话激励自己：黄钟大吕贤德挂帅，达济天下雄文添彩；风度高雅大方无隅，景明春和生机盎然。

抿嘴偷乐过后，我也严正告诫自己：光标注一个好名字还远远不够，真正做到实至名归，就要不惜流汗把它打造成一道不可多得的靓丽风景；不要总说自己廉颇老矣，现在仍是自己的人生第二春，我得让它繁花似锦；现在仍是我人生的收获期，我要好好把握它，让自己的生命绚丽精彩。这就是达叔我的《风景这边独好》。

见贤思齐　敢与前贤侔

（外1篇）

◎张治逵

见贤思齐、敢与前贤侔，是一种志向也是一种传承，更是一种自我品性的锤炼与信念笃定的自我修行。对于同一时间同一地点同一事物，不同的人看到的点及自身的感受与感悟都不尽相同，目光短浅者更是习惯于从个人喜好、恩怨及自身眼前利益出发去观察并思考面临的现实问题，难以看到事物表象背后的本质及深层次原因，有的甚至习惯于向着利于自己的方向而说违心话、做违心事；着眼长远、思想深邃、观察敏锐者善于透过事物的表象看本质，不经深入洞察思考与调查研究则从不轻易发表言论，即便是当时的言论有利于自己，也宁愿先让自己吃点苦受点委屈甚至背负骂名。这种着眼长远与全局的审慎的处事态度与处世之道，其实就是见贤思齐、敢与前贤侔的一种实际践行。

社会之所以复杂，在于人际关系之复杂。有的人即便当时自己看得很透很清楚知其不可为，但终因欲望与贪念驱使而难逃世俗之窠臼而主动抑或被动为之。

人际关系中，有些关系一旦去除了权力与利益，随即就成了狗屁。你说长不长久？但为何还有人趋之若鹜？权力、利益使然罢了。

有些人，一旦摘去其权力抑或脱下其某种光环的外衣，即刻就成了丛林里的“畜生”。那为何还有那么多人喜欢听其忽悠？甘于“围猎”和被“围猎”？权力、利益使然罢了。

而有些人却不畏权势，一身正气，做人做事顶天立地，满满的一身正能量。即便生活拮据，也活得有滋有味怡然自得，没有假话空话套话，即便退休了，真心朋友一大把。这又是为何？明澈做人、清正立身使然也。

现实生活的舞台，从来不缺自私自利的利己主义者，不论何时何地也不管何种场合，只要利于自己眼前利益，什么话都敢说、什么事都敢做。没有党性与原则，有时更是没有了底线与良知。

现实生活中，那些头脑简单的人，总是被小人看中并被小人利用，只要小人简单的几番挑拨离间式的教唆就能使其目的达到而偷偷乐着看自己导演的“戏”。朋友小李单位小王的老婆就是一个极易被小人利用的人，小王老婆一会找小王闹离婚说是听人讲小王在外面有小三了，一会又缠着小王说小王私藏了大笔私房钱，一会又找小王哭着闹着说小王肯定是不喜欢自己了，小王简直是伤透了心，也伤透了脑筋想挖出这个背后使坏的小人，但苦于其妻不说而无果，最终小王两口子以散伙离婚收场。一年后，小王才得知，那个背后挑唆使坏的小人正是他前妻现在的丈夫小宋。小宋与小王俩早就认识，你说小宋缺不缺德？！社会上什么人都有，就如同林子大了什么鸟都有一样，当然，有的人已然麻木而见惯不怪了。小王后来也没把此事当回事，也没追究小宋的“夺妻之恨”。没错，是小宋挑唆使坏，但终归小宋是外因，内因是其老婆发生了变化。也许，有人说，人是会变的，只是有的人变得太快，即便是两夫妻，两个人变得节奏不同，最终会走不到一块。其实道理很简单，两个人身处瞬息万变的社会之中，只要两个人的思想与行为变化之频率出现了偏差，其中必然是一个人跟不上另一个人的节奏，故而使得两人感情出现裂痕，各种问题都会纷至沓来，扰乱你的思维，扰乱你的工作与生活，直至忍无可忍而感情破裂分道扬镳。

人的品性与节操真的很重要，不管从事什么工作，也不管你身处何种环境，品性与节操就是你最好的最有力的名片。有些事情，有些时候，无须你过多的解释与请求，别人过多的还是看重你的品性与节操并以此来权衡。人生来平等，添加权势的外衣后，很多人就变了，关系也就复杂了。其实，现实生活中，简简单单、平平淡淡才是真，流年似水，淘尽浮华爱存真。看透名利钱财如烟云者有之；沉迷其中而不得自拔有之；苦苦追求而竹篮打水一场空却死不悔改者有之；直至临了时才恍然大悟醍醐灌顶悔之晚矣者有之。

“偶开天眼觑红尘，可怜身是眼中人”这出自王国维的《浣溪沙》可以看出气骨高的人存有太多的无奈，有时甚至是太多的无助。

有道是：气骨愈高，谋生愈拙。事实的确如此，一个品性气节高洁、秉持操守并拥有傲骨的人，置身于纷繁芜杂的现实生活中必然有很多内心的纠结与顾忌，知道操守、原则与底线的重要性。什么可以为、什么不可以为分得很清楚也看得很重，势必导致其“谋生愈拙”。当然，也只有那些信念不坚定又毫无顾忌的人，才会将肆无忌惮的冲动与投机取巧的行动转变成谋生过程的机灵与钻空子时的无所不用其极，以谋取并成就其眼前的所想所得。

运筹帷幄的思维能力，对现实状况的预判与精准分析能力，对现状与未来的把控能力，是人立足于社会并能求得不断创新发展的内在素质与内生动力。在尘世纷扰的现实生活中，能排除各种干扰与诱惑、守住自己的方寸与底线、坚守自己为人处世原则者实属难得，重个人修养有时可谓大智若愚；而随波逐流者，寄一切希望于别人，所处的环境好，所在的单位集体好，于是就好；所处的环境不行，所在的单位集体不行，于是就彻底完蛋；别人怎么说就怎么干，是好是坏不想也不管，结果不知道，未来会怎么样更加没思量。这种人生，不光是荒废了个人修养与作为，更是没有了灵魂。

在个人层面，“勿以善小而不为，勿以恶小而为之”“每日三省吾身”，及时发现并纠正自身存在的问题与偏差，不断坚定信念坚毅前行；做到“穷则独善其身，达则兼济天下”；做到“出淤泥而不染”。这才是践行明澈做人、清正立身的根本，如此，彰显的才是敢与前贤侔的高贵气节与高洁品性。

珍惜平凡中蕴藏的珍贵

与同事闲坐品茶聊天，很是惬意。同事对泡茶颇有研究，说起来头头是道，而我只有认真听的份了。其实，与其说是同事，倒不如说是我的师傅。的确，他就是我工作与生活中的师傅，外号“小钢炮”，可以想象其在业务领域上的造诣。

众所周知，“小钢炮”其实就是火炮家族中最小的一个炮种，就是我们熟悉的迫击炮。迫击炮虽小，但其弹道弯曲、死界很小、射速快、威力大，加之其重量轻、体积小，便于机动隐蔽，便于发扬火力，作用非同小可。

而用“小钢炮”来形容一个人，则说明此人在某一行业、某一领域定有过人之处。而让我没有想到的是，他除业务精通外，在茶艺茶道方面也颇有研究。

工作生活压力大，忙里偷闲的泡茶品茶，无疑是一种理性的生活智慧。在浮躁焦虑的快节奏现实生活中，都应该拥有且难得拥有美好的“品茶的时光”。

“厚重高洁、苦尽甘来、雅香四溢、底蕴深沉”的茶韵，其实也正是人生的滋味。难得拥有片刻的清闲，便多了一份宁静；难得拥有一份淡泊，便多得一份释怀。内心当淡定，背影亦从容。闲坐品茶，如同品味漫漫人生。诚然，茶提升了人生的境界。正如“若不撇开终是苦，各自捺住即成名”。这副对“人”字诠释得绝妙的对联，道尽人生之境。

实话说，我也挺喜欢喝茶，但没有那么讲究，起初只是觉得茶比白开水好喝。品质好的茶与普通的茶，其口感与香味区别自然相当大，在泡茶与品茶的过程中，尽尝个中滋味，细品其中韵味，自然别有洞天、妙不可言。

从茶具到茶叶的甄别与挑选，再到水温的把控与冲泡手法的讲解与传授，我终归佩服于我的同事“小钢炮”。我对茶文化的了解与理解也在不断深入，在自己亲手冲泡的实践中，我的思绪也随着袅袅升起茗香而飘远。

“壶里乾坤大，杯中日月长”这是“酒仙”辛弃疾借酒对人生的感悟与理解。这里的“壶”与“杯”里装的绝对不是茶，而是酒。“万丈红尘一杯酒，千秋大业一壶茶”在诠释洒脱达观的人生态度的同时，也佐证了酒越喝越令人自大忘我，直至自我麻醉式的“难得糊涂”。而茶越喝越令人神志清爽，直至内外兼具式的“谦卑儒雅”。

中华文化博大精深，古人早已将“茶”并入中国传统“人生八雅”（琴棋书画，诗酒花茶）之中。日月精华叶底藏，静心洗浴不张扬。悄融四海千河色，暗润千年四季香。

世上俗人多泛酒，谁解半杯清茶香。善茶者陶冶情操，以茶会友，交流合作，共谋发展，茶文化已然成为主流文化导向。

自古以来，关于写茶的诗词不少，但我认为最难得的莫过于这首“宝塔诗”：茶。香叶，嫩芽。慕诗客，爱僧家。碾雕白玉，罗织红纱。铫煎黄蕊色，碗转曲尘花。夜后邀陪明月，晨前命对朝霞。洗尽古今人不倦，将知醉后岂堪夸！——这是唐代元稹以“茶”为题为韵的“从一字至七字‘宝塔诗’”。把茶的品质、茶具艺术、品饮意境以及茶的功用都描写得清幽淡雅、淋漓尽致，堪称千古绝唱。

人生如茶，自蕴清香。在适当的环境与机遇下，焦尾遇知音，犹如茶叶遇上了沸水，就会尽展激情与活力，便会释放真情和那独到的沁人心脾的清香。

社会就是每个个体的集聚，而每个个体都有自己的人生内涵与修为，以及对生命的感悟与践行。不同的人，深藏于其内心的人生态度与处世之道不尽相同，隐于其表而莫辨也，然，遇知音，方交心与共。

人生如茶，等待着机遇与那个懂你的人。从某种程度上说，你是什么茶，是哪个年份的茶，不在观其表，还在品中甄。

在人生历练的旅途中，要学会静心品茶。当然，我们需要认真准备的，并不是昂贵的茶，而是喝茶的心情，那种放空自己的心态，那种释然的情怀。人生如茶，越陈越醇，越品越香。

然，人生没有彩排，生命无法重来。试想那些尘封年份较久的茶叶，开水冲泡时所溢出的清香，何曾不是岁月沉淀过后的精华在心花怒放。把长久的孤独与寂寞，静静地、细细地打包成历久弥新的期盼，在生命的时空里笃守，在生命的机缘里纵情释放。

光阴里，何堪隐忍虚度。人生的大部分应该是独自承受的孤独，光鲜亮丽与愉悦满足只会是生命长河中难以长驻的片断。人生，注定是一场孤独的旅行。咀嚼当下与流年，才会寄厚望于明天。

在浮躁焦虑的现实生活中，能拥有识茶泡茶品茶的时光，此乃人生莫大的幸事！人生实践路上，其实时时处处充满着感动与感悟，唯有感悟人生，才会不虚此行。生活的乐趣，在于实践中的感觉、感受与感悟，自身的道德修养与品行修为，必然决定你一路相随的兴趣爱好与道德情操。那种在历练与感悟中前行、在砥砺中奋进、在奋进中不断收获并成长进步的人生旅程，该是多少人向往的，却也最易让人擦肩而过的。

明澈做人，清正立身。因为一时一地的羡慕与感动、收获与成功，是偶然的、暂时的。唯经久不衰的，那定是并归旨于人们灵魂深处的反省与救赎。当然，它是平凡的，且容易做到的，但却又难以清醒地认知并笃定前行的。

人生既是平凡，又是伟大。只是一般人都沉浸在平凡的苟且中而不能自拔，无法体味到平凡中的伟大与珍贵。而真正彻悟之时，很多人留下的却又只能是悔恨与遗憾。

在喜与悲中历练，在得与失中成长，在痛与悟中收获，在取与舍中升华。在默无声息中，汲取日月之精华，并不断地沉淀积累，体验平凡中蕴藏着的珍贵，这就是如茶的人生。

我的花都地理

◎韩　杰

不知不觉我在花都已有十年，这十年过得很快，似乎又走得很慢，命运波澜不惊，花开花谢一年又一年，我从异客逐渐变成了熟客。“十年辛苦不寻常”，我相信一切遇见都是缘分，当初来花都纯粹是个偶然，自己做梦也没想到会来这里一待就是十年。十年一觉花都梦。十年间，我的寓所搬来搬去，在异乡的屋檐辗转，一路风尘仆仆，迁徙中的一个个据点逐渐形成了自己的花都地理。十年间，我肉眼中的花都世界在悄悄地变，那些不变的地名却进入了生命轨迹，凝结成了挥之不去的记忆。

华侨商业城

我来花都的第一站就住在华侨商业城，商业城有的只是一排排的商铺，其实并没有华侨。整个商业城像一层层的回宫格，东西两侧只留几个出口，居中一条主干道，楼栋标识并不很清楚，初来者肯定在其中绕来绕去。寻找，会让你感觉到这里的神秘。商业城里聚集着各行各业，财税记账的、金融投资的、加工外贸服饰的、卖画的、卖茶业的、教育培训的、广告设计的等等，做什么的都有。商业城里都是三层楼房，租住经济实惠，这里汇聚着南北各地的商人。商业城并不像闹市般热闹，相反像办公写字楼，白天各忙各的，相处都十分和谐，夜晚就只有点点灯光，沉沉如水。商业城过一条马路就是花果山公园，这里有曲径石阶，可以悠悠漫步，可以自在呼吸新鲜空气，可以听鸟语闻花香。因为花果山的存在，我才在华侨商业城待了一年有余。

坑唇里

坑唇里是我接触的第一个城中村，对面就是侨滨苑，一个从未踏足的别墅区。与坑唇里一墙之隔的是银菊花小区，一个花都较早建的小区。坑唇里就这样被高楼围着，却又保持自己的原有特色。坑唇里以刘姓为主，我住的汇源公寓是一栋新建的电梯房，房东是兄弟俩，轮流着看守。他们为人和和气气，磊磊大方，有时会呼我品茶，印象最深的是有一次还把亲手包的饺子送给我。我曾经辅导过他们的孩子，两家的孩子都很可爱。刘氏兄弟自建的房子是坑唇里最先安装电梯的，装修也较其他的好，当然租金可能也是最贵的，但他们超前的眼光是值得点赞的。住在汇源公寓，我常去花都广场散步。一到晚上，花都广场就沸腾了，男女老少各种舞队自发集结，显示蓬勃生命力的音乐响彻夜空。

在汇源公寓，我开始喜欢上花都这座城，她张弛有度，安宁有序。遗憾的是，去年秋天，听说房东弟弟因癌症去世了，我一阵愕然。

马鞍山

想着离上班的地方近点，离开坑唇里，我就搬到马鞍山附近，至今我也没问那地方叫什么名字。住的地方离大润发超市很近，一到晚上灯光刺眼，夜如白昼，各种小摊小贩占满了路边，有卖化州糖水的，有卖陕西凉皮肉夹馍的，有卖长沙臭豆腐的，也有卖羊肉串的，还有夜宵喝酒的，一到晚上嘈杂轰鸣不堪，所以半年不到，我就搬走了。当然，住在这里，去了很多次马鞍山公园。马鞍山公园应该是花都城里最像公园的公园，有比较长的绿道可以跑步，有山有水，有亭台水榭，有林泉野逸之趣。我曾登上山顶的马鞍阁，情满于怀，并赋诗一首：

豪楼栉比车罴去，
曲径逶迤鸟自来。
遥感子安知己话，
适逢盛世怎遗才。

田美上庄

花都城里有一条自北向南流经主城区的河流，叫作田美河，田美上庄就靠近田美河。我在田美上庄住了大半年，沿田美河也走了无数次。顺河往上走可经花都区人民政府到人民公园，感受新区的靓丽。田美上庄人气很旺，如今得地铁之利更是锦上添花。记得我住的楼下有一家面馆，应该是客家人，只有晚上开，香气四溢，人络绎不绝，可惜直到大半年后离开我都没有去尝一次。田美上庄的夜店很多，以重庆万州烤鱼店最有排场，外面人满为患；还有卖炒粉的敲得锅铛铛地响，一听就是快手；烧火鼓风的肯定是卖生蚝的，连空气中都飘着海鲜味儿。离开田美上庄后，我也多次回去过，我最怀念那里的荆州锅盔和重庆八哥粉，味好价廉，可惜他们现在都已还乡了。

阳光家园

二○一六年春，离开田美上庄，直到现在，我一直住在阳光家园。阳光家园靠近京九线的铁轨，每天可以听到列车呼啸而过的声音。出阳光家园正门就是棠澍小学，早晚车水马龙，川流不息，看着天真烂漫的少年谈笑风生，心一下子也阳光了。离阳光家园不远处就是三华村，那里有古色古香的资政大夫祠，我曾徘徊流连多回。来阳光家园不久，我就接父母来花都了，终于有条件一家人在一起了。现在，经过五年的熏陶和历练，父母也对花都很熟悉了，路路通，不迷路，他们走过大街小巷，渐渐也有了自己的花都地理。阳光家园属于新都西社区，这里的节奏不快不慢，购物买菜都很方便，时间久了，心安便是家。我曾在《新都西》外一首写道：

在新都桥看火车一闪而过
便觉得家乡不远
新都西靠近新都桥
上新都桥散步的人很多
在新都西安家的人也很多
新都西喧嚣又宁静
烧烤喝酒的人经常深夜发疯
把对面的小孩吓哭
早晨扫马路的声音很有韵律
我完全不用闹钟就按时起床
新都西虽然听不到鸡鸣
但可以悟狗吠
新都西有许多打扑克的老地方
来来往往的人　不亦乐乎
父亲不打牌　在旁边看着也不亦乐乎

十年，我还远游过，也去过花都其他的镇街，但都只是自然的足迹，唯有华侨商业城、坑唇里、马鞍山附近、田美上庄、阳光家园形成了据点，他们连缀起来就形成了我的花都地理，他们承载了我的青春，丰富了我的记忆。我是花都这座城市转身渐进期的目击者，也是一个身体和灵魂都在不停搬迁和奔突的人！“背灯和月就花阴，已是十年踪迹十年心。”又是一年春天，木棉花依然鲜艳，白粉的紫荆举目皆是，三角梅热情似火，整个花都万木欣欣向荣，而我还会在花都继续绘制属于我的地图。

人与自然（外1篇）

◎马利娜

广州今年的雨水超多，几乎每天如约而至。空气中弥漫着湿漉漉的味道，万物都笼罩在朦胧氤氲中。路面坑洼处积满了雨水，给人们出行带来不便。

伴随着淅淅沥沥的小雨，在穿行公司本部大院小区时，偶然瞥见墙头边的大花盆里一株样貌有些奇特的植物，它与周边整齐排列的绿植格格不入，一下就能抓住人的注意力。因为是正午，也没什么行人。本来已错过的瞬间，好奇心又把我拉了回来，于是静下心驻足观赏。

这株植物生的有些高大，有一米多高。黄绿相间的肥厚叶片如士兵般挺拔笔直的排列，整齐划一地昂头向上，一层一层形成一个大圆圈。每个叶片的外部边缘是深绿色的，色彩厚重，内部的叶片颜色偏嫩黄，墨绿色的竖向条纹相间其中，经过几天的风吹雨打，叶片愈发清亮明净。像极了舞动中的女人的裙裾，翩翩起舞中，翠色欲流，怦然心动，又那么清新自然，惹人心醉。

最让人称奇的是，硕大的叶片犹如一把大伞托，充满怜爱地捧着一株花束，花束的茎粗壮有力，每一个枝条上都开满了一个个大花球，而每一个花球又是由一小朵乳黄色的长条形管束组成，当每一个小管束张开嘴巴的时候，白色的小型花朵便露出了可爱笑脸，散发出淡淡的清香，和着雨水和泥土的味道，别有一番滋味。如果不是雨水的冲刷，估计香味会更浓烈些吧。它的形状有些像蒲公英，真怕一阵风吹来，它们会随风飘向远方。思绪间，雨下得大了许多，许是主人想让这些绿植历经风雨，自然生长吧，雨中的这株植物被豆大的雨点子打得有些趔趄，但转瞬间又斗志昂扬，恢复原来的站姿，不得不佩服世间万物的顽强生命力。

经请教酷爱养植物的文友和网上查询，终于识得这株植物的庐山真面目。原来它的名字叫虎皮兰，因为开了如此难得一见的花，也是为它称奇。虎皮兰是一种观叶植物，要生长五年以上才会开花，以后每隔两年开一次花，只有长势旺盛，叶片肥厚，营养充足才会开花，花苞很多，花呈圆锥形，小花呈筒状。虎皮兰较喜阴，但充足的阳光也可以促其健康生长，也有很好的净化空气的作用。

养殖虎皮兰时，可以自己制作肥料，用心培育。第一种方法，将黄豆煮熟煮烂，密封发酵一月后兑水稀释30倍，黄豆水含有丰富的氮元素，能给虎皮兰带来丰富的营养，可以让它长得非常快。第二种方法，则是利用食用过的猪骨，擦洗干净上面的油脂后暴晒，晒干后研磨成粉状，将粉末填埋于花盆的泥土中，可以给植物提供丰富的磷钾元素，特别是磷元素可以促进植物开花。

世间万物皆有灵性，爱护它，保护它，严格遵循大自然的规律，人与植物、人与自然才能和谐共生。

感悟安康

下午刚下班，骑电动车起步太快，小猛虫又一次撞上了眼球。为什么说是又一次呢，因为前两个星期才遇到此事。受新冠疫情影响，孩子停课在家，买菜回家的路上，小猛虫撞到了我的眼睛上，顿时眼泪哗啦啦地流下，眼睛更是酸辣无比，视物模糊。眼睛有自我保护功能，当遇到异物时会分泌眼泪，不仅可以冲洗异物，还起到润滑作用。虫子引起的疼痛感，则是它排放的物质引起的。赶紧靠边停车后，勉强用力睁着眼睛，看着前方，心想，怎么这么不走运呢？

是选择到药店买点眼药水，还是到医院眼科检查呢？我可是家里的主要劳动力，身体可不能有一丁点状况。还是到就近的社区医院去看看吧。扫码进去以后，护士说社区的眼科医生也去帮忙做抗疫工作了。哎！还要去人民医院，裂隙灯检查后，医生用棉签黏出了一个小黑点，随后进行了眼部冲洗，并开了两盒消炎药水回家滴。我这是第二次被小猛虫撞到眼睛。第一次时，我去的某家医院，医生检查后发现我眼睛里已经没有虫子了，她给我滴了几滴液体，没想到错滴成了麻药，过了一会，眼睛转动时就感觉有摩擦力，药水掉到嘴唇上，也有麻木的感觉，没想到变成了二次伤害。

人活着真的不易，身体哪怕是受一丁点伤害，都会引起不适。每次去医院给老人开药，从挂号到把药拿到手，没有一上午时间都不行。总结经验后，我都是提前一天预约挂号，这样1～2小时可以顺利拿到药。每次排队，满大厅都是人。每次去买药，观察到形形色色的人群，对我来说都是一场心灵的洗礼。无病无痛地活着真是好，医院外面的阳光灿烂，空气清新。国庆节过后，广州市花都区的疫情特别严重，主城区被封控了十几天，居家办公的日子着实难熬，不仅要想着为家人准备各种生活物资、药品等，还要做好防护措施每天按时核酸检查，小区物业群里或核酸现场总会有个别的人出言不逊、语言过激，但是将心比心，换位思考一下，医护人员、社区志愿者他们又何尝不想早日解封，不想陪伴在自己家人的身旁呢。

最近看到一本曾子墨写的《生命之痛》，作者用真实的对话、真实的图片，深度挖掘事实真相，敢于触碰灰色地带，用纪实的手法去描述生命，光是看到文字都特别的震撼。生命也是永恒的话题，每个人只有一条生命，每个人也只有这一生。文中有多则故事，但是这本书里的人物却因病痛折磨或蒙受冤屈，感受的是离奇曲折的人生，也因此改变了一生的命运，人生，且行且珍惜。

近来，身边很熟悉的人，很年轻就得了非常严重的病，受病痛折磨后状态大不如以前，最后只能选择面对它、接受它，全力以赴地去治疗，用顽强的斗志去抵抗疾病。

生命之痛，有些是不能不承受的，我们要做的，是在平时做好保健，远离不良生活习惯。日常的出行，不要慌张，要注意防护，尽量避免受到意外伤害。安康二字，着实包含了太多的福气在里面。

爱上一个人　恋上一座城

◎雷　检

爱上一座城的理由要么因为它美得窒息，要么因为这座城里有个爱的人。有这么一座城，它位于广东省中南部，珠江三角洲北部；它享有“北大门”“后花园”“中国皮具之都”的美称，它的名字叫花都。我深爱这座城，不是因为它美得不可方物，而是因为城里有个我深爱的人——“PSM（药品安全合作联盟的简称）志愿者”。

大学毕业，面对北上还是南下，我毅然地选择了后者，只因我相信自己会在这里遇见更好的未来。怀揣着理想和抱负，我步入了期待已久的社会。然而理想和抱负并未施展，现实的一次次打击，让我对未来越来越迷惘，甚至于把最初的梦想都给丢了。站在十字路口我不知如何抉择，更不知道药师的未来在哪里。

“医药分家”的实施，让我每天都忧心忡忡，惶恐着哪天就会丢掉自己的工作。一直在惶恐不安中度过，直到一个人的出现，一个全心全意为患者服务，传播健康科学知识，普及安全合理用药理念的人，他的名字叫作“PSM志愿者”。是他将我从泥泞的沼泽里解救了出来，让我看到了未来的曙光。

我与他的第一次相遇是在2018年9月19日，那是秋高气爽的一天，广州市花都区人民医院（当时花都PSM志愿工作站没有成立）迎来了第一场“药品安全，国富民强”的PSM志愿活动。出于好奇，我主动参加了活动。这次活动是由其他分站的伙伴们协助我们进行PSM志愿宣传的活动，因为我们都是第一次接触它，不免有点陌生，更不明白做这项活动的意义所在，只能机械地接受被安排好的工作任务。

我的任务是派发宣传单页，指引患者到指定会场听健康科普的讲座。五颜六色的宣传单页在我手里感觉沉甸甸的，对于一个从未走出过门诊药房大门的药师，我是胆怯的。我不知道该怎么介绍，宣传单页在我手里拧成了一团。直到有个小伙子过来询问：“你们这是做的什么活动？”我才结结巴巴地回答说：“这是用药咨询活动，如果你有什么用药疑问，可以现场咨询我们的主管药师。”说完，小伙轻蔑了地笑了一下，嘀咕了几句就走了，第一次的投石问路让我的心更加胆怯了，好似做贼似的心虚了起来。

这时一位大爷走过来冷冷道：“你们这活动要不要钱的？会不会向我们推销药品啊？”我弱弱地说道：“不用钱，这是我们药师做的药品安全志愿活动，全程都是免费的，也不会向您推销药品。”大爷仍然不放心，继续问道：“那具体咨询什么内容？”问题一出，我瞬间想找个地洞钻进去，因为我也是第一次接触，我也不明白具体可以咨询什么，在我支支吾吾不知道怎么回答时，一位穿着PSM蓝色马甲的药师志愿者（黄药师）走了过来，亲切地拍了拍我的肩膀，笑着说："别害怕，我们是药品安全合作联盟的志愿者，我们给大众传播的是安全合理的用药理念，我们做的是惠民惠国的大事，把自己所学的专业知识用于服务大众，不应该为我们自己感到骄傲吗？"听她这么一说，我心里瞬间明亮了许多，之前的惶恐也消失了。

随后黄药师转身对大爷道："大爷，首先我们是广东药品安全合作联盟的志愿者，我们活动的宗旨是传递药品安全知识，指导大众合理用药，杜绝药害事件的发生。其次我们也是药师，我们手上的宣传单页有糖尿病、高血压、心脑血管方面等药品安全使用指南，您可以先看一下，看看上面的内容是否能帮到您？如果可以帮助您，您又想进一步了解这些疾病的用药咨询，您可以移步到我们的主管药师那里咨询。"说完又用手指了一下四位资历丰富的主管药师，最后对大爷介绍道："我们的主管药师都是在医院工作了好多年并有着丰富的临床用药经验，他们会为您现场解答您所困惑的用药问题。"大爷听完，冷着的脸终于缓和了下来，似懂非懂地说道："哦，我懂了，就是咨询怎么吃药的问题呗，我还以为你们是来卖药的呢。"黄药师继续微笑着答道："大爷，我们不卖药，也不会向您推销任何药品，我们的活动都是经过官方认证的，我们PSM总部在北京，广东只是它的一个分站，总部把所有专业的资源汇聚起来，让身为药师的我们可以以药品安全宣传志愿者的身份把我们所学的专业知识发挥到最大化，向大众传播健康的用药理念。"大爷哦了一声道："那你们会看病吗？你们是医生吗？"黄药师回答道："大爷，我们不是医生，我们不会看病，我们只审核处方，医生开给你们的处方药是否合理需要我们来把关，俗话说看病找医生，吃药找药师，您要是用药方面有啥疑问，可以现场咨询我们的主管药师。"几番解释下来，老大爷终于知道我们是干嘛的了，又道："那我刚好有糖尿病用药方面的问题，我应该咨询谁呢？"

黄药师简单地了解了大爷需要咨询的问题后，指引着老大爷来到了我们主管吴药师的面前坐下，吴药师耐心地为大爷讲解了糖尿病方面的知识，又针对大爷的二型糖尿病做了进一步的分析和用药指导，困惑大爷许久的糖尿病服用前后顺序问题终于得到了答案，大爷喜不胜收，开心得像个小孩，咨询完后主动帮我们做宣传，不一会大厅里前来咨询的人越来越多，每个药师都用他们的专业知识为到场咨询的人们一一解答问题，看着井然有序的队伍，以及咨询完后每个人脸上的笑容，我的心渐渐地沉淀了下来，我想这不就是我一直苦苦寻求的自我价值吗？

我很庆幸自己成了一名PSM志愿者，在这座美丽的城市里，我终于找到了可以实现自身价值的平台，这让我深深地为自己当初南下广州的决定感到高兴。同时在不断的接触PSM的活动后，我发现自己已经深深地爱上了这份工作，更爱这个叫"PSM志愿者"的人，曾经丢失的梦想又将乘风破浪重新启航。

壮哉！项羽

◎李玢姝

当我们读着“生当作人杰，死亦为鬼雄。至今思项羽，不肯过江东！”这首绝句时，不仅为宋代词人李清照的诗叫好，而且更多的是感叹项羽这个英雄。

公元前209年，陈胜、吴广领导了秦末农民大起义，这是中国历史上第一次大规模的农民起义。项羽这个只有24岁的小伙子，也起兵反秦。征战三年后，暴秦被推翻了，项羽一举登上当时权力的最高峰：成为分封18位诸侯王的“西楚霸王”。又打了四年的“楚汉战争”，最后项羽兵败乌江，自杀身亡。这时，他才三十出头，正是中国人所看好的“而立”之年。虽然其生命相当短暂，但给我们留下悲壮和惨烈的故事和传说，诸如破釜沉舟、四面楚歌、霸王别姬、项庄舞剑、意在沛公、无颜见江东父老等皆为大家所熟悉，更有开头引用李清照的绝句。难怪一向作文严谨的史学大师翦伯赞先生说项羽“他的英勇、坚强、慷慨、坦白和丰富的情感，都是英雄本色”。

大丈夫的气概

当年秦始皇出行天下，经会稽时，项羽与叔父项梁正在道路旁边看热闹。当秦始皇的仪仗队伍从他们面前浩浩荡荡走过时，你猜项羽怎么说？“彼可取而代之”。语出惊人，有王者风范。吓得项梁连忙捂住他的嘴巴。否则，给人听见会惹上灭九族的灾祸。

在当时，敢说这话的人不多，扳起指头一算，也就陈胜、项羽、刘邦几个人。史学大师司马迁在《史记》也有记录：陈胜说过“王侯将相宁有种乎？”刘邦是这样说的：“大丈夫应当如此也。”这些话语，道出一个真谛：大丈夫就是要顶天立地。

后来，这几个人都先后举兵反秦，先是陈胜、吴广，后为项羽、刘邦，他们用行动埋葬了外强中干的秦王朝。用马克思、恩格斯的话说“每一个社会时代都需要有自己的伟大人物，如果没有这样的人物，就要创造出这样的人物来”。一句话，时势造英雄。

君子风度

何谓君子？人格高尚的人是也。项羽这个人尽管存在诸多缺点，如爱面子、小心眼、不知用人、妇人之心、刚愎自用等等，但比起当时的韩信、刘邦、范增、陈平诸人而言，称得上君子。

话说“鸿门宴”吧，许多人是把它作为项羽糊涂、妇人之心的例子，其实，笔者倒觉得“鸿门宴”是佐证项羽为君子的最佳事例。作为性情中人的项羽，十分欣赏英雄，赞美崇高，这点与刘邦大不相同。只要是硬汉，或者英雄，不管他是否反对自己，不管他是否是敌人，项羽都很敬重。先秦至汉初时期，是我们国家崇尚英雄的时代，也是民族最大气的时代。这与古希腊、古罗马时代一样，对于英雄气质和英雄气概的审美欣赏，是这个时代的一种精神。这种时代精神在项羽身上体现得相当充分和完美。

原本要在宴请中干掉刘邦的项羽，其实内心也很矛盾，杀了刘邦，恐天下人耻笑，说你项羽使出了“下三烂”。不杀，机会可能没有了。当“项庄舞剑，意在沛公”时，他也不阻拦，还真有点听天由命了。他对刘邦这个人还是有些敬意的。当樊哙强行进来怒目相向时，他十分欣赏刘邦的这位卫士，认为是一条硬汉子，以致作出不杀刘邦的决定。最后，刘邦在张良的帮助下，安全脱险。项羽失去了一次除掉刘邦的极好机会。以后，项羽要杀刘邦，也无可能了。项羽当时应该知道这一点，但他宁做君子，不做小人。

英雄的壮烈

公元前202年12月，刘邦、韩信、彭越、英布等三十万大军，将项羽团团包围。面对四面楚歌的环境，项羽这位英雄，在别过美人虞姬后，率领残部来到乌江（今安徽和县东北经）边上。他可以不死，但选择了死。当时，一位忠于他的亭长，准备了一条船，一心要救项羽过江。他谢拒了亭长的好意。这时，汉军几千人马围过来了。项羽带领他的二十八名亲兵，放弃了求生的念头，勇敢地冲上去，同数十倍于己的敌人进行了一场毫无悬念的战斗。最后，只剩下他一个人，身负重伤的他对着汉军将领说，你们不是要我的人头吗？好吧，我送给你们一个人情。说完，便拔剑砍下自己的脑袋。这就是项羽，自古以来，有着这么一条准则：军人只能战死在疆场上。项羽用生命捍卫了这一准则。

我们无论怎样评价项羽的是是非非，他的确死得壮烈，死得高贵，可谓顶天立地，视死如归。难道不是一个硬汉子？算不上一个英雄？

长大后我就成了你

◎葛东辉

“小时候我以为你很美丽，领着一群小鸟飞来飞去；小时候我以为你很神气，说上一句话也惊天动地。”从小到大，《长大后我就成了你》这首歌在我的耳畔响过无数遍，每次听到这首歌，我的脑海里总会浮现以下画面：

二姐在家里练习打算盘，也拿着算盘在家里教在学校还没有熟练打算盘的小哥哥小姐姐。那时，我感觉姐姐的样子真的好神气，她的一声“令”下，周围的小学生们都会赶紧站成整齐的一排，我心想，如果有一天我也可以像姐姐那样成为一名教师该有多好。

上初中时，班主任杨洛玉老师每天让我们挑选两个成语，每个成语写一句话。每天早晨一到校，小组长就要收齐成语作业本，上交给杨老师，她利用白天时间抽空批改，下午放学前，她会让课代表把作业本发下来，至少坚持了一年。她还教我们制作读书手抄报，在蜡纸上刻练习试题，让我们背默课文，错一个字就要重新默写。杨老师重视基本功的日积月累和锻炼学生们的动手能力，还有对学生严格要求，这其中渗透着她对我们成长无微不至的关爱，这些都给我留下了深刻印象。我心想，有朝一日，如果我做教师，我也要像杨老师那样对待自己的学生。

很难忘记，高中英语莫燕秋老师愿意带我实习，她坐在讲台下面听我讲英语课，耐心评析我的教学设计、板书、教语教态等。有谁能想到，大学期间学习汉语言文学的我，毕业实习却教的是英语，因为当时的实习学校不缺语文老师，真不知道我哪里来的去教英语的自信，多亏了莫老师对我的信任，愿意为我创造锻炼的机会。

永远也忘不了那个准备研究生入学考试的晚上，我去找大学期间教《文学理论》的鲁霞老师。她忙完一天事务，不顾劳累，深入细致地给我讲解如何使用什克洛夫斯基的“陌生化”、布鲁克斯的“细读法”以及托多洛夫的叙事理论进行文学评论，她的点拨让我豁然开朗，增加了我的考试自信心。我在想，如果我成了一名人民教师，也要经常在课外给学生们答疑解惑。

至今仍然清晰地记得我的研究生导师郭小东教授在开学第一课给我们强调，“读书，一定要先学会做人”，真实做人，真诚为学。在课堂上，他对待教学一丝不苟，旁征博引；在课外，他不厌其烦地跟学生们一起探讨文学现象。这种亦师亦友的师生关系，拉近了师生的距离，悄然间，让艰涩的理论变得鲜活，让堂奥的做人之道变得易于我们吸收。

郭老师的一言一行让我明白，要想提高教学效果，建立良好的师生关系非常重要。

回想从小学到中学，从高中到大学，再到读研究生，我遇到了至少有上百位老师，他们把教书育人作为教育教学的使命，把言传身教作为教育教学的规范。他们不仅潜心问道，而且关注社会发展，不断拓展教学内容，改进教学方法。他们严爱相济，对学生严格要求，但当学生遇到问题之时，他们都能动之以情，晓之以理，渗透着对自己学生润物细无声的关爱。这正是新时代教师力行师德规范的写照，让我切身体悟到“教师”这一职业的神圣和使命。我在想，如果有朝一日我能成为一名教师，也要像他们一样对待专业知识的求索，耐心细致地对待学生的求教。

2015年3月，我在海南三亚一家国企工作近五年之后，终于有了成为教师的机会，我入职广州工商学院做了一名行政教师，但成为专任老师的梦想一直在心里酝酿。入职满一年，我以兼课教师的身份，先是给大专生上语文课。面对基础没有本科生好的学生，如何调动他们的上课积极性，是摆在我面前的问题。我学着自己求学过程中恩师们的教导，认真备课，熟悉教材和练习册，拓展教学内容，及时批改作业和答疑解惑，靠自己的认真细致和责任心换取了同学们的信任，逐渐拉近师生关系，取得了良好的教学效果。

经过四年的兼课磨练，我于2019年9月成为一名专任教师。如何让枯燥的应用文写作变得深受学生欢迎？如何让大学语文课堂焕发生机？如何把课程思政融入课堂？如何适应时代发展趋势，让信息化技术融入课程教学？这些都是摆在我面前的问题。我认为，仅靠传统的教学方式方法很难适应新时代的教育教学发展步伐，尤其是疫情时代，如何合理地融合线上线下混合式教学？如何让学生每次都想上课，都有上课的积极性？面对不同的教学内容，我尝试采取不同的教法。我深知，惟有突破传统，兴许才有很多创新的可能。我也通过参加青年教师培训和比赛去提升教学技能。

在教学中，我深入分析教学内容，选择合适的方法去传授知识。在讲授应用文写作时，我把基础知识分解成线上测试题，方便学生自主学习，检查学习效果；针对应用文的固定格式、规则，我主要辨析它们之间的异同，培养学生的规则意识；针对申请书、倡议书、请示的事项罗列，我教导学生们在撰写时一定要实事求是，不能弄虚作假，培养学生诚实守信，形成明晰的行文逻辑；我根据文种的难易程度，适时采取课堂课下写作实训，及时通过生生自评、互评，老师最后点评的多元结合法，不断锻炼学生的辨析能力。

在讲解朱自清《儿女》这篇亲情散文时，我先把朱自清个人创作以及在中国现代文学史上的贡献进行简明梳理，通过课件展示和视频播放，让学生们了解他不仅是中国现代杰出的散文家、诗人、学者，也是一名有骨气的民主战士，他宁愿饿死也不领美国救济粮。有学生表示，在学习本课之前只知道朱自清是个旧时代知识分子，学习之后发现他对感情忠诚而又烂漫，在国家有难的时候间接为国家作贡献，具有很强烈的爱国主义精神，他的这种品德与气节，是值得今天的青年们去学习的。

在了解朱自清个人创作及人生境况之后，我引导学生们把这篇散文与他的《背影》作对比，探析父子之爱的阶段性，并让学生们课下拓展阅读龙应台的《目送》、刘瑜的《愿你慢慢长大》以及我自己创作的亲情散文《升级》《小儿天天》等，让学生们在探析场面和对话描写的基础上，深入思考这些描写对表达文章主题的作用。这些文章都写到了父母儿女之爱、人间天伦之理，通过互动探究式学习，学生们明白了散文中亲情表达的多元性。学生们纷纷反馈，这一堂课受益匪浅，学习到了绵密深刻的家国情怀。

除了向学生传递知识，更重要的是帮助学生成长。在疫情上网课期间，当我讲完舒婷《致橡树》中“独立、不卑不亢的爱情观”，一位学生给我留言，说老师关于爱情观的讲解打动了她，让失恋中的她不再伤心，爱情是两个人的事，要学会坚强，懂得如何去选择。看到这位同学在现实中遇到失恋的迷茫，并敢于说出心事，我赶紧第一时间跟她交流：“希望能帮到你，坚强点，没有过不去的坎儿，经历了，才会懂得。”之后，我耐心地鼓励她正确对待爱情，帮助她慢慢走出失恋的阴影，健康开朗地成长。在接下来的教学中，我更加重视把课程思政理念和育人使命贯穿到教学过程，尽力摆脱知识的满堂灌，尽力扩充教学内容，充分调动学生们的发散思维，逐渐引导学生们通过课前预学和课后拓展，发挥主体作用，开展自主学习。同时，我也在与学生的互动探究式学习中得以教学相长。

“长大后我就成了你，才知道那支粉笔画出的是彩虹，洒下的是泪滴”。严爱相济为人梯，润己泽人共成长。不知不觉，成为教师已经七年有余，但我深知教师要给学生“一杯水”，首先自己要有“一桶水”“长流水”。习近平总书记也曾说，打铁还需自身硬。站上三尺讲台，就意味着教师应该具备一种责无旁贷的使命与担当。我坚信，要成为一名“四有”好老师，只有坚持活到老，学到老，永不停止奋进的步伐，才能不断书写新的育人篇章。

勤与俭（外1篇）

◎邹秀云

勤与俭就像唇与齿，密不可分，缺少其中一个，另一个的作用就微不足道。

以前听过这样一个故事：有一位老人，他从小就十分勤劳和节俭，日子过得挺滋润，积累了丰厚的财产。人们为了表扬他这种品德，写了一副牌匾送给他，这牌匾上面写着“勤俭”两个字。这位老人也以这块牌匾上面的字勉励自己。

老人去世后，他的两个儿子把家产分了，连牌匾上的两个字也分了，大儿子要了“勤”字，小儿子要了“俭”字。从此，两个儿子就照着牌匾上的字去做了。大儿子整天勤劳干活，可是不节俭，花钱如流水，吃的穿的都很奢侈。没过多久，钱财都花光了，日子过得很艰难。小儿子也照牌匾上那个“俭”字去做，整天不干活，但很节俭，从不浪费一点东西。不久，财产也花光了，日子也过不下去了。

两个儿子不明白为什么自己都按牌匾上的字去做，却过成这样。他们就去请教一位老人。老人对他们说："你爹在世的时候，'勤'和'俭'是合在一起的，现在你们把它们分开了，就会变成这样，你们把它们合在一起，日子就会好起来的。"两个儿子听了，就把"勤"和"俭"合在一起，按照牌匾上写的字去做，日子很快就好起来了。

由此可见，勤俭是多么重要。"勤"能让我们收获劳动成果，"俭"能让我们积累劳动成果。只勤不俭，就没有盈余；只俭不勤，只能坐吃山空。两者结合在一起，就会让我们的劳动成果不断增加。我们不但要勤劳工作，而且要节约用品，这样我们的生活才有盈余，在遇到危机时，我们才能应对自如。

这几年受到新冠疫情的影响，很多企业经济效益下降，员工收入减少。甚至很多工厂都倒闭了，大量人员失业了，失去了经济来源。这时，平时不懂勤俭、没有积蓄的人会惊慌失措，不知如何应对，日子过得很不踏实。但平时能勤俭，有一定积蓄的人就能坦然面对，安然度过危机。正所谓：手中有粮，心中不慌。

勤俭是我国劳动人民的传统美德，无论是在物质匮乏的年代，还是在物质丰富的年代，我们都应当继承这种美德，做到居安思危。经过一代又一代人的努力，我们已经摆脱贫困，过上了小康生活。但我们在享受丰富的物质生活的同时，也要考虑到物质不是取之不尽、用之不竭的。要懂得珍惜每一份资源。珍惜每一滴水、每一粒粮食；珍惜每一张纸、每一块布；珍惜每一棵树、每一个果实。日积月累，一天、一月、一年。积少成多，我们每一代人的生活才有保障。让勤俭代代相传，让幸福生活代代相传。

一元钱

很久没光顾路边的菜摊了，自从三年前疫情开始，不敢去市场，不敢去人多的地方，怕被病毒传染。昨天去公园散完步回家，路过书店门前的空地，看见很多菜贩又在卖菜了，仿佛恢复了疫情之前的繁荣。

这些菜贩都是来自城区附近的农村，四五十岁，有男有女，都是骑辆自行车，一大早从村里赶来这里卖菜。他们有的连早餐都没来得及吃，就是希望早点来把菜卖完，卖个好价钱。他们有的坐着小凳子，有的蹲着，在书店门前排成两条平行线。他们一边卖菜一边吃早餐。有时刚吃了两口，遇见有人来买菜，连忙放下早餐，招呼买菜的顾客。一个上午下来，他们的早餐可能没吃完，腿也蹲酸了。

我在一个菜摊前停下来，卖菜的是一位四五十岁的大婶，皮肤黑黄，身体还算硬朗。她的面前摆了白菜、通菜、茄子、丝瓜等，旁边还放着一辆破旧的自行车，车上载了两个箩筐，箩筐里还有一些蔬菜。她很热情地招呼我，我挑了两条丝瓜、两个茄子，也不问价钱，因为觉得这些菜也不值几个钱，大婶接过菜过秤，说了价钱。我当时只顾着往包里拿手机准备微信付款，没听清楚，感觉好像是一共8.7元，于是我就付了8.7元，拿起菜就走了。

走了大概一百米，隐约听到后面有人叫我，我回头一看，原来是刚才卖菜的大婶。她追上来，说："刚才你少付了1元钱。茄子3.2元，丝瓜6.5元，一共9.7元。"我恍然大悟，确实是付少了。大婶让我回去菜摊里扫码再付一元钱。我有点不高兴；不就是一元钱吗？用得着费那么大的劲追我那么远吗？再说一元钱能买什么？但我还是跟着她回到摊位补付了一元钱。

后来想想，也许这一元钱算不了什么，根本买不了什么东西，但对于农民来说，这可是他们的血汗钱啊。特别是三年疫情，他们过得不容易啊。为了种这些菜，起早摸黑，从松土、播种、浇水、施肥，再到收菜，最后运出来卖，其间，付出了多少汗水啊。也许卖一斤菜还赚不了一元钱，但每一分钱，都是他们用自己勤劳的双手努力地去赚啊。“谁知盘中餐，粒粒皆辛苦。”为了这一元钱，他们流了多少汗。为了这一元钱，他们度过了多少艰辛的日子。想到这，我释然了。

老 郑

◎赵万彬

在工地上呆久了，常碰到许多笑话。比如，有人会把娱乐岛喊成吴乐岛，把六和悦城喊成六和锐城，把量贩读成量板，把鸟瞰图读成鸟瞰图，他们大多还是各单位的领导，不是明知故犯，故作幽默，而是真的不知道这些字的读音，与台湾人将刽子手读成筷子手不同。记得2000年之前高考时，语文第一道题都是考查成语、词组的读音，经常翻字典，在汉字的读音上经过训练，出错的机会相对少一些，但也读错过，比如把施工单位一位领导的名字黄珏（jue）读成黄玉，让我这个中文研究生颜面丢尽。

由于不是学建筑出身，在工地上只能敲敲边鼓，记录一下每天的工程进度。到了年底要赶工，领导安排我点人数，郁闷之极，读了三年研究生出来点人数，觉得真是无地自容。那天把老郑拉到树下，主动倾诉。老郑到了树下，把鞋一脱垫在屁股下，说：“平时都是我找你，这次你主动找我，可见你心情已经坏到了极点。”我问：“你怎么猜出来的？”他说：“那肯定的，我是干什么的！”老郑之前当过美术教师，现在还领有一份教师的工资，出来当监理算是外快。当过教师便对学生的心理有透彻的了解，看穿我的心事也不在话下。他说：“我能看出来你一直在忍受，但目前的问题是吃饭，你要继续忍耐，等待时机，你看为什么叫‘飞蝗腾达’，蝗虫到了冬天就藏起来不动，等到天暖和了再出来活动，一气冲天。人跟蝗虫是差不多的，要学会等待时机。”我第一次听到这样的解释，感到很新颖，但总觉得有点不对劲，回到办公室上网一查，原来他闹了个笑话，把“黄”字错当成了“蝗”字。虽然他把这个成语解释错了，但我那时的心情在他的劝慰下平静了下来，没有因负气而随便把工作辞掉。

老郑和我的父亲同辈，有次喊他老哥，他极为生气，说“我比你父亲还大几岁，你怎么能和我同辈，你这书算白读了”。由于和他是老乡，关系较近，平时直接以老郑相呼，他也不介意。他把A4纸裁成1/4大小的小本子，装在口袋里，工地上无聊了，他便画一些素描，让我看。他画根系杂乱的榕树，画倾斜的椰子树，画石头上的刻字，画得极像，可以看出来他有素描功底。他在洛阳白马寺、南阳石佛寺、偃师唐僧寺这些地方参与过仿古建筑的建造，对仿古建筑略知一二。他不甘于默默无闻，不甘于挣小钱，他说他有个想法，一次他在工地上见到了老板，对老板说“我有个建议”，老板问“什么建议？”他说“我还没有想好”，老板说“等想好了再说吧！”说完老板开着电瓶车走了。他知道老板信佛，想建议老板在好汉坡这个地方塑十八罗汉，他对我说了好多次，我一直尊重他的设想，心里虽觉得不可行，但并没有直接予以驳斥。听得多了，嫌烦，便质问起他“你要怎么塑？”他说先用砖砌，然后再抹一层水泥。我说算了吧老郑，你以为这是给庙里塑菩萨，你看神泉谷前边的几尊石佛，都是用石头雕刻的，粗线条，似像非像，这才叫艺术。老郑听了觉得我说得有道理，以后便不再提这回事，但他的志向并没有因此而消沉。

老郑平时很少花钱，我说你憨不憨，挣的钱都让孩子们花了，该享受就享受。他说已经养成习惯了，他们这代人都是这样。我说我理解你，我父亲就是这样的人，我父亲去镇上开会从来不在镇上吃饭，大热天的要赶回家吃，就是为了攒下学校补助的几块伙食费。老郑在工地上认识了一个河南老乡，这个河南老乡在附近租房住。他和这个老乡混熟了以后开始实施他的一项伟大的计划，他要在老乡的房子里画一幅画，画的内容是一个秘密。还没有开始画，就转移了做画的地点，原因是这个老乡要他从工地上搞一袋水泥，他觉得这个交易太龌龊，便把阵地转移到了附近自来水厂一位年轻老乡的宿舍里。年轻人倒也热情，但不相信老郑的能力，眼神中不免带有不屑，老郑觉得受了侮辱，于是乎连午觉也不睡，草草几笔，轮廓已初现，年轻人起床后看到老郑的画已初现端倪，对老郑刮目相看。这个秘密老郑只对我说了，他画的是“龙的传人”，因为老板喜欢龙。画成后他偷偷地把我约到了他的宿舍展开来给我看，是个中堂，画的右上方是老板的头像，下方是一条腾飞的龙。为了画好这条龙，他还请我拍了酒店里很多木雕上龙的图案作为参考，这条龙在他的头脑里酝酿了很久，最后冲天而出，尽管还是有点俗艳，谈不上境界，但这种水平也是必须有过美术功底的人才能画得出。我对他称赞了一番，他很高兴。他平时很少花钱，但这幅画花了他300多块钱，像剜了他一块肉，这么大的投入，显然他是希望有所回报的。

他不确定老板是否喜欢，询问我，我说没事的，起码老板不会骂你，你尽管送就行了。他说他认识一个领导，姓郑，是他的本家，他想让这个本家来给他递送。我问他怎么认识的，他解释了半天原来不过是酒桌上的一面之缘。他对本家说他会画画，本家从眼镜片上边翻了他一眼“你会画画？”眼白里尽是惊诧和意外，想象不出这个农民打扮的人还这么高雅。他后来给他的本家打电话，本家竟连电话也不接，热脸贴到了冷屁股上。我说你何必要他来替你送，他不敢送，还要说你画得不行，扫你的兴，你直接把画交到酒店大堂那里，让服务员帮你转交就行了，保管给你转到，你放心吧。他按照我的办法去送了，第二天他去问了一下服务员，已经转交到老板手里。之后他开始了漫长的等待，每天见到我总要探听一下老板有什么反应。

老郑是南阳邓州人，我说你们南阳出作家呀，姚雪垠就是你们邓州的，你们南阳还有一位作家叫周大新，你听说过没有？他说没有。我说豫剧《香魂女》你听过吧？那就是根据他的小说改编的，他说他听过《香魂女》，但不知道周大新。他很佩服二月河，说二月河原名叫凌解放，写《康熙大帝》的时候，屋子太热，把双腿插在水桶里降温。他说你也是学中文的，还是研究生，要写点东西，来证明你的能力。我说我经常写，都放在QQ空间里了。他让我打印出来给他看看，我一直没有打印。因为那些只是些小豆腐块，羞于示人。他说他要买台笔记本电脑，用电脑来画画，我说那样太复杂了，你还不如直接用手画。他说他会九截鞭，他想在电脑上画出九截鞭的各种姿势、套路，然后再添上文字解说出版，他说这个想法他已经和少林寺的方丈永信谈好了，永信支持他，愿意资助他3万块钱，关键是要把这些套路画出来。他说他跟永信合过影，有机会让我看看照片，可我从来没有机会看到，我想他是吹牛的，只是看到他屋子的墙壁上挂了一条九截鞭，每节一揸长，都生锈了。

今天老郑又告诉我了一个秘密，三亚举办超级达人秀，他报了名。他有很多的才艺要表演，比如九截鞭、少林拳、绘画、书法，那天晚上老郑还给我表演了他的几个保留曲目。他穿着拖鞋和满是洞眼的黄色T恤衫来到我的办公室，从口袋里摸出把口琴，给我吹了一首《大海航行靠舵手》，这首歌我也会唱，便跟着他哼了起来，接下来他又为我唱了一段“红岩上红梅开，千里冰霜脚下踩，三九严寒何所惧，一片丹心向阳开，向阳开”。我听后给他鼓掌，他愈发高兴，然后又给我唱了段豫剧，大概是包公戏，那嗓门格外的粗壮有力，带点沙哑，虽短短两句，但已唱出了包公戏的韵味，但不知道是哪一出，只记得最后三个字是“黑似煤”，不知道宋代有没有煤，也许是“黑似眉”。老郑信佛，戒酒，戒色，很少谈论女人，但那天晚上竟童心大作，笑着唱了一首风骚的东北二人转：

大姑娘美嘞那个大姑娘浪
大姑娘走进了青纱帐
这边的苞米它已结穗
微风轻吹哎~~~青~~~

我东瞅瞅西望望
咋就不见情哥我的郎
郎呀郎你在哪嘎哒藏
找的我是好心忙

他的嗓门很大，估计隔壁泳装店的女孩子都听见了。

老郑终于等到了好消息。他告诉我老板已经看了画，并询问许助理工地上是不是有个叫老郑的。许助理鼓励他继续创作，可见老板对这幅画并不反感。但又看不出老板对这幅画的喜欢，于是老郑的心在窃喜之余不免有些惴惴。花了那么大的功夫和钱财，却换来个心神不宁，便对我嗟叹起来：何必呢？我都这么大年纪了，还图什么？

老郑的许多伟大设想还没来得及实现，便被调到了保亭的金橡树，说那里的项目需要一个懂园林的。说这句话的人是他的同事，也是他的领导。就这样老郑很不情愿地走了。

走之前他还告诉了我一个秘密。那天阴天，房顶上的风很凉爽，我们坐在房顶上看远处的山。他说饭堂一个老太太扫地时老用屁股撞他，我说人家看上你啦，你们可以谈段黄昏恋。老郑哈哈大笑：“我是学美术的，我的眼光有那么差吗！给我恶心死啦！”我看着老郑那苦笑的表情，愈发觉得老郑可爱，笑得喘不过气来！

两个月后，我在饭堂刷碗，忽然一位老太太问我那个老乡去哪里了？我一时想不起来是谁，她说那个老头子，我恍然大悟，她指的是老郑，我想老郑所说的用屁股撞他的大概就是这个老太太啦，但又不确定，因为饭堂还有个老太太！

动使家庭乐　家飘书墨香（外1篇）

◎刘海辰

动使家庭乐，书使家庭亲，孝使家庭善，敬使家庭谐。

我家有家风，家飘书墨香。要问我们家有什么特点，那就是书多。在我们家，共有三个书柜，无一不是装满了琳琅满目的书。从小陪伴我的书柜里放满了我的童话书、漫画书……最近安装的一个新柜子里主要放的是我爸妈的书，放在里面最显眼的是厚厚的《本草纲目》《平凡的世界》。我的房间里也堆了一沓一沓的书，主要是我爸给我买的四大名著小人书。因为我爸想先用小人书的方式让我了解四大名著的故事，再看四大名著就简单多了。现在，我每天晚上都看一本小人书，日复一日，我的知识积累就越来越多了。

我家有家教，劳逸要结合。我爸曾经跟我说过：“人必须劳逸结合，读万卷书，行万里路，缺一不可。所以我们要在该学习的时候认真学习，该玩的时候好好玩。”这样，在星期一至星期五，我就认真学习，节假日我就跟着爸爸妈妈游山玩水。我们去国外参观过风土人情，游览过我国民族的风采，体验过乡下山区的滋味，吃过传统的国菜、高档的西餐和具有特色的山间小馆，这些都让我大开眼界。

上个周日，我们又去了北迹露营。去到那里，映入眼帘的是一大片草地，风猛烈地吹着大树，把树叶吹下一大半。刚开始，我和爸爸、妈妈先去爬攀爬网。开始，我连网都抓不住，但经过几次失败后，我慢慢地找到了方法，爬到了终点。然后，我又和我爸去玩了山道滑车。不过玩过这一次，以后我都不敢和我爸玩了，因为我爸把车开得飞快，好几个弯道都把我吓得心惊肉跳。最主要是最后一段，爸爸还加了速，还好在快碰到路障时停了下来。玩了彩虹滑道之后，我和爸爸、妈妈坐在野餐垫上，美餐了一顿。

动需家本乐，学需家本亲。孝需家本善，敬需家本谐。

我心爱的嘉宝果树

我和爸妈都很喜欢植物，我们便在家里楼顶的阳台花园种上了很多植物，如桃树、柚子树、嘉宝果树、樱桃树、无花果树、木瓜树等，但我最喜欢的植物还是今年刚种下的嘉宝果树。

这棵嘉宝果树看上去很普通，从根部开始往上分开来两根粗枝干，粗枝干上再分出许多小枝桠，小枝桠上面长着一片片绿色的叶子。它开的花很小，都是从两根粗枝干中开出来的，不像桃树那样把自己的花开满枝头。嘉宝果的果实自然也就都结在粗枝干上了。刚结果时，果子青青的、比绿豆还小。果子慢慢长大，几天时间就有一立方厘米那么大了，还是青青的，有些可爱。

每天晚上，我与爸妈都会去给嘉宝果树浇水。果子一天天长大，慢慢从绿变红、再从红变紫。直到有一天，我看到有些其他植物被虫咬了，我心里开始担心起来："嘉宝果之后会不会也被虫咬，要不要打上农药？不行，打了农药就不能吃了。"

几天后，我又去楼顶花园浇水。在给嘉宝果树浇水时，发现有一个果子还是被虫咬了，但它还没完全成熟。管不了了，我叫上了我爸妈，把剩下的果子都摘了下来。我们把摘下的嘉宝果洗干净品尝了起来：嘉宝果虽然没完全熟，但还是很甜，果肉吃起来很嫩。果肉是白色的，核也不大，不枉我们精心照顾了它那么久。

嘉宝果树不将花开得那么大，也不把花开满枝芽，但果子成熟后却更加香甜。我觉得做人也要和嘉宝果树一样：谦虚而又不炫耀自己，却默默地为他人贡献香甜的果实。

我爱我家的嘉宝果树！

诗歌卷

SHI GE JUAN

诗六首

◎沈　鱼

春日尽

春日尽，没有开过的花也不再开了
枯萎的蓓蕾挂在枝头
只是夭折的美，甚至不足以成为遗憾
我也并无伤心之意

许多美好的事，与我无关
春光因此懒散
你梳头，或不化妆
都只是暮春图册
原谅我的不解，或不求甚解
我其实只想睡个懒觉
我有短暂的热爱
也有持久的倦怠

春日尽，人间没有那么多爱情
看花人从不扫花
我也宁愿让花盆长满枯草
零乱与荒废才是永恒的结局

从化行草：凝香

梅，总是孤单才让人爱慕与怜惜
若从众，则一无是处
比如你们此刻结伴绽放如海
叫我如何揽一缕香气入怀？
暖玉温香缠身，我却不知出自哪一朵
这让我非常为难——到底我的爱慕
应该献给谁？而事实上
随便她们哪一个，都不需要我的怜惜

花开万朵，你和他各有所爱
一会儿抚摸这枝，一会儿轻嗅那朵
每一朵梅花都有人爱着，我该怎么办呢？
我就爱那些被风吹落的花瓣儿吧
或许是因为伤心，也因为厌倦，或被抛弃
她们落在青菜上、黄泥上，也落在
红叶上、竹枝上，落在枯草上
落在我的肩上，我细心收拾
梅花，因为怜爱才美
因为珍惜，才有了出尘脱俗的姿态

远看青山如黛，近听碧水无声
梅，从未受困于美色与香气
也不去争最高的枝头
你看倒向流溪的那枝临波照影
而偏向幽谷的那朵也从不流俗
我们以为看见了洁白
而她们从不受惑于人间颜色

观星帖

每一粒星辰都是灵魂出窍
越暗，越深

我的窍神，附着于
人生的污点、错误与遗憾

每天原谅自己一点
每天把星光擦亮

照亮我也照亮你，那狭道你先我后
或者你前我后，即是通途

你的起点成为我的终点
我放弃的你还在努力占有

我只是想看着天空
却执迷于星辰

你能享受宁静的黑暗
你才能接受白昼的纷扰

哭与笑，都是对表情的折磨
热闹和冷清，都是人间动静

那星辰是补丁也是漏洞
那天空是布衣也是袈裟

每一个痛苦的肉身都拥有
同一个慈悲的阴影

我热爱的菩萨
有时是鞋底的一粒沙

也可以比喻为一粒
粗糙却完整的星辰

夜归帖

酒后归来，恰好有明月
此心甚恰
醉眼见万物皆喜
无人挡路
如果没有野心
我觉得万物都如意
风静心止
水中月更入我心
有时我也会觉得人世已完成
捡来的余生不过是喝喝酒
如果喝醉了
借一个坟头睡一晚
假设孤魂都是旧爱
露水的宿敌
醉酒前已握手言欢

随意帖

野花不知名，随意着色
也不问：花是什么花，枝头什么果
枯枝败叶重叠，也不败兴
我本无心，也不惊喜于田垄间
白鹭掠起
又飞入残荷
池塘水浊，也能养活田亩
干净的是人心和魂魄
阳光暖暖地照着
晨雾已经消散，阴影晃动
风吹也是寂静的
一首诗可能夭折
折断处又吐出新芽

落花词

梅花开了桃花开
不急不急
苦楝树上，麻雀已经睡去

夕阳落下明月升
晨昏更替生死继
不怕不怕，活着只是记忆

浮云飘呀飘
夜风吹又吹

独饮者造梦，梦游者何求

月色如染，人神鬼都是同样姿容
乌云上俯瞰，不分不分
人事的明暗，人心的远近

换一种语气，温婉，纤柔
那梦中人，哪还有暴怒
哪还有狂喜或哀伤

桃花开了杏花开，不语不语
也无人赏花，也无人扫花
落花的语气，仿佛叹息，仿佛放弃

诗八首

◎张　娟

茅　寮

必定临水，水中飘有浮莲
必定不惊亦不惧。故无需木门，无需铁锁
黑夜，我们在昏暗的煤油灯下唱歌
白天，从田野归来，用稻草烧火做饭
那干净的炊烟
从茅寮上
升起
像简陋躯壳中升起
怦然心动的灵魂

孔　子

生活是感性的石头。
为了让我们完整，它坚硬的部分充满仪式
你的衣衫的花边高低要符合春天的尺度
你的寒冬祭台上的玉帛和钟鼓，要同时出现
你在三月的沂水沐浴完，队列如龙出水
而，可触摸的是心里面
各种各样的善意
像陋巷阴影拥挤。一个人。简单但满足
像我们一起在檀香树下反复练习的乐曲
像有朋自远方来。你说
没有比这，更重要的事情了

只此青绿

像这样。不用关门
单纯地在存在中歇息
如宝石天空和碧江
如飞过另一座山的橘色的鸟
如从高岭远道而来的四叠瀑布
有人在坡岸上呼渡
有几只雀儿随声应和
有新的寂静升起，在此刻的竹窗下
而青绿的山，连着山
似乎没有一点空虚需要填补——

我待在屋里
你两手空空，像上帝一样志得意满

暗

我的门廊潮湿
我的台阶长满绿苔

这里，一块顽石就是高山
几茎草叶，可作森林

我常常在这里停留。又常常从这里脱身

是的。这是时间的另一种流逝方式
你和我相遇的一小时，我把它当作
漫长的一生

嫁　接

遇见即是开始
像烟雨遇见古道，像种子连接起根
像我的起，接受你的落

后来，看月如霜。看你如我
你悲伤，我流泪
你热烈，我便作羽状飞

还有什么更好的结局？一枚完整的果实
有杏花千叠
也有桃塬，深闭

柳　絮

借着东风。想遇见一个人
为此我用尽气力
在白玉堂前，像蝴蝶飞
在浔阳江上，像大雪茫茫
而楼那么高，路那么远
我轻飘飘的身体，半含烟雨，半含沙

你不会知道，我全部的努力
就是一次次，主动与你擦肩

秋天是无辜的

这是九月
这是秋天的正剧
风萧萧。草木落。天鹅南下
往后，被阻挡的情节会催人泪下
残酷按照戏本的要求步步推进
在雨水和云层之间，秋天像个戏子
一遍遍化为露。又
一遍遍援琴鸣弦凝为霜
而结局是永恒的
季节毫无意义。仿佛一张幕布，被提着不停地旋转，起落
你不要责怪秋天。它是无辜的
东田养穗
西窗栽葵
我从北方来到南方，不过是从一个自己
到另一个自己

拓　片

一树春风悬挂在
记忆的长岸

那年的人随三月的江水顺流而下
那年的船只送别过客
潮水一唱三叹，均匀地拍刷着两片
湿漉漉的心
他们因此更紧地贴在一起
眼见起伏的水声，都落下来
眼见石头洁净。柳枝湿润
不说乱山。不说叠叠。天空已备好浓墨

所有的凹凸不平
尽是你爱的眼神，和声音

诗五首

◎刘光星

我爱你

强大的事物
难免让人感觉压抑
选择适应就不再闪躲
从玻璃缝隙里偷渡进来的光
带着偷偷摸摸的喜悦
扑向你
洒满怀里的温暖
是不是
抄袭了落日

我习惯用沉默
安慰自己
也时常用自言自语
和自己吵架
即便年龄会捣毁所有的激情
我依然像热爱酒精和过滤嘴
那样
爱你

凌晨四点

每天都在差不多的时候醒来
生物钟准确拿捏梦的长短
透过窗户散进来的灯光
大概也听惯了呼噜和磨牙的声音
刚好就口渴　刚好就有尿憋着
或者有车从窗外经过
按一下唤醒飞机轰鸣的喇叭
或者有人说着话走过
不知道应该是算那么早起床
还是那么晚还没有睡觉

每天都在差不多的时候睁开眼睛
然后开始没有目的的想象
人到了一定的年纪才会害怕
划走的时间和挣不到的金钱一样沦陷
又在重复着黎明
又在重复着虚度

大雨的心事

下雨天
可以原谅天空的灰暗
云朵里水蒸气的阴谋
不断破灭　各种急于坠落的力量
聚集在一起　乘坐风或者雨
赶往每一种得到应允的渴望
可以用鸡蛋花在雨中的盛放
瓦解雨水不安好心的抚弄
烂泥地上寻找主人的脚印
收留了一地凋落的花朵

雨点和雨点的拥抱
凑够一条小有规模的溪水
屋檐下避雨的人
藏起可以拧出水的心事
空闲让很多事情变得没有意义
沏好的茶终究不再是普通的水
藏在沉默里的暗涌
比暴雨过后的激流还澎湃

潜入季节里的虫子
盗走岁月所有的甜蜜

交　谈

喝完杯中的茶
依然有些干渴
真的有人　傻到用红茶
消解脸上的苍白
和胃里反复无常的酸痛
倒掉易拉罐里的酒
浪费有些时候
也冒充善意的宽慰
沉默可以让气氛缓和一些
你话里的刀
带着我身上的血

交谈结束就赶紧离别
黑夜愿意无偿护送你回家
愿意护送你潜入梦里
微冷的风
大概不知道你的心事
在你心里烧得很旺的怒火
我用了最好的劝解
也无法浇灭
交谈结束就赶紧离别
我一说话
就会亮出彼此的伤口

春天的思绪

雨下得有些随意
不像某些人的呼噜
打得那么抑扬顿挫
不像木棉花的盛放
像饭店开张一样
红火　春风站过的枝头
冒出新绿　雨水点拨过的土地
孕育出种子的狂野
我在花盆里种下一棵玫瑰
岁月就会在花开的时候
接受我的爱意
寒意配合我的沉默不语
关于新希望的栽培
二月用满满一月的时光
营运

诗四首

◎罗　阳

在时光的海角烹茶写诗

午后，静坐在靠海的窗边品茶
杯中是舒缓宁静的时光，眼中是
诗和远方的田野

回归最原始的蓝
从蓼蓝里提炼生活本色
在茶香中静享清宁时光
尘世如安详的云朵
在蓝天碧海的怀抱里
闭目养神

一缕缕阳光投入怀中
一阵阵海风安抚心房
看浪花追逐着浪花

看沙滩柔软着沙滩
所有的动词都很羞赧
所有的声音都很低缓
时光安静的在茶香中逗留
大海以静态之美，封存在
记忆的港湾

被大海包围的屋子是透明的
是没有罅隙，能以心换心的
我把浪花、礁石，以及心中
宽广的蓝铺陈在时间和茶盏中
伤感的云和被质疑的风
都散发着光芒，交换着温暖
做个不谙世事的小透明

沉默是一种洗礼
静止是一种从容
恪守虔诚之心，于寂美中
坚持爱的修行
走过的每一步都是天涯
到过的每一站都是海角
我眼中的星辰大海，依旧
温暖如初，幸福腼腆

人间春天

又一次与时间重逢
又一次与美好邂逅
站在世界的童话里
盘诘每一个路过春天的人
收到花开的情书了吗？
寻到花香的彼岸了吗？

你像一只激情奔跑的麋鹿
脚底下有风，心里头有光
跨越时光的沟壑与黯淡
只为赴一场春天的约会

我像一羽优雅闲适的白鹤
长袖袅袅，双袂蹁跹，腾云追月
翻过岁月的藩篱和荆棘
择一隅温柔且恬静的春景小憩
内心的小诗句，长出
浪漫的触角

我们在春天里奋力奔跑
又在冬天拼命逃亡
两种沸腾的命运交织在一起
彼此依偎，互诉衷肠
抵御风寒，拒绝侵蚀
电光火石不曾退缩
遍体鳞伤不愿放弃
把命运的皮囊一遍遍锤炼
将生活的焦虑一点点沉淀
那么多的虚掷光阴
那么多的蹉跎岁月
只为不断寻找那个走丢的自己

阳光抻直了脖子
月光拉长了影子
日复一日，永恒连着永恒
年复一年，深情望着深情
花开花落，春天等着春天
今生来世，人间爱着人间

弥留在心间的场景

一朵云连着一朵云
时间沾染了仙气
睥睨众生，放空自我的时候
就有了法术
阳台是天宫最好的观景台
每家都住着一位呼风唤雨的娘娘
感叹一声“要下雨啦！”
爹爹便慌忙去收衣裳

我喜欢躺在云片上听风
偶尔望一眼缩小版的车水马龙
每天车来车往不绝于耳
想要关注的动态都陈列于马路上
最终被儿子写进日记里、收录绘本中
飞机是一定要证明他来过
你不抬头望一眼也可以
他已经开启了强提醒模式
在初见的那片云朵上，打卡

一览无余的黄山鲁
羞涩于群楼间
她不断给城市腾出空间
来孕育出葳蕤的时光
一草一木都是对生命的修辞
我眼中的绿意
真的需要你来赞美
因为，安静是发自内心的对白

雨是天空与大地的对饮
风吹进飘窗时夜已微醺
疲惫的灯光照在回家的路上
到处都是歪歪斜斜的影子
以及，弥留在心间的场景

一场雨，一本书

从等一场雨开始
对沉淀的岁月注入关怀
给晦涩的青春留下惆怅
那漫不经心的雨
在万物的悲悯中仿佛有了隔阂

绽放在雨中的玫瑰
曾把芳香一点一点溶解在水里
透过大雨滂沱的车窗
对一座城市的额首就是等待雨停
在座无虚席的星巴克
没人关注你拧的是伞还是拐杖
顾自释放内心的逼仄和宿疾
不加糖的咖啡也能喝出不一样的甜

从一本书中打开的雨水
早已找到互相取暖的语言
如蜉蝣般转瞬即逝的人群里
用眼角的深情抵御世态炎凉

一场雨等一把伞
一本书找一个人
不急不缓，不早不迟
没有意外，不算惊喜
那些拉锯流年的真情告白
刚好被我写进诗的夙愿里

诗四首

◎黄苏桃

与秋书

我与月光面对面坐着
夏末的晚风在我的身体里穿梭
我的飘逸之态是一种形式主义
无视人间荒草摇晃

晚风温柔

风会吹动我的发丝
以一片海的形式，潮起又潮落
忽远又忽近
有时候我会坐在咖啡馆
看人来人往
有时候我会按下车窗
听风吹树叶的声音
就像没有人会在风里
就像没有人不在风里

恰如一场雨水

假如从夏到秋
只是一片叶子从树上落下的时间
而从我到你
无一是雨水
无一不是雨水

水　边

整个下午，你坐在湖水边
与夕阳、与傍晚的风并肩
在平静的湖水中，你看到
自己明明灭灭的大半生
芦苇在风中动了一下
你的嘴唇也微微动了一下
树上的叶子也跟着动了一下

诗四首

◎邝丽梅

法国海棠花

不倾慕天空的绚丽的云彩
我
只把头低低地垂下
望着
广博深情的大地
向你倾说
如泣如诉

不必与众花竞相斗丽
不如把更多的机会
献给绿叶
我
在浓荫的静谧之中
等候着你——
在那一片叶的世界中
知道我的存在

不是没有凝结的力量
点点花瓣
那是心的碎片啊
在这儿投影

心
因再碎而深锁吗

祈望着你的热吻哟
不因害羞而满面通红
那般红的热血
已沸腾全身

纵有一天
我倦了　倦了
掉在地上
粉身碎骨
也是
片片情痴

母亲与春天

母亲深沉的眸子
透过树叶翠绿的光泽
启开春天希望的故事
刹那，春燕演奏起春的乐曲

母亲的话语平平仄仄
吟遍故乡起伏的山岭
希冀从水稻的根脉长出
喜悦在母亲的脸上流露

春雨、阳光的祝福
庄稼谦逊的微笑
都充实母亲幸福的感觉

锄头与土地的絮语
染着春天的颜色
在神农氏的梦魂里轻轻诉说
流连顾盼之间
道破母亲与岁月的默契
老牛与犁的秘密
夕阳下，母亲的茧手哟
弹响春天的主题曲

捧起欢乐的笑声

轻轻的我们
一起来到了美丽的海滨

潮湿的风　解开了
我们郁闷的胸怀
一缕缕阳光
温暖着我们的记忆

光着脚，走在银色的沙滩上
让自己的心情
溶入细沙的空隙

轻诉心事吧
把一切都告诉大海
大海啊　永远是一位真实的
心襟开阔的听众
时时敞开着胸怀
拥抱着我们的心情

弯下腰
想把海儿亲密的拥抱
想把水中那道阳光捧在手心里
脚　不经意地
被海水细沙亲吻着
细看水中　是一张张
笑皱了的欢乐之脸
轻轻地捧起一片蔚蓝
那仿佛是一串串欢乐幸福的笑声

昙花开了

是谁
推开一片片花瓣
从花蕊中走出来

叩击我的窗户走进我的阳台

昙花开了
最美丽的时刻到了
紧闭的重门为谁打开

在甜蜜的芬芳里
又是谁
摘取我心中的情怀

虽然只有短短的一瞬
但　我长久的一生
不就是为了
这　短短的一瞬

诗三首

◎范剑峰

深情帖

深情注视了太久，我便宽恕了所有
那无人打扫的楼道，尘埃随处跌落
那锈迹斑斑的铁门，打开又关上

河水浑浊，坐乱石上的垂钓老者两手空空
雨水太小，我不敢责怪那河边婆娑的榕树

想想背井离乡讨生活的人
想想寒冷中那风与雨的重逢
我赶紧扶正路边小草
让它在来年春天茁壮成长

立冬帖

斗柄指西北，江水始冰，天地始冻
遇草木凋零，纵有万般柔情
无意书写寒风冷雨无情

节气更迭，情缘生灭
出发之前惠风和畅，收拾太多负重
斑马线上绿灯四十，行色匆匆
跳过收获的深秋，前方注定荆棘路途
遥不知归期

在白纸上描绘，在空墙上涂鸦
年轮如期而至的问候
总有舍不得放下的瞬间、撞击心灵的印记
总想说些什么总结深刻的过去
拿起笔无从表达真实的虚荣
明知集体献媚是个体虚无缥缈的赞美
我却在乎谎言的过度包装

立冬万物收藏，夜雨兴高采烈
多久没回老家，我就世俗了多久
寒意由心而发，无力焐热酒
端杯，盛满奴性的卑微
始终无法释怀，拼命播种希望
尝试看透人间的风和雨

保持距离是爱的隐喻

总会有一种信仰矢志不渝
总会有爱的气息在空气中传播
总会点亮渴望的一束光
引导沉重的脚步走过逼仄冗长的街道

未来得及安慰疲惫的身躯
我听见空荡的操场上鸟儿窃窃私语
仍无法注解
白衣上的名字称重英雄几两

无论行色匆匆
总会有一个人值得等待
总会有一瞬间值得铭记

一米线的间条，隔空拥抱的母女
那是从风穿过的深情
保持距离是爱的隐喻

谁在无人的课室写下颂词
告诉我世间美好，人间值得

那手提马灯在雾霾中行走的人
总会找到云开雾散的光明

诗三首

◎杨　平

师　说

我本萤光
却想幻化成火炬
狂风灭不了
暴雨也不能熄
照着他，照着你
照亮前景
黑暗中
迷茫时
若你有需
应声而启
心门大开
光芒直聚

在我的光环里
你不孤单
方向明晰
有缘的我们
光感刚好，感光默籍
不远，不近
不高，也不低

我的光
不是烛光
照亮了别人
也充实了自已
成长的感动中
学问的宝藏里
有你的付出
也有我的给予
和茁壮的欣喜

星的遐想

星空辽阔
星辰闪烁
星星和星星
组成一条银河
河面忽明忽暗
河浪一波一波
有颗调皮的星星
一闪一闪，一步一歌
他多希望
多希望透过厚厚的云层

呈现真实的自我

凡间尘埃不曾污染
雨雪风霜也未袭过
尽管高处不胜寒意
洁净的灵魂向着地球的方向
永往直前，永不退缩

云，被雨水洗涮
天空无边无际
星星索兴以身作笔墨
泻银色将大地涂抹

银河无垠
浩瀚高不可测
把自己整个身躯浸没
也要折射出耀眼的光芒
从云穿过
映亮宇宙
光泽大地雄鸡的轮廓

星星对大地的深情
就是我和我的祖国

那一年

那一年
一晃就是从前
那一年
你我都是懵懂少年
那一年
我们坐在抚河岸边
同窗同学同灿笑魇

那一年
我们学业有成离开校园
从此天涯海角外出赚钱
不知不觉岁月如梭
征途归来已是老年
回不去的青春
回不去的校园

回不去就回不去
无须感叹
无须留恋
目光向远
脚步朝前

从此
不再拼搏轻松惬意快乐无边
从此
夕阳无限
灿烂无比
光照云天

诗一首

◎冯　杰

悼君儿·空谷幽兰

凄风苦雨傲芳魂
幽谷崇峰生慧根
玉洁冰清餐苦露
雪杯霜盏泪兼吞
风刀雨剑惯来袭
碎石罡雷常相奔
坚韧蕾枝迎暴虐
天香雅淡满乾坤

花都文艺·第30期

广州市花都区文学艺术界联合会
广州市花都区作家协会　　　　编著
广州市花都区茶文化促进会

华南理工大学出版社
SOUTH CHINA UNIVERSITY OF TECHNOLOGY PRESS
·广州·

图书在版编目（CIP）数据

花都文艺. 第30期 / 广州市花都区文学艺术界联合会，广州市花都区作家协会，广州市花都区茶文化促进会编著. —广州：华南理工大学出版社，2023.8

ISBN 978－7－5623－7405－3

Ⅰ. ①花…　Ⅱ. ①广…　②广…　③广…　Ⅲ. ①中国文学－当代文学－作品综合集　Ⅳ. ①I217.2

中国国家版本馆 CIP 数据核字（2023）第 146875 号

花都文艺・第30期

Huadu Wenyi・Di–30 Qi

广州市花都区文学艺术界联合会，广州市花都区作家协会，广州市花都区茶文化促进会　编著

出 版 人：柯　宁

出版发行：华南理工大学出版社

（广州五山华南理工大学17号楼，邮编510640）

http://hg.cb.scut.edu.cn　E-mail: scutc13@scut.edu.cn

营销部电话：020-87113487　87111048（传真）

策划编辑：罗月花

责任编辑：罗月花　陈哲菲

责任校对：詹伟文

印 刷 者：广州市新怡印务股份有限公司

开　　本：889 mm × 1194 mm　1/16　**总印张：**29　**总字数：**698 千

版　　次：2023 年 8 月第 1 版　**印次：**2023 年 8 月第 1 次印刷

定　　价：180.00 元（共 3 卷）

音乐人生

温欢容

音乐是什么？音乐，是人生对于真、善、美的追求。

在约定性的层面，音乐是一种艺术形式和文化活动。它是以声音来表达内心情感的艺术，是人类表现性艺术最早的形式之一。音乐来源于生活，它的发展史亦是社会的发展史，关于音乐的历史，可以追溯到距今五千年前的黄帝时代，甚至更久。

音乐作为文化艺术的重要组成部分，早已成为人类不可或缺的一部分。在人类还没有产生语言时，就已经通过利用声音的特性来表达情感。随着人类劳动的发展，形成了劳动号子，这便是最原始的音乐雏形。

音乐是声、音、乐、调、律、段、曲的交融。看似简单的音符，巧妙组合便能谱写出灿烂的乐章。无论是一首简单的歌曲，还是一部宏大的交响乐，都呈现着作曲者的音乐修养与文化底蕴，并非杂乱无章的排列便能称之为音乐。

在更深层次的意义上，音乐是人类的精神食粮。当语言无法表达内心情感时，音乐可以。或热烈兴奋，或庄严肃穆，或细腻缠绵……也许有人会说自己不懂音乐，但当音乐的旋律响起，无论欢喜、忧伤，人们都犹如身临其境，沉浸其中。音乐对于人的鼓舞作用也是巨大的。在不幸面前，音乐可以让人忘却痛苦，正视自己，把苦难当作是人生的历练，在一次次的历练中成长，超越自我。

现代生活是快节奏的，在纷繁复杂的生活里，人们需要通过音乐营造一个可以修篱种菊、属于自己的桃花源。音乐亦可促进人类智力发展。在人才竞争激烈的21世纪，社会需要的是富有创新精神和能力的人才，而音乐作品本身也是创新的代表。音乐对于人感官的刺激，可以触发人的想象力。不同的音乐风格，传递着不同的文化涵养，激发人的创新思维和独特的想象力。聆听大量的音乐作品，接受不同风格元素音乐的洗礼，打开你的眼界，你就知道什么是美。当你对美有了一定的追求，你对自己也就有了要求。音乐就是这般潜移默化地影响着人们。

马克思说过：“如果你想得到艺术的享受，你本身就必须是一个有艺术修养的人。”常有家长问我，在音乐世界中，孩子可以学到什么？现在很多家长给孩子报读专注力的课程，但成效真的很好吗？并不怎么样。音乐教育却不然。我所在的音乐艺术中心教授着近5000名学生，他们中不乏缺少专注力的，但通过坚持音乐学习，他们的专注力、气质、审美，甚至整个人的综合素质都有了明显的提升。论语有曰：“夫子循循然善诱人。”教琴的同时谆谆教导，教育学生做人的道理，孝敬父母，尊师重道，与人为善，这是人生的必修课。

在音乐世界里的孩子是幸福的，当家长们决定让孩子学习音乐时，他们所学到的并不仅仅是一门课程，更是一种文化素养。我是那么的热爱音乐，我愿音乐能走进千家万户。为了传播音乐的真、善、美，我从未停下学习的脚步，不远千里，奔赴北京、杭州等地参加全国高规格的师资培训与大师班学习，跟随优秀的音乐家进行深入学习交流与探讨。在教学中、在生活中，将我的所学所获传递给我的学生们、同事们、亲朋好友们。我与音乐已相伴30余载，从事音乐教育亦有近20个年头，感谢音乐带给我生活的美好与感动。

人生如四季：朝阳如春，舒畅如夏，快意如秋，沉淀如冬。我亦在每一个音符中，与我有同样音乐情怀的伙伴们携手感受我们一遍遍走过的音乐四季。我们作为音乐的传播者传承者，不断修炼自身技能与品德，传播如春夏秋冬中有能量、有温度的音乐教育。

目录

文学花都

WEN XUE HUA DU

小说
散文
诗歌
楹联

小说

客家女人

◎余清平

和平新村，属江东新区管辖，与东江相拥。东江水清澈，滋润得村庄风景秀丽。和平新村的人就像村庄的植物一样，小伙子像松树一样挺拔，女儿像修竹一样俊秀。若是外村嫁来的媳妇儿，不用担心她们模样儿跟不上趟，只要把东江水喝进肚子里，美丽只是时间问题。

比如冷凤的婆婆陈红梅，刚嫁来的时候，皮肤黑且干枯，可是，几年后，她回娘家，娘家人差点不认得她了。家人一连声地赞，这东江水，就是不一样。陈红梅也会笑着邀请，大家有时间，也去住几年，肯定会省了面膜、护肤品的钱。

陈红梅生了儿子朱询，日子甜得像蜜一样。丈夫是刑警，虽然工作很忙，常常不在家，但夫妻两个很恩爱。这样的生活，想不舒心也不行。可是，丈夫在一次缉毒中，不幸把生命光荣地“搁”在广西边境。陈红梅听到噩讯，趴在东江边，把泪水流了又流。后来，别人家致富了，有了钱盖新房买新车，她则将积蓄投资儿子读书。朱询很优秀，大学毕业后再读研究生，这才梧桐树引来了金凤凰，娶到校花冷凤。

冷凤有才有貌，博士生。冷凤刚嫁来的时候，陈红梅整天笑得嘴巴合不拢，知道冷凤不会做家务，什么活都不让她做。冷凤是独生女，父母的掌上明珠，十指不沾阳春水，四季不入菜市场。

冷凤生“小棉袄”那年，几家地产公司看上了和平新村，这里日照时间长，地气温暖，空气干净，宜居。因此，地价像喝饱了东江水的春芽“滋滋”地长。按照补偿，陈红梅家分得三套房。房地产业带动其他产业，很快，村民的日子是一天更比一天甜。可是，就在“小棉袄”五岁时，冷凤的好日子似乎走到了头，婆媳之间荡起了刀剑之声。原因是陈红梅开始呼喝冷凤做家务。开始，冷凤没当一回事。陈红梅的脸上便升起了乌云，并且再三要求冷凤做家务活。冷凤上班累，现在又被婆婆要求做家务活，而朱询被单位调去新疆支边，心里委屈无处说。

冷凤想着不制造家庭矛盾，将一切都忍了。有时候，冷凤想婆婆也不容易，就主动帮着打打下手，洗洗菜，刨刨瓜皮。可是，陈红梅不满足于此，开始吩咐冷凤煮饭炒菜。冷凤也会遵照婆婆嘱咐学做饭，可是，她不是将菜炒焦煳了，就是将饭煮成隔生饭。陈红梅看了，不高兴，咕噜着，现在住上新房，好日子好福气，但不能饭都不会煮，这多少米就放多少水，电饭煲里面有刻度表。

冷凤本来就很丧气，听了婆婆这一顿抢白，心说，这什么逻辑，住新房就得会做家务活？冷凤工作上很出色，业绩惊人，可就是对家务活很懵懂。

洗洗刷刷的日子在冲撞中继续前行。冷凤将自己所受的委屈全部隐藏起来，没告诉朱询。她不想朱询着急，更没有告诉父母亲，担心父母亲为她难过。冷凤很努力地学习煮饭烹菜，终于，功夫不负有心人，能烧得一手好菜。陈红梅看了，脸上的乌云渐渐稀薄了许多。她说，我们客家女人一定得像个住家女人的样子。

一天，冷凤准备出门上班。陈红梅说，下班带点菜回来。可是，一天的工作累得冷凤忘记了买菜这件事。陈红梅就叨叨开了，说她以前过苦日子都是这么过来的，一样都没落下，现在的年轻人呐，还不如她们以前过苦日子时那样……冷凤耳朵听得起老茧，但还是忍着。

几天后，陈红梅又叨叨开了，说："现在买菜可不像以前摘自家菜园里的菜，要货比三家，会挑会拣，青菜买什么样的才是最新鲜最嫩的，哪种菜是没有农药残留的，像你这样买菜不行。还有，菜买回来，你要知道怎样放冰箱里，青菜要放到冰箱的下层，肉类要放上层速冻的地方，这样就不会变味，青菜也不会被冻死，像现在这样存放是不行的……"

冷凤委屈得眼泪在眼眶里直打圈。

八月的一天，晚饭后，陈红梅对冷凤说："这住上新房子，日子是红火起来，别人家的婆婆脖子戴的、耳朵挂的什么都有，只有我什么都没有，我想买金项链、金耳环。"冷凤一听，心里那个火就再也盖不住了，心说："还有完没完呀？您年纪这么大，要这些干吗？再说，家里的补偿款不都是您拿着。"但是冷凤嘴里说出的话跟心里说的不一样。她说："您实在需要，那去找您儿子吧。"

一个晚上，吃过饭的冷凤坐在客厅沙发上翻看朋友圈，无意中翻看到婆婆在朋友圈里晒的照片。她戴着金项链、金耳环站在自家门口照的相片，还别说，真的显贵气，照片的上面打了一行字：谢谢孝顺的儿媳妇。

冷风的眼泪一下子溢出眼眶。陈红梅走过来，一把抱住冷风说，“傻孩子，哭啥？妈知道你很优秀，工作忙，现在日子富裕了，妈想享享福，还有，妈也担心有一天动不了，你们就没人照顾，这才狠着心逼你学会做家务，可以照顾你自己。如果真到哪一天，实在忙不过来，就请钟点工吧”。

“妈！”冷风控制不住自己的眼泪，在眼眶转来转去。

陈红梅揽着冷风说，“孩子，我们朱家的人都坚强，别哭，告诉你吧，朱询的爷爷是东江纵队战士，新中国成立后去湘西剿匪时牺牲，他爸爸却是在一次缉毒中把命丢了，前几年，朱询又去了新疆，我们在家里的女人，一定要学会独立生活。哎，现在是好日子呐，我嫁来的时候，这里是一块块田，现在，都建起了高楼，成商业区了，日子越来越幸福。”

门神

◎余清平

三伯是在接到一个匿名电话后，心急火燎地带着平时唱孝歌时伴奏的那面小鼓，坐了汽车转火车，赶来省城儿子圣林家的。

圣林见到三伯，一脸的惊愕：“爸，您来了，咋不提前说一声？我好去车站接您。”

三伯黑着脸不说话。圣林打趣说：“爸好雅兴，带着这面鼓。”三伯盯着圣林说：“你老子来，就不能带鼓？”圣林再赔笑：“我不是这个意思，爸。”三伯梗着脖子说：“不是这意思就别问。”

圣林是三伯的独苗，爱若掌上明珠，政法系博士生，做了法官。

圣林多次接三伯进城，可是，三伯说住不惯城市，即使来了，也住不了几天就回乡下。三伯在老家，是十里八乡的孝歌手，有一副金嗓子，记性又好，能唱很多首孝歌。什么《朱子割肝》《李逵哭母》等等，不仅能唱，更能独出心裁，临时发挥来些新编故事。

西冲坳村虽然偏僻，三伯凭着他这副金嗓子供圣林读书，让山沟沟飞出一只金凤凰。

夜晚，三伯喊在书房里忙碌的圣林到客厅来，说教他唱孝歌。圣林在书房里回答，来了来了，可就是不见人出来。如此几次三番，三伯有些不耐烦，起身去推圣林的房门，看到他伏案写字。三伯知道圣林在忙正事儿，便叹一口气，罢了罢了，明天再说吧。

第二晚，也是这样。如此，过了半个月。一天晚上，圣林没有回家，三伯一个人在家闷得慌，就放好锣鼓，摆起架势准备来一段《教儿经》。三伯尚未开腔，就听到敲门声。他想起儿子的嘱咐，轻易不要开门。他从猫眼里往外瞄了又瞄，外面是个肥胖的穿着得体的人。三伯想他不是坏人，打开门问："找哪个？"

"我找圣林，大叔。"来人手里拿着一个纸袋，一脸谄媚的样子。

"找圣林？他不在家。"三伯看到来人的笑模样，有些不喜欢。

"哦，您是伯伯，我是圣林的同学。"

"圣林的同学？哦，那快进来喝茶。"听说是儿子的同学，三伯的态度有了改变。

"我叫付琦，伯伯。"来人将肥胖的身躯从门外挤进门内，走到沙发前，一手按着沙发靠背，一手扶着大腿，缓缓地坐下。

付琦与三伯拉呱了一会闲话，又问了三伯一些家中情况，这才告辞走了。三伯送他出门，回转身才看到，付琦的快递纸袋搁在茶几上。三伯一眼瞥到上面有一行字：老同学，听说你父亲来了，区区小意思，当给老人家买杯茶喝。

三伯连忙拆开一看，大吃一惊，里面是十扎钱。三伯的心脏顿时如同插了一把刀，想那匿名电话里说的是真的。三伯顿时坐也难受，卧也难受。

几天后，圣林回家。三伯的脸比李逵还黑，问儿子："你干了些啥？"

"干啥？没干啥？爸。"圣林一头雾水。

"真的没干啥？"

"真的没干啥。"

"好，我再问你一句，你有没有贪污受贿？"

"咋啦？爸，像审犯人似的。"圣林伸手想扶三伯。

三伯火了，将付琦留下的钱摔在茶几上，问："这个是什么？"

圣林拿起快递纸袋一看，说："不就是钱嘛，是同学付琦送给您的，他告诉我了。"

"儿啊，送给我的？他为什么送钱给我？"

“他说，您老是他同学的爸啊。”

“儿啊，对爸说，你这几年收了多少钱？”

“什么钱？爸，我没有收钱。”

“没收钱？这是啥？哎呀，我还是来晚了，这是哪跟哪啊，儿子！我以前怎么教你的？你都忘记了！”三伯一拍大腿，僵坐在沙发上，老泪纵横，“我就说，我就说你不对劲，就怕你做了官就成了国家的蛀虫，我一直教你做人要讲德还要清廉，你却知法犯法啊，儿子！”

三伯又说：“你知道我为嘛来的，是有人打电话给我，说你受贿，收了别人的钱，我这次来，就是要给你唱孝歌，听听贤德的古人是怎么为人的。”

圣林一把抱住三伯，扶他坐沙发上，自己“咕咚”一声跪下，眼睛湿润，哽咽着说：爸，您住农村，我好担心，估计付琦知道了我的担忧，瞒着我弄了这个馊主意，给您打的电话，骗您进城。你今后就别回乡下了，因为，自从我坐上这个位子，确实有一些人为了某些目的行贿我，若您在，正好给我拦住这些人，做儿子的“门神”。

散文

祖母的腊月

◎吴子涵

腊月是过年的前奏。临近春节，祖母在腊月里做糍粑、酿甜酒、蒸年糕、灌香肠、腌腊肉、炒花生的情景就会在我的脑海中浮现。严寒中，祖母哈着冻得通红的双手，将大块的鸡鸭鱼肉腌制成鲜香醉人的腊味；炉灶旁，祖母烧着大火，将米面瓜果烹制成香甜可口的糕点，这一热气腾腾的场景，无不饱含着她对儿孙的爱。

受疫情的影响，父亲提前将祖母接到广州过年，顺便体验下羊城热闹的迎春花市，感受下羊城温暖的气候。祖母提着大包小包刚到广州的家不久，便着手将带来的肉腌制成腊味。

今年广州的腊月异常寒冷，可祖母还是照例忙开了。俗话说，父母的腊月儿女的年。暖阳下，祖母一边灌香肠，一边聊着过年的安排；一边腌着腊肉，一边讨论腊味的烹饪要领。在我们小区的天井、阳台、楼顶，凡是有阳光的地方，都挂着风干或熏干的香肠、咸鱼和腊肉，这是老一辈辞旧迎新的“杰作”，也是迎春接福的供品，更是父母对儿女的召唤。

祖母用腊肉炒出来的菜式色味俱佳，芳香扑鼻，腊肉光泽鲜亮，青菜更是翠绿脆嫩，吃起来满口飘香，既能下酒，又能下饭。祖母做的腊肉蒸饭更是赢得了全家人的青睐，她将腊肉剁碎，与蚕豆、红萝卜丝、香菇丁等拌在一起，加入调料，待电饭锅中的米饭快要熟透时，将拌好的腊肉均匀地撒在饭上，然后盖上锅盖，等米饭熟透时，腊肉的香甜就已渗入米饭之中。这种烹饪方法蒸出的腊味米饭原汁原味，油而不腻，营养丰富，是全家人的最爱。

最美儿时味，最香年夜饭。味觉连着记忆。老一辈在腊月里打糍粑、酿甜酒、蒸年糕、灌香肠、腌腊肉、炒花生、包饺子、扎灯笼、炸麻花，林林总总，一样都不少，一样都不缺，温馨又从容，舒适又惬意。

人生最好的状态

◎赵倩倩

一是，活得有度。

画图的度，可以用尺量，而生活的度，需要用心去感知。

我们要感知身体的变化。工作压力大或是疲惫过度时，很多人会出现肩颈酸痛、头痛、眼花等问题，其实这些都是身体在以它的方式提醒我们，要做出适当调整了。

记得给忙碌的生活加一些停顿号，养成保养身体的好习惯。工作间隙，随手用几张便利贴提醒自己多喝水、常眨眼；规律做做运动，伸伸胳膊扭扭腰，都能让身心得到很好的放松。身体是我们最忠实也是最重要的朋友。一个对自我负责的人，不会过度消耗自己的健康。

我们要感知情绪的变化。人都有情绪，也容易被情绪所扰，但不必对此过于抗拒。就像我们总能理解婴儿的小脾气，愿意为其不厌其烦地收拾残局一样，我们也要学会看见和调节自己的情绪，别把对情绪的管理演变成过度的控制。

你善待情绪，情绪就会善待你。与情绪温柔相处，是让一切变好的重要前提之一。

二是，活得有爱。

很喜欢这样一句话："正是因为你爱的人住在这里，宇宙才有了意义。"生命因爱而存在，也因爱而精彩。用一颗懂爱的心去生活，世界才会充满温暖与美好。

有人说，现代人住在钢筋水泥的城市里容易缺少温情，不如说我们习惯了倔强，总觉得靠自己都能行。但其实，父母亲人的叮嘱、同事朋友的关心、陌生人的善意，都是值得我们用心去感知的爱。

生活中，表达爱的形式有很多。为心爱的人煲一锅暖心靓汤，教新入职的同事一些职场窍门，向身边有困难的朋友伸出援手，这些都是爱。

不以爱小而不为。很多时候，爱无关多么轰轰烈烈的表达，却恰恰来自日常而琐碎的小事中，是发自内心的一举手一投足。

赠人玫瑰，手有余香。能够爱人、助人，温柔对待山川河流与一草一木，本身就是一种幸福。

三是，活得有趣。

我和同事小君同一路线上班，时常听她抱怨说出了地铁口还要走二十几分钟才能到公司，常常都要一路小跑着去打卡，每个早晨都是一场兵荒马乱的战斗。

有一次听她说完后，我递了一张书签给她。“银杏叶做的？真好看。”我和她说：“我每天比你早二十分钟出门，那段路我当是早锻炼，这片银杏叶就是路上捡回来的，风干过塑后就成了好看的书签。”

你看，人生纵使不如意事十有八九，但只要有心，也总能寻得一两分趣味。那份看似不太喜欢的工作，越琢磨，可能越有成就感；百忙之中抽空念故事给孩子听，结果自己笑到合不拢嘴；站在站牌前百无聊赖地等公交车，忽然看见雪花纷纷扬扬飘落下来……

生命中所有不期而遇的趣事，都是奖励给努力者的惊喜。就像一道彩虹划过，你看见它时会会心一笑。日子再繁忙，也要做个有趣的人，将三餐四季过出独具匠心，这般人生方能有滋又有味。

关于生活，每个人都有自己的追求和理解。但不论所求为何，都需要我们对生活满怀热情、对生命充满敬意。把身体照顾好，把情绪安顿好，把重要的人待好，把喜欢的事做好，你想要的才会在来的路上。愿余生，我们都能收获想要的状态，有度、有爱、有趣地过生活。

花城之美

◎倪西赟

树绿了，花开了。

油菜花染黄了山村，格桑花在公园里匍匐前进。三角梅灿烂了小楼的阳台，紫荆花欲把天空遮盖。

二十年前来到花城，很诧异到处都是的花儿，争相斗艳地开着，蛮不讲理地开着，无休止地开着。花城似乎没有明显的季节，时间不会停顿。

而在山东老家的每个季节，都是棱角分明。春天到了，春天有微风的柔软，细雨的缠绵，空气的香甜；夏天到了，有狂风的愤怒，有河流的怒吼，有夏蝉的聒噪；秋天到了，有庄稼的丰腴，有天空的深远，有果实的芳香；冬天到了，有树木的萧杀，有雪花的飞舞，有大地的寂寥。

老家的每一个季节都有一个门槛，时间到了这个门槛，就要换装。不换装，就过不去那道门槛。

花城和我老家真是大不相同。闭上眼睛，常常觉得这是一个梦，我游走在现实和梦境之中。

不过，在花城待久了，花城，既不让人伤春，也不让人感夏，也不让人悲秋，更不令人怕冬。每天，有一个一如既往的好心情。微微笑着，舒服熨帖着……

花城，最让人心动的是树。花城的树，似乎一绿就是绿一年；还有花城的花，似乎一开就开一年。

花城的树，颜如绿焰，焰火漫天。

花城的花，次第连接，繁花不落。

其实，哪里的树叶和花朵不落呢？花城的树叶和花朵不是不落，而是在悄无声息落下的同时，又极速生成。变换和转换之间，在于一眨眼，一瞬间。

我喜欢这花城的绿，喜欢这花城的繁花，更喜欢在一眨眼，一瞬间的落。

从前，每逢读到：落花，花落；落叶，叶落；落雨，雨落；落风，风落；落泪，泪落等词句，一个落字，伤感不免滚滚而来。

而在花城，落不是伤感，落是一种轻盈，一种欢快，一种自然，一种悠闲，一种成熟，更是一种无言之美！

落花·花落

没有什么，比落花，花落，更加柔美、犹怜。

到了该离开的时候，花，就从枝头，悄然而落。

落花，花落的过程，好像一个人，在掌声、在赞美之后，独自走一段无人欣赏的路，并直至终点。看到花落下来，有人会叹息一声，有人行色匆匆，有人，偶尔也接住落下的花瓣。

其实，花城的落花，花落，很美，很美。黄风铃落了，一地金黄；紫荆花落了，一地粉紫；木棉花落了，一地火红；梅花落了，一地雪白。

花落，香凝。香凝，花落。

我是不喜欢看到花落在土里。虽然落在土里，成泥，才是它的归宿。我觉得，花，只有落在纸上，落在水里，才是最美的样子。

花，落在纸上。

花怎么会落在纸上？——花有时是落在纸上的。

每个周末，我都会和妻马不停蹄地在花城到处看花开，也看落花。

花城的花开和花落，是次第更新，开了落，落了又开，往复循环。

每逢花落，我和妻常在树下驻足，流连，拍照。妻闭上眼睛，伸出双手，托在胸前。花静静落下来，落在她的头上、胸口、手上、脚边。之后，我从包里拿出一些白纸出来，铺在地上。把红的粉的紫的蓝的黄的白的花朵，从地上，从草丛中捡来，放在白纸上。有时，风来，风去，花朵也扑簌簌落下来，落在用石块压住四角的白纸上。

花朵此时，并不明亮、饱满，而是疯狂过后的疲倦，激情过后的安详。它们在白纸上，被我和妻摆成方形、圆形、三角形，更多的是心形。这是一颗怎样的心呢？

在枝头上它有蓝天的渲染，在地上有白纸的衬托，这才是它纯洁的一生。

之后，妻会用白纸把这个心形的花包裹住，在这棵树下，或者那片花丛，挖一个坑，埋葬它，让它做个好梦。妻和它约定，下次来，再相逢。

花朵在纸上，它遇到了一生的知己。

花，落在流水里，也是最美的。

花城的花，开得到处都是。而河边、溪边，繁花遮盖了流水。繁花之上，蓝天白云，阳光金黄。繁花之间，鸟儿雀跃，歌喉嘹亮；繁花之下，流水清澈，款款流淌。

花城的流水向西，流水向南，流水向东，流水向北，它按照自己的方向、方式行走。

河边、溪边、江边，一排排紫荆树、一排排异木棉树、一排排相思树跟随。树下，还有一丛丛醉蝶花、一丛丛格桑花、一丛丛海棠花相伴。

微风吹来，溪水上，小河上，江边的水面上，落满了花瓣。

落花流水，仅仅只读这个词，就会让人感觉到一败涂地，无可奈何。如果拆开读：落花，流水；流水，落花。一个悠远的意境，一阵酥软的战栗，一股美的味道，一种向往的心情，款款而来。

花瓣从枝头落下，流水温柔托起，流水轻轻相送。

送到哪里？送到远方，送到你不见。

是流水送花？还是花随流水？——没有人想弄清楚这件事。

落雨·雨落

没有什么，比落雨，雨落，更加自然和潇洒的。

花城的雨，它想来就来，想走就走，想落，就落在任意的地方。

花城没有瓦房，雨落不到瓦楞上，雨过之后，听不到雨滴滴答答从瓦檐上落下的声音。

花城没有茅草，雨落不到草颈上，雨过之后，看不到晶莹的雨珠里装着太阳。

花城没有大河，雨落不到大河之上，雨过之后，看不到千军万马的嘶吼。

花城的雨，落下的身影，总是小家碧玉；落下的感觉，如纤纤玉手般温柔。

雨，落在芭蕉叶上。

小时候，老家的院子里有棵大梧桐树，我和爷爷常常坐在树下乘凉或者小憩。雨，有时从远处踮着脚尖款款而来，有时是跑着步急促而来。

“啪——啪——”，一两个雨点来。

“啪啪啪——啪啪啪啪啪……”三五个雨点来。

“啪啪啪啪啪啪……”一群雨点来。

雨，落在宽大的梧桐叶上，好听。

但是，在花城见不到这种梧桐树，也很少这么大叶子的树。

不过，我很快找到一种和梧桐一样有宽大叶子，一样好听的树——芭蕉树。

其实，芭蕉不算树，它低矮，丛生，比不上梧桐的高大，如云的绿荫。可我喜欢它。

上班的路上，经过一条绿道。绿道一边是河，一边是荔枝园。河堤边，芭蕉成林，郁郁葱葱。芭蕉一路跟着河走，我一路跟着它走。走到头，就到了公司。

偶尔，半路雨至。我就把单车放在路边，钻到芭蕉叶下面，闭上眼睛，听雨来的声音，雨落下的声音。

雨落梧桐和雨打芭蕉，我觉得都是一个味道，一样的心情。

雨，落在骑楼上。

雨，轻轻，轻轻，落下来，落在我的发梢。摊开掌，雨又落在我的掌心。

常常逛北京路，在北京路一带的骑楼下，就这样与一场雨悄然相遇。

骑楼下，多数是服装店，是小吃点。骑楼的二楼或三楼，多数是乐器行，是茶餐厅。骑楼有的地方老了、旧了、破了，但也有些地方被刷新了，装饰得漂亮了。骑楼，新旧结合，半睡，半醒。

也不急着赶路，一个人站在骑楼下，发一会儿呆。或到骑楼上的茶餐厅里，叫上一盘肠粉，来一碟凤爪，点一壶普洱茶或菊花茶，小酌慢饮。

茶餐厅里面很热闹，喝茶，聊天，人声鼎沸。他们喝茶，比喝酒还慢，倒上一盅茶，茶水滚烫，热气腾腾。茶盅，比酒杯还浅。端起茶盅，抿一小口，放下，接着向小茶盅续茶，续茶后，再喝。

不是在喝茶，来这里的人，是在慢慢品尝这好光景。

华灯初上，霓虹灯的光，迷离了夜色。仰望，看霓虹中的雨飘落下来，轻轻盈盈。

雨不会落得太急，雨纷纷，雨飘飘。有时候落一个上午，一个下午，或者落上一整天。落了一整天，天空还是那个样子，不知道雨是从哪里来的，就在这个地方落下来，落下来，一直落下来。

迷离着眼睛，或者闭上眼睛，就让这雨，陪一个上午、一个下午的好光景。

落雨，雨落，和落花，花落一样美。

落叶·叶落

没有什么，比落叶，叶落，更加悠闲和从容的了。

花城的树，多数矮小、粗壮，就连颇受赞誉的木棉树，比起北方的树木，都显得不够高大、挺拔。但花城的树，独具特色，要么把自己打扮得一树繁花，要么让自己头戴绿冠，一秋一冬，一春一夏，绝不平庸地站着、活着，也绝不苟活。

叶，落在鸟鸣里。

榕树，是花城里最让人舒服的一种树。在珠江两岸，在楼宇之间，在马路两侧，在公园，随便哪里，都有榕树在那里一站，一站就是几十年，甚至几百年。

榕树，枝繁，叶茂，须长，冠大。葱葱绿绿的小叶片，密密麻麻挤在一起。近看，榕树的叶子，肥厚如小手，透着亮；远看，榕树的叶子，如蝶，翩翩起舞。俯瞰，榕树如一团团绿云，人在绿云下如鱼，慢慢游。

花城的鸟，很少到地面上觅食。它们每天穿行在天空、榕树的树梢和树叶之间。你常常看不到它们的身影，但是可以听到它们或稚嫩，或粗狂，或直白，或婉转，或清脆，或沙哑的鸣叫。

一大早，它们就在一棵大榕树上聚集，飞上飞下鸣叫着。它们好像在开会，商量着去走亲戚，还是去远方旅游？谁也不知道。商量完，就飞走了。

晚上，它们一只只归来，落在树梢之间。它们唱着赞歌。这个时候，它们的鸣叫，就像一台震动机，枝头的树叶纷纷落下来，树叶和鸟鸣一起落下来，落了一地。

还有一些或看家，或者偷懒，或没有伙伴一起玩的鸟儿，它们独自穿梭在树梢和树叶之间。它们啼啾一下，树叶落下一片；树叶落下一片，鸟儿就啼啾一下。我分不清，是树叶落在鸟鸣里，还是鸟鸣落在树叶上。

叶，落在车上。

花城，到处都是的榕树，或独自手搭凉棚，或朋友一样热烈相拥，或情侣一样握手相牵。美的不行！

榕树下，常常有几个老人在喝着茶，打着牌，聊着天；有情侣，或牵着手，或拥入怀，或窃窃私语，缠缠绵绵；还有人散步、小跑、小憩、打太极、跳广场舞。榕树的叶子，偶然落下来的时候，落在他们头上、肩上、身上，他们也不管它，任凭叶子落下。

榕树的叶子落啊，落啊，好像永远也落不完。但我知道，榕树在早春的季节，风来过以后，雨来过以后，用短暂的时光换装。

榕树的换装不想被别人看见，它们好像在白天憋着不换。但到了晚上，榕树的叶子便落了一地。第二天早上，榕树的枝头焕然一新，冒出一大片鹅黄的嫩绿。

一地的叶子，美啊！

昨晚，那台停在榕树下过了一夜的红色轿车，早上的时候，车上落满了半绿半黄的叶子，还有温暖的晨光。

一袭红衣女子，从远处袅袅走来。

她斜挎着一个精致的小包，食指上绕着一条锁匙。她在车边不远的地方，轻轻一按遥控健，车门开了。她款款上车，把轿车缓缓驶出。

落叶和晨光，洒了一地……

荆楚大地的年味变迁

◎钱春华

我是一名“70后”，定居广州31年了，但是这么多年过去了，“粤味”仍然没有战胜“荆楚味”。毕竟，我们在童年感受到的食物美味，是伴随一生的，它在一定程度上代表乡愁，是任何文化元素也无法替代的。

而年货里的腊味，堪称乡愁里的王炸。

最开始对年味有记忆，是外婆摆在饭桌上待客的香肠，红亮油光，十分诱人，外婆一脸笑容，但神情既怕客人多吃，又怕客人不吃。那是1977年，大家都还没有富起来，但过年来了客人，桌上必须有香肠和扣肉、冻子鱼来挑大梁，撑起一个家庭的体面。一餐待客饭，就是一场心理博弈战。

我最开始接受的家风教育，就是外婆强调的为人处世要体面。比如，要想过好一个体面年，就得提前一个月备足腊货。而要备足腊货，一个农家就要提前一年喂两头猪，一头猪用于交“预购猪”，就是卖到城里去，类似交公粮；

另一头猪，是自家的过年猪。

吃年猪，一般定在冬至以后，据说过了冬至，腌的腊肉和香肠才不会发酸，能久放不长霉。做腊肠，第一个环节就是灌香肠，猪的小肠要用白醋、面粉洗净，泡在淡盐水里备用。选用的肉，肥三瘦七。一条肠衣一两米长，需要一人灌肠，一人把肉往后理，分成节段挤紧、扎针排空气，扎上棉索，然后丢到盆里盘好，等它们腌两天入味，再拿出去晾晒七天太阳，吹二十来天的北风，然后挂在房梁上。

我曾把香肠从娘家枝江带到婆家监利县农村里，虽然两地只相隔百余里，但是民风不同，婆家那里的年菜盛行卤和蒸，不做腊货，她们知道香肠好吃以后，才开始模仿，但怎么也做不出我娘家的味道，香肠的皮还呈现多个小洞，那是肠衣没有泡在淡盐水里的缘故。肉质也柴，那是因为香肠一做好就晒了太阳的缘故，浮在肉上的辣味和盐味把肠衣沤坏了。

儿时过年，我们是在腊月二十九的晚上，就开始煮年菜了，架起大铁锅，烧硬柴，取腌好的猪头、腊肉、香肠、腊猪肝、腊鸡、腊牛肉若干同煮，煮熟以后，将它们盛放在一个大木盆内，过年期间，这个木盆就是我们取菜的“超市”，或切或斩，或炒或装盘；煮了年菜的汤，雪白而香醇，油水厚，存放到小水缸里，用来做火锅的“汤底”，下火锅的食材除了鱼肉鸡，还会下萝卜、香菜、白菜和粉丝。

同时，我们还会做一木盆的冻子鱼，吃前切一方块装盘。冻子鱼的食材是青鱼块或小鲫鱼，煎得两面金黄下佐料烧好，最后放入青红椒和蒜苗，冻住后晶莹美观，烧一盆可以吃到正月十五。

因为腊月二十九晚上已把年菜准备得差不多，大年三十上午，就是做扣肉、蒸鱼、蒸鸡、炸肉圆子、炖火锅了，到中午的时候，对联也贴好了，此起彼伏的团年鞭炮就响彻整个村庄。

大年三十和正月初一，不准借钱要债，出嫁女不准回娘家。到了正月初二，直系亲属才可以互相拜年。二十世纪七八十年代的拜年，都是空手上门，长辈们既要张罗客人吃拜年饭，又要给小孩子压岁钱，出钱出力，脸上笑着，其实心苦。

到了二十世纪九十年代中期，随着生活水平的提高，拜年时开始流行带礼物，给年纪大的长辈送红包。有趣的是，能收到红包的长辈，恰是十多年前给小孩子压岁钱的那一波人。这时的拜年饭，从早年的十个菜变成了十二个，甚至更多。到了2008年，我娘家的拜年饭达到了20个菜，火锅从一个变成了三个，称为“三足鼎立”，主材分别是甲鱼、土鸡、羊肉，这时的腊味，已从原来的主角变为配角，一切都是真正的丰美富足。

那个时候，我外婆已经不在了，她要是看到现在的主妇是真心诚意地在邀请客人吃好喝好时，会由衷地感到欣慰。

最近七八年，随着上一代主妇的老去，新一代主妇做菜能力的欠缺，传统年菜的传承没有得到足够的重视，新一代主妇叫外卖是好手，但过年来了客人却招架不住，她们的办法就是订一个包房，这样一来，年味变淡了，吃不到私房菜了，比如冻子鱼、烩财鱼片、手工香肠和糍粑。有些饭店，也抓住了顾客恋旧味的心理，推出一些腊味土菜，但实际上只能满足客人的补偿心理，并不能代表他要的那个年味。

为了补足这个短板，勤劳的新一代主妇开始补课，跟着长辈学做菜，看着视频学手艺，有些丈夫也亲自上阵，力求把自家的做年菜活传承下去。为人为己，为下一代，谁都不想舍弃真正的年味啊！

现在总有人抱怨年味淡了，年味是做年菜、打糍粑、贴对联、派红包、放鞭炮、串亲戚，你做了哪一样呢？

记住乡愁，留住年味，需要我们每个人的行动，而不是观看，是每个人的付出，而不是索取。

秋日三叠

◎倪西赟

夏日转，秋日至。

我喜欢的秋天，有风起，有叶黄，有雨落。

风

夏已转身，但留下的余温，如一盆渐微的篝火，炙热尚存。

好在，秋风徐徐而来。一阵一阵，循序渐进；把热推进秋的深处，恰到好处。

我更相信，风是秋的使者。

风来到谁家的小院，把浅睡的桂花叫醒？桂花的眼睛，是一粒粒轻盈鹅黄的花朵；桂花的香，渺渺若无，清清还来。桂树的姿态，淡淡然，静谧婉约。

风来到谁家的阳台，把深睡的芙蓉叫醒。芙蓉以花为貌，迎风，或是讨好，一日三变：晨粉白、昼浅红、暮深红。芙蓉，热烈而浪漫、清丽而温婉。

风，还喜欢掀动洁白的窗帘，潜入我的窗户，在我的房里，随便走动。

闲时，泡一壶好茶，坐等风来，如同等一位老朋友。

不过，这位老友耐不住性子，说来就来，说走就走。

也好，如此率性，让人轻松、熨帖。

叶

秋意浓，落叶黄。

如果说，春是草的季节，夏是花的季节，那么，秋就是叶的季节。

一叶知秋。没有哪句话比这四个字更贴切的了。

但这个词，好像在南方“失灵”。南方的秋天，树依然鲜绿。

我常常盯着古榕看，古榕青翠碧绿，绿得有些反常。

我想找一堆黄叶，光着脚丫走在上面，听秋天沙沙的声响，可街道上干干净净。

——不如我所愿。南方，没有秋天？

一日清晨，我跑步时发现，古榕下，一片片半青半黄的叶子落了一地。一位清洁工正在努力清扫，她要赶在人们上班之前，把那里清理干净。

怪不得白天看不到黄叶！原来被勤快的清洁工提早收集。

在古榕下停留，细瞅，终于发现了浓密的树梢间，夹杂着一些黄叶。

我终于明白，无论外表多么鲜绿，总归到了季节，都会有季节的属性。

如同一个人，到了中年，无论外表多么年轻，但依然是踏入了属于自己的季节。

一片黄叶，旋转而落；如同一位姑娘，翩然而至。

此刻，光阴正好。

雨

雨，是有思想的，不然，为何有那么多人喜欢在雨中沉思，寻找灵感?

雨，是自由的，雨只要想，只要愿意，它可以落在世界的每一个地方。

雨，调皮。喜欢在泥巴窝里打滚，喜欢从屋檐的滑梯上滑下。

雨，懂人。站在雨里的人，都喜欢和雨说悄悄话。雨从来不烦，把它统统装下。

我还发现了一个秘密，南方的雨，不是悄悄来，也不是悄悄走。

雨，如同孩童，喜欢黏人。

我上班的时候，它在上班的时候来，陪着我走。

我下班的时候，它在下班的时候来，伴着我回。

雨，喜欢和我一起上下班。

我也喜欢和雨一起玩，没人比我更亲近它。

手工香肠分外香

◎钱春华

花花食界

岁末年初，各家各户不约而同地掀起了自制年货的大战，灌香肠是“贺岁大战”里的重要一环。

根据多年的经验，香肠的味道好不好，还是要通过“手工自制”来实现。菜场里排队灌的香肠，是靠机械化辅助灌出来的，带了铁味，已经失去了传统风味，只能叫肉肠罢了，还经常会因摊主的忙碌着急加多了盐，变成超咸的肉肠，更加香不起来。

我们每个人的手，都自带着不同的体香。很小的时候，我就听外婆说，一模一样的配方和操作过程，一模一样的原材料，有的人做出米酒是甜的，有的人做出的米酒发酸，或者带着苦味。一双手，用到做香肠上，或者做菜上，也会产生这样的结果，这就是游子们常说的“妈妈的味道”。因此，灌香肠的方法，全程最好是手工制作，从把肉切成四五厘米的长条，到拌入调料腌制、灌入肠衣，一定要让双手全程参与，这样做出来的香肠，才会有传统的风味，并与别家的香肠风味区分开来。

灌好的香肠一开始并不香，要放在盆子里腌两天，等调料的味道与肉打成一片。如果一灌好，就拿出去晒太阳，会变得肉里没有入味，肉质干硬，不够香。到了第三天，拿出去晒太阳，不能曝晒，要晒七个小太阳，然后拿到通风处，吹上20天。每天晚上要拿进家，不能24小时风吹日晒。过程是繁琐了一些，但是等到灌肠的香味飘散出来，就会觉得一切操作和等待都是值得的。

一根原创的香肠，一段手工操作的过程，几代人的传承，惊艳了岁月的芳华，不要被我们在这个快节奏的时代弄丢了。灌香肠，不是非遗，胜是非遗；吃香肠，不是珍馐，胜是珍馐。当你亲近过它，就再也不会忘记。

春日尽

◎沈　鱼

春日尽，没有开过的花也不再开了
枯萎的蓓蕾挂在枝头
只是夭折的美，甚至不足以成为遗憾
我也并无伤心之意

许多美好的事，与我无关
春光因此懒散
你梳头，或不化妆
都只是暮春图册
原谅我的不解，或不求甚解
我其实只想睡个懒觉
我有短暂的热爱
也有持久的倦怠

春日尽，人间没有那么多爱情
看花人从不扫花
我也宁愿让花盆长满枯草
零乱与荒废才是永恒的结局

军歌嘹亮

◎张　娟

“向前、向前、向前……”

迎着晨曦，这千军万马的主旋律奔腾不息
从驰骋前线的边海防
到蒸蒸日上的练兵营

军旗猎猎，他们来自战火纷飞
坚强的柱石发基于南昌，奠基于三湾，定型于古田
那窑洞的灵魂，与苦菜根的信仰
都是同一种火焰
那石板上的烧炭，照亮的是信念
更是征程

战歌如鼓。站在新的起点，重整行装
这铿锵的声音如同呼唤，又似庄严承诺
将永恒的誓言注满苍穹：
目标指向哪里，未来就在哪里

“国要强，我们就要担当
战旗上写满铁血荣光……”

新兵营

千锤百炼，从一把尺子开始

四方被，学条令
黄脸盆和绿毛巾，站队列

每一段线条都磨炼意志的尖刀
每一寸刻度都重塑灵魂的砺剑

而金子的光芒来自日积月累
来自不停地走，不停地跑
以及不停地爬

当白杨树落下最后一片叶子
当一张白纸有了鹰的轮廓
崭新的锋芒便成为真正的战士

他们从祖辈手里接过献身祖国的接力棒
在红色的旗帜下，立下热气腾腾的誓言
——请党放心，强军有我！

家 信

入伍一个月后，我收到来自2500公里外父亲的来信
它从鸟巢般的小村庄出发，过黄河
经太行，越过漠漠荒沙
来到热火朝天的军营
仿佛一种精神的鼓舞

我的父亲是一名老兵。他18岁加入中国人民解放军
他跟随部队一路南下

一路风雨兼程，一路高歌慷慨
“一心跟着共产党”的信念从未改变

他退伍回来，红色的基因便也带回来
仿佛我成了他的“新阵地”
参军临走那天，骤雨初歇
我看得出父亲的不舍，以及不言而喻的骄傲

“在战争年代，革命先辈们吃的苦比你们要多得多……”
读到这里，我身负50公斤的训练设备
在坚硬的水泥地上又多爬了一小时

一个人能走多远，不在于双脚，而在志向
一次次挫折中都蕴含着收获
“吾儿，扎根兵营。建功立业……”

榄核镇

◎余清平

要走很远，才能抵达榄核镇
色彩斑斓的日子
阳光在江面打着水漂漩儿
珠江环绕着
像榄核镇腰间系着一条金色的绸带
跳起丰收的歌舞
波浪闪动着成熟的光焰

放眼眺望，几千年的疍上人家
住逼仄的小船，从摇摆的风浪中
搬迁到岸上安居乐业
他们再也不用与海水形影不离
宽阔的河道，平坦的马路
以及戳到云天里的大厦
和挂在棕榈树上的蓝天、白云、海鸥
在一首诗歌里相会

成片的蕉林挂满了香蕉
近处鱼塘、蔬菜、花卉和水云间的小洋楼
如画中亮丽，比画中生动
旧时采蚝渔民
如今成为丰衣足食的榄核镇市民
他们的幸福
自一九四九年十月一日开始
直到今日，直到未来
我在榄核镇栖息
羡慕这风生水起的人间，心若繁星灿烂
他们脱胎换骨
把日子演绎得如此辉煌
再上层楼，再上层楼

在九牛洞民宿我想好好生活

◎张娟

不再生硬。山的高度刚好，开门即见
白云一起一伏。这让我停下自己

不再抵抗。我删掉多余的内容
小雪是并不高大的木屋
适合饮茶
或者聊诗
适合对300亩青湖，坐一把竹藤椅

流年长短。花开花落
而月在山间
一半教人度生，一半教人防死

晨起，薄雾。听几声鸟鸣

我因此原谅自己

红船

◎任洪涛

南湖碧水一游船，辟地开天聚杰贤。
从此党旗飘百载，神州大地换新天。

延安

◎任洪涛

窑洞枣园宝塔山，先贤创业过千关。
延安革命精神在，民族振兴何惧难。

颂空军

◎贺艳梅

高穹鹰不至，玉宇云难寄。
振翅护山河，鲲鹏十万里。

赞中国军人

◎陈钢生

犹铭鸭绿炮声隆，更忆昆仑浩气雄。
始悟家园太平日，牺牲自有铁军功。

涟源八百男儿戍
天涯海角四十年志

◎梁伦平

一别琼崖四十年，儿回梦里尚魂牵。
椰林晓月巡三亚，铁马秋风饮万泉。
同泽同袍称战友，载饥载渴啸长天。
弟兄八百如相问，今夜浩歌谁入眠。

军民携手强军强国

◎梁伦平

亘古高歌鱼水情，强军强国赞羊城。
青铜浇铸赵佗剑，越甲播扬丝路名。
肃穆春园彰赤帜，庄严农所听龙鸣。
广州起义策源地，风正帆悬万里征。

注：春园，中共三大旧址；农所，毛泽东农民运动讲习所。

楹联

百字百联庆建党百年

◎梁 庆

忆红船肇始之艰，领南昌起义，秋收起义，苦寻出路。凭信念，奋力锤镰流热血，燎原火种遍神州。喜持德誉系民生，用情怀牵国梦。

展赤县盛平之象，抓工业先机，经济先机，全面脱贫。看乾坤，巡江海镇守边关，遨太空增辉日月。愿承一百年伟迹，绘十四五蓝图。

阳西大垌山贤文化园

◎梁 庆

魅力阳西，挟山海之优，来往贤能从古盛；
人文大垌，握风云之笔，炎黄传统尽情吟。

艺术花都

YI SHU HUA DU

书法 美术 音乐 摄影

书法

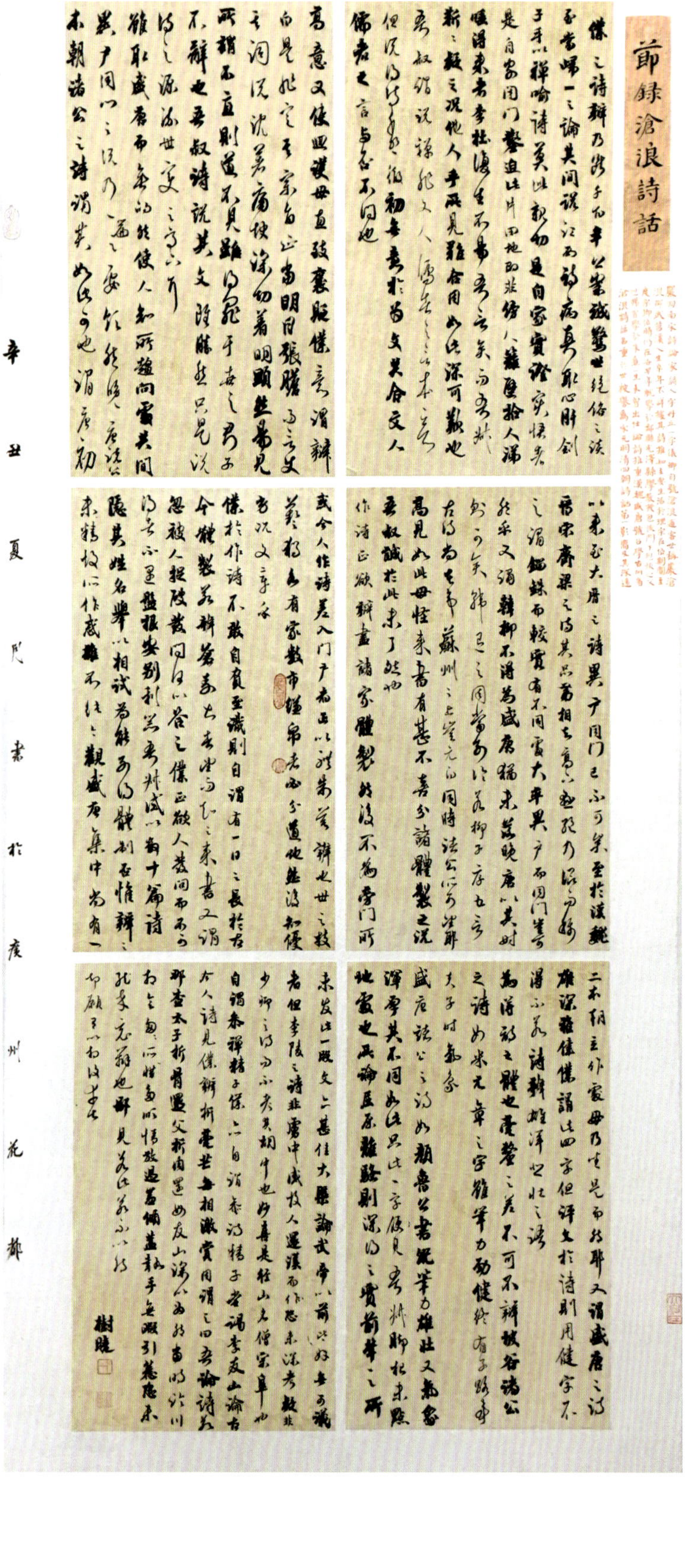

《节录沧浪诗话》刘树晓

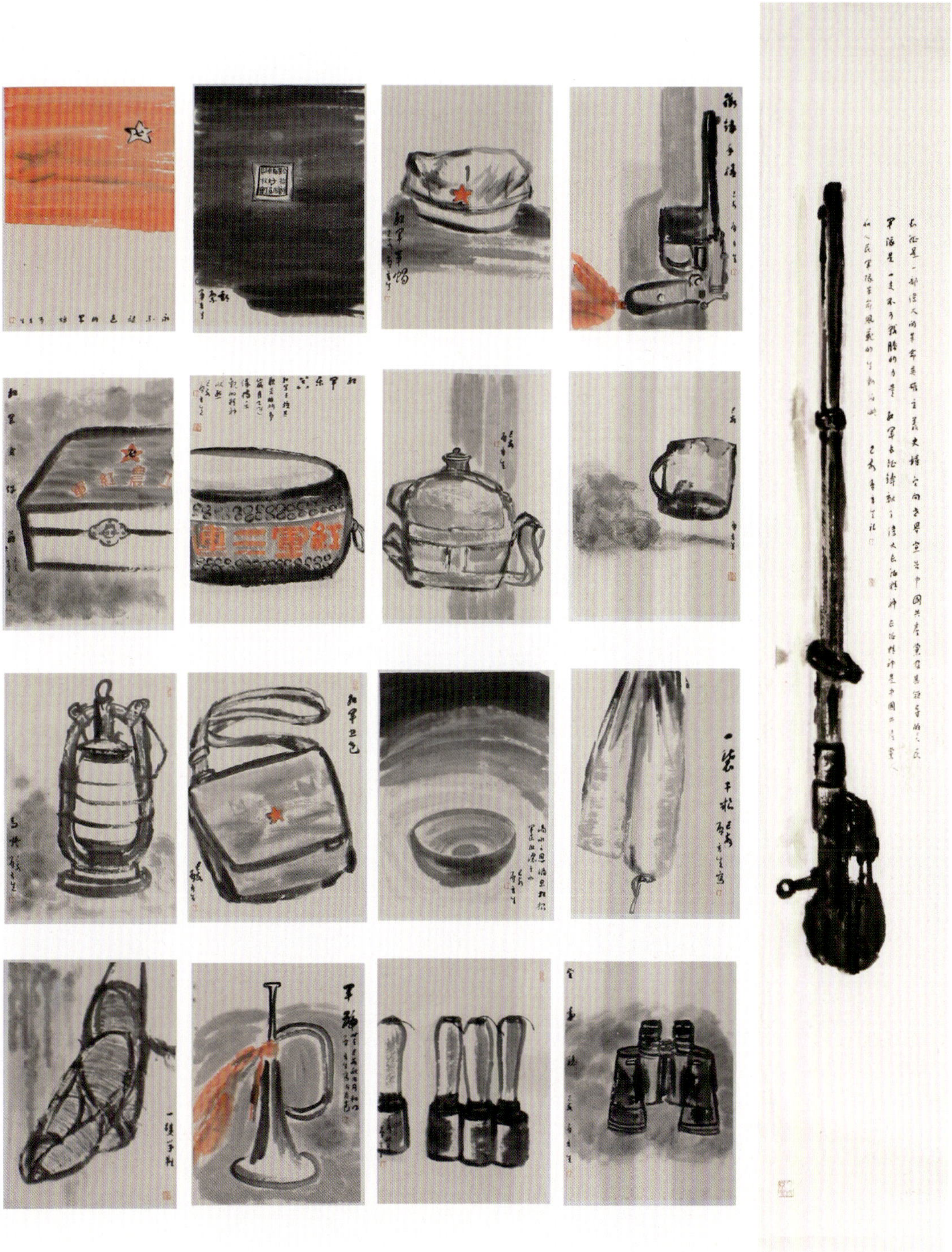

《印迹》卢育生

《出大山，奔小康》黄中

《晨韵》黄中

《幸福一家亲》罗小婷

《坠入》刘家铭

《网红》帅阳智

《凉风吹拂》帅阳智

《年年有余》曾德林

又见木棉红

1＝$^\flat$E $\frac{4}{4}$

行板

作曲：蔡树卓
作词：蔡树卓

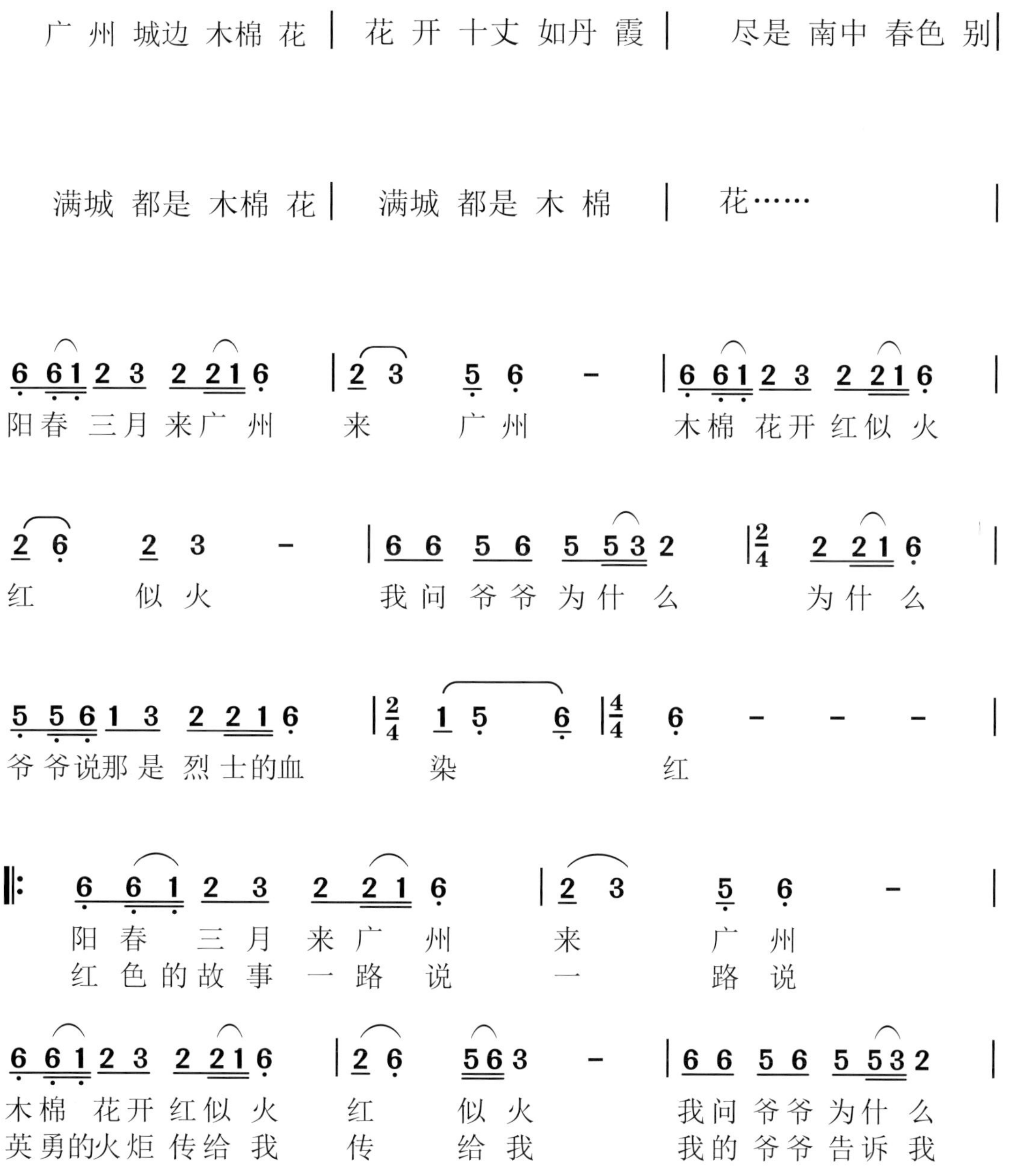

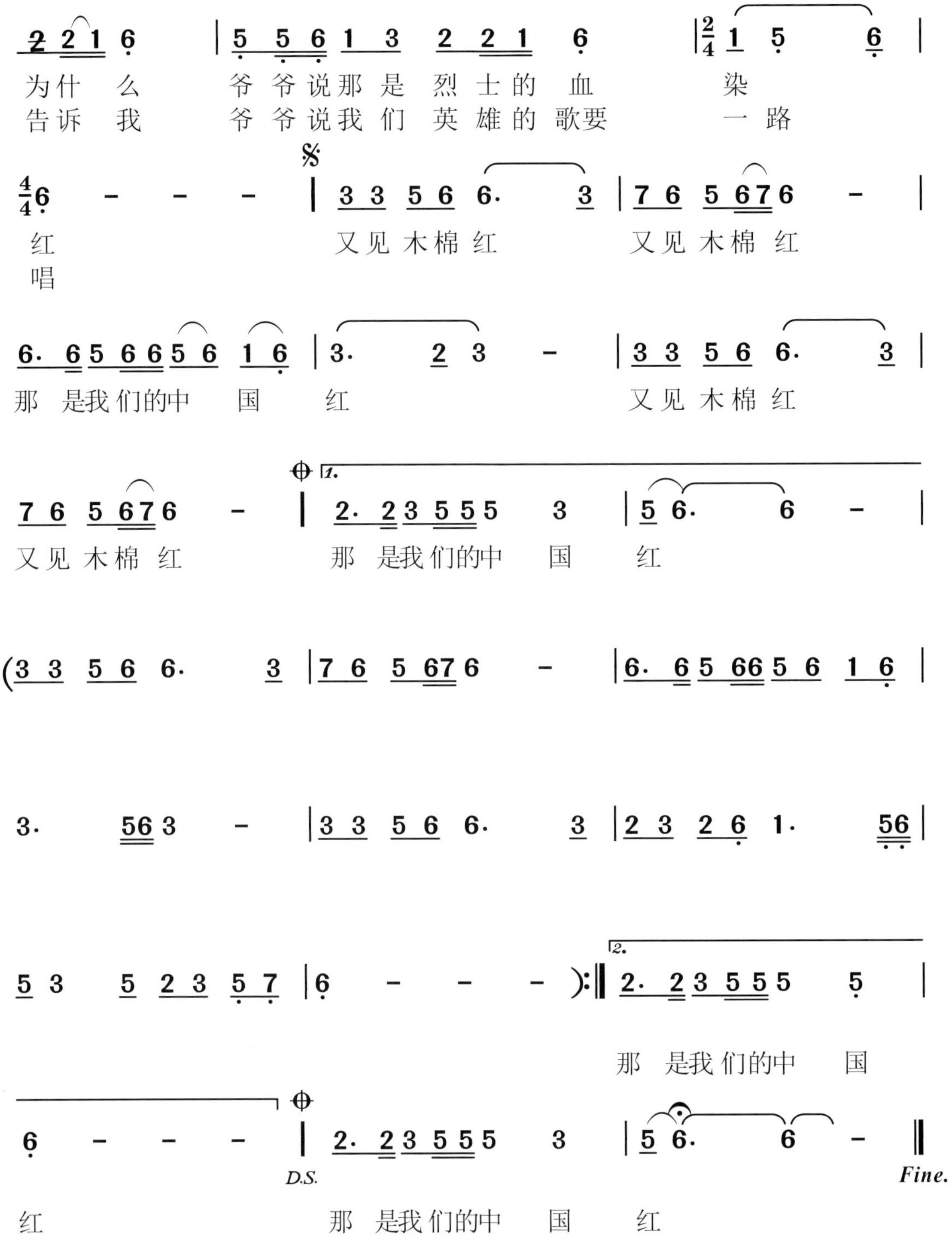
为什么 爷爷说那是烈士的血 染
告诉我 爷爷说我们英雄的歌要 一路
红
唱
又见木棉红 又见木棉红
那是我们的中国红 又见木棉红
又见木棉红 那是我们的中国红
那是我们的中国
D.S.
Fine.
红 那是我们的中国红

摄影

《丰收的喜悦》钟燕生

《丰收的喜悦》钟燕生

《闺蜜》周洁萍

《网红直播带货》黄帼英

《幸福晚年》孙月明

《探访百岁老人》刘玮瑶

《飞洋华府欢迎您》黄帼英

《广东腊肉》吴子涵

风韵花都

FENG YUN HUA DU

人物 建言 历史

锦瑟年华，只“筝”朝夕

◎温欢容

“锦瑟年华，只‘筝’朝夕。”这是一位古筝老师对中国传统艺术文化一种坚定的信念和孜孜不倦的态度，简洁却意味深长的八个字，道出了这位老师对古筝教育的信心与决心。

这位对古筝教育事业如此热衷的老师，是花都区育韵教育创始人温欢容。她从事音乐教育近20年，持之以恒地去学习，不远千里，奔赴北京、杭州等地参加全国高规格的师资培训与大师班学习，跟随中央音乐学院教授、中国著名古筝演奏家袁莎老师与世界著名作曲家何占豪老师进行深入学习交流与探讨。

对于古筝传统艺术文化的执着与古筝教育的衷心，温欢容从来没有停止学习的脚步。她是星海音乐学院艺术管理研究生，也获得了中国音乐学院高级教师古筝师资认证。正是源于她对中国传统艺术文化信念的坚定，对古筝教育事业的初心，她被推选为广州市花都区音乐家协会副主席、广东省古筝学会副秘书长、广州市花都区妇女儿童促进会理事等。

作为一名古筝老师与教学总监，她拥有20年的教学经验。在她严谨的教学生涯中，培养了众多拔尖音乐人才，学生中不乏考上国内重点音乐院校、重点综合性大学，包括星海音乐学院、西安音乐学院、中山大学、华南师范大学等。在古筝教学中，温欢容始终坚定认为，古筝不仅是一门课程技能，更是一种文化素养。论语有曰：“夫子循循然善诱人。”教琴的同时谆谆教导，教育学生做人的道理，孝敬父母，尊师重道，与人为善，她认为这才是人生的必修

课。通过习琴感受中国传统艺术文化的熏陶，发扬中华民族的传统美德。

温欢容时常在想，如果可以在幼小年龄段的孩子中普及中国传统艺术文化，传承与发展中华民族的文化，让更多的孩子接受传统文化的教育和熏陶，那该多好！这美好的愿景一直萦绕在她的心中，有想法就必须马上行动！她就是这样坚持不懈的人。有了这个大胆设想后，她马上召集相关民乐老师进行探讨和研究，如何才能逐步实现民乐的普及教学。民乐存在一个先天不足：由于长期以来没有得到广泛的传播与发展，现在大部分人都摒弃民乐，认为民乐比较土气，就是一种街头卖艺，相关部门没有政策支持，推广民乐的计划暂时遇到了瓶颈。

这时，契机终于来了，一场号召"让传统艺术进入校园"的活动纷纷在各中小学响应，温欢容得知这个重大消息后，犹如雨过天晴，拨开了所有乌云雾霾。她马上组建团队，向相关部门递交申请材料与策划方案。由于前期做了充分的准备工作，而且有专业的师资团队，预备筹建民乐团的几所学校都认可了

该方案，筹建民乐团的工作就由温欢容的师资团队负责，经过一周的选拔，终于在学校建起了民乐团。她一直在心中的梦想正一步一步地实现。终于，在一场又一场的艺术节、比赛、演出中，她所带领的民乐团一次又一次斩获殊荣。自此，民乐在中小学范围内得到广泛传播与发展，使孩子们深刻认识到民族文化的广博丰富，深奥精微。

除了音乐教学，温欢容还热衷于公益事业。她认为，企业对社会的关怀是一种责任。因此，她一直积极投身于公益事业，服务社区，关爱弱势群体。她毅然发起了“让音乐走进千家万户”的公益活动，让更多想接触、学习音乐，但生活负担重的家庭可以免费学习，普惠了成百上千个家庭，并精心为他们筹办大型的汇报演出，让他们感受学习音乐的乐趣。她筹办了古筝慈善音乐会，将音乐会的全部收入都捐给困难地区，为孩子们捐资助学；为贫困学校捐赠教学设备、乐器、办公设备，翻新教室，为孩子们创造更好的学习条件，营造更美的学习环境。组织员工为花都区街道的“老人爱心饭盒”进行捐赠，给孤寡老人送上点点心意。每年的重阳节都会组织师生一同前往养老院看望孤寡老人，开展慰问演出，送去节日礼品，让孤苦无依的老人们感受爱与温暖。她为街道自闭症儿童开设专属音乐课程，包括非洲鼓公益课程、古筝公益课程、声乐公益课程，用音乐疗法来打开孩子们的心窗。温欢容对于这一份企业的社会责任感，尽心尽力，她希望人间处处是大爱，大家彼此相互包容与关爱。

作为中国传统艺术文化的践行者，温欢容不遗余力地传播与传承文化精髓。为了让更多的人深刻了解中华民族艺术文化的内涵与魅力，她先后邀请中央音乐学院古筝教授袁莎、中国著名青年古筝演奏家刘乐与程皓如，在广州星海音乐厅举办古筝音乐会，他们都是中国顶级的艺术家，更是中华民族艺术文化最有力量的传承者和传播者。在师资培训上，她先后力邀袁莎筝乐团名师、星海音乐学院教授陈蔚旻、中国音乐学院专家杨西等多位教育名家举办古筝名家师资培训，为艺术文化教育提供更高质量的教学平台，推广更先进的教育理念。

作为由花都区宣传部与花都区文联主办的“文化花都”学堂的讲师，温欢容受邀为我区音乐爱好者分享《筝与诗的相遇》《筝与歌唱吟诵》；她组织了由花都区文联与新华街主办的“祖国70周年华诞——弘扬国乐 传承国粹”大型公益活动；主办“传承的力量——璀璨芳华”大型公益音乐会在花都区体育馆隆重上演，千名观众座无虚席；主办“传承的力量——客家粤乐古筝”公益音乐会作为花都区新年惠民音乐会在区委礼堂上演，全场近千个座位座无空席；组建花都区古筝乐团文艺志愿者，在花都区图书馆举办了“音我在，乐精彩”花都区青年古筝教师公益音乐会，线上两万多人观看；邀请组织著名乐团——南亭会在花都区图书馆上演；由花都区文明办、文化广电旅游体育局主办的“盛世国乐 春满人间”2021新年音乐会，在线观看人数达四万多，让花都区乃

至全国观众都可以免费享受到高品质的音乐盛宴；组织策划“盛世国乐 筝韵天下”第二届中国古筝日大型公益音乐会，在花都湖景区内演出，深受市民称赞；带领乐团教师参加音乐家协会承办的2021石头记新春音乐会，深受好评；作为花都区多家公立学校的乐团指导老师，为骏威、云山、八小等多家学校免费排练节目，参加区器乐大赛并均荣获一等奖，取得广州市教育局主办的“乐韵悠扬 奏响羊城”2020广州市中小学器乐大赛二等奖；一直为花都区音乐教育事业发展而努力，力将我区艺术文化推向更高层次。

文化是一个国家、一个民族的灵魂，温欢容是文化自信的传播者与践行者，正是这种油然而生的使命感，让她更有自信地、从容地、坚定地做民族艺术文化的工作者。

以艺术怡情　以育人为乐

——专访中国书法家协会会员胡凌

位于花都区新华路培新中学附近，一家名为“胡凌书斋”的书法工作室，看似不甚起眼，然而，朴实淡雅的环境，却给人以宁静致远的心境。

胡凌，字凌云，号老壶、二柳堂、它山。先后就读于河南大学、中央美术学院，现为中国书法家协会会员、中央美术学院一刀印会副会长、岭南印社副秘书长兼篆刻研究院副院长、酉阳县书法家协会副主席、东莞市书法家协会篆刻委员会委员、花都区书法家协会会员，白云区书法家协会顾问、白云区素质教育管理中心书法艺术总监。

其作品先后入选全国第七届书法新人新作展、全国“王安石奖”书法作品展、全国“铁人杯”书法篆刻展、全国第二届册页书法作品展、“永远跟党走”全国职工书法大赛、广东省第四届中青年书法篆刻展、广东省第四届“南雅奖”书法篆刻大赛等，在全国、省、市赛事中入展或获奖数十次，作品发表于《书法导报》《书法报》等。

来到花都之前，胡凌曾在东莞的樟木头中学当专职书法老师，到了广州之后，做起画廊、文化公司的生意。由于经营情况不甚如意，从2014年开始，胡凌便进入自由职业的状态，主要从事书画印创作。同时，在白云书协负责书法传播交流，协助文联、教育局等单位开展书法进校园等公益活动。由于在白云书协的工作，胡凌认识了一帮来自花都的书友，常有来往交流，不知不觉就被花都的生活节奏、艺术氛围所感染。2020年4月，胡凌将工作室搬到了花都，在此习字作画、传播书学，以艺术怡情，以育人为乐。他说道，“广州，是一个开放包容的城市，花都在广州之北，这里的生活节奏和市中心比起来要慢一些，非常适合让人静下来进行艺术创作”。

初到花都时，胡凌认识的人不多，但很快也就融入了花都这座城市。“这里有一班朋友，他们很热情，对我非常关心，让我这个习惯了独处的人感到非常温馨。”他表示，“特别感谢关心我的朋友们，为了让我稳定下来，大家四处给我介绍生源，有的朋友甚至把自己学生推荐来我工作室学习，让我感动不已。”

求学之路：如饥似渴的学习时光

1970年，胡凌出生于重庆乌江边上一苗家山寨，由于父亲是当地有名的书法家，在父亲的熏陶下，胡凌从小就对书法产生了浓厚的兴趣。“最早接触毛笔字，就是在家里看父亲用毛笔写字。小学三年级时，学校有大字课，我写的毛笔字就经常被老师张贴在他宿舍外的墙报上。”胡凌回忆道，老师的一个小举动，给了年幼的他莫大的鼓励。

在重庆酉阳民族师范学校读书时，学校有位老先生，一手柳体让胡凌颇为折服，受其影响，胡凌也开始学习柳体。后来，在一次县里的书法比赛中，胡凌的一幅柳体对联作品获得三等奖。虽然只有三等奖，却让他对书法更加着迷。

1992年，胡凌考上了河南大学的书法专业。当时书法界流传这样的说法：中国书法看河南，河南书法看开封。河南大学就在古都开封，他介绍说：“开封的书法氛围相当好，我们的授业老师王荣生、李义兴等都是全国名家，在各位老师的教导下，班上有同学在上学期间就入选国展。”

求学期间，胡凌认识了草书大家李逸野，并拜书法篆刻家王若愚为师。课堂教学是一部分，同学们一起造访老师的家或者画室则是另一个重要内容。“课余时间，我们常去老师家蹭饭，饭后老师就在小餐桌上给我们示范写字，谈他是怎么练书法的。”胡凌说，“那段时间，除了蹭饭，就是写字、刻印，那是最快乐的时光！”

2004年，中央美术学院王镛工作室面向全国招书法本科生，且一个省有一个名额。抱着试一试的心态，胡凌没想到，自己竟然成功考取了。进入中央美术学院学习的第一个月，胡凌连毛笔都没敢动，“听老师讲课后，我懵了，在央美的学习，颠覆了我对书法原有的认识。”他发现，“原来艺术还可以这样！”秦砖汉瓦、敦煌写经、民间书风……不同的艺术风格，让胡凌在艺术审美和理解上，有了更深层的启发，学习范围更加广泛，也有了更多的包容性。至今，胡凌仍怀念当时与同学们一起，如饥似渴的学习时光。

参加国展：检验和提升作品水平

在中央美术学院，胡凌除了学习书法，还喜欢钻研篆刻，并与同学共同发起成立了“一刀印会”，后来出版了个人的篆刻作品集《中央美术学院一刀印会·胡凌作品集》。从中央美术学院毕业时，还获得学院颁发的优秀学生证书。“毕业后，很多同学留在北京发展，有的考研、有的读博，多年之后，不少同学加入中国书法家协会、中国美术家协会、西泠印社，并成了各地书坛的重量级人物。”

尽管不少同学已是中国书法家协会会员，但胡凌并没有对此加以重视，“当时觉得只要水平足够，是否能入选国展并不那么重要”。直到2009年，一位福建收藏家看上胡凌的篆刻作品，表示愿意长期收藏，基本内容也确定好。最后，收藏家问：“你是中国书法家协会会员吗？”胡凌答：“不是。”此后，这位收藏家再也不提收藏之事。

这时，胡凌才开始重视起来，也希望通过参加国展来检验自己的作品，提升自身的创作水平。一开始，胡凌投了几次作品，最后都以石沉大海告终。于是，一边投稿，一边疯狂练习，同时，对各届国展的入选情况进行研究。2012年，胡凌第一次成功入选中国书法家协会举办的展览，从那以后，胡凌的作品接二连三地在国展亮相，并于2013年加入中国书法家协会。

“研究书法，穿越时空，与古为徒，遨游万古，那种享受只有经历过的朋友才能感受得到，这也正是我喜欢书法最主要的原因。”胡凌说道，“加入中书协，只能证明我符合了入会的条件，说明我的作品得到了更多人的认可。但在艺术的道路上，这只是万里长征第一步，未来还需要我用一辈子的功夫去学习、去继承、去发扬。”

书法教育：推广“五体皆能”理念

和许多书法家一样，胡凌也选择从事书法教育。“所谓书品即人品，在书法教育过程中，品德教育应贯穿整个过程，学习书法，说到底是学习为人。”这是他所理解的书法教育，也是他的教育初心。自1989年参加工作起，胡凌就开始在乡下教学生写毛笔字，1993年，在县城开起书法培训班，如今，书法教育已成为他生活中的一部分。

近年来，胡凌在书法教育的过程中，一直在推广“五体皆能”的学习理念。“就是用一条主线贯穿五种书体，让学员能够在短时间内，掌握五种书体的学习方法，进入传统经典的学习范畴。”他认为，“书法发展到现在，作为一名书法家，应该是五体皆能的，书法大致上包含真、行、草、隶、篆，它们是相通的，书法家不能只是局限在某一种书体里。”

“简单来说，就是把五种书体进行简单的风格归类，各体选一种风格的碑帖进行学习，进行锤炼线质，贯穿五种书体，这样一来，学习时间将大大缩短，很快就能掌握五种书体的学习和书写方法，之后再深入学习就能起到事半功倍的效果。”胡凌解释说，“线质就好比一个人的气质，五种书体就相当于五件不一样的衣服，气质好，不同衣服穿在身上都显得协调。”

关于打造梯面茅篳原生态古茶园综合体推动建设多维生态乡村振兴示范村的建议

◎花都区茶文化促进会　马　莉

《梯面镇志》记载，茶是梯面特产之一，梯面地区农民一直都有种茶和饮茶的习惯。旧《花县志》记载，清朝同治、光绪年间，花县城（花城）就有10多间茶庄，收购梯面茶叶供出口之用，梯面就有茶园万多亩。即便现在，梯面当地种茶的痕迹依然遍布在居民区周围的山头。梯面镇红山村茅篳发现的千亩原生态古茶园，经专家鉴定，是广州市唯一现存比较完整的古茶园。目前，在上级部门和镇党委政府的支持下，梯面正计划依托本地盛产优质山茶的优势，大力打造以茅篳茶为品牌，全面推广梯面镇茶文化，推进我区旅游和乡村振兴。如何挖掘历史文化底蕴深厚的茅篳茶的老字号品牌？如何做大做强茶产业，让茅篳原生态古茶园重新焕发勃勃生机？现结合当地特色历史文化，谈一下自身浅见，以抛砖引玉，供方家指正。

一、区位生态和显著优势

梯面是广州市花都区辖镇，位于广州市花都区北缘，在珠江三角洲2小时经济圈内，东北与从化交界，西北与清远市接壤，距广州市区40分钟车程，临近空港，距广州新国际机场仅十几分钟车程。

总面积91.2平方公里，其中山地面积11.8万亩，森林覆盖率88%；年平均气温18℃，气候宜人；森林资源、矿泉资源、地热资源丰富。野生动植物种类繁多，拥有国家一级保护植物桫椤；区内山泉清冽，宜养大鲵（娃娃鱼）等多种珍稀水产动物。梯面镇公路交通纵横交错，四通八达；水、电力供应充足，通信方便。山清水秀，风景如画，自然生态环境优美，高百丈风景区、王子山森林公园、广州市第二工人疗养院、紫霞山庄每年吸引数万游客，旅游资源十分丰富，极具开发价值。

二、历史沿革和现存情况

茶文化是中华优秀传统文化的重要组成部分，也是当地开发文化旅游不可或缺的重要资源。梯面镇地势由东北向西南倾斜，四面环山，有“广州北肺”“广州第二白云山”之誉。梯面镇历史有出产的本地茶，其质之优，产量之大，远近闻名，并销往国内外。茅雈，隐藏于梯面镇红山村内，是广州市海拔最高的自然村（海拔322米），其良好的生态环境，造就了野生茶的独特风味。海拔200米以上的山坡上，空气清新，山气湿润，弱光漫射，最适合茶树的生长。经专家反复论证，茅雈的茶树品种繁多，代表性的茶种，来自不同的区域。

然而就目前而言，梯面茅雈古树茶园还没有集中发挥出它在科技、文化、农业和旅游等等方面的带动作用，极具开发价值。

据调查所知，清道光年间至中华人民共和国成立时，一百多年来，群众乐于种茶，绝大多数农民既种茶又种稻。一般农户都种三五亩茶园，有不少农民专耕山种山茶，成为种茶专业户，少者种有三四十亩，多者六七十亩，请工人摘制。年产上等细茶50吨以上，茶的收入占整个梯面区域经济总收入的50%。

《梯面镇志》记载：1956年成立高级合作社后，土地收归农业合作社集体所有，强调以粮为纲，成为单一经营，人力、物力、财力投入以种水稻为主；因为茶叶收成季节与春耕相同，劳力安排不过来，因此，无法管理茶园，致使茶园逐渐荒废；茶价过低，农民出售茶叶，每公斤收购为七八角钱，1公斤茶叶只折合大米2公斤左右，与过去相比，其价值只及十分之一，农民种茶，其经济效益得不偿失，终于弃种、弃管，茶园荒废，这一珍贵的梯面原生态古茶园遗憾地在大众眼中消失。

三、存在的问题和解决路径

梯面茅雈占地面积千亩古茶园，打造古生态茶园品牌应以发展茶文化创意产业为核心，将其建设成为集茶文化展示、观光旅游、康体养生、农业体验、户外拓展、社会实践、亲子教育、科普教育、研学体验、森林探秘等一体的全新体验型农业旅游游学园，树立茅雈古茶园在整个广州市茶文化产业里的标杆和具有唯一性的高度。

（一）硬件建设问题。茶园荒废年久失修，杂草横生，清除淤石，平整茶梯，清理排水沟，修复人行道，重建或修复蓄水池，安装喷（滴）灌系统。对于局部受损或受损不严重的茶园，及时进行加固扶正，对衰老茶园要及时进行树冠修剪或台刈，并重施有机肥或农家肥，进行茶园复壮管理，使茶园恢复树势，重新萌发旺盛生机。须重新规划，及时更新改造，新建高标准良种茶园及配套建设。比如为茶旅结合，古茶园里建设观光小道，路边可种植有色彩的茶树，并按修剪模式种植；建设茶文化长廊，结合客家文化、畲（拳）族文化介绍茶叶种植制作历史、茶叶特点、茶企情况等等。

（二）茶园管理技术问题。茶园重新改造，要使茶树达到速生高产，持续增产的目的，关键在于全面落实茶园管理技术措施，每年进行经常性的管理工作。根据茶树各个不同生长发育阶段对外界环境条件的不同要求，采取适当措施，不断改造茶园土壤和环境条件以及茶树本身，使茶树内因和外因互相造应，发挥其速生高产作用。

（三）良种选育及适制性研究问题。在科研院所和专业单位的指导下，通过采集茅峯各类型古茶树鲜叶进行基因与分子水平测定和鉴定，鉴定选育出广州历史名茶品种、粤北大叶“陈茶”（黑茶类、广东大叶青、广东普洱茶）本土良种母树，为下一步加快红山特色茶树新品种选育打下基础；同时分别采摘小叶青心、小叶紫心、大叶、类金花茶等不同类型茶树的鲜叶进行高级名优绿茶、红茶和“花县陈茶（黑茶类）”加工试验，测定相关品质指标并进行感官评价，形成加工技术规范，负责单位和团队。

（四）未来发展方向定位问题。茅峯古茶园的未来发展定位是市场定位，走什么路线？首先的问题是，培养自主探究能力，把对茶文化的好奇与想象落到实处，勇于探索并动手实践解开疑惑。

四、相关建议和实施对策

现阶段，打造茅峯茶园综合体，就是依托茅峯特有的茶园和自然生态以及人文文化，借助良好的生态环境，“以旅促农、农旅结合”，着力打造集健康、休闲、养生、养老的文旅村。建议总体上产业可以细分为：

以生态绿色主题为统筹，进行一产绿色种养、二产绿色商品、三产特色旅游养生度假服务产品体验的一、二、三产融合发展。

茶园综合体基本功能必须配备“一心、一环、三区”+人文小镇。其中一心是指综合服务中心；一环是指山地运动休闲带；三区是指山下的农业体验区、山中的茶园观光区以及山上的户外体验区。人文小镇就是集当地风土人情、乡贤居士、特色饮食、文化娱乐等整合提升，适合城市人差异化生活的集聚区。

（一）在茶改良农业方面。利用茶产业，建立茶交易市场，建设茶体验中心、有机农场、健康饮食餐厅、特色民宿商业街、生活商业配套、旅游商业配套、小镇客厅等。如，民以食为天，岂能少了“美食”，打造茶园餐厅，开发、制作茶叶制作的各色系列菜品，进一步吸引游客；同时可开设茶叶为食物制作烹饪课，学做茶饼、茶餐等等，吸引亲子体验游的人群。

（二）在研学茶文化教育方面。开设大自然学堂，开展茶产业相关教育培训，分为文化科普型和技术科普型两种类型。前者以传统茶文化的历史、地域性茶文化背景、茶叶茶具种类、制茶技术和工艺等方面的科普为主，如“老茶婆”源自梯面茅輋茶山，是拥有三百多年的制茶经验，凝结着制茶匠人的智慧结晶，传承着中国传统制茶工艺以及茶文化。后者则以展示农业现代高新科技和现代化的农业生产设施为主。

茶园坚持古法农耕，人工除草，种草抑草，施有机肥的生态种植，形成鸟语花香，虫鸟共存，丰富生态植物链，是生态旅游、传统茶文化教育基地、摄影写生的理想之地。还可以森林徒步、露营星空。

（三）在茶文化康养方面。中国古来就讲究以茶养生，借助得天独厚的自然生态、村容村貌自然条件，以医养为主题，建设茶健康科技研发中心、茶大会会址、康复中心及配套护理公寓、水疗中心、养生酒店、健康体检、产后康复中心等。将茶旅一体化与拓展养老健康服务产业结合起来，打好健康牌、养生牌。

（四）在茶文化旅游方面。结合文化旅游资源和山地水貌，建设围绕旅游休闲度假、茶体验为主体的旅游片区、体验中心等。诸如结合客家人的美食作为旅游产品的伴手礼、游客中心、汽车露营地、亲子儿童乐园、定向运动基地、山地及山地赛事运动基地、高星级度假酒店、旅游养生度假村等。

绿水青山就是金山银山。梯面茅輋千亩原生态古茶园是大自然赐予我们的天然礼物，打造好茶园综合体这一品牌，符合新时代绿色发展理念，对当地经济的拉动不可小视，同时也符合城市人们生活质量迫切提高的愿望，符合中老年人休闲养生、健康长寿的生态归宿，所以茶园综合体的开发将是茶园新发展的未来，完全可以打造成一座融自然、经济、人文的多维生态乡村振兴的示范村。

芙蓉诗社三十八年

一、成立芙蓉诗社

1984年夏天，花县进行了大刀阔斧的机构改革，县委县政府公布了县属机关各单位的设置和负责人名单，其中花县文学艺术界联合会列入其中，首次成为有编制、有经费的县局级文艺管理机构，陈棣生由县文化馆调任县文联秘书长，负责花县文联筹办工作。当年秋天，县文联成立后，就开始按各文艺专业，逐步成立各种文艺协会。根据当时的条件，决定先成立诗社。但没有经费，吴帆子（时任县委宣传部副部长兼文联主席）和陈棣生（时任主持文联工作的副主席兼秘书长）一起找到时任花县副县长的曾文星，曾副县长答应由县政府拨款1000元作为诗社开办经费；吴帆子建议以著名风景区芙蓉嶂为诗社的名字，即芙蓉诗社，象征要把诗社办成清雅高洁的文艺之花。

筹备就绪后，于1984年12月21日上午召开成立大会，参加会议的有曾文星（时任县政府顾问）、吴帆子（时任县纪委书记）、冼政光（时任县政协副主席）、任沛根（时任县委宣传部宣传科长）、黄锡林、陈棣生、刘启楫、黄倚云、程鹏、江绍灿、梁瀚、王鉴波、黄新华、杜熙文、罗志清、叶献平、李巨洪、王伯荣、黄灼金、梁永泉、刁纪文等共20多位社员。这次大会通过《芙蓉诗社章程》，选出黄倚云为社长，江绍灿为副社长，社委梁瀚、王鉴波、黄新华等，后来补选梁瀚为副社长，杜熙文、罗志清为社委。陈棣生代表县文联致贺辞，并介绍筹备经过，主持选举产生诗社社务委员会，并赋诗祝贺：

芙蓉面世正相宜，喜获京都播贺词。
永逝白衣苍狗日，满空海晏河清时。
松开凤舞龙飞手，竞写黄绢幼妇诗。
探骊得珠不厌倦，自由天地任神驰。

首任社长黄倚云致就职词，他即席咏诗云：

花开满苑尽欢娱，结社同文道不孤。
巴水扬波惊唱玉，丫峰滴露喜连珠。
七年病痼先求艾，四韵诗成漫撚须。
万里江山铺锦绣，龙吟虎啸效三呼。

建社时，第一批社员年龄较大，多数已过50岁，社长黄倚云已72岁。就是这批热爱诗词的长者，为以后芙蓉诗社的发展打下了牢固的基础。

芙蓉诗社成立后，社员的创作热情很高，诗社因陋就简，于1985年2月15日出版了《芙蓉诗讯》创刊号，从此华章若繁星点点、佳作如珠玉纷呈，38年来（至2021年12月止）芙蓉诗社刊印了《芙蓉诗讯》15期，后改称《芙蓉诗辑》刊印97期，总计发表的诗词数以万计，《芙蓉诗辑》寄送全国20多个省、市、自治区，有较高的知名度，并享誉海外的华人圈，来自美国、加拿大、马来西亚、巴拿马、新加坡、日本等国家和港澳台地区的同胞都踊跃投稿，不少华人还慷慨解囊捐赠刊物的出版经费，如胡应湘、罗锦煌、陈卓梅、徐小燕夫妇等，他们定期或不定期寄款支持诗社的业务发展和《芙蓉诗辑》的出版。

同时每五年编印《芙蓉诗词选集》一册，共计六册（第七册因新冠疫情未能按时编印），这些选集精选的佳作几千首，芙蓉诗社成为广州市各区中诗词创作数量最丰、内容较好、艺术水平较高、出版诗刊最正常、编排印刷较讲究、影响最广的诗社之一。

二、芙蓉诗社历届班子

芙蓉诗社由初期的20多人，发展到如今累计已达200多人，由年龄偏大的队伍到老中青年结合，承前启后，继往开来。诗社成立38年，已经经历八届班子：

第一届（1984—1994年）社长：黄倚云；副社长：江绍灿、梁瀚

第二届（1994—1999年）社长：黄倚云；副社长：江绍灿、梁翰

第三届（1999—2003年）社长：吴帆子；副社长：江绍灿、梁永泉、程鹏

第四届（2003—2007年）社长：汤志成；副社长：庚峰、胡文汉、江绍灿、谢汉升；后增补谢惠瑜、任洪涛为副社长

第五届（2007—2010年）社长：谢惠瑜；副社长：任洪涛、王鉴湖、许育群

第六届（2010—2015年）社长：任洪涛；副社长：王鉴湖、许育群、梁伦平、廖金有；后增补李治云、钟伟彬、罗贤生、罗彩霞四人为副社长

第七届（2015—2020年）社长：任洪涛；副社长：王鉴湖、许育群、梁伦平、廖金有、李治云、钟伟彬、罗贤生、罗彩霞；后王鉴湖和廖金有因身体和个人原因先后辞去副社长一职，增补了许湛钊和侯立兵为副社长

第八届（2021—）社长：李治云；副社长：梁伦平、钟伟彬、罗彩霞、侯立兵

三、芙蓉诗社的工作

38年来，芙蓉诗社在这八届班子的带领下，坚持围绕党的文艺路线，深入开展各种内容丰富、形式多样的活动，大力弘扬中华传统诗词文化，并在全区逐步形成了诗词创作的浓厚氛围，对促进群众热爱祖国、热爱家乡、提高社会觉悟起到了潜移默化的作用。

（一）坚持不懈办好纸质刊物《芙蓉诗辑》，使之成为社员和海内外诗友发表格律诗词作品，互相交流，拜师学艺，提高创作水平的园地，成为芙蓉诗社的品牌，花都文艺交流的名片。目前这块园地已枝繁叶茂、百花齐放。

（二）积极开展采风创作和文化交流活动。艺术源于生活，不定期组织社员实地采风、拓宽视野、增加灵感，创作更多更好反映花都各项建设成就的优秀作品。

（三）配合区内重大工作及活动举办诗词赛事，反映新面貌新气象，发挥诗词文化独特的推广魅力。

（四）积极举办或参与组织各类诗词培训工作，培养了一批诗词创作有生力量。一是坚持办好“文化花都讲堂”，邀请有较高诗词造诣的专家或诗友传经解惑，培育新人；二是以诗社骨干为教学力量，与花都区老干部大学、广东岭南诗社培训班合办了一期诗词班；三是积极参与和协助各阶层读书会，派出骨干宣讲诗词文化知识；四是连续三年派出诗社骨干参与支持花都区青少年诗词大赛，为我区营造浓厚的诗词文化氛围贡献一分力量。

（五）走出去，请进来，与区外诗友开展交流活动，促进诗社整体写作水平不断提升。

（六）利用网络平台扩大影响。从2013年初开始，诗社在互联网“中华诗词论坛”申办了《芙蓉诗辑》版块，加强交流，激励社员提高诗词创作热情；同时建立芙蓉诗社微信群，通过开展一系列创作交流线上活动，有效提高社员的创作热情、增强队伍的凝聚力和向心力。

（七）2017年，以诗社骨干为教学力量，与花都区老干部大学、广东岭南诗社培训班合办了一期诗词班，培养了一批诗词创作有生力量。

（八）派出诗社骨干参与支持花都区三季（次）青少年诗词大会。

（九）积极参与和协助各阶层读书会，派出骨干宣讲诗词文化知识。

诗词创作群众活动的兴起不但活跃了我区群众的文化生活，而且成为联络海外侨胞与家乡人民文化交流的桥梁，增进侨胞对家乡的亲情关系，提高他们支持家乡建设的积极性。建社以来，海外的花都籍侨胞与诗社同仁鸿雁往来，以诗会友多达百余人，《芙蓉诗辑》成为这些远离故土的海外赤子和家乡文化沟通的连心桥。

建诗社38年来，芙蓉诗社还与市内、省内、国内的诗词组织建立互相交流，互相学习的友好关系。我们编印的《芙蓉诗辑》受到了广泛的好评，提高了花都区的知名度，以诗词文化结识了各地诗友，正如广州荔苑诗社社长余藻华先生贺诗中所描述的“知音应是遍中华”，花都区原区长王中丙更是赞誉《芙蓉诗辑》是花都区的文化名片。

四、芙蓉诗社的贡献

（一）争取区委区政府支持，申报“全国诗词之乡”成为芙蓉诗社领导班子工作的重要目标。

花都区开展“全国诗词之乡”创建工作，诗社社员积极开展诗词六进工作：诗词进校园、诗词进机关、诗词进企业、诗词进农村、诗词进社区、诗词进景区。

2016年12月9日，花都区荣获“广东省诗词之乡”牌匾，区委宣传部常务副部长李君民代表花都区接牌。

2019年7月12日，创建工作通过了广东中华诗词学会的初检。2019年11月2日，由中华诗词学会和广东中华诗词学会联合验收组到我区进行创建全国诗词之乡工作验收。

2021年3月28日，广东中华诗词学会代表中华诗词学会向花都区授予“中华诗词之乡”牌匾。区政协副主席徐兆东代表花都区接牌。广东中华诗词学会常务副会长赵维江即席赋诗《为花都荣获“中华诗词之乡”称号暨芙蓉诗社社员大会召开而作》：

诗为解语花，花苑盛诗家。
拈出芙蓉句，南天赏五葩。

（二）抗击新冠疫情，贡献文艺的力量。

2020年春节前夕，组织书法爱好者到30余个社区和楼盘，为群众送去贺年春联；积极举办文化花都学堂，宣传普及中华文化的精髓——中华诗词；全党动员，全民动手奋起抗击新冠疫情，芙蓉诗社也动员全体社员撰写诗词，以深切的责任担当投入到抗击疫情题材的创作中，通过文学诗词艺术形式，展现了花都人民抗击疫情战斗中涌现出来的感人事迹。

五、芙蓉诗社的未来

在新一届芙蓉诗社领导班子带领下，全体会员积极创作并创造平台交流和发表作品，承接协助区文联的相关诗词活动，努力提高诗社骨干的综合素质和管理水平，努力发展年轻新会员，培养一支“有国魂、有道德、有实力”的诗词创作队伍；继续办好纸质诗词刊物《芙蓉诗辑》，经营好微信公众号“芙蓉诗社”，在诗社微信群定期组织诗词比赛；积极开展“诗词之夜”诗酒茶活动交流；继续承办“文化花都学堂”并开展诗教活动；巩固“中华诗词之乡”工作成果；组织鼓励社员爱国主义题材文艺创作，力争在全国诗词刊物上发表，诗社全面落实意识形态工作责任制，切实担负起诗社会员意识形态工作的政治责任，着力把好政治方向关、创作导向关，守好意识形态安全门，把社会主义核心价值观全方位贯穿、深层次融入。以中国精神为灵魂，以中国梦为时代主题，以中华优秀传统文化为根脉，以守正创新为动力，以精品力作为追求，更好地履行培根铸魂的文艺使命。

花开花都

HUA KAI HUA DU

文艺事业

协会动态

文艺事业

组织文艺展览活动。与花都区文化广电旅游体育局、花城街禁毒委员会共同主办“虎跃呈祥——花都区喜迎新春优秀作品暨远离毒品书画作品邀请展”；联合花都区文化广电旅游体育局共同指导“瑞虎迎春·花漾花都”“墨色生花”中国画名家精品邀请展；指导区书法家协会举办“春华秋实——花都区书法家协会会员作品展”“道远知骥——黄国强书法精品展”；指导花都区楹联学会协办以“迎接二十大联墨展风华”为主题的“广东楹联学会书画精品邀请展”等。

筹划主题比赛活动。由花都区美术家协会承办广州市花都区第三届美术艺术大赛暨“同道同行——广州市各区美术作品展及花县老八景创作展览”征稿活动启动，大力鼓励艺术精品创作，努力推动花都区美术艺术的繁荣发展，以优异的成绩迎接党的二十大胜利召开；由花都区摄影家协会承办的“美在花都”乡村振兴摄影大赛启动，以百姓的审美观察社会生活，多角度展示区实施乡村振兴战略集优化生态旅游环境取得的新成就；由区芙蓉诗社、楹联学会联合主办的“喜迎党的二十大”主题征诗联比赛启动，以诗言情，迎接二十大、礼赞新时代。

完成主题文艺创作。组织花都区作家协会、花都区曲艺家协会、花都区朗诵协会完成一系列以赖宣治同志敬业奉献先进事迹和花东镇七星小学跳绳队为主题的文艺创作，其中花都区朗诵协会创作的歌曲《绳彩飞扬》、朗诵作品《星光与梦想》在学习强国广州平台推出；花都区曲艺家协会创作的粤剧粤曲《点点星光》《绳以育德》已公开演出；花都区作家协会创作的文学作品也在《今日花都》连载刊登。

开展文艺志愿服务。组织花都区书法家协会开展“一家亲·万家情”迎新春送文艺送春联送福字活动共30场次，为丰富人民群众精神文化生活营造祥和的节日氛围。“文化花都学堂”目前线下开课4节。

激励文艺创作精品。为更好地开展2021年度优秀文艺作品的创作奖励、扶持工作，再次征求修订《花都区2021年度优秀文艺作品创作奖励、扶持申报办法的公告》；花都区茶文化协会在全区范围内开展茶文化资料征集活动，挖掘我区茶历史，更好地传承茶文化；花都区祠堂文化研究会开展花都文史征集活动，充分调动和整合社会各界力量，撰写和收集文史资料，提升文史征集质量，丰富文史征集内容。

协会动态

一、2022年1月4日—1月28日，组织花都区书法家协会在全区范围内的镇街、村、企业、社区、部队、行政事业单位举办“一家亲·万家情”2022年花都区迎新春送春联送福字活动共计30场次。

二、2022年1月24日上午，由花都区文化广电旅游体育局、花都区文学艺术界联合会、花城街禁毒委员会主办，花都区文化馆、花城街禁毒办、花都区美术家协会承办的“虎跃呈祥——花都区喜迎新春优秀作品暨远离毒品书画作品邀请展”在花都美术馆开幕。展览日期：2022年1月24日至2月8日。

三、2022年2月11日上午，由广州市花都区美术家协会，广州市番禺区美术家书法家协会、广州市南沙区美术家协会主办，广州市花都区文化馆承办，广州五牛中国画工作室协办的“墨色生花——中国画名家精品邀请展”开幕。展览日期：2022年2月11日至3月10日。

四、2022年3月15日，由广州市花都区文学艺术界联合会主办，花都区茶文化促进会承办的2022年花都茶文化资料征集活动启动。

五、2022年3月16日上午9时，由广州市花都区文学艺术界联合会指导，花都区书法家协会、花都区文化馆主办的“春华秋实——花都区书法家协会会员作品展”在区美术馆开展。展览日期：2022年3月16日至4月5日。

六、2022年4月6日上午，由花都区文学艺术界联合会指导，广东楹联学会主办，广州市花都区文化馆（美术馆）承办，广州市花都区楹联学会、广东建筑联匾文化研究院协办的“迎接二十大联墨展风华——广东楹联学会书画精品邀请展”在花都区美术馆开幕。展览日期：2022年4月6日至4月22日。

七、2022年5月1日上午，由广州市花都区文化广电旅游体育局、广州市花都区文学艺术界联合会指导，广东岭南美术院、广州市花都区美术家协会、广州市花都区文化馆（美术馆）主办，广州书画名家艺术促进会、广东文化参考报协办的“墨彩书香——岭南书画名家‘清供’专题作品展”在花都区美术馆开幕。展览日期：2022年5月1日至5月28日。

八、2022年5月12日，由广州市花都区文学艺术界联合会主办，花都区芙蓉诗社、花都区楹联学会承办的“喜迎二十大”主题征诗联比赛活动开始征稿。

九、2022年6月24日，由广州市花都区文化广电旅游体育局、广州市花都区文学艺术界联合会指导，广州市花都区图书馆主办，广州市花都区书法家协会、广州市花都区美术家协会、广州文逸书院承办的“传承文物经典·保护生态文明”暨第三届广州市花都区青少年书画大赛活动开始征稿。

十、2022年7月19日上午，由花都区文化广电旅游体育局、花都区文学艺术界联合会指导，花都区文化馆（美术馆）、花都区书法家协会主办，花都区收藏家协会、广州花都书画艺术研究院、广州市三祥轩书画院协办的“道远知骥——黄国强书法作品展”在花都区美术馆开展。展览日期：2022年7月19日至8月10日。

十一、2022年7月，由广州市美术家协会指导，广州市花都区文学艺术界联合会主办，广州市花都区美术家协会、陈树人纪念馆、花都区美术馆承办的广州市花都区第三届美术艺术作品大赛暨“同道同行——广州市花都区美术作品展”及花县老八景创作展启动。

十二、2022年7月5日上午，由广州市花都区文化广电旅游体育局、广州市花都区文学艺术界联合会指导，广州市花都区文化馆（美术馆）、广东楹联书画院花都分院、广州市花都区美术家协会主办的“乘风破浪——岭南书画名家作品邀请展”在花都区美术馆开幕。展览日期：2022年7月5日至7月中旬。

十三、2022年9月26日下午、9月27日下午、9月29日上午由广州市花都区文学艺术界联合会主办，花都区曲艺家协会承办的“2022粤韵花开颂升平——欢度国庆喜迎二十大粤剧粤曲展演”分别在炭步镇水口村、藏书院村、新华街五华村演出。

花都祠堂文化展览暨传统壁画非遗价值研究学术论坛
花都祠堂文化展览
暨传统壁画非遗价值研究学术论坛

道远知骥　黄国强书法作品展
道远知骥
黄国强书法作品展
展期：2022年7月19日—8月10日

端午安康

2022

"传承文物经典·保护生态文明"
暨第三届广州花都区少年书画大赛颁奖典礼

粤韵花开颂党恩

2022粤韵花开颂升平
欢度国庆喜迎二十大
粤剧粤曲展演

“文化花都”学堂——诗词课

文化花都學堂

文化花都学堂
粤剧击乐艺术

2022年“书香花都”系列之全民悦读会活动
喜迎二十大